Judith Krantz
Im Glanz der Nacht

Judith Krantz
Im Glanz der Nacht

Roman

Aus dem Amerikanischen
Von W. M. Riegel

Blanvalet

Die Originalausgabe erschien unter dem Titel
»Dazzle« bei Crown Publishers, Inc., New York.

Umwelthinweis
Dieses Buch und der Schutzumschlag wurden auf
chlorfrei gebleichtem Papier gedruckt.
Die Einschrumpffolie (zum Schutz vor Verschmutzung) ist aus
umweltschonender und recyclingfähiger PE-Folie.

Der Blanvalet Verlag
ist ein Unternehmen der Verlagsgruppe Bertelsmann

1. Auflage
© der Originalausgabe 1990 by Judith Krantz
© der deutschsprachigen Ausgabe 1995 by
Blanvalet Verlag GmbH, München
Satz: IBV Satz- und Datentechnik, Berlin
Druck und Bindung: Graphischer Großbetrieb Pößneck
Printed in Germany
ISBN 3-7645-1026-9

Für Magic Johnson, James Worthy, Byron Scott, A. C. Green, Michael Cooper, Mychal Thompson, Orlando Woolridge, Vlade Divac, Larry Drew und alle anderen Mitglieder des Basketball-Teams Los Angeles Lakers von 1990. Zusammen und einzeln bereichern sie – inspiriert von ihrem großen Trainer Pat Riley und unter Führung des unvergleichlichen Magic Johnson, des unerreichten Basketballspielers unserer Zeit – fortdauernd das Leben ihrer Fans, indem sie großherzigen Mut demonstrieren, uneigennützige Hingabe und atemberaubendes Talent.

Für meinen Mann Steve. Alle Schriftsteller quälen sich. Doch ich habe das Glück, einen Ehemann zu haben, der sich meine Zweifel anhört, meine Lösungen kommentiert, die Dinge in die richtige Perspektive bringt und mich stets aufrichtet. Wenn ich ein gutes Tagewerk vollbracht habe, ist Steve der einzige Mensch, mit dem ich die Freude darüber ganz teilen kann.

Danksagungen

Bei meinen Recherchen zu *Im Glanz der Nacht* haben mir viele Leute großzügige Hilfe geleistet; die einen, indem sie mir wertvolle Antworten auf alle meine Fragen gaben, andere, indem sie sich von mir bei ihrer Arbeit beobachten ließen. Ihnen allen danke ich von ganzem Herzen:

Mrs. Alice O'Neill Avery; sie ist eine wahrhaft große kalifornische Dame; ihre Erinnerungen an längst vergangene Zeiten waren faszinierend, bewegend und inspirierend;

Mr. Anthony R. Moiso, Vorsitzender und Geschäftsführer der *Santa Margarita Company*; Tony Moiso, Mrs. Averys Sohn, Kalifornier der siebten Generation und eine der führenden Persönlichkeiten des Orange County, tut viel, um eine Lebensart und -qualität zu erhalten, die immer rascher schwindet;

Dr. William P. Frank, Mitkustos der *Western Manuscripts* in der *Huntington Library*; er half mir, viele Puzzleteilchen einzuordnen;

Dr. Judy Rosner, Professorin an der *Graduate School of Management* der *University of California* in Irvine; sie ist eine wunderbare Freundin, und sie hatte den Schlüssel zu nahezu allen Geheimnissen des Orange County;

Nancy Dackstrand; sie kannte sich sehr gut aus bei der Suche nach alten spanischen Grundbucheintragungen;

Gep Durenberger, a. o. Antiquar von San Juan Capistrano; er öffnete mir viele Türen des Orange County;

Joanne Jaffe, Chefredakteurin der Zeitschrift *Angeles*;

Tricia Burlingham, Agentin für Fotografen; sie gab mir geduldig und bereitwillig immer wieder Auskünfte und Erklärungen;

Rick Smolen, Redakteur, Verleger und Fotograf, Guru und Pate aller Fotojournalisten schlechthin;

Brian Leatart, Nahrungsmittel-Fotograf;

Robert L. Grigg, Automobilfotograf;

Nancy Ellison, Mode- und Gesellschaftsfotografin;

Victoria Cameron Pearson, Mode- und Gesellschaftsfotografin;

Susan Peters, eine kluge Frau, Fotografin und Redakteurin;

Karen Silverstein, Fotoredakteurin bei *Conde Nast*, L. A.;

Karen Gillingham, Nahrungsmittel-Stylistin von *Food Pages*;

Edwina Lloyd, meine Assistentin und Freundin, die als erste jede Seite liest, die ich geschrieben habe, und dabei nie in Panik gerät;

Medina und *Harris Rosner*, die für Freude und Inspiration sorgen.

Dazzle

1

In Kalifornien gilt ein Erdbeben solange nicht als wirklich geschehen, bis die Leute in der Lage sind, an ein Telefon zu gelangen und die Sache zu bereden. Ist keiner der Freunde zu Hause, eignet sich auch jeder beliebige Fremde, der den Hörer abnimmt, als Gesprächspartner – vorausgesetzt, er hat das Erdbeben ebenfalls gespürt und kann somit bestätigen, daß es stattgefunden hat. Der Telefondienst eines Zahnarztes, eine Aushilfsbürokraft, eine Kinderschwester – sie alle können zu Vertrauten eines Nach-Beben-Gesprächs gemacht werden. Erst nach einem solchen Gedankenaustausch sind Kalifornier mit einem Erdbeben zufrieden und vermögen es in den Lauf der Dinge einzuordnen.

Und heute war so ein Tag. Jazz Kilkullen war gerade auf dem Weg zur Arbeit gewesen, als es sehr deutliche, wenn auch nur schwache Vibrationen gegeben hatte. Immerhin, der Verkehr war eine Stunde lang blockiert gewesen. Aber da sie allein in ihrem Wagen mit seinem obendrein seit langem reparaturbedürftigen Radio saß, dienten ihr lediglich die irritierten Gesichter der anderen Autofahrer als Anhaltspunkt. Schließlich parkte sie ihren klassischen, türkis- und cremefarbenen 1956er Thunderbird an dem angestammten Platz, sprang aus dem Wagen und lief in gestrecktem Galopp die Straße hinauf zum *Dazzle* – ihrem Fotostudio.

Ausgerechnet heute, dachte sie wütend, muß ich zu spät kommen. Sie stürmte an einem Paar vorbei, das erstaunt zurückwich und stehenblieb, um ihr nachzublicken. Diese Touristen hier in Venice, Kalifornien, die wegen des schwachen, aber eindeutigen Bebens der Erde bereits eine wohlige Beunruhigung verspürten, waren geneigt, alles, was ihnen in dieser seltsamen Gegend widerfuhr, als außerordentlich zu betrachten. Und der Anblick von Jazz bestätigte nur den Ruf von Venice, exzentrisch und irgendwie »authentisch« zu sein.

Die junge Frau, die da an diesem ein wenig unheilvollen, sonst aber ganz normalen Freitagmorgen im September 1990 die Straße entlanggerannt kam, als gehöre sie ihr, hatte einen dieser unglaublichen Hüte auf dem Kopf, wie sie sie schon auf Fotografien von Damen beim Royal-Ascot-Rennen gesehen hatten. Der rote Wollrock bauschte sich zehn Zentimeter über dem Knie und ließ phantastische, lange Beine in schwarzer Strumpfhose und schwarzen Stöckelschuhen sehen. Während das Paar ihr weiter nachblickte, kamen die beiden zu dem Schluß, daß sie *irgend jemand Besonderes* sein mußte. Denn wer, wenn nicht jemand Besonderes, würde schon mit einer derart riesigen, das halbe Gesicht verdeckenden Sonnenbrille herumlaufen? Wer, wenn nicht jemand Besonderes, würde mit derartiger Unbekümmertheit die Straße entlangstürmen, ohne sich darum zu scheren, ob ihm jemand entgegenkam?

Jazz erreichte die Eingangstür des *Dazzle*, riß die doppelte Glastür auf und schoß auf Sandy, das Mädchen am Empfang, zu. »Haben Sie's auch gespürt, Sandy? Das Erdbeben? Wie lange wartet er schon?« Sie war außer Atem. »Verdammt noch mal, ich lasse die Leute nicht gerne warten.«

»Das ist schon o. k. Einer von seinen Leuten hat gerade aus seiner Limousine angerufen. Er verspätet sich auch. Wahrscheinlich um eine Stunde. Vielleicht noch mehr.«

»Was? Er verspätet sich? *Er*? Nachdem ich im Stau fast durchgedreht bin? Haben Sie denn das Beben nicht gespürt?

Na, der hat vielleicht Nerven! Hoffentlich haben Sie ihm das gesagt!«

»Natürlich habe ich das Beben auch gespürt. Aber es war ja nur ein stinknormales Zittern. Ich hab gleich mal meine Schwester im Valley angerufen. Sie hatte keine Ahnung, daß es bei uns gebebt hat. Da sehen Sie mal wieder, Jazz, wie gut es wäre, wenn Sie sich endlich mal ein Autotelefon zulegen würden. Dann hätte ich Ihnen sagen können, daß er noch gar nicht da ist.« Sandy war ungehalten. Sie lebte von den Annehmlichkeiten und der Gunst des Telefons, und die Tatsache, daß Jazz sich weigerte, das Innere ihres alten Schlittens, den sie so stolz herumkutschierte, durch ein so unerläßliches Instrument zu entweihen, bereitete ihr stets aufs neue Verdruß.

»Ja, Sie haben ja recht, wie üblich«, sagte Jazz und grinste sie an wie ein frecher Bengel, der gerade etwas ausgefressen hat. Sie holte tief Luft und gewann ihre gewohnte Unbekümmertheit zurück, jene unsichtbare Disziplin und Selbstsicherheit einer Zirkusreiterin, die auch das schwierigste Kunststück wie ein Kinderspiel aussehen läßt.

Sie eilte, immer zwei Stufen auf einmal nehmend, nach oben in ihr Studio, dessen Vorraum voller großer, gerahmter Fotografien hing. In jedem Rahmen waren zwei Bilder derselben Person, das eine während der ersten Minuten eines Fototermins aufgenommen, wenn das Modell noch steif, hölzern und verkrampft war und wild entschlossen, seine Schokoladenseite zu zeigen, das andere am Schluß, wenn das Modell sich in ein spontan reagierendes, unverstellt menschliches Wesen verwandelt hatte, dessen innere Wahrheit Jazz mit ihrer Kamera zum Vorschein gebracht hatte.

François Mitterrand, Isabelle Adjani, Prinzessin Anne, Jesse Jackson, Marlon Brando, Muammar el-Gaddafi, Woody Allen: Je schwieriger es war, Kontakt zu den Leuten zu bekommen, desto zufriedener war Jazz mit dem Resultat. Fotos von Leuten, die schon ein vertrautes Verhältnis zur Kamera hatten, sei es Madonna, sei es der Papst, wurden an den Wänden dieses Studios, in dem Jazz eine der erfolgreichsten und bekanntesten Prominenten- und Werbefotografinnen der USA geworden war, nicht zur Schau gestellt.

»Jemand da?« rief sie, als sie in das eigentliche Studio kam, ihre Schuhe von sich schleuderte, den Riesenhut auf den Boden warf und auf das viktorianische Sofa niedersank, ein widersinniges Requisit in dem riesigen, weißwandigen Raum, dessen ebenso riesige Fenster auf den Pazifik hinausgingen, der glatt und samtblau dalag.

Vor fünf Jahren hatte Jazz zusammen mit ihren beiden Kollegen Mel Botvinick, einem erstklassigen Nahrungsmittel-Fotografen, und Pete di Constanza, der sich auf Autos spezialisiert hatte, sowie mit ihrer aller Agentin Phoebe Milbank das leerstehende Haus, im Stil der Piazza San Marco direkt an der Straße auf dem Windward Boulevard in Venice gelegen und nur ein paar Schritte vom Strand entfernt, gekauft. Es hatte früher eine Bank beherbergt, aber das war auch schon vierzig Jahre her gewesen, und seitdem verrottete es so vor sich hin. So hatten sie den edlen Klotz für einen Spottpreis erwerben können, hatten ihn *Dazzle* getauft und zu einem Komplex mit drei separaten Studios, Phoebes Büro und zahlreichen Arbeitsräumen für die Assistenten und Studiomanager umgebaut.

Toby Roe, der Chefassistent von Jazz, ein schlanker junger Mann, der von Kopf bis Fuß in Schwarz gekleidet war, erschien in der Tür zu den Garderoben und Lagerräumen.

»Hallo!« rief er. »Sind Sie o.k.? Kommen Sie wegen des Erdbebens zu spät, oder weil Sie der Job heute langweilt?«

»Wir wären nicht böse gewesen, wenn Sie gar nicht gekommen wären«, ergänzte Melissa Kraft, die hinter ihm aufgetaucht war. Sie war die zweite Assistentin von Jazz und haargenau gleich angezogen wie Toby. Wie er war sie mit drei Kameras bepackt. »Schließlich und endlich, wer ist er denn schon groß? Doch bloß wieder so ein Billig-Macho, der halt einen guten Agenten hat!«

»Gesocks«, bestätigte Jazz. »Das übliche schleimige Angeber-Gesocks. Man muß sich ja immer vergegenwärtigen, der Kerl ist Schauspieler. *Nichts weiter* als ein Schauspieler. Habt ihr übrigens das Beben gespürt?«

»Na klar«, sagte Toby. »Aber das war nicht der Rede wert. Ich hab meine Mutter angerufen, aber nur der Anrufbeantworter war eingeschaltet, und da hab ich dann mit meinem Bruder telefoniert und ihm alles erzählt. Der hatte es glatt verpennt.«

Sie lächelten einander an. Das Thema Erdbeben war erledigt und schon vergessen. Trotz der gequälten Sachlichkeit, die Fotografen gewöhnlich ihren Modellen entgegenbringen – so als wären sie die Puppenspieler der Menschheit –, wußten sie doch genau, daß der heutige Fototermin für sie alle durchaus etwas Besonderes hatte.

Mit einer Serie aufsehenerregender Auftritte hatte der Australier Sam Butler ganz unvermutet Tom Cruise als erotischsten und talentiertesten Nachwuchsstar entthront. Anders als die meisten amerikanischen Stars hatte er sich bisher geweigert, mit Titelbildern für seine Filme zu werben, und daher war der für heute angesetzte Titelfoto-Termin für *Vanity Fair* eine Art Coup.

»Sandy meint, er wird frühestens in einer Stunde auftauchen«, sagte Jazz.

»Ja, hat sie uns auch schon gesagt«, antwortete Toby. »Deshalb hat Klein-Melissa ja auch noch keinen Schaum vor dem Mund. Den spart sie sich auf.«

»Toby will ihn fragen, wo er seine Haare schneiden läßt«, sagte Melissa, während sie mit einem Objektiv hantierte. Toby hörte gar nicht hin. Er betrachtete Jazz, wie sie für den Augenblick ganz entspannt auf dem Sofa saß, und murmelte seine Beschwörungsformel vor sich hin, mit der er jeden Arbeitstag zu beginnen pflegte:

»Gott sei Dank werde ich mich niemals in Jazz verlieben. Sie ist reich und berühmt und obendrein meine Chefin. Niemals werde ich mich in Jazz verlieben.« Mit Hilfe dieser Formel, die er sich bisweilen mehrmals vorsagen mußte, wenn bei Fototerminen irgend etwas ins Stocken geriet und seine Konzentration auf die Arbeit nachließ, hatte es Toby einigermaßen geschafft, zwei Jahre hoffnungslosen Liebeskummers zu überstehen.

Jedenfalls hatte sie nie etwas gemerkt, dachte er, während er sie ansah und wie immer versuchte, das Rätsel ihres Gesichts zu lösen. Er war seit seiner frühen Teenagerzeit Fotograf, aber noch immer gelang es ihm nicht, mit seinem geistigen Auge ein für allemal einzufangen, was es war, das ihn an Jazz derart faszinierte. Sein Beruf hatte ihn doch nun wirklich daran gewöhnt, Frauen zu betrachten, in deren Leben sich alles um ihre Schönheit drehte und die oft genug schöner waren als Jazz und jünger als sie mit ihren neunundzwanzig Jahren. Doch ihr Gesicht war das einzige, von dem er sich nie mit dem Gefühl visueller Endgültigkeit abwenden konnte, jenem Gefühl der ästhetischen Übersättigung, das sich einstellt, wenn man alles gesehen zu haben glaubt, was ist.

Jazz, die doch ein Wesen aus Fleisch und Blut war, hatte eine Hautfarbe, die man nur mit einem Topas vergleichen konnte, jenem seltenen Stein, der in sattem Gold mit einem Unterton warmen Brauns schimmert, jenem wertvollen Edelstein, dem die alten Schotten Heilkräfte gegen den Wahnsinn zusprachen. Aber hatten sie wohl damals je eine Frau mit goldenen Augen gesehen, fragte sich Toby. Hatten sie je eine Frau gesehen, deren goldbraune Haarmähne mal wie Bernstein schimmerte und mal wie das Braun von Kastanien, die ihr bis über die Schultern herabfiel in kunstlosen, kindlichen Löckchen, wie sie manch andere Frauen auch hatten, aber nur an den Schläfen oder über der Stirn? Hatten sie es jemals mit einer Frau zu tun gehabt, deren Haut immer leicht sonnengebräunt aussah, mit einem Schimmer, der ihren Wangen die Tönung einer aprikosenfarbenen Brandyrose gab, eine bestimmte goldrosa Tönung, die mit keinem Farbton einer anderen Rose vergleichbar war? Wenn ja, dann taten sie ihm leid, so leid, wie er sich selber tat.

Über ihren goldschimmernden Augen beschrieben Jazz' Brauen ungewöhnlich kräftige und gerade Linien, so präzise, wie Ballerinen sie sich aufmalen. Sie schnellten nach oben, wenn sie überrascht, gereizt oder belustigt war, und oft genug konnte man nur am Ausdruck ihrer Augen ablesen, was von alledem gerade zutraf. Ihr Mund unter den klaren, selbstbewußten und potentiell frechen Konturen der Nase war ein Bild der Gegensätze: die Oberlippe fein, fast kindlich, die Unterlippe zu voll, zu sehr hängend, zu derb für das klassische Schönheitsideal.

Denn schließlich, sagte Toby sich immer wieder, war Jazz Kilkullen ein Flittchen. Ein elektrisierendes Flittchen, das keinem Flirt abgeneigt war, eine Spielerin, eine Meisterin der Tarnung, eine Frau mit tausend Stimmungen, die nie mit der Wahrheit hinter dem Berg hielt, eine Karrierefrau – und eine Fotografin, die nicht weniger hart arbeitete als alle großen Stars in ihrem Beruf.

Gott sei Dank, daß ich mich nicht in sie verliebe, sagte er sich immer wieder, während er zum zehnten Mal an diesem Morgen seine Kameras überprüfte. Jazz hatte ein ganzes Arsenal von Kameras, die sie so gut wie nie benutzte. Doch für heute hatte sie angeordnet, daß alle ihre sechs Canon T 90 mit der Programmautomatik, mit der sie drei computergesteuerte Einstellungsoptionen zur Verfügung hatte, vorbereitet werden sollten.

Während Melissa die Unmengen beweglicher Scheinwerfer und winziger Blitzlichter überprüfte, betrachtete sie Jazz'

Outfit, von ihrem Cecil-Beaton-Hut bis zu dem frechen Minirock und der dünnen roten Wollbluse, die wie ein zu großer Spenzer geschnitten war und offenbar nur von einem großen Jettknopf zusammengehalten wurde. Sie hatte eigentlich erwartet, daß ihre Chefin für den heutigen Anlaß ihre Kampfstiefel herausholen würde und die Mannes-Hosen aus dem Militärladen, dazu das Fünfhundert-Dollar-Hawaiihemd à la Harry Truman, lang herabhängende antike Granatohrringe und wertvolle, alte Filigranringe für jeden Finger – kurzum, daß sie in einer jener Aufmachungen erscheinen würde, mit denen sie zuweilen ein neues Opfer zu verwirren und damit gleich unter Kontrolle zu bekommen pflegte.

Doch offenbar hatte sich Jazz für die andere Masche entschieden, *Ladies' Lunch im Bistro-Garten* oder so; auch dies natürlich eine reine Manipulationstaktik: Sie war total *overdressed*, und keine andere Fotografin der Welt hätte sich in diesem Aufzug wohlgefühlt.

Jazz zog sich morgens nie einfach nur an, dachte Melissa mit rückhaltloser Bewunderung. Sie war immer entweder *overdressed* oder *underdressed*, aufgetakelt oder abgetakelt oder »irgendwie« angezogen, mit buntem Rugbyhemd und Jeans oder sonst etwas, in dem sie sicher sein konnte, daß niemand von ihr Notiz nahm. Doch Melissa kannte ihre Chefin. Wenn Jazz wirklich die Absicht hätte, »ignoriert« werden zu wollen, würde sie sich wie sie selbst ganz schwarz kleiden. Eines Tages, schwor sich Melissa, wenn sie selbst mal eine berühmte Fotografin war, würde sie jedes schwarze Stück, das sie besaß, wegwerfen.

Sie hörte die Sprechanlage summen und ging hin.

»Sie sind auf dem Weg zu euch rauf!« gab Sandy von unten aufgeregt durch. »Und jetzt sind sie sogar noch fast pünktlich! Hätten die nicht noch mal anrufen können?«

Melissa schaltete aus, ohne zu antworten. »Alles auf Gefechtsstation!« sagte sie warnend zu Jazz, die noch immer auf dem Sofa lag, und rannte ins Büro zu Sis Levy; einer tüchtigen Rothaarigen, die Jazzs Büromanagerin war.

»Jetzt wäre ich fast eingeschlafen!« beschwerte sich Jazz und gähnte. Doch dann sprang sie auf und stand wieder in ihrer vollen Montur – mit Hut und Schuhen –, als zwei Sekunden später eine Ansammlung von Menschen aus dem Aufzug quoll.

»Kommen Sie herein«, sagte sie, während sich Melissa und Toby nach hinten in die Kulissen zurückzogen. Noch nie hatte sie eine derartige Eskorte erlebt; nicht einmal als sie Stallone und die Streisand zusammen für *Rolling Stone* fotografiert hatte. Und alles Frauen. Wie Jüngerinnen eines Kults, der junge Witwen dazu verdammte, tiefe Trauer zu tragen, hatten sie entweder wadenlange Röcke zu flachen, knöchelhohen Stiefeln an oder ganz knappe Minis, die gerade bis über den Schritt reichten, und dazu schwarze Strumpfhosen und Stöckelschuhe.

»Ich bin Tilly Finish von der Zeitschrift«, sagte die älteste von ihnen und kam näher, um sich vorzustellen. »Sam wird sofort da sein. Er hat da unten irgendeinen Wagen gesehen und wollte ihn sich mal aus der Nähe ansehen.«

»Das ist die Strafe, wenn man im Erdgeschoß einen Auto-Fotografen als Partner hat«, sagte Jazz lächelnd, während sie innerlich Pete di Constanza verfluchte. Warum konnte er den neuen Ferrari Testarossa nicht reinfahren und zudecken, wie er es sonst immer mit den Prototypen tat, die er zum Fotografieren bekam? Manchmal wurden diese ewigen Anlieferungen und Abholungen von Wagen zu einem so attraktiven Ärgernis, daß sie und Mel Botvinick sich ganz formell bei Phoebe Milbank beschweren mußten.

Tilly Finish stellte die anderen Frauen, die allmählich den Vorraum des Studios überfluteten, nach und nach vor. Jazz und Sis Levy schüttelten reihum Hände. Drei waren von der PR-Agentur, die Sam Butler betreute, zwei waren Stylistinnen, jede mit einer Assistentin, alle bepackt mit Köfferchen und Taschen voller Kleider aus Sam Butlers umfangreicher Garderobe, da man ja nicht wissen konnte, was er heute zu tragen beliebte. Tilly hatte ihrerseits zwei Assistentinnen, jede mit einem Funktelefon ausgerüstet. Dann waren da noch eine Friseuse und eine Maskenbildnerin – kurzum, Jazz zählte ein rundes Dutzend, alle jung, alle hübsch, alle kaum merklich lächelnd. Wie ein Zeitungsfoto der Frauen eines Mormonen-Renegaten alter Schule.

Sis Levy kümmerte sich um den Verein, verteilte die Assistentinnen der Stylistinnen, die Friseuse, die Maskenbildnerin und die anderen Make-up-Mädchen auf die Garderoben, damit sie sich dort ihrer Lasten entledigen konnten. Die übrigen freilich rührten sich nicht vom Fleck. Sie standen herum und blickten immer wieder zum Aufzug, ganz wie nervöse Geheimdienstagenten, die den Präsidenten aus den Augen verloren hatten.

Jazz sah auf die Uhr. Es war schon fast Mittag, und sie waren noch weit davon entfernt, auch nur anfangen zu können. »Weitermachen!« wies sie Sis Levy an, schoß aus der Tür und stürmte die Treppe hinunter. Unten angekommen, rannte sie hinaus ins Freie und um die Ecke zum Lieferanteneingang an der Längsseite von Petes Studio. Das Garagendoppeltor war so groß, daß auch der größte Truck hindurchging. Es stand offen, und Jazz konnte sehen, wie drinnen zwei Männer um den Ferrari herumpirschten, als sei er das allererste Auto der Weltgeschichte. Henry Ford hatte allerhand zu verantworten – oder waren es die Brüder Wright gewesen?

Sie ging schnurstracks und entschlossen auf Sam Butler zu. »Ich bin Jazz Kilkullen«, verkündete sie und streckte ihm die Hand hin. Er schüttelte sie, ohne Jazz dabei anzusehen.

»Ah, ja«, sagte er, »ich komme später zu Ihnen.« Er drehte sich wieder um, machte die Tür des Hundertfünfzigtausend-Dollar-Wägelchens auf und zwängte sich hinter das Steuer.

»Macht es Ihnen was aus, wenn ich mit dem Baby mal ein paar Runden drehe? Ich habe mir schon lange so einen gewünscht, war mir aber nie recht sicher, ob er nicht doch ein bißchen zu protzig ist.«

»Paßt perfekt zu Ihnen«, sagte Jazz und packte ihn am Ärmel seiner Tweedjacke. »Wenn Sie nicht das Beste fahren, wer dann? Wir kommen hinterher noch mal her, ja? Da oben findet jetzt erst mal ein Treffen Ihres Fanclubs statt.«

Er drehte sich ungehalten zu ihr um, aber sie hielt seinem Blick trotzig stand. Der Bursche sah so unverschämt gut aus, dachte sie, daß es geradezu lächerlich war. Ein genetischer Treppenwitz, sozusagen. Sie dachte nicht daran, sich optisch mit diesem großen Blonden abzugeben, solange sie nicht hinter ihrer Kamera stand.

»Die können ja wohl warten«, sagte Sam Butler.

»Mag sein, aber ich nicht.«

»Sie haben noch den ganzen Tag Zeit.«

»Der halbe ist schon vorbei. Das soll ein Titelbild werden, wenn Sie sich gütigst erinnern möchten!«

»Ich hab sowieso kein Interesse daran.«

»Aber ich.« Jazz reckte ihr Kinn, bis die breite Hutkrempe ihr Gesicht nicht mehr verdeckte, sah ihm direkt in die Augen und lächelte halb sirenenhaft, halb wie ein Londoner Bobby, total aufgesetzt. »Danach können Sie meinetwegen so viele Ferraris haben, wie Sie vertragen können«, sagte sie und ließ es wie eine Verheißung klingen. »Aber jetzt wollen wir mal Pete seine Arbeit machen lassen, und wir machen die unsere, damit Sie nachher gleich wieder herkommen und sich mit diesem Wagen beschäftigen können, ja, Mr. Butler?«

»Nennen Sie mich Sam«, sagte der Australier und ließ Pete stehen, ohne ihn noch eines Blickes zu würdigen. Dafür wandte sich Jazz noch einmal zu ihm um. »Wenn du das noch mal machst, Schätzchen, dann darfst du nicht bei der Auswahl der Fotomodelle für das Bademodenheft von *Sports Il-*

lustrated mitmachen, klar?« Dann folgte sie Sam Butler hinauf in ihr Studio.

Fünf Minuten darauf besprach sich Jazz, während der Witwenclub aufgeregt um den Schauspieler herumwuselte, mit Sis Levy und tauchte dann an Tilly Finishs Seite auf.

»Also, Tilly, so geht das nicht.«

»Was geht nicht?«

»Kommen Sie, tun Sie nicht so scheinheilig«, sagte Jazz, und lächelte verschwörerisch. »Sie erleben so was doch auch nicht zum ersten Mal, oder? Eine Frau wie Sie! Die Mädchen sind doch alle ganz heiß! Man kann es ihnen ja nicht übelnehmen, aber sie sind völlig unbrauchbar. Totaler Gehirnabfluß in die unteren Regionen, meinen Sie nicht auch? Also passen Sie auf, warum nehmen Sie nicht die ganze Kompanie mit in die Market Street 72 zum Mittagessen. Ich habe einen Tisch reservieren lassen, und die Rechnung geht auf mich. Ich gebe Ihnen auch Sis und meine beiden Assistenten mit, und wenn Sie mit dem Essen fertig sind, habe ich meinen Titel im Kasten.«

»Brauchen Sie denn Ihre Assistenten nicht?«

»Alles ist vorbereitet. Sechs Kameras sind geladen und schußbereit. Außerdem war ich selbst jahrelang Assistentin. Ich kann heute noch einen Film im Dunkeln, unter Wasser und kopfunter einlegen. Und für die Beleuchtung sorge ich sowieso immer selbst.«

»Ja, aber Sam ist doch gar nicht richtig angezogen«, piepste Tilly. »Ich habe noch gar nicht entschieden, was er tragen soll! New York hat mir das überlassen.«

»Er wird toll aussehen, das versprech ich Ihnen. Er braucht ohnehin kein Make-up oder eine gestylte Frisur... Die wollen ihn ›ganz natürlich‹ haben. Das Entscheidende ist, daß wir den Titel in den Kasten kriegen. Und dazu muß ich einfach ein paar Stunden mit ihm allein im Studio sein. Vergessen Sie nicht, daß wir noch eine Außen-Farbaufnahme und drei schwarzweiße für die Story selbst machen müssen, und er hat uns dafür nur heute und nächsten Mittwoch zugestanden. Wir können von Glück sagen, wenn er nächste Woche überhaupt noch erscheint. Der artigste Junge ist er ja nicht gerade, Ihr Mr. Butler.«

»Mein Mr. Butler?« sagte Tilly Finish sehnsüchtig. »Wenn ich mir das vorstelle...« Dann klatschte sie resolut in die Hände. »Mittagspause, Mädchen! Sam, ich lasse Sie hier, wenn es Ihnen nichts ausmacht, damit es losgehen kann.«

Im Handumdrehen war das Studio leer.

»Vielen Dank«, sagte der Schauspieler. »Die sind mir langsam auf die Nerven gegangen. Wieso laufen die alle in Schwarz rum? Ist jemand gestorben?«

»Es ist politisch«, versicherte ihm Jazz und tat damit das ganze Thema Hollywood-Chic ab. »Wenn Sie hungrig sind, kann ich Ihnen ein Sandwich machen, bevor wir anfangen.«

»Ich esse mittags nie. Macht mich nur träge.«

»Um so besser. Also, in der Garderobe müßte ein Versace-Regenmantel sein. Wenn Sie den mal anprobieren würden?«

»Meinetwegen. Der gefällt mir auch gut.«

Kein Wunder, dachte Jazz. Dieser Sam Butler war der bestaussehende Schauspieler, den sie seit den Aufnahmen des jungen Gary Cooper gesehen hatte, er sah überwältigend gut aus. Mit ihm begann wohl das Pendel wieder nach der anderen Seite auszuschlagen – weg von den Schauspielern, deren allzu normale Gesichter angeblich zeigten, daß sie »gelebt« hatten: Richard Dreyfuss, Al Pacino, Robert de Niro, Billy Crystal und Donald Sutherland. Er litt auch nicht unter dem Syndrom, »noch nicht genug vom Leben gezeichnet« zu sein, wie die beiden Toms (Hanks und Robbins), Charlie Sheen, Dean Stockwell und Michael Keaton. Und in die Kategorie der Jungs von nebenan, zu der Mickey Rourke, Patrick Swayze oder Sean Penn gehörten, fiel er schon gleich gar nicht.

Nein, dieser Sam Butler war vom Typ Makellos, konstatierte Jazz achselzuckend. Ein Grand Canyon von einem Mann, blond und blauäugig, auf eine Weise, die diese beiden Merkmale für alle Zeit festschrieb, so und nicht anders. Absolut nicht ihr Typ.

Er kam wieder, den Regenmantel eng zugeschnürt, Kragen hochgeschlagen.

»Zu aufgebläht, Sam«, sagte sie. »Ich will ja schließlich keinen ausgestopften Regenmantel ablichten, sondern Sam Butler. Der Mantel selbst steht Ihnen gut. Lassen Sie mich mal überlegen... Da steckt was drin in dem Motiv, wissen Sie... Könnten Sie nicht mal Ihre dicke Jacke ablegen? Und wenn Sie schon mal dabei sind, könnten Sie auch gleich alles darunter ausziehen.«

»Was denn, haben Sie sie nicht alle?«

»Mein Gott, denken Sie einfach, der Regenmantel sei ein Bademantel. Unter einem Bademantel würden Sie doch auch nichts anhaben, oder?«

»Natürlich nicht.«

»Na, und wo ist der Unterschied?«

»Weiß auch nicht, aber irgendwie muß da einer sein«, sagte der Schauspieler verwirrt.

»Na, nun kommen Sie schon«, ermunterte ihn Jazz, »versuchen Sie's einfach mal.« Sie scherzte, lockte, forderte ihn freimütig dazu auf, ihren Launen nachzugeben, ihr in ihrer eigenwilligen Phantasie zu folgen.

»Und was ziehen Sie aus?« fragte er. Er war bereit zu feilschen.

»Meinen Hut? Meine Schuhe? Nein? Reicht nicht? Wie wär's mit... meiner Strumpfhose?«

»Gilt.«

Jazz schüttete sich aus vor Lachen, während er sich draußen auszog. Er kam wieder, geschnürt, geschnallt und zugeknöpft, und sah fünfzig Pfund leichter aus. Er hatte einen männlich-harten James-Bond-Blick aufgesetzt. Jazz hatte mittlerweile das viktorianische Sofa nahe an eines der Fenster gerückt. Ihre Beine waren nackt, und ein Kassettenrecorder spielte klassische Gitarrenmusik.

»Schon besser«, sagte sie, rein geschäftsmäßig. »Legen Sie sich da mal hin.«

»Wer legt sich denn im Regenmantel auf ein Sofa? Ich stehe lieber.«

»Ich muß was mit diesem tollen Licht da anfangen. Sehen Sie das, wie es durch das Fenster hereinflutet und sich über das Sofa ergießt? So was kriegen Sie nirgends sonst im ganzen Studio. In einer halben Stunde ist es wieder weg. Bis dahin sind wir längst fertig.«

»Ich hatte mal einen Zahnarzt, der war genau wie Sie. Genau wie Sie und doch anders.« Er setzte sich kerzengerade auf das Sofa.

»Zahnarzt? Wo? Bei Ihnen zu Hause?«

»Ja. In der Nähe von Perth. War mein Onkel, also war es ganz selbstverständlich, daß man mich zu ihm schickte, schon wegen des Familienrabatts. Aber er war wirklich sehr gut. Machte alles ganz schmerzlos. Ohne das, was er für meine Zähne getan hat, hätte ich nie Karriere gemacht.« Seine Kiefer hatten sich entspannt, er lehnte lässig im Sofa, als erinnere er sich nicht allzu ungern an die vorzügliche Arbeit, die ihm sein Zwanzig-Millionen-Dollar-für-drei-Filme-Lächeln eingebracht hatte. Jazz machte rasch ein Polaroid und gab es ihm zur Ansicht. Sie war davon überzeugt, daß man seinem Modell von Anfang an die Chance geben mußte, Einspruch einzulegen, wenn ihm die Zwischenergebnisse nicht gefielen. Eine solche Bildauswahl war schon die halbe Miete.

»Nicht schlecht«, sagte er und betrachtete es aufmerksam. »Anders als... diese Mein-Gott-seh-ich-gut-aus-Fotos, die sie alle wollen. Vielleicht ist es der Regenmantel?«

»Der Hals ist irgendwie noch zu steif«, sagte Jazz mit nachdenklichem Kopfschütteln. »Sieht zu bauschig aus unterm Kinn. Machen Sie doch mal fünf Knöpfe auf und ziehen Sie den Kragen ganz auseinander. Und legen Sie den Kopf auf die Sofalehne zurück. Vielleicht auch die Füße auf die Armlehne, und dann strecken Sie sich aus, so richtig bequem. Stellen Sie sich vor, Sie wären am Strand und lägen in der Sonne im *Surfers' Paradise*...«

»Waren Sie schon mal in Australien?« fragte er, während er ihre Anweisungen ohne weiteres befolgte.

»Letztes Jahr, ja. Hat mir gut gefallen.« Sie hatte ihre erste Canon zur Hand genommen und schoß rasch, mit nur einem Mindestaufwand an Bewegung, unauffällig und so gut wie unsichtbar eine ganze Serie von Bildern. Was sie sah, gefiel ihr. Der offene Mantel ließ einiges von seiner bloßen Brust sehen, das feine Schnitzwerk des Rosenholzsofas gab einen tollen Rahmen für den schnittigen italienischen Mantel ab, und sein blondes Haar auf dem dunklen Samt erzeugte einen teuflisch aufreizenden Kontrast.

»Haben Sie kein Heimweh?« Ihre Stimme war leise, unaufdringlich.

»Doch, und wie. Ich fliege nach Hause, sooft ich kann.«

»Erzählen Sie mir was von Ihrer Familie.«

»Sie sind super. Stellen Sie sich vor, meine Mutter läßt mich noch immer den Müll raustragen, und meine Schwestern machen mich noch immer mit netten Mädchen bekannt, und mein Dad sorgt sich noch immer, ob ich auch ordentlich was zurücklege, also gebe ich ihm immer die Berichte meines Managers. Jedes Wochenende spiele ich zwei ganze Tage lang Fußball mit meiner alten Mannschaft, bei der ich früher Mittelstürmer war. Doch, ich muß bald wieder mal nach Hause.«

Seine heimwehkranke Stimme verstummte, sein Gesichtsausdruck wirkte verletzlich, voller Wehmut und Sehnsucht. Er sah so wildromantisch aus wie Olivier als Heathcliff, als er jetzt an die großen Fußballspiele lang vergangener Zeiten dachte. Jazz ging auf leisen Sohlen und griff sich immer wieder eine neue Kamera, sobald ein Film zu Ende war. Sam Butler war jetzt nicht mehr so lachhaft makellos, sondern sah vollkommen natürlich aus, wie er so dasaß und seine Augen sich füllten mit Erinnerungen an Menschen und Orte in fünfzehntausend Meilen Entfernung. Er hatte völlig vergessen, daß er pausenlos fotografiert wurde, und Jazz ihrerseits arbeitete in hypnotischer Stille, die nur von den trägen Melodien der klassischen Gitarren unterbrochen wurde. Erst nach Minuten verblaßten seine Erinnerungen plötzlich, und er nahm unvermittelt die intensiven, unwiderstehlich anziehend wirkenden Bewegungen der Fotografin wahr, ihre Haarsträhnen, die sich links und rechts der Kamera kräuselten, ihre sonnengebräunten, bloßen Beine unter dem kurzen Rock, ihre im Gegenlicht des Fensters fast durchsichtige rote Bluse, darunter die leicht schwingenden vollen Brüste. Er rutschte unruhig auf dem Samt des Sofas hin und her, stellte seinen Blick wieder scharf und kehrte in die Gegenwart zurück, und Jazz bekam eine ganze Filmrolle voller überwältigend sinnlicher und gefährlich lustvoller Aufnahmen, wie sie nie wieder jemand von ihm machen sollte.

Das war es dann wohl, dachte sie alarmiert, als er sich anschickte, den Gürtel seines Regenmantels zu öffnen.

»Ich muß rasch den Film wechseln«, sagte Jazz hastig und richtete sich auf. Zu spät. Er war schneller und hielt sie fest.

»Schon mal das Sofa ausprobiert?« fragte er und zog sie zu sich herab. Mit einem Arm hatte er sie wie in einem Schraubstock umklammert, so daß sie den Oberkörper nicht mehr bewegen konnte, mit dem anderen schob er den Regenmantel von der Schulter.

»Das ist jetzt aber ziemlich unprofessionell.« Jazz sprach, als stände sie über den Dingen, während sie gleichzeitig mit ihren nackten Füßen versuchte, nach seinen Beinen zu treten.

Er lachte, wechselte geschickt die Position seiner Arme, schlüpfte nun ganz aus dem Regenmantel und warf ihn auf den Boden.

»Ich sagte, Sie sollten Ihre Kleider ausziehen«, rief Jazz entrüstet, »nicht auch Ihre Unterwäsche!«

»Sie haben mich nicht gefragt, ob ich überhaupt welche trage.« Seine Hände waren jetzt eifrig dabei, sie zu entkleiden, während sie unter dem vollen Gewicht seines muskulösen, nackten Körpers keine Chance hatte, sich auch nur zu bewegen oder gar zu wehren. Sie hätte doch diesen Selbstverteidigungskurs machen sollen, dachte sie, während sie allmählich in Panik geriet und fieberhaft überlegte, wie sie sich wehren und ihm so weh tun könnte, daß er von ihr abließ. Und sie hatte noch selbst dafür gesorgt, daß niemand sie hörte, falls sie jetzt schrie. Mal wieder besonders clever gewesen! dachte sie verärgert, als sie spürte, wie er den einzigen Knopf ihrer Bluse öffnete und ihre Brust umfaßte, während sie noch immer hilflos und bewegungsunfähig unter ihm lag.

»Hören Sie auf!« rief sie und versuchte, ihn irgendwo zu beißen.

»Das hat bisher noch keine Frau zu mir gesagt!«

»Eingebildeter Kerl!«

»Stimmt!« sagte er und verschloß ihr den Mund mit einem Kuß.

Und dann fiel auf einmal das Sofa um, und sie landeten beide auf dem Boden. Das ganze Studio wackelte, und der Fußboden knarrte und schwankte. Türen schlugen laut zu, überall war das beängstigende Poltern und Krachen zu Boden fallender Gegenstände zu hören; und Jazz und Sam fanden sich eng umschlungen auf dem Boden wieder, wo sie sich in sprachlosem Schrecken aneinanderklammerten, endlose Sekunden lang, während der Aufruhr andauerte.

»Was, zum Teufel, ist das denn?« flüsterte Sam Butler, als das Haus langsam wieder zur Ruhe kam. Jazz sprang mit der

Geistesgegenwart der erfahrenen Kalifornierin schnell auf, achtete auf zersplittertes Glas und rannte dann zum Fenster, immer noch nur mit ihrem Rock bekleidet.

»Ich hau hier ab!« rief Sam Butler.

»Rühren Sie sich nicht vom Fleck! Draußen ist es keinen Deut sicherer! Da können Ihnen sämtliche alten Häuser auf den Kopf fallen. Wir sehen besser nach, ob eine Flutwelle kommt. Hier in der Gegend ist das immer möglich.«

»*Eine Flutwelle?*« Seine Stimme hob sich.

»Ganz recht, sie müßte gleich da draußen sein.« Sie deutete aufs Meer hinaus und lehnte sich aus dem Fenster, damit er nicht sah, wie ihre Mundwinkel zitterten. Ein Nachbeben, ganz sicher, dachte sie, keine Flutwelle. Jedenfalls nicht dieses Mal. Das war noch nicht *Das große Beben*. Sie hörte, wie er sich in der Garderobe fluchend anzog.

»Wenn Sie noch mehr Bilder machen wollen«, rief er ihr zu, als er zur Tür hinaus floh, »dann nur ganz oben auf'm Hügel!«

»Und mit vielen Leuten dabei«, rief ihm Jazz hinterher. »Jetzt, wo ich weiß, warum Sie den Ruf haben, unwiderstehlich zu sein!«

Er drehte sich verärgert zu ihr um. »Wissen Sie, sehr nett waren Sie nicht zu mir. Überhaupt nicht. Wenn ich nicht so ein Gentleman wäre, würde ich sagen: Besorgen Sie sich's doch selbst!«

»*Sie*, Sam Butler«, lachte Jazz, »kriegen dazu jedenfalls keine Gelegenheit mehr.« Sie bedeckte ihre Brust mit den Armen. »Und werfen Sie mir doch mal eben meinen Hut rüber, ja?«

2

Was täten die nur ohne mich? dachte Phoebe Milbank, während sie eine dicke Schicht Streichkäse auf ihr Zwiebelbrötchen strich. Eine Frage, die sie sich nicht zum ersten Mal stellte. Sie war zugleich Firmenpartnerin und Agentin von Jazz Kilkullen, Mel Botvinick und Pete di Constanza. Sie sah sich immer ein wenig in der Rolle eines britischen Kindermädchens alter Schule, in stets korrekten, gestärkten Kleidern, das mit einem gewaltigen, blitzenden marineblauen Kinderwagen – einem Rolls-Royce von Kinderwagen – unterwegs ist. Kam sie mit ihren drei brabbelnden und miteinander plappernden lieben Kleinen, die sorgfältig unter ihrer monogrammbestickten Decke steckten, an eine Kreuzung, brauchte sie dem Verkehrspolizisten dort nur ein kleines Handzeichen zu geben, und schon salutierte er respektvoll und brachte die ganze Kolonne rasender und ungeduldiger Autos mit seinem Arm zum Stehen, bis sie sicher und in aller Ruhe auf der anderen Straßenseite angekommen war und sich wieder auf dem Gehsteig befand.

Sie verfügte über einen messerscharfen Verstand, in dem keine Spur irgendeines Minderwertigkeitskomplexes zu entdecken war. Für sie bestand gar kein Zweifel daran, daß die drei ihr anbefohlenen Fotografen, sich selbst überlassen, alsbald Hungers stürben. Sie war ihre allwissende Führerin durch die unwirtliche und kalte Wildnis der Berufswelt, jener heimtückischen und komplizierten Welt der Werbung und Zeitschriftenpresse, in der Fotos gehandelt wurden. Ihre ganze versammelte Kreativität wäre keinen Schuß Pulver wert, würde sie sie damit allein lassen. Denn im Grunde waren sie alle drei hilflos und total unfähig, ihre eigenen Geschäfte zu führen. Genauso wollte sie es allerdings auch haben, und sie hatte nicht die mindeste Absicht, daran etwas zu ändern.

Mit diesen angenehmen Gedanken verbrachte Phoebe die erste der zehn Minuten, die sie unmittelbar vor der monatlichen Samstagmorgensitzung der Dazzle-Partner stets zur gedanklichen Vorbereitung nutzte. Diese Zeit war ihr heilig. Sie brauchte sie, um für alle in der Konferenz auftauchenden Probleme gewappnet zu sein.

Sie stand auf und wuselte in ihrem Büro herum, rückte die Sessel der Sitzgruppe zurecht, die so niedrig waren, daß sie hinter ihrem Schreibtisch höher saß als ihre Partner und buchstäblich auf sie herabblicken konnte. Sie war eine kleine, schlaue, strubbelhaarige Person mit einer Lage blonden Haares über der anderen, die mit großem Kostenaufwand höchst modisch in Unordnung gebracht und so beinahe, aber doch nicht ganz ruiniert worden waren.

Sie war sehr zufrieden mit sich und der Welt. Ihre Haare waren ideal. Ihr keckes, gewitztes Gesicht, das nichts von ihrem gut funktionierenden Gehirn verriet, war auch ideal. Ihre schlanke und geschmeidige Figur war nahezu ideal, so wie man sie sich als Kalifornierin des zwanzigsten Jahrhunderts nur wünschen konnte. Unter ihrem dünnen Pulli war jeder einzelne ihrer Rückenwirbel sichtbar, ihre Hüften setzten scharfe Akzente in ihrem kurzen Strickrock, und überhaupt konnte sie essen, was sie wollte, sie nahm nie auch nur ein Gramm zu. Sie war achtunddreißig, aber sie wußte genau, daß sie auf den ersten Blick als UCLA-*Cheerleader* durchgehen könnte.

Sie nahm sich noch ein Brötchen von dem Teller auf ihrem Schreibtisch und schmierte dick Streichkäse mit Schnittlauch darauf. Gott sei Dank, dachte sie, traf der Satz: »Man ist, was man ißt«, bei ihr nicht zu. Nein, als Fotografenagentin war sie vielmehr das, was sie vertrat. Wie bei Pferdetrainern stand und fiel ihr Ruf mit der Qualität ihres Stalles.

Bei allem Gefühl der Überlegenheit war sie doch ganz frei von unbegründeter Eitelkeit. Sie vermochte sich und andere sehr genau in ihrem Wert einzustufen. Ihre eigenen Schützlinge waren das derzeit gefragteste Trio der ganzen Stadt, alle drei auf dem Gipfel der Fotografenlaufbahn. Doch keiner hätte das ohne sie geschafft. Natürlich wäre sie selber ohne die drei auch nicht da, wo sie jetzt war – aber es gab da einen entscheidenden Unterschied: Wären nicht Jazz, Mel und Pete in ihrem Elite-Stall, dann eben drei andere...

Sie sah auf die Uhr. Die Konferenz begann in fünf Minuten. Noch immer Zeit genug für ein letztes Resümee der Lage, wie sie das jeden Monat zu tun pflegte, um ganz sicher zu gehen, daß ihr in diesem so schnell wachsenden Geschäft, das sich von Monat zu Monat veränderte, auch nicht das kleinste Detail entging.

Jeder ihrer Partner war Freibeuter und Dämon, wenn es darum ging, einen Auftrag an Land zu ziehen. Und alle drei – das war das Entscheidende – waren weit, sehr weit davon entfernt, dabei auf *Nummer Sicher* zu gehen.

Auf Nummer Sicher gehen – das war, wenn man Phoebe fragte, im heutigen Fotogeschäft das einzige, was völlig daneben war. Jeder einigermaßen ordentliche Fotograf konnte das »tadellose« Foto abliefern. Aber nur ein paar wenigen war das niemals genug, und sie waren beständig auf der Suche nach dem nie Dagewesenen, wagten sich immer wieder vor auf unbekanntes Terrain und wurden jedes Mal fündig, ohne sich dabei in überkandidelten Spinnereien zu verlieren, die mit dem, was der Auftraggeber wollte, nichts mehr zu tun hatten. Aber wenn sie so etwas machten, wenn sie sich über die sicheren Grenzen des Üblichen und Konventionellen hinauswagten, zu wem kamen sie dann, um sich Ermutigung und Rückendeckung zu holen und sich auch mal vor Irrwegen bewahren oder ihre Heidenangst nehmen zu lassen? Natürlich zu ihr, ihrer Agentin. Sie wären oft genug nicht so risikofreudig, wenn sie nicht wüßten, daß sie ihre, Phoebes, volle Unterstützung hatten.

Das war natürlich alles keine Frage der Technik. Gott bewahre. Zweihundert Fotografen beherrschten die »Technik« so gut wie sie. Und noch zweihundert andere hatten genausoviel »Geschmack«. Es gab Millionen – selbst Amateure –, die anständige Fotos knipsen konnten. Der Unterschied zu ihren Schützlingen bestand darin, daß die besten Fotoeinkäufer und Artdirektoren der Branche ihre Fotos auf den ersten Blick identifizieren konnten.

Zwei Punkte, die dafür ausschlaggebend waren, konnte Phoebe benennen: die Einmaligkeit und Unverfälschtheit des Blicks und die Kompetenz im Umgang mit Licht und Beleuchtung. Beides mußte sich ergänzen. Es nützte gar nichts, von der Zündkerze bis zu Michelle Pfeiffer alles richtig ausleuchten zu können, wenn man nicht auch den richtigen Blick besaß. Und umgekehrt nützte einem der beste »Blick« nichts, wenn man nicht perfekt mit den schier unendlichen Möglichkeiten künstlichen Lichts umzugehen wußte.

Und dann war da jener dritte Punkt, den sie nicht so genau benennen konnte, und ihre drei Fotografen auch nicht. Dabei war es eben dieses Dritte, was Jazz, Mel und Pete zu den besten ihres Berufs machte. Manche nannten es etwas harmlos »Originalität«. Sie, Phoebe, beschrieb es lieber als *Hemmungslosigkeit*. Es wimmelte heutzutage von Fotografen, die lediglich tüchtig waren und gute und ordentliche Arbeit ablieferten. Aber solange einer nicht willens war – nein, nicht nur willens war, sondern den unwiderstehlichen Drang verspürte, die anerkannten Grenzen der Fotografie zu sprengen, konnte er nie die höchsten Stufen erklimmen. Es gab welche, die Mel, Pete und Jazz ebenbürtig waren, aber niemanden, der ihnen überlegen gewesen wäre. Und auch die ihnen Ebenbürtigen waren dünn gesät. Sie gehörten zu Agenten, die so gut waren wie Phoebe selbst, und davon gab es zur Zeit in ganz Kalifornien nicht mehr als drei.

Noch vor fünfzehn Jahren hätte niemand, der in Los Angeles eine Agentur hätte aufmachen wollen, solche Fotografen gefunden. Sie machte sich darüber gar keine Illusionen. Und sie war froh, wenn auch nicht sonderlich überrascht, daß sie selbst zur rechten Zeit am rechten Ort gewesen war.

Früher hatten praktisch alle Top-Fotografen in New York gelebt und gearbeitet. Das hatte sich geändert, speziell auf den Gebieten Nahrungsmittel-Fotografie, Auto- und Prominentenporträts. Heute saß ein Großteil der besten Leute dieser Branchen hier in Los Angeles. Und sie war von Anfang an dabei gewesen.

Vor zwölf Jahren, eben sechsundzwanzig geworden, hatte sie als Assistentin bei Evan Jones begonnen, einem Porträtfotografen, der sein gutes Auskommen mit schmeichlerischen Porträts reicher Damen hatte, die diese dann ihren Ehemännern zu Weihnachten schenkten. Sein Talent war die Retusche. Er zeigte seinen Kunden prinzipiell niemals Rohabzüge. Erst traf er eine Vorauswahl und warf gnadenlos alles weg, was er nicht für das Beste hielt. Danach arbeitete er erst einmal äußerst vorsichtig mit der Technik des Abwedelns beim Vergrößern, was derart unmerkliche Korrekturen erlaubte, daß er diese Vergrößerungen dann seinen Kundinnen als Rohabzüge präsentieren konnte. Und erst nachdem die so schmeichelhaft Porträtierten den Abzug ausgewählt hatte, der ihr am besten gefiel, begann er mit der wirklichen Retuschierarbeit, wieder mit Abwedeln und dann auch mit winzigen Pinseln, mit denen er wegnahm und hinzufügte: längere Wimpern, Arme und Hände ohne sichtbare Adern, hellere Pupillen, schmalere Nasenflügel, vollere Lippen, kleineres Kinn, makelloser Hals...

Obwohl an sich clever und angenehm im Umgang, hatte Evan keinen Geschäftssinn. Seine Buchhaltung war höchst mangelhaft, und außerdem besaß er keine Vorstellung davon, was der angemessene Preis für seine Arbeit war. Und so hatte sie eines Tages, nachdem sie sich darüber klargeworden war, daß sie weder das Talent zu einer wirklich außergewöhnlichen Fotografin besaß, noch den Ehrgeiz und die Geduld dafür aufbringen konnte, eine zu werden, kurzentschlossen sein Büro übernommen und begonnen, seine Geschäfte zu führen.

Sie brauchte nur einen einzigen Tag, um sich selbst durch eine weitaus bessere Assistentin, als sie es je gewesen war, zu ersetzen. Dann sah sie seine Kundenliste durch und rief die Damen der Reihe nach an, um sie darauf hinzuweisen, daß ihre alten Porträts wohl überholt und neue angebracht seien. Dabei verdoppelte sie kurzerhand die Preise, ohne ein Wort davon zu sagen, in der – zutreffenden – Annahme, daß die Kunden dies schlicht als Zeichen gestiegener Qualität interpretieren würden. Von ihrer Schwester, die bei einem der bekanntesten Schönheitschirurgen Hollywoods arbeitete und ein aktives Mitglied der Vorzimmer-Mafia war, ließ sie sich laufend mit Adressen von Damen versorgen, die dringend neue Porträtfotos benötigten, weil sie inzwischen ja auch neue Gesichter hatten.

Binnen sechs Monaten hatte Evan eine ellenlange Warteliste, und Phoebe hatte die Preise verdreifacht und kassierte ein Viertel davon – den Standardprozentsatz – als Provision für ihre Dienste.

Nun war sie auch soweit, Evan in die Filmindustrie einzuführen. Sie ließ Präsentationsmappen seiner besten Porträts anfertigen und überschwemmte damit sämtliche Agenturen, Verleger, Manager, Maskenbildner und Friseure Hollywoods. Und vervierfachte die Preise.

Darstellerinnen von einem gewissen Alter an aufwärts – ein Alter, das von Jahr zu Jahr früher begann – wurden auf Evans Porträts aufmerksam. Es dauerte kein Jahr, und er war der gefragteste Porträtfotograf für den unerschöpflichsten aller Kundenkreise: die Frauen über einundzwanzig. Seine Fotos erschienen nun – auf Verlangen der Abgebildeten – in

Zeitschriften als Artikel-Illustrationen und dann auch als Titelbilder. Es gab eine Menge Frauen, die noch nie so gut ausgesehen hatten wie auf den Porträts von Evan, und es war unausbleiblich, daß schließlich auch die männlichen Stars auf ihn aufmerksam wurden. Und Phoebe konnte sich bald einen zweitürigen Mercedes 560 kaufen – hellgelb, passend zu ihrer Haarfarbe.

Aber sobald sich Evan fest etabliert hatte, verlor sie jegliches Interesse an ihm. Angesichts der natürlichen Grenzen seines Talents hatten auch ihre Verdienstmöglichkeiten als seine Agentin ihre Grenzen. Er hatte auch gar keinen Ehrgeiz, irgend etwas weiterzuentwickeln oder zu verändern, während für sie nur das stets Neue und Innovative eine Herausforderung war. 1980 suchte sie sich eine Nachfolgerin und machte sich selbständig. Als erstes erstellte sie eine genaue Analyse der stärksten Produktgruppen der Werbung in den amerikanischen Zeitschriften.

Nahrungsmittel, stellte sich heraus, waren die absolut größte Gruppe, größer noch als Kosmetika. Danach kamen Automobile. Als sie erst einmal gezielt danach suchte, fand sie Zeitschriftenanzeigen für Autos buchstäblich überall. Sie machte sich kundig über die Meriten der einzelnen Werbefotografen für Nahrungsmittel und Automobile und erkor dann am Ende Mel Botvinick und Pete di Constanza zu den beiden Vertretern ihres Fachs, deren Agentin zu werden sie beabsichtigte.

Sie vereinnahmte die beiden dann auch sehr rasch – mit einem Provisionsanteil für sich selbst von einem Drittel. Je mehr sie für sie tat, desto mehr brauchten sie sie. Ohne Phoebes sorgfältiges Management ihrer Karrieren hätten sie nie gewagt, die Honorare zu fordern, die sie jetzt verlangen konnten. Bei jedem Auftrag, den sie unbedingt haben wollten, waren sie nervös und übereifrig gewesen und voller Angst, irgendein anderer könnte ihnen den Auftrag wegschnappen. An diesem Punkt waren sie dann stets bereit gewesen, ihre eigenen etablierten Tarife zu unterbieten.

Genau da hatte sie angesetzt. Sie hielt die Tarife hoch, kostete es, was es wollte, und lehnte alles, was zu wenig einbrachte, kategorisch ab, selbst wenn das einmal einen Tag ohne Auftrag bedeutete. Aber von dem Tag an, da sie sie managte, stiegen ihre Einnahmen stetig, bis sie den absoluten Spitzenhonorarsatz der Branche erreicht hatten. Pete verdiente eine gute Million pro Jahr, und Mel nicht sehr viel weniger.

Jazz Kilkullen war, weil sie viele redaktionelle Beiträge für illustrierte Zeitschriften lieferte und jedes Foto mit ihrem Namen zeichnete, als einzige von den dreien berühmt. Sie machte allerdings nur etwa vierhunderttausend Dollar pro Jahr – Redaktionsarbeit brachte nun mal ungleich weniger ein als Werbung. Aber ihr Potential war noch längst nicht ausgeschöpft, speziell, was Kosmetikwerbung anging. Gäbe es Jazz doch nur zweimal! dachte Phoebe – eine, die einfach den Mund hielt und ihre Modelle für die großen Kosmetikwerbekampagnen fotografierte, und eine, die ihretwegen dann nach Herzenslust ihre Mode- und Prominentenreportagen für die großen Magazine ablieferte! Bedauerlicherweise aber gab es nur eine einzige Jazz, und die wollte und wollte auf die journalistische Arbeit einfach nicht verzichten, weil sie »ihre Freiheit liebte«.

Auch sonst war Jazz in mancherlei Hinsicht von ganz anderem Naturell als etwa Mel, der brav nur so viele redaktionelle Aufträge annahm, wie Phoebe guthieß, und als Pete, der sich ohnehin grundsätzlich auf Werbeaufträge beschränkte. Jazz hingegen hatte diesen fatalen Drang, den Phoebe so lästig fand: den Drang nach »Unabhängigkeit«.

Doch, ja: ein beklagenswerter Drang, der höchstwahrscheinlich auf ihre Herkunft zurückzuführen war. Phoebe konnte sich immer wieder darüber aufregen. Der Vater von

Jazz war Mike Kilkullen, der die letzte Großrinderranch zwischen Los Angeles und San Diego besaß, sechsundzwanzigtausend Hektar jungfräulichen, ungeteilten, unerschlossenen und unbebauten Landes.

Ein schon auf die Tage der spanischen Landverteilungen zurückgehendes Familienimperium. Jazz war Kalifornierin der achten Generation, und durch ihre Adern floß spanisches *Ranchero*-Blut ebenso wie irisches und schwedisches. Sie war schon immer nur schwer im Zaum zu halten gewesen.

Derlei Gedanken gingen Phoebe durch den Kopf, während sie ihren Streichkäse pur aus der Schachtel löffelte. Agentin sein war so ähnlich, wie Löwen dressieren. Man mußte Freundlichkeit, nicht zuviel und nicht zuwenig, unerschütterliche Autorität und Furchtlosigkeit an den Tag legen. Das wichtigste aber war Kontrolle.

Sie kamen nacheinander hereingezottelt, alle drei wie üblich gereizt wegen dieser Vereinnahmung ihres Samstagmorgens.

»Was sagt ihr bloß zu diesem Beben?« fragte Mel Botvinick. »Ich hatte eben das ganze Arrangement für die Doppelseite über Soufflés für *Bon Appétit* fertig, als es losging. Wir brauchten danach noch bis Mitternacht, um den ganzen Mist neu aufzubauen. Konnte das nicht zehn Minuten später kommen?«

»Was soll ich da erst sagen«, warf Pete di Constanza ein. »Ich stand gerade auf einer Leiter über dem neuen Ferrari für einen Schuß von oben, als es zu wackeln anfing. Wenn ich nicht so reaktionsschnell wäre, dann läge ich jetzt mit einem gebrochenen Bein im Krankenhaus. Immerhin, es hätte noch viel schlimmer kommen können. Wenn beispielsweise der Wagen beschädigt worden wäre. Und du, Jazz, wie war es bei dir?«

»Also was mich angeht«, antwortete Jazz, »so kam es im

Grunde genommen zur rechten Zeit. Ich hatte gerade nichts Besonderes zu tun.«

»Ihr seid richtige Babys«, mokierte sich Phoebe. »So ein bißchen Erdzittern. In Beverly Hills haben wir kaum etwas davon gemerkt.«

»Warst du einkaufen?« fragte Pete.

»Nein, beim Friseur, wie üblich. Du weißt doch, Pete, daß meine Freitagnachmittage heilig sind.«

»Richtig, ja. Wie meine Stunden beim Seelenklempner montags und donnerstags. Der tickt übrigens nicht richtig«, fügte Pete hinzu. »Tut sich was darauf zugute, mit einem schäbigen, ausgeleierten alten Volvo herumzukutschieren, als wenn das eine Tugend wäre. Ratet mal, was er geantwortet hat, als ich ihm erzählte, daß ich soeben den neuen Countach-Jubiläums-Etat an Land gezogen habe: ›Ach, und ich dachte, Sie fotografieren ausschließlich Autos?‹ Der Kerl weiß doch tatsächlich nicht, was ein Countach ist! Lamborghini hat den 1971 herausgebracht, und seitdem ist das Ding noch immer der dickste Brummer unter den Sportwagen. Und davon hat dieser Mensch noch nie was gehört!«

»Wieso weißt du denn, was dein Seelenklempner für einen Wagen fährt?«

»Na, weil ich ihn gefragt habe.«

»Und da hat er es dir gesagt?« Mel war ehrlich überrascht. Sein eigener Seelenklempner beantwortete grundsätzlich keine Fragen.

»Sicher. Er glaubt nicht an diesen freudianischen Quatsch. Wenn du dem eine normale, akzeptable Frage stellst, kriegst du ohne weiteres eine Antwort.«

»Und woher weißt du so genau, daß er seinen alten Volvo als Tugend betrachtet?« wollte Jazz wissen und lachte voller Sympathie. Pete di Constanza stammte aus Fort Lee in New Jersey. Er war angezogen wie ein Aufseher im Nationalpark, sah aus wie ein Bademeister in einem Softporno am Strand und konnte Metallteile ausleuchten wie ein Gott. Einer der guten Menschen dieser Welt.

»Das denke ich mir so«, erklärte er mit Würde.

»Siehst du, genau deshalb beantwortet mein Psychiater keine Fragen«, sagte Mel mit herablassender Hochnäsigkeit. »Er will nicht, daß ich irgendwelche Schlußfolgerungen ziehe. Ich soll mich äußern, sonst nichts.«

»Ja, ja, und das ist der gleiche Kerl, der dir auch gesagt hat, daß du deine Träume nicht aufschreiben sollst«, wandte Pete ein. »Und wie sollst du dich seiner Auffassung nach an sie erinnern, wenn du sie nicht mal aufschreiben darfst?«

»Wenn sie wirklich wichtig sind, sagt er, werde ich mich auch so an sie erinnern.«

»Also nun, Jungs«, unterbrach Phoebe. »Könntet ihr diese faszinierende Diskussion über euer Seelenleben vielleicht auf ein anderes Mal verschieben?«

Pete verfiel in Schweigen. Er hätte zu dieser dummen Konferenz ohnehin nicht kommen müssen, wenn Phoebe ihn nicht überredet hätte, Teilhaber des Studios zu werden. Zugegeben, es war die beste Investition seines Lebens, ja, sie stellte sogar das einzige Kapital dar, das er je behalten hatte. Aber Immobilienbesitzer zu sein paßte einfach nicht zu seinem Stil. Nicht einmal, wenn es nur ein Viertel eines Hauses war.

Da der Kauf des alten Bankgebäudes und der Umbau zu einem Atelier-Komplex Phoebes Idee gewesen waren, beraumte sie auch diese ständigen Konferenzen über die ordnungsgemäße Verwaltung des *Dazzle* an, wobei ihr Hauptargument stets war, ihre drei Partner kämen ohne ihre monatliche Berichterstattung gar nicht zurecht. Du lieber Himmel! Soweit es ihn anging, hatte Phoebe nur einen einzigen Daseinszweck, nämlich ihm den ganzen geschäftlichen Kleinkram vom Halse zu halten, damit er sich in Ruhe seine Wahnsinnsfotos ausdenken konnte.

Nicht bloß Produktaufnahmen. Das konnte jeder Idiot in Detroit auch, und es gab eine Menge Idioten, die das taten, mit allen nur denkbaren blöden Gags wie billig eingefärbtem Rauch und Feuerwerkskörpern und Spiegeleffekten, die den Wagen dann aussehen ließen wie Teil einer Bühnenshow in Las Vegas. Wenn man aber ein Foto wollte, das die *Essenz* eines Wagens sichtbar machte? Ein Foto, das einem die irrsinnige emotionale *Erfahrung* vermitteln konnte, mit 250 Sachen dahinzurasen, während das Auto bewegungslos im Studio stand? Ein Bild, das romantisch und poetisch wie nur sonstwas war und das Auto wie eine beschissene Ikone aussehen ließ? Dann mußte man eben zu Pete di Constanza kommen!

Hatte er erst einmal ein paar Wochen mit einigen neuen Ausleuchtungsideen experimentiert, würde das neueste Modell des großen, klassischen Countach so aussehen, als sei es geradewegs von einem Raumschiff herabgeschwebt und leuchte von innen – genau der Wagen, den jeder prominente Außerirdische sich als Statussymbol wünscht... Wenn sie ihm erlauben würden, den Prototyp draußen in die Landschaft zu stellen – gar nicht auszudenken, was ihm da alles einfallen würde. Aber dieser spezielle Prototyp war viel zu kostbar, um ihn ins Freie zu lassen.

»Das Protokoll der letzten Konferenz«, begann Phoebe mit geschäftsmäßigem Unterton.

»Gelesen und genehmigt«, unterbrach Mel Botvinick sie hastig.

»Und so beschlossen«, riefen Pete und Jazz gleichzeitig.

Was war nur mit ihr los? fragte sich Mel. Dachte Phoebe etwa, sie sei Geschäftsführerin eines der Topunternehmen der USA, oder was? Nun ja, immerhin holte sie ja mit diesem Modus, ein Drittel von allem zu bekommen, was sie drei verdienten, mehr Geld heraus, als die meisten Topunternehmer im Big Business sich auch nur erträumen konnten. Und ganz sicher verschwendete sie es nicht auf solche Kleinigkeiten wie Erfrischungen, dachte er, als sein Blick mißmutig über das magere Angebot an Brötchen, die halbleeren Käsebehälter und die Karaffe mit dem Eistee schweifte, von dem sie hartnäckig behauptete, sie koche ihn immer selbst, obwohl er eindeutig als Lipton's aus der Dose zu identifizieren war. Immerhin hatte sie sich dazu durchgerungen, eine geviertelte Zitrone und einige Eiswürfel zu opfern. Sie machte sich offenbar überhaupt nichts aus Essen. Mel schauderte es, als er ihre Wespentaille und ihre dünnen Handgelenke musterte. Sie konnte es sich weiß Gott leisten, ein paar Pfunde zuzunehmen, damit ein vernünftiger Mann sich für sie interessieren würde! Aber nein, sie blieb lieber so schrecklich dürr!

Aber gut, wozu das Gemeckere? Tatsache war, daß Phoebe ihr Geld wirklich wert war. Ihm grauste es schon allein bei dem Gedanken, daß er selbst losgehen und Aufträge hereinholen, sich schutzlos in die knallharte Geschäftswelt von *Wesson Oil* und tiefgefrorener Pizza vorwagen und seine Buchführung selbst machen müßte! Phoebe hingegen machte das alles überhaupt nichts aus: diese entsetzliche Demütigung, einen potentiellen Kunden, von dem er noch nie etwas gehört hatte, tatsächlich anzurufen und ihn für einen Auftrag zu empfehlen!

Sie hatte da einfach einen sechsten Sinn, der ihr genau sagte, wann eine Werbeabteilung sich nach einer neuen Optik für ihre Müsli- und Corn-flakes-Mischungen umsah, und sie achtete gleichzeitig darauf, daß er nie öfter als zweimal im Monat *Fast-Food*-Aufnahmen machen mußte. Kein wahrer Künstler konnte die Schwierigkeiten, denen man ohne Agent ausgesetzt war, meistern und sich dabei gleichzeitig seiner Berufung widmen. Denn das war es ja schließlich. Eine Berufung. Lebensmittel- und Kochbuch-Fotografie war eine Berufung, nicht weniger. Genau wie Ballett. Oder Gehirnchirurgie. Nur die Details waren anders.

»Hat jemand von euch noch Neuigkeiten?« fragte Phoebe und blickte sich im Kreise um.

Pete hing träge in seinem Sessel und gab sich Mühe, den Eindruck zu vermitteln, als habe er es darin schrecklich unbequem. Seine langen Beine steckten in L.-L.-Bean-Wanderstiefeln, und er hatte sie von sich gestreckt, als gehörten sie nicht zu ihm. Mel saß wie üblich aufrecht, jedenfalls soweit es sein hängemattenartiger Sessel zuließ, mit ordentlich über dem gerundeten Bäuchlein gefalteten Händen. Sein hellgraues Hemd hatte nicht das kleinste Fältchen, und er hatte ein schwarzbehostes Bein sorgfältig über das andere geschlagen. Er kleidet sich immer wie ein in Ungnade gefallener Priester, dachte sie bei sich, irgendwie sah er auch ein wenig so aus, mit seinem korrekten Haarschnitt und dem milden Ausdruck im ovalen Gesicht.

»Nein!« riefen sie alle unisono.

»Aber ich!« antwortete Phoebe aufgekratzt. »Ich hab gehört, daß das Purple Tostada Grande verkauft werden soll!«

Allgemeines Stöhnen war zu hören. Wer in einem Foto-Studio arbeitet, ist darauf angewiesen, daß sich in der Nähe ein Lokal befindet, von dem man sich Essen liefern lassen kann. Jazz, Mel und Pete hatten jeweils ein halbes Dutzend verschiedener Speisekarten solcher Lokale, von denen sie täglich für die Leute, die in ihren Studios arbeiteten, Mittagsmahlzeiten orderten. Und das *Purple Tostada Grande*, ein preiswertes mexikanisches Restaurant mit einem großen Patio direkt gegenüber auf der anderen Straßenseite, war allgemein das beliebteste von allen. Es gab genug Kunden, denen schon, wenn sie im Studio ankamen, das Wasser im Munde zusammenlief in Erwartung gefüllter Quesadilla, jener gegrillten Tortilla mit grünem Chili, Zwiebeln, saurer Sahne, Tomaten und Käse. Oder der Burrito Combo mit Bohnen und Rindfleisch. Gar nicht zu reden von den berühmten Shrimps nach Art des Hauses im Korb.

»Das können die uns doch nicht antun!« jammerte Jazz.

»Eine Schande ist das!« rief Pete aufgeregt aus. »Ich habe Kunden aus Japan und Deutschland, die schon auf dem Weg hierher nur an ihren Lunch im Tostada denken! Ich verliere ja meine ganze Reputation!

»Wenn wir kein Tostada mehr haben«, setzte Mel besorgt hinzu, »dann fressen mir die Leute womöglich noch die Sachen weg, die ich fotografieren soll!«

»Wir sollten es als günstige Gelegenheit ansehen!« schlug Phoebe sachlich vor. »Warum kaufen wir es nicht selbst? Dann können wir es erhalten und vielleicht sogar ein wenig daran verdienen.«

»Kommt nicht in Frage«, sagte Pete sofort. »Schlimm genug, wenn man Mitbesitzer eines Hauses sein muß, aber gleich ein Restaurant... nein, kommt überhaupt nicht in Frage!«

»Jazz?« fragte Phoebe.

»Passe. Mir steht der Sinn im Augenblick nicht nach Investitionen.

»Mel?«

»Das soll doch wohl ein Witz sein, Phoebe, oder? Ich tue den ganzen Tag nichts anderes, als das Zeug fotografieren. Ich habe in meinem Studio die bestausgestattete Küche der Welt. Ich habe keinerlei Interesse, nun auch noch ins Gastronomiegeschäft einzusteigen!« Er sah beleidigt aus.

»Na gut, aber ihr habt doch nichts dagegen, wenn ich es alleine kaufe?« vergewisserte sich Phoebe.

»Wunderbar!«

»Prima!«

»Gar nicht schlecht, Phoebe! Gerettet von unserer eigenen Agentin!« applaudierte Jazz.

»Danke, Leute. Ich mache eine Aktennotiz über eure Zustimmung fürs Protokoll.« Phoebe sah sehr zufrieden aus. Wie sie es nicht anders erwartet hatte, besaß keiner von den dreien genug Gespür dafür, zu begreifen, daß jedes Fleckchen Grundbesitz hier in Venice fast täglich im Wert stieg. Ganz besonders eine Parzelle direkt an der Straße. Wenn sie die heute kaufte und nichts daran veränderte, war sie in einem Jahr doppelt soviel wert!

Aber noch besser war. Das Tostada mit seinem großen Patio eignete sich trefflich für ein total neues Restaurant. Ein Spezialitäten-Restaurant, irgend etwas ganz Ausgefallenes. Sündhaft teuer. Diener, die die Wagen der Gäste einparkten, und dergleichen. Ein junger Spitzenkoch, der sich bereits irgendwo im amerikanischen Kernland einen Namen gemacht hatte – Chicago vielleicht; einer von denen, die genau wußten, daß man noch nicht auf dem Gipfel war, wenn man es nicht auch in L. A. geschafft hatte. Die Finanzierung wäre überhaupt kein Problem. Da gab es jede Menge Bonzen, die nur darauf warteten, ihre Dollars in so ein Ding zu investieren. Soweit sie wußte, gab es in der ganzen Stadt niemanden, der nicht gerne an einem neuen Restaurantprojekt beteiligt gewesen wäre. Tony Bill war wirklich nicht der einzige, der gerne Grundbesitz in Venice, Kalifornien, erworben hätte.

»Noch irgendwelche Wortmeldungen?« flötete sie.

»Ähm...«, begann Mel und verstummte wieder.

»Ja, Mel? Irgendwas Neues? Möchtest du etwa schon wieder deine Klimaanlage erneuern?« fragte Phoebe mißtrauisch. »Ich muß dich warnen. Wenn du das vorhast, müssen wir das ganze Stromnetz erneuern. Und wir haben hier ja bekanntlich ohnehin schon einen Stromverbrauch wie eine Klinik!«

»Nein, ich – ähm... Ich heirate.«

Einen Augenblick lang herrschte absolute Stille. Mel, dessen Leben ausschließlich aus seiner Arbeit zu bestehen schien, hatte sein Privatleben immer derart unter Verschluß gehalten, daß sie am Ende alle davon ausgegangen waren, er habe überhaupt keines.

»Wen?« sagte Phoebe schließlich entgeistert. Wie konnte er überhaupt eine derartig wichtige Entscheidung treffen, ohne sie zuvor davon in Kenntnis zu setzen?

»Wen?« fragte Jazz begeistert.

»Wen?« wollte Pete wissen. Wie gab es denn so was, daß man ihm das nicht vor allen anderen mitteilte?

»Sharon«, sagte Mel. »Ihr kennt sie alle.« Jetzt, wo es heraus war, strahlte er wie ein Honigkuchenpferd.

»Ist nicht wahr!« sagte Jazz. »Als hätte man sich das nicht denken können! Wer sonst wäre gut genug für dich?« Sie stemmte sich mühsam aus ihrem tiefen Sessel hoch, um ihn zu küssen. Auf Mel ließ sie nichts kommen. Er war es gewesen, der ihr den ersten Job verschafft hatte.

»Sharon! Wirklich, die ideale Wahl, Mel!« rief Phoebe begeistert aus. Sharon war die beste *Food-Stylistin* in der ganzen Branche! Und jetzt würde sie immer seine Termine kennen und war so stets verfügbar! Manchmal war Mel doch intelligenter, als sie dachte...

Pete wunderte sich: »Also Sharon! Dabei hat sie dich doch das letzte Mal, als du diesen Titel für *Bon Appétit* gemacht hast, versetzt. Ich weiß noch genau, wie sauer du warst! Wieso hast du ihr plötzlich verziehen?«

»Na ja, die Geschichte war sozusagen der Auslöser«, antwortete Mel. »Als sie damals für diesen Auftrag nicht gleich alles stehen und liegen ließ, habe ich mich ein bißchen zu sehr aufgeregt. Ich meine, mal ehrlich, schließlich ist sie ja nicht die einzige Food-Stylistin, die rumläuft. Ich habe einfach überreagiert. Na gut, dann habe ich mit meinem Seelenklempner darüber geredet, weil ich nicht recht damit fertig wurde. Normalerweise bin ich ja nicht der Typ, der gleich hochgeht. Na ja, und da erkannte ich eben am Ende, daß ich mehr für sie empfand als bloß Respekt vor ihrem Können.«

»Und was hält dein Seelenklempner davon?« wollte Pete wissen.

»Das interessiert mich einen Scheißdreck!« erklärte Mel gelassen. »Hab's ihm noch nicht mal gesagt. Er wird ja ohnehin vermutlich keinen Kommentar dazu abgeben.«

»Meiner wäre mit Sicherheit ganz aus dem Häuschen«, meinte Pete. »Der würde wahrscheinlich sofort ein Bild von ihr sehen wollen.«

»Sie ist ein großartiges Mädchen«, sagte Jazz. »Jetzt verstehe ich erst ein Gespräch, das wir kürzlich hatten. Ich sagte, Mel Gibson und Mel Brooks hätten die gleichen Vornamen, aber irgendwie klinge das Mel bei beiden völlig verschieden, wenn man dabei an die entsprechenden Personen denke. Und da sagte sie, sie sei der Meinung, Botvinick passe viel besser zu Mel als die beiden anderen Namen. Damals dachte ich, das sei nur ihr Sinn fürs Exotische.«

»Darauf müssen wir aber ein Glas trinken«, verkündete Phoebe, die langsam in Stimmung kam. »Allerdings habe ich keinen Eistee mehr da.«

»Erinnert ihr euch noch daran«, sagte Mel, der sichtlich bebte vor Glück, »wie der Eistee seinerzeit in ganz Hollywood Mode wurde und das Perrier verdrängte?«

»Ja, und wißt ihr auch noch«, ergänzte Pete, »wie das Perrier den Weißwein verdrängte?«

»Und der Weißwein den Martini?« sagte Jazz verträumt. Ihr Vater trank nach wie vor Martinis.

Es wurde still im Raum, als alle der Martini-Zeiten gedachten – ein Drink, der völlig in der Versenkung verschwunden war. Vielleicht kam er eines Tages wieder? In New York war er ja nie aus der Mode gekommen. Aber diese bedauernswerten Zeitgenossen dort achteten ja ohnehin nicht darauf, was sie so alles in sich hineinschütteten!

Phoebe rief wieder zur Ordnung. »Wenn keiner von euch mehr etwas vorzubringen hat, dann hätte ich noch einen Punkt. Ich habe hier mehr Abstell- und Lagerraum, als ich wirklich brauche. Eine reine Raumverschwendung. Und da ist ein Fotograf, der sich gerne einmieten würde. Ein Fotoreporter. Er macht ausschließlich Reportagen und braucht einfach nur ein Büro und eine Sekretärin. Ich gehe davon aus, daß niemand von euch etwas dagegen hat. Übrigens werde ich künftig auch seine Agentin sein.«

»Agentin?« riefen alle drei wie aus einem Mund. Und alle drei hievten sich gleichzeitig aus ihren Sesseln hoch, umstellten ihren Schreibtisch und starrten sie eifersüchtig an.

»Augenblick, Kinder, Augenblick! « Es besteht überhaupt kein Anlaß, sich aufzuregen«, sagte Phoebe mit sanfter Stimme und versuchte, ihre Genugtuung zu verbergen. Sie hob mit gebieterischer Geste ihre winzige Hand, was die drei eigentlich hätte zum Schweigen bringen sollen. Nichts zu machen. Ganz genau, wie sie sich das vorgestellt hatte! Der blanke Konkurrenzneid! Sie hatte es vorhergesehen. Großer Gott, was täten die nur ohne sie, wenn sie sich schon bei der bloßen Vorstellung, sie könne ihnen auch nur ein wenig ihrer Aufmerksamkeit entziehen, so aufführten?

»Was heißt da, überhaupt kein Anlaß?« sagte Mel. »Glaubst du denn, du kannst dich immer weiter zerteilen?« Er war richtig wütend. Wütender als jemals auf Sharon.

»Du hast doch wahrlich mit uns dreien schon mehr als genug zu tun!« rief Pete. »Das läuft doch zwangsläufig darauf hinaus, daß du uns vernachlässigst!«

»Phoebe, das ist nicht fair. Und das weißt du auch«, fügte Jazz hinzu.

»Ich habe euch doch noch gar nicht gesagt, um wen es sich handelt«, erklärte Phoebe ruhig. »Ich spreche von Tony Gabriel.« Sie blickte sie mit ihrem entwaffnendsten und liebsten Lächeln reihum an. Sie waren alle so herrlich berechenbar!

»Gabe?« sagte Pete. »Aber – ist der nicht in Europa? Oder im Nahen Osten?« Er war plötzlich ganz aufgeregt.

»Tony Gabriel? Woher kennst du den denn?« fragte Mel, dessen Wut in Ehrfurcht umgeschlagen war.

»Ich kenne alle«, erklärte Phoebe von oben herab. »Gabe hat die letzten Jahre von Paris aus gearbeitet, kommt aber jetzt zurück und will sich hier in L. A. seine Basis einrichten. Die meiste Zeit wird er sowieso unterwegs sein. Aber ihr werdet doch verstehen, daß ich nicht nein zu ihm sagen konnte.«

»Mensch, stellt euch mal vor, Gabe *hier!* Das ist ja toll! Ich kann's gar nicht erwarten, mich mit ihm zu unterhalten!« sagte Pete.

»Ich wollte ihn immer schon mal kennenlernen«, meinte Mel. »Tony Gabriel, hm? Nicht zu fassen. Den Burschen hab ich immer wahnsinnig bewundert!«

»Gut, dann ist das geklärt, und wir können uns auf nächsten Monat vertagen«, meinte Phoebe und erhob sich. Mel und Pete waren bereits auf dem Weg zur Tür.

»Augenblick mal!« sagte Jazz. »Diese Konferenz ist noch nicht zu Ende!« Ihre Stimme klang unheilverkündend, und sie war jetzt mindestens einen Kopf größer.

»Phoebe, das kommt überhaupt nicht in Frage! Das kannst du mit mir nicht machen. Mit keinem Trick der Welt kriegst du meine Zustimmung dazu, daß Gabriel hier reinkommt!«

»Was ist denn mit dir los, sag mal?« fuhr Phoebe sie an. Sie war wie vor den Kopf gestoßen. Auch Mel und Pete blieben angesichts der Verwandlung, die mit Jazz vor sich gegangen war, in stummer Verwunderung bei der Tür stehen. Sie sah aus wie der Zorn in Person. Was war denn in die gefahren? Gabe war ein Held, einer der ganz Großen der Branche!

»Mit mir ist gar nichts los!« erklärte Jazz. »Ich bin die einzige von euch allen, die noch einen klaren Kopf hat! Tony Gabriel bedeutet nichts als Ärger und Probleme! Er ist ein Nehmer, ein Ausnehmer, ein Ausbeuter – ein Soziopath, der rein zufällig noch niemanden umgebracht hat!«

»Also wirklich, Jazz, du bist doch total übergeschnappt!« ereiferte sich Phoebe.

»Es ist mir scheißegal, Phoebe, was du denkst. Du hast

schlicht und einfach keine Ahnung! Und im übrigen: Als wir miteinander dieses Haus hier kauften, da haben wir doch etwas vereinbart – oder vielleicht nicht? Nämlich: Falls noch einer mit hier rein will, dann genügt es, daß einer von uns ausdrücklich dagegen ist, und die ganze Sache ist gestorben. Richtig? Und genau das erkläre ich hiermit: Ich bin ausdrücklich dagegen! Eiskalt. Klar? Und damit könnt ihr keinen, ich wiederhole, *nicht* auch nur einen Zentimeter Raum hier an Gabriel vermieten. Wenn der Mann auch nur einen Fuß hier hereinsetzt, dann wird er alles kaputtmachen. Ich kann dich nicht daran hindern, auch seine Agentin zu sein. Das ist deine Sache. Aber wenn du das machst, dann bist du vom gleichen Augenblick an nicht mehr meine Agentin, und ich suche mir eine andere. Dazu brauche ich wahrscheinlich nicht mehr als ein einziges Telefongespräch. Und das ist mein voller Ernst, Phoebe! Glaube bloß nicht, daß ich das nicht genauso meine, wie ich es sage.«

»Aber Jazz, was um Himmels willen...«

»Ich bin weder dir noch sonst wem irgendeine Rechenschaft schuldig! Du hast die Wahl!« Und Jazz marschierte zur Tür hinaus und warf sie hinter sich zu, daß es nur so knallte.

Natürlich kommt er zu spät, dachte Phoebe Milbank mit einer für sie ganz untypischen Nachsicht, als sie in der Market Street 72 auf Tony Gabriel wartete, mit dem sie zum Lunch verabredet war. Sie kam bis zu zehnmal die Woche in dieses Restaurant. Da praktisch alle ihre Mittag- und Abendessen geschäftlich waren, war es für sie ganz unerläßlich, ein exzellentes Lokal zur Verfügung zu haben, in dem sie jederzeit auch in allerletzter Minute ohne Umstände einen Tisch reservieren lassen konnte und das zudem nahe dem Büro gelegen war. Hier konnte sie fünf Minuten, ehe sie kam, anrufen und stets sicher sein, daß man ihr, egal wie voll es gerade war, irgendwie einen Tisch freimachte – für die zwölf japanischen

Geschäftsleute der Automobilbranche etwa, die sie kurzfristig zum Abendessen einzuladen beschlossen hatte.

Sie bestellte einen zweiten Eistee und wartete weiter geduldig auf »Gabe« Tony Gabriel. Sie hätte eine halbe Stunde zu spät kommen können und wäre immer noch zu früh dran gewesen. Doch es war ihr ganz recht so. So konnte sie noch einmal in Ruhe das eigenartige Benehmen von Jazz heute früh überdenken.

Ganz offensichtlich gab es da irgend etwas Persönliches zwischen den beiden. Und das würde sie schon aus Gabe herauskitzeln, sobald er da war. Ihre eigene Entscheidung war eindeutig. Sie hatte nicht die mindeste Absicht, Jazz zu verlieren. Mit seinen Fotoreportagen konnte Gabe niemals so viel Geld machen wie Jazz, besonders, wenn man ihre noch unausgeschöpften Zukunftsmöglichkeiten in Ansatz brachte.

Fotoreporter waren Nomaden. Immer bereit, beim nächsten Telefonanruf loszuziehen, in irgendeine entfernte Ecke der Welt, wo gerade etwas passierte. Manchmal hatten sie Glück und schossen ein Bild, das in sämtlichen Zeitungen und Zeitschriften der Welt erschien und zum »Klassiker« wurde. Das konnte dann in der Tat den großen Geldregen bedeuten – für den Fotografen wie für seinen Agenten. Aber das waren natürlich reine Glückstreffer. Selbst für einen wie Gabe.

Er mußte jetzt um die Vierzig sein, überlegte sie. Vor neunzehn Jahren war er als Kriegsfotograf nach Vietnam gegangen, praktisch noch ein Junge. Gerade einundzwanzig, als er hinkam. Das wußte heute jeder Schüler jeder Fotoschule. Aber innerhalb von zwei Jahren hatte er einen Namen gehabt und mehr der großen Vietnamfotos geschossen und veröffentlicht als jeder andere aus der ganzen Armee von Fotografen, die diesen Krieg von Anfang bis Ende mitgemacht und mit der Kamera dokumentiert hatten. Und danach war er praktisch pausenlos auf dem ganzen Globus unterwegs gewesen – im Iran und in Polen, in Israel und Nicaragua. Schon bei dem Gedanken daran wurde Phoebe ganz reisemüde. Aber so war das eben bei seinesgleichen. Sie waren überhaupt nur zufrieden, wenn sie unterwegs waren.

Gabe hatte ein untrügliches Gespür für das Unerwartete: Immer schien er genau im richtigen Augenblick mit seiner Kamera genau am richtigen Ort zu sein, ob es nun die Explosion der *Challenger* war oder die Nachwehen des Jonestown-Massakers oder der Fall Saigons. Kein Zaun und keine Absperrung, durch die er sich nicht durchgemogelt hätte, kein Flugzeug, aus dem er nicht mit dem Fallschirm abgesprungen wäre, überhaupt, kein Auftrag, den er nicht erfüllt, kein Hindernis, das er nicht überwunden hätte. Und er hatte diese merkwürdige Gabe, unsichtbar zu bleiben, wenn es sein mußte – jene für einen großen Fotoreporter nahezu unerläßliche Fähigkeit, nur Zentimeter von seinem Objekt entfernt zu stehen und abzudrücken, ohne daß er dabei überhaupt bemerkt wurde. Mit so konventionellen Aufgaben wie Fotos vom und aus dem Weißen Haus hatte Gabe sich niemals abgegeben. Aber er hatte viel von jenem legendären Italiener, dem es immer wieder gelungen war, der unentdeckte siebte Mann im offiziellen Stab der sechs Fotografen des Präsidenten zu sein, der einzige, der sich nicht mit einem Platz in der Armee der anderen Fotografen hinter den Absperrungen begnügte.

»Phoebe mein, küß mich rasch!« Wie aus dem Nichts war Tony Gabriel auf der Sitzbank neben ihr aufgetaucht. Und sie hatte doch die Eingangstür des Restaurants keinen Moment aus den Augen gelassen!

Er küßte sie zweimal auf den Mund, mit großer Hingabe, und hielt sie dann an den Armen von sich, um sie zu betrachten. »Jünger denn je, du kleines Miststück! Wie ist es, darf ich heute nacht im Sarg mit dir schlafen?«

»Gabe! Wirklich!« Phoebe hörte sich kichern wie ein Teenager. Wenn sie nicht Phoebe Milbank gewesen wäre, wäre sie wohl auch noch rot geworden.

Tony Gabriel hatte sich kein bißchen verändert, seit sie ihn zuletzt gesehen hatte, was mindestens zwei Jahre her war. Er war immer noch der gleiche zerknautschte, sorglose Landsknecht, noch immer zu mager, noch immer mit wettergegerbter Haut und ausgebeulten Taschen – die mit weiß der Himmel was allem vollgestopft waren, darunter ganz bestimmt aber sein Reisepaß – und mit seinen dunklen, gekräuselten Haaren, den siegesgewissen braunen Augen, seiner großen Nase und den beiden tiefen senkrechten Falten in den Wangen neben den Lippen, die bereits hundert Frauen verrückt gemacht hatten. Oder zweihundert. Aber das machte ihn ja nun noch nicht zum »Soziopathen«.

»Wie heißt das Zeug, das du da im Glas hast?« fragte er.

»Eistee.«

»Du bist krank, du armes, schönes, bedauernswertes Kind, ich bring dich zu Bett, und dann fühlst du dich gleich viel besser! Von Kopf bis Fuß, das verspreche ich dir. Verlaß dich auf mich, wie man unter euresgleichen immer so schön sagt! Ober, bringen Sie mir einen Scotch, aber einen ordentlichen, einen doppelten, die Marke ist egal. Was ißt man in dem Laden hier am besten, Phoebe? Ich komme um vor Hunger.«

»Die meisten Leute bestellen den Hackbraten. Das ist die Spezialität des Hauses.«

»Ach ja, Hollywood! Ich nehme ein Steak. Groß und innen ganz rot. Also, wie sieht es aus, alles geregelt?«

»Nein, überhaupt nicht. Sag mal, was hast du eigentlich Jazz Kilkullen angetan? Sie erlaubt mir weder, dich zu vertreten, noch will sie, daß du auch nur eine Handbreit Raum bei uns mietest.«

»Jazz? Seit wann ist die denn deine Chefin?«

»Darum handelt es sich nicht«, sagte Phoebe gereizt, der diese Formulierung gar nicht gefiel. »Wir haben einfach gewisse Vereinbarungen geschlossen, als wir zusammen das Studio aufgemacht haben.«

»Na gut, das mit dem Einmieten kann ich ja noch verstehen. Aber die Vertretung?«

»Sie hat die anderen davon überzeugt, daß es zu ihren Lasten ginge, wenn ich dich auch noch übernähme. Also, was ist das zwischen Jazz und dir?«

»Ehrlich, ich würde es dir sagen, wenn ich es wüßte. Jazz war eben mal eines meiner Groupies. Du weißt doch, wie das immer ist mit meinen Groupies. Was kann ich schon groß dafür, wenn sie alle etwas in mir sehen wollen, was ich gar nicht bin?«

»Na ja, alle Welt weiß, daß du deine Groupies alle gebumst hast, Gabe«, bemerkte Phoebe nachsichtig.

»Bestreite ich doch gar nicht. Dazu hat Gott schließlich die Groupies erschaffen. Aber wozu, Phoebe, sind Freunde da? Freunde wie wir? Hast du für mich gekämpft?«

»Wie eine Löwin. Aber es nützte alles nichts. Es tut mir wirklich aufrichtig leid, Gabe. Du versuchst es wohl besser bei einer der großen Fotoagenturen. Die nehmen dich doch mit Kußhand!«

»Ich will aber keine große Agentur. Ich war bei Gamma, ich war bei Sygma. Ich war bei allen, den besten, den größten, aber jetzt will ich was anderes. Ich will die saftigen, fetten Aufträge, die tonnenweise Geld bringen, und ich will, daß du die besten davon für mich aussuchst. Ich will ins *Smithsonian Magazine* und ins *National Geographic* und in *Diversions* und in all die anderen schnieken Reisemagazine, die man sich in den Wartezimmern der Ärzte unter den Nagel reißt, von denen man in die mondänen Erholungsorte geschickt und mit reinem Gold bezahlt wird. Möglicherweise möchte ich sogar der Slim Aarons der neunziger Jahre werden!«

»Um Himmels willen, Gabe, bist du wirklich so ausgebrannt?« Phoebe war völlig verblüfft. Jahrelang hatte sie ihn schließlich über die angebliche Verkommenheit derartiger mondäner Aufträge herziehen hören.

»Du hast es erraten, Phoebe! Ich habe doch immer gesagt, du bist ein kluges Kind! Ende der Fahnenstange, verstehst du? Neunzehn Jahre lang bin ich jetzt durch die Welt gehetzt und habe ständig Kopf und Kragen riskiert. Aber heute? Da ziehen Scharen von Fernsehteams durch die Landschaft und haben alles längst im Kasten, ehe ich überhaupt angekommen bin! Für meinesgleichen gibt es heutzutage nichts mehr zu tun, Phoebe, verstehst du? Unsereiner ist aus der Mode. Bevor mein Film noch irgendwo ankommt, war die Story längst auf sämtlichen Fernsehkanälen in den Nachrichten. Kein Mensch braucht heute mehr Fotos von aktuellen Ereignissen. Wir sind die Dinosaurier der Branche. Aber ich bin wenigstens intelligent genug, das zu kapieren. Also, nun zieh mal los und mach das Jazz klar und bring mir Aufträge für die Ablichtung der Paarung der Pandas, der Freuden des Schnorchelns, für Wimbledon von innen und ›Ein Tag im Leben einer Herzogin‹.«

»Ich kann's nicht machen, Gabe.«

»So gut ist sie?«

»Ja.«

»Verstehe. Gehört sich eigentlich auch so. Schließlich habe ich ihr alles beigebracht, was sie weiß. Schön, in Ordnung, mach dir mal keine Sorgen, und iß deinen Hackbraten. Ich kümmere mich schon selbst darum. Es gibt kein Problem mit Frauen, das ich noch nicht gelöst hätte. Laß mich nur machen. Das Steak da ist gar nicht übel. Und wie ist dein Hackbraten?«

»Wie bei Muttern.«

3

Jazz schaltete wieder in den normalen Gang, nachdem sie einen Truck überholt hatte. Sie fuhr auf dem *Pacific Coast Highway* nach Süden zur *Kilkullen Ranch* und dachte noch einmal über ihren letzten, gelungenen Auftrag für *Vanity Fair* nach.

Am zweiten Aufnahmetag mit Sam Butler hatte sie ihm ganz subtil und in kleinem Rahmen gestattet, sich dominant zu fühlen. Sie war in ihrem konservativsten Ralph-Lauren-Landadel-Look aufgetreten – knöchellanger, gefältelter, weißer Flanellrock, hochgeschlossene, weiße viktorianische Bluse mit der Kamee-Brosche ihrer Großmutter, das Haar in einem geflochtenen Zopf den Rücken hinabfallend –, und sie hatte ganz leise und schüchtern geredet, ihn immer nur errötend und verschämt angesehen, und es hätte nicht viel gefehlt, und sie hätte auch noch Kratzfüße vor ihm gemacht. Sie hatte das Gefühl gehabt, ihm das schuldig zu sein, weil sie ihn, wenn sie es genau bedachte, vielleicht doch beim ersten Mal ein wenig zu sehr provoziert hatte. Ein gewisser Grad der geistigen Verführung dessen, den man zu fotografieren hatte – ungeachtet des Geschlechts –, war zwar immer mit im Spiel, wenn wirklich gute Aufnahmen von Prominenten zustande kommen sollten. Das konnte kein Fotograf, ob männlich oder weiblich, schwul oder lesbisch, bestreiten. Aber dann war auch Schluß. Weiß Gott, kein Klassefotograf, von Man Ray bis zu Herb Ritts in seinen besten Tagen, wäre jemals auch nur in die Nähe der Aufnahmen gekommen, die sie am Tag des Erdbebens gemacht hatte!

Woher kam eigentlich diese allgemein verbreitete Ansicht, die Kamera lüge nicht? Wo es doch geradezu lächerlich einfach war, mit der Kamera zu lügen! Sich selbst in das Foto hineinzuprojizieren und es so zu komponieren, wie man es selbst gerne haben wollte! Kaum ein Prominentenporträt war etwas anderes als eine intelligent arrangierte, in der Verkleidung des Hyper-Realismus daherkommende Lüge! Es war im Gegenteil sehr viel schwieriger, die Kamera davon zu befreien und ihr aufzutragen, die ungeschminkte Wahrheit wiederzugeben – so wie sie es bei Butler gemacht hatte! Aber natürlich gab es eine Menge spießiger, pedantischer, prüder und böswilliger Kleinkrämer, die darauf beharren würden, daß sie sich niemals dazu hätte hergeben dürfen, ihre Strumpfhose auszuziehen!

Zum zweiten Aufnahmetermin im *Dazzle* war Sam Butler am darauffolgenden Mittwoch pünktlich erschienen – so unbefangen, als wäre nie irgend etwas zwischen ihnen vorgefallen, und offenbar willens, auf eine neue Gelegenheit beim nächsten Erdbeben zu warten... Es war ihr klar gewesen, daß sie bei diesem Termin seine innere Verletzlichkeit nicht mehr würde einfangen können, weil er ihr fortan nie mehr trauen würde. Doch es war auch gar nicht mehr nötig gewesen, ein zweites Mal zu seinem wahren Selbst vorzudringen. Das wesentliche, elementare Bild, nach dem sie immer trachtete und das sie auch stets von jedem Prominenten bekam, dieses unbedingte Aufleuchten der Persönlichkeit hinter dem Image des Ruhms, das hatte sie von ihm bereits in der ersten Sitzung bekommen: das Bild des heimwehkranken, lüsternen Schauspielers. Sich mit Hilfe einer Kamera in das Innere eines Menschen richtiggehend hineinzuspiegeln, das beherrschte Jazz mindestens so gut wie jeder andere große Fotograf auf der Welt – und oft sogar besser.

Mel Botvinick hatte gerade ein *Fast-Food*-Anzeigenmotiv aufgenommen, als Sam und seine Crew eingetroffen waren, und obwohl in seinem Studio im zweiten Stock eine sehr starke Abzugsanlage installiert war, drang doch der Geruch von heißem Fett so penetrant durchs ganze Haus, daß alle davon abgelenkt wurden.

Jazz war mit dem Schauspieler daraufhin nach draußen gegangen und hatte mit ihm einen Spaziergang unternommen – die gesamte Strandpromenade entlang. Sie ließ ihn nach Herzenslust herumschlendern, bei Straßenverkäufern kaufen und mit einer Gruppe von Teenagern auf Rollschuhen plaudern. So bekannt war sein Gesicht beim durchschnittlichen Kinopublikum noch nicht, daß sie um seine Sicherheit hätte besorgt sein müssen, zumal ihre eigenen Assistenten und die gut funktionierenden, willigen Witwen jederzeit alles im Blick hatten. Und der schöne, blonde Australier war in dieser zwanglosen Atmosphäre geradezu aufgeblüht und hatte im Vergleich zu den normalen Sterblichen, in deren Mitte er sich bewegte, um so imposanter ausgesehen.

Knapp vor Einbruch der Dämmerung waren sie fertig geworden. Den Donnerstag hatten sie und Sis Levy dann mit ein paar Leuten von der neuen, aufstrebenden Werbeagentur Chiat/Day/Mojo verbracht. Sie hatten Aufnahmeorte für eine neue Werbekampagne für *Vacheron Constantin* – die älteste Schweizer Uhrenfabrik – gesucht. Normalerweise überließ sie diesen Teil der Vorbereitung Sis allein, doch die jetzt geplante Kampagne war etwas so Außergewöhnliches für den konservativen Auftraggeber aus der Schweiz, daß die Agentur sie dringend gebeten hatte, doch selbst dabeizusein. Am Freitag hatte sie dann beschlossen, nichts zu tun und schon einen Tag früher zur Ranch hinauszufahren.

Sie mußte in knapp einer Stunde dort sein, dachte sie; rechtzeitig genug, um ihrem Vater noch bei den Vorbereitungen für die große jährliche *Fiesta* helfen zu können, die für Sonntag bevorstand – wie in jedem September seit Anfang des letzten Jahrhunderts.

Ihr Vater Mike war der vierte Kilkullen in direkter Linie, der die 26 000 Hektar große Ranch – sie war fünfmal so groß wie ganz Manhattan – besaß und betrieb. Dieses Privatimperium lag südlich der kleinen Stadt San Juan Capistrano und erstreckte sich fast fächerförmig von dem annähernd zweitausend Meter hohen Berg Portola Peak bis zum Pazifik. Den Berg konnte man sich als den Griff des Fächers vorstellen. Von der Höhe des Portola aus breitete sich die Ranch zu beiden Seiten aus, wobei die vielfach gekerbte Uferlinie des Ozeans den oberen Fächerrand bildete. Auf dreißig Kilometer Länge klatschten die Wellen der Brandung auf breiten, sandigen Kilkullen-Strand, hinein in den weiten, hufeisenförmigen Kilkullen-Hafen und an *Valencia Point*, den natürlichen Wellenbrecher, der weit in die See hinausreichte. Jenseits von Valencia Point brachen sich die gewaltigen Pazifikwellen an großen weißen Felsen, die vom Grund des Meeres her aufragten und den Bemühungen der See trotzten, ihre phantastischen Formen einfach zu Sand zu zermahlen. Als Jazz fünf Jahre alt gewesen war, hatte ihr Vater ihr das Segeln beigebracht, in ihrem eigenen kleinen Boot, das am Kilkullen-Bootshaus vertäut lag. Und er hatte sie immer gewarnt, zu weit hinauszufahren, denn hinter Valencia Point kam bis Hawaii kein Land mehr.

Vor einhundertachtunddreißig Jahren, 1852, war der erste Michael Kilkullen, ihr Ururgroßvater, aus Irland hierhergekommen, ein ehrgeiziger, fleißiger, ungebundener junger Mann mit ein paar Ersparnissen. Wie so viele hatte auch er davon gehört, daß in Kalifornien Gold gefunden worden sei. Aber im Gegensatz zu den meisten anderen war er nüchtern und besonnen. Er merkte rasch, daß seine Chancen, zu Geld zu kommen, viel größer waren, wenn er den Goldgräbern verkaufte, was sie zum Goldgraben benötigten – Werkzeuge, Bauholz –, statt sich den gleichen Strapazen auszusetzen wie sie. Er brauchte kaum ein Dutzend Jahre, bis er so viel Geld zusammen hatte, daß er weiter nach Süden ziehen und seinem Traum folgen konnte.

Von Anfang an hatte der junge Ire Hunger auf Landbesitz verspürt, und der war, seit er seine Heimat verlassen und die

Chancen erkannt hatte, die die Vereinigten Staaten boten, immer größer geworden. In den tragischen Jahren 1863 und 1864 hatte die große Dürre fast sämtliche Viehrancher Kaliforniens ruiniert, und Land war daraufhin spottbillig zu erwerben gewesen. Wie einige andere ergriff auch Mike Kilkullen diese Gelegenheit mutig beim Schopf und erstand für fünfzehntausend Golddollar die *mas ó menos* sechsundzwanzigtausend Hektar der *Rancho Montaña de la Luna* aus dem Besitz der Familie des Don Antonio Pablo Valencia. Diese zuvor wohlhabende, hochangesehene, gastfreundliche und nun bettelarme Familie hatte dort auf fast feudalherrschaftliche Weise gelebt, seit Teodosio Maria Valencia, ein andalusischer Veteran der ersten spanischen Expedition, die ihren Fuß auf das Land setzte, das einmal Kalifornien heißen sollte, den Besitz 1788 von der spanischen Krone zugewiesen bekommen hatte.

Damals waren auch noch eine Menge anderer Ranches zu Ausverkaufspreisen zu haben gewesen. Aber Mike Kilkullen verliebte sich in Don Antonios einziges Kind, seine Tochter Juanita Isabella, die die Ranch als Alleinerbin bekommen hätte, wenn ihr Vater sie nicht hätte verkaufen müssen. Donna Juanita Isabella Valencia Kilkullen war die Ururgroßmutter von Jazz. Nach ihr war Jazz auch getauft worden, obwohl keiner außer ihrem Vater sie je so nannte.

Je näher sie der heimatlichen Ranch kam, desto größer wurde ihre Vorfreude, und als sie den Highway bei Three Arch Bay verließ und auf der Landstraße war, verfluchte sie das Tempolimit von 90 Stundenkilometern. Doch bald kam sie auf die schmalen Straßen des Hinterlandes, die frühere Kilkullens gebaut und unterhalten hatten.

Sie fuhr den Rest der Strecke durch das überall eingezäunte Land hart am Tempolimit, aber nie darüber, bis sie schließlich das massive, große Einfahrtstor der Ranch erreicht hatte. Dahinter war sie auf Privatgrund und erlaubte sich das Vergnügen, für die paar Kilometer einmal voll aufzudrehen. Kurz vor der Hazienda begann eine breite, feigenbaumgesäumte Allee. Alte und edle *Moreton-Bay*-Bäume, die aus Neuseeland stammten. Zehn dunkle, olivgrüne Bäume standen in jeder Reihe.

Von all den aus luftgetrockneten Ziegeln gebauten kalifornischen Hazienden, die noch übriggeblieben waren, war diese eine der größten und besterhaltenen. Und obwohl sie nun schon mehr als hundertzwanzig Jahre im Besitz der Familie Kilkullen war, hieß sie allgemein doch noch immer die *Hacienda Valencia* und hatte bis auf den heutigen Tag ihren einstigen spanischen *Ranchero*-Charakter behalten. Der ausladende, weißgetünchte Flachbau hatte fünfunddreißig Räume und eine langgestreckte Fassade von einfachen, angenehmen Proportionen. Nach hinten gingen zwei Seitenflügel vom Hauptgebäude ab, die einen Innenhof mit einem Brunnen in der Mitte bildeten. Das ganze Haus war mit verwitterten, rotgebrannten Dachziegeln gedeckt. Alle Haupträume besaßen breite, überdachte Veranden, die auf den im ewigen Wechselspiel von Sonne und Schatten liegenden Patio mit seinen Blumenrabatten hinausgingen. Die Hazienda hatte schon immer sehr viel mehr von einem spanischen Herrenhaus gehabt, einer *casa grande*, als von einem Ranchhaus.

Sie lag inmitten von vier Hektar berühmter Gärten, die einst von den Valencia-Frauen angelegt und später von den Kilkullen-Frauen ausgebaut und verschönert worden waren. Diese Oase wurde von dichten Baumreihen umsäumt, die die Stallungen und Scheunen dahinter vollständig verbargen. Die eigentliche Arbeitsranch schien dadurch wie auf einem anderen Planeten zu liegen als diese grüne Insel mit ihren gewundenen, zypressenbestandenen Wegen, die zu einem Dutzend einzelner Gärten führten. Dies hier war eine Welt für sich, in der man immer wieder unverhofft auf kleine Statuen und Brunnen stieß und in der Kaskaden von Geranien in solchem Überfluß wuchsen, daß die großen, alten Terrakottatöpfe, in denen sie standen, kaum noch zu sehen waren.

Jazz parkte vor dem Hauseingang und lief rasch hinein. Es war wie immer angenehm kühl im Inneren, selbst jetzt in der Hitze des kalifornischen Septembers. Die leichte Kühle, die hier wegen der dicken Tonziegelmauern herrschte, hatte nichts Abweisendes oder gar Klammes, da die Luft von einem nostalgisch anmutenden Aroma erfüllt war. Die uralten Gerüche der seit Jahrhunderten betriebenen Kaminfeuer waren in dieser Luft. Kaum wahrnehmbare, würzige Düfte, die sie gar nicht genau bestimmen konnte, die sie aber von nirgendwoher sonst auf der Welt kannte, entströmten den großen spanischen Kommoden, den wuchtigen, geschnitzten Sofas und den Stühlen mit ihren hohen Lehnen, den Mahagonischränken, von denen manche noch ihren ursprünglichen Lederüberzug hatten – Leder, das den Valencias mit Schiffen geliefert worden war, die Kap Hoorn umsegelt hatten. Perserteppiche, die ganz am Anfang, in den frühen Tagen der Hazienda, noch auf der nackten Erde gelegen hatten, bedeckten jetzt die Fliesen- und Holzparkettböden. Jede Generation hatte ihre eigenen Möbelstücke und Kunstgegenstände dazugetan, doch nichts hatte den ursprünglichen Charakter einer spanischen *Hacienda* verändert, diesen rustikalen, soliden Charakter, der so sehr viel mehr Männliches als Weibliches hatte.

Wie so oft, wenn sie erst nach längerer Zeit wieder einmal nach Hause kam, mußte sie auch jetzt sofort an die Abende ihrer Kindheit denken, an denen sie sich, warm eingepackt, in den dunkelbraunen Ledersessel im Musikzimmer gekuschelt und dem Schattenspiel der Flammen des Kaminfeuers an der Decke zugesehen hatte, während ihre Eltern Beatles-Platten gehört hatten. Wie viele Leute, dachte sie, mochte es wohl geben, die sich beim Geruch brennenden Kaminholzes oder bei der Melodie von *Strawberry Fields Forever* nur schwer der aufkommenden Tränen erwehren konnten? Sie verdrängte diese Erinnerung schnell wieder aus ihrem Kopf und ging in die Küche zu ihrer alten Freundin Susie Dominguez, der Köchin des Hauses.

»Susie, mein ein und alles, wie geht es dir?« überfiel sie sie und hob sie fast in die Luft, als sie sie umarmte.

»Zur Abwechslung bin ich mal überarbeitet!« antwortete die kleine Frau genüßlich. Susie war die Art Köchin eines großen Hauses, die überhaupt nur glücklich und zufrieden sein konnte, wenn dramatische Betriebsamkeit in ihrer Küche herrschte. Wäre es nach ihr gegangen, hätte Mike Kilkullen mindestens dreimal die Woche Gäste zum Abendessen haben müssen, und es wäre in dieser riesigen Küche, in der einst gleich mehrere chinesische Köche gearbeitet hatten, um drei Mahlzeiten täglich für eine große Familie zuzubereiten, auch heute noch voller Menschen und Stimmen. Aber ihr Arbeitgeber speiste heute meistens allein, ausgenommen die Wochenenden, an denen Jazz nach Hause kam.

»Wo ist mein Vater?« fragte Jazz.

»Na, oben in der *Bowl*, und arbeitet da rum wie verrückt. Ich hab keine Zeit, mich um ihn zu kümmern. Ich hab hier mein Huhn vorzubereiten.«

»Und was ist mit dem Party-Service?« fragte Jazz überrascht. »Es kommen mehr als fünfhundert Leute zu einer Barbecue-Party, Susie, nicht bloß zu einem Hühnchenessen!«

»Na, die kommen morgen. Ein paar Leute haben schon mit dem Aufbauen angefangen. Aber heute abend gibt es mein spezielles Safranhuhn mit Pistazien und Trauben, Baguette auf italienische Art, meinen gemischten Krautsalat und meine Erdbeertorte mit...«

»Lieber Gott, und das alles für zwei Leute? Legst du es etwa darauf an, zur Martha Stewart des Orange County gewählt zu werden?«

»Wir erwarten Gäste zum Abendessen«, sagte Susie und kräuselte die Nase auf jene geheimnistuerische Weise, mit der sie Jazz stets so auf die Palme brachte, wie es noch keinem Mann gelungen war.

»Ach, wie nett«, sagte sie so gleichgültig wie möglich. Sie wußte nur zu gut, daß sich Susie nicht drängen ließ, wenn sie etwas durchaus verschweigen wollte. »Zum Lunch hast du wohl nichts für mich, wie? Meinetwegen Erdnußbutter und Marmelade oder eine Scheibe abgepackten Käse?«

»Schau in den Kühlschrank. Da könnte ganz unten noch was sein für dich, aber rühr ja nichts anderes an!«

»Oh, vielen Dank, Susie!« sagte Jazz und holte eine große Platte Sandwiches und Salat hervor. »Und ich dachte schon, du machst dir nichts aus mir.«

Manchmal wirkten bei Susie Komplimente, manchmal Beleidigungen, manchmal eine ausgewogene Kombination von beiden.

Susie machte auch sofort ein Friedensangebot, während Jazz seelenruhig und allem Anschein nach völlig uninteressiert aß. »Nellie und Matilda kommen heute abend zum Tischdecken und Servieren.«

»Gut. Das macht es ein bißchen leichter für dich, Schätzchen. In deinem Alter soll man sich nicht mehr übermäßig anstrengen. Es ist völlig normal, Susie, daß man es ein bißchen langsamer angehen läßt, wenn man über sechzig ist.« Und sie legte tröstend noch eins drauf. »Da brauchst du wirklich keine Gewissensbisse zu haben, wenn du dir bei einem kleinen Abendessen ein wenig helfen läßt. Sobald ich fertig bin, nehme ich dir die Arbeit mit den Blumen ab. Danach kannst du mir dann sagen, ob ich den Kohl schneiden soll. Oder soll ich in die Stadt fahren und dir so ein Kalzium-Stärkungsmittel besorgen, Susie? Bestimmt hast du wieder keins genommen, was? Du willst doch sicher nicht noch weiter schrumpfen, oder?«

»Sechzig!«

»Na ja, du bist doch über sechzig, oder irre ich mich da jetzt?«

»Ist ja schon gut, Jazz, ist ja gut! In Ordnung, in Ordnung, ich sag's dir ja schon, damit Ruhe ist. Deine Schwestern kommen. Samt ihren Männern. Und Kindern.«

»Ach du Scheiße!

»Bitte, du hast damit angefangen! Über sechzig! Ich bin achtundfünfzig, und das weißt du auch ganz genau!«

»Wer hat die denn eingeladen?«

»Dein Vater. Du weißt doch sehr gut, wie er zu den Mädels steht.«

»Ach du Doppelt- und Dreifachscheiße!« schimpfte Jazz verdrossen weiter. »Du Vielfachscheiße! Scheiße über Scheiße noch mal, Scheiße ohne Ende!«

»Genau. Bin völlig deiner Meinung. Knietief stecken wir drin. Das einzig Gute daran ist, daß ich endlich mal wieder eine Gelegenheit kriege, anständig zu kochen! Aber im übrigen danke ich Gott, daß ich nicht zur Familie gehöre!«

»Komm, nun tu mal nicht so«, sagte Jazz mißmutig. »So lange, wie du im Haus bist, gehörst du ebenso dazu.«

»Nein, danke.«

»Kluges Kind!«

Jazz war bei der Erwähnung ihrer beiden Halbschwestern wirklich beinahe der Appetit vergangen. Sicher waren sie in diesem Augenblick irgendwo in der Luft zwischen Manhattan und hier. Als hätte sie sich das nicht denken können, daß sie natürlich zur Fiesta kommen würden! Aber sie hatte den Gedanken an die beiden Töchter aus der ersten Ehe ihres Vaters einfach mit Macht verdrängt: an Valerie, zweiundvierzig, und Fernanda, neununddreißig.

Ihre ganze Kindheit hindurch waren die beiden jeden Sommer in den Ferien hier gewesen und jeweils eine Woche zu Weihnachten und eine zu Ostern. Sie waren drüben im Osten auf Internatsschulen gewesen. Ihre Mutter, Lydia Henry Stack, die aus einer alten Philadelphia-Familie stammte, hatte sich nämlich nach der Scheidung von Mike Kilkullen im Jahre 1960 nach Marbella an der spanischen Costa del Sol zurückgezogen und sich dort niedergelassen.

Natürlich, dachte sie, gab es heute nichts mehr, was die beiden Krähen ihr noch sagen oder antun konnten und was so schmerzte wie damals, als sie noch zu jung gewesen war, um sich gegen ihre Gemeinheiten zu wehren. Aber auch heute noch bestand ein Wochenende mit ihnen nur aus verlogenen und gekünstelten Höflichkeiten, die lediglich die gegenseitige Abneigung und das wechselseitige Mißtrauen kaschierten – und das nur mühsam.

Und das ganze Süßholzgeraspel geschah nur ihrem Vater zuliebe. Der hatte doch nie erfahren, wie seine beiden älteren Töchter mit ihr umgesprungen waren! Sobald er nur in die Nähe kam, waren sie immer von bezaubernder Liebenswürdigkeit gewesen. Und sie in ihrem dämlichen, verbohrten, sogenannten Stolz hatte immer darauf verzichtet zu petzen, wenn sie ihr wieder mal etwas angetan hatten. Und ihre Waffen waren vielfältig gewesen. Sie schlossen auch abfällige Bemerkungen über ihre Mutter Sylvie Norberg ein, die Mike Kilkullen unmittelbar nach seiner Scheidung geheiratet hatte. Sie war Schwedin, Schauspielerin und ein großer Star gewesen. Zehn Jahre lang hatte sie immerhin die Filmszene beherrscht. Bis zu ihrem Tod 1969, als Jazz acht Jahre alt war.

»Ich verzeihe dir, Susie«, sagte sie nun und stand abrupt auf. Sie küßte die Hausköchin auf die Stirn. »Du hast ja nur versucht, mir die schlimme Nachricht vorzuenthalten. Und ich dachte schon, du hättest wieder eine deiner üblichen Intrigen im Sinn!«

»Ein bißchen von beidem«, sagte Susie mit großartiger Geste. In Wirklichkeit liebte sie Jazz fast wie eine Tochter. Nur hatte sie nie eine gehabt, sondern lediglich drei Söhne.

»Also, ich suche Dad mal«, sagte Jazz. Sie ging hinauf in ihr Zimmer, um sich bequeme Jeans anzuziehen, in denen sie hinauf zu der großen natürlichen Mulde reiten konnte, die *The Bowl* genannt wurde und wo traditionell die große Fiesta stattfand. Sie lag ziemlich hoch in den *mesas* jenseits der Hazienda. Der Thunderbird war ihr doch zu kostbar, um ihn auf dem holprigen Feldweg dorthin zu benützen.

Statt dessen ging sie in den Stall und suchte Limonada, ihr Lieblingspferd, eine Rotschecke, die ihr Vater nur für sie noch behielt, obwohl sie nun schon seit zwölf Jahren nicht mehr auf der Ranch lebte. Aber er sagte immer, daß Limonada ihn an Jazz erinnere, mit ihrem Fell aus undefinierbaren Farben von dunklem Honig bis Johannisbeergelee. Jazz sattelte die zierliche Stute rasch. Sie war noch immer sehr lebhaft und tänzelte und stampfte bereits ungeduldig und nervös. Sie ritten wie der Wind und brauchten nur ein paar Minuten bis zum Rand der *Bowl*, wo Jazz das Pferd zügelte und erst einmal im Schutz einer Platane die Lage peilte, um nach ihrem Vater Ausschau zu halten.

Dutzende von Leuten vom Party-Service waren bei der Arbeit, zimmerten Stände und stellten blauweiße Zelte auf, in die auch schon Klappstühle geschafft wurden und runde Tische, auf die morgen dann nur noch die blauweißen Tischdecken gebreitet werden mußten.

Sie entdeckte unter den Arbeitern auch einige von der Ranch. Sie kannte sie alle beim Namen. José beispielsweise hatte ihr beigebracht, wie man ein Kalb mit einer *reata* fesselte, von Luis und Pedro und Juan hatte sie beim Fischen ihr Umgangs-Spanisch gelernt, und zweimal hatten ihr die beiden großen Schützen Tiano und Ysidor erlaubt, mit auf die Berglöwenjagd zu gehen. Sie waren alle *Vaqueros*, Cowboys, die das ganze Jahr über auf der Ranch arbeiteten – wie schon ihre Väter und Großväter.

Noch schien nichts fertig zu sein, weder der Tanzboden

noch das Gelände für den Wettbewerb im Hufeisenwerfen, weder die Bratroste noch die Tontauben-Schießstände. Noch nicht einmal der große Platz für den Aufmarsch und das Rodeo war geräumt. Noch sah die *Bowl* aus, als könne alles mögliche dort stattfinden – ein einfaches Picknick, ein Rodeo oder eine Pferdeschau. Doch Jazz wußte es besser. Am Sonntagabend würde hier eine Fiesta über die Bühne gehen, die genauso perfekt organisiert war wie jedes Jahr, und die Gäste, von denen viele aus diesem Anlaß aus anderen Staaten und selbst aus dem Ausland angereist kamen, würden wie immer keine Ahnung von dem immensen Arbeitsaufwand haben, der mit diesem einzigartigen Zeugnis althergebrachter Gastfreundschaft verbunden war.

Als sie nach einer ganzen Weile ihren Vater endlich entdeckt hatte, blieb sie zunächst noch in ihrem Versteck, um ihn zu beobachten.

Mike Kilkullen war ein breitschultriger, kräftiger Mann. Er überragte alle anderen ringsum und stand da wie ein Fels in der Brandung. Nur er konnte hier das Sagen haben, und wenn sie ihn zunächst nicht gesehen hatte, dann nur, weil er von einem der Stände verdeckt gewesen war. Kaum war er dahinter hervorgetreten, hatte sie ihn auch sofort entdeckt.

Ein Häuptling, dachte sie. Zum Häuptling geboren und zum Häuptling erzogen. Wäre irgendein Fotograf – und sei es Karsh of Ottawa, dem es immerhin gelungen war, die kämpferische Entschlossenheit eines Churchill sichtbar zu machen, indem er dem Premierminister seine Zigarre weggeschnappt hatte – imstande, das innerste Wesen ihres Vaters in einem Studio einzufangen? Sie bezweifelte es sehr. Mike Kilkullen war ein Mann, der nach draußen gehörte, in die freie Natur. Ein Mann, der in dieses Land hineingeboren war. Und ein Mann, der dazu geboren war, andere zu führen und anzuleiten. Im Augenblick gab er lediglich den Leuten, die die Tische für das große Büfett aufstellten, Anweisungen, aber aus der

Entfernung hätte man ihn auch für einen General halten können, der seinen Truppen die entscheidenden Befehle für eine Schlacht erteilte...

Seine Haare, die noch so dicht waren, daß er kaum jemals einen Hut gegen die sengende Sonne aufzusetzen brauchte – während sonst keiner der Männer je ohne Hut nach draußen ging –, waren sehr kurz geschnitten und schlohweiß, ganz im Gegensatz zu den dunklen, buschigen Brauen über den leuchtend blauen Augen, die sie von hier aus natürlich nicht erkennen konnte, die ihr aber nur zu vertraut waren. Sein Blick war so eindringlich, daß er Leuten, die ihn zum erstenmal trafen, geradezu furchterregend vorkam. Der Mund unter der Adlernase signalisierte Geradlinigkeit und Kompromißlosigkeit, es sei denn, er lächelte einmal. Aber das kam bei ihm wesentlich seltener vor als bei anderen. Fremde fanden ihn oft beinahe ebenso einschüchternd wie beeindruckend. Nur wer genauer hinsah, konnte erkennen, daß sich unter dieser Schale ein Mann von großer Güte und einer bestimmten Traurigkeit verbarg.

Mike Kilkullen war jetzt fünfundsechzig, und keine Verlockung irgendeiner Stadt der Welt hätte ihn reizen können. In den letzten Jahren hatte er die Ranch überhaupt nur noch selten verlassen, hauptsächlich, um zu den Bullenauktionen im *Cow Palace* in San Francisco zu gehen oder an wichtigen Versammlungen der Demokraten teilzunehmen. Zu den vielen Partys, zu denen er von der wachsenden Zahl wohlhabender Gastgeberinnen in Orange County eingeladen wurde, ging er so gut wie nie.

Er war als Einzelkind aufgewachsen. Seine Eltern waren früh gestorben. Seine wenigen Freunde stammten aus den Familien der Landbesitzer der Umgebung. Aber nur seine Töchter weckten in ihm jene starken Gefühle, wie er sie sonst ausschließlich in seine Ranch investierte.

Die Kilkullens der letzten vier Generationen hatten stets zahlreiche Töchter hervorgebracht, aber stets nur einen Sohn. Und diese Söhne, gleich ob erstgeboren oder nicht, hatten jeweils die Ranch geerbt. Die Töchter mußten sich bei ihrer Heirat mit einer Mitgift aus Silber und Schmuck und einem bestimmten Geldbetrag beim Tod der Eltern zufriedengeben. Obwohl es britisch war, hatte das Erstgeburtsrecht, jener alt-aristokratische Brauch, nach dem der älteste männliche Nachkomme den gesamten Besitz erbte, sich in der ihren ärmlichen Anfängen inzwischen längst entwachsenen irischen Familie hier in Orange County irgendwie erhalten.

Jazz wartete noch, bis ihr Vater sein Pferd bestieg. Dann gab sie Limonada sanft ein Zeichen und galoppierte hinab in die *Bowl*, wo sie elegant knapp vor ihm ihr Pferd zum Stehen brachte.

Mike Kilkullen nahm sie in die Arme und zog sie fast vom Sattel. »Juanita Isabella! Was hast du denn da oben gemacht? Die Stühle gezählt?«

»Woher wußtest du denn, daß ich da bin? Du hast doch kein einziges Mal aufgeblickt!«

»Ich bringe es dir mal bei, irgendwann. Altes Indianerwissen, weißt du.« Er lachte seine jüngste Tochter an, küßte sie auf beide frischen, sonnenwarmen Wangen, und wie weggeblasen war die ganze Strenge seines Gesichts, all die hinter dem Auftreten des Befehlshabers verborgene Traurigkeit. »Was hast du denn für Zeug an, sag mal?« fragte er dann. »Du siehst ja aus, als wäre Halloween!«

»Das weißt du ganz genau«, sagte Jazz und strich geschmeichelt über ihre offizielle *Lakers*-Jacke aus Purpur- und Goldsatin, die ihre Assistenten ihr zu Weihnachten geschenkt hatten. »Du tust doch nur so, als hättest du sie noch nie gesehen.«

»Macht mir eben Spaß, dich zu ärgern. Wozu sonst ist eine unnütze Tochter schon gut?«

»Da hast du ja dann das ganze Wochenende genug zu tun«, antwortete sie rasch, »wenn Valerie und Fernanda auch noch da sind. Warum sparst du dir nicht alles für sie auf?«

»Weil die nicht so leicht auf jeden Köder anbeißen wie du, mein kleines Mädchen. Sie sind doch ohnehin so perfekt.«

»Wie wahr, wie wahr«, sagte Jazz.

»Ich hoffe, du hast auch ein Kleid mitgebracht. Wir haben vier Bands hier, zwei *Mariachis*, eine für *Country and Western* und eine für klassische Tanzmusik.«

»Und wieso keine Rock-'n'-Roll-Band?«

»Weil das meine Party ist, Jazzbo, und für mich existiert so etwas wie Rock 'n' Roll nicht. Auf jeden Fall ist traditionelle Tanzmusik wieder sehr in Mode. Hab ich selbst gelesen, im *Register*. Da dachte ich, ich täte dir einen Gefallen damit.«

»Ach Quatsch, du hast die Band engagiert, damit du selber mal wieder tanzen kannst! Rette sich, wer kann, der einstige Foxtrott-König von Orange County ist wiederauferstanden, und er hat nichts verlernt! Meine Damen, schließen Sie Ihre Töchter ein!«

Mike Kilkullen kniff sie leicht. »Na, wie ist es, bringst du einen Freund mit?«

»Nein. Hab eher gehofft, ich kann mir hier irgendeinen feschen Burschen aufreißen. Mit einem festen Freund kann ich mich nicht frei entfalten!«

Er musterte sie verstohlen. Noch immer kein Anzeichen einer baldigen Hochzeit! Was war los mit dem Mädchen? Valerie und Fernanda hatten bereits sechs Kinder in die Welt gesetzt, aber Jazz schien von einem Kerl zum anderen zu treiben, ohne daß es jemals etwas Ernstes wurde und sie ans Seßhaftwerden dachte. Wahrscheinlich lag es an ihrem Beruf. Nicht, daß er nicht sehr stolz auf sie gewesen wäre. Aber neunundzwanzig war nun einmal neunundzwanzig.

»Sag mal, Kind, denkst du jemals an deine – biologische Uhr?«

»Also wirklich, Dad! Wer diesen Quatsch mit der biologischen Uhr auch erfunden hat, er sollte zu Sushi zerhackt und schockgefroren werden!«

»Ich wollte ja nur mal wissen, ob du darüber Bescheid weißt. Ich tu nur meine väterliche Pflicht.«

»Na schön, dann hast du sie hiermit für dieses Jahr erfüllt. Fürs ganze Jahrzehnt, wenn du mich fragst.«

»Soll das ein Wink mit dem Zaunpfahl sein?«

»Was heißt da Wink? Ein *Befehl* ist das! Los, wer zuerst im Stall ist!«

Valerie Kilkullen Malvern starrte ausdruckslos durch die blendfreien Scheiben der Limousine, die ihr Ehemann Billy Malvern jr. samt Chauffeur angemietet hatte, um die Familie vom Flughafen San Diego zur Ranch zu transportieren. Sie beteiligte sich nicht an der Unterhaltung ihrer drei Teenager mit ihrem Mann, sondern war in ihre eigenen Gedanken versunken. Sie wußte genau, daß nichts, was sie auf dieser Fahrt zu sehen bekam, sie auch nur im mindesten interessierte. Es waren eineinhalb Stunden, die man am besten kommentarlos ertrug.

Sie saß aufrecht und hielt die Hände im Schoß gefaltet. Ihr Profil verriet außer einem überdeutlich zur Schau gestellten Selbstbewußtsein keinerlei Gefühlsregung. Sie sah genauso aus wie auf den Fotos, die regelmäßig in den Gesellschaftsnachrichten der Zeitungen oder in Zeitschriften wie *Women's Wear* von ihr erschienen. Noch nie hatte irgend jemand Valerie Kilkullen Malvern, die bekannte Innenausstatterin und maßgebliche Erscheinung der New Yorker Gesellschaft, in einer unvorteilhaften Pose angetroffen. Sie war sich pausenlos ihrer physischen Grenzen bewußt und verlor niemals – niemals! – aus den Augen, welchen Eindruck sie machte.

Schon vor Jahren hatte sie sich ganz bewußt für eine bestimmte äußere Erscheinung entschieden. Wie jede Frau, die Stil und Klasse hatte, wußte sie, daß man nur ein wesentliches Merkmal hervorheben durfte, um einen bestimmten optischen Eindruck bei den Leuten zu hinterlassen, ohne sie gleich zu verwirren und abzulenken. Sie hatte sich selbst genau studiert. Ihre Kopfform, hatte sie festgestellt, war perfekt, so daß sie es sich erlauben konnte, das dunkle Haar straff zurückgebürstet zu tragen, vollkommen glatt, hinter den Ohren festgesteckt und mit einem Knoten im Nacken zusammengehalten. In ihrer klassischen Schlichtheit war diese Frisur unabhängig von jeder Modeströmung. Unter ihrer glatten, edlen Stirn war ihre Nase zu lang, zu spitz, zu scharf, um im klassischen Sinne schön zu sein; und auch das Kinn war einige Millimeter zu schmal.

Doch sooft sie in die Nähe einer Kamera kam (und niemals wurde sie von einer überrascht!), bot sie ihr ohne das kleinste Lächeln diese ihre unvollkommene Seitenansicht, bis sie zu ihrem Markenzeichen geworden war und all die Frauen mit wunderschönen Nasen und bezauberndem Kinn sich zu wünschen begannen, ein ebenso charakteristisches, individuelles Profil zu haben wie sie.

Für tagsüber hatte sie sich eine Art Uniform zugelegt: einfache, dunkle Rollkragenpullis oder kragenlose Blusen, die ihren langen Hals und ihren schlanken Oberkörper betonten und ihren flachen Busen in einen Vorzug verwandelten, und dazu elegant geschnittene, aber ganz schlichte Röcke oder Hosen mit einem breiten Gürtel um die Wespentaille. Und niemals trug sie andere als flache, aber auf Hochglanz polierte Schuhe. Wenn sie sie nicht gerade benötigte, schob sie ihre Schildpattbrille nach oben ins Haar, und ihre Kollektion barbarisch riesiger Ohrringe und breiter Armbänder, die mit großen Halbedelsteinen übersät waren, ließ echte Juwelen daneben geradezu kleinlich aussehen.

Es war, wie sie selber zugab, ein aufgesetzter Look (im wesentlichen Diana Vreeland, D. D. Ryan und Mrs. Winston Guest nachempfunden), doch er tat seine Wirkung. Ihre Erscheinung war ein Signal an alle, und viele versetzte sie in Ehrfurcht.

Vor allem aber konnte sie sich so deutlich von ihren Kundinnen abheben – allen jenen Frauen also, die selbst nicht genug Geschmack besaßen, sich mit Stil und Klasse einzurichten.

Außerdem war ihr Stil auf lange Sicht auch überaus kostensparend, worauf sicherlich niemand gekommen wäre. Nicht billig natürlich, denn jedes Einzelstück ihrer Garderobe war durchaus das beste seiner Art. Doch da sie alles jahrelang tragen konnte, ganz gleich, wie die Mode sich änderte, besaß sie kein Kleidungsstück, das sich im Lauf der Zeit nicht mindestens schon ein Dutzend Mal bezahlt gemacht hätte. Damit behielt sie Geld übrig für ihre sündhaft teuren, handgefertigten, bestickten Abendschuhe, für ihre Sammlung makelloser Hermès-Taschen und -Handschuhe und für ihre vielen atemberaubenden Abendkleider, die sie bei allerlei Wohltätigkeitsbällen und sonstigen Ereignissen zu tragen pflegte, wo ihre »Uniform« nicht unbedingt am Platze war.

O doch, sie hatte durchaus die Mittel zur Verfügung, sich so zu kleiden, wie man es allgemein von jemandem erwartete, der als reich galt. Nein, nein, dachte sie, das hatte sie schon alles sehr gut arrangiert. Mr. und Mrs. William Malvern jr. galten als reich, und dabei sollte es nach Valeries festem Willen auch bleiben; niemand sollte je erfahren, daß es nicht so war. Auch sie selbst hatte ja bei ihrer Heirat 1969 fest geglaubt, daß sie reich sein würde, denn schließlich hatte der charmante, gutaussehende, umgänglich-gesellige Billy ja ein Vermögen von seinem Vater geerbt, das dieser mit Rüstungsaufträgen im Zweiten Weltkrieg gemacht hatte. William Malvern sen. war der erste und einzige seiner Familie gewesen, der sich aus der Mittelklasse herausgearbeitet hatte, und er war stolz darauf, seinen Sohn jeden nur denkbaren Vorteil bieten zu können. Er hatte ihn in die beste Internatsschule gesteckt, die nur bereit war, ihn aufzunehmen. Er hatte darauf bestanden, daß er Reit- und Tennisstunden bekam. Und er hatte ihn schließlich mit einem beachtlichen Monatswechsel an die *University of Virginia* geschickt und großzügig über seine bescheidenen Zensuren hinweggesehen, als Billy dafür wenigstens die Aufnahme in das Tennisteam schaffte. Nach seinem Abschlußexamen kaufte er ihn dann auch noch in die Börse ein, und als er 1967 starb, hinterließ er seinem Sohn ein Erbe von steuerfreien Staatsanleihen in Höhe von fünf Millionen Dollar.

William Malvern sen. hatte auf diese Weise sein erklärtes Lebensziel – einen Sohn hervorzubringen, der unleugbar ein Gentleman war und ein liebenswerter Bursche – durchaus erreicht. Und falls er je gemerkt hatte, daß sein Sohn durch ein gewinnendes Wesen wettmachte, was ihm an Intelligenz fehlte, hatte er das allenfalls sich selbst eingestanden.

Für die clevere Valerie, die sehr genau wußte, was sie wollte, war er eine geradezu ideale Partie, auch wenn er nicht von »wirklich guter« Herkunft war. Sie war nur hübsch, wenn sie lächelte, aber im Gegensatz zu so manchem anderen jungen Mann war der leichtlebige und etwas ziel- und haltlose Billy sofort von der Autorität und absoluten Selbstsicherheit, die sie ausstrahlte, angezogen gewesen. Und so hatten sie geheiratet, kaum daß sie sich drei Monate kannten, und Valerie, die niemals daran zu denken gewagt hatte, sie würde einmal einen wirklich gutaussehenden Mann bekommen, geschweige denn einen mit Geld, hatte bis lange nach dem Ende der Flitterwochen seinen Mangel an Intelligenz einfach ignoriert.

Sie war durchaus verliebt in ihn gewesen, jedenfalls soweit sie bei ihrem Naturell zu dergleichen überhaupt fähig war. Und solange noch Bills Einkommen groß genug war, daß sie sich alles leisten konnten, was sie nur wollten, waren seine Mängel nicht weiter ins Gewicht gefallen. Doch mittlerweile, im New York von 1990, war kaum noch Platz für einen Mann ohne Unternehmungsgeist und Wagemut. Was immer er für Tugenden haben mochte, das im Börsengeschäft unerläßliche Gefühl für den richtigen Zeitpunkt besaß Billy jedenfalls nicht. Tatsächlich hatte er es fertiggebracht, in den Jahren, in denen andere mit Aktienspekulationen wohlhabend geworden waren, selber immer mehr Geld zu verlieren.

Er hatte zwar noch immer einige Klienten, alte Kumpel, die genauso konservativ waren wie er selbst, doch seine Provisionen waren mittlerweile nicht mehr der Rede wert. Nach und nach hatte er deshalb einen Teil seiner Wertpapiere verkauft, bis das Vermögenseinkommen der Malverns gerade noch zweihunderttausend Dollar im Jahr betrug. Und das galt – angesichts der inzwischen herrschenden Inflation – nicht mehr als sehr viel in Valeries Manhattaner Kreisen, die überdies in den letzten zehn Jahren von einer neuen Klasse von Leuten zuerst infiltriert und dann rasch erobert worden waren, Leuten mit geradezu unmöglich viel Geld. Sie waren so reich, daß man es nur noch atemberaubend nennen konnte; so etwas hatte es seit den längst vergangenen Tagen der »Raubbarone« nicht mehr gegeben.

Und so, dachte Valerie, während es ihr einen nur zu vertrauten Stich gab, waren sie tatsächlich *nouveax pauvres* geworden, »neue Arme«. Ihr großes Apartment in der Fifth Avenue hatten sie zwar in den sechziger Jahren bezahlt, und ihr Haus in Southport in Connecticut in den frühen Siebzigern, doch heute konnten sie nicht einmal daran denken, sich ein Ferienhaus in einem Skigebiet oder in den Hamptons leisten zu können. Natürlich lud man die Malverns nach wie vor überallhin ein, aber das war ja nicht dasselbe wie ein eigenes Haus. Sie gaben auch noch ihre beiden jährlichen großen Partys, die sehr viel Publicity brachten, die eine in Southport, die andere in New York; dadurch konnten sie sich immerhin noch als Besitzer von mehr als einem Haus präsentieren – und das war der neue gesellschaftlich gültige Nachweis für Reichtum.

Billy Malvern jr. seinerseits genoß seine Stellung in dem sich rasch verändernden Kosmos der New Yorker Gesellschaft sehr und sah sich noch immer als den glanzvollen jungen Mann der sechziger Jahre. Tatsächlich war es aber inzwischen dem Geld zu verdanken, das Valerie verdiente, daß sie ihren gewohnten Lebensstandard aufrechterhalten und in New York bleiben konnten. Sie hatte dort ein Studium der Innenarchitektur absolviert und dann erst eine Weile bei einer Firma gearbeitet, ehe sie sich mit einem kleinen Unternehmen selbständig gemacht hatte. Ein wirklich innovatives Talent besaß sie freilich nicht. Ihre Fähigkeit bestand darin, ordentliche, professionelle Vorschläge auszuarbeiten und deren Ausführung zu überwachen, und zwar für all die Frauen, die unbedingt eine Wohnung vorweisen wollten, die von einer »gesellschaftlich anerkannten Innenausstatterin aus alter Familie« eingerichtet war.

Sie berechnete ihren Kunden glatte dreiunddreißigeindrittel Prozent Aufschlag auf den Großhandelspreis, den sie bezahlten, und zusätzlich das eigentliche Designer-Honorar. Sie übernahm pro Jahr mehrere Aufträge, je nachdem, wieviel sie mit einer einzigen Assistentin und einer Sekretärin bewältigen konnte. Solange niemand vermutete, daß sie es tat, weil die Malverns das Geld dringend brauchten, würden die Aufträge auch weiter wie von selbst hereinkommen.

Natürlich, überlegte sie, könnten sie und Billy und die drei Kinder auch nach Philadelphia ziehen – das Philadelphia der Familie ihrer Mutter –, wo sie aufhören könnten, mühsam eine Fassade aufrechtzuerhalten und wo sie nie mehr ihren Fuß in das vermaledeite, scheußliche *Decorating and Design*

Building setzen müßte. In Ruhe und ohne Streß könnten sie dort von ihrem Einkommen leben und immer noch ihren Platz unter den alten Familien der Stadt einnehmen. Dort, wo die New Yorker Maßstäbe nicht galten, war sie mit der halben Stadt verwandt und stand mit der anderen Hälfte immerhin auf freundschaftlichem Fuß, und man würde sie dort akzeptieren als Leute, die so viel Geld hatten, wie man überhaupt nur brauchen konnte.

Nur war eben Billy der erste seiner Familie, der eine Stellung in der Gesellschaft erlangt hatte, und natürlich nicht fähig zu der distanzierten Gelassenheit, die aus altem Geldadel erwächst, und so war er auch nicht in der Lage, sich über die New Yorker Geldrafferei von 1990 einfach souverän hinwegzusetzen. Ganz im Gegenteil, Billy war versessen auf seine Nische in dieser Gesellschaft und wies den Gedanken, nach Philadelphia zu ziehen, weit von sich.

Und an Scheidung war überhaupt nicht zu denken. Mit einem präsentablen Mann verheiratet zu sein (wie untüchtig und aufgeblasen er auch immer sein mochte), war in jeder Hinsicht besser, das wußte man doch, als allein dazustehen und wie jede nächstbeste Geschiedene ihr Geld selber zu verdienen, während Billy von irgendeinem Milliardär in Fort Worth als attraktives Aushängeschild – das er ja immer noch war – benutzt würde...

Sooft sie an Scheidung dachte, bebte Valerie vor Abscheu und fragte sich, wie ihre jüngere Schwester Fernanda in ihrer sehr wechselvollen Laufbahn die Zerrüttungen einer Witwenschaft, dreier Scheidungen und einer erneuten Heirat mit einem Mann, der es offenbar auch nicht sehr viel länger machen würde als alle seine Vorgänger, hatte überstehen können. Indessen schien dieses Tohuwabohu ehelicher Abenteuer für sie geradezu eine Art Lebenselixier zu sein, zumal ihr erster Mann sehr viel Geld hinterlassen hatte und sie wußte, daß sie jenseits von Charme, Schönheit und Cleverness etwas so subtil Verführerisches besaß, daß garantiert immer genügend Männer um ihre Gunst wetteifern würden.

Es war gar nicht unangenehm, dachte sie mit einem rasch unterdrückten bitteren Zug um den Mund, daß die Zeitungen stets von ihnen beiden als den »großen spanischen Land-Erbinnen« sprachen. Das hatte zur Folge, daß die meisten Leute annahmen, sie hätten bereits riesige romantische Besitztümer geerbt. Das war alles gut und schön, nur war ja bislang von einem Erbe noch gar keine Rede, sondern höchstens von Erwartungen. Weder sie noch ihre Schwester noch ihre Kinder hatten bis jetzt irgend etwas von ihrem Vater bekommen – von den üblichen Geschenken zu den Geburtstagen und zu Weihnachten einmal abgesehen.

Mike Kilkullens Vermögen bestand ja auch ausschließlich in unverkauftem Land. Wenn man die Preisentwicklung für Grundbesitz in Orange County im Auge behielt – und weiß Gott, das tat sie höchst aufmerksam –, dann wußte man, daß die Kilkullen-Ranch heute für Investoren (die Schlange standen, um an dieser Platinküste jungfräuliches Land zu erschließen!) nicht nur Millionen wert war, sondern Milliarden!

Doch ihr Vater würde nicht verkaufen, solange er lebte. Das war für ihn klar, seit er alt genug war, zu denken. Und wie dickköpfig und unvernünftig und unansprechbar er in dieser Hinsicht war, hatte Valerie mittlerweile oft genug erlebt, um ganz sicher zu wissen, daß er sich da nie ändern würde... Sein Land, das war er selbst.

Sie warf einen schnellen Blick auf Billy. Er war charmant wie eh und je und nach wie vor ein liebenswerter Bursche, aber als Ehemann eben eine ziemliche Enttäuschung. Er arbeitete in einem Geschäft, für das er einfach nicht clever und brillant genug war, andererseits auch nicht so dumm, daß man ihm auf die Schliche kam. Der gute Billy Malvern, dessen Gene es fertiggebracht hatten, drei Töchter zu zeugen, aber nicht den für ihren Vater entscheidenden einen Enkel, an dem dieser unter Umständen einen Narren hätte fressen können!

Das letzte Stück Highway schien nicht enden zu wollen. Zum Glück stand ihnen diesmal nur ein kurzes Wochenende hier draußen bevor. Sie und Billy konnten problemlos berufliche Verpflichtungen vorschieben, und außerdem mußten ja auch die Kinder wieder zur Schule. Eigentlich hatte sie gehofft, sich diesmal die alljährliche Fiesta ganz schenken zu können, weil an eben diesem Samstag eine ganz besonders bedeutsame Dinner-Party in New York anstand. Doch dann hatte ihre Mutter aus Marbella angerufen und erklärt, das komme auf gar keinen Fall in Frage.

»Ihr beide wart nun schon fast acht Monate nicht mehr auf der Ranch!« hatte sie nicht ohne Schärfe verkündet. »Ich verstehe nicht, wie ihr Mädchen derart nachlässig eurem Vater gegenüber sein könnt, Valerie! Dumm ist das, schlicht dumm! Denkt bloß nicht, es reiche völlig aus, wenn ihr ab und zu eure Kinder hinschickt!«

Sie hatte protestiert. »Wieso, Vater mag meine Kinder ausgesprochen gern!«

»Ach Unsinn. Du und Fernanda, ihr beide seid sein Fleisch und Blut, nicht eure Kinder. Warum, glaubst du wohl, fährt Jazz fast jedes Wochenende zu ihm raus? Die ist nicht dumm, die kennt ihren Vater und versteht den Mann. Und wenn wir nicht genau aufpassen, dann macht sie sich zu dem Sohn, den er nie hatte. Oder würde es dir vielleicht besonders gefallen, wenn er in seinem Testament Jazz euch beiden vorzöge?«

»Das würde Vater doch niemals tun«, hatte sie eingewendet und versucht, das Selbstvertrauen der Erstgeborenen an den Tag zu legen. Gleichzeitig fragte sie sich wieder einmal, wie es nur möglich war, daß ihre herrschsüchtige Mutter, obwohl sie doch weit weg im fernen Marbella saß, immer so genau wußte, was in ihrem Leben hier alles vor sich ging.

Und in der Tat hatte Lydia Stack Kilkullen sie auch diesmal wieder sofort belehrt: »Liebes Kind, ich weiß sehr viel besser und genauer als du, wozu dein Vater fähig ist! Der tut, was ihm paßt, und vor allem immer dann, wenn du es am wenigsten erwartest! Wie oft muß ich es dir noch sagen, daß er ein egoistisches Monster ist und ein Sklave seiner spontanen Eingebungen? Und es gibt gar keinen Zweifel, daß er mit den Jahren immer selbstsüchtiger und beeinflußbarer wird. Er ist jetzt fünfundsechzig, Valerie, und er wird nicht ewig leben.«

»Er ist in den letzten zehn Jahren keinen Tag älter geworden. Er wird hundert Jahre alt werden, Mutter!«

»Um so mehr Grund, ihn ständig wissen zu lassen, wie sehr verbunden ihr beide euch ihm fühlt! Valerie, denke nur mal daran, was wäre, wenn ihm einfiele, noch einmal zu heiraten! Machen wir uns nichts vor, es gibt jede Menge Frauen, die sofort bereit wären, die dritte Mrs. Kilkullen zu werden. Wie kannst du auch nur eine Minute vergessen, was er mir angetan hat?«

Es hatte wenig genützt, sie daran zu erinnern, daß es in einundzwanzig Jahren keiner einzigen gelungen war, ihn sich zu schnappen. Die Antwort war nur ein gereiztes Zischen gewesen, mit dem ihre Mutter ihr ohne Worte mitteilte, wie wenig Weitblick sie doch besitze.

Und vermutlich hatte ihre Mutter ja auch recht. Sie waren inzwischen an der Stadtgrenze von Carlsbad angekommen. Man mußte sich doch nur einmal vergegenwärtigen, wie viele fünfundsechzigjährige Männer, verwitwet oder geschieden, sich in New York junge Frauen nahmen. Das war doch geradezu gang und gäbe, und niemand nahm von so etwas mehr Notiz.

Sie biß sich auf die Lippen. Wie hatte sie in bezug auf ihren Vater nur so sorglos sein können?

Das war ja keineswegs immer so gewesen. Seit der Scheidung ihrer Eltern hatte ihre Mutter stets darauf bestanden, daß sie beide jedes Jahr mindestens einige Wochen auf der Ranch verbrachten. Als Teenager hatte sie das immer als eine Verbannung ans Ende der Welt empfunden. Sie mußten hinüber nach Südkalifornien, wo sie doch Ferien-Einladungen zu ihren Verwandten nach Philadelphia hatten. Und im Sommer hatte man sie ebenfalls gezwungen, ihre Zeit in diesem altmodischen, dämmerigen Tonziegelbau zu verbringen, auf den ihr autoritärer Vater so lächerlich stolz war. Und da hatten sie sich mit Jazz abgeben müssen, diesem neuen Baby. Entwürdigend! Und noch schlimmer: auch mit Sylvie, der zweiten Frau ihres Vaters!

Sie konnte sich nicht erinnern, daß sie jemals geglaubt hatte, ihre Eltern seien glücklich miteinander. Auf hunderterlei Weise hatte ihre Mutter ihre eigene grenzenlose Abneigung gegen alles, was mit Kalifornien und der Zeit ihres Lebens dort zusammenhing, an sie weitergegeben. Valerie war zur Zeit der Scheidung zwölf Jahre alt gewesen und dreizehn, als Jazz geboren wurde, und alles hatte sie durch die dämonischen, unerbittlichen Augen ihrer Mutter zu sehen gelernt. Nichtsdestotrotz hatte Lady Kilkullen stets eisern darauf bestanden, daß ihre Töchter »ihren legitimen Platz in der Familie« behielten. Die Familie Kilkullen! Als ob die sie jemals auch nur im geringsten interessiert hätte!

Sie, Valerie Kilkullen, deren Mutter eine Stack aus Philadelphia war, deren Großmütter wiederum eine Greene aus Philadelphia und eine James aus Philadelphia waren, sie, die zu ihren Vorfahren fünf Gentlemen aus Philadelphia zählen konnte (einen Dickinson, einen Morris, einen Ingersoll, einen Pemberton und einen Drinker), die derartige Tory-Loyalisten gewesen waren, daß sie sich selbst dem von allen Seiten auf sie ausgeübten ungeheuren Druck widersetzt hatten, die Unabhängigkeitserklärung zu unterzeichnen – wie käme sie dazu, auf die Tatsache stolz zu sein, daß sie eine Kilkullen war? Was gab es schon Bewundernswertes auf der väterlichen

Seite ihrer Vorfahren? Wie konnte sich denn ein einzelner irischer Einwanderer von 1852, der, bevor er sein Land kaufte, einen Krämerladen besessen hatte, mit den Gründervätern der vornehmsten Stadt der Vereinigten Staaten vergleichen, mit Männern, die so enge Bindungen an die bedeutendsten Familien Englands hatten, daß sie sich weigerten, gegen dieses Land zu revoltieren?

Und was waren denn die nachfolgenden Generationen der Kilkullens schon anderes als Viehbauern, die jede Menge schlechte Zeiten durchzustehen hatten? Über die Valencias, die in grauer Vorzeit die Besitzer des Landes gewesen sein sollten, wußte sie ohnehin wenig. Die ganze Familie schien sich ja auch irgendwie in Luft aufgelöst zu haben, nachdem die einzige Tochter damals diesen ersten amerikanischen Kilkullen geheiratet hatte. Das war alles im wilden Strom der Geschichte Kaliforniens verschwunden, eine komplizierte Geschichte, wenn man sie fragte; sie war ihr stets viel zu fremd erschienen, als daß sie ihr Interesse hätte wecken können. Und dann der Möbelgeschmack der Leute!

Holly schreckte sie aus ihren Gedanken auf. »Wir sind gleich da, Mutter!« rief sie. Sie war ihre Älteste, siebzehn, aber es war bisher nicht zu erkennen, ob sie eine Schönheit, noch, ob sie intelligent werden würde. Ganz unwillkürlich fuhr sich Valerie ordnend über das Haar und prüfte, ob ihr Lippenstift in Ordnung war. Sie bereitete sich darauf vor, wieder einmal jenem Vater gegenüberzutreten, den für das ganze Unglück ihrer Mutter verantwortlich zu machen ihr viele Jahre lang eingebleut worden war. Trotzdem hatte sie sich eigentlich – auf ihre von Natur aus nüchterne Weise – doch immer danach gesehnt, ihn zu lieben, wenn sie sich das auch selbst nie eingestanden hatte. Denn auch dies war ihr jahrelang systematisch eingeredet worden: daß auch er sie nie geliebt habe.

Fernanda Kilkullen Donaldson Flynn St. Martin Smith Nicolini war so oft verheiratet gewesen, daß sie den Lesern der Klatschspalten und Gesellschaftsnachrichten von Bar Harbor bis La Jolla einfach nur als Fern Kilkullen bekannt war und blieb. Sie kam in Begleitung ihrer beiden Söhne Jeremiah und Matthew Donaldson, die aus ihrer ersten Ehe hervorgegangen waren. Schon als sie fünfundzwanzig gewesen war, war ihr Mann gestorben und hatte ihr ein beachtliches Vermögen hinterlassen. Die beiden Söhne waren neunzehn und siebzehn, alt genug also, um sie zu chauffieren, und so saß sie hinten im Fond ihres Chrysler Imperial.

Ihr Vater würde natürlich wissen wollen, warum Heidi Flynn, ihre fünfzehn Jahre alte Tochter, nicht mit zur Fiesta gekommen war. Er erwartete sie wie üblich. Und vermutlich erwartete er auch Nick Nicolini, obwohl er ihre jetzige Ehe nicht billigte und auch nicht ihren Partner, der gerade erst neunundzwanzig war und keinen anständigen Beruf hatte. Doch Mike Kilkullen ging es in erster Linie darum, bei der Fiesta seine ganze Familie um sich versammelt zu wissen. Nur war es eben so, daß sie und Nick nach den ewigen Auseinandersetzungen ihrer zweijährigen Ehe kurz vor der Scheidung angelangt waren. Und es war nicht nötig, daß ihr Vater das erfuhr, solange es sich vermeiden ließ. Und was Heidi anging, so war sie in den letzten Monaten einfach zu hübsch geworden, um sie mit hierher zu bringen.

Vermutlich hätte höchstens ein Dermatologe Fernandas Alter erraten können, und auch er nur in ganz hellem Licht. Auch ohne Eitelkeit wußte sie, daß sie jederzeit für Ende zwanzig durchging. Aber wenn man sie neben Heidi sah? Der Unterschied zwischen der schönsten neununddreißig Jahre alten Frau der Welt und einer normal hübschen Fünfzehnjährigen ließ sich mit einem Wort beschreiben: Jugend. Jugend, authentische, herzzerreißende, blühende Jugend war das einzige, was sie nicht mehr vorweisen konnte.

Dabei war sie nie eine große Schönheit gewesen. Sie war vielmehr das, was man als »hübsch« bezeichnete, und zwar auf eine derart eindringliche Weise, daß sie wie eine perfekte Miniatur aussah. Und was Männer betraf (und ihr Interesse hatte stets nur Männern gegolten), so war es sehr viel nützlicher, hübsch zu sein als schön. Schöne Frauen machten ihnen angst. Hübsche Frauen aber zogen sie magisch an.

Mitte der sechziger Jahre war sie in der Blüte ihrer Teenagerjahre gewesen, und sie hatte seitdem hartnäckig und instinktiv am Look dieser Zeit festgehalten – ganz im Gegensatz zu der Vorsätzlichkeit, mit der Valerie sich um ihre Erscheinung kümmerte.

Sie war einsdreiundsechzig groß, und ihr silberblondes Haar hing lang und offen fast bis auf ihre Hüften hinab. Sie mußte es fast alle zwei Wochen an den braunen Wurzeln nachfärben, doch blond zu bleiben war für sie jeden Aufwand wert. Kürzere Strähnen durften gerne über das Auge oder auch mal über den Mund fallen, um dann lässig in bezaubernder Ungeduld weggepustet zu werden. Ihre Augen waren so strahlend türkisblau wie die Kacheln eines Schwimmbeckens, aber stets dick mit Wimperntusche gerahmt. Und ihre kleine, feine Nase mit den zarten Flügeln hatte einen kindlichen Charme. Ihr Mund war zierlich und doch stark geschwungen, das Kinn wohlgeformt. Ihre Haut war so vollkommen weißrosa wie die einer kostbaren Puppe, die eher zufällig als absichtlich wie ein Hippie-Mädchen angezogen war. Fernanda trug entweder enge Röhrenjeans oder aber die kürzestmöglichen ledernen Miniröcke zu enganliegenden Westen, die so geschnitten waren, daß sie die außergewöhnlich feminine Rundung ihrer Brust betonten. Dazu hatte sie Dutzende von Paaren spitzer Cowboystiefel in allen nur erdenklichen Lederarten, einen ganzen Schrank voller üppig dekorierter Cowgirl-Jacken und pfundweise Silber- und Türkisschmuck. Ihre Pelze stammten von den Fendi-Sisters und waren in den allerverrücktesten Farben gehalten und mit Perlen und Stoffbesatz verziert.

Gerundet an den richtigen Stellen, appetitlich, schmalhüftig, ein saftiger kleiner Leckerbissen von Frau mit herrlichem Busen und Hintern, konnte sie noch immer jeden Zentimeter ihres schlanken und rigoros durchtrainierten Körpers bedenkenlos vorzeigen. An der Taille, an der Innenseite der Schenkel oder an den Oberarmen, wo der Verlust der Jugend gewöhnlich zuerst seine Spuren hinterläßt, war sie immer noch hervorragend in Form. Sie hatte aber auch etwas dafür getan, hatte das, was sie von der Natur mitbekommen hatte, mit täglicher Gymnastik und unerbittlicher Diät gehegt und gepflegt.

Daß sie sich hart an der Grenze des schlechten Geschmacks kleidete, war ihr durchaus bewußt. Sie produzierte sich mit Absicht in dem wilden Aufzug der Anzeigen-Girls aus *Guess?* – mit dem Unterschied, daß sie niemals ihre Unterwäsche irgendwo hervorgucken ließ, weil sie nie welche trug. Wenn sie sich von Kopf bis Fuß prüfend im Spiegel betrachtete, achtete sie darauf, daß sie aussah wie der lüsterne Traum eines Kleinbürgers. Trotzdem konnte niemand Fernanda Kilkullen für ein Flittchen halten. Oberkellner, Portiers und Verkäufer erkannten auf den ersten Blick, daß sie eine jener Frauen vor sich hatten, denen sie ihren besten Service vorbehielten. Nur eine extrem selbstbewußte Neununddreißigjährige, die in allen wesentlichen Punkten wie ein Teenager aussah, konnte es sich wirklich leisten, in diesem Aufzug daherzukommen.

Natürlich wäre es die einfachste Sache der Welt gewesen, sich auf die übliche Weise modisch zu kleiden, stilvoll und doch jugendlich. Aber jugendlich war eben nicht gleich jung. Und *jung* war Fernandas Schlüssel- und Zauberwort. *Jung* bedeutete: Männer; jederzeit verfügbare Männer, unbeschwerte Männer, die noch zu jung waren, um auch nur einen

Gedanken daran zu verschwenden, daß auch sie einmal die Schwelle zum mittleren Alter überschreiten würden. Alles, was sie sich auflud, jedes Stück, das sie anzog, jedes Haar auf ihrem Kopf, jede neue Lage Mascara war dazu da, eben diesen Männern zu signalisieren, daß sie »jederzeit zum Bumsen bereit war«.

Denn die Triebfeder von allem, was Fernanda tat, war Sex. Jene paar Zentimeter Fleisch zwischen ihren Beinen erklärten ihr Verhalten und ihre Beweggründe, ihre Vergangenheit und ihre Zukunft.

Ihre früheste Erinnerung war die ihres ersten Orgasmus, den sie sich, als sie eigentlich ihren Mittagsschlaf halten sollte, selbst bereitet hatte. Sie erinnerte sich noch genau an das Bett – ein Kinderbettchen – und an Farbe und Material der Decke, und so wußte sie, daß sie damals noch keine drei Jahre alt gewesen sein konnte. Und doch war ihr, sobald das wundersam-überraschende Gefühl abgeklungen war, instinktiv klar gewesen, daß niemand erfahren durfte, was sie da soeben entdeckt hatte.

Die ganze Kindheit hindurch hatte sie ihr Zimmer mit Valerie geteilt, und ihr größtes Problem war gewesen, Ausreden zu finden, um sich im Bad einzuschließen, wo sie sich dann der langsamen Steigerung ihres Lustgefühls hinzugeben pflegte. Denn ein Orgasmus kam bei ihr nie schnell zustande, er erforderte langsames, sanftes, gut befeuchtetes, sorgfältig gesteigertes und dann nach Belieben beschleunigtes massierendes Streicheln mit den Fingerspitzen. Störten sie etwa Schritte draußen vor der Tür, mußte sie wieder ganz von vorne anfangen. Am schlimmsten war, daß sie oftmals ganz aufhören mußte, weil Valerie unbedingt ins Bad wollte.

Nach der Scheidung der Eltern und dem Umzug der Mutter nach Marbella waren sie beide in ein strenges Mädcheninternat in Neuengland gesteckt worden, wo es weder Einzelzimmer gab noch Schlösser an den Türen. Dort entdeckte sie dann als sichersten Ort des Rückzugs das Lesezimmer der Bibliothek für sich, wo sie sich in einer schummrigen Ecke einen bequemen, tiefen Sessel aussuchte, sich ein Buch nahm, einen Regenmantel oder einen Anorak über ihren Schoß legte, das Buch auf die Armlehne fallen ließ, die Augen schloß, als sei sie eingeschlummert, und sich so unbehelligt stundenlangen Masturbationsgenüssen hingeben konnte. Sie stellte sich dabei vor, daß ihre eigenen Finger die eines Mannes seien. Eines gesichtslosen, namenlosen Mannes, der ihr unbedingter und ergebener Sklave war, nichts für sich selbst wollte und nur existierte, um ihr Lust zu verschaffen. Niemand, der sie beobachtet hätte, wäre je dahintergekommen, was sie da wirklich tat, denn sie beherrschte die Kunst der Verstellung bereits so perfekt, daß sie selbst auf dem Höhepunkt der Lust nur noch kaum sichtbar die Lippen zusammenpreßte, während sie gleichzeitig den Atem anhielt.

Diese heimliche Aktivität im Leseraum war bald zum Dreh- und Angelpunkt ihres ganzen Lebens geworden. Sie ging sogar dazu über, daß sie das wirklich erforderliche Lernen auf den späten Abend im Zimmer verlegte, um somit die Nachmittage stets zur freien Verfügung zu haben. Auf diese Weise blieb wenig Zeit, sich mit den anderen Mädchen anzufreunden. Selbst die lebhaften Diskussionen bei Tisch über die atemberaubenden Veränderungen, die in jener hitzigen Zeit der späten sechziger Jahre draußen in der Welt vor sich gingen und sogar bis in dieses abgelegene Internat drangen, erschienen ihr höchst unwichtig. Sie hörte den Gesprächen der anderen Mädchen darüber bestenfalls mit halbem Ohr zu.

Wirkliches Interesse zeigte sie nur für die eigene sexuelle Befriedigung, doch niemals verriet sie sich dabei. Ihr in der Kindheit geborenes Bedürfnis, sich zu verstecken und zu verstellen, hatte angesichts des Verhaltens ihrer Mutter mit den Jahren nur noch zugenommen. Die Gefühlswelt ihrer Mutter hatte bei Fernanda deutliche Spuren hinterlassen: Sie empfand sie als kalt und reserviert, mit Ausnahme der Gelegenheiten, wenn sie sich bitterlich über ihren Vater beklagte. Valerie, die auf mancherlei Weise die glatte Kopie ihrer Mutter war, verstärkte das alles nur noch. Und die Ferien- und Sommeraufenthalte auf der Ranch hatten gewiß nicht dazu beigetragen, wenigstens zu ihrem Vater ein Vertrauensverhältnis zu entwickeln. Im Gegenteil, sie fürchtete sich immer ein wenig vor ihm, und das um so mehr, als sie zunehmend das unbestimmte Gefühl hatte, daß er eher als irgend jemand sonst in der Familie spüren könnte, worin ihre Lieblingsbeschäftigung bestand.

Eine Woche nach ihrem Schulabschluß hatte sie dann Jack Donaldson kennengelernt, der bereits fünf Jahre zuvor sein Jurastudium in Harvard abgeschlossen hatte. Er war fast dreißig, ein erfolgreicher Anwalt, und er konnte kaum glauben, daß dieser hinreißende Leckerbissen von einer Achtzehnjährigen noch nie einen Freund gehabt hatte. In der Ära Woodstock existierten nach seiner Erfahrung solche Mädchen gar nicht mehr. Er machte ihr vorsichtshalber auf der Stelle einen Heiratsantrag, bevor irgendein anderer sie entdeckte.

In den Flitterwochen begann er sich dann zu fragen, ob seine Phantasien hinsichtlich der sexuellen Erweckung einer unwissenden Jungfrau nicht doch ein wenig naiv gewesen waren. Er praktizierte mit ihr, was immer er bislang an erotischen Erfahrungen gemacht hatte, war so sanft und zärtlich mit ihr, wie es überhaupt nur ging, hielt es aber regelmäßig angesichts der Reize ihres Körpers nicht lange aus, bis er in sie eindrang und, von einer halben Stunde Vorspiel erregt genug, ziemlich rasch kam. Nachdem er selbst seinen Höhepunkt erreicht hatte, versuchte er, Fernanda wenigstens mit Händen und Mund zu befriedigen. Doch da entzog sie sich ihm regelmäßig. Es ist nicht nötig, Darling, pflegte sie zu sagen, du mußt dich nicht anstrengen, so wichtig ist das nicht. Ehrlich, ich muß das nicht haben.

Und als sie dann zum ersten Mal schwanger wurde, lag für Jack Donaldson das Problem ohnehin erst mal auf Eis. Vielleicht, dachte er, gaben ja die Hormone der Mutterschaft die Antwort auf ihre bisherige Unerregbarkeit. Würde sie immer und ewig frigide sein, fragte er sich nach der Geburt ihres ersten Sohnes.

Ihr zweiter Sohn kam 1973 zur Welt. Fernanda war zu dieser Zeit zweiundzwanzig, und er hatte mittlerweile aufgehört, sich über die Sache noch Gedanken zu machen. Soweit er wußte, war sie absolut treu und außerdem jederzeit willig und bereit, wenn er etwas von ihr wollte. Doch über einen bestimmten Punkt hinaus lief bei ihr einfach nichts, und es gab nichts mehr, was er noch dagegen hätte tun können.

Andere Männer, das wußte er, mußten mit der gleichen Situation leben – nur mit Frauen, die weitaus weniger attraktiv waren als Fernanda. Es blieb ihm für immer verborgen, daß seine Frau jedesmal, nachdem er sie geliebt hatte und dann rasch tief eingeschlafen war, das Bett verließ und sich in ihrem Bade- und Ankleidezimmer einschloß, um sich dort ihrem eigenen, langsam, heimlich und geübt herbeigeführten Orgasmus hinzugeben, dessen sie mit ihm nicht fähig war.

Hätte sie nur nicht so genau gewußt, dachte Fernanda oft, daß er immer, wenn er zu ihr kam, ganz gleich, was er auch tat, letztlich nur darauf bedacht war, in sie einzudringen; daß dies sein vordringliches Bedürfnis war, welches jede Zärtlichkeit leitete, jede seiner Berührungen motivierte. Hätte sie doch nur nicht so deutlich gespürt, wie sehr er seine Ungeduld zu verbergen trachtete, wie sehr er bei allem immer überlegte, wann er es gleichsam verantworten konnte, in sie einzudringen. *Hätte er es nur nicht immer so eilig gehabt!* Er hatte tatsächlich gedacht, er lasse ihr viel Zeit, mehr als genug, doch tat es nie. Und sie konnte das wohl auch nicht erwarten – so wie Männer nun einmal waren. Wie sehr sich Jack auch bemühen mochte, niemals konnte sie je wirklich *auf ihn zählen* – so, wie sie auf den gesichts-, namen- und selbstlosen Sklaven ihrer Phantasie zählen konnte.

Als Jack Donaldson schließlich im Jahre 1976 bei einem Autounfall ums Leben kam und ihr Millionen hinterließ, hatte er seit Jahren keinen Gedanken mehr an ihre sexuelle Unzulänglichkeit verschwendet. Er hatte sich bei anderen Frauen, die lustvoll auf seine Bemühungen reagierten, geholt, was er zu Hause nicht hatte bekommen können; und er war auch kaum noch böse gewesen auf Fernanda, die er liebte, wie ein Mann ein kleines Kind liebt.

Fernanda hatte ihn ihrerseits kurze Zeit betrauert oder eigentlich mehr die sieben Jahre ihrer Ehe, in denen ihr nicht ein einziger Tag Erfüllung gebracht hatte. Dann hatte sie sich – frei, reich und fünfundzwanzig Jahre alt – auf die Suche gemacht nach dem richtigen Mann für ihre Bedürfnisse. Einem jungen Mann, der es endlos aushalten konnte. Irgendwo mußte es den Mann doch schließlich geben, der ihr den Orgasmus verschaffte, den sie bisher noch niemals erlebt hatte, außer ganz für sich allein!

Sie fragte sich, während sie nun zur Ranch fuhren, warum sie überhaupt einen von all ihren Männern geheiratet hatte. Jeremiah hatte inzwischen das Autoradio aufgedreht und einen dieser kalifornischen New-Age-Sender eingestellt, der jetzt den Wagen mit synthetischer Cembalomusik volldröhnte.

Vier junge Ehemänner und ein Dutzend nicht minder junger Liebhaber in vierzehn Jahren – weiß Gott, das Leben, zu dem ihre Mutter sie einst hatte erziehen wollen, war das wirklich nicht gewesen. Doch sooft sie auch mit einem neuen Mann ins Bett ging, flammte sogleich wieder die Hoffnung in ihr auf – oder vielleicht war es auch nur die schiere Verzweiflung –, daß es dieses Mal klappen würde. Daß das große Wunder endlich geschähe.

Jim Flynn, Hubert St. Martin, Hayden Smith und Nick Nicolini – alle waren sie jünger gewesen als sie. Alle waren sie so hingerissen von ihrem Sexappeal, daß sie zu Wundern fähig schienen. Und tatsächlich hatten sie ohne Ausnahme anfangs drei- und viermal pro Nacht gekonnt. Und stets waren sie das letzte Mal nur noch schwer und langsam erregbar gewesen, fast faul und träge, fast nicht mehr interessiert, ganz ohne diese fatale Eile, die sie immer so kalt bleiben ließ. Und manchmal verspürte sie dann tatsächlich für einen kurzen Moment ein schwaches Gefühl, das – fast ein Orgasmus zu sein schien. Vielleicht war es sogar tatsächlich einer, dachte sie manchmal bei sich. So wie ihn eben andere Frauen mit Männern hatten. Doch wie sollte man das je erfahren? Wie auch immer, dem Lustgefühl, das sie sich selbst bereiten konnte, entsprach es nicht annähernd.

Und sehr rasch – ach, viel zu rasch! – hatten alle ihre Ehemänner und ebenso alle ihre Liebhaber die Lust verloren und nicht mehr sehr häufig mit ihr schlafen wollen. Bei Liebhabern war es leicht, die konnte sie dann einfach fallen lassen. Mit den Ehemännern war es schon schwieriger. Bei ihnen sah sie sich immer öfter gezwungen, einen Orgasmus zu simulieren, um den endlosen Diskussionen zu entgehen, deren sie schon in ihrer ersten Ehe so müde gewesen war. Doch über kurz oder lang war sie dazu nicht länger fähig gewesen, und spätestens dann war die Scheidung unvermeidlich.

Neununddreißig, dachte sie, und noch immer auf der Jagd nach einer Erfahrung, die sie einfach machen *mußte*.

Neununddreißig, und noch immer fühlte sie, sobald sie an einen Mann dachte, der es endlich, endlich lange genug in ihrem Bett aushalten könnte, diese schwere, quälerische, krampfartige Fülle zwischen ihren Beinen, fast so, als trüge sie dort eine Schüssel warmen Wassers mit sich herum.

Neununddreißig war ein schreckliches Alter. Das schlimmste, das sie sich vorstellen konnte. Eines Tages, in gar nicht so langer Zeit, würde sie aufwachen und dreiundvierzig sein. Fünfundvierzig. Siebenundvierzig sogar. Eines nicht mehr allzu fernen Tages würde sie nicht mehr als hübsches junges Mädchen durchgehen, ganz egal, wie sehr sie an sich arbeitete. Und nur *sehr, sehr* reiche Frauen waren imstande, sich auch noch jenseits eines bestimmten Alters junge Liebhaber zu halten.

Noch war sie nicht in diesem Alter. Diese verhängnisvolle Synthese von Zeit und Schwerkraft lag noch immer in ziemlich weiter Ferne. Nur hatte sie inzwischen eine ganze Anzahl von Jack Donaldsons Millionen auf den Spielplätzen der Welt gelassen. Sie war noch immer wohlhabend, gar kein Zweifel. Sie konnte sich noch immer alles kaufen und leisten, was ihr Herz gerade begehrte. Aber sie war nicht annähernd so reich, wie sie es mit zunehmendem Alter sein mußte. Und deshalb war es eine schlicht unerträgliche Vorstellung, daß sie bald vierzig werden würde, ohne eine *sehr, sehr* reiche Frau zu sein...

Als sie vom Highway herunterfuhren und auf der Landstraße zur Ranch waren, kam ihr ein vertrauter Gedanke. Eines Tages, wenn ihr Vater erst einmal gestorben war und sie die Ranch verkaufen konnten – dann, ja dann waren sie und ihre Schwestern so reich, daß man es sich kaum vorstellen konnte. Hunderte von Millionen für jede! Nur, wann? Wie lange mußten sie wohl darauf warten? Würde sie das ganze Geld haben, noch bevor sie es brauchte, solange sie noch ihr jetziges Aussehen besaß? Oder erst, wenn es zu spät war?

4

Als am Sonntagabend die Dunkelheit hereinbrach, erreichte die Fiesta allmählich ihren Höhepunkt. Die Big Band hatte ein Glenn-Miller-Medley begonnen, und schon bei den ersten Takten von *Midnight Cocktail* hatte ein Sturm auf die

Tanzfläche eingesetzt. Es war Tradition, daß die eingeladenen Familien auch ihre über sechzehn Jahre alten Kinder mitbringen durften, und diese Teenager entdeckten nun wild begeistert den Swing, während ihre Eltern sich eifrig bemühten, ihn aus der Erinnerung an alte Kinofilme zu rekonstruieren, und jeder Erwachsene über fünfzig den Jungen zeigte, wie man zu dieser Musik tatsächlich tanzte. Es war seit jeher üblich, zu der Fiesta in besonderer Garderobe zu erscheinen: die Männer in stilechter Cowboy-Aufmachung und die Frauen passend dazu – was vom viertausend Dollar teuren, fransenbesetzten Chamois-Kleid bis zum weiten langen Rock à la Scarlett O'Hara reichen konnte.

Mike Kilkullen hatte sich ein wenig aus dem allgemeinen Getümmel zurückgezogen, um im Schatten des Musikpodiums dem Treiben einfach eine Weile zuzuschauen. Man konnte sehr weit blicken, bis zur Senke der *mesa*, die hell erleuchtet war vom Feuer der Grillstände, von den Tausenden brennenden Sturmlichtern und von den überall angebrachten Lichterketten. Jede Vorkehrung gegen einen Brand war getroffen worden, aber er hatte trotzdem rundherum noch Vaqueros postiert, falls doch ein unvorhersehbarer Funkenflug entstand.

Wenn doch Großvater jetzt hier sein könnte, dachte er mit einem plötzlichen, unerwarteten Stich in der Brust. Er hatte Hugh Kilkullen geheißen und war 1867 das erste auf der Ranch geborene Kind der Familie gewesen.

Damals, und auch später, als er selber eine Familie gegründet hatte, war das Haus voller Leben gewesen, voller Kinder und ihrer Kinderschwestern, voller Verwandter und Freunde, die oft monatelang zu Besuch blieben. Wo war das alles nur geblieben? Was war geworden aus der Unbeschwertheit und Fröhlichkeit und Lebenslust jener Tage? Was aus den leidenschaftlich umkämpften Pferderennen, den tagelangen Picknicks, den großen Bällen, den aufwendig gefeierten Hochzeiten, den musikerfüllten Abenden und wöchentlichen Fiestas? Wie war das alles zusammengeschrumpft auf ihn allein, einen einsamen Mann, der einmal im Jahr sein großes Fest gab, um einen Vorwand zu haben, wenigstens dieses eine Mal alle seine Töchter und Enkelkinder um sich zu versammeln?

Aber etwas war geblieben, das unendlich viel wichtiger war als das individuelle Schicksal irgendeines Mitglieds der Familie: Das Land selbst war noch da. Dieses Land, das »niemals, niemals!« – wie ihm sein Großvater oft und oft gesagt hatte – verkauft werden durfte, weil es den Kilkullens immer eine Lebensgrundlage bieten würde.

Von seinem Platz unter dem Podium aus konnte er den Tisch von Valerie sehen, die dort im Kreise von Nachbarn und alten Freunden saß. Die meisten von ihnen waren in den letzten dreißig Jahren Multimillionäre geworden. Sie hatten ihr Land verkauft, und es waren darauf Einkaufszentren und Gewerbegebiete oder riesige Wohnparks entstanden. Unter diesen Umständen hielten ihn all die Leute dort drüben zweifellos für einen ganz gewaltigen, rückschrittlichen Narren, weil er sich weigerte, zu verkaufen und damit zu einem der vierhundert Reichsten des Landes zu werden. Das mochte wohl so sein, aber jedenfalls gehörte die Kilkullen-Ranch nach wie vor bis auf den letzten Quadratzentimeter der Familie. Und sie würde eine Ranch bleiben, solange er noch irgend etwas zu sagen hatte.

Auf dem Tanzboden entdeckte er Fernanda. Sie hatte Wildlederjeans und ein perlenbesticktes schulterfreies Jeans-Oberteil an, und sie tanzte mit einem eifrigen Jungen, der höchstens halb so alt war wie sie. Er verspürte nicht zum ersten Mal einen leichten Stich in der Brust und fragte sich, was gewesen wäre, wenn er einen Sohn gehabt hätte, der die bodenständige Arbeit eines Viehzüchters hätte fortführen können.

Was wäre geworden, wenn er und Lydia sich nicht hätten

scheiden lassen? Er war ein hoch aufgeschossener, vor Selbstbewußtsein strotzender und lebenslustiger Bursche von zweiundzwanzig Jahren gewesen. Mit siebzehn war er zur Armee gekommen und drei Jahre später mit einer Brust voller Orden und in dem Glauben, nun erwachsen zu sein, entlassen worden. Er lächelte ein wenig bitter, als er sich daran erinnerte, wie er damals geglaubt hatte, selbst Siebenmeilenstiefel seien viel zu langsam für seine ehrgeizigen Ambitionen.

Vor ihrem Tod mitten im Krieg hatte seine Mutter seinen Vater immer wieder zu überzeugen versucht, daß der Junge eine anständige Ausbildung erhalten müsse, sobald der Krieg zu Ende sei. Und obwohl er selbst nichts anderes wollte, als so rasch wie möglich auf die Ranch zurückzukehren, hatte sein Vater tatsächlich darauf bestanden, dem Wunsch seiner Mutter zu entsprechen, und so hatte er zwei Jahre in Stanford zugebracht. Kurz vor dem Beginn seines ersten Jahres dort hatte er bei einer Party in Pasadena Lydia Henry Stack kennengelernt.

Sie war achtzehn, eine gerade erblühte Blume von besonderer Schönheit. Ihre Augen strahlten ein ungeheures Selbstbewußtsein aus. Schließlich wußte sie, daß ihr in der kommenden Saison zu Hause in Philadelphia ein triumphales Gesellschaftsdebüt bevorstand. Ihre beste Freundin aus dem exklusiven Foxcroft-Internat in Virginia hatte sie überredet, für ein paar Wochen zu ihr »hier heraus in den Westen« zu kommen. Er hatte nicht mehr als eine halbe Stunde gebraucht, sie dazu zu bringen, die Party mit ihm zu verlassen.

Er sah sie noch heute vor sich, wie absolut hinreißend sie in ihrem langen blaßblauen Taftkleid mit dem dazu passenden Jäckchen, den weißen Handschuhen und den Satinpumps ausgesehen hatte; wie betörend anmutig auf eine schlanke, gezügelte, präzise Art und Weise. Ihr glänzendes braunes Haar fiel in gebändigten Locken auf ihre Schultern herab, und ihre lächelnden Lippen waren in dezentem Rosa so perfekt geschminkt, daß daneben alle anderen Mädchen der ganzen Party beinahe vulgär aussahen.

Doch, ja, sie hatte ihn umgeworfen. Mit ihrem vollendeten Selbstbewußtsein, mit dieser angeborenen Sicherheit des Auftretens, die so unverkennbar »Klasse« signalisierte – ihm fiel kein besseres Wort dafür ein –, war sie mit keinem der netten kalifornischen Mädchen vergleichbar, hinter denen er bislang her gewesen war.

Doch auch er hatte seinerseits wohl faszinierend auf sie gewirkt, weil er Neuland für sie war und daher unwiderstehlich. Warum sonst hatte sie sich von ihm von dieser Party entführen lassen und jeden ihrer noch verbliebenen Tage in Kalifornien mit ihm verbracht? Warum sonst hatte sie ihm erlaubt, sie auf dem Vordersitz seines Cabrios stundenlang zu küssen, bis ihrer beider Lippen ganz verschwollen und wund waren und sie vor lauter Verlangen von Fieberschauern geschüttelt wurden?

Und dabei hatte sie ihm nicht einmal erlaubt, sie auch nur ein einziges Mal an ihren bloßen Brüsten zu berühren. Ihre eherne Regel war: Kein direkter Körperkontakt unterhalb des Halses! Ach, er wußte noch sehr genau, wie ungeheuer frustrierend das gewesen war, ein so intensives Gefühl hatte er später selbst beim besten Bums seines ganzen Lebens nicht mehr empfunden, und sie hatten beide nicht gewußt, wie sie dieser Frustration beikommen sollten. Denn im Jahre 1947 war es für ein Mädchen der besseren Gesellschaft Philadelphias noch völlig undenkbar, auch nur den kleinsten Schritt übers Küssen hinauszugehen. Was für »anständige« kalifornische Mädchen im übrigen ganz genauso galt.

Und so waren sie dann also »durchgebrannt«, Mike Kilkullen und Lydia Henry Stack, zwei geradezu kriminell dumme, verliebte, sexbesessene Halbwüchsige, die sich besser niemals begegnet wären, geschweige denn geheiratet hätten. Sie waren durchgebrannt, nur weil sie nicht übereinander herfallen und sich ein paar Wochen miteinander die Seele aus dem Leib rammeln konnten, bis wieder Ruhe war. Nun, es war vermutlich der halben Generation damals genauso ergangen. Aber das hieß ja noch lange nicht, daß dergleichen keine katastrophale Art gewesen wäre, Entscheidungen fürs Leben zu treffen! Ganz besonders, wo es doch angesichts seiner katholischen und ihrer streng episkopalischen Erziehung ausgeschlossen war, sich schnell und schmerzlos wieder scheiden zu lassen.

Nein, wirklich, er hatte damals keinen blassen Schimmer gehabt, was für ein fataler Fehler diese Heirat war. Es war ihm auch erst viel später aufgegangen als ihr. Jahre später. Er hatte anfangs durchaus geglaubt, es laufe alles bestens. Sie hatten sich, als die College-Zeit begann, ein kleines Apartment in Palo Alto gemietet. Gewiß, seit es legal war, miteinander zu schlafen, war es nie mehr so wundervoll gewesen, wie sie es sich beide in ihrer totalen Unwissenheit vorgestellt hatten. Lydia, die so wild auf das Küssen gewesen war, hatte am Sex keinen Spaß. Die Sache an sich machte ihr angst und verursachte ihr Unbehagen. Er mochte so sanft und zärtlich sein, wie er wollte, niemals konnte sie den grundsätzlichen Ekel an dieser, wie sie sich ausdrückte, »unappetitlichen Sache« überwinden. Aber er glaubte weiterhin fest daran, daß sich das irgendwann schon geben und sie sich noch ändern werde; vor allem, als sie dann so rasch schwanger wurde.

In diesen ersten Monaten schloß sie sich oft im Bad ein, weil sie nicht wollte, daß er sie weinen sah. Sie behauptete zwar steif und fest, es sei nur deshalb, weil sie doch eigentlich nicht schon so früh ein Baby hatte haben wollen. Oder, weil ihre Eltern wegen des »Durchbrennens« noch immer böse mit ihr seien. Doch später begriff er, was es wirklich gewesen war: eine endlose, hoffnungslose, stumme Selbstanklage, ja, sie war todunglücklich, weil sie sich ihr Leben ruiniert hatte und nun in dieser impulsiv und ohne Not geschlossenen Ehe gefangen war, statt wieder drüben im Osten zu leben, wo sie doch hingehörte, in der Stadt, die sie liebte, unter Menschen ihrer Herkunft. Wo sie alles hätte haben können.

Die Ehe war ein Riesenfehler gewesen, aber wie auch immer, schon nach elf Monaten war Valerie auf die Welt gekommen. Und dann war zu Beginn seines letzten College-Jahres sein Vater einem Schlaganfall erlegen. Über Nacht war er, als der letzte männliche Kilkullen, der große Boß der großen Ranch geworden. Dort arbeitete damals ein alter Mann namens Emilio Hermosa als Oberaufseher, und an den hatte er sich gehalten, um all das zu lernen, was man nun einmal wissen und können mußte, um eine Ranch zu leiten. In der ersten Zeit waren sie mit einem Lieferwagen herumgefahren, weil das ganze Ranchgelände, das er kennenlernen mußte, viel zu groß war, um es zu Pferd zu erschließen. Liddy hatte sich unvermittelt der Aufgabe gegenübergesehen, als Herrin des Hauses die große *Hacienda* zu führen, das Hauspersonal und die Gärtner zu beaufsichtigen und außerdem noch Valerie großzuziehen. So waren sie mit einem Schlag beide viel zu beschäftigt, um sich noch groß um ihre unglückliche Beziehung zu kümmern. Zwei Jahre später wurde Fernanda geboren, und die beiden Mädchen hatten es dann geschafft, sie noch ein paar Jahre zusammenzuhalten.

»Was machst du denn hier so abseits, Dad?« fragte Jazz, die an seiner Seite aufgetaucht war.

»Hab an früher gedacht«, antwortete er leicht verlegen, wie auf frischer Tat ertappt.

»Und woran?«

»An roten Anaheim-Wein. Ist dir angesichts all dieses Champagners und Wodkas und Weißweins, den die Leute da alle trinken, eigentlich klar, daß es hier vor nicht allzu langer Zeit nur ein einziges Getränk gab – einfachen roten Tischwein aus den Weinbergen von Anaheim?«

»Den Disneyland-Rouge, meinst du?«
»Zu der Zeit war Disney noch gar nicht geboren. Und Frauen tranken so gut wie überhaupt nicht, höchstens einmal im Jahr oder so.«
»Das ist ja ein ganz schöner Anfall von Sexismus-Nostalgie!«
»Wahrscheinlich, ja. Dein Urgroßvater hat mir das erzählt.«
»Wie wär's mit einem Tanz?« fragte Jazz.
»Nichts lieber als das«, erklärte er und führte seine Tochter aus dem Schatten auf die Tanzfläche.

Ich drehe heute ganz schön auf, dachte Jazz euphorisch, als sie sich nach dem Tanz mit ihrem Vater durch die Menge schob und links und rechts unentwegt grüßen mußte, denn es gab niemanden hier, den sie nicht kannte.

Sie hatte sich zu einem teuren, aber scheinbar einfachen Kleid entschlossen, das sie auf einer heiß umkämpften Auktion wertvoller alter Kleider ersteigert hatte, wild entschlossen, es auf jeden Fall zu bekommen. Es stammte von Madame Grès aus den frühen sechziger Jahren, ein langes Kleid aus weißem Seidenchiffon im klassischen griechischen Stil, die eine Schulter gerafft, die andere frei. Dieser dezente Triumph des elitärsten Hauses der gesamten Haute Couture war derart perfekt genäht, daß mehr als ein Dutzend Meter drapierter Stoff glatt und rund wie eine Säule an ihr herabfielen und beim Gehen und Tanzen nur ganz leicht schwangen. Selbst wenn sie stand, schien sie von einem Hauch Poesie umweht zu sein. Für die Unwissenden freilich war es einfach nur ein ganz normales Abendkleid, wie man es eben zu großen Partys trug.

Die Abendluft war feucht, wie immer so nahe am Meer. Jazz hatte sich einen wunderschön bestickten schwarzen, spanischen Seidenschal um die Schultern gelegt, den bereits ihre

Urgroßmutter Amelia Moncada y Rivera vor hundert Jahren getragen hatte, ein in Ehren gehaltenes Familienerbstück, das keiner der drei Schwestern gehörte, aber ihr Vater hatte ihr erlaubt, ihn heute abend zu tragen.

Sie hatte ein bißchen herumexperimentiert und sich das Haar ganz hochgesteckt, bis sie fand, daß ihr das ansatzweise etwas Spanisches gebe, natürlich mit Hilfe einiger unsichtbarer Schildpattkämme. Gleichwohl war sie selbst sehr angetan von dem romantischen Effekt, den sie mit ihrem Aufzug erzielt hatte. Zumal er völlig im Einklang mit der wunderbaren Atmosphäre des heutigen Abends stand, einer Atmosphäre, die die ganze golden schimmernde, feuergluterleuchtete *Bowl* erfüllte. Es war eine Fiesta ganz nach alter Art, wie aus einem anderen Jahrhundert. So etwas gab es in Orange County nur noch selten. Hier reichten nur noch ganz vereinzelt Traditionen weiter zurück als bis 1950.

Sie schlenderte fast bis zum Rand der *Bowl*, wo nur wenige Leute waren, und blickte von dort sinnend über sie hin. Sie konnte es nicht lassen, die Szene mit den Augen der Fotografin zu betrachten, und so formte sie mit Daumen und Zeigefinger einen Bildsucher und sah hindurch. Und ganz automatisch trat sie dabei drei Schritte zurück.

Ein jäher Stoß ließ sie fast stolpern. Sie hatte das Gefühl, rückwärts in irgend jemanden hineingerannt zu sein, der gerade einen Riesenteller Chili in der Hand hielt. O nein, sie war sogar sicher, daß es so war, dachte sie entgeistert, während sie wie gelähmt stehenblieb und spürte, wie sich eine zähflüssige, rote, heiße, ölige Masse aus Tomaten, Bohnen und Rindfleisch vom unteren Ende ihres Schales aus hinab über den Rock ihres Kleides ergoß. Langsam, ganz langsam, als könne sie so den Schaden begrenzen, drehte sie den Kopf, um sich die Bescherung zu besehen.

»O Gott, nicht doch! Nein! Sagt mir, daß ich das nicht war!« Eine Männerstimme.

Sie hob den Blick, um sich den Angreifer anzusehen. Dieser Blödian, dieser ungeschickte, dämliche Schafskopf – wer war das? Sie hatte ihn noch nie gesehen. Marineblauer Nadelstreifenanzug, schwarze Stadtschuhe, rothaariger Quadratschädel. Paßte hierher wie ein Clown auf eine Beerdigung. Er wand sich vor Verlegenheit. Wäre es allzu undamenhaft, ihm in die Eier zu treten?

»Ja, aber – Sie waren's nun mal«, stotterte sie, selbst noch derart geschockt, daß sie kaum die Worte herausbrachte.

»Ich hol Ihnen Soda, Salz, was auch immer, rühren Sie sich nur nicht von der Stelle, bleiben Sie, wo Sie sind, ich bin sofort wieder da!« flehte er sie an.

»Soda? Salz? Was soll das, das hilft doch überhaupt nichts, nicht mal beim kleinsten Flecken auf dem Tischtuch! Verdammt noch mal, Sie haben mir alles ruiniert, Mann! Da ist nichts mehr zu retten! Das ist hin!«

»Nicht doch, nicht doch! Regen Sie sich nicht auf! Ich kauf Ihnen ein neues Kleid und genauso einen Schal wie den da, ich versprech es Ihnen, Sie kriegen alles wie neu. Noch besser sogar!«

»Ach, wirklich? Sie meinen wohl, das geht so einfach, wie? Jetzt hören Sie mir mal gut zu, Sie Ignorant, Sie! Eine der zehn bestgekleideten Frauen der Welt müßte erst sterben, bevor man ein Kleid wie dieses hier wieder kriegen könnte, vorausgesetzt, sie vererbt es nicht ihrer Tochter. Und was diesen Schal da angeht, der hat meiner Urgroßmutter gehört, das ist ein unersetzliches Einzelstück, ein geheiligtes Erbstück. Oder besser gesagt, war es, bevor sie da Ihre Ladung draufgeknallt haben!«

»Scheiße.«

»Da ist das erste halbwegs intelligente Wort, das Sie bisher gesagt haben! Scheiße ist in der Tat das einzig angemessene Wort für diese Sauerei! Wie blöd muß man eigentlich sein, um Chili im Stehen zu essen? Wozu, glauben Sie eigentlich, sind die ganzen Tische und Stühle da drüben da? Ist dies die erste Party, auf der Sie sind?« Sie redete sich richtig in Rage, während das Chili auf dem Boden vor ihr eine Pfütze bildete und sie die Nässe an ihrem Rocksaum spürte.

Er tat sein Bestes, sich zu verteidigen. »Schauen Sie, es tut mir ja leid, was soll ich denn machen. Es ist mir wirklich furchtbar peinlich. Aber ich stand einfach nur so da, ganz abseits, kümmerte mich nur um mich selbst und sah den Leuten zu, und da tauchten Sie plötzlich aus dem Nichts auf und rumpelten gegen meinen Ellbogen. Ich hatte meinen Teller wirklich fest in der Hand, aber Sie haben ihn mir einfach weggeschleudert. Ich nehme ja alles auf mich, aber wenn Sie fair sind, müssen Sie zugeben, daß die Schuld nicht ganz allein bei mir liegt.«

»Ach so ist das, wie? Wir wollen also ›Haltet den Dieb‹ spielen, ja? Als nächstes wollen Sie dann wohl behaupten, ich hätte versucht, mich an Sie ranzumachen, und was Besseres sei mir nicht eingefallen, was?«

»Nein, aber ich sag Ihnen mal was anderes: Wenn Sie sich die Mühe machten, die Dinge ein wenig gemäßigt zu betrachten, dann könnten wir uns vielleicht doch darauf einigen, daß es sich nun nicht gerade um die Exxon-Katastrophe handelt«, antwortete er, mittlerweile auch verärgert.

»Na wunderbar. Dann diskutieren wir doch das Ganze, bis nichts mehr davon übrig ist. Also, um *Three Miles Island* handelt es sich natürlich auch nicht. Und auch nicht um Tschernobyl. Jetzt sind Sie wieder dran.«

»Der beschissene Weltuntergang!« erklärte der Fremde ganz sachlich. »Und jetzt lassen Sie mich erst mal versuchen, soviel wie möglich von dem Zeug von Ihrem Schal runterzukriegen, bevor es eintrocknet. Ich nehme ihn Ihnen runter, so vorsichtig es geht.«

Er kam mit steif ausgestreckten Armen auf sie zu und hob ihr den Schal von den Schultern. Das spitze Ende hing schlaff herunter und tropfte noch immer widerlich. Er drehte sich um und legte ihn über zwei freie Tischböcke. Jazz rannte zum nächsten Tisch, griff sich zwei Messer und eine Handvoll Papierservietten und kam zurück. Sie beugten sich beide über das große schwarze Seidendreieck.

»Versuchen Sie, abzuschaben, was drauf ist«, instruierte er sie, »aber kratzen Sie die Seide nicht an. Die sieht ziemlich empfindlich aus.«

»Was sind Sie, ein chemischer Reiniger?« murmelte sie, immer noch aggressiv, tat aber, was er gesagt hatte.

»Nanu, Jazz, Casey, was macht ihr denn da?« Plötzlich war Mike Kilkullen hinter ihnen aufgetaucht. Sie richteten sich beide auf und stellten sich nebeneinander vor den Schal.

»Was denn, habt ihr beide jetzt schon etwas zu verbergen?« sagte er und lächelte angesichts ihrer schuldbewußten Gesichter.

»Ein Mißgeschick, Mike«, sagte der Unbekannte. »Ich habe der jungen Dame da ein bißchen Chili über ihren antiken Schal gegossen.«

»Verflucht.« Mike war sein Unmut anzusehen. »Jedesmal, wenn ich Chili servieren lasse, passiert etwas! Also, nie wieder!« Er beugte sich seinerseits über den ruinierten Schal. »Lieber Gott! Aber keine Sorge, man wird das schon wieder in Ordnung bringen können. Rührt es lieber nicht an, überlaßt das den Fachleuten.«

»Sehen Sie!« sagte der Unbekannte zu Jazz. »Ich wußte doch, daß sich da noch etwas machen läßt.«

»Aha, und damit sind Sie aus dem Schneider, wie? Ja, ja, ich weiß, Sie haben sich entschuldigt. Warum schlagen Sie mir nicht vor, ich soll das Kleid gleich ganz rot einfärben lassen, wenn wir schon dabei sind, und alles ist bestens?« Ihre Stimme klang noch immer gefährlich. Immerhin bewirkte die Anwesenheit ihres Vaters, daß sie sich ein wenig im Zaum hielt.

»Juanita Isabella«, sagte dieser nun, »so kannst du doch nicht mit deinem lang vermißten Cousin reden!«

»Wie bitte? Cousin? Na, vielen Dank!«

»Cousine? Das gibt's doch nicht!« sagte der Fremde gleichzeitig.

»Ja, habt ihr euch denn nicht miteinander bekannt gemacht? Jazz, das da ist Casey Nelson! Seine Urgroßmutter war eine Kilkullen. Casey, das da ist meine jüngste Tochter Jazz. Sie ist deine Cousine dritten Grades, soweit ich weiß.«

»Was für eine Urgroßmutter war das?« wollte Jazz wissen und verschränkte demonstrativ die Arme. »Nie von ihr gehört.«

»Ich auch nicht, bis mich Casey vor ein paar Wochen aufgespürt und es mir geschrieben hat.«

»Dir geschrieben?« fragte Jazz. »So einfach aus heiterem Himmel? Wozu?«

»Ich hatte dich noch gar nicht für heute abend erwartet, Casey«, erklärte Mike Kilkullen, ohne auf ihre Frage einzugehen. »Nicht vor nächster Woche. Aber es freut mich sehr, daß du es noch zur Fiesta geschafft hast.«

»Ich konnte meine Angelegenheiten in Chicago rascher regeln als geplant, und da habe ich dann kurzentschlossen das nächste Flugzeug genommen. Ich hab mich nicht mal mehr umgezogen. Einfach meine Koffer irgendwo abgestellt.«

»Warum holst du dir nicht einen neuen Teller Chili? Ich kümmere mich schon um den Schal.«

»Wirklich, ja? Okay, ich hab nämlich ehrlich gesagt noch mächtigen Hunger.« Er ging los und ließ Jazz mit ihrem Vater allein.

»Dad«, sagte sie möglichst beiläufig, »du sagtest, dieser Casey hätte dich aufgespürt und dir geschrieben. Wieso? Was wollte er denn?«

»Einen Job«, sagte ihr Vater.

»Ach so ist das. Der gute Mann ist arbeitslos und braucht

einen Job, hm? Und wieso, bitte schön, glaubt er, du könntest ihm da helfen?«

»Na, weil er hier arbeiten will, auf der Ranch.«

»Ach natürlich, ja«, kicherte sie. »Ich kann ihn mir gut vorstellen, wie er hier rumstolziert, in nagelneuen, hochglanzpolierten Cowboyklamotten aus dem Katalog. Im Super-Macho-Stil.«

»Du solltest nicht den Fehler machen, Schätzchen, ihn für einen Gecken zu halten. Das ist er keineswegs.«

»Ah? Soviel weißt du schon über ihn?«

»Ich habe mich selbstverständlich über ihn erkundigt, nachdem er mir geschrieben hatte. Mein Großvater hatte eine jüngere Schwester namens Lillian. Die heiratete einen gewissen Jack Nelson, der so um 1880 aus Irland herübergekommen war. Großvater erzählte mir mal, daß dieser Nelson Kalifornien gar nicht mochte und mit Lillian deshalb nach New York zog, wo er sich im Hafenschlepper-Geschäft etablierte. Und sie hatten eine Menge Kinder. Eine Weile hatte Großvater noch Kontakt mit ihnen, aber nachdem seine Schwester dann gestorben war, das muß jetzt so sechzig Jahre her sein, hörte das auf. Er hat mir öfter von ihnen erzählt. Über die Jahre habe ich dann aber vollkommen vergessen, daß es drüben im Osten noch Verwandte von uns gab. Und eben diese meine Großtante Lillian, das muß Caseys Urgroßmutter gewesen sein.«

»Und das macht ihn zu meinem Cousin?«

»Soweit ich so was beurteilen kann, ja. Jedenfalls zu einem Verwandten.«

»Und, haben die immer noch ihre Hafenschlepper?«

»Caseys Vater ist damit ganz gut im Geschäft.«

Jazz fixierte ihn von der Seite. Die Formulierung »gut im Geschäft« benutzte ihr Vater beispielsweise, wenn er über Nachbarn wie die Segerstroms sprach, die auf dem Land, auf dem sie einst Limabohnen angebaut hatten, ein luxuriöses

Shopping-Center errichtet und damit fast eine Milliarde Jahresumsatz gemacht hatten. Auch der erste John D. Rockefeller war in Mike Kilkullens Sprachgebrauch ein Mann, der »ganz gut im Geschäft« – in seinem Fall im Ölgeschäft – gewesen war.

»Und wieso ist er dann auf einen Job auf einer Ranch aus? Wieso macht er nicht mit seinen Hafenschleppern weiter?«

»Offenbar wollte er schon immer Rinderzüchter werden. Schon als Kind. Er hat Erfahrungen gesammelt, indem er seit Jahren immer mal wieder auf Ranches gearbeitet hat. Als Viehhüter oben in Wyoming, als Cowboy in Nevada, als Schafhüter in Australien, als Assistent des Vorarbeiters auf der Stanton-Ranch in Texas. Da hat er übrigens auch ein Diplom gemacht, das Texas A & M. Er hat vor, sich ein ziemlich großes Stück Land in Nevada zu kaufen, und da will er vorher noch ein Jahr woanders arbeiten. Das war auch der Grund, warum er mir geschrieben hat.«

»Nevada? Gutes Land dort kostet ein Vermögen. Und es mit Vieh und allem zu bestücken, noch mal eins.«

»Nun, er war ja auch ganz gut im Geschäft. Man muß wohl sagen, er war sehr gut im Geschäft. Nach dem College war er in Harvard auf der *Business School*. Er scheint einen perfekten Riecher fürs Investment zu haben. Sein Herz allerdings gehört dem Ranchen.«

Jazz nahm dies kommentarlos zur Kenntnis. Wenn ihr Vater das sagte, dann stimmte es auch.

»Und was machst du nun mit ihm?« fragte sie schließlich.

»Er wird mein Vorarbeiter«, sagte ihr Vater.

»Ach komm, Dad«, lachte sie, »im Ernst, was willst du mit ihm machen?«

»Das hab ich dir gerade gesagt. Er wird mein Vorarbeiter.«

»Das kann doch nicht dein Ernst sein!«

»Und wieso nicht?«

»Weil das dein eigener Job ist! Du warst hier vierzig Jahre

lang Vorarbeiter! Das ist doch verrückt! Absurd, unmöglich. Du kennst den Mann doch nicht einmal! Vorarbeiter! Du mußt völlig übergeschnappt sein!«

»Juanita Isabella, so kannst du mit mir nicht reden. Und versuche vor allem nicht, mir vorzuschreiben, wie ich meine Ranch führen muß!« Er sprach sehr ruhig und beherrscht, aber gleichwohl war sein Zorn unüberhörbar.

Sie sah ihn mit einer Mischung aus Verwunderung und fassungslosem Entsetzen an. Alles in ihr sträubte sich dagegen, sich irgend jemand anderen als ihn, ihren Vater, als Vorarbeiter der Ranch vorzustellen. Sie suchte vergebens nach Worten, aber der Blick ihres Vaters warnte sie davor, noch weitere Bemerkungen zu dem Thema zu machen. Nach einem kurzen Schweigen sprach er weiter, und sein Unmut war bereits wieder verflogen.

»Mein Gott, Jazz, ich kann ihn einfach sehr gut gebrauchen. Ich habe schon seit einiger Zeit Mühe, noch alles zu überblicken und mich um alles zu kümmern. Letzten Monat beispielsweise gingen uns gleich ein paar Weiden verloren, weil die wilde englische Distel sie überwuchert hatte. Ich hatte seit längerem keine Zeit mehr gefunden, sie zu inspizieren. Letzten Dienstag habe ich entdeckt, daß zwei Windradpumpen offenbar schon seit Gott weiß wann kaputt sind. Und dann kommen auch noch ständig diese verdammten Vandalen aus der Stadt mit ihren Motorrädern, fahren die Zäune nieder, ballern auf das Vieh und machen die Bewässerungskanäle kaputt. Die finden das wahnsinnig witzig, und es wird von Tag zu Tag schlimmer.«

»Na schön, aber warum ihn gleich zum Vorarbeiter machen?« preschte Jazz vor, die angesichts dieser Liste üblicher Rancher-Klagen wieder etwas mutiger geworden war.

»Weil er sonst einfach nicht die nötige Autorität gegenüber den Vaqueros hat! Und die braucht er, wenn er sie auf Trab bringen will. Schließlich kommt er doch als völliger Neuling und Fremder. Außerdem, wo liegt das Problem? Es ist immer noch meine Ranch.«

»Niemand redet von einem Problem, Dad«, fiel ihm Jazz hastig ins Wort. »Es kommt einfach nur so überraschend.« Das ganze Wochenende hatte ihr Vater Casey mit keiner Silbe erwähnt, und dabei hatte er ihn doch eindeutig schon für sehr bald erwartet. Es war also ziemlich klar, daß er es nicht fertiggebracht hatte, es ihr zu erzählen, und er hätte es wohl auch erst getan, wenn der Hornochse schon dagewesen wäre. Er hatte beschlossen, ausgerechnet die Arbeit an einen anderen abzugeben, die er sein ganzes Leben lang am liebsten selber gemacht hatte.

Der Boß zu sein oder der Besitzer, oder wie immer sonst man es nennen mochte, war vielleicht gut genug für die meisten anderen Viehzüchter. Für Mike Kilkullen war es nie ausreichend gewesen. Nur die – nominell ja untergeordnete – Funktion eines *Vorarbeiters* kam für ihn in Frage. Er war einer, der erst mit den Aufgaben, die eben nur ein Vorarbeiter hat, richtig auflebte. Der bei Sonnenaufgang hinausritt und bis zum Sonnenuntergang seine Anweisungen gab. Der jede, auch die geringste Arbeit auf einer Ranch selbst auszuführen imstande war, vom Zaunziehen und -reparieren bis zum Bieten auf einer Bullenauktion im *Cow Palac* in San Francisco. Der einfach der Boß von allem war, unbestritten und absolut, und der stolz war auf sein Land und von früh bis spät praktisch auf dem Pferderücken lebte.

Ein Vorarbeiter, das war ein General inmitten einer tobenden Schlacht – einer Schlacht, die sich seit dem Tag, da ein Mann zum ersten Mal Rinder in einem Pferch zusammengetrieben hatte, kaum geändert hatte. Ein *Big Boss* – das konnte jeder beliebige Städter mit Stetson und Zigarre sein, der beschlossen hatte, in die Rinderzucht zu investieren. Aber ihr Vater gab doch niemals seine Position als Vorarbeiter nur wegen ein paar distelüberwucherter Weiden oder einem Dutzend kaputter Pumpen auf! Also was war los? Fühlte er sich – ja was? Müde? Erschöpft? Jazz merkte, wie ihr Herz fast panisch zu klopfen begann, während sie ihn musterte. Er sah zwar überhaupt nicht danach aus, aber das mußte es trotzdem sein! Er mußte einfach im Augenblick total ausgelaugt sein. Andernfalls dächte er doch nicht auch nur eine Sekunde daran, Nelson Casey zum Vorarbeiter zu machen! Das gab alles keinen rechten Sinn. Würde Mike Kilkullen denn wirklich wegen schlichter Erschöpfung seine Stellung als Vorarbeiter der Ranch aufgeben?

Er schreckte sie aus ihren Gedanken auf. »Schätzchen, hast du denn nichts anderes anzuziehen? So kannst du wirklich nicht herumlaufen.«

»Ja, ja, ich finde schon etwas«, sagte sie geistesabwesend.

»Ja, aber jetzt gleich.«

»Ja, Sir!« sagte sie. Konnte es sein, daß ein Mann mit fünfundsechzig seine Midlife-Crisis bekam?

Auf der verlassenen Hazienda waren nur wenige Lichter an. Jazz fuhr ihren Jeep so nah wie möglich an das hintere Tor des Innenhofs heran. Sie ging auf Zehenspitzen vorsichtig über die Gartenwege, das Kleid mit beiden Händen hochgerafft, bis zur überdachten, rundum laufenden Veranda und drückte die Tür zu ihrem Zimmer mit dem Ellbogen auf. Sie tastete sich im Dunkeln die vier Schritte bis zur Badezimmertür vor, aber noch ehe sie dort ankam, stieß sie mit dem Schienbein gegen irgend etwas, stolperte und fiel der Länge nach hin.

»Verdammte Scheiße, das darf doch nicht wahr sein!« brüllte sie in die Stille hinein. Dann rappelte sie sich langsam hoch und tastete sich mit nach vorne ausgestreckten Händen weiter bis zum Lichtschalter neben dem Bett.

Mehrere Vuitton-Koffer lagen neben ihrem Bett auf einem Haufen, und zwar die ganz unnachgiebigen Hartschalenkoffer mit zusätzlicher Kantenverstärkung.

»Einfach meine Koffer irgendwo abgestellt?« sagte sie laut zu sich selbst. »Einfach irgendwo abgestellt? Sieht das hier etwa aus wie ein Gästezimmer, du Vollidiot?« Sie sah sich wutentbrannt um. Immer wenn sie hierher kam, räumte sie sorgfältig auf. Und heute abend war sie ganz besonders ordentlich gewesen, weil ja immerhin die Möglichkeit bestand, daß sie mit irgendwelchen Gästen noch auf einen Drink zurückkam oder auf eine Besichtigung des Hauses. Und nachdem sie für den Abend fertig angekleidet gewesen war, hatte sie alles fein säuberlich in der oberen Kommodenschublade verstaut, und das Bad war ebenso unpersönlich sauber gewesen. Also?

»Ja natürlich, liebe Jazz«, sagte sie halblaut zu sich selbst, »es sieht tatsächlich wie ein Gästezimmer aus, ein schönes, sauberes Gästezimmer! Und genau dafür hat es dieser beschränkte Affe, dieser kretinhafte Cousin Casey wohl gehalten.« Sie rieb sich das immer noch schmerzende Schienbein.

Es gelang ihr schließlich, sich aus dem ruinierten Grès-Kleid zu schälen. Sie rollte es vorsichtig in ein Handtuch ein, zog sich die Kämme aus dem Haar und demontierte gnadenlos ihre ganze spanische Aufmachung. Vor dem Schrank überlegte sie, was sie nun anziehen könnte. Sie wechselte ihren beigefarbenen Body gegen einen aus Goldlamé, griff sich rasch einen Bügel, an dem ein kurzes, schlichtes, winziges Fähnchen aus Goldstoff mit Spaghettiträgern hing, zog es sich über den Kopf – und schon war Jazz wiederauferstanden, *all tits and ass* und Beine bis zum Hals, fabelhafte Hollywood-Beine, Betty-Grable-Beine, Ginger-Rogers-Beine, Cyd-Charisse-Beine, kurz: Traumbeine.

Das Kleid war die neueste Ausgabe von Calvin Kleins Mini-Stretchkleid, so kurz wie nur irgend möglich und folglich eine ganz heikle Angelegenheit, eine Herausforderung für alle Frauen, besonders für die, die es besser niemals anzogen.

Jazz freilich schien für dieses Kleid wie geschaffen zu sein.

Nachdem sie es an einem Model für eine *Absolut*-Anzeige fotografiert hatte, hatte sie den Couturier in New York angerufen und ihn dazu gebracht, ihr eines zu schicken, Monate bevor es in ganz Amerika in den allgemeinen Handel kam.

Sie griff in die Dose, die sie einmal in Melrose in der Seifenfabrik erstanden hatte, und warf sich eine Handvoll Goldflitter über ihr Haar, das jetzt wie Herbstsonnenschein im Wald glitzerte. Dazu hängte sie sich noch lange, baumelnde, auffällige gelbe Modeschmuckohrringe an.

Sie hinterließ ihr Zimmer in nunmehr chaotischem Zustand, ging zurück zu ihrem Jeep und war in ein paar Minuten wieder bei der Fiesta. Statt sich gleich in den Trubel zu stürzen, beobachtete sie die Menge erst eine Weile. Sofort blieb ihr Blick am Hinterkopf einer Frau hängen, die das rote Haar fast männlich kurz trug. Sie hatte sie bisher noch nicht bemerkt. Irgendwoher kannte sie sie, irgendwo hatte sie die Art, wie sie den Kopf hielt, diesen langen Nacken, die schöne Schulterpartie schon gesehen...

Ganz sicher war, daß sie noch nie hier bei einer Fiesta gewesen war. Sie stammte aus einer anderen Welt, bestimmt nicht aus dem Umfeld der Ranch. Während Jazz raschen Schrittes neugierig auf sie zuging, sah sie, daß ihr Vater sich ungewohnt lebhaft mit eben dieser Frau unterhielt, deren Gesicht sie noch immer nicht sehen konnte.

Mike Kilkullen blickte auf und sah seine Tochter kommen. Sie nickte ihm zu, und er winkte sie zu sich heran. Sein Gesichtsausdruck änderte sich plötzlich, Jazz konnte nicht genau sagen, was sich da hinter seinem gewohnten Lächeln noch verbarg: Vorfreude? Verwirrung? Oder gar Verlegenheit?

Und dann drehte sich die Frau zu ihr um.

»Red!« rief Jazz, lief auf sie zu und schlang ihr die Arme um den Hals. »Red, Darling, Red! Ich hätte dich ja sofort erkannt, wenn du nicht diesen neuen kurzen Haarschnitt hättest! Was in aller Welt machst du hier auf dieser Land-Fete?«

»Mike hat mich eingeladen«, sagte Red.

Einen Augenblick lang waren sie beide völlig überrascht und blickten sich prüfend an, suchten nach Zeichen der Veränderung, wie es Frauen nun einmal machen, wenn sie sich sechs Jahre lang nicht mehr gesehen haben. Jazz war dreiundzwanzig gewesen, als sie im wechselhaften Anfangsstadium ihrer beruflichen Laufbahn zum letzten Mal miteinander gearbeitet hatten. Red Appleton war eines der großen Models der frühen siebziger Jahre gewesen. Zu Beginn der Achtziger war sie Moderedakteurin geworden, bis sie sich dann, auf dem Höhepunkt ihrer Karriere, vom Beruf verabschiedet hatte, um zu heiraten.

»Wo hast du die ganze Zeit gesteckt, Red?« fragte Jazz. »Du warst einfach plötzlich von der Bildfläche verschwunden.«

»Ja, ja, Cap Ferrat, St. Moritz und noch ein Dutzend andere Orte, wo nichts los ist, aber die Mieten um so höher sind...« Red hatte einen kräftigen Texas-Akzent, den einst die halbe Branche imitiert hatte. Sie war der absolute Liebling der Branche gewesen, eines der besten Models aller Zeiten, danach eine brillante Redakteurin und bei jedem Fototermin die Stimmungskanone vom Dienst, ein sonniges Gemüt, dabei unbestechlich und unprätentiös.

»Wohin bist du jetzt gerade unterwegs?«

»Nirgendwohin. Ich packe im Leben keinen Koffer mehr. Ich habe mir ein himmlisches Haus auf Lido Island gekauft.«

»Was, du? Du lebst in Newport Beach? Und bist also jetzt unsere Nachbarin? Ist nicht wahr! Wie kommt das denn? Und wo hast du deinen Mann gelassen?«

»Der ist ein Kapitel aus einem alten Schmöker, den ich in irgendeinem Flugzeug liegengelassen habe.« Red grinste breit.

»Was, geschieden?«

»Definitiv.«

»Na, dann willkommen in der Freiheit!«

Jazz war hingerissen. Sie und Red hatte stets das verbunden, was selbst Frauen, die sonst alles heucheln können, nicht zu heucheln imstande sind: echte, aufrichtige Sympathie füreinander. Sie hatte zwar eine unbestimmte Abneigung gegen ihren Mann empfunden, der geradezu unanständig reich war und sie aus dem Zeitschriftengeschäft, in dem sie immerhin ein Star gewesen war, herausgeholt hatte, um sie in dieses Nomaden-Luxusleben zu entführen. Aber Red, die ansonsten so souveräne und unabhängige Red, hatte nun mal eine Schwäche: Sie mochte ältere, dominante Männer, die ihr sagten, wo es langging.

»Dad, deine Überraschungen heute abend nehmen kein Ende. Wo in aller Welt bist du meinem alten Darling Red über den Weg gelaufen?«

»Wir haben uns bei einer Party kennengelernt«, sagte Mike.

»Wann denn?« Jazz war aufs neue verblüfft. Ihr Vater ging doch nie zu Partys?

»Vor ein paar Wochen.«

»Also, das hättest du mir doch wenigstens sagen können!« erklärte sie mit leichtem Unmut. »Ich hatte nicht die leiseste Ahnung, daß Red jetzt hier lebt.«

»Woher sollte ich wissen, daß sie dein ›Darling Red‹ ist? Muß ich dir etwa wöchentlich Bericht über mein gesellschaftliches Leben erstatten? So, und jetzt, liebe Jazzbo, sei ein liebes Kind, und geh schön spielen. Red ist mit mir verabredet. Sie konnte nicht früher kommen, und wir werden jetzt miteinander tanzen, bis wir umfallen.« Und Mike Kilkullen faßte Red entschlossen und fest bei der Hand und zog sie mit sich zum Tanzboden. Red winkte ihr noch resignierend über die Schulter zu, ließ sich aber widerstandslos wegführen und schmiegte sich sehr anmutig an ihres Vaters Seite.

Jazz blieb der Mund offenstehen. Was war das denn? Sein

»gesellschaftliches Leben«, wie er sich auszudrücken beliebte? Ihr Vater hatte keines, nicht, daß sie wüßte. Teufel noch mal! »Vor ein paar Wochen«? Und wie oft hatten sie sich seitdem getroffen? Was wurde hier gespielt, zum Donnerwetter? Wurde überhaupt etwas gespielt? Nun, warum sollte nichts gespielt werden? Ihr Vater war immerhin noch ein recht imposanter Mann. Und Red war – ja, was? Jedenfalls auch schon über vierzig. Und geschieden. Also frei. Und Red flog grundsätzlich nur auf sehr viel ältere Männer. Und das war er ja nun ganz zweifellos. Kurz: *Hier wurde etwas gespielt!*

Schau, schau, schau. Jazz merkte, wie ihr ganz schwindlig wurde. Andererseits – ihr Vater hatte natürlich alles Recht der Welt auf ein Privatleben, oder? Ja, ja. Ja! Alles schön und gut und in Ordnung. Aber was war das für ein Blick, den er ihr zugeworfen hatte, als sie auf die beiden zugekommen war? Sie hatte auf Verlegenheit oder Verwirrung getippt, aber war es nicht in Wirklichkeit eher – Stolz gewesen?

Na und, warum eigentlich nicht? Welcher Mann wäre nicht stolz darauf, der Begleiter Red Appletons zu sein? Also, sie durfte da jetzt nicht gleich alles mögliche vermuten. Ganz davon abgesehen, daß es sie verdammt noch mal gar nichts anging. Sie faßte sich ein Herz, verbot ihrem vorlauten Gehirn den Mund, setzte ein Lächeln auf und überlegte, an welchen Tisch sie sich setzen sollte.

Nicht weit von ihr entfernt saß Casey Nelson. Er aß in aller Ruhe ein Dessert, zu seiner einen Seite Valerie, zu seiner anderen Fernanda, und beide wandten sich ihm in offenkundiger Faszination zu. Na, was sonst, dachte Jazz. Wenn Charles Manson auf Bewährung frei käme und ihn noch hochkriegen könnte, würde Fernanda auch ihm Glupschaugen machen. Valerie allerdings hielt ihr Interesse an neuen Bekanntschaften stets so lange im Zaum, bis sie festgestellt hatte, ob sie ihr irgendwann irgendwie nützlich sein konnten.

Sie schlängelte sich durch die Menge, lehnte alle Aufforderungen zum Tanzen ab und ließ sich schließlich auf einem Stuhl an dem Tisch nieder, der offenbar zum Familientisch geworden war. Sie war eine Meisterin in der Kunst, sich ganz unauffällig zu einer Gruppe zu gesellen, so daß sie niemand so recht bemerkte, solange sie das nicht wollte. Sie gab sich einer diskreten Studie dieses neuen Jokers hin.

Nach dem, was ihr Vater ihr gesagt hatte, mußte sie sich wohl mit dem Gedanken vertraut machen, daß er mehr war als nur ein einmaliges Ärgernis, das morgen früh wieder verschwunden war. Natürlich würde er auch nicht alt werden hier, das war klar. Das Ganze war wohl einfach irgendein Experiment ihres Vaters. Ein vorübergehendes Faible für diesen komischen Hafenschlepper-Erben aus dem *Bad Apple*. Womöglich spielte ganz in seinem Unterbewußtsein die Idee mit, er könne aus diesem dafür höchst ungeeigneten Burschen – nach ihrer Schätzung mußte er immerhin mindestens zwei-, dreiunddreißig sein – den Sohn machen, den er sich immer vergeblich gewünscht hatte. Das heiterte sie auf, und die leichte Panik, die sie ein paar Minuten lang verspürt hatte, schwand. Aber natürlich. Das war es! Casey Nelson war ein männlicher Kilkullen. Wenn es sich auch allenfalls um eine kleine Beimischung von Kilkullen-Blut in seinen Adern handeln konnte. Teufel noch eins, natürlich! Jetzt hatte sie es!

Viel – außer vielleicht seinen Haaren – deutete bei ihm ja nicht gerade auf einen Kilkullen hin, dachte sie, während sie für einen unbeobachteten Augenblick zu ihm hinsah. Die spröden, dunkelrotblonden Haare, die sich da und dort kräuselten – ja, das war ihr bekannt. Bevor es weiß geworden war, hatte ihr Vater genau das gleiche Haar gehabt. Doch andererseits hatte kein Kilkullen je so ausgesehen wie ein – erwachsenes Löwenjunges! Und dann diese sich angestrengt furchende Stirn, wenn er redete. Dieser Nelson hatte eine Menge Sommersprossen auf seiner blassen Haut, die sicherlich leicht verbrannte. Seine Augenbrauen über den Haselnußaugen waren dicht und kräftig und unregelmäßig, die Nase an der Wurzel etwas zu breit. Sie erkannte mit ihrem geschulten Blick in seinem Gesicht sowohl Eigensinn als auch Großzügigkeit. Vermutlich ließ er sich nicht gut fotografieren. Sein Gesicht war zu offen, zu geradlinig, ohne Falten und Kanten. Trotzdem, wenn man genau hinsah, besaß es schon eine gewisse Individualität, die eine Kamera sicher bloßlegen könnte. Nicht das Distinguierte des fast schon dekadenten britischen Aussehens alter Schule, das bei männlichen Models noch immer begehrt war, sondern eher eine Art altmodischen, sehr konservativen – ihr fiel kein besseres Wort dafür ein – Anstands. Wußte der Bursche denn nicht, daß schlichter Anstand inzwischen total out war?? Genauso out, wie seine blöden Vuitton-Koffer?

»Oh, Jazz!« sagte Valerie und wandte sich ihr zu, während sie eine besitzergreifende Hand auf Casey Nelsons Arm legte. »Hast du unseren neuentdeckten Cousin Casey Nelson schon kennengelernt?«

»Wir sind ganz alte Kumpel«, erklärte Jazz. »Casey schläft offenbar sogar in meinem Zimmer.«

Er blickte auf und bemerkte sie überhaupt erst jetzt. »O Gott... das tut mir leid... schon wieder... ich dachte, es sei das Gästezimmer.«

»Verständlicher Fehltritt. Das macht zwei, allein heute abend, Casey... bis jetzt.« Sie warf ihm einen willkürlich verlangenden Blick zu, einen schamlosen, durch und durch verdorbenen Blick, den sie für ganz besondere Gelegenheiten im Repertoire hatte; nur um in Übung zu bleiben.

»Ich sagte eben zu Casey, daß ich seinen Vater Gregory kenne«, sagte Valerie, entschlossen, sich von dem Geplänkel zwischen Jazz und Casey nicht aus der Ruhe bringen zu lassen. »Er ist Präsident des Komitees für die Modellwohnung Madison Avenue. Du weißt doch, diese lästige Wohltätigkeitssache, die ich da jedes Jahr am Hals habe.«

Wie für viele Innenausstatter New Yorks bestand Valeries geheiligter Höhepunkt des Jahres in der Aufforderung zur Gestaltung eines Modellraums für die Interessengemeinschaft Madison Avenue. Diese war ganz und gar *altes* New York und hatte sich zum Ziel gesetzt, guten, aber mittellosen Kindern nach ihrem Schulabschluß eine Weiterbildung zu ermöglichen. Dazu wurde alljährlich das schönste neue oder leere Haus des lokalen Immobilienmarktes ausgesucht und ein paar besonders aktive Innenausstatter gebeten, je ein Zimmer nach ihren kreativen Vorstellungen zu gestalten.

»Ich hatte ja keine Ahnung«, plapperte Valerie weiter, »daß Gregory Nelson einen Sohn hat, der an Ranch-Arbeit interessiert ist. Da kommt mir eben ein sehr amüsanter Einfall. Dieses Jahr soll ich ein Kinderzimmer machen, und jetzt, nachdem ich Casey kennengelernt habe, werde ich ein Jungenzimmer gestalten! Seht ihr ihn nicht vor euch, wie er gut eingepackt in seinem Bettchen liegt und das kleine Köpfchen voller Western-Träume hat? Zufällig weiß ich, wo ich zwei wunderhübsche, wertvolle alte Schaukelpferde herkriege. Dann selbstverständlich Navajo-Läufer und jede Menge Navajo-Decken in einer Ecke. Die Möbelpolsterung und die Tagesdecke fürs Bett könnte ich in Leder machen lassen, überhaupt gleich die ganzen Wände – vorausgesetzt, ich finde die richtige Lederfarbe. Überall Kakteen in großen, viereckigen Terrakottatöpfen. Rote Scheunentorfarbe für die Erkermulden; was meinst du, Casey? Und Lampenfüße ganz aus Lassoseil. Und ein Sattel als Nachttisch? Warum denn nicht?«

»Wird auch ein Bücherregal für Comics und Western-Magazine dabei sein, Valerie?« fragte Casey. »Das ist doch alles, was ein Junge braucht.«

»Würde ich nicht machen! Nein, nein, auf gar keinen Fall. Ein Bücherregal natürlich, das schon, aber nicht für Comics. Die kann der Junge allenfalls im Bad aufbewahren. Aber im Zimmer würden sie den Gesamteindruck kaputtmachen.«

»Das muß ja nicht sein«, sagte Casey. Er trank sein Glas Rotwein aus, um es gleich wieder nachzufüllen. Sein Gesichtsausdruck blieb völlig neutral und verschlossen.

»Du verstehst das, nicht wahr? Das hab ich mir gedacht.« Valerie sah sich lächelnd um, wohlwissend, wie gut ihr der laubgrüne Hosenanzug stand, der so perfekt zerknittert war, wie eben nur echtes, teures Leinen es sein konnte. Gregory Nelson – ein entfernter Cousin von ihr? Was für ein Glücksfall. Wie hatte ihr Urgroßvater nur den Kontakt zu diesem Teil der Familie einfach abbrechen lassen können? Gar nicht zu reden von ihrem Vater, der ihn buchstäblich vergessen hatte? Na ja, wen wunderte es. Die bekannte gesellschaftliche Kurzsichtigkeit und Einsiedelei der kalifornischen Viehzüchter! Die Nelsons! Denen gehörte doch so ungefähr jeder Schlepper im Hafen von New York! Wenn nicht auch noch von Hoboken und Boston und weiß Gott wo noch! Sicher, Hafenschlepper waren keine Öltanker. Aber schließlich waren auch Öltanker schon lange nicht mehr das, was sie mal gewesen waren...

»Lieber Cousin Casey«, flötete nun Fernanda, »jetzt, wo wir einander kennen, muß ich dir ausdrücklich erklären, daß nichts, aber auch gar nichts, was du womöglich über mich in Andy Warhols Tagebuch gelesen hast, der Wahrheit entspricht! Ich habe keine Ahnung, wie er dazu kam, diese Geschichten von mir und Joe Dallesandro und Mick zu erzählen, aber...«

»Hab's nicht gelesen«, sagte Casey knapp.

»Ich habe mir ja überlegt, ob ich seine Erben nicht verklagen sollte, als das Buch herauskam, aber Halston hatte mir, als er noch lebte, davon abgeraten. Bringt gar nichts, meinte er, außer, daß die ganzen Lügen noch breiter getreten werden. Was denkst du, wenn Andy noch lebte, ob er wohl auch alle seine Freunde verloren hätte wie Truman? Der arme Truman! Er sagte immer, ich sei genau so, wie er sich seine Holly

Golightly immer vorgestellt habe. Na ja, die Kinorolle war ja ursprünglich auch für Marilyn Monroe geschrieben worden, nicht für Audrey Hepburn. Findest du Tru nicht auch himmlisch?«

»Also himmlisch ist nicht der Ausdruck, den ich für Capote wählen würde.« Er nippte an seinem Wein.

»Wer ist denn dann dein Lieblingsautor?« wollte Fernanda wissen. Sie beugte sich etwas vor, so daß der üppige Halbmond ihres kaum nennenswert bedeckten Busens fast seinen Handrücken berührte.«

»Louis L'Amour«, sagte er.

»Wer bitte?«

»L'Amour. Louis L'Amour.«

»Sooo – na ja, das klingt ja ungeheuer faszinierend. Wo findet man denn seine Werke?«

»Überall.«

»Oh«, sagte Fernanda leicht ernüchtert. »Ich dachte, er sei womöglich etwas ganz Besonderes.«

»Ist er auch«, sagte er und trank wieder ein Glas aus, um es erneut sofort wieder nachzufüllen.

Ich muß dem armen Teufel wohl doch zu Hilfe kommen, dachte Jazz bei sich. Es war ja keinem Menschen, mochte er auf dem Kerbholz haben, was er wollte, zuzumuten, von Valerie und Fernanda gleichzeitig angemacht zu werden.

Also stand sie mit einem Ruck auf und sagte mit einer Entschiedenheit, die keinen Widerspruch duldete: »Ach, Casey, laß uns mal tanzen.« Und sie warf ihre Haarmähne zurück, daß der Goldflitter aufwirbelte und auf ihre Schultern rieselte.

»Himmel, ja!« sagte Casey erleichtert und stand sofort auf, das Weinglas noch in der Hand. Jazz kam leichtfüßig auf ihn zu, ihr goldener Fetzen war wie ein unverblümtes Versprechen der süßesten Freuden, und tatsächlich hatte sie einen Augenblick lang die atemlose Aufmerksamkeit aller am Tisch auf sich gezogen. Casey Nelson machte einen großen, schnellen, eifrigen Schritt auf sie zu – und stolperte über Fernandas Fuß. Das Glas flog, der Wein bespritzte Jazz in ihrem Goldminikleid von oben bis unten.

Jazz lachte laut und nicht besonders überrascht. »Drei!« sagte sie. »Wenn du es auf sechs bringst, kriegst du einen Fleißpunkt!«

5

Fernanda grub sich vor Zorn darüber, wie gleichgültig ihr neuer Cousin sich von ihrer Seite hatte entführen lassen, die Fingernägel in ihre Handballen. Es war ja schwierig, sich mit ihm zu unterhalten, aber ein so maskuliner Typ wie dieser Casey Nelson war es wohl wert, sich ein bißchen zu bemühen. Offenbar hatte er das Gefühl, er müsse sich mit seinen neuen, entfernten Verwandten ein wenig vorsehen. Andernfalls wäre er sicherlich nicht imstande gewesen, seine Empfindungen so perfekt zu verbergen, als sie ihn mit ihrem Busen an seiner Hand berührt hatte.

Er hatte was, fand sie. Ein großes Potential sogar. Sie beobachtete ihn, wie er mit Jazz tanzte. Er bewegte sich gut, mit einer gewissen aggressiven Grazie. Aber er tanzte mit diesem Luder Jazz, die entschlossen schien, ihn ganz für sich zu behalten, und die einfach den unschätzbaren Vorteil hatte, zehn Jahre jünger zu sein als sie. Jazz, die das unverzeihliche Verbrechen begangen hatte, weltberühmt geworden zu sein – so sehr, daß die Männer sie wahrscheinlich auch noch faszinierend fanden, wenn sie mal älter war. Als Kind hatte sie Jazz lediglich nicht gemocht, jetzt aber verabscheute sie sie richtiggehend, dachte Fernanda, während ihr kindlicher Mund sich zu einer dünnen rosa Linie verkrampfte und ihr rosiger Teint in einem Anfall von Neid weiß wurde.

Sie versuchte, ihre wachsende schlechte Laune zu unterdrücken, und sah sich ruhelos auf der Tanzfläche um. Ihre Sache waren ja die Noblen des Orange County gerade nicht. Die Männer hier schienen alle entweder Altersgenossen ihres Vaters zu sein oder noch halbe Kinder, die zu irgendeiner der hier ansässigen Familien gehörten. Sie seufzte und war bereit, sich mit einem Abend als pflichtbewußte Tochter zu bescheiden. Aber wie sollte das eigentlich gehen, wenn selbst ihr Vater sich wie wild auf der Tanzfläche vergnügte und sich offenbar prächtig mit einer Rothaarigen amüsierte – hatte sie die nicht irgendwo schon mal gesehen?

»Entschuldigung, Ma'am«, sagte eine männliche Stimme. »Würde es Ihnen etwas ausmachen, wenn ich mich hierhersetzte?«

Sie blickte überrascht hoch und sah einen ziemlich jungen Mann in Leinenhose und Khakihemd mit offenem Kragen vor sich stehen, der irgend etwas Militärisches an sich hatte. Er lächelte nicht, blickte sie nur ernst an. Mit seinen zusammengepreßten Kiefern und dem durchgedrückten breiten Kreuz sah er fast aus, als stünde er stramm.

»Na, ist das nicht... bist du nicht Sam Emmett, sag mal?«

»Ja, sicher, Ma'am. Ich hätte nicht gedacht, daß Sie mich wiedererkennen würden.«

»Mein Gott, Junge, was bist du groß geworden. Na los, setz dich her, Sam! Wie alt bis du jetzt?«

»Ich bin jetzt fast siebzehn, Ma'am. Niemand kann es glauben. Ich muß pro Jahr so um die zwanzig Zentimeter zugelegt haben, und Sie haben mich wohl vor drei Jahren zuletzt gesehen. Da war ich noch ein kleiner Junge.«

»Das warst du wohl, ja«, murmelte Fernanda. Sam Emmett! Sie hatten ihn damals, als er gerade dreizehneinhalb gewesen war, auf eine Kadettenschule drüben im Osten geschickt. Da war er noch ein dicklicher Bursche mit von Wind und Wasser gebleichtem Haar und einem frechen Gesicht voller Sommersprossen gewesen. Es war der letzte Versuch seiner Eltern gewesen, ihn zu disziplinieren.

»Na, wie ist das, habe ich noch immer Sam, den Fürchterlichen, vor mir, den Schrecken von Laguna Beach?« fragte sie leicht amüsiert.

»O nein, Ma'am, ich bin jetzt wirklich in Ordnung. Nächstes Jahr werde ich sogar Kadetten-Kapitän«, antwortete er mit seiner neuen männlichen Stimme.

»Deine Mutter muß stolz auf dich sein«, sagte sie.

»Ja, Ma'am. Das sagt sie auch.«

»Was hast du denn immer mit deinem Ma'am, sag mal? Wir kennen uns doch lange genug.«

»So hat man eben eine Lady anzusprechen, Ma'am!« erklärte Sam steif und saß da, als hätte er einen Besenstiel verschluckt.

»Tatsächlich?« kicherte Fernanda. »Na, es ist ja sehr beruhigend zu sehen, daß es noch junge Männer gibt, die wissen, wann sie eine Dame vor sich haben. Aber jetzt hör auf damit. Sag Fern zu mir, sonst komme ich mir vor wie eine alte Frau.«

»Sie könnten doch nie alt sein, Ma'am«, erklärte er etwas verlegen.

Fernanda besah ihn sich von oben bis unten. Er mußte schon gut einszweiundachtzig groß sein, etwas schlaksig wirkte er noch, weil er zu schnell in die Höhe geschossen war. Sein Blondschopf, obwohl militärisch kurz geschoren, war noch nicht genug nachgedunkelt. Er war ein paar Monate jünger als ihr eigener Sohn Matthew. Doch davon abgesehen hatte er sich in diesen letzten drei Jahren rapide vom Knaben zum Mann entwickelt. Matthew war gegen ihn noch immer ein unreifer Teenager. Seine dunkle Stimme, die kräftigen Gesichtszüge, der entschlossene Mund... Er war viel weiter als andere Jungen in seinem Alter. Sicher, ja, noch recht schüchtern war er. Aber das war schließlich nicht anders zu erwarten.

»Sind deine Eltern auch hier, Sam?«

»Nein, sie sind verreist, deshalb bin ich allein gekommen. Ich hab meinen Führerschein schon seit einem Jahr.« Bei allem militärischen Gehabe war sein Stolz nicht zu übersehen.

»Das trifft sich gut, Sam. Hör zu, ich muß zurück zur Hazienda und mir was zum Überziehen holen, es wird ein bißchen kühl. Da könntest du mich doch mit einem der Jeeps schnell mal rüberfahren, hm? Ich fahr nicht gern allein auf diesen Straßen, wenn es dunkel ist.«

»Ist doch klar, Ma'am!«

Fernanda ging voraus zu dem Jeep, den Jazz vorhin benützt hatte. Sie fuhren los.

Bei der Hazienda angekommen, sagte Sam: »Ich warte hier auf Sie, Ma'am.«

»Nicht doch, Sam. Komm mit rein«, entgegnete Fernanda. »Ich wandere nicht gern allein im dunklen Haus herum. Es ist albern, ich weiß, aber ich habe immer Angst, es könnte sich irgendwo einer versteckt halten.«

Er sprang aus dem Jeep, Befehl war Befehl, und kam mit, bis zur Tür ihres Zimmers, wo sie eine Lampe hatte brennen lassen. Als sie hineinging, blieb er vor der Tür stehen. Fernanda öffnete ihren Schrank und stöberte darin herum auf der Suche nach ihrer Jacke.

»Verdammt, ich finde sie nicht. Sam, komm doch mal und sieh nach, ob du meine rote Jacke findest, ja? Es ist zu duster hier drin. Und außerdem, du wirst es nicht glauben, bin ich farbenblind.«

Während Sam sich in ihrem Wandschrank zu schaffen machte, sperrte sie rasch und leise die Zimmertür zu, griff sich im Bad hastig ein Handtuch und warf es auf das Bett. Dann ging sie zum Wandschrank und faßte den Jungen am Ellbogen.

»Vergiß die Jacke, Sam. Ich will sie gar nicht mehr.«

»Was?«

»Ich wollte doch nur weg von den ganzen Leuten dort und mit dir allein sein. Hast du denn das nicht gemerkt, Sam?«

»Aber... Sie nehmen mich auf den Arm!« sagte Sam und stand da wie vom Donner gerührt.

»Nein; allein mit dir, so wie jetzt!« sagte sie und legte ihm die Arme um den Hals. Ihre rosa Zunge fuhr heraus und legte sich auf ihre volle Oberlippe, und sie blickte ihn mit unverhohlener Erwartung in ihren unberechenbaren türkisen Augen an. Ein hinterhältiges kleines Lächeln hellte ihr Gesicht auf und sie beglückwünschte sich zu dieser wunderbaren Idee, die ihr da gekommen war...

Sam wußte nicht, wie ihm geschah. Er begann zu stottern. »Ich dachte nicht... ich hätte nie... daß Sie mit mir...« Der Kadett wich instinktiv zurück, immer noch steif, und blickte sie ziemlich verstört an.

»Aber, was ist denn, Sam! Entspann dich. Komm, setz dich hierher auf das Bett. Ich will mit dir reden.« Sie sprach in dem mütterlichen Befehlston, den sie ihren Kindern gegenüber anwendete, und er reagierte auch wie ein gehorsames Kind und setzte sich verlegen auf die Tagesdecke des Bettes. Sie ließ sich dicht neben ihm nieder.

»Nun sag mir mal, Sam« – ihre Stimme war jetzt leiser, gar nicht mehr mütterlich, mit einem verschwörerischen, schmeichlerischen Unterton... »hast du wirklich geglaubt, ich wüßte nicht, daß du mich da ganz allein hast sitzen sehen, bevor du zu mir an den Tisch kamst? Mal ganz ehrlich, hast du da nicht vielleicht daran gedacht, daß du – ich weiß nicht – mich vielleicht... küssen möchtest? Oder vielleicht sogar anfassen... Womöglich sogar... bestimmte Dinge tun, die du noch nie mit einer Frau getan hast? Und schon gar nicht mit einer Lady? Und hast du an so was nicht auch schon früher mal gedacht, Sam? Sag es mir ganz ehrlich, auf deine Kadettenehre!«

»Verdammt, Sie nehmen mich ganz schön auf den Arm,

wie? Sie kennen mich doch nur als kleinen Lausejungen. Sie merken gar nicht, daß ich inzwischen erwachsen bin. Sie haben Ihren Spaß daran, dies Spiel hier mit mir zu spielen, nicht? Und dann rufen Sie meine Mutter an und erzählen ihr, daß ich schmutzige Gedanken über Sie hatte. Nicht?«

»Aber Sam, keiner von uns beiden wird deiner Mutter auch nur ein Wort sagen! Nie! Und mit großen, erwachsenen Jungs wie dir spiele ich keine Spielchen. Also, hast du solche Sachen gedacht, Sam? Du hast mir immer noch nicht geantwortet!«

»Na ja, vielleicht daran... mit Ihnen zu tanzen, mehr nicht«, murmelte er.

»Na siehst du, Sam. So ist es schon viel besser. Viel, viel besser.«

»Ich versteh das nicht«, sagte Sam kopfschüttelnd, blieb aber auf der Bettkante sitzen. Er hielt sich stramm aufrecht, die Füße fest auf dem Boden, die Hände auf den Schenkeln, und blickte starr geradeaus, in Habtachtstellung.

Fernanda machte keinen Versuch, ihn noch mal anzufassen, obwohl er wirklich süß aussah in seiner Ängstlichkeit und Verlegenheit, mit seiner jungen Haut, seinen jungen Lippen, dem jungen Nacken. Sie senkte den Blick nur so weit, daß sie den Effekt ihrer folgenden Worte genau beobachten konnte. Ihre Stimme war jetzt sanft und weich, und sie achtete darauf, sich nicht zu bewegen und die Distanz zwischen ihnen beizubehalten.

»Ist dir noch nie der Gedanke gekommen, Sam, daß eine Frau wie ich einen jungen Mann deines Alters sehr... interessant finden könnte? Wenn man noch so jung ist wie du, Sam, dann hat man bestimmte... Kräfte, die ältere Männer nicht mehr haben. Aber du hast dafür keine... Gelegenheiten, nicht wahr? Besonders in deiner Militärschule. Das finde ich irgendwie nicht fair. Diese ganze Kraft so brachliegen zu lassen!«

Sie machte eine kleine Pause, dann wiederholte sie liebkosend: »Diese ganze Kraft.« Sie beobachtete genau, wie der Junge zu zittern begann und er die Hände auf seinen Schenkeln anspannte, so stark er konnte. Mächtig große Hände, dachte sie. Wie ein erwachsener Mann.

»Sag mir doch mal, Sam«, fuhr sie dann in ihrem verführerischsten Ton fort, flüsternd, so als bäte sie ihn darum, ihr irgendein großes Geheimnis zu erzählen, »hast du schon einmal eine Frau gehabt? Ganz ehrlich? Warst du schon mal mit einer völlig nackten Frau im Bett, die dich alles mit ihr machen ließ? Hmm? Weißt du, ich glaube, ich kenne ein Geheimnis von dir. Wenn du in dieser Kadettenschule, in der du da bist, abends ins Bett gehst, dann kannst du einfach nicht einschlafen, weil du aufgeregt bist und ganz hart. Dein Schwanz wird steinhart und ganz groß, weil du dich so sehr nach einer Frau sehnst. Und je länger du daran denkst, desto größer und steifer wird er dir, bis du meinst, jetzt hältst du es nicht mehr aus, wenn du keine Frau kriegst... Hab ich recht, Sam?«

»Hören Sie auf«, stöhnte Sam, »so hören Sie doch auf, bitte!« Seine Füße standen noch immer fest auf dem Boden, aber es entging Fernanda keineswegs, daß sich unter der straffen dünnen Hose ein kräftiger Wulst abzeichnete, an seinem Leib aufwärts, fast bis zum Gürtel. Sam saß völlig reglos, nur seine Hände krallten sich in seine Schenkel. Er versuchte sich zu beherrschen, sich nicht zu ihr hinzubewegen. Er war viel zu verlegen, sie anzusehen, weil ihm geradezu schmerzlich bewußt war, welch unkontrollierbare Erregung ihr lockendes Flüstern bei ihm auslöste. Er blickte stur geradeaus in die Halbdämmerung des Raumes und konnte nicht verhindern, daß es dort unten heftig pulsierte und ihm schier die Hose zerriß. Das konnte doch niemandem entgehen! Fern Kilkullen beherrschte schon seit Jahren alle seine sexuellen Phantasien. Trotzdem hatte es ihn wegen seiner Schüchternheit die größte Überwindung gekostet, sie auf dem Fest anzusprechen. Im Augenblick war er geradezu gelähmt vor Angst, daß er gleich kommen würde, wenn sie so weiterredete.

»Weißt du, was ich glaube, Sam?« begann Fernanda wieder in derselben neckenden, kleinmädchenhaften Art. »Ich sag dir was ganz Geheimes. Ich glaube, in deiner Kadettenschule da, im Bett, stellst du dir immer eine Frau vor. Eine, die nur ein ganz knappes dünnes Höschen anhat, das so gut wie durchsichtig ist, so daß man fast alles darunter sehen kann – fast, aber nicht ganz. Auf jeden Fall siehst du die dunkle Stelle zwischen ihren Beinen. Und dann stellst du dir vor, sie zieht dieses winzige Höschen ganz langsam und raffiniert aus, damit du sie ganz sehen kannst, alles von ihr, dieses wundervolle Haar dort, blond, so wie meines hier, und ganz weich und geheim zwischen ihren Beinen. Und du wirst noch immer härter und härter und hältst es nicht mehr aus und nimmst ihn in die Hand und fängst an, ihn zu reiben, nur ein ganz klein wenig am Anfang, dann immer stärker und heftiger, und dann stellst du dir vor, daß die Frau das Höschen ganz runterfallen läßt und es wegschleudert, damit es ihre Beine nicht mehr zusammenhält. Und jetzt ist sie völlig nackt. Aber sie sagt nichts. Keinen Laut gibt sie von sich, keinen Mucks macht sie. Sie liegt einfach nur da auf dem Bett und hat die Beine ein wenig geöffnet und bewegt ihren Hintern unruhig hin und her, weil sie es auch nicht mehr aushält, Sam, und weil es ihr da an der Stelle heiß wie Feuer ist, weil sie weiß, du siehst sie an und du wirst mehr und mehr bereit für sie. Für sie allein. Und wie steif er dir steht, Sam. Bis du schließlich auch nicht mehr anders kannst und dir vorstellst, wie du sie anfaßt und deine Finger auf ihre Pussy legst. Und die Frau sagt noch immer kein Wort, aber sie hört nicht auf, sich zu winden, und sie versucht, sich dir ein wenig entgegenzuheben, und dann legt sie ihre eigene Hand auf ihre Pussy, direkt über deine Finger, und ganz ganz langsam öffnet sie ihre Beine noch ein Stück weiter, damit du sehen kannst, was die Haare da verbergen. Und dann weißt du, du kannst ihn ihr jetzt hineinstecken, ganz in sie rein... O mein Gott, Sam, ich glaube, ich muß dir deinen dicken Schwanz aus der Hose holen, bevor du da Schwierigkeiten bekommst, wie?«

Sie beugte sich schnell vor, öffnete ihm mit einer einzigen raschen Bewegung den Reißverschluß und holte seinen pulsierenden, erigierten Penis heraus. »Mein Gott, ist der groß. So schön und groß!« Sie hielt ihn umfangen, ohne jedoch einen Finger zu bewegen. Der Junge war mittlerweile völlig außer sich vor Erregung, er war so weit jenseits aller Selbstbeherrschung, daß er sich hilflos nach hinten fallen ließ, sich aber auf die Lippen biß, um nicht zu schreien. Und im nächsten Augenblick ergoß er sich mit heftigen, schnellen Zuckungen in ihre Hand, die Lippen immer noch fest zusammengepreßt, damit ihm nicht der kleinste Laut entfuhr. Schließlich ruhte sein Penis schwer und erschöpft in Fernandas Hand. Sie ließ ihn auf die Bettdecke fallen, griff sich das bereitgelegte Handtuch und wischte sich damit ab.

Sam richtete sich rasch auf und versuchte, seine Hose zu schließen. Er hatte die Augen noch immer geschlossen und ließ schwer atmend seine Erregung ausklingen. Fernanda beugte sich über ihn und sah, daß er es noch immer nicht wagte, sie anzublicken. Es war ihm sichtlich ungeheuer peinlich, so prompt und schnell ejakuliert zu haben.

»Kleiner Dummkopf«, beruhigte sie ihn, »das war doch völlig in Ordnung. Du hast genau das gemacht, was ich mir gewünscht habe, ganz genau, Sam. Du wirst noch oft kommen, immer wieder, bis du denkst, daß du nicht mehr kannst. Ich werde dich melken.«

»Das verstehe ich nicht«, sagte er atemlos und schluchzte fast. Endlich machte er die Augen auf und sah sie an. »Warum mußten Sie das mit mir machen? Das haben Sie mit Absicht gemacht, daß ich so schnell gekommen bin, alle die

Sachen, die Sie da gesagt haben! Sie haben genau gewußt, daß ich es nicht mehr aushalten würde und nicht mehr anders konnte. Wie ein Spielzeug haben Sie mich behandelt!«

»Jetzt hör mal zu, Sam«, sagte Fernanda leise und erbarmungslos sinnlich, »du darfst jetzt mit mir alle die Sachen machen, von denen du immer schon geträumt hast – und sogar noch andere, von denen du gar nicht träumen konntest, weil du nichts von ihnen weißt. Und wenn dir das nicht gut genug ist, dann kannst du gehen. Wir fangen ja gerade erst an, Sam! Das war nur ein kleines Vorspiel. Du willst doch nicht wirklich jetzt gehen, oder? Möchtest du denn nicht viel lieber hierbleiben, bei mir?« Und währenddessen öffnete sie ihr Oberteil und den Reißverschluß ihrer Wildlederhose und ließ beide zu Boden fallen. Völlig nackt stand sie vor ihm; unwillkürlich stützte er sich auf die Ellbogen, starrte sie sprachlos an und bekam kaum noch Luft.

»Jetzt paß einfach nur auf Sam, sag gar nichts!« ermahnte sie ihn und ließ ihre Hand über ihren Leib gleiten, hob ihre herrlichen Brüste und nahm sie in die Hände, preßte sie aufreizend zusammen und ließ dann ihre Hände weiter spielerisch und zärtlich über ihren leicht gerundeten Bauch und die schöne Hüftlinie entlang wandern, um schließlich ihr Schamhaar zu teilen und die Schenkel ein klein wenig zu öffnen. »Ah, ah...«, sagte sie nach einer Weile, »dachte ich es mir doch. Wußte ich doch, daß man dir nicht trauen kann! Sam, du wirst schon wieder steif!« Sie hörte dabei keine Sekunde auf, sich selbst schamlos zu befingern und ihm ihren Körper auf jede erdenkliche Weise lockend darzubieten. Ehe er nicht so ausgelaugt war, daß er bereit wäre, sich alles von ihr befehlen zu lassen, wozu sie Lust hatte, sollte er sie auf keinen Fall auch nur berühren dürfen. Sie leckte sich die Finger an und ließ sie um ihre Brustwarzen kreisen, bis diese sich steif aufrichteten, leicht bräunlich auf ihren rosigen vollen Brüsten. Der Kadett hatte bereits Schwierigkeiten mit seinem Atem.

»Zieh jetzt deine Kleider aus«, sagte sie, »aber steh nicht auf dazu. Und sie sah ihm zu, wie er sich hastig aus seinen Sachen schälte. Sie ließ ihre Brustwarzen keine Sekunde los und atmete selbst einmal tief durch, als sie seinen zwar schlaksigen, aber ungeheuer kräftigen Körper sah. »Und jetzt«, befahl sie, »leg dich zurück in die Kissen und sage: ›Ich bin dein Sklave.‹ Aber laut!«

»Nein!« protestierte er.

»Wenn du es nicht sagst, gehe ich auf der Stelle. Sag es, und spiel dabei mit deinem Schwanz. Ich will sehen, wie du es machst. Hör nicht auf. Hör nicht auf, und versuche auf keinen Fall, mich anzufassen, was ich auch tue!«

Sie stand ganz nahe vor ihm, so daß er auf Augenhöhe sehen konnte, wie sie sich ihren Mittelfinger, nachdem sie zuerst an ihm gesaugt hatte, zwischen die Beine schob und dort hin und her zu reiben begann, ihn sich dann wieder in den Mund steckte und anschließend erneut auf den schwellenden, fleischigen kleinen Hügel legte.

»Was bist du, Sam?«

»Ich bin dein Sklave.« Er stöhnte es zwischen den trockenen Lippen hervor und spürte, wie sein Penis, den er schneller und schneller rieb, sich füllte und wuchs.

»Und was mache ich da, Sam?«

»Sie... machen es sich selbst. O Gott, lassen Sie ihn mich da reinstecken, bitte, nur einmal«, brach es plötzlich aus ihm hervor.

»Ich bin ganz naß da drinnen, Sam, aber reintun darfst du ihn nicht. Auch anfassen nicht. Du kannst hinsehen. Aber nicht anfassen. Hör nicht auf, es dir selber zu machen.«

»Nein«, sagte er unsicher und versuchte zu protestieren. »Tu ich nicht. Ich bin kein Baby.«

»Dann muß ich es für dich tun«, sagte Fernanda erbarmungslos und beugte sich über ihn, so daß ihre Haare über seinen Hodensack fielen. Sie ergriff den pochenden, fleischigen Penis und begann, ihn mit erfahrenen, raschen und entschlossenen Bewegungen zu reiben, in wissendem, herrischem Rhythmus, bis er wieder aufs Bett zurücksank und keinerlei Widerstand mehr leistete und zu stöhnen begann: daß sie nicht aufhören sollte. Nie mehr. Nie mehr, nie... Und binnen Sekunden kam er wieder, nicht so ergiebig wie das erste Mal, aber in mehreren kurzen, krampfartigen Kontraktionen, die so heftig waren, daß er die atemlosen Lustschreie dieses Mal nicht mehr unterdrücken konnte.

»Gut, Sam. Das war sehr gut«, lobte Fernanda ihn, während sie sich am Handtuch wieder abwischte. »Mein Sklave. Genau das bist du jetzt, ja. Du hast also doch gelernt, mir zu gehorchen.«

Sie legte sich neben ihn und betrachtete ihn wohlgefällig. Er war total erschöpft und schlaff, fast wie bewußtlos. Jeder Muskel, jede Sehne dieses jungen, kräftigen, noch völlig unbeanspruchten, unverbrauchten Körpers waren entspannt. Er hatte sich von ihr abgewandt und blickte auf die andere Seite.

Ja, da hatte sie ihn, diesen namenlosen, gesichtslosen, anonymen und ergebenen Sklaven, den sie sich jetzt schon seit so vielen Jahren erträumte. Näher jedenfalls würde sie diesem Wunschbild wohl nie kommen. Er war erschöpft und für jetzt ohne jedes Verlangen, ohne jede Begierde. Gleich anschließend wollte sie ihm nun erlauben, sie anzufassen, und ihn all das machen lassen, was sie haben wollte. Wenn er dann wieder steif sein würde, wußte er, daß er geduldig warten mußte, bis sie bereit war. Er gehörte jetzt ihr. Wieso nur, überlegte sie träumerisch, hatte sie bisher noch nie daran gedacht, sich so einen unerfahrenen Jungen zu nehmen? Für ein paar Minuten döste auch sie leicht ein.

Sie erwachte unter Sams Last über sich. Sein Penis, fast unglaublich groß für einen Mann, der zum dritten Mal hintereinander erigierte, pulsierte an ihrer Vagina, und er kniete zwischen ihren Beinen und drückte sie ihr auseinander.

Stöhnend schob, ja stieß er sich grob in sie hinein und preßte nach vorne, bis er völlig in sie eingedrungen war.
»Also, dein Sklave bin ich, was? Da wirst du dich aber wundern. Ich fick dich, ich fick dich, du Schwanzneckerin. Kann das vielleicht ein Sklave?« fragte er wie außer sich. »Dir werd ich zeigen, was ich für ein Sklave bin!«
»Hör auf! Hör sofort auf, oder ich schreie!«
»Ist mir scheißegal. Jetzt wird gefickt, gefickt, und es wird dir gefallen.«
»Sam! Ich sag es deiner Mutter!«
»Ja, ja. Und wie bin ich hier reingekommen? Halt's Maul. Ich weiß doch, daß du es willst.«
»Will ich nicht!«
»Natürlich willst du es!« Und er hörte zu reden auf, während er sich zurückzog, um dann mit aller Macht erneut nach vorne zu stoßen, sich in sie hineinzubohren, mit all der wilden, ungeübten Potenz, wie sie nur die ganz jungen Männer haben. Er keuchte und arbeitete, berührte sie weder mit den Lippen noch den Händen, war einfach nur in ihr und stieß sich die Seele aus dem Leib, ein einziger wild gewordener Penis. Und obwohl Fernanda noch einige Versuche unternahm, ihn zu stoppen, war alles vergeblich. Es war, als habe er einen Pfahl in sie eingerammt. Er wurde schneller und schneller und fuhrwerkte wie besessen auf dem Bett herum, ohne Rücksicht auf die Frau unter sich, als sei er in einem Bordell bei einer Hure. Schließlich trieb er sie in seinen wilden, qualvollen, kurzen Orgasmus hinein. Dann blieb er reglos und schwer auf ihr liegen, immer noch erigiert, bis er sich schließlich, weil sie ihn mit den Fäusten bearbeitete, zurückzog und wortlos zur Seite fallen ließ.
Fernanda sprang auf. Sie zitterte vor Zorn und Entsetzen, lief zum Schrank und holte sich ein Kleid heraus.
»Schau, daß du hier rauskommst, du dreckiger kleiner Mistkerl, du!«

»Mensch, nun mach aber mal Pause! Du hast doch bekommen, was du wolltest, oder? Was es auch war. Wetten, daß du es nicht jeden Tag so besorgt kriegst wie von mir?«

»Raus.«

»Ja, ja, schon gut.« Er rappelte sich hoch und schnappte sich seine Sachen. Er war so schlapp, daß er kaum stehen konnte. »Mann, wenn ich daran denke, was ich mir alles vorgestellt habe – das war ja alles gar nichts dagegen! Was ist, Fern, kann ich den Jeep nehmen? Ich muß schließlich zu meinem Wagen zurück.«

»Nimm ihn«, sagte Fernanda leise. »Nur, mach schnell.«

»Ich geh ja schon. Übrigens, mach dir keine Sorgen. Ich erzähle niemandem was. Würde mir ja sowieso keiner glauben. Mann, so einen Dusel zu haben!«

»Das war eine der gelungensten Fiestas, an die ich mich überhaupt erinnern kann«, sagte Jazz zu ihrem Vater, nachdem die letzten Gäste der Hazienda gegen drei Uhr morgens schlafen gegangen waren.

»Du siehst immer noch aus, als könntest du die ganze Nacht durchmachen«, sagte er, »wenn auch nicht in dem Kleid da.«

»Ja, das hat der liebe Cousin Casey ebenfalls auf dem Gewissen. Außer Jeans hatte ich danach nichts mehr anzuziehen.«

»Er hat es ja nicht absichtlich gemacht«, verteidigte ihn Mike Kilkullen. Er saß bequem und entspannt in einem der beiden Sessel seines Schlafzimmers, wohin er und Jazz sich zurückgezogen hatten, während Casey sein Gepäck aus Jazz' Zimmer in das Gästezimmer schaffte, das für den Rest des Jahres das seine sein sollte.

»Nach Freud gibt es keine Zufälle«, sagte Jazz und zog amüsiert die Brauen hoch.

»Totaler Quatsch«, antwortete er träge.

»Sag du's ihm, Dad.«

»Also habt ihr doch noch Freundschaft geschlossen, Casey und du?« fragte er.

»Tanzen kann er, wenn du das meinst.«

»Na, immerhin habt ihr den ganzen Abend miteinander getanzt.«

»Genau wie du mit Red«, gab sie zurück.

»Stimmt. Dachte gar nicht, daß du das registriert hättest.«

»Meinem wachsamen Auge entgeht nichts! Schön, Dad, ich gehe jetzt schlafen. Ich muß ja leider gleich morgen früh zurück nach L. A.!«

Sie stand auf und beugte sich zu ihrem Vater hinab, um ihm einen Gutenachtkuß auf den Kopf zu geben. Beim Hinausgehen sah sie das Bild ihrer Mutter, das sie selbst fotografiert hatte und das seitdem immer hier auf dem Nachttisch stand. Einen Augenblick lang sah sie in dem Foto sich selbst. Sie hatte genau die gleichen Augen und Brauen wie ihre Mutter. Mehr aber auch nicht. Und doch war es immer das erste, das sie wahrnahm. Zuweilen bemerkten es auch Fremde, aber letztlich fielen die Unterschiede doch stärker ins Auge. Sylvie Norberg war dunkler gewesen als sie, der Mund und der ganze Haarwuchs waren anders, und so war die Ähnlichkeit zwischen ihnen beiden leicht zu übersehen.

Sylvie Norberg war im Januar 1959 nach Kalifornien gekommen. Sie war damals noch keine zwanzig, eine schwedische Schauspielschülerin, die man in Hollywood entdeckt hatte, nachdem sie in einem Film von Ingmar Bergman gespielt hatte. Sie war das einzige Kind eines Intellektuellen-Ehepaars aus Stockholm, der Vater Kunstkritiker, die Mutter eine bekannte Designerin. Sie führten ein ausschweifendes Bohème-Leben und hatten Sylvies früh erkennbares Talent von Anfang an gefördert und sie auch in dem ihr angeborenen starken Willen zur Selbständigkeit stets unterstützt.

Sylvie Norberg hatte auf diese Weise ein durch nichts zu beeinträchtigendes Selbstbewußtsein mit auf den Weg bekommen und wußte – eine Seltenheit bei Frauen ihres Alters – genau, was sie wollte.

Schon mit ihrem ersten Hollywoodfilm wurde sie ein internationaler Star. Und sie akzeptierte diese Starrolle mit sachlicher und bescheidener Anmut, eben als Selbstverständlichkeit – ganz so wie eine Prinzessin, die schließlich von Kind auf wußte, daß sie eines Tages für die Krone bestimmt war.

Sie war keine typisch flachsblonde Schwedin. Ihr halblanges, leicht gewelltes Haar war von einem sanften Kastanienbraun und ganz einfach geschnitten. Ihre Augen leuchteten wie Mondsteine. Es war ein so sprechendes Leuchten, daß man ihr jeden Gedanken von den Augen ablesen konnte. Von dieser attraktiven Besonderheit abgesehen, war sie von einer ganz untheatralischen Schönheit, von rührender Einfachheit und Unkompliziertheit, natürlich und frisch – ein Typ, wie geschaffen für die beginnende Sachlichkeit der sechziger Jahre.

Die öffentliche Meinung war ihr herzlich egal, die Beschränkungen des Lebens, die normalen Menschen auferlegt sind, hatte sie niemals kennenlernen und aushalten müssen, und so war es auch leicht für sie gewesen, nach ihrem schlichten Motto zu leben: Tu, was du willst, und du bekommst, was du willst.

Nach ihrem zweiten Film machte sie im Sommer 1959 Ferien – zu einem Zeitpunkt, da jede andere ehrgeizige amerikanische Schauspielerin sich mit Verve der Fortsetzung und Konsolidierung ihrer Karriere gewidmet und nicht im Traum an Urlaub gedacht hätte. Aber für Sylvie war das eine anstrengende Zeit gewesen, das Drehen und dazu die Interviews und Fototermine, und so nahm sie kurzentschlossen und dankbar die Einladung eines Vetters ihres Vaters an, der in San Juan Capistrano ein Lokal besaß.

Noch, hatte Onkel Sven ihr versichert, war ihr erster Film nicht bis in das einzige Kino am Ort vorgedrungen, und ihr zweiter kam ohnehin erst im Herbst heraus. »Ein paar Leute erkennen dich vielleicht, besonders nach diesem *Life*-Titelbild neulich«, sagte er, »aber wenn du keinen Auflauf willst, werden sie dich bestimmt in Ruhe lassen. Und auf mich kannst du dich verlassen. Ich werde nicht mit meiner berühmten Nichte angeben.«

Im Frühjahr 1959 hatten Mike und Liddy Kilkullen einander endlich eingestanden, daß ihre Ehe zu Ende sei. Ihr dreißigster Geburtstag war für Liddy der Anlaß gewesen, Bilanz zu ziehen und sich zu dem Entschluß durchzuringen, Schluß zu machen, solange es noch ging. Valerie war elf Fernanda acht, und sie hatte große Pläne mit ihnen. Sie sollten einmal all das bekommen, was sie aufgegeben hatte – und was sie nie bekämen, wenn sie weiter hier auf dieser Ranch am Ende der Welt aufwüchsen! Und so nahm sie ihre Töchter und kehrte mit ihnen ins Haus ihrer Eltern nach Chestnut Hill bei Philadelphia zurück, um dort den Sommer zu verbringen, ehe sie die Scheidungsklage einreichte. Vor diesem endgültigen Schritt wollte sie doch noch die Familienanwälte konsultieren.

Mike Kilkullen machte keinen Versuch, sie aufzuhalten. Dazu war es schon lange zu spät. Ohne die Kinder wären er und Liddy ja sowieso schon seit zehn Jahren nicht mehr zusammen gewesen. Man würde also eine Vereinbarung treffen, daß die Mädchen sooft wie möglich zu ihm kämen. Er wußte ja seit langem, daß sie eines Tages zu dem Leben zurückkehren würde, das sie tatsächlich besser niemals hätte aufgeben und verlassen sollen.

Das Wetter in diesem Frühjahr war so gut gewesen wie sein Gemütszustand schlecht. Nach den schweren Winterregenfällen war die ganze Ranch grün wie Irland aufgeblüht, das Vieh war prächtig gediehen, und nach dem Round-up im

März hatten die zahlreichen gesunden und gut im Fleisch stehenden Kälber Rekordpreise erzielt. Er hatte bei der Auktion im Cow Palace in San Francisco zwei Preisbullen ersteigert und den überschüssigen Gewinn des Jahres bei der San Clemente Bank angelegt, die seine Hausbank war.

Reich werden konnte man als Viehzüchter zwar nicht, jedenfalls nicht in Kalifornien, dachte er bei sich. Aber wenn man nicht zu aufwendig lebte und umsichtig mit Land und Vermögen umging und genug Boden verpachtete, um ein regelmäßiges Einkommen zu sichern, mit dem man rechnen konnte, dann litt man andererseits auch nie Not.

Er fuhr nach San Juan, um mal zu sehen, ob Sven Hansen dort noch immer sein Lokal hatte. Ein gutes Stück Kuchen und ein kräftiger Kaffee – das täte ihm jetzt gut, fand er.

Im Lokal war kein Mensch, als er ankam. Nur hinter der Theke stand ein Mädchen in einem Sommerkleid und wusch Teller und Tassen ab. Sven hatte offenbar eine Kellnerin eingestellt. Er setzte sich und rief dem Mädchen zu:

»Miss? Kann man noch was bestellen, oder ist es zu spät?«

»Was beliebt dem Herrn?« fragte das Mädchen. Es war Sylvie. Sie war von ihrem Zimmer heruntergekommen, um sich eine Tasse Kaffee zu holen, und wollte dann eigentlich zusperren, so wie sie es ihrem Onkel, der ausgegangen war, versprochen hatte. Doch sie hatte schon einmal eine Kellnerin gespielt, und die Tatsache, daß sie jetzt für eine gehalten wurde, fand sie amüsant.

»Kaffee, bitte«, sagte Mike, »und ein Stück von Svens Kümmelkuchen, falls noch eines da ist.«

Lieber Herrgott, was hatte sie gesagt? Was dem Herrn beliebte? Wo gab es denn auf der ganzen Welt noch so eine Kellnerin, die einen mit dieser schelmischen Ironie anguckte und so eine Frage stellte, mit diesem wundervollen Akzent? Er würde ihr gerne sagten, was ihm beliebte! Ihm beliebte, sie zu küssen, bis ihr schwindlig würde...

»Kann ich Ihnen vielleicht Sahne anbieten, oder trinken Sie ihn lieber so?« fragte Sylvie.
»Schwarz ist in Ordnung. Arbeiten Sie schon lange hier?«
»Erst eine Woche. Der Besitzer ist ein Vetter meines Vaters.«
»Und bleiben Sie lange hier?«
»Ich bin nur auf Besuch für den Sommer«, sagte sie bedauernd.
»Haben Sie auch einen Namen?«
»Sylvie...«
Der Mann war phantastisch, dachte sie. Nach sechs arbeitsreichen, aber doch ziemlich einsamen Monaten in Hollywood hatte sie sich bereits zu fragen begonnen, wo sie denn hier wohl einen Mann finden sollte, der ihr gefiel; und sie flog nun mal nur auf den unkomplizierten, wirklich erwachsenen, durch und durch maskulinen Typ, wie es ihn zu Hause in Schweden gab. Für die Schauspielerkollegen oder gar die Produzenten, Regisseure und Drehbuchautoren Hollywoods hatte sie nichts übrig. Die waren ihr alle viel zu künstlich, zu geziert, zu fixiert auf dieses dumme, aber notwendige Geschäft des Kinos.
Doch dieser Fremdling hier erinnerte sie irgendwie an die Riesen der Mythologie, von denen sie in der Schule gehört hatte. Breitschultrig, großgewachsen, selbstbewußt, befehlsgewohnt. Ein Boß. Ein Frauenheld auch. Einer, der ohne Not keinen Fuß ins Innere eines Hauses setzte. Sie musterte die kräftigen Züge in seinem kantigen Gesicht, seine blitzenden Augen, die fast aristokratisch feine Nase und sein dichtes rötliches Haar und fragte sich, welche Umgebung den Mann wohl so geformt hatte. Sie wollte ihn haben, beschloß sie. Hier und jetzt und sofort.
»Ich bin Mike Kilkullen«, sagte er, stand auf und gab ihr die Hand. »Würden Sie sich auf eine Tasse Kaffee zu mir setzen?«

»Sind Sie sicher, daß das einer Kellnerin einem Gast gegenüber erlaubt ist?«

»In San Juan Capistrano ist alles erlaubt«, sagte er mit einem bedächtigen Lächeln. »Willkommen in Freiheitsdorf!«

»Leben Sie hier in der Gegend, Mr. Kilkullen?« fragte sie ernsthaft und setzte sich. Er war Ire, ganz klar. Wieso war sie nicht gleich darauf gekommen? Einer aus dem Norden, wie sie selbst. Ein Mann mit heißem Blut und zweifellos auch hitzigem Temperament. Jähzornig wahrscheinlich, aber auch absolut loyal, dickköpfig, manchmal ein wenig melancholisch, immer ein wenig verrückt.

»Ich habe eine Ranch, zirka fünf Meilen von hier.«

»Ach ja? Und was bauen Sie da an?«

»Anbauen? Nein, ich bin Viehzüchter.« Er sagte das mit einem Anflug von Stolz, sich auf solch respektable Weise dieser hübschen Frau vorstellen zu können. Sie war sehr zurückhaltend und beherrscht, viel zu selbstsicher, als daß man sie ein Mädchen hätte nennen können. »Möchten Sie sich meine Ranch mal ansehen? Irgendwann demnächst? Ich kann das mit Sven schon arrangieren. Reiten Sie?«

Er war eifrig wie ein Gymnasiast, der sein Mädchen zum ersten Schultanz ausführen möchte. Hatte die Frau überhaupt eine Ahnung, wie schön sie war? Wie war es nur möglich, daß eine solche Frau in so einem einfachen Lokal als Kellnerin arbeitete? Aber es wäre natürlich etwas unhöflich gewesen, ihr persönliche Fragen zu stellen.

»Mit Leidenschaft sogar!« beantwortete sie seine Frage. »Haben Sie denn ein Pferd für mich?«

»Aber sicher.«

»Morgen ist mein freier Tag«, sagte Sylvie.

»Morgen ist aber Samstag. Da wird Sven Sie doch gerade brauchen.«

»Das mag sein, aber ich werde nicht da sein. Sondern mit Ihnen reiten, oder?« Sie lächelte ihn sybillinisch an.

»Na, da haben Sie ja bereits die hiesigen Gebräuche angenommen.«

»Man sagt mir nach, daß ich eine schnelle Auffassungsgabe habe.«

»Gut, ich hole Sie ab, wann immer Sie wollen. Ich kann ein Lunchpaket machen, und wir können bis zum Meer reiten und an den Klippen picknicken.«

»O ja, das klingt gut. Das ist genau das, was ich morgen tun möchte. Und ich tue immer, was ich will.«

Sie hatte ihn haben wollen, sofort, und so bekam sie ihn gleich bei ihrem ersten Rendezvous. Mike Kilkullen wußte nicht, wie ihm geschah, er wußte nur, daß er glücklich war wie schon seit Jahren nicht mehr. Natürlich war das Geheimnis der schönen »Kellnerin« schnell gelüftet, und er war nicht wenig erstaunt gewesen zu erfahren, daß Sylvie jene »neue Ingrid Bergman« war, jener Filmstar, von dem er in den Zeitungen gelesen hatte.

Die nächsten zwei Monate erledigte er seine Pflichten auf der Ranch immer in größter Eile und delegierte zum ersten Mal seit dem Tod seines Vaters sogar freiwillig Kompetenzen, um mehr Zeit für Sylvie zu haben.

Sylvie kaufte sich einen kleinen Wagen und kam in der Dämmerung, wenn das Licht am schönsten war, zur Ranch hinaus, um den Abend mit ihm zu verbringen. Und ihre Rendezvous waren immer wild, voller unstillbarer Begierde, und was zuerst vor allem Leidenschaft war, wurde bald Liebe.

Vor dem Schlafengehen machten sie oft noch einen Abendspaziergang durch sein ausgedehntes Privatparadies mit seinen friedlichen, umfriedeten Gärten, die ganz unerwartet ein wahres Labyrinth grüner Wände bildeten. Sie blieben hier und da stehen, um den Duft einer Rose einzuatmen, die im Mondschein leuchtete, oder ein paar Lavendelblätter abzureißen und zwischen den Fingern zu zerreiben oder die Hände in das Wasser des Brunnens in der Mitte des Patio zu tauchen oder die vielfältigen Düfte und Gerüche der Nacht aufzunehmen. Immer gab es irgendwo eine versteckte Bank, auf der sie sitzen und sich dem überwältigenden Erlebnis ihrer Gefühle hingeben konnten. Und die Nächte waren so still, daß selbst das leise Schnauben der Tiere aus den Ställen zu hören war. Absichtlich vermieden sie es, jemals von der Zukunft zu sprechen, bis der Tag, an dem Sylvie zurück nach Los Angeles mußte, wo die Dreharbeiten zu ihrem neuen Film beginnen sollten, unmittelbar bevorstand. Bis dahin schienen ihre gemeinsamen Nächte keine Grenzen und kein Ende zu haben. Die Stunden ihrer Glückseligkeit waren das einzige, was zählte, und ihre Liebe war wie eine stetige, fast schmerzhafte Wallung in ihren Adern, die die ganze übrige Welt bedeutungslos und unwirklich erscheinen ließ.

An einem Freitag Ende August brach Sylvie dann endlich das Schweigen.

»Eine Woche noch«, sagte sie. »Dann muß ich wieder zurück zu meiner Arbeit.« Ihre Stimme war tonlos.

»Du brauchst es nicht zu sagen. Ich kenne den Tag und die Minute ganz genau.«

»Was sollen wir nur tun? Es ist unvorstellbar. Ich weiß nicht, wie ich damit fertig werden soll.«

»Aber Liebling, es ist doch ganz einfach. Letzte Woche kam ein Brief vom Anwalt meiner Frau. Sie kommt her und reicht die Scheidung ein. Auf den Tag genau ein Jahr später wird die Scheidung rechtskräftig. Also werden wir nächstes Jahr um diese Zeit heiraten, wenn du mich dann immer noch liebst.«

»So einfach sind die Dinge nie«, sagte Sylvie sehnsüchtig.

»Doch, bestimmt«, widersprach er und schob mit Macht den Gedanken an den Brief, den er erhalten hatte, beiseite.

Er sollte Liddy jährlich fünfundzwanzigtausend Dollar Unterhalt zahlen, lebenslang, sofern sie nicht wieder heiratete. Er sollte außerdem sämtliche Kosten für die Töchter übernehmen, von der Kleidung bis zu den Arztkosten und von den Privatschulen bis zu den acht Jahren höherer Schule danach. Dreihundertfünfzig Dollar Unterhalt im Monat für jede nach Abschluß ihrer Ausbildung, ausgenommen die Zeit, die sie ohnehin bei ihm waren. Liddy sollte außerdem Anspruch auf die Hälfte des Betriebsgewinns der Ranch seit ihrer Eheschließung haben. Daß sie nicht gleich die Hälfte der ganzen Ranch und des Hauses erhalten sollte, lag nur daran, daß es sich dabei um sein Erbe handelte.

Sein Anwalt hatte aufs heftigste gegen diese Ansprüche protestiert, die er als räuberische Ausbeutung bezeichnete. Doch er, Mike, hatte alle Bedingungen anstandslos akzeptiert. Er hatte sein Land, er hatte seine Viehherden, er hatte die Hazienda Valencia, er würde immer imstande sein, für Sylvie zu sorgen, und er war bereit, Liddy jeden Preis für seine Freiheit zu bezahlen.

»Doch, es ist so einfach«, wiederholte er, als Sylvie ihn weiterhin ungläubig ansah.

»Mike Kilkullen«, sagte sie, »du machst es dir zu leicht.«

»Ich sagte doch ausdrücklich: Wenn du mich dann noch liebst. Ich betrachte nichts als selbstverständlich. Was kann denn sonst noch sein?«

»Ich werde dich dann noch lieben.«

Sie war nie schöner gewesen als jetzt, da sie dies sagte. Und nie war das geheimnisvolle, strahlende Lächeln in ihren Augen so verwirrend gewesen wie jetzt, da sie langsam weitersprach. Ihre Selbstsicherheit, die immer so verläßlich gewesen war, schien nun plötzlich erschüttert, als sie sich der Tragweite ihrer gemeinsamen Entscheidung bewußt wurde.

»Wir haben noch über vielerlei Dinge nicht gesprochen«, sagte sie zögernd. »Da ist zum Beispiel mein neuer Film. Ich wollte uns bisher nicht damit belasten. Aber die Dreharbeiten finden in England und Italien statt, und das bedeutet, ich werde drei Monate fort sein. Wenn ich zurückkomme, kann ich auch nur ein paar Wochen bei dir sein. Gleich nach Weihnachten beginnt ein weiterer Film in Hollywood, für den ich schon einen Vertrag habe. Du mußt dir darüber im klaren sein, Mike. Drei Monate Trennung, volle drei Monate, dann nur ein paar Wochen, und danach bin ich wieder eine ganze Weile höchstens an den Wochenenden da. Bist du dazu bereit?«

»Wenn du es bist, bin ich es auch«, sagte er vorsichtig und versuchte, nicht so trostlos zu klingen, wie er sich fühlte. Er hatte sich bisher noch keinerlei ernsthafte Gedanken über die zeitliche Beanspruchung eines Filmstars gemacht. Er hatte sich einfach geweigert, daran zu denken, solange es nicht nötig war, und irgendwie gehofft, das Problem löse sich vielleicht ganz von selbst. Er wußte nur, er konnte sie nie mehr gehen lasen. Sie nicht mehr zu haben, kam nicht in Frage.

»Mike, du mußt auch überlegen, ob du in, sagen wir, fünf Jahren noch dazu bereit sein wirst! Ich muß dich warnen, Liebling. Für eine Schauspielerin ist es nicht einfach, eine gute Ehefrau zu sein. Mein Beruf, das ist nicht einfach irgendeine Beschäftigung. Das ist ein Bedürfnis, eine Notwendigkeit für mich. Und ich muß die Freiheit haben, es zu tun. Freiheit, Mike, wirkliche Freiheit, ohne jedes Schuldgefühl, ohne mich von Kompromissen zerreißen zu lassen, ohne jemals reuevoll zurückschauen zu müssen, weil ich eine Rolle abgelehnt habe aus Rücksicht auf dich. *Ich muß bekommen, was ich haben will.* Alles mitzunehmen, was ich in meinem Leben bekommen kann, alles aus meinem Leben herauszuholen – das ist die einzige Art zu leben, die ich kenne und nach der zu leben ich auch beabsichtige. So einfach ist das für mich, weißt du. Sicher, das ist egoistisch, es ist so egoistisch, daß du es gern rücksichtslos nennen kannst. Dieser Sommer, diese Monate mit dir waren etwas, das ganz weit weg ist von meinem sonstigen Leben. Ich werde vielleicht nie wieder so sein. Wir werden vielleicht nie wieder solche Monate haben wie diese. Wenn du deine Meinung über mich änderst, werde ich es dir niemals übelnehmen.«

»Ich bin bereit, es zu riskieren«, sagte Mike mit Zuversicht. Es wäre ihm leichter gefallen, sich mit den eigenen Händen das Herz aus dem Leibe zu reißen, als jetzt noch seine Meinung über sie zu ändern. Ganz davon abgesehen: Wie konnte eine Frau von einundzwanzig Jahren – selbst dieses geliebte, entschlossene, beredte Wesen! – wirklich schon so genau wissen, wie sie in fünf Jahren denken würde? Sie hielt sich für eine Philosophin, sie glaubte, sie könne in die Zukunft sehen und sie vorherbestimmen, sie dachte, sie könne wirklich ihr ganzes Leben im voraus planen – und hatte sich doch schon jetzt durch die Liebe mehr verändert, als ihr selbst bewußt war! Wie konnte sie da erklären, sie sei rücksichtslos und egoistisch? Allein diese lächerlichen Worte bewiesen, daß sie die ganze Situation dramatisierte! Natürlich würde er ihr nicht die Freiheit nehmen, in ihrem Beruf zu arbeiten, aber war ihr denn nicht klar, daß einem die Liebe ganz automatisch ein Stück Freiheit nimmt? Daß man niemals *beides* ganz haben konnte? Aber sie würde das früher oder später schon erkennen. Denn Tatsache war nun einmal, daß die Ehe die Frauen noch stärker veränderte als die Männer.

»Weißt du«, sagte Sylvie nachdenklich, und es klang fast traurig und düster, »ich denke, Frauen wie ich sollten wahrscheinlich überhaupt nicht heiraten. Es ist vermutlich dem Mann gegenüber nicht fair.«

Diese Bemerkung bewies doch nun wirklich, daß sie übergeschnappt war, dachte er und brachte sie einfach mit einer Flut von Zärtlichkeiten und Küssen zum Schweigen. Wenn je eine Frau zur Ehe bestimmt war, dann sie, soviel stand fest! Und wenn sie denn von Zeit zu Zeit unbedingt fort mußte, um dem Beruf nachzugehen, den sie fast so sehr liebte wie ihn, nun gut, dann sollte sie das tun. Welche andere Wahl hatte er schon?

6

Im Sommer 1960 flog Lydia Henry Stack Kilkullen hinüber nach Kalifornien, um dort ihre Scheidungspapiere abzuholen. Sie mietete sich am Flughafen einen Wagen und fuhr in das Beverly Wilshire Hotel, wo sie ein Zimmer reserviert hatte. Es fiel ihr ein, daß dies das allererste Mal war, daß sie in Los Angeles eine Nacht allein verbrachte. Die Stadt lag immerhin nur eine halbe Autostunde von San Juan Capistrano entfernt, und doch lagen Welten dazwischen.

Während sie auspackte, klingelte das Telefon, und ein Reporter der Los Angeles Times meldete sich.

»Mrs. Kilkullen, was sagen sie zur Heirat ihres früheren Mannes mit Sylvie Norberg gestern nachmittag?«

»Was?«

»Sie wissen das doch, oder?«

»Ja... natürlich... Natürlich weiß ich das.« Völlig überrumpelt von dieser überfallartigen Frage, hatte sie nur noch einen Gedanken: Sie durfte sich auf keinen Fall ihre Überraschung anmerken lassen.

»Dürfte ich Sie um ein paar Bemerkungen dazu bitten, Mrs. Kilkullen? Wie haben sich Miss Norberg und Ihr Ex-Mann kennengelernt? Wie lange wissen Sie von der Romanze schon? Wie, glauben Sie, wird sie als Stiefmutter Ihrer Töchter zurechtkommen, angesichts der Tatsache, daß sie fünfzehn Jahre jünger ist als er?«

»Kein Kommentar.«

»Aber, Mrs. Kilkullen, ich bitte Sie! Ihr Mann heiratet den derzeit strahlendsten Filmstar nur ein paar Stunden nach seiner Scheidung von Ihnen, und Sie haben dazu nichts zu sagen? Ich kann ja verstehen, daß Sie Ihre Privatsphäre wahren wollen, aber Sylvie Norberg ist öffentliches Eigentum.«

»Wenn das so ist, warum rufen Sie sie dann nicht gleich

selbst an?« sagte sie, legte auf und gab der Zentrale Bescheid, daß keine Anrufe mehr durchgestellt werden sollten. Sie fiel in einen Sessel. Diesen Schock mußte sie erst einmal verdauen. Sie war wie gelähmt. Nur ganz langsam begann ihr Verstand wieder zu arbeiten. Bevor sie letzten Sommer mit den Kindern die Ranch verlassen hatte, konnte Mike diese Sylvie Norberg nicht gut kennengelernt haben. Das hätte sie erfahren. Es mußte also in diesem letzten Jahr geschehen sein. Und sie hatten es geschafft, das geheim zu halten! *Ein Filmstar. Fünfzehn Jahre jünger.* Bodenloser Haß, eine quälende Bitterkeit, die nie mehr vergehen sollte, solange sie lebte, ergriffen in diesem Moment von Liddy Kilkullen Besitz, fielen wie ein schwerer, schwarzer Mantel über ihre Schultern.

Sie stand auf, verschloß die Hotelzimmertür, ohne zu wissen, warum sie das tat, und kauerte sich wieder in ihren Sessel. Sie versuchte, einen klaren Gedanken zu fassen; herauszufinden, wie die Dinge nun, nach dieser neuen Entwicklung, für sie standen.

Während die Scheidung lief, hatte sie mit ihren beiden Töchtern bei ihren Eltern im von Quäkern gegründeten Philadelphia gelebt, einer Stadt, die als so konservativ galt, daß selbst alteingesessene Bostoner dagegen frivol wirkten. Hätte sie Mike nicht geheiratet, so hätte sie seinerzeit beim *Assembly Ball* im *Bellevue-Stratford* debütiert, einem Ball, der 1768 zum ersten Mal stattgefunden hatte und zu dem bis auf diesen Tag weder Geschiedene noch Wiederverheiratete je eingeladen wurden. In Philadelphia verabscheute man nichts mehr als einen Skandal.

Liddy hatte also äußerste Vorsicht walten lassen, als sie ihrer Familie und ihren Freunden von ihrer bevorstehenden Scheidung erzählte. Sie hatte von ihren Großtanten bis zu ihren ehemaligen Schulfreundinnen mit jeder Frau, die sie kannte, einzeln beim Tee im Acorn Club in der Locust Street

– dem weiblichen Gegenstück zum aristokratischen Philadelphia Club – gesprochen und sich vorher genau überlegt, was sie sagen wollte.

»Ich war so jung und unerfahren, als ich Mike Kilkullen kennenlernte, daß ich den schlimmsten nur denkbaren Fehler beging, nämlich einen Mann zu heiraten, mit dem ich nichts gemein hatte«, gab sie zu, wohl wissend, daß es ihr jeweiliges Gegenüber geradezu schauderte bei dieser Vorstellung; befand man sich doch in einer Stadt, in der die gemeinsamen Interessen in aller Regel die Basis jeder Eheschließung bildeten. »Ich hoffte, er würde versuchen, sich zu ändern. Er hatte es mir auch ausdrücklich versprochen. Aber inzwischen weiß ich, daß der Mann dazu einfach nicht fähig ist. Ich hätte es ja zu ertragen gewußt, wäre es nur um mich gegangen. Aber es ist meinen Töchtern gegenüber nicht fair, sie in einem kulturellen Niemandsland ohne angemessene Ausbildung aufwachsen zu lassen.«

Sie hatte das Bild eines Ehemanns gezeichnet, der, wie anständig er auch immer als Mensch sein mochte, nicht viel mehr im Kopf hatte als seine Rinderzucht.

Alle ihre Freundinnen und Verwandten hatten wärmstes Verständnis und Mitgefühl gezeigt, um so mehr, als sie sich alle im stillen gratulierten, selber einem solchen Schicksal entgangen zu sein. Und Liddy wollte lieber bemitleidet werden, als ganz ausgeschlossen zu sein aus der Welt, zu der sie gehört hatte und zu der sie, mit einigem Glück jedenfalls, trotz ihrer Scheidung wieder gehören würde; denn immerhin gab es in Philadelphia heiratsfähige Junggesellen genug.

Und jetzt? Wie würden all diese Frauen jetzt über sie reden – auf jene so tödlich freundliche Art, wie sie in Philadelphia üblich war und die man eigentlich nicht einmal als Klatsch bezeichnen konnte. Ein paar geflüsterte Worte vor der Verwaltungsratssitzung des Kunstmuseums von Philadelphia; ein diskreter Gedankenaustausch in einem der Antiquitätenläden auf der South 17th Street, während zwei Damen ein schönes Stück Porzellan betrachteten; ein Gespräch unter vier Augen bei Bailey, Banks & Biddle anläßlich der Bestellung gedruckter Einladungen; eine gemurmelte Unterhaltung in der Pause des Freitagnachmittagskonzerts in der *Academy of Music* oder bei einem Lunch für zwei in einem Haus in Chestnut Hills... Keine Frau in ganz Philadelphia, auf die es ankam, die heute nicht die Zeitung lesen und sich verächtlich an ihre tränenreichen Erklärungen erinnern würde!

Wenn Mike Kilkullen tatsächlich dieser hoffnungslose Banause, dieser Hinterwäldler war, als den sie ihn geschildert hatte, wie konnte er da das Herz dieser faszinierend geheimnisvollen Schwedin gewinnen? Dieses neuen Stars, dieser Tochter aus einem Stockholmer Intellektuellen-Haushalt, wie sie doch alle gelesen hatten, dieser großen Schauspielerin, einer solchen Schönheit! *Wie und wann?* Alle mußten doch nun glauben, daß sie gelogen hatte! Sie mußten annehmen, Mike Kilkullen habe sich so sehr in Sylvie Norberg verliebt, daß er bereit gewesen war, seine Ehe aufzugeben, um sie zu heiraten – und das ein paar Stunden, nachdem ihre Scheidung rechtskräftig geworden war!

Sie ging an ihren Toilettentisch und betrachtete sich kritisch im Spiegel. Sie war erst einunddreißig und sah besser aus denn je! Noch immer hatte sie jene begehrenswerte, nicht imitierbare Ausstrahlung »alten Vermögens«, wie sie nur der Ostküsten-Oberschicht eigen war. Es war überhaupt nichts an ihr auszusetzen, fand sie, nur daß sie eben beschädigte Ware war. Sie war fallengelassen worden, so öffentlich und demütigend, wie man eine Frau nur fallenlassen konnte!

Jeder Mann in Philadelphia, der es nicht jetzt schon wußte, würde es spätestens heute beim Abendessen erfahren: daß Lydia Henry Stack, die Frau, die einmal – keine zwölf Jahre war es her – die Königin ihres Jahrgangs gewesen war, das Mädchen, das damals jeden Junggesellen der Stadt hätte haben können, zugunsten Sylvie Norbergs sitzengelassen worden war. Ganz recht: wegen Sylvie Norbergs, des Filmstars, würden die Frauen aufgeregt zu ihren Männern sagen, oder gibt es noch eine andere Sylvie Norberg? Liddy hat mir da ja einen schönen Bären aufgebunden, würden sie hinzufügen. Die arme Liddy! Was mühte sie sich mit so einer erfundenen Geschichte über ihren Mann ab, wo sie doch genau wissen mußte, daß bald alles publik werden würde?

Wenn sie es nur vorher gewußt hätte! Nichts auf der Welt hätte sie dazu gebracht, sich von Mike scheiden zu lassen, wenn sie auch nur eine Minute lang hätte annehmen müssen, er werde gleich wieder heiraten – und noch dazu jemanden wie Sylvie Norberg! Sie hätte ihn dann einfach verlassen, mit den Kindern natürlich und endgültig, aber dafür gesorgt, daß er weiterhin an sie gekettet blieb. Für alle Zeiten. Für immer und ewig. Ohne daß er da herauskam. Statt ihn jetzt in die Lage zu versetzen, sie in diese Situation zu bringen! Kein Wunder, daß er ohne weiteres auf alle ihre Forderungen eingegangen war. Ihr eigener Anwalt hatte ihr ja gesagt, daß sie seiner Meinung nach zuviel verlangte, aber sie hatte darauf bestanden, den Versuch zu unternehmen, das Maximum an Unterhalt für sich und die Töchter herauszuholen. *Wenn sie es doch nur gewußt hätte!*

Sie stand auf und ging unruhig auf und ab. Es war Zeit, zum Flughafen aufzubrechen, aber sie wußte, daß sie nie wieder nach Philadelphia zurückkehren konnte. Philadelphia war auf einmal der einzige Ort auf der ganzen Welt, wohin sie nie wieder einen Fuß setzen konnte – setzen würde! Nein, nie mehr. Sie rief am Flughafen an, sagte ihren Flug ab und bat die Telefonistin an der Rezeption, alle Anrufe jetzt wieder durchzustellen.

Wo konnte sie hin? Weiß Gott, Philadelphia war sehr mit sich selbst beschäftigt. Aber auch dort tauschten die Leute mit ihren Bekannten und Verwandten aus anderen Städten den neuesten Klatsch aus. Das bedeutete praktisch, daß die gesamte Ostküste für sie nicht mehr in Frage kam! Zumindest für ein paar Jahre. Blieb also nur Europa. Aber wo in Europa? Geld war nicht das Problem. Ihre Hälfte des Gewinns, den die Ranch abgeworfen hatte, hatte sich zu einer ganz beachtlichen Summe angehäuft. Zudem hatte sie vergangenen Winter eine Erbschaft gemacht, die ihr ebenfalls einige zehntausend Dollar pro Jahr einbrachte. Mit fünfunddreißigtausend Dollar jährlich konnte sie in Europa ganz komfortabel leben.

Als das Telefon wieder klingelte, stand ihr Entschluß fest.

»Mrs. Kilkullen? Mein Name ist Jamison. Hank Jamison vom *Herald Examiner*. Dürfte ich Ihnen ein paar Fragen hinsichtlich der Eheschließung Ihres früheren Mannes mit Sylvie Norberg stellen?«

»Aber gern, Mr. Jamison.«

»Wie stehen Sie zu dem Ereignis?«

»Ich hoffe, sie werden sehr glücklich. Aber ich bin dessen ganz sicher.«

»Wußten Sie vorher davon?«

»Aber selbstverständlich. Mein ehemaliger Mann und ich sind gute Freunde geblieben.«

»Was halten Sie von Sylvie Norberg?«

»Nun, ich habe sie noch nicht persönlich kennengelernt, aber ich bewundere ihre beruflichen Leistungen außerordentlich. Sie ist sehr talentiert und eine sehr schöne Frau.«

»Sie sind also nicht beunruhigt wegen des Altersunterschieds?«

»Ich bitte Sie, Mr. Jamison. Ich bin eine moderne Frau. Und wieso sollte es mir etwas ausmachen, wenn es ihr nichts ausmacht?«

»Was sagen Ihre Kinder dazu?«

»Das ist im Augenblick schwer zu sagen. Sie müssen es ja erst einmal erfahren. Sie wissen doch, wie Kinder sind.«

»Sie tragen Ihrem Ex-Mann nichts nach?«

»Mr. Jamison, ich war es, die die Scheidung eingereicht hat. Ich habe meinen Mann schon lange, ehe er Sylvie Norberg kennenlernte, verlassen. Meine Gründe waren rein persönlich und privat. Ich bin die letzte, die ihm nicht Glück für die Zukunft wünschen würde, und ich habe gar keinen Zweifel, daß er mir das gleiche wünscht.«

»Vielen Dank, Mrs. Kilkullen. Es ist ein Vergnügen, sich mit einer wirklichen Dame zu unterhalten.«

»Ich danke Ihnen, Mr. Jamison.«

Eins war ihr dennoch sonnenklar: Sie mochte so geschickt mit den Reportern umgehen, wie sie wollte, in Philadelphia würde niemand auch nur ein Wort von dem glauben, was in den Zeitungen stand. Aber diese Story würde um die ganze Welt gehen, und früher oder später – wenn sie nur oft genug wiederholt worden war – würde man sie für die Wahrheit halten.

Schon ziemlich bald nach ihrer Heirat stellte sich eines Tages heraus, daß Sylvie ein Baby erwartete. »Aber ich wollte nie ein Kind haben«, sagte sie zu Mike Kilkullen. »Ich habe niemals auch nur daran gedacht.« Sie war gänzlich verwirrt, wie vor den Kopf gestoßen.

»Ich wette, daß du unbewußt ein Baby haben wolltest«, erklärte Mike, der sich insgeheim freute, daß seine eigene Prophezeiung, Sylvie werde sich ganz von selbst ändern, wahr zu werden schien.

Im Januar 1961 kam Juanita Isabella auf die Welt, und es war Sylvie, die darauf bestand, daß sie nach Mike Kilkullens Urgroßmutter benannt wurde. Sie gab nach der Geburt auch die Filmarbeit in Hollywood auf, jedenfalls vorläufig. Sie hatte nur noch das Bedürfnis, ganz Mutter zu sein. Doch nach zehn Monaten war diese Erfahrung ausgekostet. Es war schön und befriedigend, Mutter zu sein, aber es hatte nicht mehr den Reiz des Neuen, war ihr... nicht mehr... *genug*.

Es reizte sie, wieder zu filmen. Der Gedanke verfolgte sie immer stärker, während sie mit ihrem hübschen, kleinen, blonden Baby spielte, das sie und Mike *Jazz* zu nennen beschlossen hatten. Unwillig schob Sylvie das drängende Verlangen noch einige Wochen beiseite, aber sie wußte, sie mußte ihm nachgeben, wollte sie ehrlich mit sich selbst sein.

»Jede Frau *muß* einfach Mutter werden in ihrem Leben«, sagte sie den Journalisten bei einer Pressekonferenz, nachdem sie in London ihren ersten Film nach der Geburt abgedreht hatte. »Es ist eine wunderbare Erfahrung. Einzigartig. Und sie nimmt einen voll in Anspruch. Keine Frau hat die Möglichkeiten ihres Lebens ausgeschöpft, solange sie nicht ein Kind geboren hat.«

Wollte sie noch mehr Kinder haben, oder sollte es bei diesem einen bleiben? »Aber, ich bitte Sie, wer kann eine solche Frage im voraus beantworten?« Und sie lachte dazu mit ihrer wundervollen, dunklen Stimme. Sie behielt sich das Recht auf ein Dutzend Kinder vor. Aber gewiß doch, falls sie den Wunsch danach verspüren sollte! Alles war möglich – Ehe, Mutterschaft und die unverzichtbare Filmarbeit. Weil sie nämlich mit einem einzigartigen Mann verheiratet war, der wußte und akzeptierte, daß eine Frau das Recht hatte, sich als Künstlerin selbst zu verwirklichen. Ja, ihr Mann war stark genug, mit ihr eine neue Lebensform zu praktizieren, und das ermöglichte es ihr, ihr Heim von Zeit zu Zeit zu verlassen, um einen Film zu drehen, während er auf seinem geliebten Land blieb. Das Baby? Jazz wurde geliebt und hatte all die Sicherheit und Geborgenheit, die ein jedes Kind bekanntlich brauchte.

Und alle Frauen überall beneideten sie.

Kam sie zwischen zwei Filmen nach Hause auf die Ranch, veränderte sie durch ihre bloße Anwesenheit alsbald jeden Raum, den sie betrat. Sie vergoldete die Atmosphäre auf der ganzen Ranch, und alle, die dort lebten, schienen in ihrem erregenden Rhythmus zu tanzen. Manchmal war sie einen ganzen Monat da oder zwei, gelegentlich noch länger, und dann waren Mike und Jazz der Mittelpunkt der Märchenwelt, die sie sich hier errichtet hatte.

Und überall war ihre Anwesenheit spürbar und unübersehbar. Bücher und Zeitschriften lagen auf dem Boden. Die Musik neuer Platten, die sie mitgebracht hatte, klang durch das Haus. Ihre wunderschönen Hauskleider hingen wie Draperien über den Lehnen ihrer Lieblingssessel. Auf jedem Tisch standen große Vasen mit Schnittblumen, die sie selbst aus dem Garten geholt hatte. Sie backte große schwedische Kekse und schmurgelte deftige schwedische Stews und machte aus jedem Dinner ein Fest. Sie saß in dem alten Familienschaukelstuhl im Patio, Jazz auf dem Schoß, und erzählte ihr stundenlang alte Sagen und Märchen. Und selbst Susie Dominguez, die ihre häufige Abwesenheit eigentlich mißbilligte, konnte sich ihrem Charme nicht entziehen. Später, als Jazz auf einem Pony reiten konnte, ritt sie mit ihr zu den Klippen am Strand, galoppierte neben dem völlig furchtlosen Kind her und lenkte dabei ihr eigenes Pferd mit so sicherer und leichter Hand, daß es ein Vergnügen war, ihr zuzusehen. Niemand konnte ihr widerstehen, kein Pferd, kein Mann und kein Kind.

Sie lud die Nachbarn zum Essen ein, liebte es auch, mit Mike in der Swallows-Bar zu sitzen, in welche auch nur einen Fuß zu setzen Liddy sich stets geweigert hatte. Sie war die souveräne Gastgeberin der jährlichen Ranch-Fiestas, und niemals versäumte sie Jazz' Geburtstagsparty, und wenn sie zu diesen beiden Anlässen über Ozeane und Kontinente herbeifliegen mußte. Ihre Eltern in Schweden besuchte sie mindestens einmal im Jahr. Bei drei Gelegenheiten – als sie sicher war, daß sie mindestens sechs Wochen lang keine Filmverpflichtungen hatte – schickte sie ihnen auch Flugtickets, um sie für einige Zeit auf der Ranch bei sich zu haben und damit sie ihren Schwiegersohn und ihre Enkelin kennenlernen konnten. Als Jazz in die Schule kam, ging sie in den Elternbeirat. Sie kannte jedes einzelne Mitglied jeder Vaquero-Familie der Ranch. Sie möblierte viele Räume der *Hacienda Valencia* neu, ohne je den unverwechselbaren Grundzug des spanischen Kolonialstils zu zerstören. Mit den Gärtnern arbeitete sie daran, den Blumenbeeten ihren alten Glanz wiederzugeben. Sie war, auf keine geringere Weise als irgendeine ihrer Vorgängerinnen, die Hausherrin der Ranch.

Aber immer wieder kam der Tag, an dem ihr Agent die ländliche Idylle ihres Privatlebens zu stören wagte und ihr ein Drehbuch für einen neuen Film schickte. Das erste schob sie vielleicht noch achtlos beiseite. Und das zweite, das nach einer Woche kam, schlug sie nicht einmal auf. Aber wenn sich ein ganzer Stapel angesammelt und seine magische Anziehungskraft endlich gesiegt hatte, griff sie eines Tages dann doch danach, mit jenem unstillbaren Verlangen, das sie so gut kannte und letztlich auch willkommen hieß. Und sie las das Skript und warf es ärgerlich beiseite. Und las ein zweites und ein drittes und ein viertes. Und irgendwann das, in dem eine Rolle für sie vorgesehen war, die sie reizte. Die aber auch bedeutete, daß sie wieder monatelang fort sein würde. Und bald war der Tag gekommen, an dem sie wieder ihre Koffer hervorholte, die sie sowieso niemals ganz ausgepackt hatte.

Was sie haben wollte, mußte sie bekommen.

Jede Ehe ist ein Kompromiß, manchmal ein unausgesprochener. Sylvie, die von stillschweigenden Übereinkünften nichts hielt, hatte Mike seinerzeit ganz klar gesagt, was er zu erwarten hatte, wenn sie heirateten, und sie hatte ihn mit keinem Wort getäuscht. Sein Pech war, daß er es ihr einfach nicht geglaubt hatte. Nun mußte er mit dem Kompromiß leben, den er sich selber eingehandelt hatte.

»Sag Mami auf Wiedersehen!« Diesen Satz ihres Vaters behielt Jazz immer als ihre früheste Erinnerung im Gedächtnis. Dazu hatte er ihre Hand gehoben und damit gewinkt. An mehr konnte sie sich nicht erinnern. Nicht, wo und wann das gewesen war und wie ihre Mutter bei diesen Gelegenheiten ausgesehen hatte. Nur an den Arm ihres Vaters, der den ihren bewegte. Und an seine Stimme.

Viele ähnliche, deutlichere Erinnerungen kamen zu dieser einen hinzu, an das ersehnte Wiederkommen ihrer Mutter und die schmerzlichen Abschiede. Sie konnte sich nicht entsinnen, daß es in ihrer Kindheit einmal eine Zeit gegeben hätte, die nicht von dem Wissen bestimmt gewesen war, daß ihre Mutter, wenn sie nach längerer Zeit nach Hause kam, bald auch wieder fortreisen würde. Als sie alt genug war, Fragen zu stellen, hatte ihr Vater ihr einmal erzählt, daß ihre Mutter nach ihrer Geburt 1961 fast ein ganzes Jahr ohne Unterbrechung auf der Ranch gewesen sei und damals sämtliche Rollen abgelehnt hatte, um bei ihrem Baby bleiben zu können. »Aber damals warst du ja noch ganz klein, natürlich kannst du dich daran nicht erinnern«, hatte er hinzugefügt und einen Moment lang ganz verloren in die Ferne geschaut.

Und so hatte sie, noch ehe sie richtig gehen konnte, gelernt, was es heißt, alleingelassen, zurückgelassen zu werden. Ihre Mutter war, noch ehe ihr Erinnerungsvermögen einsetzte, von ihr fortgegangen, hatte sie, soweit ihr kindliches Hirn das begreifen konnte, für immer verlassen.

Die Jahre ihrer frühen Kindheit waren eine Abfolge von Widersprüchen gewesen. Manchmal kam ihre Mutter zurück, überströmend vor Liebe, war nur für ihre Tochter da, spielte mit ihr, weckte sie des Morgens mit einem Kuß und sang sie abends mit einem schwedischen Wiegenlied in den Schlaf. Dann aber war sie plötzlich einfach wieder verschwunden und hatte alle Liebe und Wärme, ihre Arme und Lippen und Lieder mitgenommen und sie in einer unverständlichen Welt zurückgelassen, die grau war, leer und zu traurig selbst zum Weinen. Und sie, Jazz, hatte all das als normal hingenommen, weil sie es nicht anders kannte.

Als sie älter wurde und die ständig wiederholten Erklärungen der Eltern über die häufige Abwesenheit der Mutter zu verstehen begann, verdrängte sie die heftigen Gefühle, die sie darüber empfand.

Natürlich gefiel es ihr nicht, wenn Mami wieder einen Film machen mußte. Aber das war eben ihre Arbeit. Und sie hatte doch ihren Vater und Susie und Rosie, ihr Kindermädchen, die sich um sie kümmerten. Sie hatte ihr eigenes Pony zum Reiten, und jeder einzelne der Vaqueros spielte mit ihr, wann immer Zeit dazu war. Und Mami kam ja wieder heim, sobald der Film fertig war. Es gab wirklich nichts, weshalb ein vernünftiges kleines Mädchen hätte traurig sein sollen.

Mike Kilkullen half ihr dabei, ihren Kummer zu vergessen. Denn er war viel zu erwachsen, um seine Gefühle ebenso geschickt zu verbergen wie das Kind. Sie versuchte, ihn für die Abwesenheit ihrer Mutter zu entschädigen. Mutigen Herzens und plappernden Mundes leistete sie ihm Gesellschaft, aß früh mit ihm zu Abend in der hell erleuchteten Küche, während Susie und Rosie geschäftig um sie herumwuselten, damit sie bloß nicht allein im Speisezimmer saßen – sie beide allein an dem Tisch, an dem noch vor einer Woche ihre Mutter gesessen hatte, lachend und liebevoll...

Danach sah ihr Vater sich gelegentlich mit ihr zusammen alte Familienfotos aus der großen Sammlung seines Großvaters an.

Es erschien ihr wie Zauberei, sich in eine ferne Vergangenheit der Ranch zurückversetzen zu lassen, deren Gegenwart sie doch so gut kannte. Obwohl die Gebäude auf fast geheimnisvolle Weise genauso aussahen wie heute, waren viele kleine Einzelheiten ganz anders. Eine wundersam andere Welt war das. Da gab es kleine Setzlinge, die heute große

Bäume waren. Dort, wo heute ganze Wände zugewachsen waren, krochen einst nur ein paar Rebenranken empor. Ein alter Brunnen, der jetzt von Pflanzen überwuchert war, hatte einst das tägliche Wasser geliefert. Ein damals neu angelegter Rosengarten war inzwischen ein großes Feld voller Büsche. Frauen, die längst nicht mehr lebten, rundlich und hübsch in ihren weißen, bodenlangen und spitzenbesetzten Sommerkleidern, saßen unter Sonnenschirmen im Patio und tranken Tee. Kinder auf Ponys, die haargenau so aussahen wie das ihre, waren eben vor dem Stall fotografiert worden, in dem jetzt auch ihr Pony stand. Sie hatten allerdings mehr Kleider an, als sie je angehabt hatte, und ihre Haare waren auf recht eigenartige Weise gescheitelt.

All diese Fotos von Hochzeiten, Taufen, Fiestas und Begräbnissen, von Ernten und von Angel- und Jagdpartien waren faszinierend gewesen. Ihr Urgroßvater hatte fast sein ganzes Leben lang ausschließlich mit natürlichem Licht gearbeitet, aber er hatte ein einzigartiges Gespür für die Komposition eines Bildes besessen. Auf diesen alten Fotografien herrschten eine Dichte und Klarheit, die ihre Phantasie beflügelten. Sie wollte alles wissen: wie die Leute auf den Fotos alle hießen und ob sie mit ihnen verwandt war, und wenn ja, wie und was für ein Essen das war in diesen Kochtöpfen und auf den Tellern der Vaqueros? Hatte ihr Urgroßvater von seinen chinesischen Köchen auch Chinesisch gelernt, oder sprachen diese englisch? Warum war das *Round-up* das wichtigste Ereignis des Jahres? War es wirklich nötig, daß alle Kälber das Brandzeichen bekamen, tat ihnen denn das nicht weh?

Am liebsten aber hatte sie die alten Geschichten von der Kilkullen-Ranch. Von den das ganze Jahr über andauernden Kämpfen gegen die Maul- und Klauenseuche und das Texasfieber, von den allwöchentlichen Bädern und dem »Flöhen«, das die Kinder der Ranch über sich ergehen lassen mußten. Und von den alljährlichen Angelwettbewerben in den über die ganzen sechsundzwanzigtausend Hektar verstreuten Fischteichen.

Es waren auch Geschichten darunter, von denen sie nicht wußte, ob sie nun wahr waren oder nicht, wie zum Beispiel die von dem Franziskaner-Schrein, der so alt war, daß niemand mehr sagen konnte, wie alt. Er befand sich angeblich irgendwo auf dem Portola Peak. Ihr Urgroßvater hatte Stein und Bein geschworen, daß er ihn einst als junger Mann dort oben gefunden habe. Doch ihr Großvater hatte sich niemals aufraffen können, sich davon zu überzeugen, und folglich wußte auch ihr Vater nicht, ob die Geschichte wahr war.

Sie liebte diese Stunden in dem gemütlichen Archivraum auf dem kleinen Schemel zu Füßen ihres Vaters. Hier trat sie ein in das von vielen Menschen bewohnte Reich der Vergangenheit, das mit der Zeit mehr Wirklichkeit für sie annahm als die Gegenwart. Mike Kilkullen ließ sie bei solchen Gelegenheiten viel länger aufbleiben, als Rosie es jemals erlaubt hätte. Und so entstand zwischen dem Mann, der nie von seiner Einsamkeit sprach, und dem Kind, das von dieser Einsamkeit nichts zu wissen vorgab, eine Bindung, die immer enger und enger wurde. Wenn er dann zögernd einsah, daß er sie nun aber wirklich zu Bett bringen mußte, sang er ihr noch ein letztes Lied vor, nachdem er sie zugedeckt hatte: *Clementine* oder *Oh Susanna* oder ihr Lieblingslied *On Top of Old Smokey* – die Lieder, mit denen er selbst aufgewachsen war. Und Jazz erinnerte sich an das schwedische Wiegenlied ihrer Mutter und summte es sich zum Schluß, wenn ihr Vater schon gegangen war, noch vor sich hin.

Irgendwann nach den ersten Jahren ihrer Ehe kamen Mike Kilkullen Gerüchte zu Ohren, daß Sylvie Norberg eine Affäre mit dem männlichen Star ihres letzten Films habe. Er las zwar solche Klatschkolumnen nicht selbst, aber keinem Ehemann einer berühmten Frau bleibt es erspart, doch zu erfahren, was über sie geschrieben oder erzählt wird. Bevor sie heirateten, hatte ihn Sylvie ganz offen auf solche Dinge vorbereitet. »Wenn über mich nicht geschrieben wird, daß ich mit anderen Männern schlafe, dann wird eben geschrieben, ich schlafe mit Frauen. Du mußt darauf gefaßt sein und solchen Klatsch einfach ignorieren können.«

Eigentlich hatte es, dachte er, bisher überraschend wenig Klatsch über seine Frau gegeben, wenn man ihre Jugend bedachte, ihre Schönheit und die Tatsache, daß sie, wenn auch gezwungenermaßen, immer so lange allein lebte.

Doch die Klatschgeschichten hörten nicht auf, waren wie eine langsam vor sich hinblutende Wunde, die nicht zu stillen war, und das über Jahre hinweg. Mike Kilkullen weigerte sich standhaft, auch nur ein einziges Wort darüber mit Sylvie zu reden, wenn sie zwischen zwei Filmen zu Hause auf der Ranch war. An ihrer Fähigkeit, Lebendigkeit und Fröhlichkeit um sich herum zu verbreiten, hatte sich nichts geändert. Nie hatte Mike an ihr auch nur einen Augenblick lang so etwas wie Unzufriedenheit bemerken können oder eine Geistesabwesenheit, die hätte erkennen oder vermuten lassen, sie denke an einen anderen. Ihr Lächeln war niemals entrückt oder selbstvergessen. Wenn sie auf der Ranch war, dann war sie wirklich *da*. Sie versöhnte ihn mit ihrer Liebe, und er sagte sich dann, daß schon die bloße Erwähnung dieser nicht enden wollenden Klatschgeschichten ihnen eine viel zu große Wichtigkeit verleihen würde.

1967 allerdings, als Jazz in ihrem ersten Schuljahr war, wurde ihm klar, daß es nicht mehr lange dauern konnte, bis auch sie von den Klatschgeschichten hörte. Sie würde vielleicht etwas von dem mitbekommen, was die Mütter ihrer Schulkameradinnen oder auch ihre Lehrerinnen einander erzählten, oder sie würde es durch irgendwelche Gemeinheiten erfahren.

Ihr zuliebe tat er deshalb, was er um seiner selbst willen

niemals getan hätte: Er sprach mit Sylvie darüber. Gab es denn keine Möglichkeit, fragte er sie, dahingehend etwas zu unternehmen, daß dieser Klatsch aufhörte? Hatten die PR-Leute ihrer Filmproduktion denn keine Handhabe, gegen alle diese Lügen vorzugehen und sie zu unterbinden? Irgendwann mußte es doch passieren, daß all dies auch Jazz zu Ohren kam.

»Gegen die Presse kann man nichts unternehmen«, erklärte sie ihm, »außer, sich einfach über sie zu erheben und sie zu ignorieren. Alle diese Geschichten über mich würden nur dann aufhören, wenn ich mich vom Filmgeschäft zurückzöge.« Sie seufzte müde und resigniert. »Ich habe dich aber ausdrücklich gewarnt, Mike, das weißt du. Erst wenn ich zu Hause bliebe und keine Filme mehr machte, würde es aufhören. Was hätten alle diese Klatschkolumnisten und Filmmagazine zu schreiben, wenn sie sich an die Wahrheit hielten? Nichts. Schau, wir lieben uns, jeder von uns braucht seine Arbeit, und wir können nicht gut erwarten, daß ausgerechnet wir keinen Preis dafür bezahlen müßten.«

Sie haßte es zu lügen, dachte Sylvie, wie leicht es auch immer war. Aber zum Schutz ihrer beiden Welten – so rechtfertigte sie es vor sich selbst – mußte diese Unaufrichtigkeit sein.

Sie konnte natürlich nicht erwarten, daß irgendein Ehemann, schon gar nicht Mike, verstand, daß sie in zwei Welten lebte, zwei vollständig verschiedenen und voneinander getrennten Welten, die miteinander absolut nichts zu tun hatten. Und die, damit jede für sich vollkommen blieb, auch weiter nichts miteinander zu tun haben durften.

Es hatte nach der Geburt von Jazz fast zwei Jahre gedauert, bis sie das erste Mal Mike untreu geworden war. Bei Dreharbeiten in Paris hatte sich eine Affäre mit ihrem Filmpartner ergeben, die aber mit dem letzten Drehtag auch wieder zu Ende gewesen war. Und trotzdem war es unausweichlich, ja notwendig gewesen.

Es war nicht so, daß sie »Leidenschaft praktisch erfahren« mußte, um sie auch spielen zu können, dachte sie in Erinnerung an jenen Sommer. Nein, sie hatte diesen Schauspieler begehrt. Schlicht und einfach. Vom ersten Tag an und sehr intensiv. Und das hatte auf Gegenseitigkeit beruht. Er hatte deshalb sogar bei einer gemeinsamen Szene seinen Text vergessen.

Sie hätte sich natürlich selbst verleugnen und der Versuchung widerstehen können. Doch das wäre ihr wie eine ganz unnötige Einschränkung ihres Lebens vorgekommen. Es war eine rein körperliche Beziehung gewesen, fast wortlos. Aber er war ein überaus begabter Liebhaber gewesen, und sie hatte entdeckt, daß sie nur allzu bereit war für diese Art Sex: Sex ohne Ehe, ohne Mutterschaft oder Verantwortung, Sex ohne die Belastung durch Gefühle oder den Anspruch auf Dauer und ohne das leiseste Schuldgefühl hinterher.

Sie hatte in jenem Sommer in Paris viel gelernt. Sie hatte herausgefunden, daß sie imstande war, ihr Leben voranzutreiben und zu bereichern. Es war einfach ein *Bedürfnis* für sie, Liebhaber zu haben, sagte sie sich; und sie war sich völlig sicher, stets die richtigen Entscheidungen für sich selbst zu treffen.

Der ersten Affäre waren weitere gefolgt. Sie fühlte sich so jung und reif und heißblütig wie eh und je, und vor allem wie vor ihrer Ehe, als sie in Stockholm so frei und ungebunden gewesen war. Hatte sie die Freuden der Liebe – des Sex vielmehr! – mit einem dieser Männer genossen, dann gab es nach der üblichen Party am Ende der Dreharbeiten keinerlei Grund mehr, die Sache fortzusetzen. Mit jedem neuen Film auch einen neuen Liebhaber – wenn nicht ihren Partner, dann den Regisseur.

Sie spielte dabei nach den ungeschriebenen, aber in diesem Milieu stets eingehaltenen Spielregeln: Kein Beteiligter dieser Romanzen wollte davon sein Familien- und Privatleben beeinträchtigt wissen. Eherne Grundregel war, daß die Familien, ihre Familien, die diese Welt der Drehorte, der Studios, der Szenen und Klappen nicht kannten und zu Hause auf die Rückkehr warteten, grundsätzlich niemals in Mitleidenschaft gezogen werden durften. Wenn überhaupt Klatsch und Gerüchte nach außen drangen, dann waren die scharfäugigen Randfiguren der Filmszene daran schuld. Irgendeine Hilfsgarderobiere. Ein Skriptgirl. Eine Maskenbildnerin. Sie dienten den Klatschkolumnisten als Quellen. Niemals erfuhr man, wer es gewesen war, und es blieb einem nichts anderes übrig, als es einfach zu ignorieren.

Aber wie herrlich aufregend war es, dachte sie – und war sie auch noch so gerne Ehefrau und Mutter –, diese zweite Welt für sich erschlossen zu haben; zu wissen, daß ihr Leben keine Fesseln und keine Grenzen hatte. Sie brauchte nur ihren Agenten anzurufen, und schon konnte sie einige Wochen später wieder fortreisen, um einen neuen Film zu drehen, bei dem sie einen nächsten Unbekannten kennenlernen und für eine kurze Zeit eine geheime, intensive Beziehung mit ihm eingehen würde, die zu niemandes Lasten ging.

Das war ohne Frage ein paar Lügen wert.

Valerie und Fernanda, ihre Halbschwestern, waren seit ihren frühesten Kindertagen eine Konstante in Jazz' Leben gewesen. Sie kamen jeden Sommer für fast einen Monat und zu Weihnachten und Ostern jeweils für eine Woche – nicht zuletzt auch deshalb, weil Liddy Kilkullen, ihre Mutter, trotz ihres fernen, selbstauferlegten Exils in Europa niemals aus den Augen verloren hatte, wie entscheidend wichtig es war, über alle Details aller Entwicklungen in Orange County auf dem laufenden zu bleiben.

Sie saß, gut abgeschirmt von der spanischen Sonne, mit einer Zeitung aus Los Angeles in einem bequemen Sessel und grübelte über die bittere Tatsache nach, daß gerade im Jahr ihrer Scheidung, 1960, die Landesentwicklungsplanung der *University of California* in Irvine (nicht allzuweit nördlich der Kilkullen-Ranch!) angelaufen war. Der Plan sah die Urbanisierung von vierzehntausend Hektar unbebauten Landes zwischen der Küste und der Universität vor. Sie wußte, daß ihre einstigen Nachbarn, die Irvines, dadurch bald reicher sein würden denn je – und sie waren weiß Gott auch bisher schon reich genug gewesen!

Sie zweifelte nicht daran, daß es nur eine Frage der Zeit war, bis ein dynamischer Unternehmer auch mit ihrem Ex-Mann ins Geschäft kommen und ihm einen Teil seines Landes abkaufen würde, speziell wohl jenen so überaus geeigneten Streifen entlang der Küste, der ja für die Ranch ohnehin nicht von Nutzen war – außer um dort Limabohnen anzubauen. So wie sie Mike kannte, würde er allerdings niemals bedingungslos verkaufen, sondern sich einen Eigentumsanteil vorbehalten, der ihm die Möglichkeit gab, mitzubestimmen oder gar zu kontrollieren, was mit dem Land geschah. Womöglich entschloß er sich sogar, alles ganz allein zu machen.

Sie war damals nicht nur dumm genug gewesen, sagte sich Liddy, eine Geld- und Einfluß-Heirat zu verschmähen, sondern sie hatte sich auch noch ausgerechnet zu einem Zeitpunkt scheiden lassen, als die Ranch kurz davor war, ein wirkliches Vermögen wert zu sein! Hätte sie das nicht getan, wäre es ihr schon gelungen, Mike Kilkullen dazu zu bringen, etwas von seinem Land zu verkaufen! Es machte sie krank, wenn sie an all die verpaßten Gelegenheiten in ihrem Leben dachte.

Sie war nicht clever gewesen, und sie hatte auch kein Glück gehabt – ausgerechnet sie, die doch nach Herkunft und Schönheit einen natürlichen Anspruch auf beides hatte! Und so mußte sie wenigstens jetzt, solange es noch nicht zu spät war, weitsichtig sein. Liddy schwor sich, alles zu tun, damit ihre Töchter sich ihrem Vater Mike Kilkullen nicht entfremdeten; zumindest bis zu dem Tag nicht, an dem er steinreich wurde.

Als Jazz noch ganz klein war, ignorierten ihre Halbschwestern sie einfach. Sie waren mit ihren eigenen Teenagerunternehmungen vollauf beschäftigt. Meistens ritten sie den ganzen Tag über aus. Seit sie laufen konnte, bemühte Jazz sich, stets in ihrer Nähe zu sein. Doch bis sie vier Jahre alt war, nahmen die beiden sie überhaupt nicht zur Kenntnis. Dann verfügte Rosie einfach, es sei an der Zeit, daß sie sich ab und zu ihrer annähmen und auf sie aufpaßten. Aber sie quälten sie nur; der niemals nachlassende Einfluß ihrer Mutter hatte in ihnen die Überzeugung genährt, daß Jazz im Grunde kein Recht zu leben habe. Sie war das Kind der bösen und mächtigen Frau, die ihnen ihren Vater weggenommen hatte. Jener Frau, die dafür verantwortlich war, daß sie ihrem Vater jetzt ständig schöntun und ihn hofieren mußten, als sei er ein König. Denn wenn sie das nicht taten, machte er sich alsbald nichts mehr aus ihnen, wo er doch von seiner Frau und diesem neuen Kind so eingenommen war.

Fernanda und Valerie, neidisch und eifersüchtig, gaben vor, Jazz eine neue Frisur machen zu wollen, und flochten ihr so viele enge Zöpfe, daß die Gummis an deren Enden ihr Hunderte von Haaren ausrissen. Sie stahlen ihr ihre Lieblingspuppen und gaben sie ihr auf alle möglichen schlimmen Arten entstellt zurück. Sie schraubten die Birne aus der Nachtlampe, an die Jazz gewöhnt war, und brachten sie erst am frühen Morgen, ehe Rosie etwas merken konnte, wieder. Sie spielten Verstecken mit ihr und ließen sie bis zu einer Stunde suchen oder verschwanden einfach ganz.

Vor ihrem Vater ließen sie sie wohlweislich in Ruhe. Und wenn sie auch Rosie zu manipulieren verstanden – wenn Sylvie auf der Ranch war, wagten sie es nicht, Jazz auch nur ein Härchen zu krümmen. Jazz ihrerseits war so begierig darauf, von ihnen als großes Mädchen akzeptiert zu werden, daß sie einfach so tat, als sei all dies nur ein Spiel, selbst wenn sie es besser wußte. Sie petzte niemals, weil sie das verabscheute.

Als sie alle älter wurden und Val und Fern begriffen, daß sich Jazz einfach nicht provozieren lassen wollte, versuchten sie es anders. Sobald sie bei ihnen war, taten sie so, als sei sie unsichtbar und nicht vorhanden. Sie reichten einander die Butter oder den Salat über sie hinweg oder so dicht an ihr vorbei, daß sie zurückweichen oder sich ducken mußte, um nicht getroffen zu werden, und sprachen dabei von ihr in der dritten Person.

»Weißt du schon, daß die kleine Waisen-Annie ein ganz schlimmes Zeugnis hat?« sagte Fernanda etwa. Und Valerie antwortete dann: »Na ja, sie wird es sowieso zu nichts bringen. Hat Susie gestern auch gerade gesagt.«

»Das ist gar nicht wahr!« rief Jazz dazwischen, aber ihre Worte verhallten ungehört im Raum.

»Es heißt ja immer, sie hat eine Mutter, die irgendwo weit weg ist, weil sie da was ganz Wichtiges macht, aber eigentlich glaube ich das nicht, und du?«

»Wenn sie wirklich eine Mutter hätte, dann wäre sie ja nicht die kleine Waisen-Annie, oder?« war die rituelle Antwort.

»Und sie ist fort!« rief Jazz weinend dazwischen. »Sie ist in England! Ich habe einen Brief von ihr!«

»Hat da gerade ein Hund gebellt?« fragte Fernanda Valerie scheinheilig. »Muß wohl wieder dieser häßliche, alte Sandy sein!«

»Und wenn Waisen-Annie wirklich eine Mutter haben sollte, dann kann das jedenfalls keine gute sein.«

»Ja, das muß eine ganz, ganz schlechte Mutter sein, wenn sie die ganze Zeit immer nur fort ist. Aber ich glaube ja sowieso nicht, daß es die überhaupt gibt.«

Begegneten sie Jazz unverhofft im Garten, zischten sie:

»Waisen-Annie«, ohne sie dabei auch nur anzusehen. Und beim gemeinsamen Essen formten sie das gleiche Wort stumm mit den Lippen, wenn ihr Vater gerade nicht hinsah. Sonst nannten sie sie vor ihm immer Annie und behaupteten, das sei ihr Kosename für sie.

Jazz lernte, sich ihnen gegenüber einfach blind und taub zu stellen, und der Kummer machte sie stumm. Immer wieder stellte sie sich die gleiche Frage: Mochten die beiden sie denn nicht? Nicht das kleinste bißchen? Was stimmte nicht mit ihr, daß sie so gemein zu ihr waren? Doch niemals redete sie mit irgend jemandem darüber. Eine Art Scham hinderte sie daran – die Scham der Verfolgten. Und außerdem wollte sie es nicht noch schlimmer machen. Wenn sie die Worte nicht wiederholte, die sie zu ihr sagten, existierten sie auch gar nicht. Wenn sie sich nicht anmerken ließ, daß ihr die Gemeinheiten etwas ausmachten, dann existierten sie auch nicht wirklich.

Erst als sie acht war, hörten die beiden allmählich auf mit ihren Bösartigkeiten. Sie beschlossen, die Kleine sei einfach zu beschränkt, als daß es sich lohnte, sich weiter mit ihr abzugeben. Außerdem hatten sie mittlerweile auch genug mit ihrem eigenen Leben zu tun. In den nächsten Jahren – sie waren inzwischen jung verheiratete Ehefrauen – besuchten sie die Ranch kaum noch, obwohl ihre Mutter sie weiterhin dazu drängte.

Als Jazz acht wurde, beschloß Sylvie Norberg, eine Filmpause einzulegen. Zwar war sie gefragt wie nie zuvor, und ihr Agent wurde fast verrückt angesichts all der Angebote, die sie ausschlagen wollte, doch sie untersagte ihm ausdrücklich, ihr auch nur ein Drehbuch zu schicken, ganz egal, von wem es sei. Sie beanspruchte eine Erholungspause.

Es folgte eine kurze, paradiesisch schöne Zeit. Rosie verließ die Familie, um sich fortan einem anderen kleinen Mädchen zu widmen, aber die Trauer währte nur kurz, denn Jazz war mittlerweile doch zu alt für ein Kindermädchen, und außerdem war ja jetzt ihre Mutter da.

Diesen Sommer, als für Jazz die Ferien begonnen hatten, verbrachten beide so viel Zeit miteinander wie niemals zuvor. Oft ritten sie aus bis zum Strand und picknickten dort. Oder sie segelten miteinander, wobei sich Jazz als die Geschicktere erwies, und oft fuhren sie auch auf ein Eis nach San Juan Capistrano.

Danach zog es sie regelmäßig hin zu der alten Mission mit der riesigen, alten Steinkirche, deren Bau neun Jahre gedauert hatte. Die Steine dazu stammten, einer alten Familienlegende zufolge, vom Valencia Point.

Beide, Mutter und Tochter, liebten die faszinierend europäische Atmosphäre dieser alten Mission, deren monumentale Ruinengewölbe so sehr an Italien oder Spanien erinnerten, die enge, anheimelnde und so sympathisch bescheidene Kapelle, in der noch immer Messen gelesen wurden, die Scharen weißer, zahmer Tauben, die sich nie zur Eile antreiben ließen, wenn sie über das alte Pflaster trippelten, und das Gekreisch Tausender Mauersegler, die überall in den Gebäuden der Mission ihre Nester hatten, jedes Jahr pünktlich am 19. März wiederkamen und endlose Mutmaßungen über die Geheimnisse des Vogelzugs auslösten...

»Irgendwann fahren wir einmal zusammen nach Europa«, versprach Sylvie, und wickelte eine Haarsträhne von Jazz um ihren Finger. Woher, dachte sie, während sie ihre Tochter anblickte, hatte Jazz nur diese goldenen Augen? Sie wird groß werden, dachte sie, größer als ich, und hübsch!

Monate vergingen so, in denen Jazz stets genau wußte, was morgen geschehen würde, wann sie sich wieder nach dem Essen in ihren Sessel kuscheln und ihren Eltern zusehen durfte, wie sie unter den langen, niedrigen Deckenbalken des Musikzimmers miteinander tanzten. Diese mächtigen, schweren Balken waren zusammengefügt worden, ehe es hier auf der

Ranch Nägel gegeben hatte. Noch immer wurden sie von den ungegerbten Streifen aus Tierhäuten zusammengehalten, die so fest waren, daß die Zeit ihnen nichts anhaben konnte. Allenfalls wenn sich das Wetter änderte, dehnten sie sich oder zogen sich zusammen, und dann knarzte es im Gebälk, als sei die *Hacienda Valencia* ein Schiff auf hoher See. Oh, wäre sie es doch nur! dachte sie oft. Ein kleines, sicheres Schiff, das ewig über die Meere segelte, nur sie drei an Bord! Durch Mondschein und Sonne, Tag um Tag, Nacht um Nacht, und nichts änderte sich jemals, nicht einmal die Musik der Beatles. Strawberry Fields *forever*.

In diesem glückseligen Sommer, in dem sie acht wurde, begann Jazz auch zu fotografieren. Ihr Vater hatte ihr eine Kodak und ein paar Filme gekauft. Er war der Meinung, ein Kind sollte mit ganz einfacher Ausrüstung beginnen, zumal man ja nicht wußte, ob der Enthusiasmus lange vorhalten würde.

Ihr erstes Objekt war Sylvie, wie sie in der flirrenden Morgensonne in einem blauweiß geblümten Morgenrock auf der breiten Veranda der *Hacienda* saß und ein Buch las.

Als Jazz zum ersten Mal durch die Kamera schaute und das Profil ihrer Mutter, die Augen auf ihr Buch gesenkt, im Bildausschnitt sah, war sie überwältigt von einem Gefühl tiefer, unvergeßlicher Freude. Sie drückte auf den Auslöser und wußte, daß dieser Wimpernschlag der Zeit ihr gehörte, daß das Bild ihrer Mutter für alle Zeit ihr gehörte und niemandem sonst auf der Welt und daß niemand es ihr jemals würde nehmen können.

Sylvie blickte auf und lächelte, wie es die Fotografen stets von ihr verlangten, und Jazz machte ein zweites Foto. Sylvie lächelte weiter, hielt still und blickte in die Kamera. Sie war bereit, mit dem kleinen Mädchen zu kooperieren. Doch Jazz, die ihren kostbaren Film nicht für ein bloßes Duplikat ihres vorigen Fotos verschwenden wollte, bat: »Mami, tu einfach so, als sei ich gar nicht da!«

Sylvie lächelte auch über diesen filmreifen Befehlston. Jazz war ungeheuer selbstsicher, fand sie. Genauso mußte sie selbst einst in ihrer Kindheit gewesen sein. Sie widmete sich also ruhig wieder ihrem Buch und konzentrierte sich ganz darauf, während Jazz sie endlos umkreiste, näher kam und zurücktrat und dabei immer weiter durch den Sucher schaute. Doch sie drückte den Auslöser nicht.

Die neue Erfahrung des verengten Gesichtsfeldes faszinierte Jazz. Wenn sie wollte, konnte sie nur die Hand ihrer Mutter aufnehmen oder ihre Füße oder einen Ärmel. Und genausogut konnte sie ihre Mutter aus einiger Entfernung zu einem winzigen Punkt in einem großen Bild werden lassen, obwohl sie da doch von Kopf bis Fuß zu sehen war, und wenn sie ganz nahe heranging, konnte sie wiederum ein ganzes Bild nur mit dem Kopf ihrer Mutter füllen – wenn er dann auch eigenartig verzerrt erschien.

Sie hatte noch nie etwas von Brennweiten oder Belichtungszeiten gehört. Selbst das Drücken des Auslöserknopfes, mit dem man das Foto eigentlich machte, erschien ihr weit weniger interessant als die Entdeckung der Möglichkeit, daß man mit diesem Instrument das Leben einfangen, es in einem Quadrat oder Rechteck fixieren konnte. Und man konnte, indem man lediglich ein wenig die Position änderte, das ganze Bild nach eigenem Gutdünken verändern. Man konnte dessen Begrenzungen selber festlegen und die Dinge genauso darstellen, wie man es wollte.

Noch nie zuvor hatte sie soviel Macht verspürt. Und für den Rest ihres Lebens sollte sie sich, sobald sie eine Kamera in der Hand hatte, nie mehr völlig machtlos fühlen.

»Na, wie ist es«, fragte Sylvie sanft, »wirst du heute noch fertig mit diesem Film?« Jazz war gerade hinter sie gekrochen. »Es ist fast Essenszeit. Ich muß mich anziehen.«

Genau in diesem Moment knipste Jazz. Als Sylvie eben aufstehen wollte. Ihr drittes Foto.

»Oh, bitte, Mami«, rief sie, »nur noch eins. Du hast dich gerade bewegt. Nur noch eines!«

Sylvie lachte laut heraus. »Nur noch eines!« echote sie. »Mein armes Kind ist unter die Paparazzi gegangen! Das muß wohl der pränatale Einfluß sein!«

»Ach, Mami, so halt doch still, ich will es richtig und gut hinkriegen!« bettelte Jazz, und Sylvie blieb sitzen. »Nein!« sagte Jazz und schüttelte entschieden den Kopf. »So nicht! Zieh mal deine Augenbrauen wieder so hoch! Bitte, Mami! So wie gerade eben, als du mich gefragt hast, ob ich endlich fertig werde!«

»Also nicht nur eine Paparazza, sondern auch noch eine Perfektionistin dazu!« meinte Sylvie. »Das riecht aber nach Schwierigkeiten!« Doch sie gehorchte und gab sich Mühe, den Regieanweisungen nachzukommen. Insgeheim wünschte sie, Mike hätte sie gefragt, ehe er Jazz eine Kamera geschenkt hatte. Sie selbst hatte als Kind nie einen Fotoapparat besessen oder auch nur Fotografieren gespielt. Sie hatte überhaupt nie das Bedürfnis verspürt, hinter einer Kamera zu stehen oder auch nur zu wissen, was sich dort abspielte. Sie war das geborene Medium, eine Darstellerin, die immer *vor* der Kamera stand. Und im Gegensatz zu manchen anderen Stars ging es ihr immer nur um Emotionen. Perspektive und Beleuchtung waren anderer Leute Problem. Gewiß, dachte sie, könnte mein Kind mehr lernen, wenn sie die – Tochter von Gina Lollobrigida wäre.

Nach dem Essen fuhr Sylvie mit Susie zum Einkaufen. Am Straßenverkaufsstand eines benachbarten Farmers gab es herrlich reife Pfirsiche, die sie für eine Torte haben wollte. Jazz hatte nicht mitkommen wollen. Sie war derart von ihrer neuen Kamera gefesselt, daß alles andere um sie herum unwichtig wurde, selbst das Einkaufen, das sie für gewöhnlich um keinen Preis missen wollte.

Statt dessen durchstreifte sie nun die Gärten der Hazienda, um herauszufinden, ob eine Blume oder ein Baum ihr das gleiche Gefühl, einen Augenblick des Lebens zu besitzen, vermitteln konnten, wie sie es am Vormittag gehabt hatte. Danach ging sie weiter zu den Scheunen und Ställen, die alle leer waren, weil die Vaqueros sich bei der Arbeit befanden, und machte sich mit ihrer Kamera an ihr Pony heran, dann an die durch die Ställe streunenden Hunde. Aber sie ging geizig mit ihrem Film um, weil sie befürchtete, kein Foto mehr übrig zu haben, wenn ihr Vater heimkehrte, den sie ebenfalls unbedingt fotografieren wollte.

Am Abend war sie sich klar darüber, daß sie nur Menschen fotografieren wollte. Dieses bei den Aufnahmen von ihrer Mutter verspürte, sensationelle Gefühl, über die Zeit gebieten zu können, stellte sich bei leblosen Gegenständen überhaupt nicht ein. Und auch bei Tieren nicht, denn die ließen sich nicht vorschreiben, was sie tun sollten.

Und so fotografierte sie fortan den ganzen Sommer über nur Menschen: Susie in der Küche, die Vaqueros und die Landpächter und deren Kinder, den Briefträger, den Milchmann und jeden Vertreter, der kam. Keiner entkam ihr.

Sie brachte sich alles durch Ausprobieren selbst bei und kam allmählich immer besser zurecht. Sie wurde schneller, begann bald auch, mit Licht und Beleuchtung zu experimentieren. Die Gabe, ein Bild zu komponieren, im richtigen Augenblick auf den Auslöser zu drücken, schien ihr angeboren zu sein. Ihr allererstes Foto überhaupt – das von ihrer lesenden Mutter – war so gut gelungen, daß die Familie es für würdig erachtete, vergrößert, gerahmt und an einem Ehrenplatz auf dem Nachttisch ihres Vaters aufgestellt zu werden.

Sylvie hatte inzwischen sämtliche einschlägigen Geschäfte in San Juan Capistrano abgeklappert, bis sie eine Sammelmappe gefunden hatte, die ungefähr so aussah wie die von Jazz' Urgroßvater, und darin bewahrte Jazz fortan ihre Fotos samt den Negativen auf, alle ordentlich in Umschläge gesteckt und säuberlich mit Beschriftungen und Datierungen versehen. Ihr Vater ließ ihr sogar einen zweiten Schlüssel für den Archivraum anfertigen, den er ihr feierlich überreichte. Sie trug ihn zuerst stets um den Hals, bis Sylvie sie überreden konnte, ihn in einer besonderen Schachtel in ihrer Kommode aufzubewahren.

»Ich möchte wissen, ob das nur eine vorübergehende Laune ist«, fragte Mike eines Tages Sylvie.

»Ich habe mit der Schauspielerei angefangen, bevor ich acht war«, antwortete sie. »Das will natürlich nicht unbedingt etwas heißen, aber ich wußte von dem Augenblick an, daß ich das mein ganzes Leben lang tun wollte. Ich hatte nicht den geringsten Zweifel.«

»Als ich sieben war«, sagte Mike lächelnd, »gewann ich den Wettbewerb im Kälberfesseln bei der Fiesta.«

»Die reine Wunderkinder-Familie! Da kann ich ja nur froh sein, daß das Mädchen nicht den ganzen Sommer über Kälber gefesselt hat!« Sie küßte ihn lachend.

»Ach, Liebling«, murmelte er. »Mußt du denn wirklich...« Er unterbrach sich sofort. Er schämte sich, daß ihm diese Worte entschlüpft waren. Er hatte sich doch geschworen, sie niemals zu bitten, nicht fortzugehen, wenn sie wieder zu einem neuen Film aufbrach. Doch jetzt war sie schon so lange zu Hause geblieben, daß er dieses strenge Gebot, das er sich auferlegt hatte und das ihr gemeinsames Leben erst möglich machte, fast vergessen hatte. Aber Sylvie hatte bereits verstanden.

»Ich habe dir doch gestern schon gesagt, daß ich wieder soweit bin«, sagte sie sanft und zärtlich, aber unnachgiebig. »Heute morgen habe ich mit meinem Agenten telefoniert.«

»Und hatte er etwas Interessantes?«

»Eine ganze Menge. Er schickt mir morgen die Skripts per Boten.«

»Ist die Post denn nicht schnell genug?«
»Mir schon, ihm offenbar nicht.«
Wieder eine dieser Notlügen, dachte sie. Sie selbst hatte den Boten verlangt. Seit Wochen hatte sie gespürt, wie der Wunsch, wieder zu arbeiten, immer stärker in ihr geworden war. Allein die Tatsache, daß ihr Mann und ihre Tochter so glücklich waren, hatte sie bisher davon abgehalten, schon früher zu telefonieren.

Es war, als stünde sie unter einem Bann, der ihren Willen ausschaltete. Je länger sie nicht arbeitete, desto schwieriger wurde es, danach wieder anzufangen. Noch eine Woche – höchstens zwei –, und sie würde beginnen, sich zu langweilen und gereizt auf Mann und Tochter zu reagieren. Und ihre Freude darüber, daß sie bei ihnen war, würde dann kaputtgehen! Aber warum, um alles in der Welt, mußte sie sich plötzlich rechtfertigen?

Jazz freute sich schon darauf, daß das dritte Schuljahr bald begann. Mike war ohnehin immer beschäftigt, zu jeder Jahreszeit. Sie konnte nicht länger träge und untätig auf der Veranda liegen, geistig verfettet und faul wie ein kastrierter, überfütterter Hauskater. Ganz gleich indessen, welches Drehbuch sie auswählen würde und wohin der Film sie führte, sie wußte, daß sie Mike und Jazz versprechen konnte, Weihnachten wieder zu Hause zu sein. Nicht, daß sie dergleichen je laut ausgesprochen hätte. Ausdrückliche Versprechen schränkten ihre Freiheit ein, nötigten sie, ihren Überzeugungen untreu zu werden. Es war Kompromiß genug, erneut gelogen zu haben.

Sie schloß sich in ihr Schlafzimmer ein und machte sich an die Lektüre der Drehbücher. Und während sie normalerweise kaum eines je zufriedenstellte, reizte sie diesmal jedes einzelne schon von Anfang an. Das gesunde, einfache Leben hier auf der Ranch wurde ihr zum Gefängnis, sobald die Skripts angekommen waren. Letzten Winter hatte sie sich nach der Ruhe, dem Frieden und dem Gleichklang der Tage auf der Ranch noch gesehnt. Jetzt, da der Herbst nahte, war ihr all dies mit einem Schlag ganz unerträglich. Jetzt verlangte es sie nach der Hektik und Disziplin ihres Berufs. Ihrer Kunst. Ihrer einzigen Kunst.

Beim zweiten Lesen blieben noch zwei Drehbücher übrig, die ihr gefielen, und nach der dritten Lektüre dann war ihr ganz klar, welche Rolle sie haben wollte.

Sie rief ihren Agenten an und teilte ihm ihre Entscheidung mit. Wie sie nicht anders erwartet hatte, war die Rolle noch nicht besetzt. Der Regisseur, ein alter Freund, hatte das Studio Monat um Monat vertröstet, weil er sich so sicher gewesen war, daß diese Rolle nach Sylvie Norberg geradezu schrie. Die Vorproduktion war auch ohne Sylvies feste Zusage so gründlich und geschickt geplant, daß noch im September in Griechenland mit den Dreharbeiten begonnen werden konnte. Mit anderen Worten: Sylvie mußte bereits am folgenden Wochenende nach Los Angeles, um alle nötigen – ach so aufregenden, herrlichen, schillernden – Vorbereitungen zu treffen. Erst jetzt merkte sie, wie sehr ihr das alles gefehlt hatte.

Zum ersten und einzigen Mal irrte sich Sylvie Norberg in ihrer so unerschütterlichen Überzeugung, daß sie die Fähigkeit besäße, immer die richtige Entscheidung zu treffen. Neunundzwanzig Jahre alt war sie geworden, in denen sie stets »nach ihren eigenen Regeln« gelebt hatte, nach ihren eigenen, freien Entscheidungen – in der selbstverständlichen Annahme, daß dies auch ihr Recht sei. Stets war das Glück – das sich doch um Regeln oder Freiheit niemals zu scheren pflegte – auf ihrer Seite gewesen, ja, sie schien es geradezu gepachtet zu haben.

Aber in Wahrheit folgt das Glück natürlich doch immer nur seinen eigenen und keinen fremden Gesetzen.

Am Abend nach der Abschiedsparty der Filmproduktion, Anfang der dritten Dezemberwoche 1969, fuhren Sylvie und ihr Filmpartner zusammen zu dem kleinen Hotel auf einer der griechischen Inseln zurück, wo sie während der Dreharbeiten gewohnt hatten. Sie hatten sich verhältnismäßig früh zurückgezogen, um für die letzte gemeinsame Nacht unbeobachtet auf ihre Zimmer zu gelangen, bevor sie einander Lebewohl sagen würden und jeder in sein eigenes Leben zurückkehren würde, er nach Rom, sie auf die Ranch.

Es war eine dunkle Nacht. Eine schlechte Straße, nicht beschilderte Kurven. Der italienische Schauspieler fuhr gefährlich schnell. Er verfehlte eine scharfe Kurve, sie kamen von der Straße ab und landeten weit, weit unten auf den Klippen. Sie waren beide sofort tot.

Und so kehrte Sylvie Norberg an Weihnachten 1969 entgegen ihrer festen Absicht nicht auf die Ranch zurück. Zum ersten und letzten Mal in ihrem Leben hatte sie nicht bekommen, was sie wollte.

7

Weder Mike noch Jazz hätten die Jahre nach Sylvies Tod überstanden, hätten sie einander nicht gegenseitig Trost und Nähe gegeben. Über die unmittelbare Trauer hinaus blieb das tiefe und dauerhafte Gefühl des Verlustes, das niemand sonst mit ihnen teilen konnte. Sie brauchten einander – zwei Menschen, die wußten, daß auch der andere immer noch die schnellen Schritte auf der Treppe zu hören vermeinte, das silberhelle Lachen nebenan, und daß auch der andere nie aufhörte, sich an die schlanke Gestalt zu erinnern, wie sie sich über einen Strauß frisch geschnittener Blumen beugte und noch einen Augenblick lang zögerte, bevor sie ihn in eine Vase stellte, und daß es ihnen unmöglich war, bestimmte

Schallplatten je wieder zu hören und gewisse Bücher je wieder in die Hand zu nehmen. Nur sie beide wußten, wie die vertrauten Sitzelemente umgruppiert werden mußten, damit Sylvies jetzt für immer leer bleibender Sessel sie nicht ständig daran erinnerte, daß sie nicht mehr da war und nie wieder dasein würde – eine Tatsache, die zu akzeptieren sie erst lernen mußten.

Sechs Jahre lang ging Jazz noch zur Schule nach San Juan Capistrano. Sie ritt tagtäglich auf ihrem Pony hin und zurück, von der Ranch in die geschichtsträchtige kleine Stadt, wo es so ruhig war, daß es dort bis zu ihrem zehnten Lebensjahr nicht einmal einen Polizisten gegeben hatte. Als sie dann älter wurde, rieten die Frauen von Mike Kilkullens Nachbarn ihm, Jazz doch besser in ein Internat zu geben, und schlugen die hervorragende Schule von Santa Catalina weit oben an der Küste vor. Mike Kilkullen konnte sich zwar ein Leben auf der Ranch ohne seine Tochter Jazz gar nicht mehr vorstellen, aber im Grunde wußte er, daß die Nachbarn recht hatten.

Als Jazz von diesem Plan erfuhr, wehrte sie sich zunächst mit Händen und Füßen dagegen. Erst als sie vierzehn wurde – und die hitzige Diskussion schon jahrelang geführt worden war –, ließ sie sich endlich überreden, in dem Mädcheninternat von La Jolla angemeldet zu werden, das immerhin nahe genug lag, um jedes Wochenende nach Hause kommen zu können.

Im Frühjahr 1978 machte sie dort ihren Abschluß und faßte für den Herbst den Beginn eines Studiums an einer Fachhochschule für angewandte Künste in Los Angeles ins Auge, die als Ausbildungsstätte für Fotografie einen mindestens ebenso guten Ruf hatte wie etwa die *Brooks School* in Santa Barbara oder das *Art Center* in Pasadena.

Seit Sylvies Tod waren mittlerweile viele Jahre vergangen, und die »Trauerzeit«, wie die Leute das nannten, hätte eigentlich, so dachte Mike Kilkullen, längst zu Ende sein sollen.

Weiß Gott, er hatte sich vier Jahre nach dem tragischen Unfall ganz ernsthaft nach einer anderen Frau umzusehen begonnen. Und es hatte auch, als erst einmal bekannt wurde, daß er wieder zu haben war, keineswegs an Kandidatinnen gemangelt. Kein alleinstehender Mann in dieser Gegend, der nicht von Einladungen wohlmeinender Gastgeberinnen regelrecht überhäuft wurde, und schon gar nicht ein Mann wie Mike Kilkullen. Und er hatte sich in der Tat auf unzähligen Partys die ganze Küste hinauf und hinunter, von Los Angeles bis San Diego umgetan, ohne Rücksicht darauf, ob er in Stimmung war oder nicht, weil er es für eine Art Pflicht hielt, nicht zum Einsiedler zu werden.

Es hatte zu einer Anzahl heimlicher, ehrenhafter und unverbindlicher Affären geführt, aber aus keiner war eine wirkliche emotionale Bindung erwachsen. Früher oder später – meist früher – schlugen alle Versuche, etwas aufzubauen, das über ein paar schöne gemeinsame Stunden und die Befriedigung der rein physischen Bedürfnisse hinausging, fehl. Etwa zu der Zeit, da Jazz von der La-Jolla-Schule abging, war Mike Kilkullen sich endgültig darüber im klaren, daß sein Herz wohl mit Sylvie gestorben war. Was er an Liebe noch zu empfinden vermochte, konzentrierte sich allein auf Jazz, obwohl er nie die Hoffnung aufgegeben hatte, auch seine beiden älteren Töchter würden mehr Zeit bei ihm auf der Ranch verbringen, so daß ihre Beziehung zueinander wieder so werden könnte, wie sie, nach seinem Empfinden jedenfalls, einst gewesen war – besonders vor der Scheidung. Er wußte, wie unsinnig diese Hoffnung angesichts des dominierenden Einflusses, den Liddy auf die Mädchen ausübte, war, aber er bestand doch darauf, sie und ihre Kinder jeden Herbst bei der Fiesta zu Gast zu haben.

Die Kilkullen-Ranch und ihre Bewahrung als offenes, freies Land waren mehr denn je zur Lebensnotwendigkeit für ihn geworden, wichtiger als alles andere, und das um so mehr, als er mit Grausen die Jahr für Jahr weiter fortschreitende Besiedlung und Bebauung des Orange County beobachtete. Vom Freeway aus sah es bereits wie eine einzige unmenschliche, gigantische und gefühllose Ansammlung von Häuserblocks, Einkaufsstraßen und Bürotürmen aus. Eine von Menschenhand gemachte Geldmaschine mit dem Meer auf der einen und den Bergen auf der anderen Seite als Begrenzung. Diese Bastarde! Sie hatten das Paradies zu einem riesigen Parkplatz gemacht.

Die Enttäuschungen ihres ersten Jahres an der Fachhochschule waren niederschmetternd für Jazz gewesen – obschon ihr klar war, daß ihr, wollte sie professionell als Fotografin arbeiten, die rein technische Ausbildung nicht erspart bleiben konnte. Sie mußte imstande sein, jedes bei einem Fototermin auftretende technische Problem selbst zu lösen.

Sie war ganz selbstverständlich davon ausgegangen, daß ihr die rein technischen Aspekte des Fotografierens keinerlei Mühe bereiten würden, nachdem sie sich schon so vieles selbst angeeignet hatte – immerhin hatte sie sich von ihren Anfängen mit der einfachen Box bis zu komplizierteren Kameras vorgearbeitet, hatte jahrelang alle Fachzeitschriften gelesen, die sie nur finden konnte, und Tausende von Fotos aufgenommen und selbst entwickelt. Wer auch immer ihre Arbeiten zu sehen bekam, hatte die Überzeugung geäußert, daß sie außerordentlich talentiert sei. Freilich, Profis waren keine darunter gewesen.

Und genau das wurde ihr nun klar: daß sie in Wahrheit noch immer Amateurin war, Fotografieren als Hobby betrieb, ohne je Anleitung und Führung gehabt zu haben. Sie mußte Lehrer haben und den scharfen, konzentrierten Blick erwerben, wie er eben in so einer Schule gelehrt wurde! Im *Zen Workshop*, wo man fotografierte, ohne auch nur einmal durch den Sucher zu sehen. In den Choreographie-Kursen, wo das Anvisieren sich bewegender Objekte so lange geübt wurde, bis man es automatisch beherrschte. Oder in der sogenannten Konfrontationsklasse, wo alle von allen Porträts anfertigten, jeder mit dem eigenen, persönlichen Blick und der Absicht, den Charakter des Abgebildeten sichtbar werden zu lassen.

Nur – alle diese esoterischen Kurse, Lehrgänge und Workshops waren nicht für Studenten im ersten Jahr. Statt dessen mußte Jazz sich erst einmal die simpelsten Grundlagen aneignen, und sie kam sich vor wie ein Automechanikerlehrling, der noch nie ein Chassis von unten gesehen hat. Sie mußte lernen, wie man jeden nur denkbaren Kameratyp in völliger Dunkelheit lud und entlud, wobei der Lehrer die Zeit stoppte. Sie mußte einen Kurs belegen, in dem einfachstes Dunkelkammer-Grundwissen gelehrt wurde, obwohl sie zu Hause schon jahrelang ihre eigene Dunkelkammer gehabt hatte. Doch das Hauptthema des ersten Studienjahres war Licht und Beleuchtung.

Sie haßte das: ewig dieses künstliche Licht, niemals natürliches! Dafür hundert Millionen Variationen und Kombinationen jeder künstlichen Beleuchtung, die die Welt je gesehen hatte, von der nackten Glühbirne bis zur raffiniertesten Stroboskop-Blitzanlage. Und das alles für die möglichst perfekte Ausleuchtung der einfachsten, uninteressantesten Gegenstände der Welt! Eine Zahnpastatube war noch das aufregendste Thema, das sie gestellt bekamen, denn immerhin wurde ihnen gestattet, etwas Zahncreme auszudrücken und die Tube nach eigenen Vorstellungen zu verbiegen. Doch die Zahnpastatube kam erst am Ende dieses ersten Jahres als Höhepunkt des Kurses!

Im zweiten Jahr kam dann wenigstens das Produkt-Fotografieren, das mit ziemlicher Wahrscheinlichkeit im späteren Berufsleben das tägliche Brot der meisten Studenten sein würde. Sie sah es ein und stöhnte dennoch darunter. Es war ihr einfach todlangweilig, Parfümflaschen, Toaster, Diamanthalsbänder, Schmorbraten oder gar Nüsse und Schrauben zu fotografieren. Todlangweilig und dazu noch furchtbar anstrengend, weil man von ihnen verlangte, für jedes Objekt genau die richtige und einzig mögliche Ausleuchtung zu finden.

Zuweilen bekamen sie bei solcherart gestellten Aufgaben über Wochen hinweg kaum mehr als ein paar Stunden Schlaf pro Nacht. Doch letzten Endes waren sie, mit Ausnahme einiger weniger, zu denen auch die ungeduldige Jazz gehörte, die genau wußte, daß Produkt-Fotografie in ihrem Berufsleben bestimmt keine Rolle spielen würde, doch dankbar für dieses unerbittliche Training.

Mit ihren achtzehn Jahren kam sich Jazz sehr viel reifer vor als alle ihre – meist männlichen – Studienkollegen. Keiner von ihnen vermochte sie privat zu interessieren – es waren eifrige, schwitzende Teenager, die sich ausschließlich über Objektive und Filter unterhielten und ehrfurchtsvoll über Nikons und Leicas redeten. Wenn sich doch nur einer von ihnen ein wenig für die *Lakers* interessieren würde! dachte sie, wenn sie ihnen zuhörte. Aber sie hatten alle Scheuklappen auf und sahen sie nur verständnislos an, wenn sie sie fragte, was sie denn über diesen Neuen von der *Michigan State*, Earvin »Magic« Johnson, und seine Aussichten dächten. Sie selbst fand ihn zu groß für einen Aufbauspieler und eher als Angreifer geeignet.

Tony Gabriel hatte keine Ahnung, was ihn eigentlich dazu veranlaßt hatte, im späten Frühjahr 1979 die Einladung anzunehmen, einen Vortrag an der *Graphics Central* zu halten. Er hatte überhaupt keine Lust, seine Zeit mit gescheiten Vorträgen zu verplempern und endlose Fragen zu beantworten. Doch er hatte etwas Leerlauf, bis er zum nächsten Auftrag nach Nicaragua losziehen mußte, und der neue Leiter der

Schule, David Collins, war ein alter Kollege, dem er nur ungern eine einfache Bitte abschlagen mochte.

»Komm einfach her«, hatte Dave zu ihm gesagt, »und laß dich von meinen Kids ein wenig als Held verehren. Die haben ein so hartes, ernüchterndes Jahr hinter sich, daß sie schon gar nicht mehr wissen, wozu sie eigentlich hergekommen sind. Sie brauchen jetzt etwas Inspiration.«

Und der Hörsaal war in der Tat gerammelt voll gewesen, sie hingen fast noch von der Decke, und er führte ihnen eine improvisierte Dia-Schau vor und erklärte ihnen, wann und wie und unter welchen Umständen alle diese mittlerweile weltberühmten Fotos von ihm entstanden waren. Eine Stunde lang wurde er von allen Seiten mit Fragen bombardiert, nur ein Mädchen, das ganz vorne saß, blieb die ganze Zeit stumm und starrte ihn unverwandt an. Sie wollte ihn unbedingt etwas fragen, das spürte er, aber sie tat es nicht, und er merkte, wie er seinerseits immer öfter zu ihr hinsah und ständig darauf wartete, daß sie endlich die Hand höbe. Doch sie saß regungslos da, das lange Haar hing in ungeordneten Locken herab, und ihre Augen glühten schier vor unterdrückter Neugier.

Schließlich erklärte er die Fragestunde für beendet. Er bedankte sich für den stürmischen Applaus, der noch folgte, und drehte sich um, um seine Sachen einzupacken und zu gehen, während sich der Saal hinter ihm leerte. Als er soweit war, saß das Mädchen immer noch wie angewachsen auf ihrem Platz, allein, und sah ihn mit diesem fragenden Blick an. Erfreut dachte er bei sich: Mädchen, ich weiß ganz genau, was du fragen möchtest. *Groupie Time!*

»Entschuldigen Sie, Mr. Gabriel, dürfte ich Sie etwas fragen?«

»Ich bin schon fast weg, Schätzchen! Aber meinetwegen.«

»Würden Sie mir recht geben«, begann Jazz, »wenn ich sagte, daß Fotojournalismus eigentlich zu neunzig Prozent

Lug und Trug ist und die Kunst, sich an den richtigen Platz vorzudrängeln; und zu neun Komma neun der restlichen zehn Prozent das reine Glück, zur richtigen Zeit am richtigen Ort zu sein, so daß allenfalls ein Zehntelprozent für das eigentliche Aufnehmen eines Bildes bleibt?«

»Tja... kann man vielleicht so sagen, ja.« Ein ganz neuer Aspekt, aber offensichtlich eine Frage, mit der sie ihn persönlich treffen wollte.

»Das dachte ich mir. Ich wußte schon, daß ich keine Fotojournalistin werden wollte, nur war mir nicht ganz klar, warum eigentlich nicht. Vielen Dank für Ihre Ehrlichkeit.« Und sie stand auf und war schon halb draußen, als er ihr nachrief.

»Augenblick mal! Wieso sind Sie dann eigentlich bis zum Ende geblieben?«

»Ich wollte Ihnen diese Frage nicht vor allen anderen stellen. Es hätte sonst vielleicht bösartig geklungen.«

»Meinen Sie damit, Sie wollten mir eine Peinlichkeit ersparen?« Er merkte, wie er plötzlich ungehalten wurde.

»Ja, sicher.« Sie ging schneller als vorher zum Ausgang, aber er war hinter ihr und faßte sie am Arm.

»Dann sagen Sie mir doch mal, wenn das mit Ihrem Zehntelprozent stimmt, wieso dann ausgerechnet ich immer derjenige bin, der die wirklich sensationellen Fotos anbringt, und nicht irgendein anderer von der ganzen Meute?«

»Nun, ich vermute, Sie hatten eben ganz außerordentlich viel Glück.«

»Glück, wie? Also glauben Sie nicht, daß bei dem, was ich mache, auch Können dabei ist?«

»Können? Doch, absolut! Es ist durch und durch Können. Aber das ist ja gerade das Problem. Ich habe in meiner Arbeit gern auch noch ein bißchen was anderes dabei.«

»Ach du lieber Gott, so eine sind Sie also? Die Kunst-Tante, wie? Sie machen Fotos von komisch gewachsenen

Bäumen bei Sonnenuntergang und Spiegelungen von Bergen in Pfützen und von Präriegras, das sich im Wind wiegt, und dergleichen Quatsch?«

»Nein, keineswegs. Aber jetzt muß ich gehen.«

»Na dann gehen Sie.«

»Aber Sie halten mich ja fest.«

»Na gut, dann lassen Sie uns was trinken gehen. Sie können mir ja mal Ihre Arbeiten zeigen.«

Ja, so hatte es angefangen. Er war sich nie klar darüber geworden, wer sich da wen geangelt hatte, sie sich ihn oder er sich sie. Das hatte er nun davon, daß er dem alten Dave einen Gefallen getan hatte. Wie hatte seine Großmutter, Gott hab sie selig, doch immer gesagt: »Jede gute Tat rächt sich irgendwann.«

Jazz war noch nie richtig verliebt gewesen. In der sechsten Klasse hatte sie fürchterlich für einen ihrer Lehrer geschwärmt, und einmal hatte sie drei Wochen lang Herzschmerzen wegen des Jungen gehabt, der in der Theateraufführung der Schule mit ihr zusammenspielte. Aber ansonsten hatte es in La Jolla keinen gegeben, in den sie sich hätte verlieben können, und im ersten Jahr in der *Graphics Central* war schlicht keine Zeit gewesen, an Männer auch nur zu denken.

Immerhin wußte sie genug, um die Gefühle einordnen zu können, die sie nun verspürte, während sie vergeblich versuchte, den Hamburger hinunterzuwürgen, auf den sie eben noch so viel Appetit gehabt hatte. Die ganze Art und Weise, wie sie sich Tony Gabriel gegenüber verhielt, hatte eindeutig etwas mit ihrem Herzen zu tun.

Als er spielerisch eine ihrer Haarsträhnen zwischen zwei Finger nahm, sie konzentriert betrachtete und dann fragte: »Wie nennt man eigentlich diese Haarfarbe? Roggenbrot mit Ahornsirup oder wie?«, da war ihr, als sei er vor ihr auf die

Knie gesunken und habe ihr erklärt, sie sei tausendmal schöner als die Venus von Botticelli.

Sie ertappte sich dabei, wie sie die beiden tiefen, senkrechten Linien neben seinem Mund studierte, die stets sichtbar blieben, ob er lachte oder ernst war, als sei dort die Erklärung dafür zu suchen, warum sie den Blick so schwer von seiner vollkommen normalen Nase abwenden konnte, die zwar recht groß, aber sonst nicht weiter auffällig war, und von seinen hellbraunen, intelligenten Augen, die auch nicht anders waren als die hellbraunen, intelligenten Augen von irgendwem sonst, und von seinem humorvollen Mund, der ein ganz normaler Männermund war, mit normaler Ober- und Unterlippe und normalen Zähnen. Alles in allem war da nichts an ihm, was sie als außergewöhnlich hätte bezeichnen können, und immerhin hatte sie der Topographie menschlicher Gesichter doch nun schon über Jahre ihre ganz besondere Aufmerksamkeit gewidmet! Gabe war... attraktiv. Sehr attraktiv sogar. Er sah irgendwie interessant aus. Aber das taten eine Million anderer Männer schließlich auch. Ganz sicher konnte man ihn weder als gutaussehend noch als hervorstechend bezeichnen. Verzweifelt versuchte sie, mit diesen nüchternen Überlegungen nicht den Boden der Realität unter den Füßen zu verlieren. Mußte wohl an diesem ganzen albernen Süßholzgeraspel liegen.

Aber sie konnte nicht aufhören, ihn anzustarren.

»Ist was?« fragte er. »Ist der Hamburger nicht gut?«

»Nein, nein, er ist ganz in Ordnung. Ich hab nur keinen Hunger.«

»Ich eigentlich auch nicht«, sagte er und sah leicht überrascht auf den kaum angerührten Hamburger auf seinem Teller. »Vielleicht hätten wir irgendwas Exotischeres wählen sollen.«

»Ich glaube nicht, daß das... geholfen hätte.« Jazz merkte, daß sie sich regelrecht zum Sprechen zwingen mußte. Ihre

Lippen waren wie eingefroren, und ihr Kopf arbeitete nicht normal. Was heißt, nicht normal: Er funktionierte so gut wie gar nicht!

»Ich habe überhaupt keinen Appetit«, sagte Gabe verwundert, »dabei habe ich seit dem Frühstück nichts mehr gegessen.«

Jazz gab einen unartikulierten Laut von sich, der als Antwort gemeint war. Irgend etwas an der Art, wie er diese Feststellung getroffen hatte, ließ in ihrem Inneren einen Triumphmarsch von unzähligen goldenen Fanfaren erklingen. Er hatte keinen Appetit, und sie auch nicht. Sie fühlte etwas in sich hochsteigen, spürte, wie sich ihre Brust zusammenschnürte und sie fast zu ersticken drohte. So als würde sie jeden Moment in Tränen oder auch in Lachen ausbrechen müssen, ohne wieder damit aufhören zu können.

»Mal ganz allgemein gefragt«, sagte Gabe mit einem Ausdruck erschrockener Ungläubigkeit, als höre er seine eigene Stimme Dinge sagen, die er noch nie im Leben ausgesprochen hatte und auch jetzt eigentlich gar nicht sagen wollte, »glauben Sie an Liebe auf den ersten Blick?«

»Wenn Sie mich das noch vor fünf Minuten gefragt hätten...« Jazz zögerte und schlug den Blick nieder, sie konnte seinem einfach nicht mehr standhalten.

»Ja?«

»...dann hätte ich gesagt, ich bezweifle es... Aber alles scheint möglich zu sein.«

»Sprich weiter«, drängte Gabe sie, »sag einfach, was dir gerade in den Sinn kommt.«

»Na ja, ich... ich fange an...«

»Was?« fragte er, nahm ihre Hand und umschloß ihre zitternden Finger fest.

»...mich zu fragen.« Sie wurde rot.

»Dich was zu fragen?«

»Na, ob es vielleicht doch möglich ist«, flüsterte sie, von ei-

ner gänzlich ungewohnten Verlegenheit fast überwältigt. Sie hielt den Kopf gesenkt und starrte auf die Tischplatte.
»Generell oder nur für bestimmte Leute?«
»Weiß nicht.« Sie schüttelte den Kopf.
»Zum Beispiel für dich und mich?«
»Wie soll ich das wissen? Wieso erwarten Sie, daß ich das alles weiß?« Sie hob den Kopf fast schon wieder kampflustig wegen seiner sinnlosen Fragerei.
»Mein Gott, weil ich wie ein Idiot in dich verliebt bin, deswegen! Von dem Moment an, da ich dich gesehen hatte, war ich in dich verliebt, und das ist völlig unmöglich, so was ist mir im Leben noch nie passiert, und deshalb mußt du mir bestätigen, daß es wahr ist.«
»Oh!« sagte Jazz nur. Und sie merkte, wie ihr Herz, das sie für so kühl und abweisend gehalten hatte, sich aus den Stricken, die es bislang festgehalten hatten, befreite und wild zu der Musik der Fanfaren zu tanzen begann, die wieder und wieder ihre Freude hinausschmetterten.
»Willst du hier einfach so sitzen bleiben und nichts tun, als ›oh‹ sagen?«
Jazz nickte, unfähig, irgend etwas herauszubringen.
»Das reicht mir. Du hast ja nicht nein gesagt, oder? Du fühlst es auch, nicht wahr? Nicht nur ich allein? Es *kann* nicht sein, daß nur ich allein so fühle.«
Jazz war nicht einmal mehr einer Geste fähig. Sie saß einfach nur wie erstarrt da, aber sie wußte auch, daß es völlig genügte, ihm zuzuhören und zu warten.
Seine Hände zitterten jetzt mindestens so sehr wie die ihren, aber sie waren warm. Ihre waren eiskalt.
»Also, alles klar«, verkündete er. »Liebe auf den ersten Blick, so nennt man das, was uns passiert ist.«
Jazz versuchte zu lächeln, aber es ging daneben. Sie hatte solche Angst, daß sie nicht wußte, was sie tun sollte. Sie glaubte, nie mehr aufstehen und die Geborgenheit dieser ro-

ten Ledernische verlassen zu können. Ich muß den Rest meines Lebens hier verbringen, dachte sie. Wie hatte sie sich nur zuvor mit ihm unterhalten können? Solange er ihre Hand nicht losließ, war noch alles gut.

»Wußtest du es schon bei meinem Vortrag?« fragte er zärtlich.

»Ich weiß nicht mehr. Das ist zu lange her. Ja. Vielleicht. Ich weiß nicht.«

»Aber du wolltest doch weggehen, Jazz? Und wenn ich dich nun hätte gehen lassen?«

»Das hättest du nicht gekonnt.«

»Da hast du recht«, nickte er. »Völlig ausgeschlossen. Ist dir klar, daß ich dich noch gar nicht geküßt habe?«

»Das ist nicht so wichtig«, murmelte sie.

»Stimmt. Aber schön wäre es trotzdem.«

»Es hat keine Eile«, sagte Jazz. Sie bekam kaum noch Luft.

»Möchtest du es denn nicht?«

»Viel zu sehr.«

»Ich auch. Also bringen wir es besser hinter uns. Je länger wir warten, desto schwieriger wird es.« Er sagte es mit der Entschlossenheit und Erfahrung eines Mannes, der sein Geld damit verdiente, Risiken einzugehen, die normalerweise kein Mann, dem sein Leben lieb war, eingehen würde. »Kommst du mit in mein Hotel?«

»Ja. Aber nur, wenn du die ganze Zeit meine Hand hältst. Laß sie auf keinen Fall los.«

Sobald sie in seinem Hotelzimmer waren, ließ Gabe ihre Hand los, die er die ganze Zeit festgehalten hatte. Er stand mit dem Rücken zur Tür und nahm sie in die Arme.

»Jetzt bist du in Sicherheit«, sagte er, »wir sind angekommen.« Jazz zitterte fröstelnd, trotz ihres dicken Pullovers.

»Halt mich einfach weiter fest.« Ihre Stimme war leise, aber bestimmt. Sie verbarg ihr Gesicht an seiner Brust.

»So viel Angst?« fragte er sanft.

»Ja.« Aber sie sagte es so entschieden, als habe sie nein gesagt.

»Ich auch.«

»Aber du bist viel älter als ich. Du mußt doch wenigstens mutig sein«, sagte sie mit einer hartnäckigen Verlegenheit.

Er schob sie etwas von sich, hob ihren Kopf und legte ihr zärtlich einen Finger auf den Mund. »Ich sollte wirklich allmählich mutig genug sein, dich zu küssen.« Er beugte sich zu ihr hinab und küßte sie ganz leicht und sanft und fast wie zum Scherz auf den Mund, so daß sich ihre verspannten Schultern tatsächlich etwas lockerten.

»Ich sag dir was«, flüsterte er, »ich werde jetzt sogar mutig genug sein, dich wieder und wieder und wieder zu küssen.«

Und das tat er. Und er spürte, wie ihre Lippen allmählich warm wurden und ihr Zittern aufhörte, während er immer vertrauter mit ihrem Mund wurde. Er fühlte sich noch voller an, dachte er, als er aussah, fleischig, zart, fest, frisch. Ein Mund, wie er noch nie einen gespürt hatte.

Jazz begann die Küsse zu erwidern, zuerst nur mit schüchterner Bereitschaft, dann allmählich immer selbstsicherer, als entdecke sie soeben das Küssen als herrlichen Zeitvertreib; als ein Spiel ohne Gewinner und Verlierer, das man endlos spielen konnte.

»Wir können doch hier nicht ewig stehen und schmusen«, sagte Gabe schließlich zwischen zwei Küssen.

»Na sicher«, murmelte Jazz. »Keiner kann uns davon abhalten.«

»Es ist nicht bequem. Wollen wir uns nicht... setzen?«

»Ich will alles, was du willst.«

Ihm fiel ein, daß er noch nie ein Mädchen mit auf sein Zimmer genommen hatte, das ihn die ganze Nacht nur im Stehen küssen wollte. Aber er war ja auch noch nie zuvor wirklich verliebt gewesen. Vielleicht lag es daran.

»Also, wie wäre es mit der Couch?« fragte er und fühlte sich albern dabei, aber er wollte sogar albern sein.

»Wie wäre *was* mit ihr?« fragte Jazz und küßte ihn auf die Nase.

»Na, wir könnten sie anschauen. Oder über sie reden. Oder sie neu polstern lassen. Oder uns draufsetzen.«

»Na, dann setzen wir uns drauf«, sagte sie, und zum ersten Mal lachte sie wieder. »Dazu sollen die Dinger ja da sein, oder?«

Gabe nahm sie fest bei der Hand, führte sie hinüber zur Couch und sah ihr zu, wie sie sich ordentlich und fast ein wenig geziert darauf niederließ.

»So ungefähr?« fragte sie.

Sie nimmt mich auf den Arm, dachte er. Kleiner Schatz mit den so eigenartig blonden Haaren.

»Für ein Bewerbungsgespräch ja. Aber dies ist keines.« Und er plazierte sie so hin, daß sie halb lag. »O.k., jetzt bleib so. Da ist eine ganz bestimmte Stelle hinter deinem Ohr, wo das Haar sich zu kräuseln anfängt. Den ganzen Abend geht mir die Stelle schon nicht aus dem Kopf. Ich möchte dich da küssen. Du bist doch hoffentlich nicht kitzlig?«

»Nur an den Fußsohlen.«

Gabe sank auf die Knie. Die Couch war aus Schaumgummi und ebenso niedrig wie schmal. Er beugte sich über Jazz, schob einen Arm unter sie, um sie festzuhalten, und strich mit der anderen Hand das Haar aus ihrem Nacken. Er wanderte mit seinem Mund hinter ihr Ohr, erforschte mit leichten, zarten Küssen die ganze Linie des Haaransatzes bis hinunter zum Hals.

Sie hatten kein Licht angemacht, und so sah er sie nur im Halbdunkel. Sie hatte den Kopf abgewandt, damit er tun konnte, was er tat, und es war aufregend, den Kontrast zwischen der sanften Zartheit ihrer Haut und dem krausen Haaransatz zu erforschen, fast so aufregend, wie ihre Lippen zu spüren. Jazz gab keinen Laut von sich. Sie hatte den Mund halb geöffnet und die Augen geschlossen und gab sich einfach den Gefühlen des Augenblicks hin. Sie konzentrierte sich ganz auf die Liebkosungen seines Mundes, als hörte sie Musik, die zu schön war, um sich von ihr ablenken zu lassen, indem man die Augen offen ließ.

Er wanderte höher mit seinen Lippen, berührte ihre Stirn, fuhr mit der Zungenspitze an ihren Augenlidern entlang, ganz leicht nur, dann auch an ihren Wimpern, und sie stieß auf einmal einen kleinen Schrei aus.

»Das magst du, ja?« flüsterte er.

Und Jazz erwachte aus ihrer Trance, umschlang ihn und zog ihn an sich. »Leg dich zu mir«, murmelte sie.

»Kein Platz.«

»Im Bett ist Platz«, sagte sie.

Sie stand auf, ging zum Bett, schleuderte die Schuhe von sich und legte sich hin.

Der Anblick ihrer Brüste verschlug ihm den Atem. Der Pullover war so dick gestrickt, daß es unmöglich war, darunter einen solchen Busen auch nur zu erahnen. So jung und fest, dabei doch voll und schwer und üppig. Brüste einer reifen Frau, aber jugendlich fest, deren große, rosafarbene Warzen steif und aufgerichtet waren.

Er sank zu ihr hinab und zog sie über sich, so daß ihre Brüste direkt vor seinem Gesicht waren. Sie stützte sich auf ihre Ellbogen und musterte ihn mit intensiver Neugier. Er stöhnte auf, griff nach ihren Brüsten und preßte sie zusammen, bis er beide Warzen zugleich in den Mund nehmen konnte. Und er saugte an diesen Knospen mit all seiner Kraft, so als könne er sie damit öffnen und in seinem Mund zum Aufblühen bringen.

Eine ganze Weile ließ er nicht von ihr ab und genoß das Gefühl ihrer Brustwarzen in seinem Mund, saugte an ihnen und nahm sie auch mal leicht zwischen die Zähne und bereitete ihr damit einen so intensiven Genuß, daß sie sich auf die Lippen beißen mußte, um nicht laut zu schreien. Sie versuchte, ihre Brüste noch weiter in seinen Mund zu schieben. Sie preßte auch ihre Hüften an ihn, ohne sich dessen bewußt zu sein, und rieb und schob voller Ungeduld, voller Verlangen, bis er wußte, es war Zeit, sich von ihren Brüsten loszureißen. Er faßte sie an den Schultern, drehte sie herum, bis sie auf dem Rücken lag, und riß ihr in fiebernder Ungeduld und Gier die letzten Kleider vom Leibe.

Jazz lag wie erstarrt, plötzlich wieder wie hypnotisiert. Nur noch ihr Haar bedeckte nun ihre Schultern. Sie blickte ihn an, wie er vor dem Bett stand und sich selbst auszog, und ihre Augen wurden angesichts seines sonnengebräunten Körpers immer größer. Er war so schlank, wie sie gedacht hatte, aber sie hatte nicht so muskulöse Arme und Beine und eine so breite Brust erwartet. Noch hatte sie sich seinen Penis so vorgestellt, wie sie ihn jetzt vor sich sah, mächtig, kraftvoll, schwer, gebieterisch und dicker und länger, als sie es sich je hätte ausmalen können, wie er da steif und aufgerichtet aus den dunklen Haaren zwischen seinen Beinen hervorragte. Sie atmete heftig, sprachlos und ungläubig, unfähig, den Blick abzuwenden, und starr vor Erstaunen.

Er kniete sich über sie und drängte ihre Beine auseinander küßte ihren schwer atmenden, offenen Mund viele Male und gab Laute von sich, die sie nicht verstand. Sie schlang die Arme um seinen Hals, während sie ungeschickt, aber doch mit aller Kraft und Entschlossenheit versuchte, ihn zu sich herabzuziehen, als verlange sie nur noch danach, von ihm erdrückt zu werden, seine Haut überall an ihrem Leib zu spüren.

Schließlich setzte er sich zurück auf seine Fersen, inzwischen so erregt, daß er es nicht länger aushielt, ihre wollüstige, selbstvergessene Nacktheit nur zu betrachten. Seine erfahrene Hand griff zielstrebig nach dem lockigen, üppig bewachsenen Dreieck ihres Schamhaars und drang mit einem forschenden Finger ein. O ja, sie war bereit, nur allzu bereit für ihn. Und er nahm den festen Schaft seines Schwanzes und schob ihn entschlossen und vorsichtig, aber doch ohne zu zögern und nachdrücklich in sie hinein, tiefer und tiefer, mit so entfesselter Erregung, daß er kaum noch wahrnahm, wie sie die Luft heftig einzog. »Ah, ah, ah!« stieß Jazz hervor, immer lauter und immer heftiger atmend. Aber er hörte es gar nicht. Er war in seinem Begehren, sie zu besitzen, wie taub geworden. Er hätte wohl, ging es ihm undeutlich durch den Kopf, mit einem übermenschlichen Kraftakt versuchen sollen, sich noch zurückzuhalten, damit sie gleichzeitig mit ihm kam, doch das ging nicht. Und ohnehin würde er sie in dieser Nacht noch oft haben und ihr alles geben, was sie wollte, alles, alles. Nur jetzt konnte er nicht mehr länger warten, unmöglich. Und so überließ er sich einfach der brennenden Flut, die heraufdrängte, anschwoll, nicht mehr zu halten war, wuchs, sich staute, sich verhärtete, bis er in wundervollen, spasmischen Stößen in ihr explodierte und einen animalischen Urschrei rasenden Triumphs ausstieß.

Er blieb noch immer in ihr, als er auf sie hinabsank und sie eng an sich preßte. Nur allmählich nahm er um sich herum wieder etwas wahr. Jazz schluchzte laut und haltlos.

»Oh, mein Gott, es tut mir leid«, sagte er erschrocken, »aber ich konnte nicht mehr warten. Das ist mir nicht mehr passiert, seit ich ein Junge war.«

Aber sie schluchzte unablässig weiter, schien untröstlich.

»Jazz, Jazz, liebste Jazz, wein doch nicht. Es ist ja keine Tragödie. Ich werde dich ja noch oft lieben, und dann nur für dich und noch einmal und noch einmal, immer nur für dich. Weine nicht mehr!«

Er wiegte sie in seinen Armen und streichelte ihr Haar und küßte sie über das ganze nasse Gesicht, aber die Tränen liefen ihr noch eine Zeitlang in Sturzbächen aus den Augen. Erst ganz allmählich versiegten sie, bis sie schließlich wieder sprechen konnte, wenn auch nur abgehackt und ganz leise. »Ich dachte nicht, daß es so weh tun würde.«

»Oh, verdammt, ich hab dir weh getan? *Wie konnte ich nur!* Kannst du mir das je verzeihen?«

»Natürlich... du brauchst dir keine Vorwürfe zu machen... es soll doch immer so sein, nicht... das erste Mal?«

»Das was??«

»Das erste Mal.«

Er starrte sie in sprachlosem Erstaunen an und begriff auf einmal alles. Ihre Angst, ihre kalten Lippen, ihre anfängliche Steifheit auf der Couch, ihre ungeschickten Versuche, ihn zu sich herabzuziehen, diese Kombination aus Schüchternheit und Forschheit... war er denn blind gewesen?

»Mein Gott, warum hast du mir das nicht gesagt?« Er war hin- und hergerissen zwischen Entzücken und Schuldgefühl.

»Weiß nicht«, sagte Jazz und versuchte, ihr Gesicht an seiner Schulter zu verbergen.

Er hob ihren Kopf. »Warum? Warum?«

»Ich hatte – Angst, daß du dann vielleicht nicht gewollt hättest... daß du eine große Geschichte daraus machen würdest... ach, du weißt schon.«

»Ja, da hast du allerdings recht! Ich bin so wahnsinnig in dich verliebt... natürlich hätte ich dir auf keinen Fall weh tun wollen. Ach, mein Liebling, ich wäre so sanft und zart gewesen... Aber jetzt ist es zu spät. Verdammt noch mal, zu spät.«

»Nun mach dir mal keine Vorwürfe«, tröstete sie ihn. »Es tut ja schon nicht mehr weh.«

»Ja, ja, natürlich, es hat einfach so aufgehört, ganz klar, du armer, süßer, kleiner Dummkopf.«

»Komm, hör auf, dir die Schuld zu geben, und tu was Sinnvolles.« Sie gab sich Mühe, ihn aufzumuntern, und er verstand, was sie ihm sagen wollte. Er hatte vielleicht den ersten

Zug verpaßt, aber der nächste lief schon mit großem Getöse ein...

»Also muß ich dich jetzt da küssen und küssen, bis alles wieder heil ist. Meinst du das?

»So was in der Art, ja. Doch ja, eigentlich genau das.«

Sie vergaßen die Wirklichkeit um sich herum und blieben die nächste Woche zusammen, ohne daß je eine Frage nach der Zukunft aufgetaucht oder der Vergangenheit auch nur ein Gedanke gewidmet worden wäre. Es gab nur noch die unkomplizierte Vollkommenheit der herrlichen Gegenwart, Tage und Nächte, die so wunderbar waren, daß sie sie für den Rest ihres Lebens niemals mehr vergessen würden. Tage und Nächte, wie sie nur einigen wenigen, vom Glück begünstigten Menschen vergönnt waren. Und auch denen nur einmal im Leben, ein zweites Mal nie. Sie waren eins, waren in all ihren Regungen und Empfindungen miteinander verschmolzen; sie schliefen zur selben Minute ein, waren gleichzeitig hungrig und durstig und hatten beide das gleiche Bedürfnis, einander zu berühren, und sei es nur, sich unablässig an den Händen zu halten.

Nach einer Woche konnte dann die Welt nicht länger für sie stehenbleiben. Gabe mußte nach Nicaragua, er war ohnehin schon einige Tage zu spät dran, aber es ganz sein zu lassen, kam nicht in Frage. Selbstverständlich aber käme Jazz mit. Es gab keinen Grund mehr für sie, noch in der Schule zu bleiben. Und selbst wenn es einen zwingenden gegeben hätte, sie hätte ihn ignoriert. Lediglich Mike Kilkullen mußte informiert werden, sonst niemand.

»Wir fahren raus zu ihm«, sagte Jazz. »Gleich heute noch.«

»Und wenn wir einfach nur anrufen?«

»Feigling.«

»Ist das nicht verständlich?«

»Er wird dich nicht fressen«, sagte Jazz. »Hoffe ich jedenfalls. Aber ich kann nicht wegfahren, ohne ihm Bescheid zu sagen. Das weißt du ganz genau.«

»An die Decke springen vor Freude wird er sicher nicht«, sagte Gabe. Er sah sie an. In der ganzen Unmittelbarkeit ihrer überschäumenden Freude war sie so stürmisch, daß sie flog, wo andere gemächlich gingen, und keuchte, wo andere einfach atmeten. Welcher Vater, der seine Sinne beieinander hatte, wäre schon begeistert, das zu sehen?

»Er wird sich freuen, mich glücklich zu sehen. Hoffe ich.«

»Also gut, dann bringen wir es hinter uns.«

»Morgen vielleicht?« schlug Jazz vor, die sich plötzlich gar nicht mehr so sicher war, wie ihr Vater reagieren würde.

»Nein, heute«, entgegnete Gabe. Einer von ihnen mußte erwachsen sein. »Aber zuerst duschen wir beide. Du riechst wie ich, und ich rieche wie du. Und dann frische Sachen von oben bis unten. Und wage es nicht, mich noch einmal anzurühren, bis wir wieder auf dem Rückweg sind!«

Beirut, Belfast, der Gazastreifen – war ja alles nicht so gefährlich gewesen, wie es zunächst ausgesehen hatte, dachte Gabe, als sie auf der breiten Allee unter den mächtigen Kronen der Feigenbäume auf die *Hacienda Valencia* zufuhren. Das hier war doch dagegen ein Kinderspiel. Welcher wohlhabende, konservative Rancher in Orange County wäre schließlich nicht völlig hingerissen, wenn irgendein hergelaufener Kerl ankäme und ihm eröffnete, er wolle seine angebetete, achtzehnjährige Tochter mit sich hinschleppen zu den gefährlichsten Orten dieser Welt?

Lieber Gott, dachte Mike Kilkullen mit unterdrücktem Zorn, hatten diese jungen Leute denn gar keinen Anstand mehr? Kamen hier einfach angerauscht, direkt aus dem Bett, diesen unverkennbaren, liebessatten Blick in den Augen und diesen Geruch an sich, den man zehn Meilen gegen den Wind roch, praktisch unfähig, die Finger auch nur eine Sekunde voneinander zu lassen, und verkündeten einem, daß sie zusammen fort wollten! Was dachten die sich? Daß er das alles nicht auch schon mal erlebt hatte und sich sehr gut an diese Blicke, diesen Geruch und all das erinnerte? Dachten die wirklich, er kenne das alles nicht?

Jazz war kaum wiederzuerkennen. Er wollte gar nicht länger über die Einzelheiten nachdenken, die diese Veränderung an ihr bewirkt hatten, oder auch nur länger mitansehen, wie sie diesen dürren, knochigen Kerl mit der großen Nase anblickte, den sie Gabe nannte. Was für ein Name war das überhaupt? Warum mußten Männer Töchter haben, wenn von vornherein feststand, daß eben dies hier früher oder später immer passierte, und meistens, wie in diesem Fall auch, zu früh? Viel zu früh.

Also tat er einfach harmlos und fragte nur: »Hast du alles, was du brauchst, Juanita Isabella?« Und es klang nachdenklich höflich, aber nicht weiter besorgt. »Ich meine, ausreichend Geld und auch ein Rückflugticket und das alles?«

»Mach dir darum mal keine Sorgen, Dad. Ich brauche ja nicht viel. Und Gabe sorgt schon für alles. Und außerdem habe ich Travellerschecks, für alle Fälle.«

»Und deine Kamera nimmst du nicht mit?« fragte Mike.

»Natürlich nicht. Gabe bringt mir alles bei, was man über Fotojournalismus wissen muß.«

»Na, dann ist ja alles bestens, Kind. Bestens und tadellos. Hast du eine Telefonkarte? Nein? Na, dann ruf einfach per R-Gespräch an, wenn dir danach ist. Mach dir keine Sorgen wegen des Zeitunterschieds. Ich möchte immer von dir hören, sooft du Gelegenheit dazu hast.«

»Ich kümmere mich darum, daß sie es tut, Mr. Kilkullen.«
»Tun Sie das, Gabe. Tun Sie das.«

Oder ich komme da runter zu euch, wo ihr auch gerade seid, und setz dir eine Pistole an die Schläfe und drück ab, du kleiner Mistkerl. Oder schnappe mir ein Messer und schlitz dir den Bauch auf wie einem Fisch. Scheißkerl. Was Jazz nur an dir findet? Da ist ja noch Billy Carter mit seinem fetten Arsch ein schönerer Anblick. Und noch der Ajatollah Chomeini hat mehr Charme als du. Du Widerling. Kein Mensch wird dich vermissen oder auch nur merken, daß du weg bist.

»Oh, Daddy«, meldete sich Jazz nach einem Blick auf ihre Uhr aufgeregt, »wir müssen zurück nach L. A.! Bei dem Verkehr, und ich hab noch eine Menge zu packen und zu erledigen. Übermorgen früh geht unser Flugzeug.«

»Hast du dich auch in der Schule abgemeldet?« fragte er und tat gleichgültig.

»Ja, ich hab angerufen. Sie sagen, sie überweisen deine Vorauszahlung für das nächste Jahr zurück. Weißt du, Daddy, ich habe ohnehin schon alles gelernt, was man dort lernen kann. Die meisten Fotografen sagen einem, man soll nicht zu lange in einer Schule bleiben, da verliert man nur seine ganze Originalität.«

»Da hast du ja Glück gehabt, daß du das noch herausgefunden hast, bevor es zu spät war.«

»Ich würde mir die Arbeiten von Jazz wirklich gerne mal ansehen«, meldete sich Gabe zu Wort. »Sie hat mir von Ihrem Archiv hier erzählt. Haben wir denn dafür keine Zeit mehr, Jazz?«

»Ich denke, nicht«, sagte Jazz zögernd. Wenn es ihm nun nicht gefiele, was dann?

Mike Kilkullen kam ihr zu Hilfe. »Ich habe den Schlüssel verlegt«, log er. »Oder hast du deinen dabei, Schätzchen?«

»Nein, den habe ich in L. A. gelassen«, sagte sie erleichtert.

»Wissen Sie was, Gabe, ich zeige Ihnen was anderes, das Sie auch sehen sollten.« Er stand auf und ging rasch hinaus. Kurz darauf kam er mit der gerahmten Vergrößerung des Fotos wieder, das Jazz als ihr allererstes von Sylvie gemacht hatte und das seitdem stets auf seinem Nachttisch stand. Er reichte es Gabe.

»Das ist eines der ersten Fotos, die meine Tochter Juanita Isabella Kilkullen überhaupt gemacht hat. Mit dem allerersten Film, den sie von mir bekam. Es zeigt natürlich ihre Mutter. Meine Tochter war zu der Zeit acht Jahre alt, es ist also gerade erst zehn Jahre her. Es war der letzte Sommer den meine Frau erleben sollte. Sie ging dann fort, nach Europa. Allerdings allein. Nun ja, ich nehme an, Sie kennen die Geschichte.«

»Daddy!«

»Was ist denn? Ich dachte ja nur, Gabe sollte doch zumindest eines deiner Fotos sehen, oder? Ehe du auch fortgehst.«

»Das ist nicht fair!« rief Jazz. »Wie kannst du etwas so Schreckliches zu mir sagen?«

»Weil es wahr ist«, sagte Mike Kilkullen und stand so unbeweglich im Raum wie ein Fels in der Brandung. »Fortgehen heißt fortgehen.«

»Ich verstehe, was Sie meinen, Mr. Kilkullen«, sagte Gabe und stand auf. »Ich will nicht behaupten, daß ich genau wüßte, was Sie empfinden. Aber mir ist klar, daß ich wohl genauso empfinden würde, wenn ich an Ihrer Stelle wäre. Ich verspreche Ihnen bei meinem Leben, ich passe gut auf Jazz auf. Sie wird jede Woche einmal anrufen.«

»Ja, tun Sie das, Gabe. Tun Sie das. Soviel ich weiß, funktioniert ja auch die Telefonverbindung aus Nicaragua erstklassig, um so mehr, da gerade Bürgerkrieg ist.«

8

Gabe und Jazz waren dabei, als die Sandinisten im Juli 1979 ihre rotschwarze Flagge auf dem Nationalpalast von Managua hißten. Einen Monat später waren sie unter den Journalisten, die am Tag nach dem Attentat der irischen Nationalisten auf Earl Mountbatten in Irland ankamen. Zwei Wochen darauf flogen sie nach Afghanistan, als dort nach dem Staatsstreich und der Ermordung von Präsident Taraki Premier Amin die Macht übernahm.

Später blickte Jazz auf ihren »Frischlings«-Sommer 1979 wie auf ein »Trainingslager« zurück – um nicht zu sagen, wie auf ihr Waterloo. Sie lernte, daß Fotojournalismus keineswegs die Hohe Schule der fotografischen Kunst war, sondern vor allem ein Job, der mehr Mut und Ausdauer verlangte, als sie sich selbst zutrauen würde. Es war ein Beruf für die ewigen Nomaden, die »Jetlagger«, die Fernwehkranken, die Fanatiker; vor allem ein Beruf für Leute, für die Angst – ganz normale, vernünftige, lebenserhaltende Angst – ein Fremdwort war.

Daß sie sich so überwältigt fühlte, schrieb sie zuerst den Ereignissen zu, die sie so hautnah miterlebte: Sie war entgeistert über die Massen der Nicaraguaner, die da den Sturz der sechsundvierzig Jahre alten Dynastie Somoza feierten, über die Grausamkeit des Attentats auf den einstigen Kriegshelden Mountbatten, den man einfach zusammen mit seinem Enkel in seinem Fischerboot in die Luft gejagt hatte, und über die völlig chaotische Lage in Afghanistan. Erst als sie im Oktober wieder zu Hause in den USA waren, wo Gabe über die Rassenunruhen in den Schulen von Boston berichtete – immerhin ein Thema, das sie ohne weiteres begriff –, mußte sie sich eingestehen, daß sie sich auf etwas eingelassen hatte, das ihr über den Kopf wuchs.

Niemals hätte sie geglaubt, daß man so schnell dahin kam, überall nur noch Gefahren zu sehen – gleich ob in Nicaragua oder Boston. Ihr war, als habe ihr Körper überall Antennen ausgefahren, um jede Gefahr sofort melden zu können, ob sie denn von oben, von unten, von hinten oder von den Seiten kam.

In jeder der von ungezügelten Emotionen beherrschten und meistens auch zu Gewalttätigkeiten neigenden Menschenansammlungen, durch die sich Gabe überall so zielstrebig bewegte, konnte irgendeiner mit einer Pistole oder einer Bombe sein, der sich, aus was für Gründen auch immer, einen Mann und ein Mädchen mit Fotoapparaten als Zielscheibe aussuchte. Oder der Zufall konnte wollen, daß sie genau dort standen, wo eben jemand eine Bombe geworfen hatte.

Zunächst war es ihr noch gelungen, ihre wachsende Angst vor Gabe zu verbergen. Sie sagte sich, daß sie entweder lernen mußte, damit zu leben, oder nach Hause fahren mußte. Sich zusammennehmen oder aussteigen. Sie entschied sich fürs Bleiben, weil ihre Angst, Gabe zu verlieren, noch größer war als die vor der immerhin bisher noch nicht geworfenen Bombe. Die einzige Möglichkeit, dieses Bleiben zu ertragen, bestand darin, sich so beschäftigt zu halten, daß sie gar keine Zeit zum Nachdenken hatte. Das bedeutete, selbst mindestens ebensoviel Film zu verknipsen wie Gabe, auch wenn sie oft nicht recht durchblickte, was und wen sie da fotografierte und auf welche Seite die Leute gehörten oder warum sie wofür demonstrierten.

Allmählich wurde sie mit wachsender Erfahrung besser, jedenfalls nach ihrer eigenen Einschätzung, und die Antennen, die sie ständig warnten, daß ihr nächster Schritt ihr letzter sein könnte, belasteten sie nun weniger. Ungewaschene Haare, schmutzige Wäsche, Blasen an den Füßen – Gabe kümmerte es wenig, wie sie aussah oder roch, solange sie mit ihm Schritt hielt, ohne ihm dabei in die Quere zu kommen. Und auf mehr kam es nicht an. Sie trug seine Reservekameras und -objektive in der mit Schaumgummi ausgekleideten Bereitschaftstasche, wechselte die Filme für ihn und kümmerte sich um Proviant und Getränke für unterwegs, weil er selbst so gut wie nie an so was dachte. Er war allerdings an eine Assistentin nicht gewöhnt, und so mußte sie ihm ihre Dienste praktisch gegen seinen Willen aufzwingen.

Bei alledem fand sie noch Zeit genug, eine Menge für sich

selbst zu fotografieren. Fotos freilich, die niemals auch nur entwickelt, geschweige denn gedruckt würden, weil sie keinen Auftrag hatte und auch nicht an dem seinen teilhatte. Aber es waren Fotos, das wußte sie, die dem emotionalen Zentrum der jeweiligen Geschehnisse jedesmal ein Stück näher kamen. Und je schärfer ihr Blick für diejenige Gruppe in einer Menschenmenge wurde, auf die es ankam, desto besser gelang es ihr, die Gefahren und Risiken ihrer Lebensweise zu ignorieren.

Ende März 1980 fand sich Jazz, während es sich Gabe am Mount St. Helens gemütlich machte, zum erstenmal seit fast einem Jahr an der Westküste wieder und beschloß, daß auch ein zunehmend rumorender Vulkan allemal nicht so wichtig war wie ein Besuch zu Hause bei ihrem Vater.

Mike Kilkullen erkannte sie kaum wieder, weder äußerlich noch sonst. Als er sie damals gegen seinen Willen hatte gehen lassen, noch dazu in die Krisengebiete der Welt, war sie immer noch dasselbe Mädchen gewesen, das er achtzehn Jahre lang Tag für Tag an seiner Seite hatte aufwachsen und groß werden sehen. Sie war zurückhaltend gewesen, fast rätselhaft, auf eine stille Art humorvoll, und erst ihre erste Liebeserfahrung hatte sie verändert. Doch noch immer war sie sehr viel weniger reif gewesen als ihre Mutter im gleichen Alter.

Bis sie Tony Gabriel kennengelernt hatte, hatte sie im Bannkreis der beiden stärksten Kräfte in ihrem Leben ein behütetes Dasein geführt, der engen Verbindung mit ihm, ihrem Vater, und der Begeisterung für die Fotografie. In vieler Hinsicht war sie eine Spätzünderin gewesen. Sie hatte kein Interesse an den Paarungstänzen der Jugend gehabt, es hatte sie wenig gereizt, zu reisen und die großen Städte kennenzulernen. Die kleinen Sensationen ihres täglichen Lebens auf dieser abgelegenen Ranch waren ihr immer genug gewesen. Sie war ein Mädchen, das noch, wie er geglaubt hatte, beschützt und behütet werden mußte. Hatte sie denn nicht selbst wie eine Löwin darum gekämpft, bei ihm bleiben zu können, statt ins Internat fortgeschickt zu werden? War sie nicht ganz von selbst und aus freien Stücken noch während ihrer Ausbildung jedes Wochenende nach Hause auf die Ranch gekommen und hatte alle Einladungen abgelehnt, die jedes andere Mädchen ihres Alters angenommen hätte?

Er hatte sich damals schon lange Sorgen um sie gemacht. Er wußte ja nicht, was der Verlust der Mutter in einem achtjährigen Mädchen alles auslöste. Aber ihm war klar gewesen, daß es einen Zusammenhang geben mußte zwischen diesem frühen Trauma, dem schlimmsten aller möglichen Verluste, und ihrem anschließenden Desinteresse an der Welt draußen.

Wie er es sah, hatte Jazz niemals die Selbstsicherheit, das Selbstvertrauen entwickelt, wie sie nach seiner Überzeugung nur eine Mutter ihrem Kind vermitteln konnte. Seit ihrer Geburt und bis zu Sylvies Tod hatte Jazz, davon war er überzeugt, nur aus drei Gründen trotz Sylvies häufiger Abwesenheit sicher und geborgen aufwachsen können: wegen der festen Basis, die ihr seine Liebe gab, wegen Rosies hingebungsvoller Fürsorge und wegen Sylvies umfassender emotionaler Zuwendung, wenn sie nach Hause kam. Es gab eine Menge Kinder auf dieser Welt, die noch sehr viel weniger hatten.

Aber noch Jahre nach Sylvies Tod schien Jazz wie eingefroren zu sein, so als könne sie keinen Schritt ohne seine Hilfe und Ermunterung tun. In ihrer ganzen Jugendzeit hatte es keine Minute der Rebellion gegeben, was ihm angesichts dessen, was inzwischen jeden Tag in den Zeitungen stand und ihm zu Ohren kam, doch als ungewöhnlich und seltsam erschien. Selbst die Hingabe, mit der sie das Fotografieren betrieb, schien irgendwie mit dem Verlust Sylvies zusammenzuhängen; vielleicht konnte sie nur mit Hilfe von Fotos ihre Mutter wirklich im Gedächtnis bewahren. Denn Erinnerungen verblassen schneller.

Doch jetzt, zehn Monate nach ihrem plötzlichen Auszug in die Welt, schien statt des achtzehnjährigen Mädchens, das damals von der Ranch weggegangen war, eine erwachsene, reife Frau zurückzukehren. Eine Frau, deren Gang allein schon auf ein völlig neues Selbstbewußtsein hindeutete. Sie sprach ausführlicher und überzeugender. Sie war sich jetzt der ganzen Absurdität des Lebens und dieser Welt bewußt und auch der Unmöglichkeit, viel daran zu ändern. Trotzdem war sie dabei nicht zynisch geworden. Sie war sehr viel lebhafter, als die Jazz von einst es je gewesen war, hundertmal weniger bereit, seine Ansichten einfach hinzunehmen, bestand aber auch nicht darauf, unbedingt recht zu haben.

»Und, bist du wenigstens noch Demokratin?« fragte er scharf.

»Na klar. Bloß, wo soll ich mich in eine Wahlliste eintragen lassen?« Und sie schnitt eine Grimasse, um anzudeuten, wie kurios es doch war, daß sie jetzt, wo sie wahlberechtigt war, niemals lange genug an einem Ort sein würde, um eine feste Adresse vorweisen zu können.

»Du kannst doch zu der amerikanischen Botschaft in dem Land gehen, wo du am häufigsten bist«, meinte Mike Kilkullen leicht ungehalten. Es war schlimm genug, hier in Orange County Demokrat und also in der ewigen Minderheit zu sein. Da mußte man nicht auch noch unnötig Stimmen verschenken.

»Das wäre dann wohl Frankreich«, antwortete Jazz nachdenklich. »Der Nabel der Welt war für Fotojournalisten immer schon Paris, schon seit den alten, ruhmreichen Tagen des *Paris-Match*. Und seltsamerweise ist das bis heute so geblieben. Man würde spontan sagen: New York. Aber es ist nach wie vor Paris.«

»Na schön, dann laß dich in Gottes Namen in Paris registrieren. Da kannst du ja, wenn nötig, deine Stimme im voraus deponieren. Oder bist du etwa mittlerweile der Ansicht, du seist nur ein Zuschauer des großen Welttheaters und der ganze Planet sei nichts weiter als ein Schauplatz für tolle Fotos?«

»Du meinst, ob ich mir noch etwas daraus mache, wer gewinnt? Nicht nur irgendwelche Wahlen, sondern generell? Aber natürlich, Dad! Nur – wenn ich lange genug darüber nachdenken würde, dann müßte ich ja Gabe das auszureden versuchen, was er tun muß.«

»Heißt das, daß du mit ihm durch dick und dünn gehen würdest?«

»Ja, Dad, durch dick und dünn, aber aus freien Stücken und gern.« Sie lächelte ihn auf eine Weise an, die er zum erstenmal an ihr sah und die er als Vater gar nicht gern zur Kenntnis nehmen wollte.

»Warum, um alles in der Welt, hast du dir die Haare abgeschnitten?« sagte er gereizt, statt zu fragen, warum sie lächelte wie eine zufriedene Katze. Von allen Veränderungen ihres Äußeren mißfiel ihm am meisten, daß ihr wunderschönes Haar beinahe zu einem Bürstenschnitt gestutzt war.

»Wegen der Läuse, Dad.«

»Das ist ja wohl nicht dein Ernst!«

»Beruhige dich, Dad. Ich hatte nicht wirklich welche, aber wenn du mal eine Woche lang keine Dusche und keine Haarwäsche gehabt hast, dann fängst du an, über Läuse nachzudenken. Meine Haare waren mir im Weg, das ist alles. Und außerdem mag ich sie so, du nicht?«

»Lang waren sie mir lieber«, sagte er, so sanft er konnte.

Und überhaupt, dachte er, war mir alles lieber, bevor du diesen Gabe kennenlerntest. Es war mir lieber, als du noch nicht herumstolziert bist wie ein Champion nach einem guten Kampf. Es war mir lieber, als du noch nicht hier anmarschiert kamst, als hättest du eine Ritterrüstung an. Als du noch nicht so entschlossen dreinblicktest, so als wärst du in einem Kibbuz in Israel geboren. Als du noch nicht diesen unbezwingbaren Zug um Mund und Kinn hattest. Als dein Gesicht sich noch nicht in das einer reifen Frau verwandelt hatte, sondern darin noch ein wenig des Kindes von einst lag. Alles war mir lieber, bevor du diesen rücksichtslosen Gabe kennenlerntest und so verflucht erwachsen wurdest.

»He, Daddy, ich kann jetzt wählen, und ich kann sogar in jeder Bar in Kalifornien einen Drink bestellen! Ist das nicht toll? Komm, reiten wir in die Stadt. Ich will dir im *Swallows* einen Drink ausgeben!«

»Tatsächlich?«

»Tatsächlich!«

»O.k., dann los.«

Wenn es sich schon nicht ändern ließ, daß sie erwachsen wurde, konnte sie das dann nicht auch zu Hause tun, wo er wenigstens noch ein Auge auf sie haben konnte?

Mitte April waren Jazz und Gabe wieder in Paris, wo sie eine Woche Zeit hatten, ehe sie nach Rom mußten, um den Papst auf seiner Afrikareise zu begleiten.

»Wir müssen uns in die Wahlliste in der Botschaft eintragen lassen, bevor wir losziehen«, sagte Jazz zu Gabe, als sie bei einem Sandwich in einem Café saßen.

»Was heißt, wir müssen?« fragte Gabe. »Was soll das denn? Ich geh grundsätzlich nie wählen, Schätzchen.«

»Also, das find ich unmöglich. Mein Vater wird sehr ungehalten sein, wenn du dich nicht registrieren läßt.« Und sie klapperte mit den Augendeckeln und blickte ihn tadelnd an.

»Ist ja gut, ist ja gut, ich gehe ja schon«, sagte Gabe hastig. »Wenn du mir nur noch sagst, welche Partei er bevorzugt?«

»Meinst du, die Botschaft hat was dagegen, daß wir in einem Hotel wohnen? Zählt das als Adresse?«

»Keine Ahnung. Dann mieten wir halt eine Wohnung.«

»Was? Gabe, du hast noch nie irgendwo anders als in Hotels gewohnt!«

»Ich habe ja auch noch nie so ein Mädchen gehabt wie dich.« Er strich ihr ein Haar aus der Stirn und musterte sie. Sie war hinreißend wie immer. Das lebhafte Gesicht, die volle Unterlippe mit der umwerfend zarten Oberlippe darüber. Ihre cornflakesfarbenen, kurzgeschorenen Haare. Die Juwelen ihrer Augen. Nie konnte er absolut sicher sein, was sie dachte, aber das reizte ihn gerade und hielt seine Neugier wach. »Ein Mädchen wie du verdient eine feste Adresse. So ein Mädchen wie du muß doch einen festen Platz haben, wo es seinen Hut hinhängen kann. Du solltest übrigens einen tragen, sehe ich gerade. Hierher nach Paris kommen wir doch immer wieder, da könnten wir unsere ganzen Sachen einfach immer hier lassen! Wenn wir Sachen hätten, natürlich. Hast du deine *Tribune* noch? Sieh mal im Anzeigenteil nach. Was ist das hier zum Beispiel? Etwas im achten Arrondissement. Nein, das ist nichts. Viel zu nahe bei Dior. Hier im sechzehnten. Ach nein, da ist es vor lauter Gediegenheit stinklangweilig. Das dreizehnte? Nein, auch nicht, ist nicht unbedingt meine Gegend. Aber da ist was, schau. Auf der Ile St. Louis. Quai de Bourbon. Weit weg von allem, aber mit hübscher Aussicht. Ich ruf die Maklerin mal an.«

»Wieso, gibt's hier in Paris Maklerinnen?«

»Ich vergesse eben immer, wie jung du noch bist«, sagte Gabe und suchte in seiner Tasche nach einer Telefonmünze.

»Und wie unerfahren und unschuldig.«

»Und wie jungfräulich auch?« fragte sie.

»Was denn, Klagen? Fühlst du dich in letzter Zeit etwa jungfräulich?«

»Keineswegs, ganz im Gegenteil.«

»Sehr gut. Dann bleib so.«

Gabe verschwand im Café, um zu telefonieren, und kam mit einem Termin für die Besichtigung der Wohnung am gleichen Nachmittag zurück. Sie mieteten das kleine Appartement im ersten Stock, ohne lange zu überlegen, vor allem wegen der Aussicht auf das baumbestandene Seineufer. Es war möbliert und weniger geschmacklos, als sie befürchtet hatten.

»Ich räume das ganze Nippeszeug hier weg, stelle ein paar Zimmerpflanzen herein, hänge neue Vorhänge auf, kaufe eine ordentliche Bratpfanne, streiche vielleicht auch die Wände neu – und du wirst sehen, Gabe, es wird ganz wundervoll werden!«

Und sie wirbelte von einem Zimmer ins andere, völlig aus dem Häuschen. Ihr Nestbauinstinkt war mit einem Schlag geweckt.

»Und wer gießt die Pflanzen, die du kaufen willst, wenn wir unterwegs sind?«

»Da mach ich mit der Concierge etwas aus.«

»Warum stehen wir dann immer noch hier herum?« fragte er. »Es gibt auf der Ile de la Cité schließlich einen Blumenmarkt. Hinterher können wir dann all das andere Zeug kaufen und es der Concierge liefern lassen.«

»Warum fangen wir nicht gleich mit dem Malen an?« bat Jazz.

»Wenn wir es mit Rollen machen, ist es ein Kinderspiel, das geht ruckzuck!«

»Schön, wo ist das nächste Malergeschäft?«

»Woher soll ich das wissen?«

»Merk dir das: In Paris geht man, wenn man was nicht weiß, ins nächste Café, bestellt einen Kaffee und fragt. So einfach ist das hier.«

»Gut, wo ist das nächste Café?«

»Wo es immer ist. An der nächsten Ecke. Also komm, Spatz, du bist jetzt eine Hausfrau. Keine Zeit mehr, Maulaffen feilzuhalten. Die Aussicht ist auch noch da, wenn wir wiederkommen.«

Und bevor sie noch auf die nächste Reise nach Rom und Afrika gingen, hatten sie sich das Appartement nach ihrem

Geschmack wohnlich eingerichtet und auch den Vorteil entdeckt, den die Wohnungsmaklerin gar nicht erwähnt hatte. Am Abend tauchten die Scheinwerfer der auf der Seine vorüberfahrenden Ausflugsschiffe, der *Bateaux-mouches*, ihre Wohnung in regelmäßigen Abständen in zuerst immer heller werdendes und dann allmählich wieder schwindendes Licht. Das ganze Seineufer der Stadt war ja eine einzige historische Sehenswürdigkeit und mindestens so beliebt wie der Canale Grande in Venedig. In diesem Schein der *Bateaux-mouches*, die gleichsam die Seele des ewigen Schauspiels der Stadt Paris waren, liebten sie sich jeden Abend, und gelegentlich fand Jazz es aufregend, sich vorzustellen, daß zur gleichen Zeit die Touristen aus aller Herren Länder in ihren Schiffen saßen, ordentlich aufgereiht, ernsthaft und gesammelt dreinblickend, und den Erklärungen der Fremdenführer lauschten, was es mit diesem und jenem Gebäude am Ufer auf sich hatte, ohne zu ahnen, was sich jenseits dieser Mauern, auf die sie blickten, alles abspielte.

Das folgende halbe Jahr, als sie von Danzig bis Paraguay und von Algier bis El Salvador unterwegs waren, achtete Gabe stets darauf, daß er Aufträge bekam, die ihnen einen Aufenthalt in Paris ermöglichten. Im Februar 1981 lehnte er es ab, den Prozeß gegen Mrs. Jean Harris in New York zu fotografieren, um statt dessen einen Bericht über den neuen Erzbischof von Paris, Jean-Mane Lustiger, zu machen, einen konvertierten Juden; im April zog er die Gefangennahme Mario Morettis, des Top-Terroristen der Roten Brigaden, dem ersten *Space-Shuttle*-Start in Cape Canaveral vor; im Mai, als in San Salvador sechs Soldaten wegen Mordes an amerikanischen Missionsarbeitern verhaftet worden waren, beschloß er ebenfalls, nicht diesen Auftrag anzunehmen, sondern in Paris auf die Wahl François Mitterrands zum ersten sozialistischen Präsidenten Frankreichs zu warten.

Im Sommer 1981 tat er zur Abwechslung mal gar nichts. Sie machten Urlaub in einem Bauernhaus im Hinterland von St. Tropez, das ihnen Freunde überlassen hatten. Im Herbst schließlich beschloß Gabe, daß es wohl an der Zeit sei, wieder richtig anzufangen. Doch zum ersten Mal in seinem Leben dachte er nur widerstrebend an den nächsten Auftrag, weil er unweigerlich die Zerstörung ihres Lebens in Paris bedeutete. Mit einem Mal hatte der Gedanke, einfach seine Siebensachen in eine Reisetasche zu packen und sich auf unbestimmte Zeit von dem kleinen, weißgetünchten Appartement voller Zimmerpflanzen auf der alten Insel im Zentrum von Paris zu verabschieden, überhaupt keinen Reiz mehr für ihn. Er merkte, wie er sich inzwischen jedesmal schon drei Tage im voraus auf das allwöchentliche Brathähnchen in der bevölkerten und beliebten *Brasserie Alsacienne* an der Spitze der Insel freute – er, der sich früher niemals darum gekümmert hatte, was oder wann er aß. Er wurde Stammgast in einem der schon frühmorgens öffnenden Cafés der Rue St-Louis-en-Ile und kam fast jeden Morgen zum Frühstück und zur Lektüre seiner *Tribune* dorthin. Danach kaufte er zwei Croissants für Jazz, die zu Hause noch schlief, und brachte sie ihr zusammen mit einer Tasse Tee und einer Flut von Küssen ans Bett.

Jetzt, da sie ihre eigene Bleibe hatten und so viel Zeit dort verbrachten, richtete Jazz sich einen kleinen Verschlag der Wohnung als Dunkelkammer ein. Und sie begann, die Kinder der vielen in Paris lebenden Diplomaten zu fotografieren. Eine Freundin vermittelte ihr die Aufträge. Sie war die Sekretärin der Frau des holländischen Botschafters in Paris, der aus Kanada stammenden, beliebten und schönen Jean Bakker. Jazz berechnete vernünftige Preise, und bald sprach sich herum, wie wundervoll ihre Bilder waren, weil sie die Kinder mitten in ihren natürlichen Bewegungen festhielt und nicht auf traditionelle Weise posieren ließ.

Kinder bei ihrem normalen Tun so zu fotografieren, daß sie

sich der auf sie gerichteten Kamera gar nicht bewußt waren, war eine schwierige fotografische Aufgabe. Die Erfahrungen auf ihren Reisen mit Gabe, mitten in Menschenmengen zu fotografieren, kamen Jazz bei dieser Arbeit sehr zugute. Sie konnte schneller und zielsicherer fotografieren als jeder normale Porträtfotograf. Und fast noch entscheidender war, daß sie Gabe viel von seiner besonderen Fähigkeit abgeschaut hatte, als Fotograf so gut wie nicht wahrgenommen zu werden – eine Art Trick, den alle großen Fotojournalisten beherrschten, denn nur so war es möglich, die Menschen zu zeigen, wie sie wirklich waren, den Augenblick festzuhalten, in dem sie sich unbeobachtet wähnten.

Jazz nahm die Kinder, die sie fotografierte, mit in die Parks, in denen es von spielenden Kindern wimmelte, oder in den Zoo oder auf einen Markt und ließ sie tun, was sie wollten. Wenn sie dann gerade einmal stehenblieben, drückte sie ab – und eben diese ungestellten Porträts wurden die besten.

Sie fotografierte ausschließlich schwarzweiß und entwickelte die Fotos selbst. Das Bild, das ihr am besten gelungen schien, vergrößerte sie und gab es den Eltern zusammen mit dem gesamten übrigen aufgenommenen Material, statt, wie es andere Kinderfotografen machten, nur die ausgewählte Vergrößerung abzugeben – und das alles zu einem Standardpreis. Wollten ihre Kunden zusätzliche Vergrößerungen, berechnete sie nur die Material- und Arbeitszeitkosten. Mit Gabes Aufträgen vertrug sich das alles sehr gut, da sie ja nicht gezwungen war, längere Zeit an einem Ort zu sein.

Die Kellner in den vielen Restaurants der Ile St. Louis kannten sie mittlerweile beim Namen, genau wie der leutselige Bandit, der den einzigen Metallwarenladen auf der Insel führte, oder die Frauen in den Delikatessenläden, in welchen sie sich für das Wochenende versorgten. Die Insel war ein Dorf für sich, ihre Bewohner bequemten sich kaum jemals über eine ihrer vielen Brücken »in die Stadt«, und wie in allen

Dörfern der Welt kannte hier jeder jeden. Der Mann im Zeitungskiosk wußte längst, welche Zeitschriften er für sie aufheben mußte, und auch ihre Stammwäscherei, -reinigung und -apotheke hatten sie gefunden. Gabe lud gelegentlich Freunde und Bekannte zum Essen ein, in der vagen Annahme, daß er und Jazz noch eine Weile in Paris sein würden. Es entwickelte sich eine Art bürgerliches Leben bei ihnen. Machte Gabe seine Schubladen auf, lag darin gebügelte Wäsche. Von Zeit zu Zeit ging er sogar zum Friseur und ließ sich die Haare schneiden, und er gewöhnte sich an, vom Blumenmarkt Sträuße nach Hause zu bringen und sie obendrein sogar noch in Vasen zu stellen und Wasser dazuzugießen. An den Sonntagnachmittagen gingen sie auf dem Boulevard St. Germain ins Kino, um sich amerikanische Filme in der Originalfassung anzusehen. Anschließend bummelten sie dann noch durch die Straßen, meistens bis zur Rue des Canettes, wo sie zwischen sechs Pizza-Lokalen wählen konnten, eines besser als das andere, und wo es außerdem ein traditionelles, altfranzösisches Bistro gab, das *Chez Alexandre*, ihr Lieblingslokal überhaupt.

Nachdem sich bei den Fotoredakteuren herumgesprochen hatte, daß Gabe nun fast immer in Paris war, kamen mehr und mehr Aufträge für Frankreich, wie etwa die Einweihung der Hochgeschwindigkeits-Eisenbahnlinie TGV von Paris nach Lyon. Daß er weder in Polen dabei war, wo der Widerstand der *Solidarnosc* gegen die Kommunisten gefährliche Ausmaße annahm, noch in Kairo bei der Ermordung Präsident Anwar el-Sadats im Oktober 1981, ließ ihn zwar einerseits erleichtert aufatmen, weil er, wären sie dort gewesen, Jazz in eine lebensgefährliche Situation gebracht hätte; andererseits konnte er aber auch ein Gefühl der Wehmut angesichts all der verpaßten Sensationsaufnahmen nicht gänzlich unterdrücken.

Im November wurden die Tage in Paris kürzer und grauer,

und es war angenehmer denn je, gemütlich in der Wohnung zu sitzen, statt sich draußen in Kälte und Nässe herumtreiben zu müssen. Gabe vergegenwärtigte sich, daß Jazz und er nun schon fast zweieinhalb Jahre zusammen waren. Im Januar wurde sie 21. Ihr Vater hatte ihr bereits geschrieben, daß er ein besonderes Geburtstagsfest für sie auf der Ranch im Auge habe.

»Wann müssen wir eigentlich nach L. A. fliegen?« fragte er sie. Der Gedanke an diese Reise war ihm nicht sehr sympathisch.

»*Ich* muß hin«, korrigierte sie ihn nachsichtig. »Du mußt nicht mitkommen, falls es sich mit irgendeiner guten Story überschneidet.«

»Was denn, du würdest deinen 21. Geburtstag ohne mich feiern?«

»Natürlich lieber mit dir, aber der Beruf geht vor. Auf keinen Fall möchte ich, daß du meinetwegen von deinen Grundsätzen abgehst.«

»Und wenn es mir nun gar nichts ausmachen würde, deinetwegen von meinen Grundsätzen abzugehen? Wenn ich einfach nicht möchte, daß du deinen Geburtstag ohne mich feierst?« Der bloße Gedanke machte ihn rasend eifersüchtig.

»Dann kommst du eben mit«, sagte Jazz, die nicht wirklich zuhörte und mit dem Durchsehen einer Reihe von Kontaktbögen beschäftigt war.

»Laß uns doch heiraten.«

Endlich hatte er ihre Aufmerksamkeit. »Was??«

»Heiraten«, wiederholte Gabe.

»Aber... wir haben doch nur von meinem Geburtstag gesprochen! Heiraten?« Jazz starrte ihn an, und die Kontakte in ihrer Hand fielen zu Boden. Sie hatte sich geschworen, an dieses Thema nicht zu denken. Vom ersten Abend an hatte sie den Wunsch verspürt, ihn zu heiraten, aber es war ihr auch von Anfang an klar gewesen, daß das niemals geschehen konnte. Keine Frau, die ihre fünf Sinne beisammen hatte, konnte ernsthaft daran denken, Tony Gabriel die berühmten Flügel zu stutzen. Er war alles andere als ein geeigneter Heiratskandidat. Fotojournalisten waren generell Leute, die nie erwachsen wurden. Damit hatte sie sich nun schon lange abgefunden und sich trotzdem dafür entschieden, bei ihm zu bleiben. Aber jetzt begannen ihr die Finger zu zittern. Sie gab sich Mühe, mit Bedacht zu antworten.

»Gabe, das meinst du doch nicht im Ernst, selbst wenn du jetzt vielleicht davon überzeugt bist. Du bist doch dafür gar nicht der Typ.«

»Typ hin, Typ her. Woher weißt du denn, wie ich es meine oder nicht? Willst du denn nicht heiraten?«

»Ich bin nicht... ich glaube nicht... ich... also, mir ist es auch so recht, wie es ist.«

Die vorsichtige, allmähliche Domestizierung Gabes in den letzten Monaten war tatsächlich von ihm selber ausgegangen, sie hatte nichts dazu getan oder auf irgend etwas gedrängt. Die jetzige Eröffnung überwältigte sie darum um so mehr. Sie spürte, wie ihr Puls hämmerte und sie sich angesichts der Hoffnungen, die plötzlich in ihr erwachten, fast ängstigte. Ein starker Instinkt warnte sie davor, sich mehr zu wünschen, als daß alles so weiterging wie bisher.

»Mir aber nicht«, erklärte Gabe bestimmt.

Jazz sah ihn immer noch verwundert an. Sie war so perplex, daß sie keine Worte fand. Es kam einfach zu überraschend. Und sie hatte auch nicht den Eindruck, daß er scherzte. Alles, was sie zustande brachte, war ein unartikulierter Laut.

»Was, bitte, soll das bedeuten?« fragte er.

»Ich denke nach! Was soll ich denn sagen?« Sie machte eine hilflose Geste. »Mann, das kommt alles so plötzlich!«

»Na und? Denk nach!«

»Ich würde niemals irgendeinen anderen heiraten als

dich«, sagte Jazz endlich und versuchte, sicher über das Minenfeld möglicher Antworten zu gelangen und die eine richtige zu finden, die alles offen ließ. Sie wollte es in Wirklichkeit viel zu sehr. Er durfte auf keinen Fall wissen, wie sehr.

»Na toll«, sagte er beißend.

»Aber – was für ein Ehemann wärst du denn?« platzte sie heraus.

»Verdammt noch mal, jetzt leben wir zwei Jahre lang zusammen, und du weißt es immer noch nicht?« Er kochte innerlich.

»Ja, aber Zusammenleben ist nicht das gleiche wie Verheiratetsein. Richtig Verheiratetsein – das wird klebrig. Das heißt jede Menge Versprechungen und Kompromisse, und einer ist immer der Dumme und bezahlt die ganze Zeche... So toll ist es auch nicht, verheiratet zu sein...« Jazz verstummte, während sie an ihre Eltern dachte.

»Also, paß mal auf, vergiß mal deine Mutter. Bei uns wäre es ganz anders. Weil wir ja überallhin zusammen reisen. Niemals würde ich allein losziehen und dich zurücklassen, und du säßest dann da, bis ich mit meiner Arbeit fertig wäre und wiederkäme. Nie.«

»Trotzdem, es ist riskant«, murmelte Jazz, »wahnsinnig riskant.« Sie sprach eher mit sich selbst und senkte den Blick, um sich nicht doch zu verraten. Sie wußte genau, ihre Augen würden sie verraten. Sie versuchte, sich zusammenzunehmen, damit ihre Finger zu zittern aufhörten, und verschränkte sie ineinander.

Gabe blickte auf sie hinab, unfähig, ihre Gedanken zu erraten. Noch nie hatte er so sehr das Bedürfnis gehabt, sie zu erobern und zu besitzen wie jetzt. Sie schien im Augenblick weiter weg zu sein denn je, völlig unzugänglich, verstrickt in Gedanken und Erinnerungen, an denen er niemals teilhaben konnte. Sie war jetzt wieder eine völlig Fremde.

Er stand abrupt auf, entschlossener als je zuvor in seinem

Leben, zog sie von ihrem Sessel hoch, nahm sie in die Arme und zwang ihr seinen Blick auf.

»Du kannst mich doch nicht gut *nicht* heiraten, oder?«

»Na ja, nein... wahrscheinlich nicht«, gab sie zu und merkte, wie sich allmählich eine Zuversicht in ihr festsetzte, ein Glaube daran, daß am Ende doch möglich sei, was sie nie für möglich gehalten hatte. »Ich dachte nur nie...«

»Also, dann denke jetzt nicht mehr. Das schadet dir nur«, sagte Gabe und beugte sich zu ihren Lippen herab. »Tun wir's einfach, und reden wir nicht weiter darüber.«

»Es einfach tun?« japste sie zwischen zwei Küssen und bemühte sich, ihn in diesem köstlichen Augenblick etwas auf Distanz zu halten, um selbst noch im Siegestaumel auf dem Boden der Tatsachen zu bleiben. »Heiraten, das kann man doch nicht so ›einfach tun‹... das muß man planen. Ich muß meinen Vater anrufen und es ihm sagen. Ich brauche ein Hochzeitskleid. Wir müssen uns informieren, wo wir heiraten können und wer uns traut. Man muß zu einer Hochzeit Leute einladen... Mann, das ist alles ziemlich kompliziert!« Sie übertrieb bewußt in unterdrückter diebischer Freude. Er sollte sie ruhig noch einmal überreden. Soviel konnte sie verlangen.

»Ach was, wir machen das ganz einfach und ohne Aufwand. Wir heiraten, basta, und hinterher gibt es eine große Party – dazu gehen wir ins *Chez Alexandre* –, und wenn wir hinkommen, verkünden wir es allen, die da sind.«

»Du meinst, eine Überraschungshochzeit?«

»Ja. Nur wir beide und der, der uns traut. Nur du und ich. Mein Gott, Jazz, wen brauchen wir denn sonst dazu?«

»Aber mein Vater...«

»Na gut, und dein Vater.«

»Ja«, sagte Jazz. »Ja, ja!«

Gabes Vorstellungen zum Trotz dauerte es noch mehrere Wochen, bis die »Überraschungshochzeit« tatsächlich erfolgen konnte. In Frankreich wurde es Leuten, die Knall auf Fall heiraten wollten, noch nie leichtgemacht. Hier war man besessen von Förmlichkeiten, von Formularen und Testaten. Und für Amerikaner in Paris war das alles eher noch komplizierter. Beispielsweise war Jazz zur Hälfte lutherisch, zur Hälfte nicht praktizierende Katholikin. Gabe seinerseits war praktisch gar nichts. Also kam eine kirchliche Trauung nicht in Frage. Formalitäten über Formalitäten waren zu erledigen, bis endlich ein Datum in der zweiten Dezemberwoche feststand. Mike Kilkullen wollte rechtzeitig vorher in Paris eintreffen.

Am Tag vor der Hochzeit ging Gabe, während Jazz bei *Alexandre* nach dem Rechten sah, noch auf einen Drink in den Presseclub, um seine Nerven etwas zu beruhigen. Entweder war es normale Bräutigamsnervosität, oder es lag an den Muscheln, die er vorhin gegessen hatte, dachte er, als er sich zum zweiten Mal eiligst auf die Toilette begeben mußte. Und dort passierte es dann.

»Ich glaube, ich habe Gabe an der Bar gesehen«, sagte draußen vor der Kabine eine bekannte Stimme.

»Ja, ja, ich auch, Herb. Aber als ich mich umdrehte, war er weg.«

Es waren zwei alte Kollegen, aber Gabe sah sich nicht in der Verfassung, sich bemerkbar zu machen.

»Wahrscheinlich ist er schon wieder heim zu Jazz gerannt. Wie üblich.«

»Gehst du morgen zu ihrer Weihnachtsparty?«

»Aber klar doch.«

»Ja. Darf man ja nicht versäumen, so was. Eine Weihnachtsparty! Was denen alles einfällt!«

»Das sind die ersten Anzeichen der Domestizierung, Herb.«

»Irgendwas ist ohnehin mit ihm passiert. Was meinst du?«

»Früh ausgebrannt. Sehr früh, wenn du mich fragst. Oder die Sklaverei der wahren Liebe, eins von beiden. Das Endergebnis ist jedenfalls dasselbe.«

»Also, Jim, ich war auch schon mal verliebt, ob du's glaubst oder nicht, aber deshalb verliert man doch nicht seine beruflichen Fähigkeiten, das Besondere, was einen vor allen anderen auszeichnet. Gabe hat immerhin zweimal den Pulitzerpreis gekriegt, vergiß das nicht. Und jetzt? Es ist fast ein Jahr her, daß unter einem der großen Fotos sein Name stand.«

»Das stimmt. Wenn man bedenkt, was der Bursche früher alles geliefert hat, '75 in Kambodscha, die *Boat People* '77...«

»Vergiß die Patty-Hearst-Story nicht.«

»Und das Ende in Saigon '75. Wie die letzten Marines mit dem Hubschrauber vom Dach der Botschaft runtergeholt wurden.«

»Das Massaker in München '72 bei der Olympiade, kannst du dich erinnern? Gabe kam fast selbst dabei um.«

»Biafra. Dafür hat er den Pulitzer gekriegt, den *Kent State* für die andere Geschichte.«

»*Tempi passati*, Herb. Du kannst sichere Wetten darauf abschließen, daß Gabe demnächst die Ballfotos von irgendeinem Kostümfest bei der Baronesse Rothschild oder so macht. Er ist hier angewachsen in Paris, hat sich ein Nestchen gebaut mit dem Mädchen seiner Träume, und wenn das mal so weit ist...«

»Gott, jeden kann die Liebe treffen. Wo sie eben hinfällt. Und vielleicht ist er auch ausgebrannt, wer weiß. Immerhin ist er ja schon eine ganze Weile im Geschäft. Wir müssen früher oder später alle mal aufhören.«

»Nicht jeder. Was ist mit Capa? Der landete mit den Invasionstruppen in der Normandie und war immer noch dabei, als er neun Jahre später in Indochina auf diese Mine trat...«

»Capa – der war Generationen, Äonen vor Gabe... Solche wie er wachsen nicht mehr nach.«

»Jedenfalls, Gabe hat...«
Die Tür fiel hinter ihnen zu, als sie wieder hinausgingen.

Gabe saß in seiner Kabine auf dem Sitz und starrte vor sich hin. Neidhammel! war sein erster Gedanke. Nichts als der pure Neid. Man konnte nicht mal sein Privatleben haben, ohne daß sie einen mit ihrem giftigen Neid verfolgten. Was hatten sie im Kern schon von sich gegeben? Daß sie hofften, er sei aus dem Rennen! Blöde Affen. Dämliche Scheißer. Sie hofften, einen Konkurrenten, gegen den sie nie angekommen waren, weniger zu haben, das war alles. Diese Amateure! Noch sein schlechtestes Foto war besser als ihr absolut bestes! Arschlöcher.

Er verließ den Presseclub und lief blind durch Paris, achtete auf keine Ampel und keinen Verkehr, kümmerte sich nicht um wütend hupende Autofahrer, sah die mit den Tauben spielenden Kinder nicht und nicht die hübschen Mädchen überall, kaufte keine Blumen, ging keinen Kaffee trinken, lehnte sich an kein Brückengeländer und verspürte auch längst schon keine Bräutigamsnervosität mehr. Statt dessen sah er sich nun ganz anderen Ängsten ausgesetzt.

Am nächsten Morgen, am Tag ihrer Hochzeit, erwachte Jazz erst spät. Am Abend zuvor hatte ihr Vater darauf bestanden, sie zum Essen zu Taillevent auszuführen, und es war bei einem großen Diner mit Wein und Sekt statt ihres üblichen, kleinen Abendessens sehr spät geworden. Aber es war schön gewesen! dachte sie und streckte sich wohlig. Sie wollte gar nicht so recht aus dem warmen Bett. Andererseits war heute der große Tag.

Sie schlüpfte in ihren dicken Bademantel und in Socken und Pantoffeln. In Paris war es im Dezember kalt wie in Finnland, nur doppelt so feucht. Sie ging in die Küche, um sich eine Tasse Tee zu machen. Gabe hatte vergessen, ihr Croissants dazulassen, sah sie und war leicht enttäuscht. Ausgerechnet heute. Aber er war schon gestern abend so geistesabwesend gewesen. Wahrscheinlich hatte er heute morgen einfach vergessen zu frühstücken. Als der Tee sie aufgewärmt hatte, ging sie sich die Zähne putzen, wusch sich das Gesicht und besah sich kritisch im Spiegel. Draußen hing dicker Nebel über der Seine. Vor dem Spiegel lag ein Briefumschlag ohne Aufschrift. Sie nahm ihn verwundert in die Hand und öffnete ihn. Zwei gefaltete Blätter waren darin. Keine Anrede auf der ersten Seite, kein Datum.

*Ich war die ganze Nacht wach und habe überlegt, ob ich dich wecke, um mit dir zu reden, aber ich konnte nicht. Es ist mir klar geworden, daß wir nicht heiraten können. Ich liebe dich so sehr, daß ich darüber einfach meine Arbeit vernachlässigt habe, einfach nichts Gutes mehr zustande bringe. Ich habe aufgehört, Risiken einzugehen, weil ich Angst habe, daß dir dabei etwas passieren könnte. Ich habe keine Reisen mehr gemacht, damit wir hier zusammensein konnten. Ich habe mich nur noch um die einfachen Aufträge gekümmert, die Allerweltssachen, statt um die wirklich schwierigen. Im ganzen letzten Jahr habe ich nichts gemacht, worauf ich stolz sein könnte. Seit ich dir begegnet bin, war ich dafür ganz unglaublich glücklich.
Ich bin 31, und mein Beruf ist Fotojournalist.
Das ist alles, was ich kann und sein kann und sein will.
Wenn wir heiraten, werde ich nie mehr gut sein.
Ich gehe, solange ich noch weiß, was ich tue, solange wir noch glücklich sind, und ehe ich anfangen würde, dich für etwas verantwortlich zu machen, das ganz allein meine eigene Schuld ist. Du verdienst etwas Besseres als mich. Würden wir heira-*

ten, verstündest du rasch, was ich mir selbst angetan hätte. Allein deshalb, weil ich dich zu sehr liebe.

Gabe

Jazz drehte mechanisch die Seiten um, um zu sehen, ob auf der anderen Seite noch etwas stand. Sie sah in den leeren Umschlag und las den Brief noch einmal. Sie stand auf und sah in den Schrank im Flur. Gabes Sachen waren alle noch da, bis auf seinen Wintermantel, seine derbsten Stiefel und eine Cordhose. Sie sah in der Kommodenschublade nach. Sein wärmster Pullover war nicht da. Nach den Kameras brauchte sie gar nicht erst zu suchen. Sie ging ins Schlafzimmer zurück und irrte darin herum wie ein kleines Kind, das sich im finsteren Wald verlaufen hat. Schließlich kroch sie zurück ins Bett und zog sich die Decke über den Kopf. Ihr Gehirn arbeitete einfach nicht. Alles, was sie denken konnte, war: Unmöglich, das kann nicht wahr sein. Er hatte sie verlassen? An ihrem Hochzeitstag? Weil er sie zu sehr liebte? Was für einen Sinn ergab das? Er ging, solange sie noch glücklich waren. Er war unglaublich glücklich, seit er sie kannte. Und deshalb verließ er sie. Er liebte sie so sehr, daß er sie sitzenließ. Wo war da der Sinn?

Eigentlich sollte ich jetzt heulen, dachte sie. Bei so was heult man. Aber ihre Augen blieben trocken. Sie hatte nur das Gefühl zu verbluten. Und ihr Herz schlug wie verrückt. Und ihre Hände und Füße waren eiskalt.

Es klingelte an der Tür. In der nächsten Sekunde war sie auf den Beinen und raste hin. Natürlich war es Gabe, er war nicht wirklich weg. Sie hatte doch gewußt, das konnte nicht sein, es war doch völlig unmöglich, war überhaupt nie möglich gewesen.

Sie riß die Tür auf. Draußen stand Mike Kilkullen, bepackt

mit Paketen von Fauchon, mit Riesenportionen Gänseleberpastete für die Hochzeit.

»Daddy!« schrie sie. Sie zog ihn hinein, lief ins Schlafzimmer und kam mit dem Brief wieder. »Lies.«

Mike überflog die beiden Seiten rasch. Dann zog er Jazz an sich und hielt sie fest, und er spürte, wie sie allmählich ganz von innen heraus zu beben begann. Sie weinte nicht, aber es kamen schreckliche Laute aus ihrer Kehle; eine Art unmenschliches Stöhnen, ein haltloses Schluchzen. Mike Kilkullen hielt seine Tochter fest. Später war noch Zeit genug, ihr zu sagen, daß Gabe mit einem wirklich recht hatte: daß sie etwas Besseres verdiente als ihn.

9

In den folgenden Jahren blieb der Abschied von Paris für Jazz eine verschwommene Erinnerung ohne klare Konturen. Ein dunkler Nebel, in dem sie nur ihren Vater deutlich erkennen konnte, an den sie sich klammerte und den sie brauchte wie nie zuvor. Sie fühlte sich wie ein Tier, das rücksichtslos überfahren und dann tödlich verletzt an den Straßenrand geworfen worden war, damit es dort über Nacht verblutete.

Mike Kilkullen packte ihr ein paar Kleidungsstücke und alle ihre Fotonegative ein, hängte sich ihre Kameratasche über die Schultern und nahm sie mit in sein Hotel, wo er sie die ganze Nacht über nicht aus den Augen ließ, bis sie am nächsten Morgen ihr Flugzeug nach Kalifornien bestiegen. Jahre später erzählte er ihr einmal, daß er sogar daran gedacht hatte, bei *Alexandre* anzurufen, um dem Besitzer zu sagen, er solle die Party wie vorgesehen ablaufen lassen und den Gästen erklären, ihre Gastgeber hätten einen unerwarteten Auftrag im Nahen Osten erhalten.

In der Welt des Fotojournalismus, in der ein ständiges

Kommen und Gehen herrschte und wenig von Dauer war (die Scheidungsrate bei den Fotojournalisten von *National Geographic* lag angeblich bei glatten hundert Prozent), fiel es kaum auf, daß Gabe und Jazz nie wieder in Paris auftauchten. Sie waren alle zu sehr mit sich selbst beschäftigt.

Jazz blieb wochenlang auf der Ranch, ritt jeden Tag aus und nahm sich Lunchpakete mit, um erst abends zurückkommen zu müssen. Sie ritt über die endlosen Grasweiden und vorbei an den Herden grasender Kühe, die ihre Kälber säugten, oder zum Hafen, wo sie Muscheln suchte, oder am Strand entlang, bei Sonne und Regen und im Gleichklang mit Ebbe und Flut. Es war für sie die einzige Möglichkeit, ihre Wunden zu heilen. An keinem anderen Ort der Welt wäre das möglich gewesen.

Ende Januar wurde ihr allmählich klar, daß sie trotzdem nicht ewig hier auf der Ranch bleiben konnte. Irgendwann mußte sie weiterleben, und zwar zum ersten Mal selbständig und allein. Auf der Ranch gab es nirgends etwas Sinnvolles für sie zu tun. Außerdem hatte sie ihren eigenen Beruf, in den sie wieder zurück mußte und wollte. Sie wollte ihr eigenes Geld verdienen.

Sie stellte sich eine Präsentationsmappe zusammen; in die sie ihre besten Sachen aus dem Jahr in der *Graphics Central*, das Beste aus der Zusammenarbeit mit Gabe und eine Auswahl ihrer Kinderporträts aufnahm, borgte sich den Wagen ihres Vaters und fuhr zum Vermittlungsbüro der *Graphics Central*. Cathy Prim, die dieses Büro leitete, war eine gute alte Bekannte aus ihrer Schulzeit. Als sie die Mappe durchgesehen hatte, blickte sie auf: »Das ist doch wohl nicht dein Ernst, oder?«

»Wieso, was meinst du?«

»Liebe Jazz, deine Sachen da sind wirklich toll, aber diese Mappe ist totaler Schwachsinn. Da hast du deine Schul-Fotos drin und dann diesen ganzen Fotojournalismus von weiß Gott wo, unglaubliche Aufnahmen, die unbedingt hätten veröffentlicht werden müssen, und dann noch diese ganz und gar ungewöhnlichen Kinderporträts. Das ist ein Sammelsurium, Jazz! Kein Mensch, der die Mappe sieht, bekommt eine klare Vorstellung, in welche Schublade er dich tun soll! Wir leben bekanntlich in der Zeit der Spezialisierung, Jazz! Ich beschäftige mich hier nur mit der Vermittlung von Anfänger-Jobs, aber kein Mensch sucht eine überqualifizierte Anfängerin, die Sachen in ihrer Mappe hat wie den Papst in Afrika und dergleichen, mit denen man, so phantastisch sie sind, keinen Blumentopf gewinnen kann.«

»Und was soll ich tun?«

»Paß auf. Wenn du ernsthaft – was ich allerdings bezweifle – die Art Job willst, die ich hier vermitteln kann, dann schmeiß alles raus bis auf die Schul-Fotos. Denn die stellen neunzig Prozent aller Fotografenarbeit dar, und auf dem Gebiet warst du selbst im ersten Jahr schon Klasse. Du hättest nicht so schnell mit der Schule aufhören sollen.«

»Und die Porträts?«

»Für solche Sachen brauchst du einen Agenten, ganz abgesehen davon, daß nach Kinderporträts keine Nachfrage besteht. Die Eltern machen sich ihre eigenen mit der Billigkamera, mit der jeder Idiot umgehen kann. Und außerdem, hast du schon mal versucht, einen Agenten zu kriegen oder überhaupt nur einen dazu zu bewegen, sich deine Sachen anzuschauen? Dabei kannst du alt und grau werden, und selbst wenn es klappt, hast du immer noch keine Garantie, daß der Agent auch was taugt.«

»Tabletops«, sagte Jazz langsam. »Weißt du, Cathy, auf Tabletops bin ich nun wirklich nicht sehr scharf.«

»Aber du bist gut! Was soll ich dir sagen. Andernfalls kannst du nur versuchen, bei einer Fotoagentur unterzukommen und dich ganz auf Fotojournalismus zu verlegen. Da gibt es jede Menge Möglichkeiten, und es liegt dir ja offenbar auch.«

»Nein, nein, auf keinen Fall, Fotojournalismus kommt nicht in Frage. Das ist vorbei. Ich habe die Sachen davon ja nur reingepackt, damit man sieht, daß ich auch schnell schießen kann.«

»Bist du dir da ganz sicher? Du verschwendest ein großes Talent, Jazz.«

»Ganz sicher.«

»Wie bist du denn überhaupt da überall hingekommen?« wollte Cathy wissen. »Sachen wie diese habe ich noch in keiner Mappe von irgendwem gesehen.«

»Einfach Glück«, sagte Jazz hastig. »Also gut, ich mache die Sache mit den Tabletops. Hast du da irgendwas?«

»Nur eine einzige Stelle im Augenblick. Ist auch gerade erst reingekommen. Ein Food-Fotograf braucht ein Mädchen für alles. Zwanzig Leute hätte ich dafür auf Anhieb, aber das sind leider alles Jungs. Das ist eine echte Chance, Jazz. Wenn ich du wäre, würde ich zugreifen, ehe sie weg ist.«

»Gehört zu dem Job auch Geschirrspülen?«

»Vermutlich. Und Silberpolieren, und wahrscheinlich auch Saubermachen. Wenn es ›allgemeine Assistentin‹ heißt, dann bedeutet das üblicherweise alles – außer lebensgefährliche Situationen.«

»Kochen auch?« erkundigte sich Jazz vorsichtig. Mit Saubermachen käme sie gerade noch zurecht.

»Aber was denkst du denn? Das Kochen besorgen selbstverständlich die Profis, *Food-Stylisten*, schon mal was davon gehört? Das sind Hauswirtschafterinnen, Köche aus Nobelrestaurants und Spezialisten in Nahrungsmittelpräsentation! Du bist gut! Die lassen dich nicht mal in die Nähe ihrer Kunstwerke!«

»Schön, das ist mal eine gute Nachricht. Wie ist die Bezahlung?«

»Minimum. Mädchen für alles kriegen immer nur das Minimum.«

»Wo muß ich mich bewerben?«

»Studio Mel Botvinick. Ecke Olympic/La Bra.«

»Kennst du den, Cathy?«

»Klasse-Mann. Hat hier bei uns vor acht Jahren seinen Abschluß gemacht. Einer unserer Stars. Spitzenmann in der Branche. Zwei von seinen früheren Mädchen für alles haben inzwischen eigene Studios.«

»Auch Nahrungsmittel?«

»Was sonst? Nahrungsmittelfotografie ist ernsthaftes Big Business, Jazz! Hör zu, konzentrier dich darauf und laß alles Herumspinnen sein. Das ist ein Job. Du mußt dir klar darüber sein, wie ungeheuer groß die Konkurrenz in dem Beruf ist! Du kannst von hier aus anrufen, wenn du willst. Hinterher telefoniere ich mit ihm und lege ein gutes Wort für dich ein.«

»Danke, Cathy. Du bist ein Engel.«

»Was mich wirklich interessieren würde, ist, wie du an all diese unglaublichen Fotos aus aller Welt gekommen bist!«

»Ich war eben zufällig immer gerade in der Gegend.«

Als Jazz durch das Studio von Mel Botvinick ging, um zum Büro der Studiomanagerin zu gelangen, wo sie sich vorstellen sollte, hatte sie den Eindruck, in ein stilles, entlegenes Kloster geraten zu sein, das mit einem Labor kombiniert war und wo Menschen lautlos und effizient mit der kontemplativen Bewältigung irgendeines Mysteriums, das nur ihnen bekannt war, beschäftigt zu sein schienen. Es war ein hoher Raum ohne Fenster mit starken Arbeitslampen über großen Holztischen, an denen drei Frauen auf Küchenstühlen saßen und intensiv irgend etwas taten, das Jazz nicht ausmachen konnte. Es roch überhaupt nicht nach Küche, und sie sah auch nirgends die großen Küchentische, die sie erwartet hatte, aber auch keinerlei fotografisches Gerät – außer einer einzigen, riesigen Kamera auf einem Stativ. Das ganze Studio strahlte eine Atmosphäre der Sicherheit und Heiterkeit aus. Eine Insel der Ruhe und des Friedens, und das mitten im hektischen Los Angeles. Sie war auf einmal wild entschlossen, diesen Job, wie wenig er auch zu ihr passen mochte, zu bekommen.

Das Büro der noch jungen Studiomanagerin Jilly Hexter lag oberhalb des eigentlichen Studios. Sie blätterte langsam durch Jazz' hastig neu zusammengestellte Mappe, die nun nur noch Arbeiten aus ihrem ersten Schuljahr enthielt – lauter Ausleuchtungsübungen.

»Was haben Sie gemacht, seit Sie von der *Graphics Central* weg sind?« erkundigte sich Jilly Hexter, während sie die Mappe nickend zuklappte.

»Ich hatte Gelegenheit, ein paar Jahre in Europa zu leben.«

»Sie Glückspilz. Und was haben Sie da gemacht?«

»Na ja, es ist mir etwas peinlich, aber ich habe mich, um es drastisch zu formulieren, so von Stadt zu Stadt und von einem Land zum anderen durchgefressen. Ich konnte nicht mehr aufhören damit. Es war mir damals wichtiger als alles andere. Essen ist meine große Leidenschaft.«

»So geht's uns allen hier. Mel ist der Meinung, Food-Fotografie sei eine Kunstform.«

»Der Meinung bin ich auch«, sagte Jazz nachdrücklich.

»Können Sie kochen?«

»Nun, ich kann Dosen aufmachen, einschließlich Sardinendosen. Und ich kann mir ein Sandwich machen, wenn ich Hunger habe. Aber wenn's ans richtige Kochen geht, dann sollten Amateure meiner Meinung nach ihre Finger davon lassen. Was ich aber ausgesprochen gern tue, ist, Küchen sauberzumachen, wenn ich nur die Gelegenheit dazu kriege.«

»Nicht wahr!« sagte Jilly, »es befriedigt einen doch ungeheuer, wenn alles wieder blitzt und blinkt!«

»Ja, es ist mir direkt ein Bedürfnis«, antwortete Jazz. »Und das Beste daran ist, daß es nie lange so sauber bleibt!«

»Wann können Sie anfangen?« fragte Jilly.
»Jetzt gleich.«
»Gut. Dann kommen Sie mal mit. Ich stelle Sie vor.«

Binnen weniger Monate hatte Jazz sich im Studio von Mel Botvinick unentbehrlich gemacht. Die ersten Wochen durfte sie nichts tun, als Dinge holen und wieder wegstellen. Als sie bewiesen hatte, daß sie weder ungeschickt noch nachlässig war, bekam sie allmählich qualifiziertere Aufträge. So durfte sie jetzt schon die Tuchrollen auslegen, die bei den Aufnahmen als Tischverkleidung dienten. Aber das Drapieren des Tuchs bis hin zur letzten Falte besorgte nach wie vor Tinka, die japanische Spitzen-Stylistin, deren Arrangements im Ruf ganz besonderer Eleganz standen. Jazz durfte Sharon, der leitenden Food-Stylistin, auch das schwere Küchenbesteck aus der Hand nehmen, die diversen Schubladen öffnen, in denen die Sortimente von Messern, Scheren, Pipetten und Zerkleinerern aufbewahrt wurden. Schließlich setzte Sharon so viel Vertrauen in sie, daß sie ihr die Instrumente anreichen durfte.

Nachdem sie auch ihre Fähigkeit demonstriert hatte, den achtflammigen Herd, die Mikrowelle und den Doppelausguß zu Sharons Zufriedenheit sauber zu putzen, wurden diese Tätigkeiten zu ihrer unbestrittenen Domäne im Studio. Fast täglich wurde sie nun auch zum Supermarkt geschickt, um Papiertücher zu kaufen, Schwämme, Topfreiniger und Plastiktüten. Diese Artikel verbrauchte das Studio in gewaltigen Mengen. Sie bekam Gelegenheit, Eiswürfel in kleine Plastikbeutel zu füllen, die dann unsichtbar unter Salate praktiziert wurden, damit die Blätter unter dem heißen Licht nicht so schnell welk wurden. Kam Tinka mit zwanzig verschiedenen Blumensträußen im Arm an – für den Fall, daß einer oder zwei für die Aufnahmen gebraucht würden –, dann durfte Jazz sie ihr abnehmen und sie ins Wasser stellen. Schließlich erhob Tinka sie in den Stand einer ihrer offiziellen Assistentinnen, die für den Aufbau der Sets und manchmal auch für das Arrangement des Hintergrunds zuständig waren – ob es nun ein tropischer Strand sein mußte oder eine toskanische Bauernküche.

Jazz entwickelte eine große Fertigkeit darin, Sharon die Wattestäbchen zu reichen, die diese in eine chemische Mixtur tunkte und in den Speisen-Arrangements versteckt anbrachte, damit sie Dämpfe vortäuschten, die noch von den Speisen aufzusteigen schienen. Und sie lernte, zwischen zwei Aufnahmen rasch hochzufahren und die Biergläser mit einem Kochlöffel umzurühren, damit sie wieder schäumten. Und es wurde ihr auch die Tinktur aus Angostura Bitter, Küchenreiniger und Waschpulver anvertraut, mit der jeder Braten bepinselt wurde, um dann abgeflammt zu werden, damit alles schön ofenfrisch aussah.

Allmählich lernte sie dann auch den runden, buddhaähnlichen Mel Botvinick kennen. Er war ein sanftmütiger zurückhaltender liebenswerter Mann mit einer nie ermüdenden Leidenschaft für seine Arbeit. Niemand durfte in seine Nähe kommen, wenn er seine Aufnahmen arrangierte und die Ausleuchtung jeder einzelnen festlegte. Er arbeitete mit Reserve-Ausstattungen, bis er mit der großen Toyo genug Polaroids vom Stativ aus gemacht hatte und so zufrieden mit allem war, daß er die endgültigen Farbaufnahmen mit dem eigentlichen, meisterhaften Tafelgerät in Angriff nehmen konnte.

Es dauerte gar nicht lange, dann ließ Mel sie die Polaroids machen, und als sie sich dieser Aufgabe voll gewachsen zeigte, drückte er ihr sogar eine Hasselblad in die Hand und gestattete ihr kleine Detailaufnahmen etwa eines einzelnen Eidotters in einer Tasse, eines Schneebesens, einer Packung Reis oder eines Zwiebelrings.

»Mel, warum lassen Sie mich diese Detailaufnahmen nicht selber ausleuchten?« fragte sie eines Tages.

»Weil ich nicht darf, auch wenn ich nicht bezweifle, daß Sie es können.«

»Wieso? Die machen doch später auf der ganzen Seite höchstens Briefmarkengröße aus.«

»Der Kunde bezahlt mich aber auch für meine Ausleuchtung«, erklärte Mel sanft, doch kompromißlos.

Das Ausleuchten besorgte Mel genauso intensiv und sorgfältig wie die Erarbeitung der Fotoidee selbst. Jazz sah sich soviel bei ihm ab wie irgend möglich, und sie begriff, daß das, was sie hier bei ihm lernte, das verlorene Jahr auf der *Graphics Central* mehr als nur wettmachte. Sie beobachtete sorgfältig, wie er durch ein einziges Funkeln am Glas einer Weinkaraffe Leben in ein Foto brachte, wie er die Patina der Schale einer purpurfarbenen Weintraube herausarbeitete, den schweren, soliden Glanz einer polierten Silbergabel, den Oberflächenkontrast zwischen gekochten Shrimps und der Mayonnaise, in die sie getunkt wurden – und das nicht etwa mit Hilfe einer Serie von Fotos, aus der dann das treffendste ausgewählt wurde, sondern mit einer einzigen, sorgfältig komponierten und ausgeleuchteten Aufnahme.

Oft stellte sie spätabends nach einem langen Arbeitstag, wenn alle schon gegangen waren und sie nur noch aufräumen und zuschließen mußte, die Scheinwerfer und Spotlights noch einmal an, um die Detailaufnahmen, die sie tagsüber angefertigt hatte, zu überprüfen und kleine Änderungen auszuprobieren, die vielleicht selbst die Einrichtungen Mels noch übertreffen konnten. Doch es gelang ihr nie, es besser zu machen als er und eine Zwiebelscheibe auf ihre Weise echter wirken zu lassen als unter Mels Ausleuchtung. Er konnte irgendwie zaubern. Sie begriff noch nicht, wie er das machte, aber soviel stand fest: Er besaß die Fähigkeit, Speisen auf einem Foto echter aussehen zu lassen als in Wirklichkeit. Auf seinen Fotos sprang einen jede Einzelheit direkt an, als wäre alles lebendig.

Fast verbissen begann sie, mit den diversen Arrangements herumzuexperimentieren, die im Studio aufgebaut waren und über Nacht stehenblieben. Sie arrangierte neu, gruppierte um, wechselte die Dekorationen und die Blumen und versuchte auf jede nur denkbare Art, einen neuen, fesselnderen, interessanteren, harmonischeren Aufbau zu finden, ein Layout, wie es Mel nicht zustande brachte. Und gelegentlich, wenn sie das auf dem Kopf stehende Ergebnis ihrer Bemühungen durch die große Toyo betrachtet und kritisch inspiziert hatte, fand sie ihre Komposition tatsächlich interessanter als die von Mel. Dann machte sie mit ihrem eigenen Material rasch ein Farbfoto davon – und hatte anschließend noch einmal stundenlang damit zu tun, Mels ursprüngliches Arrangement detailgetreu wiederherzustellen. Obwohl er seine Aufnahmen doch stets so nüchtern und sachlich erarbeitete, ließ sich nicht leugnen, daß er mit jedem Motiv fotografisches Neuland betrat. Er hatte ein schier unglaubliches Innovationspotential auf seinem Spezialgebiet, und das hatte sie einfach nicht und würde es auch nie haben. Alles, was sie tun konnte, war von ihm zu lernen.

Sie hatte sich in der Nähe des Studios, das in einer wenig vornehmen Gegend lag, ein möbliertes Ein-Zimmer-Apartment gemietet. Wenn sie abends um acht oder neun nach Hause kam, taten ihr die Füße weh von den sich zu zurückgelegten Kilometern summierenden Botengängen im Studio und außerhalb, und sie begnügte sich mit einer leichten Mahlzeit und einem heißen Bad, nach dem sie sofort zu Bett ging. Alle im Studio aßen kräftig zu Mittag und machten ihre Teepause. Alle Speisen wurden von Lokalen aus der Umgebung angeliefert. Niemand hätte je daran gedacht, die leckeren Sachen, die im Studio fotografiert wurden, zu essen. Schon weil sie alle genau wußten, wie diese Speisen präpariert worden waren, um sie so unwiderstehlich aussehen zu lassen. Das wäre so, dachte Jazz bei sich, als ginge ein Schönheitschirurg mit einer Frau ins Bett, der er selbst zuerst die Brüste vergrößert, die Nase begradigt und dann auch noch die Kniescheiben geliftet hat.

Ihre Arbeit in diesem ersten halben Jahr 1982 war Balsam für ihre Nerven, sie ließ sie zur Ruhe kommen. Ganz gleich, wie gut ein Nahrungsmittelfotograf auch war (und alle seine Mitarbeiter dazu), man brauchte in diesem Geschäft enorm viel Geduld. Zwei oder auch drei volle Tage sorgfältigster Arbeit und detaillierter Vorbereitungen waren nichts Ungewöhnliches, bevor eine einzige Aufnahme gemacht werden konnte. Die entspannte, lockere und humorvolle Atmosphäre, die dennoch im Studio herrschte, war alles andere als Ausdruck von Faulheit und Laxheit. Vielmehr war die Entschlossenheit und Disziplin aller stets deutlich spürbar, jeden Auftrag perfekt auszuführen, ob er groß war oder klein.

Es war das erste Mal, daß Jazz in einem wirklichen Team arbeitete, in dem für Egotrips kein Platz war. Mel Botvinick selbst war in seiner bescheidenen Zurückhaltung ein Chef, der seine Truppe allein durch seine Persönlichkeit auf totale Loyalität einzuschwören vermochte.

Nicht, daß dies die Atmosphäre war, in der sie den Rest ihrer Tage arbeiten wollte. Doch sie wußte, daß sie hier etwas hatte, das jedenfalls im Augenblick von sehr großer Wichtigkeit für sie war. Das sie nach dem Tumult der vergangenen zwei Jahre wieder aufblühen ließ. Wenn sie mit Tinka Brotkörbe einkaufte, Mel beim Ausleuchten einer Terrine Bouillabaisse zusah oder beobachtete, wie Sharon ihr beachtliches Talent bei der Verschönerung einer Artischocke zum Einsatz brachte, konnte sie, zumindest manchmal und zumindest für einige Minuten, die tiefen Wunden ihres Herzens vergessen.

»Ich kann Mels Geburtstagskarte nicht finden!« sagte Jilly. Sie sah ungewöhnlich zerstreut aus, während sie ihren ganzen Schreibtisch durchwühlte.

Es war Juni 1982.

»Wie willst du denn auch da drinnen eine Karte finden? Das sind die Negative seiner Aufnahmen vom letzten Jahr! Soll ich mal in einem guten Kartenladen ein paar besorgen gehen?«

»Nein, nein, Jazz, darum geht es nicht. Jedes Jahr zu seinem Geburtstag verschickt Mel eine seiner Aufnahmen als Karte an seine Kunden, an sämtliche Artdirectors, die Kunden werden könnten, und an sämtliche Bildagenturen oder Magazine, kurz, an die gesamte Zeitschriften- und Werbebranche. Daß sein Geburtstag der Anlaß ist, wissen die nicht einmal. Du weißt doch, wie zurückhaltend er ist. Aber die Sache macht ihm Spaß. Und Phoebe sagt, es ist eine tolle Werbung für neue Aufträge.«

»Eine einzige Aufnahme?«

»Ja. Vergrößert, auf sündhaft teurem Glanzpapier und von ihm signiert. Es gibt eine Menge Leute, die sich das einrahmen lassen. Es ist schon so eine Art Tradition.«

»Soll ich mit aussuchen helfen?«

»Danke, es würde wenig helfen. Ich habe ihm bereits fünfzig der tollsten Aufnahmen vorgelegt, aber keine war ihm gut genug. Er meint, sie sagen alle nichts Neues aus. Jetzt bin ich bereits bei den Aufnahmen vom letzten Jahr. Diese Geburtstagskarte ist ein Muß. Er macht sie, seit er das Studio hat.«

»Also, ich will ja nicht naseweis sein, Jilly, aber warum versuchst du nicht einfach mal was anderes?«

»Jazz!«

»Denk mal darüber nach. Etwas, das selbst ein – Schälchen Wackelpudding repräsentieren könnte?«

»Aber Jazz. Mel verabscheut Wackelpudding geradezu. Was glaubst du wohl, wie viele ganz neue Präsentationsformen er sich dafür schon ausdenken mußte?«

»Na gut, dann eben nicht Wackelpudding. Aber warum denn nicht zum Beispiel mal einfach die Leute zeigen, die hier arbeiten? Wie sie alle dazu beitragen, daß eine Aufnahme gelingt und gut wird? Einen Text dazu: Dies ist das Team Mel Botvinicks. Das könnte man wie eine Art Broschüre... ja: wie eine Faltbroschüre machen, und die eigentliche Aufnahme kommt dann ganz am Schluß auf der letzten Seite. Wer weiß denn schon, was für ein Aufwand mit einer Speisenaufnahme verbunden ist?«

»Das würde doch ein Vermögen kosten«, wandte Jilly ein.

»Nicht, wenn die Fotos selbst nichts kosten und man sie nicht auf so teurem Papier druckt.«

»So. Und wer macht die Fotos umsonst?«

»Ich.«

»Du?«

»Na klar. Ich habe Erfahrung mit Fotostories. Mir macht es Spaß, und du brauchst nur die Filme zu kaufen.«

»Na, ich weiß nicht so recht...«

»Dich beispielsweise, Jill, würde ich aufnehmen, wie du gerade mit Phoebe telefonierst oder die Treppen rauf und runter läufst oder mit Sharon über den nächsten Auftrag redest oder Tinka erklärst, was Mel sich vorstellt, oder wie du Lunch bestellst oder die Rechnungen ausschreibst oder mit einem der Kunden redest oder in Negativen wühlst, so wie jetzt gerade, oder irgendwas sonst von den hundert Dingen tust, die du hier jeden Tag erledigst.«

»Hundert?«

»Ja, du bist doch das reine Perpetuum mobile hier! Würdest du nur einen Tag fehlen, bräche das Chaos aus.«

»So habe ich das noch nie betrachtet«, sagte Jilly, beeindruckt von der Zielsicherheit, mit der Jazz sie beschrieb, eine Gabe der Fotojournalisten, mit der sie jemanden, der absolut nicht wollte, am Ende doch immer überreden konnten, sich fotografieren zu lassen.

»Ja, weil du alles als gegeben hinnimmst. Ich aber habe ein noch unverbrauchtes Auge. Beispielsweise sehe ich in diesem

Licht hier den feinen Schnitt deines Gesichts und deine attraktiven Ohren. Du hast perfekte Ohren, wußtest du das?«

»Na ja, es hat schon mal wer gesagt, sie seien hübsch...« Jilly errötete ein wenig.

»Nicht hübsch. Perfekt! Es gibt kaum jemanden auf der ganzen Welt mit perfekten Ohren. Ich würde dich nie beim Telefonieren fotografieren, ohne daß du den Hörer auf der anderen Seite hältst.«

»Jazz, das würde doch eine Menge Zeit in Anspruch nehmen, diese ganzen Aufnahmen. Und den Betrieb aufhalten. Ich fange jetzt schon an, mir Posen auszudenken.«

»Jilly, ich verspreche dir, du würdest nicht mal merken, daß ich daran arbeite. Ich mache doch keine Porträts, sondern wirkliche Arbeitsaufnahmen. Wann muß die Geburtstagsanzeige zur Post?«

»Nächsten Monat.«

»Kein Problem. Zeig mir doch dein Ohr noch mal, Jilly! Also wirklich, ein Jahrhundertohr ist das! Wenn du o.k. sagst, hast du die Kontakte in zehn Tagen, und dann kannst du immer noch entscheiden, ob es eine gute Idee ist oder nicht. Wenn sie nicht gut ist, kannst du ja dann noch die übliche Karte machen.«

»Also gut, ich rede mit Mel. Er entscheidet es schließlich.«

»Sag ihm, es würde etwas darüber aussagen, was man mit Teamarbeit alles zustande bringt.«

Die ganze nächste Woche hatte Jazz kaum eine Sekunde Zeit zum Nachdenken. Und wenn, hätte sie sich höchstens gefragt, wie sie es eigentlich so lange ausgehalten hatte, nicht selbst zu fotografieren. Als sie die ersten Bilder von Sharon beim Glasieren eines Kuchens machte, war ihr, als erwache ein Teil ihres Körpers, der bislang taub gewesen war, erst jetzt wieder zum Leben. Die Faszination, Menschen zu fotografieren, die sie zum ersten Mal mit acht Jahren verspürt hatte, war mit der Zeit nicht etwa schwächer geworden, sondern durch ihre Arbeit der letzten Jahre nur noch größer.

Es war ihr bis zu dieser Woche, in der sie die Fotos für Mels Geburtstagsleporello machte, gar nicht klar gewesen, wieviel sie tatsächlich in diesen Jahren gelernt hatte. Tempo, Präzision und das Geschick, bei der Arbeit selbst kaum bemerkt zu werden, waren ihr zur zweiten Natur geworden, ebenso wie die Fähigkeit, den richtigen Moment zu erkennen und rechtzeitig abzudrücken – alles unentbehrliche Eigenschaften eines Fotojournalisten. Sie besaß sie.

Und sie besaß ein Gespür für die Bedeutung von Bewegung, von Mimik und Gestik, ein Gespür für Stimmungen und Gedanken, das zum Handwerkszeug eines Kinderfotografen gehörte.

Und ebenso besaß sie den für einen Nahrungsmittelfotografen entscheidenden Blick für die auffallendste und originellste Komposition verschiedener Elemente.

Auch in der Kunst der Belichtung war sie längst mit allen Wassern gewaschen. Sie war imstande, bei jedem nur denkbaren Licht das optimale fotografische Ergebnis zu erzielen, ohne zum Blitz Zuflucht nehmen zu müssen, der das Fotografieren zwar gewaltig vereinfachte, aber doch jede besondere Stimmung zerstörte.

Sie arbeitete schnell und mühelos, hatte die Kameras um den Hals hängen und knipste, wo immer sich Gelegenheit bot und wann immer sie sich ein paar Augenblicke von ihrer eigentlichen Arbeit im Studio freimachen konnte. Sie huschte herum, überall und nirgends, wie immer in Jeans und Arbeitshemd, unermüdlich, begeistert, und fand Blickwinkel, von denen sie nicht einmal geahnt hatte, daß sie existierten. Und sie entdeckte obendrein an ihren Kolleginnen Seiten, die sie bisher noch nie gesehen hatte, und fühlte, wie sehr sie sie alle mochte.

Mel Botvinick selbst hatte ihrer Idee zwar zugestimmt,

doch ausdrücklich verlangt, daß sie ihn selbst nicht aufnahm. Aber er hatte ja nicht gesagt, daß das seine Hände einschloß, dachte Jazz, während sie eifrig drauflos knipste, oder seinen Schatten, der in dieser Welt voller Frauen so unverkennbar war.

Am Ende der Woche hatte sie eine ganze Tasche voller Filme zum Entwickeln, alle in schwarzweiß. Es war abgemacht, daß nur die eigentliche Speisenaufnahme Mels am Ende farbig sein sollte. Sie fuhr nach Hause auf die Ranch wie an jedem Wochenende, seit sie wieder in Los Angeles war, und kam von Freitagabend bis Montagmorgen nicht aus ihrer Dunkelkammer heraus. Sie war so aufgeregt, daß sie nicht einmal das Bedürfnis hatte zu schlafen. Susie brachte ihr das Essen, und Mike Kilkullen sah gelegentlich nach ihr, aber Jazz winkte sie alle beide nur fort, und ihr Gesichtsausdruck beruhigte sie mehr, als Worte es vermocht hätten.

Sie brach am Montag im Morgengrauen auf und fuhr direkt ins Studio, wo Mel und Jilly gerade über irgend etwas Finanzielles debattierten, als sie die Treppe hinaufgestürmt kam und ihren Stapel Kontakte auf den Tisch legte.

»Fertig«, sagte sie nur, so ruhig sie konnte.

»Also gut, sehen wir sie uns mal an«, meinte Mel widerstrebend und griff nach seiner Lupe. Auch Jilly zögerte; sie machte ein etwas nervöses Gesicht, fand aber auch keine rechte Ausrede, es zu verschieben, und so griff sie schließlich ebenfalls nach einer Lupe. Sie begannen, gemeinsam Bogen um Bogen zu inspizieren, unverbindlich lächelnd, denn sie hatten sich längst abgesprochen, daß die Fotos, wenn sie nicht wirklich gut waren, einfach in den Papierkorb wandern würden, ganz gleich, wie schmerzlich das für Jazz auch sein mochte. Beide hatten die spontane Zusage zu ihrem Vorschlag längst bereut und sich nach der ersten Begeisterung für die Idee klargemacht, daß ein gleichwohl ausgezeichnetes Mädchen für alles noch lange keine Fotografin ausmachte.

Sie besahen sich Bogen um Bogen, eingehend und lange, dabei immer darauf bedacht, ja nicht voreilig zu urteilen, sich keinerlei Blöße zu geben, wechselten keinen Blick und kein Wort, sahen Jazz nicht einmal an – doch die allmählich wachsende Geschwindigkeit, mit der sie von einem Bild zum anderen gingen, verriet dann doch ihre zunehmende Erregung.

Jazz beobachtete nur ihre Hände, nicht ihre Gesichter, und atmete allmählich wieder ruhiger. Sie lehnte sich an die Wand, verschränkte die Arme und bemühte sich, so unbeteiligt dreinzublicken wie die anderen beiden auch, um auf keinen Fall zu erkennen zu geben, was für ein Sturm der Gefühle in ihr tobte.

»Sag mal, du – du...«, stotterte Mel atemlos und brach dann einfach kopfschüttelnd ab.

»Du hast nie einen Ton davon gesagt«, vollendete Jilly seinen Satz fast vorwurfsvoll.

»Woher *kommst* du eigentlich?« fragte Mel entgeistert, als sehe er sie eben zum ersten Mal.

»Du hast kein Wort... ich hatte ja keine Ahnung... wieso hast du mir das nicht gesagt?« fragte auch Jilly noch einmal fassungslos.

»Hab ich doch«, erklärte Jazz und versuchte, weiter ganz kühl zu bleiben. »Ich hab dir gesagt, daß ich einige Erfahrung mit Fotostories habe.« Doch angesichts der Begeisterung der beiden konnte sie doch nicht verhindern, daß ihr ein paar Freudentränen über die Wangen kullerten.

»Einige Erfahrung!« explodierte Mel. »Hätte ich dich nicht mit eigenen Augen hier herumsausen und wie wild knipsen sehen, dann hätte ich geschworen, diese Fotos hier seien von einem der besten Fotografen der Welt!«

»Oh, vielen Dank, Mel«, grinste Jazz und wischte sich die Tränen weg. »Das war jetzt wohl ein Kompliment, oder?«

»Was? Ach... Du weißt ganz genau, was ich meine.« Mels runder Kopf wurde feuerrot, als er begriff, was er gesagt hatte.

»Von dir selbst«, meldete sich Jilly, »ist kein Foto dabei.«

»Das mache ich«, entschied Mel Botvinick. »Ich überlege schon seit Monaten, wie man ihr Haar mal ausleuchten könnte. Eine Farbe wie französischer Toast, an den Rändern leicht angebrannt und mit geschmolzener Butter drauf. Oder ihre Augen... die sind schwierig. Wie macht man die? Als Christbaumschmuck? Als gelbe Diamanten unter Wasser? Überlaßt das mal mir. In Farbe natürlich. Anders kann man das Mädchen gar nicht ablichten.«

»Wie sollen wir das jeweils beste Foto rausfinden von allen, Mel? Es sind so viele, da weiß man ja gar nicht, wo man anfangen soll.«

»Tja, einfach alle durchsehen und vergleichen«, sagte Mel. »Sagen wir, wir nehmen ein 12-×-24-Seitenformat. Das heißt, wir kriegen auf jede Seite neun Fotos, die noch gut erkennbar sind, und es bleibt noch Platz für die persönlichen Angaben unten. Sagen wir drei Seiten für die Food-Stylistinnen, drei für Tinka und ihre Assistentinnen, eine für dich und die letzte Seite für das Farbfoto, und Jazz dann auf der Umschlagrückseite samt Fotovermerk für die ganze Broschüre und meinen für das Farbfoto. Das macht acht Seiten im ganzen, dazu noch eine Aufnahme vorne als Titel, das sollte... na, vielleicht irgendein fotografischer Gag sein, irgendwas, von dem niemand weiß, was es darstellen soll...« Er verstummte. »Eine Art Insider-Gag«, meinte er schließlich.

»Das da vielleicht?« fragte Jazz sofort und deutete auf ihr Lieblingsfoto, auf die Aufnahme mit letzten Vorbereitungen für das große Büfettfoto, Mels Hände, die gerade noch eine Gabel richteten, und sein Schatten darüber.

»Tja... warum eigentlich nicht? Ja! Ich meine, schließlich ist es mein Geburtstag, da kann man sich das doch erlauben?«

»Oder vielleicht doch das da?« Jazz deutete auf ein anderes Foto von ihm. Mel von hinten, auf dem Boden in seiner Meditationspose.

»Oh, nein!« erklärte er hastig. »Da könnte mich jemand erkennen.«

Jetzt meldete sich die Büro-Managerin Jilly zu Wort. »Mel, das ist ein Ding mit neun Seiten. Selbst mit dem billigsten Papier, das wir uns guten Gewissens erlauben können, kostet das ein Heidengeld.«

»Was denn? Es wird das gleiche Papier wie immer verwendet! Alles andere wäre kriminell! Einfach kriminell! Bei diesen Fotos! Außerdem sind das legitime Geschäftsunkosten!«

Jilly grummelte irgend etwas Zustimmendes. Sie besah sich noch einmal die Aufnahmen von ihr selbst am Telefon. Stimmte schon. Ihre Ohren waren wirklich perfekt.

Drei Wochen später hielten Hunderte von Artdirectors und Fotoagenten überall in den Vereinigten Staaten und Europa Mel Botvinicks Geburtstagsbroschüre in Händen, und jedem einzelnen war sofort klar, daß dies eine zukünftige Sammlerrarität darstellte. Es passierte höchstens alle zwei oder drei Jahre, daß sie, die alles zu sehen bekamen, was es in der Branche gab, auf einen völlig neuen Fotografennamen mit einem eigenen, fertigen Stil stießen, einem originären, unverwechselbaren, ganz persönlichen Stil. Und diese neue Fotografin, deren Namen noch nie jemand gehört hatte und die da als Meisterin vom Himmel fiel mit ihrem jungen, frischen, völlig unverbrauchten Blick, war auch noch jung und schön, nach dem kleinen Farbporträt zu schließen, das sich auf der Rückseite befand und das Mel Botvinick höchstpersönlich aufgenommen hatte. Bei sämtlichen Fotografenagenten liefen die Telefondrähte heiß. Von überall her kamen die Anfragen:

»*Wer zum Teufel ist diese Jazz Kilkullen?*«

Eine einzige Agentin, Phoebe Milbank, wußte die Antwort. Sie hatte mit Jazz einen Vertrag gemacht, noch ehe die Broschüre verschickt worden war.

Phoebe Milbank betreute zu der Zeit nur Mel Botvinick und den Automobilfotografen Pete di Constanza. Nachdem sie mit den beiden Verträge gemacht hatte, hatte sie standhaft weitere Klienten abgelehnt, obwohl Monat für Monat Dutzende hoffnungsvoller junger Talente an ihre Tür klopften und ihr ihre Präsentationsmappen brachten.

Es war nach ihrer Überzeugung unendlich viel wichtiger, jede verfügbare Sekunde auf zwei hervorragende, erstklassige Leute zu verwenden, die zusammen ein Jahreseinkommen von mehr als einer Million erzielten, als sich um eine ganze Reihe durchschnittlich begabter Fotografen zu kümmern. Qualität statt Quantität. Der »schnelle Dollar« war ihre Sache nicht, wenn sie auch den regelmäßig einkommenden sehr wohl zu schätzen wußte. Erst nachdem sie Mels und Petes Preise hochgeschraubt und ihren Kundenkreis stetig erweitert hatte, war sie bereit, nun vielleicht noch einen dritten – und wahrscheinlich letzten – Fotografen unter ihre Fittiche zu nehmen.

Jilly hatte mit Phoebe telefoniert, um mit ihr die Adressenliste für die Geburtstagszusendung abzustimmen, und Phoebe war lange genug im Geschäft, um gleich einen gewissen Unterton in Jillys Stimme zu entdecken, der sie aufhorchen ließ. Sie machte sich sofort auf den Weg ins Studio. Was sie sah, elektrisierte sie. Ohne weitere Erkundigungen über den blonden Wirbelwind einzuholen, schlug sie auf der Stelle zu, denn ihr war auf Anhieb klar, daß diese Jazz sich vor Agenten-Angeboten nicht mehr würde retten können, sobald dieses Faltblatt zur Post gegangen wäre. Noch am gleichen Tag unterschrieb Jazz einen Vertrag mit Phoebe, nachdem Mel ihr nicht nur seinen Segen gegeben, sondern ihr Phoebe sogar selbst nachdrücklich empfohlen hatte.

Phoebe war einigermaßen erstaunt über ihre eigene, ganz untypische Hast in dieser Angelegenheit, lud aber Jazz für den nächsten Tag zum Essen ein, um ihre neue Geschäftsbeziehung zu feiern. Jazz wollte und sollte jedoch vorläufig noch weiter als Mädchen für alles bei Mel arbeiten, bis Jilly einen Ersatz für sie gefunden hatte. Sie bestand auf dem kleinen chinesischen Restaurant an der Ecke, damit sie rasch wieder zurück zur Arbeit konnte.

»Für ein Mädchen, das bald sehr reich und berühmt sein wird, sind Sie ziemlich kühl und gelassen«, sagte Phoebe zu ihr. Sie musterte sie mit unverhohlener Neugier.

»Also, Phoebe«, sagte Jazz angespannt, »wir werden ja nun sehr eng zusammenarbeiten. Da ist es sicher wichtig, daß Sie über einige Dinge Bescheid wissen, die nicht allgemein bekannt sind. Ruhm wird mein Motiv nie sein. Meine Mutter war Sylvie Norberg.«

»Oh, lieber Gott, Jazz. Das tut mir leid.«

»Ist schon in Ordnung.«

»Kein Mensch im Studio hat etwas davon gesagt...«

»Es weiß dort ja auch niemand. Es ist eine alte und traurige Geschichte. Es gab keinen Grund, darüber zu reden.«

»Ich hätte es mir eigentlich denken sollen. Sie haben genau ihre Augen, das ganze Aussehen... Sie gleichen ihr überhaupt sehr...«

»Ja, ich weiß«, unterbrach Jazz sie hastig. »Ich habe ein sehr enges Verhältnis zu meinem Vater«, fuhr sie rasch fort. »Die meisten Wochenenden verbringe ich auf unserer Ranch unten in der Nähe von San Juan Capistrano. Ich will kein Leben führen, bei dem ich keine Zeit mehr für meinen Vater auf der Ranch habe. Mit anderen Worten, wenn es Aufträge gibt, bei denen ich lange aus Kalifornien wegmüßte, lehnen Sie sie ab, und wenn sie eine Tonne Geld einbrächten.«

»Einfach so?«

»Einfach so, ja.«

»Und was ist mit mir? Das fängt ja gut an. Meine neue Klientin will weder reich noch berühmt werden. Das beträfe immerhin auch meine Provisionen.«

»Wenn Sie es sich noch einmal überlegen wollen, habe ich volles Verständnis dafür.«

»Nein, nein, kommt nicht in Frage. Ich sagte: beträfe, nicht betrifft. Wir kommen schon zusammen, überlassen Sie das nur mir. Sonst noch etwas, das ich vielleicht wissen sollte?«

»Was sollte da sonst noch sein?«

»Nun ja, Männer vielleicht.«

»Nichts von Bedeutung. Ich bin mit meiner Arbeit verheiratet.«

»Natürlich.« Phoebe schüttelte ihre bananengelbe Haarmähne und grinste.

»Sie werden es ja sehen.« Jazz lachte. Eine ziemlich unglaubliche Person, diese Phoebe. Kam einfach hereingeschneit, sah sie nicht mal richtig an und erklärte, eine große Karriere für sie in die Wege leiten zu wollen! Für jemanden, von dem sie absolut nichts wußte! Wäre sie nicht seit zwei Jahren Mels Agentin, hätte Jazz sich überhaupt nicht darauf eingelassen – schon gar nicht auf so eine Frau, die offenbar nur in Superlativen dachte!

»Wann hat Jilly einen Ersatz für Sie?«

»Sie hat heute nachmittag schon ein paar Bewerberinnen da. Es dürfte keine Schwierigkeiten machen, sofort jemanden zu finden.«

»Gut. Ich habe nämlich schon Ihren ersten Auftrag.«

»Was?«

»Ich habe gestern abend mit einem Redakteur von *Esquire* gegessen und ihm dieses Leporello gezeigt. Sie haben da eine beachtliche Fähigkeit, die verborgene Sinnlichkeit von Frauen sichtbar zu machen, selbst von solchen, die keine Sexbomben sind. Die meisten Frauen sind nicht imstande, zu sagen, ob und wann eine andere Frau sexy ist. Das ist eine Gabe, die man hat oder nicht. Ich zum Beispiel habe noch nie bemerkt, wie enorm sinnlich Sharon und Jilly sind. Sharon, wie sie einen Kuchen glasiert – das war die schiere Fleischlichkeit! Und Jilly am Telefon – wie mit dem Röntgenblick gesehen! Kurzum, Sie haben den Auftrag, für eine Ausgabe des *Esquire* zwei, nennen wir sie »Frauen mittleren Alters« für eine Titelgeschichte zu fotografieren, und zwar mit der Zielvorgabe, die besagte verborgene Sinnlichkeit, diese ganz private, streng unter Verschluß gehaltene Sinnlichkeit, die die Öffentlichkeit so an ihnen vermißt, sichtbar zu machen. Das ist der einzige Aspekt, an dem *Esquire* interessiert ist.

»Und wer soll das sein?« fragte Jazz, obwohl ihr klar war, daß Phoebe, was immer sie da an Schmus erzählte, natürlich nur Linda Evans und Joan Collins meinen konnte. Also, darin bestand die Tätigkeit einer Agentin!

»Margaret Thatcher und Nancy Reagan«, sagte Phoebe und beobachtete aus den Augenwinkeln sehr genau Jazz' Reaktion.

»Aha«, sagte Jazz, ohne mit der Wimper zu zucken, »und warum nicht auch Mutter Teresa?«

Phoebe lächelte anerkennend. Lernte schnell, diese Jazz! »Die fotografieren Sie für die Weihnachtsnummer! Für *Vogue*. Sie repräsentiert den Geist des neuesten Chics dieses Jahres – jedenfalls hat man mir das heute morgen am Telefon erklärt. Und da Ihre Modegeschichten mit Tinka genauso sensationell waren wie die Porträts, sind Sie auch ebensosehr für Modestories gefragt wie für Prominentenporträts.«

»Wie können die denn jetzt schon die Broschüre gesehen haben?« fragte Jazz.

»Condé Nast hat ein Büro hier in L. A.«, erklärte Phoebe lapidar und ließ sich selbstzufrieden eine Frühlingsrolle schmecken.

»Haben Sie sonst noch was getan heute morgen?«

»Alles zu seiner Zeit!« winkte Phoebe ab. Noch hatte sie von der sechzehnseitigen Beilage für *Go* über »Warren Beattys Frauen in fünfundzwanzig Jahren« nichts gesagt. Die Sache war noch nicht endgültig klar, und sie informierte ihre Klienten niemals über ungelegte Eier, weil sie dann, falls es doch nicht klappte, natürlich immer dafür verantwortlich gemacht wurde.

Tatsächlich war sie die ganze Nacht aufgewesen und hatte fieberhaft Pläne für Jazz und ihre unmittelbare Zukunft entworfen. Sie wollte Jazz das erste Jahr vorwiegend für redaktionelle Beiträge einsetzen. Damit wurde sie am schnellsten berühmt. Danach konnten dann, mit dem etablierten Namen, die großen und lukrativen Werbeaufträge kommen. Das hatte gut ein Jahr Zeit. Zuerst einmal mußte sie dafür sorgen, daß sie sich einen Namen machte. Heute abend noch war sie auf einen Drink mit Jann Wenner verabredet. Da wollte sie das Thema: Titelbild für *Rolling Stone* anschneiden.

»Da Sie aus dem Orange County stammen«, fragte sie schließlich noch, »sind Sie ja wohl Republikanerin?«

»Wieso fragen Sie das denn?« antwortete Jazz mit hochgezogenen Augenbrauen. Was hatten ihre politischen Ansichten mit ihrer Arbeit zu tun?

»Weil Sie da etwas übers Wochenende machen könnten, ohne Ihren Besuch bei Ihrem Vater streichen zu müssen.«

»Und was wäre das?«

»San Juan Capistrano ist doch nicht weit von San Clemente, nicht? Die Zeitschrift *Rolling Stone* will ein Porträt von Nixon zum zehnten Jahrestag von Watergate.«

10

Nach der Fiesta im September 1990 wurde das Leben für Jazz im Dazzle-Studio sehr hektisch. Einen Monat lang war sie voll ausgebucht, war jeden Tag von sehr früh morgens bis sehr spät abends unterwegs, so daß sie lediglich zweimal auf die Ranch fahren konnte, und auch das nur kürzer als sonst, gerade mal vom Mittagessen am Samstag bis zum Sonntagnachmittag.

Beide Male hatte sie Casey Nelson nicht einmal zu Gesicht bekommen. Ihr Vater sagte ihr, Casey sei immer schon lange vor Tagesanbruch auf, um mit dem Fax-Gerät, das er sich in seinem Zimmer hatte installieren lassen, zuerst seine eigenen Geschäftsangelegenheiten zu erledigen. Die Woche über aßen sie stets zusammen zu Abend. Doch als er gehört habe, daß Jazz komme, habe er sich taktvoll zurückgezogen, damit Vater und Tochter die ohnehin knappe Zeit ungestört miteinander verbringen könnten.

Jazz war mit ihren Gedanken eigentlich ständig in der Stadt. Sie fühlte sich überhaupt bis an die Grenzen ihrer Leistungsfähigkeit beansprucht. Die Zeit, die sie sonst immer für die Ranch reservierte, um auszureiten, spazierenzugehen oder zu segeln, einfach »mit dem Land Kontakt zu halten«, wie sie es selbst nannte, war ihr eigentlich unentbehrlich, um den Streß ihres Berufslebens zu ertragen.

Sie beklagte sich bei Sis Levy über ihre Arbeitsüberlastung, doch Sis, ihre Studiomanagerin, erklärte, dafür sei allein Phoebe verantwortlich. Sobald sie also ein paar Minuten Zeit fand, stellte sie deshalb eines Spätnachmittags gegen Ende Oktober, als schon die Dämmerung einsetzte, ihre Agentin selbst zur Rede.

»Lieber Herrgott, gnädige Miss Jazz, Sie sind aber auch wirklich eine Strafe Gottes!« erklärte Phoebe, baß erstaunt. »Also wirklich, Jazz! Da sitze ich hier und wähle mir den ganzen Tag von früh bis spät den Finger wund, damit ja sichergestellt ist, daß du deinen Anteil am großen Kuchen abkriegst, und was ist der Dank? Aber selbstverständlich hast du eine Menge zu tun! Das wollen wir doch wohl hoffen, oder? Wenn es nicht so wäre, wofür würdest du mich dann bezahlen? Mel und Pete sind vollkommen zufrieden, und die arbeiten nicht weniger als du. Nebenbei gesagt, weißt du, seit wie vielen

Jahren du jetzt schon jedes Wochenende zu Daddy nach Hause fährst?«

»Hab's nicht gezählt«, sagte Jazz knapp.

»Aber ich. Es sind jetzt acht Jahre, Jazz! Man könnte – könnte, sage ich! – behaupten, das sei ein wenig... ungewöhnlich. Du bist inzwischen ein großes Mädchen, Jazz!«

»Worauf willst du hinaus, Phoebe?«

»Also, offen gesagt, Jazz, ich mache mir nun schon eine ganze Weile Sorgen um dich. Ich habe das damals, als wir miteinander anfingen, voll und ganz verstanden. Aber inzwischen bist du neunundzwanzig, Jazz, und nie habe ich eine richtige Männeraffäre bei dir erlebt. Könnte das vielleicht mit deinen... Bindungen an die Ranch zusammenhängen?«

»Ich glaub, ich spinne«, sagte Jazz ungläubig. »Phoebe, versuchst du etwa, dich hier in meine Privatangelegenheiten zu mischen? Ausgerechnet du?«

»Wieso nicht ich? Ich kenne dich besser als irgendwer sonst hier, vermutlich. Wir arbeiten jetzt schon lange zusammen, und ich wollte immer das Beste für dich.«

»Und wieso kommt es, daß ich plötzlich daran zu zweifeln beginne?«

»Vielleicht hörst du nicht gern, was ich gesagt habe.«

»Phoebe«, sage Jazz in eisigem Tonfall, »bleib verdammt noch mal aus meinem Kopf raus, ja? Und sprich künftig jeden einzelnen Auftrag mit mir ab, ehe du ihn abschließt. Das ist nicht nur eine Bitte, sondern eine ausdrückliche Anweisung!«

Sie knallte die Tür hinter sich zu und sah das winzige, rachsüchtige Zucken um Phoebes Mundwinkel nicht mehr.

Schau an, schau an, dachte Phoebe. Schau an. Seit Jazz damals gedroht hatte, zu gehen, wenn sie Gabe unter ihre Fittiche nähme, hatte das Mädchen sich immer mehr abgenabelt. Doch der Tag würde schon noch kommen, wo sie sehr dringend irgend etwas bräuchte. Dann würde sie schon zu spüren bekommen, wo die wirkliche Macht lag, wenn nämlich ihre Agentin es nicht sofort für sie regelte oder herbeischaffte.

Jazz rannte in kalter Wut in ihr Studio hinauf, schickte Sis, Melissa und Toby Roe früh nach Hause, sperrte das Studio selbst zu und fand sich kurze Zeit später auf dem Weg nach Norden in Richtung Trancas, vorbei an Malibu, ehe sie sich genug abreagiert hatte, um umzukehren und nach Hause zu fahren.

Sie brauchte dringend eine Tasse Tee oder irgend etwas, das den gleichen Effekt hatte wie eine Tasse Tee. Einen Martini. Wenn sie nur wüßte, wie man einen machte! Sie hoffte, daß noch Teebeutel im Studio waren. Üblicherweise frühstückte sie ja im Studio. Vielleicht sollte sie sich in den alten Bademantel kuscheln, den sie schon seit fünf Jahren wegwerfen wollte, und mit ein paar Freunden telefonieren? Sie war zu wütend auf Phoebe, um noch länger ziellos herumzufahren.

Sie wendete den Thunderbird und fuhr nach Santa Monica, wo sie wohnte. Als sie von der 405 herunterfuhr, war nur noch wenig Verkehr. Sie wollte so schnell wie möglich nach Hause und schaltete in den dritten Gang. Der Wagen reagierte sofort. Gute alte Mühle, fuhr immer noch wie geschmiert! Wozu brauchte sie einen Geburtstags-Countach? Wozu war ein Wagen gut, der 186 Meilen machte, wenn man sowieso überall nur 55 fahren durfte? Aber wenn sie derlei Fragen Pete stellte, sah er sie stets nur mitleidig und nachsichtig an.

Eine Sirene und der hastige Blick in den Rückspiegel brachte sie schnell wieder in die Realität zurück. Sie bremste sofort ab, doch ein Blick auf den Tacho sagte ihr, daß es längst zu spät war. Sie war erst auf vierzig herunter, und es waren schon mehrere Sekunden vergangen. Sie fuhr rechts ran, hielt an und drehte ergeben das Fenster herunter.

»Tolles Wägelchen, das!« meinte der Polizist begeistert.

»Vielen Dank, Officer«, antwortete sie. Hoffnung keimte in ihr auf.

»Dürfte ich mal Ihre Papiere sehen?« Er war ganz freundlich.

Sie reichte sie ihm gehorsam, die Hoffnung im Keim erstickt. Er verschwand, ging nach hinten zu seinem Auto und gab ihre Nummer durch, kam dann wieder und war schon dabei, einen Strafzettel zu schreiben.

»Wie schnell war ich denn, Officer?« fragte sie höflich.

»Fünfzig.«

»Was?« protestierte sie, so nachdrücklich es ging. »Aber das sind doch fünf Meilen weniger als das Limit! Weniger, Officer, nicht mehr!«

»Schon, Lady. Aber das hier ist ein Wohngebiet. Und Wohngebiete haben bekanntlich generell fünfundzwanzig als Limit. Sie waren also fünfundzwanzig über dem Limit!«

»Was denn, fünfundzwanzig?« Sie sah ihn ungläubig an. »Zeigen Sie mir doch mal einen einzigen, der wirklich fünfundzwanzig fährt! Und wenn, dann würden Sie ihm doch einen Strafzettel geben, weil er den Verkehr behindert!«

»Sind alle genauso schuldig wie Sie!«

»O Gott! Müssen Sie so gemein sein?« wimmerte sie.

»Sie hatten im letzten halben Jahr zwei Strafzettel wegen Überschreitung der Höchstgeschwindigkeit. Wenn Sie zum Verkehrsunterricht gehen, wird Ihnen dieser Strafzettel hier nicht eingetragen. Andernfalls steigt Ihr Versicherungsprozentsatz. Und noch einer und Sie sind den Führerschein los.«

»Verkehrsunterricht? O nein, bitte! Nicht Verkehrsunterricht. Alles, nur das nicht!«

»Wie Sie wollen. Sagen Sie, verkaufen wollen Sie das Wägelchen hier nicht, wie? Nein? Dachte ich mir, ja. Schön, also guten Abend dann.« Er reichte ihr den Strafzettel, ging zurück zu seinem Wagen und verschwand, wie sie vermutete, gleich wieder in seinem Versteck, um das nächste nichtsahnende Opfer abzupassen.

Sie hatte eine kleine Wohnung in einem großen, luxuriösen, teuren alten Apartmenthaus, *The Penthouse*, in Santa Monica. Sie hatte sich aus mehreren Gründen dafür entschieden. Es war kein wirkliches Zuhause, und deshalb konnte sie es jederzeit verlassen, ohne Sorge, daß irgend etwas passierte, während sie weg war. Irgend jemand kümmerte sich schon um das Dach und den Rasen und die Installationen. Sie konnte über das Wochenende weg sein oder auch zwei Wochen, und es stand immer noch, wenn sie wiederkam. Das Haus bot auf Wunsch auch Zimmerservice, hatte einen bewachten Parkplatz, einen Empfang für Besucher und Fahrstuhlführer in allen Aufzügen rund um die Uhr. Und Blick auf den Pazifik.

Bis auf letzteres bedeutete ihr das Apartment wenig. Es war nicht mehr als eine besonders komfortable Suite in einem Hotel. Ihr wirkliches Zuhause war die Ranch und ihr Heim das Studio. Die meisten Abende war sie ohnehin auf Partys oder in Restaurants – wenn sie nicht zu müde zum Ausgehen war. Im wesentlichen diente ihr das Apartment zum Schlafen und zum Umkleiden zwischen zwei Terminen.

Doch heute abend stand sie plötzlich da und überlegte, ob sie nicht die ganze Wohnung ein wenig umräumen sollte. Sie ein wenig wohnlicher machen. Etwas mehr Atmosphäre konnte ihre Unterkunft hier schon vertragen – und würde sie dann auch zurückstrahlen. Sie hatte sie wohl doch sehr stiefmütterlich behandelt – wie sich selbst übrigens auch. Voller Selbstmitleid dachte sie an den bevorstehenden Verkehrsunterricht. Er war nicht zu umgehen. Mit diesen Versicherungsprämien riskierte man besser erst gar nichts!

Sie machte sich eine Kanne Tee und goß Wodka hinein, bis der Tee kühl genug war, um ihn sofort trinken zu können.

Vielleicht hatte sie damit den Martini neu erfunden? Verkehrsunterricht! Sie war noch nie beim Verkehrsunterricht gewesen. Aber überall hörte man nur die reinsten Horrorgeschichten darüber.

Sie beschloß, ihren Vater anzurufen und es ihm zu erzählen. Er hatte schon zweimal zum Verkehrsunterricht gehen müssen. Er würde sie trösten. Er würde ihr sagen, was sie tatsächlich zu diesem Bullen hätte sagen müssen. Nachdem er ihr den Strafzettel schon mal überreicht hatte, was hätte da noch Schlimmeres passieren können, wenn sie ihm gesagt hätte, wofür sie ihn hielt?

Sie wählte die Nummer der Hazienda und ließ es klingeln. Aber auch nach einem Dutzend Mal meldete sich niemand. Wo war er denn? Wo konnte er denn um diese Zeit sein? Kein Vater zum Reden, keine Susie, nicht mal Casey Nelson?

Sie rief in Newport Beach die Auskunft an und fragte nach der Nummer von Red Appleton. Aber auch bei Red meldete sich nur der Anrufbeantworter. Sie legte hastig auf, ohne etwas zu sagen.

Red nicht zu Hause, ihr Vater auch nicht. Sie waren wahrscheinlich irgendwo zusammen. Zum Dinner vielleicht? Die hatten es gut. Nicht, daß sie es ihnen mißgönnte. Aber wo sollte sie sich jetzt Trost holen?

Sie stellte das Telefon auf das Bett und blickte es an, als sehe sie es zum erstenmal. Tränen standen ihr auf einmal in den Augen. Sie wischte sie unwirsch fort. Absurd. So ein Verkehrsunterricht dauerte acht Stunden. Er war kein Zuckerschlecken, gut. Aber warum stellte sie sich eigentlich so an? Als wäre sie von aller Welt verlassen und hätte ihren besten Freund verloren.

Mel konnte sie nicht gut anrufen. Der war vollauf mit Sharon beschäftigt. Pete? Erst recht nicht. Der würde sich totlachen, wenn er hörte, daß sie wegen fünf Meilen unter dem Limit zum Verkehrsunterricht mußte! Und eine Freundin konnte man jetzt auch nicht anrufen. Sie wußte auch nicht, warum, aber um die Zeit rief man einfach niemanden an, um ihm sein Leid zu klagen. Erstaunlich, aber immer, wenn man wirklich mal jemanden zum Reden brauchte, erreichte man keinen, während die anderen einen selbst immer zur unpassendsten Zeit anriefen.

Oder vielleicht sollte sie einen Brief schreiben? Sie blickte hinaus auf den Ozean. Am Tage war er faszinierend, aber nachts sah er unfreundlich und düster aus. Vielleicht wäre es überhaupt besser, ein Apartment mit Blick auf die Stadt statt eines mit Meeresblick zu haben. Sie könnte ihren Brief in eine Flasche stecken und in den Pazifik werfen wie das kleine Mädchen in dieser Geschichte, die sie mal gelesen hatte: »Wer das auch findet: Ich liebe dich.«

Sie lief barfuß hin und her in ihren alten Bademantel gemummelt. Sollte sie sich noch mal Tee machen?

Das Haustelefon läutete und schreckte sie auf. Beim zweiten Klingeln hob sie ab.

»Miss Kilkullen«, sagte der Mann vom Empfang unten, »da ist ein Besucher für Sie.«

Na Gott sei Dank. »Wer ist es?«

»Ein Mr. Gabriel. Kann ich ihn hinauflassen?«

Jazz verschlug es die Sprache. Sie starrte das Haustelefon an, als sei es eine Giftschlange.

»Miss Kilkullen? Kann ich Mr. Gabriel hinaufschicken?«

»Augenblick«, murmelte sie. Sie stand in völliger Verwirrung da und hatte keine Ahnung, was sie tun sollte. Es war ihr schlagartig entfallen, welches Jahr man schrieb oder warum sie barfuß in ihrer Küche stand. Als wäre sie mit einer Zeitmaschine in die Vergangenheit geschleudert worden, verspürte sie wieder den entsetzlichen Schmerz über die ausgefallene Hochzeit, und vor ihrem inneren Auge zogen die Monate vorbei, in denen sie sich in Mel Botvinicks Studio wieder aufgerappelt hatte, alles sah sie vor sich, bis hin zu diesem seltsamen Foto eines sich entspannt in seinem Liegestuhl räkelnden Richard Nixon am Sandstrand von San Clemente, mit diesem trägen Lächeln, das noch nie jemand an ihm gesehen hatte... dieses Foto, das durch die ganze Weltpresse gegangen war und sie wirklich berühmt gemacht hatte. Alles verdichtete sich zu einem unbeschreiblichen Gefühl, so als erlebe sie all die Jahre in einem einzigen Augenblick noch einmal.

Sie sah auf den Kalender an der Wand. Doch, es war 1990. Allmählich kam ihr Zeitgefühl wieder. Sie wußte wieder, wer sie war. Sie konnte nicht so tun, als habe sie Angst vor Gabe, diesem Burschen mit seinem ungeordneten Seelenleben und dem Gefühlshaushalt eines Elfjährigen, den sie in ihrer eigenen närrischen Unreife einmal so geliebt hatte. Wenn sie ihm jetzt auswich, dann glaubte er womöglich noch, sie könne ihm nicht gegenübertreten.

»Joe«, sagte sie ins Haustelefon, »sagen Sie ihm, er soll in sieben Minuten heraufkommen.«

Fünf Minuten reichten ihr, um sich das perfekte, unberührte Aussehen zu geben, das sie nach neun Jahren des Schweigens vorweisen zu müssen glaubte. Der erste Mann, den sie geliebt hatte – und auch der letzte –, der einzige, dem sie sich je rückhaltlos anvertraut hatte – und der sie am Tag ihrer Hochzeit hatte sitzenlassen. Nun, sagte sie sich, jedes Mädchen hat das Recht auf einen fundamentalen Irrtum in seinem Leben.

Sie konzentrierte sich darauf, was sie anziehen sollte, und kämpfte gegen ihre Nervosität an, die nichts anderes sein konnte als eine völlig abwegige Form von Lampenfieber aus einem anderen Leben, dem Leben eines anderen Mädchens, eines unschuldigen, nichtsahnenden Wesens, an das sie sich kaum erinnern konnte. Nur einem solchen Dummerchen konnte jemand wie Gabe passieren!

Sie zog das purpur-goldene Laker-T-Shirt an, das sie immer trug, wenn sie zu Spielen ging. Ruhm und Kraft des tollen Teams um Magic Johnson, den wertvollsten und charismatischsten Basketball-Spieler der ganzen Profiliga, würden ihr Gabe vom Leibe halten wie eine Knoblauchgirlande einen Vampir!

Von Gabe sitzengelassen worden zu sein, war im Grunde der größte Gefallen gewesen, den ihr jemals jemand getan hatte! Wenn man sich nur mal vorstellte, sie hätten wirklich diesen Irrsinn begangen und geheiratet... Ewig hätte sie doch nur in seinem Schatten weitergelebt, ohne je ihr eigenes Leben zu leben, ihre eigene Karriere zu machen! Es wäre total, völlig, komplett unmöglich gewesen! So? Und warum war sie dann immer noch nicht so ganz immun gegen das, was geschehen war? War es die ganzen Jahre über nie gewesen?

Sie schlüpfte in ihre abgeschabte schwarze Motorradlederhose mit Beschlägen, in der man sie ohne weiteres für eine *Hell's-Angels*-Braut halten konnte, aus respektvoller Entfernung jedenfalls. Schwarze hochhackige Schuhe. Eine Extra-Lage Mascara. Ein paar heftige Bürstenstriche, um das Haar so unordentlich-wild wie nur möglich aussehen zu lassen. Tüchtig Lip Gloss. So, Freundchen.

Sie betrachtete sich kritisch im Spiegel.

Leg dich ja nicht mit mir an, du Arsch, verkündete ihr Spiegelbild. Schön, dachte sie. Aber irgend etwas fehlte. Irgendein Requisit. Sie lief zum Kühlschrank und holte einen Apfel, biß hinein, nahm das Stück aus dem Mund und warf es in den Mülleimer. Dann ging sie zur Tür und öffnete sie einen Spalt. Sie ging ins Wohnzimmer und stellte den Fernseher an, vor dem sie sich in ihrer üblichen Räkelpose auf dem Teppich niederließ, auf ein halbes Dutzend Kissen gebettet, den Apfel in der Hand.

Es klingelte.

»Ist offen!« rief sie, biß schnell ein winziges Stückchen Apfel ab und kaute es heftig, ohne die Augen auch nur eine Sekunde vom Fernseher zu wenden. Daß ihr Herz wie wild klopfte, versuchte sie zu ignorieren. Das war nichts weiter als ein Reflex vergangener Zeiten.

»Also«, sagte Gabe hinter ihr in der Tür.

»Oh, hi, Gabe! Komm doch rein! Ich will nur unbedingt noch das Ende dieser Sendung da ansehen! Ist gleich aus!« Sie kaute und blickte intensiv auf den Bildschirm und winkte ihn vage zur Couch hinter sich.

Gabe setzte sich und wartete stumm drei Minuten lang, bis die Sendung zu Ende war und Jazz sich träge die Fernbedienung griff und abschaltete.

Sie blickte sich zu ihm um.

Er hat sich überhaupt nicht verändert, dachte sie. Die Augen vielleicht. Ein wenig müde, schien es. Und der Mund wirkte sardonisch wie nie zuvor. Alles in allem ein überaus gewöhnlicher Mann. »Entschuldige«, sagte sie bemüht, »aber dies ist die einzige Serie, nach der ich geradezu süchtig bin. Wie findest du sie?«

»Wie?«

»Ach, nichts. Willst du einen Apfel?«

»Nein, danke.« Er schwieg wieder, während Jazz eifrig an ihrem Apfel herumknabberte.

»Also«, sagte er schließlich.

»Das hast du vorhin schon gesagt.«

Er zuckte die Achseln.

»Na, wie geht es dir so?« fragte sie.

»Gut. Und dir?«

»Mir ist es nie besser gegangen. Ich stecke ständig bis zum Hals in Arbeit. Aber so geht es uns ja wohl allen.«

»Jazz.«

»Ja, was ist?« Sie biß wieder in ihren Apfel.

»Hör auf damit. Ich will ernsthaft mit dir reden.«

Sie ließ ihn zappeln, drehte sich auf dem Teppich herum, richtete ihre Kissen, schlang die Arme um die Knie und blickte unschuldig zu Gabe auf der Couch auf.

»Na klar, Gabe, sag, was du sagen willst oder mußt. Ich halte dich nicht davon ab.« Sie behielt ihren freundlichen, unverbindlichen Gesichtsausdruck bei, obwohl sie innerlich kochte. Wenn es ihm so schwerfiel, zu sagen, was er sagen wollte, warum schrieb er ihr nicht einfach wieder einen reizenden Brief?

»Ich war neulich mit Phoebe essen. Sie sagte mir, du willst mich nicht mit im Studio haben und möchtest auch nicht, daß sie mich vertritt. Ich sagte ihr, du seist ein Groupie von mir gewesen wie viele andere. Ich wollte nicht, daß sie das mit uns erfährt.«

»Wundert mich aber, daß du ihr nicht die Wahrheit gesagt hast. Phoebe pflegt immer so lange zu bohren, bis sie alles weiß.«

»Da sie ganz offensichtlich nicht wußte, daß wir uns überhaupt kannten, nahm ich an, daß du niemandem hier davon erzählt hast.«

»Du kannst dir ja vielleicht vorstellen, daß diese Erfahrung nicht gerade mein schönstes Ferienerlebnis war, nicht? Es ist so, als wären diese Jahre damals einer anderen widerfahren als mir. Niemand außer meinem Vater weiß hier, was für eine Art menschliches Wesen – nein, menschliches streichen wir –, was du für ein Wesen bist!«

»Wird auch langsam Zeit, daß du aggressiv wirst!« sagte Gabe. »Jetzt können wir vielleicht normal und offen reden.«

»Falsch. Ich bin nicht aggressiv. Das war lediglich die allerfreundlichste Art, auf die ich dich zu beschreiben wüßte. Schön, es gibt dich, du bist vorhanden. Es ist Platz genug für uns beide in Los Angeles. Aber nicht auf meinem Territorium!« Sie biß wieder demonstrativ in ihren Apfel.

Schweigen.

Jazz kaute hingebungsvoll. »Willst du *Nightline* ansehen?« bot sie ihm schließlich an. »Erspart dir die ganze Zeitungslektüre. Das und *Die Woche in Washington*.«

»Jazz, ich will keine *Nightline* sehen und mir keine Zeitungslektüre ersparen, und ich will im Moment überhaupt nicht wissen, was in der Welt vor sich geht. Davon habe ich so viel gesehen, daß es mir bis hier steht.«

»Ich möchte wetten, daß du dir nie mehr die Mühe gemacht hast zu wählen, nach dem einen Mal damals in Paris«, erklärte sie mit leicht vorwurfsvollem Unterton.

»Genug jetzt davon, Jazz. Ich bin nicht hergekommen, um Konversation zu machen!«

»Ich kann mich nicht erinnern, dich eingeladen zu haben. An meinem Feierabend bin ich am liebsten allein zu Hause.«

Gabe stand auf und setzte sich neben sie auf den Boden. Sie wich sofort zurück.

»Hör zu, Jazz, ich kann jederzeit ein anderes Büro finden. Das ist nicht das Problem. Aber ich brauche Phoebe als Agentin. Ich kenne sie seit vielen Jahren. Ich vertraue ihrem Urteil, und ich sehe nicht ein, inwiefern das irgendeine Beeinträchtigung deines Territoriums sein soll.«

»Es kommt einfach nicht in Frage, daß irgendeine Verbindung zwischen uns besteht«, erklärte Jazz nun eisig. »Und wenn deine alte Freundin, die allwissende Phoebe, keine Verbindung ist, was oder wer denn dann? Die ist doch wie ein Computerhacker, der sich überall einschleichen und einnisten und Unfug anrichten kann. Es wäre völlig unmöglich, irgendeine Distanz zwischen uns zu halten, wenn Phoebe unser beider Agentin wäre.«

»O Gott, Jazz, du bist ja immer noch nicht über mich hinweg!«

Sie sprang auf, als sie den unverkennbaren, notdürftig getarnten Triumph in seiner Stimme vernahm. Sie stand wie der Zornesengel höchstpersönlich über ihm und spie alle Wut aus sich heraus, die sie zu unterdrücken versucht hatte, seit er eingetreten war.

»Nicht über dich hinweg? Ich? Wenn du es ganz genau wissen willst, Gabe: Ich hasse dich! Ich hasse dich für all das, was du mir damals angetan hast. Ich war ein junges, dummes Ding von zwanzig Jahren, viel zu jung, um zu wissen, daß man nicht ein Wort aus deinem Mund ernst nehmen und glauben durfte! Was für ein mieser Hund muß einer sein, der es fertigbringt, ein Mädchen dazu zu bringen, daß sie in eine Hochzeit mit ihm einwilligt, gegen ihre bessere Einsicht, und sie dann in der allerletzten Minute einfach sitzenzulassen und nichts dazulassen außer einem blöden Scheißbrief voller scheißscheinheiliger Scheißerklärungen? Wie kann man so grausam sein? Nicht einmal das bißchen Mumm hast du gehabt, mir das alles offen ins Gesicht zu sagen!«

Sie drehte sich um und ging zum Fenster. Das Adrenalin jagte wie wild durch ihre Adern. Gabe stand auf und kam ihr nach, aber sie fuhr sogleich herum, als sie seine Schritte hörte.

»Du hättest mir durch nichts mehr weh tun können als dadurch, auf diese Art und Weise einfach abzuhauen! Ich hatte dir mein ganzes Leben anvertraut! Es war deine Idee zu heiraten! Nicht ich, so wahr ich hier stehe! Ich hatte niemals versucht, dich anzubinden – und dann hast du mir die Schuld in die Schuhe geschoben! Plötzlich war ich schuld an der ganzen Sache! Das war so billig, so grenzenlos unfair! Du ekelst mich an!«

»Was meinst du, wie ich mich selbst die ganze Zeit angeekelt habe. Großer Gott, Jazz, glaubst du, du hättest auch nur ein Wort gesagt, das ich mir nicht schon tausendmal selbst gesagt habe in all den Jahren? Und noch zehnmal schlimmer? Jeden Abend? Jedes Wort dieses Briefes damals war die kalte, harte Wahrheit, aber das entschuldigt ihn nicht. Nichts kann meine Feigheit entschuldigen. Aber du hängst noch immer an mir, Jazz. Ganz gleich, was du heute von meinem Charakter hältst.«

»Das ist doch krank!« schrie sie. »Du bist doch krank im

Kopf! Ich weiß, daß du ein Feigling bist, ich weiß, wie grausam du sein kannst, aber ich dachte bis jetzt nicht, daß du auch noch so eingebildet sein könntest, zu glauben, ich käme nicht von dir los!«

»Jazz, wenn du so absolut fertig mit mir wärst, wie du behauptest, dann wäre es nicht so wichtig für dich, absolut jeden Kontakt mit mir zu unterbinden. Und du würdest dich nicht so verbissen verteidigen.«

»Du scheinst diesen Schwachsinn, den du da erzählst, wirklich selbst zu glauben«, erwiderte sie. »Man hört geradezu, wie du ihn dir selbst einredest.« Ihr Stimme krächzte schrill.

»Du bist nicht über mich hinweg, Jazz.« Er sprach ruhig und selbstsicher.

»Es ist Jahre her, seit ich auch nur einen Gedanken an dich verschwendet habe!« sagte sie verächtlich.

»Beweise es mir.«

»Ich habe dir nichts zu beweisen.«

»Dann beweise es dir selbst. Wenn du das nicht tust, wirst du dir nie mehr selbst trauen.«

»Ich vertraue mir selbst ausreichend«, gab sie kühl zurück. Sie hatte ihre Selbstbeherrschung wiedergewonnen. »Geh, Gabe. Ich will dich hier bei mir nicht mehr sehen.«

Er packte sie grob, zog sie an sich und küßte sie mit all der unbeherrschten Leidenschaft, die ihn wieder überfallen hatte, sobald er die Wohnung betreten und sie wiedergesehen hatte – so viel schöner noch als in seiner Erinnerung. Sie schlug ihm mit der Faust ins Gesicht, so hart sie nur konnte.

»Ich wußte es doch!« rief er. »Du hättest dich niemals dazu hinreißen lassen, mich zu schlagen, wenn du wirklich fertig mit mir wärst!« Er hielt ihre Arme fest und küßte sie noch einmal, wieder und wieder. Dann ließ er einen Augenblick lang von ihr ab, bereit, sich von ihr auf jede nur erdenkliche Weise schlagen zu lassen.

»Dickschädliges Luder«, sagte er, als sie sich weder rührte, noch ihren versteinerten Gesichtsausdruck aufgab. Er zog sie erneut an sich, beugte sich erneut über ihre Lippen, fest entschlossen, eine Reaktion von ihr zu erzwingen. Und schließlich spürte er tatsächlich, wie ihre Lippen reagierten. Es war nur ein Hauch einer Regung, ein winziges Beben, ein schwacher Druck, ein Warmwerden, der Anflug eines Verlangens, das immer stärker wurde, bis es wirklich ein Kuß war, der den seinen erwiderte.

Sie standen vor dem Fenster, das zum Meer hinausging, ineinander verschlungen, und küßten sich schweigend und prüfend, wollten beide keinen Laut von sich geben oder ein Wort sagen, um nicht die völlig unerwartete Magie dieses entrückten Augenblicks zu zerstören, in dem sich Vergangenheit und Gegenwart trafen und die Zeit ihres Glücks von einst wiederauferstand und der Schmerz des Endes vergessen war. Erst als Jazz fühlte, wie Gabe sich so eng an sie preßte, daß ihr nicht mehr entgehen konnte, wie erregt er war, schob sie ihn von sich und stand vor ihm, kerzengerade aufgerichtet, stolz und abweisend.

»O nein. Ganz entschieden, nein«, sagte sie mit starker und klarer Stimme. »In Ordnung, Gabe, du hast bewiesen, was du beweisen wolltest. Daß du mir physisch noch immer nicht gleichgültig bist. Es ist noch immer etwas da. Aber es ist trotz allem nichts als ein Stück der Vergangenheit, das irgendwie... das überlebt hat, was du mir angetan hast.«

Sie schüttelte traurig den Kopf und sprach nachdenklich weiter: »Was es auch immer sein mag, Gabe, so stark, daß du mich damit ins Bett kriegst, ist es nicht mehr. Oh, ich gebe durchaus zu, daß ich es ganz gerne möchte, jetzt. Es ist ja nicht so, daß ich einfach vergessen hätte, wie es war, als der Lichterschein der *Bateaux-mouches* in unser Fenster fiel und auf uns, wie wir im Bett lagen und uns liebten und der Tanzmusik auf der Seine nachlauschten. Als ich dich so ganz tief in mir spürte und dieses wunderschöne Gefühl empfand, daß niemand auf der ganzen Welt je etwas Herrlicheres erlebt hatte als wir.«

Sie legte ihm die Hände auf die Schultern und sprach sehr sanft, und in ihren Augen brannte die Erinnerung so stark, daß er ihren Blick nicht aushalten konnte.

»Man sagt ja, es gehe nichts über eine Nummer mit einem abgelegten Liebhaber. Und du warst ganz eindeutig der beste – der allerbeste – Liebhaber, den ich je hatte. Nicht nur, weil du mein erster warst. Ich hatte inzwischen Gelegenheit genug, um zu vergleichen.« Sie warf den Kopf in den Nacken und lächelte ein wenig hinterhältig, und Gabe wußte, sie erinnerte sich an Dinge, die mit ihm nichts zu tun hatten. »Aber das Problem mit dir ist, daß ich dir nicht mehr vertrauen kann. Nie mehr. Und ich gehe auf keinen Fall mit einem Mann ins Bett, dem ich nicht vertraue.«

»Jazz, kannst du dir gar nicht vorstellen, daß ich mich in neun Jahren vielleicht verändert haben könnte?« fragte er fast verzweifelt. »Daß ich mich doch zwangsläufig verändert haben muß? Und daß du mir vertrauen kannst?«

Sie lachte auf. »Vertrauen? Ich dir? Nein, Gabe, da führt kein Weg mehr hin. Selbst du müßtest das doch eigentlich begreifen. Aber gut, es interessiert mich nicht mehr, ob Phoebe dich nun vertreten will oder nicht. Von mir aus kannst du sogar auch das Büro haben. Du hast mir nämlich gerade eben auch etwas anderes bewiesen, was allerdings sicher nicht deine Absicht war. Armer Gabe: Du hast keine Macht mehr über mich.«

Sie tätschelte ihm die Wange. Er wollte etwas sagen, doch sie gebot ihm mit erhobenem Finger zu schweigen. »Sag es nicht, Gabe! Mach nicht den Fehler zu sagen, daß ich, wenn das wirklich so wäre, doch keine Angst haben müßte, mit dir ins Bett zu gehen. Nein, Gabe, nein, dieses Ladenhüter-Argument kannst du nicht den ganzen Abend über verwenden. Es wäre deiner unwürdig, selbst deiner Zigeunernatur. Du hast bekommen, was du bekommen wolltest, als du hierherkamst. Und noch ein kleines Extra dazu. Laß es damit nun genug sein, und sei zufrieden.«

Er sah sie sprachlos an. O Gott, diesmal hatte er sich wirklich selbst aufs Kreuz gelegt! Er hatte wirklich geglaubt, er sei über sie hinweg, jedenfalls nahezu. Er mußte völlig verrückt gewesen sein. Schon ihr nur die Hand zu geben und guten Tag zu sagen, war ein zu großes Risiko gewesen! Er hatte es getan, und jetzt saß er da mit den Konsequenzen – für immer und ewig, soviel war ihm klar. In seinem ganzen Leben konnte es keine andere mehr für ihn geben als sie.

»Ich muß gehen«, stammelte er. »Danke, wir sehen uns dann ja bald wieder.« Er drehte sich um und floh.

Ich komme zu spät, dachte sie in Panik. Als wenn die bloße Aussicht auf die Verkehrserziehung nicht schon schlimm genug gewesen wäre! Sie spürte, wie ihr am Hals und auf der Stirn der Schweiß ausbrach.

Als der Strafbefehl eingetroffen war, hatte sie sich widerwillig mit dem Gedanken vertraut gemacht, daß sie um dieses Nachsitzen wohl nicht herumkam.

Verärgert über den verlorenen Samstag, hatte sie sich bei einer der vielen Schulen angemeldet. Als sie ankam und gut in der Zeit zu sein glaubte, stellte sich heraus, daß der Parkplatz hinter dem Gebäude am Samstag geschlossen war. Sämtliche Parkuhrenplätze im Umkreis waren belegt. Sie schimpfte vor sich hin, aber die Zeit wurde immer knapper und ihre Schweißperlen immer größer.

Drei Blocks weiter fand sie endlich noch ein letztes Plätzchen und rannte nun in aller Eile zurück. Die Verkehrsschule befand sich auf dem Pico Boulevard in einem wenig anheimelnden, einstöckigen Gebäude. Niemand am Eingang, auf den Fluren oder Treppen. Dafür aber höhnisches Klatschen und Beifallsrufe, als sie den Unterrichtsraum betrat.

»Zwei Minuten zu spät!« sagte der Kursleiter und schloß sofort die Tür hinter ihr zu. »Noch eine einzige Sekunde, und es wäre zu spät gewesen.«

»Vielen Dank«, keuchte Jazz und sah sich nach einem Platz um. Ein einziger Stuhl war noch frei, direkt am Mittelgang ganz vorne in der ersten Reihe, genau vor der Nase des Kursleiters. Sie schlich hin und setzte sich. Neben ihr saß ein nachlässig gekleideter Mann mit einem enormen schwarzen Schnurrbart. Dazu hatte er eine dunkle Sonnenbrille auf und einen tief ins Gesicht gezogenen schäbigen Hut.

Der winzige Stuhl war noch härter und unbequemer, als sie erwartet hatte. Sie blickte starr geradeaus und zog sich demonstrativ eine Haarsträhne über das Auge, um sich ein wenig abzuschirmen. Seit Gabe vor einer Woche bei ihr gewesen war, war sie ungewöhnlich niedergeschlagen. Tagsüber fand sie keine rechte Energie, wenn sie auch im Studio mehr oder minder wie gewohnt funktionierte. Sie hatte bemerkt, daß Toby und Melissa bereits kritische Blicke austauschten, obwohl sie beide kein Wort gesagt hatten. Sie war jeden Abend früh zu Bett gegangen, hatte aber immer nur schlecht geschlafen und schlimm geträumt, obwohl sie sich nicht genau an den Inhalt der Träume erinnern konnte, die ihr dieses ungute, unbehagliche Gefühl gaben.

Morgens erwachte sie dann immer wie gerädert. Sie fühlte sich einfach nicht mehr gut – als wäre die Wiederbegegnung mit Gabe weitaus schlimmer verlaufen, als es tatsächlich der Fall gewesen war. Sie fühlte sich älter als ihre neunundzwanzig Jahre, überflüssig und total zynisch. Wenn sie eine Zeitung las oder die Fernsehnachrichten anschaute, fragte sie sich, warum sie sich eigentlich überhaupt noch die Mühe machte, aus dem Bett zu kriechen. Alles war so sinnlos, so hoffnungslos.

Was es aber auch sein mochte, an Gabe lag es nicht, dessen war sie sich sicher. Dieses Gespenst hatte sie endgültig vertrieben. Sie hatte ihn wiedergesehen, hatte ihn geküßt und entdeckt, daß sie über ihn hinweg war. Sie hatte Gelegenheit gehabt, ihm endlich ein paar von den Dingen entgegenzuschleudern, die sie acht Jahre lang mit sich herumgeschleppt hatte, und er hatte ihr eingestehen müssen, daß sie recht hatte. Er war ganz klein geworden, so klein, wie er wirklich war, und jetzt gehörte er endgültig der Vergangenheit an, einer Vergangenheit, die allerdings sehr viel mehr Gutes als Schlechtes gehabt hatte, des schlimmen Endes ungeachtet.

Wenn man logisch blieb, dachte sie, und die Dinge gerecht abwog, mußte man fairerweise zugeben, daß sie von Gabe, allein durch sein Beispiel, eine Menge gelernt hatte. Daß sie heute aus praktisch jeder Situation und Lage heraus ein Foto schießen konnte, daß sie wußte, wie man alle rumkriegte, die man fotografieren wollte, das hatte sie nur von ihm lernen können. Dafür zumindest verdiente er ihre Dankbarkeit.

Dankbar war sie ja auch. Die Jahre mit ihm waren eine unschätzbare Erfahrung gewesen. Gewiß, sie hatte auch einen hohen Preis dafür bezahlt. Aber keine einigermaßen realistische Frau hätte irgend etwas anderes erwarten können. Und sie konnte ja auch nicht die Zeit zurückdrehen und ihr Leben noch einmal von vorne anfangen, so viel war sicher.

Und außerdem galt es jetzt erst einmal diesen Verkehrsunterricht zu überstehen, in diesem ungelüfteten Raum, der vollgestopft war mit Leuten.

Sie versuchte, sich unauffällig umzusehen.

Ihr seltsamer Nachbar war ein ziemlich großer Mann mit langen Armen, aber weil die Stühle so eng beieinanderstanden, konnte er sich praktisch nicht rühren, und sei es nur um ihr ein wenig Platz zu machen. Nur gut, daß sie wenigstens auf der einen Seite den Mittelgang hatte, aber ihren Stuhl konnte sie trotzdem nicht verrücken. Die Stühle waren alle auf dem Boden befestigt. Sie kniff abfällig die Lippen zusammen, was natürlich auch nichts half, und achtete besonders darauf, ihren Nachbarn rechts auf keinen Fall anzusehen. Keinerlei Blickkontakt.

Der Mann, der die Tür zugesperrt hatte, stieg auf sein Katheder und begann.

»Ich bin Officer Muffet vom Polizeidepartment Los Angeles und Ihr Kursleiter für heute. Sie sind hier für volle acht Stunden. Ich rate Ihnen dringend, mir für diese 480 Minuten Ihre volle Aufmerksamkeit zu schenken, sonst wird das gravierende Folgen für Sie haben. Unternehmen Sie keine Versuche, die Erlaubnis zum vorzeitigen Verlassen des Unterrichts zu erbitten. Dies würde als Bestechungsversuch gewertet.« Er war ein Mann mittleren Alters und sah so bleich aus wie ein Gefängniswärter, dachte Jazz.

»Diese Klasse wird dem Verkehrsunterricht der Abteilung Kraftfahrzeuge unterzogen«, fuhr Mr. Muffet fort. »Falls Sie nach der Mittagspause zu spät wiederkommen sollten, werden Sie die Tür verschlossen finden, und das bedeutet, Sie haben den Unterricht zu wiederholen. Wir werden am Vormittag fünfzehn Minuten Pause machen und am Nachmittag ebenfalls, damit Sie Gelegenheit haben, Münzen in Ihre Parkuhren nachzuwerfen. Diese Pausen werden jedoch nicht – ich wiederhole: nicht – von Ihren 480 Minuten Unterrichtszeit abgezogen. Auch nach diesen Pausen wird die Tür auf die Minute pünktlich wieder verschlossen.«

So ein Mist! Sie hatte jede Menge Ein-Dollar-Scheine eingesteckt, aber keine Münzen. Konnte man einen Strafzettel kriegen, während man im Verkehrsunterricht war? Mit Sicherheit.

»Der Officer, der diesen Unterricht eigentlich abhalten sollte, ist erkältet. Ich bin in letzter Minute für ihn eingesprungen, aber ich bin nicht hier, um Späße zu machen.«

Allgemeine Unmutsäußerungen wurden laut. Gefangene hinter verschlossener Tür. Muffet wartete unbewegt, bis wieder Ruhe war. Dann verkündete er: »Wer noch gehen möchte, kann dies ohne weiteres tun. Ich empfehle es Ihnen aber nicht, weil sie um den Kurs ohnehin nicht herumkommen. Mein Unterricht ist kein Deut anders als der eines anderen Beamten. Wir erledigen das alle nach genau denselben Vorschriften.«

Ein paar Leute standen geräuschvoll auf und gingen, aber Jazz hatte sich zum Bleiben entschlossen. Sie hatte das Wochenende auf der Ranch bereits für das hier geopfert und obendrein gerade noch einen Parkplatz gefunden – nein, nein, nicht noch einmal.

Muffet wartete wieder unbewegt, bis auch der letzte der Abtrünnigen gegangen war, dann fing er an.

Mitten in die ermüdenden, todlangweiligen Ausführungen Muffets hinein legte ihr Nebenmann ihr einen Zettel in den Schoß. Sie blickte verblüfft darauf. Dort stand: »Tag, schöne Frau!«

Fast hätte sie laut aufgeschrien. Das war ja wohl nicht wahr! Dieser Penner versuchte, sie anzumachen! Und diesem Typen war sie nun diesen ganzen unlieben Tag lang ohne jede Hoffnung auf Entkommen ausgeliefert! Sie holte sich einen Notizblock und einen Schreibstift aus ihrer Tasche und schrieb ihrerseits einen Zettel: »Wenn Sie das nicht lassen, sage ich es Muffet!«

Sie schob es ihm hin, als Muffet gerade nicht hersah.

Er kritzelte sofort wieder eifrig drauflos: »Ich dachte, es interessiert Sie, daß ich Ihnen nichts nachtrage.«

Der hatte sie anscheinend nicht alle, dachte Jazz. Ein Sexbesessener und ein Spinner obendrein! Das hatte ihr gerade noch gefehlt! Der war imstande und fiel über sie her, noch bevor Muffet irgend etwas unternehmen konnte!

»Vielen Dank«, schrieb sie zurück. Vielleicht beruhigte ihn das ein wenig.

»Essen wir zusammen?« kam postwendend der nächste Zettel.

Sie war bereits dabei, aufzustehen und Muffet zu ersuchen, ihr einen anderen Platz anzuweisen, als ihr der Gedanke kam, daß dieser Mensch vielleicht gar nicht so unnütz sein könnte.

»Nein danke«, schrieb sie zurück. »Mein Mann holt mich zum Essen ab. Haben Sie vielleicht Kleingeld für einen Dollar?«

»Jede Menge«, war die Antwort.

»Das ist sehr liebenswürdig«, schrieb sie und blieb bis zur Vormittagspause tatsächlich unbehelligt.

Sobald Muffet die Pause verkündet hatte, drängelten sich alle zur Tür. Jazz hielt ihrem Nebenmann ein paar Dollarscheine hin, aber der ließ einfach nur eine Handvoll Quarters in ihre Hand regnen, wandte sich um und ging die Treppe hinunter. Jazz rannte zu ihrem Wagen, warf drei Quarter ein und war schon wieder auf dem Weg zurück. Die Straße war leer, sie war noch zwei Blocks vom Schulgelände entfernt, als ihr Nebenmann, noch größer als sie ihn sich vorgestellt hatte, wie aus dem Boden geschossen vor ihr stand.

»Kann nicht stehenbleiben«, keuchte sie und lief weiter. Er war sofort neben ihr und faßte sie am Arm.

»Nun kommen Sie, seien Sie nett«, sagte er. »Sie waren doch nicht immer so spröde.«

Vielleicht war es besser, ganz sanft zu bleiben, um sicher und rechtzeitig zum Unterricht zurückzukommen, dachte Jazz verzweifelt. Muffet würde sich des Burschen schon annehmen. Der hatte ganz bestimmt eine Waffe und würde nicht zögern, sie auch zu benutzen.

»Wir kommen zu spät zurück, wenn wir uns nicht beeilen«, sagte sie.

»Das letzte Mal waren Sie viel freundlicher«, sagte er und ließ ihren Arm nicht los.

»Ich schreie um Hilfe«, sagte sie nervös.

»Das hat mir noch keine Frau angedroht«, war die Antwort.

Irgend etwas an seiner Stimme kam ihr bekannt vor. Er hatte einen Akzent, der nicht ganz amerikanisch war, und selbst das, was er sagte, weckte irgendeine, wenn auch unbestimmte Erinnerung. Sie blickte ihn zum ersten Mal direkt an und musterte ihn. Er hatte seine Sonnenbrille jetzt nicht mehr auf. Ohne diesen Bart... ohne diesen speckigen Hut... sähe er wahrscheinlich ganz annehmbar aus. Gar nicht so übel, nein. Vielleicht sogar...

»Sam Butler!« rief sie plötzlich. Der australische Filmstar! »Was veranstalten Sie da für eine blöde Clownerei mit diesem lächerlichen Gras im Gesicht?«

»Sagen Sie bloß, Sie haben mich bisher wirklich nicht erkannt!« Sam Butler schenkte ihr sein strahlendstes Star-Lächeln (Wert zwanzig Millionen). »Und ich dachte, mit Ihrem Scharfblick müßten Sie doch längst hinter die Maske gesehen haben! Sie sind doch immerhin die Dame, die sogar um die Ecke gucken kann! Ich dachte wirklich, Sie wollten mir einfach nur die kalte Schulter zeigen.«

Er hatte nicht so unrecht, dachte Jazz. Hätte sie Ihrer Umgebung tatsächlich mehr Aufmerksamkeit geschenkt, hätte sie ihn wirklich sofort erkennen müssen, ob nun mit Bart oder ohne.

»Sie haben mich zu Tode erschreckt«, sagte sie streng. »Ich habe Sie für einen verrückten Sex-Unhold gehalten.« Sie war jetzt eher wütend darüber, daß sie sich so hatte erschrecken lassen.

»Wäre nicht das erste Mal!« meinte Sam Butler. »Setzen Sie eigentlich voraus, daß grundsätzlich jeder Mann auf Sie scharf ist, oder habe ich etwas so Besonderes an mir?«

»Ganz klar letzteres.« Sie biß sich auf die Lippen, um nicht zu lachen, als sie sich daran erinnerte, wie sie ihn ein paar Wochen zuvor mit der Drohung einer bevorstehenden Flutwelle nach dem harmlosen Erdbeben in die Flucht geschlagen hatte. »Sie haben so was an sich.«

»Sagen Sie mal, haben Sie wirklich einen Mann, der Sie zum Essen abholt?«

»Nein«, gab sie zu. »Ich wollte nur, daß Sie mit diesen Zetteln aufhören.«

»Also können wir zusammen essen?«

»Na meinetwegen, essen muß ich ja sowieso. Und was sollte das heißen, daß Sie mir nichts mehr nachtrügen?«

»Daß ich es Ihnen nicht mehr nachtrage, daß Sie so unfair mit mir umgesprungen sind beim Fotografieren. Sie waren wirklich sexy, das müssen Sie zugeben. Es war das erste Mal, daß mich ein Fotograf dazu gebracht hat, mich für eine Aufnahme auszuziehen. Geschweige denn eine Fotografin.«

»Ach das. Nun ja. Gut, vielleicht habe ich Sie überrumpelt und bin unfair mit Ihnen umgesprungen. Schauspieler sind eben für uns so eine Art Freiwild. Aber was wäre passiert ohne das Erdbeben? Sie lagen auf mir drauf und zwar nackt!«

»Ich wär schon wieder runtergegangen«, versicherte ihr Sam Butler. »Ich hab einfach einen Fehler gemacht. Und ich entschuldige mich auch dafür. Ich war total auf dem falschen Dampfer.« Jazz musterte ihn und versuchte, ihn einzuschätzen. Wahrschenlich stimmte das, was er sagte.

Sie hatte es sich zweifellos zu leicht gemacht, als sie diesen jungen Filmstar einfach als skrupellosen Draufgänger eingestuft hatte, der kein Nein hinnehmen würde; immerhin hatte er ihr ja auch ein liebevolles und heimwehkrankes Herz offenbart, als er von seiner Heimat und seiner Familie zu Hause in Australien gesprochen hatte. Sie war offenbar schon so sehr von den üblichen Hollywood-Klischees beeinflußt, daß sie einem wie ihm gar nicht mehr unvoreingenommen begegnen konnte, und das war gar nicht so gut, wie sie selbst immer geglaubt hatte.

Sam Butler sah auf die Uhr. »Jetzt müssen wir aber rennen, sonst kommen wir zu spät!«

Tatsächlich kamen sie im allerletzten Moment die Treppe

heraufgehetzt, als Muffet schon dabei war die Tür zuzusperren. Schuldbewußt gingen sie auf ihre Plätze.

»Das ist nicht das erste Mal, daß ich so etwas sehe«, erklärte Muffet streng. »Ich sage Ihnen eins: Ich dulde keine persönlichen Gespräche während dieses Kurses! Genausowenig wie unpassende Äußerungen, Tabakkauen, Spucken, gemeine Ausdrücke und ungehörige Geräusche.« Er deutete auf Jazz und Sam Butler. »Und ganz besonders kein Anbändeln. Wenn Sie jemand kennenlernen wollen, hätten Sie sich in der Verkehrsschule für Singles anmelden sollen.«

»Aber sie ist meine Cousine!« erklärte Sam Butler ohne mit der Wimper zu zucken.

»Ersten Grades!« setzte Jazz noch drauf.

»Unsere Mütter waren Schwestern«, schmückte Sam Butler die Sache aus.

»Sogar Zwillinge«, sagte Jazz.

Sie konnte plötzlich gar nicht mehr damit aufhören. Siamesische Zwillinge? Es war wie eine Art hysterischer Anfall. Sie spürte, daß sie gleich wie von Sinnen würde loslachen müssen, so wie es ihr seit ihrer Schulzeit nicht mehr passiert war. Von so einem unbändigen Lachreiz wurde man ja meistens bei den unpassendsten Gelegenheiten heimgesucht – bei Hochzeiten, im Gottesdienst, bei Abschlußfeiern und selbst bei Beerdigungen.

Sie spürte, wie Sam Butler sie warnend in den Arm kniff. Das half, sich doch noch eine Weile zu beherrschen. Aber ein Seitenblick sagte ihr, daß auch er heftig mit einem Lachreiz kämpfte. Und weil er das mit vorgehaltener Hand zu verbergen suchte, hatte er auch noch Probleme mit seinem angeklebten Schnurrbart, was die Sache nur noch schlimmer machte. Und da war es dann um sie geschehen. Sie konnte nicht mehr länger an sich halten, starrte zu Boden und prustete los, sich in einen Lachkrampf hineinsteigernd, der ihr die Tränen in die Augen trieb.

»Was ist da so ungeheuer lustig?« fragte Muffet scharf.

»Weil das hier...«, brachte Sam Butler auch nur noch stockend hervor und prustete seinerseits los. »Meine Cousine ist manchmal ein bißchen albern, Sir. Entschuldigen Sie.«

»Na schön«, grummelte Muffet. »Aber jetzt reißen Sie sich gefälligst zusammen!«

Jazz kriegte sich schließlich wieder ein und konzentrierte sich mit geschlossenen Augen nur darauf, nicht wieder loszulachen. Das war schwierig, weil von Zeit zu Zeit auch Sam Butler neben ihr vibrierte, wenn ihn seinerseits ein Lachreiz überkam, den er mit Macht unterdrücken mußte.

Endlich war Mittagspause. Sie wagten erstmals wieder einander anzusehen.

»Wieso haben wir eigentlich gelacht?« fragte Jazz ernüchtert.

»Weiß nicht«, sagte Sam.

»So lustig war es ja nun auch nicht.« Jazz war leicht verwirrt.

»Überhaupt nicht«, nickte Sam Butler. »Was ist auch schon komisch an Zwillingen?« Er sagte es ganz ernst. Doch das Wort »Zwillinge« genügte, sämtliche Dämme wieder bersten zu lassen. Sie prusteten los, bis ihnen die Rippen weh taten, während sie sich hastig die Treppe hinab in die Toiletten retteten.

»Ich muß noch ein paar Quarter einwerfen, ehe wir essen«, sagte Jazz, als sie sich hinterher draußen auf der Straße wiedertrafen. »Ich komm mit«, sagte Sam Butler.

»Wo haben Sie denn Ihren Wagen?«

»Da.« Er deutete auf eine schwarze große Limousine, die ihnen langsam folgte. »Das Studio wollte nicht, daß ich zum Verkehrsunterricht selbst fahre, aus Angst, daß ich mir auf dem Weg hierher gleich wieder ein Ticket hole.«

»Wenn sich nur um mich jemand so kümmern würde«, sagte Jazz neidisch. »Ich kann von Glück sagen, daß ich wenigstens irgendwo noch ein Parkplätzchen gefunden habe. War das mit der Maskierung auch deren Idee?«

»Nein, nein, das war meine eigene. Es ist mittlerweile die einzige Möglichkeit für mich, unbehelligt zu bleiben. Seit diesem letzten Auflauf...« Er brach ab, als sei es ihm peinlich.

»Sie meinen, Sie verursachen bereits hier in Hollywood selbst Aufläufe? Hier kümmert sich doch kein Mensch um einen Star! Da setzen wir Einheimische doch sogar unseren Stolz drein!«

»Na ja...«, murmelte er, ohne sie anzusehen.

»Bei Ihnen ist offenbar alles möglich. Die Frauen kriegen wahrscheinlich alle Kuhaugen, wenn Sie nur auftauchen. Ich sehe es direkt vor mir. Wären da in diesem Verkehrsunterricht mehr Frauen, und sie hätten Sie erkannt – nicht auszudenken.«

»Es ist mir auch alles sehr unangenehm«, sagte er. »Also, gehen wir jetzt essen? Nach diesem Vormittag bei Muffet haben wir es uns schließlich verdient.« Er lud Jazz in seine große Limousine ein.

»Wo können wir schon groß hin? In einer halben Stunde müssen wir wieder dasein, und hier gibt es weit und breit nichts außer einem Pollo Loco und einem McDonald's.«

»Es ist für alles gesorgt!« sagte er. Er öffnete einen großen Picknickkorb, der im Fußraum vor den Sitzen stand, und zum Vorschein kam ein Picknick-Set mit Plastikbehältern und folienüberzogenen Packungen.

»Ich habe so ein bißchen von allem bei *Nate 'n' Al* gekauft – ein sehr guter Feinkostladen hier – und dazu dann noch australischen Weißwein.« Er zog sich erleichtert seinen angeklebten Schnurrbart ab, entledigte sich auch des speckigen Huts und seiner Sonnenbrille und schüttelte sich.

»Also, dann etwas Wein, bitte«, sagte Jazz und spannte ihre verkrampften Muskeln, ehe sie sich in die weichen Polster der Rücksitze sinken ließ. »Haben Sie schon mit Besuch gerechnet, oder sollte das hier alles nur für Sie allein sein?«

»Nur für mich. Der Gedanke an diesen Verkehrsunterricht war so deprimierend, daß ich zuerst sogar daran dachte, das sei überhaupt nur im Suff zu ertragen. Aber damit hätte ich bei Muffet natürlich auch nicht viel Freude gehabt, wie?«

»Nennen Sie diesen Namen nicht«, sagte Jazz schaudernd. »Wo wir ohnehin nur eine halbe Stunde Pause haben. Die wollen wir uns nicht auch noch vermassen. Ich rieche da Pastrami... also wirklich, Sam Butler, für einen einfachen Jungen vom Lande haben sie recht schnell gelernt!«

In Sam Butlers Picknickkorb waren zwei Flaschen Wein, Pastrami, Corned beef, Brötchen, Roggenbrot, Senf, Pickles, French Dressing, Räucherlachs, Streichkäse, Truthahnbraten in Scheiben, Roastbeef und sogar eine Dose Hühnchenleber, die sie sich für das Dessert aufzuheben einigten, weil der ebenfalls vom Studio mitgegebene Käsekuchen wie ein Dickmacher aussah und sie nun ohnehin schon jeder drei Sandwiches intus und dazu beide Flaschen Wein geleert hatten.

»Ich gehe nicht mehr hin«, verkündete Sam Butler plötzlich, als sie fertig gegessen hatten.

»Was?«

»Ich geh da nicht mehr hin«, wiederholte er. »Das halt ich keine zweite Hälfte mehr aus. Bei uns in Australien gibt es so was nicht. Außerdem bin ich ja nicht mal Amerikaner. Was können die mir schon anhaben? Ich fahre einfach heim nach Perth. Ausliefern können sie mich nicht. Und in Perth verurteilt mich kein Gericht wegen so was.«

»Aber dann haben Sie den ganzen Vormittag umsonst da gesessen und müssen das Ganze noch mal machen«, widersprach Jazz eifrig.

»Na wenn schon. Jedenfalls gehe ich da nicht mehr hin. Der Vormittag – nun, den verschmerze ich dafür locker.«

»Wofür?«

»Na, für Sie! Um sie wiederzusehen, würde ich auch jederzeit zwei Wochen Verkehrsunterricht in Kauf nehmen. Drei. Vier. Ein ganzes beschissenes Jahr, wenn es sein müßte. Nur für Sie, kleine Freundin.«

»Na, wenn es so wichtig ist, hätten Sie auch einfach mal anrufen können.« Jazz kicherte.

»Da hätte ich ja Angst haben müssen, daß Sie einfach auflegen.« Er sah sie an. »Hätten Sie?«

»Vermutlich. Sam – wie haben Sie mich eben genannt?«

»Kleine Freundin.«

»Wie süß, wie unheimlich süß«, sagte sie verträumt. »Tja, aber ich muß jetzt wohl wieder hin. Ich kann nicht nach Perth flüchten. Sagen Sie Ihrem Fahrer Bescheid?«

»Bitte fahren Sie uns zur Schule zurück«, wies Sam seinen Fahrer an.

»Wir stehen schon seit einer Viertelstunde davor«, sagte der Fahrer.

»Das darf nicht wahr sein, nein!« rief Jazz und sah auf die Uhr. Sie rannte los, die Treppe hinauf, Sam hinter ihr drein.

Die Tür war zugesperrt. Sie hämmerten dagegen, aber die einzige Antwort von drinnen war Muffets sadistisches Gelächter. »Ich hab Sie beide gewarnt. Sagen Sie nicht, ich hätte Sie nicht gewarnt!«

»Scheiße!« Jazz war kurz davor, in Tränen auszubrechen. »Alles meine Schuld.«

»Das können Sie laut sagen!«

»Ich mach's wieder gut.«

»Wie denn?« fuhr sie ihn an. »Das würde ich jetzt wirklich gerne wissen, wie Sie das jemals wiedergutmachen wollen – vier Stunden Verkehrsunterricht für die Katz!«

Er blickte sie schuldbewußt an. »Sie haben recht, nie im Leben kann ich das wiedergutmachen. Und wenn ich für den Rest meines Lebens nichts anderes versuchte als das.«

Jazz blickte ihn prüfend an. Er sah wirklich zerknirscht aus, die Augen voller Selbstvorwürfe, der Körper gramgebeugt.

»Na ja«, sagte sie, »umzubringen brauchen Sie sich deswegen auch nicht gleich. Ich verzeihe Ihnen. Es hat schon Männer gegeben, die mir Schlimmeres angetan haben als das.«

»Tatsächlich? Sagen Sie mir, wer das war, und ich nehme mir den Schweinekerl vor.«

»Wir sind nicht zufällig ein wenig betrunken, Sam, nein?«

»Von australischem Wein? Ich bitte Sie! Nie im Leben. Außerdem vertrage ich einen Stiefel. Aber die Idee ist nicht schlecht. Wie wär's: Wollen wir unseren Kummer ertränken?«

»Am hellichten Tag?«

»Stimmt auch wieder. Viel zu früh. Und wenn wir in diesen altmodischen Zirkus gehen? In diesem Zelt unten am Strand, Sie wissen schon... Seit ich hier bin, wollte ich da immer schon mal hin... die haben richtige Feuerspeier und Schwertschlucker und Jongleure und alles. Na, wie ist es?«

»Ich bin zu müde, ich muß schlafen.«

»Arme kleine Freundin. Sie sind keinen australischen Wein gewöhnt. Also gut, ich bring Sie nach Hause.«

»Und mein Wagen? Fahren kann ich jetzt nicht. Ausgeschlossen.«

»Ich kümmere mich drum, geben Sie mir die Schlüssel.«

Schwerfällig ließ Jazz sich auf den Rücksitz der Limousine plumpsen. Vier Stunden Verkehrsunterricht, ein Riesenlunch, eine Flasche Wein und die ganze Aufregung des Vormittags – das alles war zuviel des Guten gewesen: Sie schlief auf der Stelle ein.

Als sie aufwachte, war es dunkel draußen. Es mußte also Nacht sein. Und sie lag in einem fremden Bett. Unter einer fremden Steppdecke. Sie rührte sich nicht. Wenn sie sich ganz darauf konzentrierte, bekam sie bestimmt heraus, wo sie eigentlich war. Und wie sie hierhergekommen war. Eine kleine Lampe brannte. Dort drüben war ein Fenster, davor standen Bäume. Das wenige, das von dem Raum erkennbar war, sah ein wenig aus wie eine Blockhütte weit droben am Yukon vor hundert Jahren. Es roch nach Kaminfeuer. Männerschritte durchquerten ruhig das angrenzende Zimmer.

Sie machte die Augen wieder zu und versuchte zu kombinieren. Yukon, Kaminfeuer, Steppdecke, Bäume.

Sie ließ ihre Hand über ihren Leib gleiten. Jeans. Arbeitshemd. Mädchen für alles. Mel Botvinick. Pete di Constanza. Dazzle. Automobile. Verkehrsschule.

Bingo.

Sie warf die Steppdecke von sich und merkte, daß sie wach und munter war, als sei sie eben vom erfrischendsten Schlaf ihres Lebens erwacht. Sie durchquerte den schummerigen, holzgetäfelten Raum und fand ein Badezimmer. Sie wusch sich das Gesicht kalt ab, bemächtigte sich einer neuen Zahnbürste, die sie fand, und inspizierte sich danach kritisch im Spiegel.

Sie mußte lächeln. Auch wenn sie sich noch so selbstkritisch betrachtete, sie sah höchstens wie achtzehn aus! Wahrscheinlich der tiefe Schlaf. Und daß sie heute morgen keinerlei Make-up aufgelegt hatte. Oder auch die anarchische Unordnung ihrer Haare. Immerhin, sie sah ein Mädchen vor sich, das sie schon sehr lange nicht mehr gesehen hatte. Seit ihren ersten Ausleuchtungsübungen in der *Graphics Central* nicht mehr, genau gesagt. Offener Blick, rosa Wangen. Sie war wieder das Mädchen aus der Zeit, bevor sie Gabe kennengelernt hatte. Und noch besser: Sie fühlte sich auch so!

Ihre Schuhe waren verschwunden, aber die Socken hatte sie noch an.

Sie öffnete die Zimmertür einen Spalt und spähte hinaus. Sie sah einen Wohnraum, leer. Ein fast heruntergebranntes Kaminfeuer. Sonst kein Licht.

Durch eine Tür auf der anderen Seite kam Sam Butler herein, mit einem Arm voll Kaminholz. Sie sah ihm zu, wie er, so leise es ging, einige Stücke ins Feuer legte und sich dann still davorsetzte, um, so wie es aussah, darauf zu warten, daß sie aufwachte. Wie er so mit ernstem Gesicht dasaß, wurde ihr klar, daß er auch die ganze Nacht so sitzen bleiben würde, wenn es sein müßte. Er hatte auf diese Weise wohl schon den ganzen Nachmittag ihren Schlaf bewacht, hier in seiner Berghütte, oder was immer es war.

»Guten Abend, Sam«, sagte sie ruhig.

Sam Butler fuhr hoch. Er war offenbar mit seinen Gedanken woanders gewesen, dachte Jazz. Sie hatte ihn aus seinen Träumen gerissen.

»Oh, hallo Jazz!« rief er und sein ernstes Gesicht hellte sich zusehends auf. »Ich hab mir schon Sorgen gemacht. Sie waren einfach weg, ich kriegte Sie nicht wach.«

»Ich trinke ja für gewöhnlich auch keine ganze Flasche Wein schon zum Mittagessen. Und für gewöhnlich werde ich auch nicht gekidnappt!«

»Aber ich weiß doch überhaupt nicht, wo Sie wohnen. Sonst hätte ich Sie natürlich nach Hause gebracht.«

»Ach Gott, da konnten Sie nicht auf meinen Führerschein schauen?«

»Ich wollte nicht ohne Ihre Erlaubnis in Ihre Tasche sehen«, sagte er ernst. »Das wäre doch sehr unhöflich gewesen.«

»Nun ja, das war sehr... feinfühlig von Ihnen. Ist das Ihre Wohnung hier?«

»Ja. Habe ich vor ein paar Monaten gefunden.«

»Und wo sind wir hier?«

»Ziemlich weit oben in den Bergen von Hollywood. Das Haus ist schon achtzig Jahre alt. Hinten raus gibt es freilaufendes Wild.

»Wie spät ist es?«

Sam Butler sah auf die Uhr. »Fast halb acht, Samstag

abend. Sicher müssen Sie gleich irgendwo sein. Wahrscheinlich sind Sie schon zu spät dran. Ich fahre Sie sofort heim.«

Jazz setzte sich ans Feuer. »Ich habe keine Verabredung, aber Sie doch sicherlich. Es reicht völlig, wenn Sie mir ein Taxi rufen.«

»Ich habe nichts vor heute abend, ich wollte allein zu Hause bleiben. Ich habe eine harte Woche hinter mir.« Er verschränkte die Arme – ein Mann, der nichts zu tun hat, außer in sein Kaminfeuer zu starren und seinen Gedanken nachzuhängen.

»Dann will ich Sie nicht weiter belästigen«, meinte Jazz.

»Nein, nein, so war das nicht gemeint. Ich... ich kann Ihnen gerne einen Drink machen.«

»Könnten Sie, ja«, überlegte Jazz.

»Oder Ihnen ein Steak braten.«

»Auch das«, nickte sie.

»Aber die Glotze kann ich Ihnen nicht anmachen. Die ist kaputt.«

»Das macht nichts«, sagte sie gleichmütig. »Dann eben keine Glotze heute abend.«

»Musik könnte ich Ihnen auflegen.«

»In Ordnung. Musik mag ich.«

»Mehr kann ich Ihnen allerdings nicht bieten.«

»Fällt Ihnen gar nichts ein?«

»Es ist schon ziemlich spät heute. Und zum Ausgehen sind wir nicht angezogen.«

»Überhaupt nichts? Rein gar nichts?«

»Nein, ich hab nicht sehr viel Phantasie«, sagte er mit einem schalkhaften Lächeln.

»Sieht wohl so aus«, sagte Jazz und schüttelte mitleidig den Kopf. Sie kroch zu ihm hin, drehte sich herum und legte sich in seinen Schoß. Sie blickte zu ihm empor. Ihr Kopf lag auf seinen verschränkten Armen, ihre Lippen berührten fast sein Kinn.

»Na, und wie wäre es mit einem Kuß, kleiner Freund?« Sie hob die Arme und zog seinen Kopf herunter. »Weißt du, das haben die Leute immer gemacht, bevor es das Fernsehen gab.«

»O Jazz«, sagte Sam und versuchte, sich aus ihren Armen zu winden, »du glaubst gar nicht, wie sehr ich das möchte.«

»Und warum tust du dann nichts?«

»Weil ich ganz von vorne anfangen möchte mit uns beiden. Und nicht wie ein Wilder über dich herfallen wie das erste Mal. Und mich nicht aufführen wie ein bescheuerter Blödian, der sich für einen großen Filmstar hält.«

»Und deswegen willst du mich nicht küssen?«

»Ja.«

»Du denkst zuviel«, sagte Jazz und schob sich so weit zu ihm hoch, daß sie ihm einen hastigen Kuß geben konnte. »Also, damit bin ich der offizielle Angreifer. Du kannst jetzt den nächsten Zug machen, ohne daß dir irgend jemand etwas vorwerfen kann.«

Er hielt sie von sich weg und betrachtete sie eingehend.

»Das zählt nicht«, sagte er schließlich. »Das war doch nur ein kleines harmloses Schmätzchen. Wo ich herkomme, da küßt man auf diese Art höchstens seinen Bruder.«

Jazz schlang die Arme um ihn und gab ihm einen langen warmen Kuß, der ganz bestimmt nicht als schwesterlich gelten konnte.

»Nein, tut mir leid, so geht das auch nicht«, sagte Sam, nach Luft schnappend, »so küßt man seinen Cousin.«

»Aber sag hinterher nicht, du hättest es nicht herausgefordert«, warnte ihn Jazz, nunmehr halb flüsternd. Ein Spieler war er also. Und ein ganz guter dazu. Na schön, sie beherrschte dieses Spiel auch nicht schlecht, vor allem, wenn es den Einsatz wert war. Sie rieß ihn auf den Teppich und beugte sich über ihn. Er lag still und blickte fragend zu ihr auf, als schätze er sie ab. Und Jazz merkte plötzlich, daß sie sich in diesem Augenblick, in dem sie beide wie hypnotisiert regungslos verharrten, der Form ihres Mundes bewußt war wie noch nie zuvor. Denn sie war es gewöhnt, Küsse zu bekommen, nicht aber, sie sich selbst holen zu müssen.

Sie sah Sam an, der ruhig und geduldig auf ihre Berührung wartete, und war auf einmal imstande, sich selbst mit seinen Augen zu sehen. Die Entfaltung ihrer eigenen Sinnlichkeit. Ihre Leidenschaft. Die Wärme, die sie versprach. Und sie merkte, wie sich ihre Lippen öffneten, als Antwort auf das beherrschte Verlangen, das sie in seinen Augen sah.

Sie legte ihre Lippen auf die seinen, als seien sie ein Geschenk an ihn, sanft und zärtlich, mit stetig stärker werdendem Druck, bis sie es nicht länger erwarten konnte, seinen Mund mit der festen Spitze ihrer Zunge zu erforschen. Sie schob sie nur ganz leicht zwischen seine Lippen und wartete auf seine Antwort. Als sie nicht kam, machte sie sich auf die Suche nach seiner Zunge, bis sie sie fest zwischen ihren Zähnen hatte, und gab sich dann ganz der Entdeckung ihrer wundervollen Zartheit und Empfindsamkeit hin.

Sam erwiderte ihren Kuß jetzt immer heftiger, überschritt aber immer noch nicht die Grenzen, die sie selbst festlegte. Ein wohliger Schauer ungläubiger Ungeduld überlief sie, als ihr das klar wurde. Sie konnte endlos so mit diesem Kuß weitermachen oder ganz aufhören (was das Idiotischste wäre, was sie machen könnte), ja, sie konnte anstellen, was immer ihr in den Sinn kam, mit diesem großen, schönen, raffinierten Burschen da, der behauptete, er begehre sie so sehr, daß er ganz von vorne mit ihr anfangen wolle... Sie mußte ihm schon selbst zeigen, was sie wollte, oder er würde sich womöglich endlos beherrschen. Er war imstande, seine Drohung wahr zu machen. Oder war es ein Versprechen?

Sie knöpfte ohne Hast und ganz selbstverständlich sein Hemd auf und begann mit fast schon schmerzender Entschlossenheit seinen Hals und seine Brust mit Küssen zu bedecken. Er roch gut und schmeckte gut, und es fiel ihr schwer, von Zeit zu Zeit innezuhalten, als habe sie beschlossen, nicht fortzusetzen, was sie begonnen hatte. Dann machte sie, zögernd zwar, dennoch weiter, bis sie bei seinen Brustwarzen ankam. Sie nahm die eine mit aufreizender Gemächlichkeit in ihren Mund und die andere, die in dem Wald seiner Brusthaare fast verschwand, sanft zwischen drei Finger und begann sie leicht zu massieren. Sofort versteiften sie sich beide, und als sie daran saugte, stöhnte er laut auf. Das veranlaßte sie, sich noch enger an ihn zu pressen, mit ihm zu spielen, mit ihrer Zunge vorzuschnellen, sie zurückzunehmen, um kurz darauf wieder anzugreifen, während sie die andere Brustwarze die ganze Zeit über zwischen ihren Fingern, die sie sich im Mund angefeuchtet hatte, hin und her drehte.

Sie merkte, wie sich sein ganzer Körper anzuspannen begann, jeder einzelne Muskel, obwohl er sich sichtlich bemühte, ihr aufreizendes Spiel zu ertragen, ohne sich zu rühren. Nicht einmal einen weiteren Laut gestattete er sich. Doch seinen immer schneller werdenden Herzschlag und das immer heftigere Keuchen seines Atems vermochte er nicht mehr zu kaschieren. Jazz bebte am ganzen Leib. Dies war eine ganz neue Erfahrung sinnlicher Lust für sie. Einen Mann so weit zu bringen, daß er einfach nicht mehr imstande war, still dazuliegen, wie sehr er sich auch bemühte – es war ungeheuerlich, wie sie das erregte. Sie fühlte, wie sie immer feuchter wurde, immer mehr anschwoll, und sie genoß die Vorstellung, ihn jetzt als Sklaven zu haben, mit ihm nach Belieben verfahren zu können. Und ihre Neugier eilte dem, was sie tat, bereits weit voraus. Sie überlegte, ob er wohl bereit für sie war, ob es ihm eigentlich weh tat, einfach so dazuliegen, starr und steif, und ob dies ein Spiel war, das er selbst erfunden oder das ihn jemand gelehrt hatte.

Sie hob fragend ein wenig den Kopf, doch er hielt die Augen geschlossen. »Ist es... zuviel?« murmelte sie.

»O Gott – nein – nein«, stammelte er in genießerischer, bebender Unterwerfung.

Zum Glück trug er keinen Gürtel, dachte Jazz, als sie seine Jeans öffnete. Sie hielt den Atem an. Er hatte nur die Jeans an und nichts darunter, und der offene Reißverschluß gab den Blick auf einen Penis frei, der so groß und lang war und aus dem Gewirr blonder Haare so steif aufragte, daß sie nicht imstande war, weiterzumachen.

»Ich... kann nicht... du mußt selbst...«, sagte sie leise, während sie bereits mit zitternden Fingern ihr Flanellhemd aufzuknöpfen begann, um ihm ihre Brüste zu entblößen.

»Nein... mach du es... ich muß wissen, daß du mich wirklich haben willst.« Seine Stimme klang fremd, aber sehr fest und entschlossen.

»Das will ich«, murmelte sie. »Ich will dich wirklich.« Sie stand auf, ohne den Blick von ihm zu wenden, stieg aus ihrer Jeans und ihrem Slip. Er hatte das Spiel ja längst gewonnen, nach allen nur denkbaren Regeln. Doch da er darauf bestand, trotzdem noch weiterzuspielen, würde sie ihm eine Partie liefern, an die er noch lange denken sollte. Es war wie lustvolle Rache – oder eine Revanche der Lust, gleichviel. Sie ließ sich auf die Knie nieder, öffnete weit die Beine über seinem Kopf, so daß ihre Vulva genau über seinem Mund war, doch hoch genug, daß er sie nicht mit seiner Zunge erreichen konnte, solange er einfach liegenblieb wie bisher. Dann beugte sie sich vor, bis ihr Haar über seinen aufrecht stehenden Penis fiel. Sie bewegte den Kopf spielerisch und sanft hin und her, so daß ihre Haare wie tausend feine kleine Peitschen um seinen vibrierenden, pulsierenden Penis schlugen. Ihre Hüfte schwang mit, und wieder hatte sie das Gefühl, genau zu wissen, was er jetzt im Widerschein des Kaminfeuers vor sich sah.

Sie hörte, wie er zu stöhnen begann, wieder und wieder, doch sie ließ nicht ab von ihrem aufreizenden Rhythmus, kam ihm auch weiterhin nicht näher. Sie wußte, daß er die verräterische Feuchtigkeit ihrer Schamlippen direkt vor seinen Augen sah, aber sie fuhr erbarmungslos fort, hin- und herzuschwingen. Langsam! dachte sie. Langsam und schamlos! Er sah ihren Körper über sich, auch ihre herabhängenden, schwingenden Brüste, die geschwellten Höfe ihrer Brustwarzen, das Heben und Senken und Rollen ihres Bauches, das Weiche und Weiße der Innenseiten ihrer Schenkel – er sah sie ganz und bis in die letzten Geheimnisse ihres Körpers, und genauso sollte es sein, dachte sie.

Und sie dachte: Kein Mann der Welt hält das ewig aus. Und sie bewegte sich noch etwas entschlossener und kam mit ihrem Kopf näher an seinen Penis heran, so daß er den Hauch ihres Atems spüren und ihn die Begierde nach der Berührung durch ihre Zunge, ihren Mund schier umbringen mußte – einer Berührung, die jedoch nicht kam. Und sie hatte recht gehabt. Er ertrug es *nicht* mehr, griff nach ihr und zog sie vorsichtig auf den Teppich hinunter, drehte sie herum und hielt sie fest, während er sich seine Jeans auszog. Dann öffnete er sie mit einer Hand und drang mit einem einzigen festen Stoß in sie ein, denn sie war so bereit für ihn, daß es keinen Widerstand und kein Hindernis gab. Dann aber hielt er inne und blieb ruhig, obgleich ihm am Gesicht abzulesen war, daß es ihm mindestens so schwer fiel wie ihr. Er war nun in ihr, so weit es ging, doch noch immer bewegte er sich nicht. Dann fragte er ein letztes Mal, und seine Augen brannten jetzt lichterloh vor Erregung: »Und du bist dir ganz sicher?«

»Ja, du verdammter Kerl, du hast gewonnen. Ja, ja, ich bin mir ganz sicher!«

Endlich befreit, nun wieder ganz Herr der Lage, begann Sam Butler sich in ihr zu bewegen, langsam und zielstrebig und kenntnisreich, und verschaffte Jazz den langen, beinahe schmerzhaften Höhepunkt, für den sie schon so bereit war, wartete, bis sie mitten in ihrer befreienden, köstlichen Raserei war, bevor er sich erlaubte, sich ohne Zurückhaltung in ihren Körper zu bohren, und sich den mächtigen, erbarmungslosen Stößen seines gebieterischen Orgasmus überließ.

11

Valerie Kilkullen Malvern und ihre Schwester Fernanda Kilkullen, derzeit Fernanda Nicolini, lebten in einem chronischen Zustand gegenseitiger Mißbilligung, fanden einander jedoch gleichwohl letztlich unentbehrlich.

Alle beide hätten sie niemanden in ihrer Umgebung gewußt, dem sie so vorbehaltlos trauen konnten. Und niemanden, mit dem sie sich so offen und rückhaltlos in allen Dingen beraten konnten, niemanden, der so vollständig die eigenen Ansichten teilte. Die gegenseitige Mißbilligung war ein kleiner Preis für ihre ansonsten so umfassende Komplizenschaft.

Sie hatten sehr viele gemeinsame Bekannte und bewegten sich auch weitgehend in denselben Kreisen. Allerdings hatte sich Valerie für ein Leben mit einer einzigen, konservativen Ehe entschieden, während es bei Fernanda ständig Bewegung, Unruhe und Veränderungen gab. Häufig telefonierten sie am späten Nachmittag vor dem Umkleiden zum Dinner miteinander und wußten daher eigentlich immer Bescheid darüber, was die Schwester tat.

Eines dieser Telefongespräche fand einige Monate nach der letzten Fiesta auf der Ranch des Vaters in der Abenddämmerung eines beißend kalten Wintertages statt.

»Hat dich Mutter heute noch erreicht?« fragte Fernanda.

»Angerufen hat sie, aber ich war nicht da«, antwortete Valerie.

»Du Glückspilz. Ich war leider da.«

»Was wollte sie denn, außer sicherzustellen, daß auch alles für ihren Besuch vorbereitet ist?«

»Wie kommt es eigentlich, daß ich jedesmal ihren Ankunftstag vergesse?« sagte Fernanda kichernd.

»Und wieso muß ich sie immer bei mir unterbringen?«

»Ach, Val, du weißt doch ganz genau, daß ich unmöglich Gäste beherbergen kann, so wie die Dinge mit Nick stehen. Und schon gar nicht Mutter.«

»Aber gib wenigstens zu, daß es äußerst unfair ist. Du hast doch immer die gleiche Entschuldigung, Fern. Aber eines Tages werden selbst dir mal die Ehemänner ausgehen. Und dann halse ich sie dir aber auf, für immer.«

»Ich habe doch genug Probleme mit allen diesen Männern gehabt«, klagte Fernanda.

»Ach, weißt du, Fern, das beeindruckt mich nicht mehr. Ich glaube ohnehin, du machst das alles, um zu provozieren.«

»Komm schon, Val, ich schicke ja auch Tonnen Kaviar und Blumen und Champagner und führe sie zum Lunch und zum Dinner aus, sooft es nur geht, aber ich könnte es einfach nicht aushalten, sie in meinem Gästezimmer zu haben. So, wie es zwischen Nick und mir steht...«

»Verdammte Kaufhäuser«, zischte Valerie.

»Und ihre verdammten Schlußverkäufe«, stimmte Fernanda ein. »Viermal pro Jahr ist einfach zu viel.«

Sie schwiegen beide eine Weile in der gemeinsamen Erkenntnis, daß nun einmal kein Kraut gegen die drei bis vier Besuche ihrer Mutter in New York jedes Jahr gewachsen war.

Lydia Stack Kilkullen lebte nun schon dreißig Jahre in Marbella an der spanischen Costa del Sol. Nach ihrer Scheidung und der sofortigen Wiederheirat Mikes hatte sie lange Überlegungen angestellt, wo sie denn nun in Zukunft leben sollte. Ihre Töchter brauchte sie dabei nicht ins Kalkül zu ziehen. Sie sollten ohnehin in ein Internat kommen, ganz gleich, wo sie sich letztlich niederlassen würde. Nach vielem Hin und Her war ihre Wahl schließlich auf Marbella gefallen.

Dabei war es damals, 1961, kaum ein Jahr her gewesen, daß der deutsche Prinz zu Hohenlohe begonnen hatte, aus dem kleinen Fischerdorf einen Ferienort und Treffpunkt der vornehmen Welt zu machen. Dreihundert Millionen Dollar, hieß es, waren damals in kürzester Zeit dort investiert worden.

Für die Welt, die vornehme gar, hatte das kleine Fischerdorf Marbella an der Costa del Sol in Andalusien bis dahin überhaupt nicht existiert. Liddy hatte ihre Chance ergriffen: Sie würde eine der ersten dort sein, und das würde ihr dann in Zukunft einen besonderen Status bei allen verleihen, die nachkamen oder Marbella auch nur besuchten. Und sie stellte sich damit in gewisser Weise auf eine Stufe mit der europäischen Aristokratie, die sich dort ein Stelldichein gab und sich eifrig der Weiterentwicklung des Ortes widmete.

Mindestens ebenso ausschlaggebend war die Tatsache, daß es hier in diesem Ferienort (wie in allen anderen auch) keine trennenden Grenzen zwischen Verheirateten und Geschiedenen gab. Auch Sprachprobleme gab es nicht, nachdem Englisch mehr oder minder die Umgangssprache, zumindest aber die übliche Zweitsprache des sich hier niederlassenden internationalen Hohenlohe-Clans war. Zudem war die Urlaubsatmosphäre eines solchen Ortes so schnellebig und sorglos, daß niemand irgendein Interesse an Klatsch um eine verstoßene Ehefrau aus Orange County in Kalifornien hatte, selbst wenn sie aus der feinen Oberschicht Philadelphias stammte. Das hier war Europa. Kein Mensch hatte hier jemals den Namen Kilkullen gehört, und den Namen Stack auch nicht (so seltsam das sein mochte). Nein, Marbella, das war die perfekte Chance für einen neuen Anfang!

Sie fand eine weiße Villa, die zwar ziemlich heruntergekommen war, aber einen schönen Seeblick hatte, und kaufte sie sofort, bevor die Preise Zeit hatten, in die Höhe zu gehen. Die Villa lag obendrein nur einen Katzensprung vom Zentrum des sich allmählich entfaltenden eleganten Lebens entfernt, nämlich dem *Marbella Club*, dem sie ebenfalls sofort beitrat, weil sie mit sicherem Blick erkannt hatte, daß er der bestimmende gesellschaftliche Mittelpunkt werden würde.

Die gravierendste Entbehrung in den Jahren ihrer Ehe war der Mangel an kultivierter Gesellschaft gewesen. Selbst noch die versnobte Langeweile des *Acorn Club* war der reine Karneval im Vergleich zu der Grabesstille auf der Ranch am Ende der Welt. Wären dort nicht wenigstens Deems und Nora White gewesen, hätte sie überhaupt keinen gesellschaftlichen Umgang gehabt. Und auch bei den Whites war es ihr ja nur auf Deems angekommen. Ihn vermißte sie sehr, jeden Tag. Aber sie hätte ja nicht gut bei Mike Kilkullen bleiben können, nur um diese inbrünstige, geheime Beziehung zu einem verheirateten Mann fortsetzen zu können, mit dem sie ohnehin nur öffentlich zusammentreffen durfte.

In Marbella aber hatte sie dann die gesellschaftliche Atmosphäre gefunden, die ihr behagte. Marbella war zum Wallfahrtsort zweier Welten geworden, die sich aufs trefflichste ergänzten: die der alten, europäischen Aristokratie und die des neuen, schönen, internationalen Geldadels, des Jet-set, dem es um nichts weiter ging als um Sonne, Sex, Drinks, Tanzen und Dinners, vorausgesetzt, letztere wurden nicht erst eine Minute vor halb elf Uhr abends serviert: dem offiziellen Beginn der trägen, Abenteuer verheißenden Nacht von Marbella.

Liddy Kilkullen hatte nie die Absicht gehabt, sich für immer in Marbella niederzulassen und dort heimisch zu werden. Sie wollte ihre Villa eigentlich nur als Mittel zu dem Zweck nutzen, ihr den Weg in die große Welt, den sie sich selbst durch die Heirat mit Mike Kilkullen verbaut hatte, zu ebnen.

Sie begnügte sich mit einem höchst bescheidenen privaten Schlafzimmer und Bad in ihrem neuen Heim und verwendete das meiste Geld der Abfindung Mikes für die Restaurierung der gesamten Villa, für einen Swimming-pool und drei elegante Gästesuiten, die sie aus den alten Räumen des Hauses gestalten ließ. Dabei legte sie den größten Wert darauf, daß daraus Räume wurden, die hinter dem Komfort und Luxus der renommiertesten internationalen Hotels nicht zurückstanden und in denen sich selbst die allerverwöhntesten Leute wohlfühlen konnten.

Jede dieser Suiten war für Besuche von mindestens zwei Wochen gedacht. Sie engagierte einen spanischen Koch, den sie anhielt, nur noch »international« zu kochen, und begann, sehr langsam und ohne jede Hast, sich als Gastgeberin der vornehmen Gesellschaft zu etablieren. Ihre ersten Gäste waren jedoch Deems und Nora White. Von dem Augenblick an, da sie eintrafen, verfielen Liddy und Deems wieder jenem Bann, den sie aufeinander ausübten und von dem Nora, ungeachtet der Tatsache, daß Liddy ja frei und ungebunden war und ohne Mann lebte, auch jetzt nichts bemerkte, weil sie viel zu fasziniert von der eleganten europäischen Welt war. Danach lud Liddy alte Freunde aus ihrer Schulzeit ein und in Europa lebende Freunde ihrer Familie. Alle nahmen ihre Einladungen an, denn Marbella war inzwischen wie über Nacht zum begehrtesten Ort der internationalen Gesellschaft geworden. Und im *Marbella Club* ergaben sich bald Kontakte zur Aristokratie, und auch diese Namen standen nun auf den Gästelisten ihrer Partys.

Und es dauerte in der Tat nur wenige Jahre, bis Liddy Kilkullen mit ihren Hauspartys zu einer festen Institution in Marbella geworden war, über die in den Gesellschaftsnachrichten der Zeitungen und in den Illustrierten geschrieben und berichtet wurde.

Sie achtete stets darauf, alle drei Suiten ihrer Villa mit Gästen voll zu haben. Weniger als sechs Hausgäste, war ihre Erfahrung, boten nicht genug Abwechslung und Geselligkeit.

Und sie führte ihr Haus wie das eleganteste Luxushotel, stand im Morgengrauen auf, um mit dem Koch die Menüs zu besprechen und die Einkäufe auf dem Markt zu organisieren, die Blumen zu arrangieren und den Tageslauf mit seinen Lunchs, Cocktails, Jacht- und Tennispartien zu organisieren. Sie hätte in der Tat auch jederzeit ein kleines Hotel in der Schweiz führen können. Der Aufwand, den sie trieb, hätte niemanden ihrer immer illusterer werdenden Gäste vermuten lassen, daß sie ihn lediglich mit den Unterhaltszahlungen Mikes und den zusätzlichen zehntausend Dollar pro Jahr aus einer Erbschaft bestritt.

Aber die Mühe machte sich mit der Zeit bezahlt. Sie bekam immer häufiger Gegeneinladungen in die vornehmen Häuser ganz Europas und auch der heimischen Ostküste. Und sie erwies sich als ebenso erstklassiger Gast, wie sie eine erstklassige Gastgeberin war. Obwohl sie noch immer schön war, brach sie niemals in irgendeine Ehe ein. Sex interessierte sie überhaupt nur in Form von Klatsch, und sie vermochte sich mit der Zeit auf spanisch, italienisch und französisch gleich gut zu verständigen, spielte Tennis und Bridge und war der charmante Mittelpunkt jedes Tischgesprächs.

Bei alledem blieb ihre innerste Triebfeder ihr gutgehütetes Geheimnis: das Gefühl, ein Anrecht auf Wiedergutmachung zu haben; Gläubigerin zu sein. Sie hatte ein Recht auf Entschädigung für ihre verlorenen Ehejahre, für die unwiederbringlich verlorene Jugend, jene freudlosen Jahre, die doch eigentlich ihre besten, schönsten Jahre als Frau hätten sein sollen.

Und finanziell kam sie zu nichts, registrierte sie mit zunehmender Bitterkeit. Zu nichts von dem, worauf sie doch eigentlich Anspruch hätte! Rings um die Kilkullen-Ranch verwandelte sich immer mehr Land in pures Gold, wurden die Eigentümer, die an Baugesellschaften verkauften, zu Multimillionären, Milliardären. Nur sie nicht, weil Mike Kilkullen sich einfach hartnäckig weigerte, auch nur einen Teil seines Landes ebenso gewinnbringend zu verkaufen und sie alle damit steinreich zu machen.

So blieb ihr nur ihre Zunge als Waffe. Sie nahm auf ihre Weise Rache an den Enttäuschungen ihres Lebens. Sie fand ihre Befriedigung darin, ihre unsichtbare Macht auszuspielen, von der niemand etwas ahnte. Waren Frauen unverzeihlich indiskret und erfuhr sie es, dann sorgte sie auch dafür, daß die Kunde davon den Weg zu ihren Männern fand, ohne daß ihr je irgend jemand auf die Schliche kam. Versuchte eine neue Gastgeberin, sich in Marbella zu etablieren, ohne Macht im Rücken zu haben, fand sie sich alsbald isoliert, ohne je zu ahnen, woran das lag: an Liddy Kilkullen, die subtile, dezente Methoden entwickelt hatte, Einfluß zu nehmen: durch nicht vollendete Sätze und Andeutungen, die niemand sogleich als das erkannte, was sie waren. Fand ein verheirateter Mann in Wirklichkeit eher Gefallen an Männern und glaubte, es sei sein wohlgehütetes Geheimnis – Liddy Kilkullen wußte davon und verwendete es zu seinem Ruin, sofern es ihr paßte und gefiel. Sie machte sich zur Alleswisserin und damit zur Herrscherin. Sie wußte, wer Alkoholprobleme hatte und wer Drogen nahm. Sie wußte, wer falsch spielte und wer nur wegen Geldes geheiratet hatte, es aber längst bereute. Sie kannte alle, die abseitige erotische Neigungen hatten, und wußte, wer verschuldet war und bei wem.

Und je älter sie wurde, desto mehr gefiel Liddy Kilkullen ihr böses Spiel, desto unbarmherziger und verschlagener wurde sie, desto mehr amüsierte sie sich damit und fand ihre ganze Lebenslust darin.

Ein einziger Mensch – außer ihren Töchtern – blieb von Liddys wachsender Bösartigkeit verschont: Deems White. Er und Nora bekamen mindestens zweimal pro Jahr eine Einladung nach Marbella, und Nora war bald süchtig nach dem, was sie für ihre eigene Rolle in der mondänen Welt von Marbella hielt, und hatte schon deshalb keinerlei Einwendungen gegen diese regelmäßigen Besuche, die sie nicht mehr kosteten als die Flugtickets.

Nora und Henry White, Deems' Vater, hatten allen Grund zu hoffen, daß die Erwartungen, die sie in Deems setzten, sich erfüllen würden. Henry White war in führender Position in der Republikanischen Partei von Orange County tätig, und von Nora wußte man, daß man sich auf sie verlassen konnte, wenn man in der Gunst ihres Schwiegervaters stand.

Deems selbst erhob keine Einwände gegen die neuen politischen Ambitionen, die sie für ihn ersonnen hatten. Seiner charmanten Art und seinem Temperament entsprach es ohnehin mehr, Wählerstimmen mobil zu machen, als trockene Juristerei zu betreiben. In den sechziger Jahren hatte er bereits eine Anzahl politischer Ämter von stetig wachsender Bedeutung ausgeübt. Nora gebot ihm erst Einhalt, als es um den Gouverneursposten ging, und das nur, weil sie sich nicht vorstellen konnte, in Sacramento zu leben. Der Kongreß wäre da etwas anderes, das wurde ihr schnell klar, als ihr Schwiegervater das Thema zur Sprache brachte.

Wurde Deems in den Kongreß gewählt, konnten die Whites zumindest einen Teil des Jahres in Washington leben und die übrige Zeit in San Clemente, hier wie dort mit allem Komfort, dank Noras gut angelegten, stetig wachsenden Vermögens, und sie konnten so eine blendende Figur machen. Die Erfahrungen in Marbella hatten bewirkt, daß Nora sehr viel selbstkritischer geworden war, was ihr Aussehen und ihre Garderobe betraf, sie hatte sich in eine richtige Dame verwandelt, der man nun auf den ersten Blick ansah, daß sie reich war. Und da sie auch gutmütig und höflich war, sprach man allseits nur gut von ihr, wie die Leute überhaupt gerne gut von ihren reichen Freunden sprechen, weil sie sich dabei selbst reicher fühlen können, als sie es tatsächlich sind.

Deems White war nun Anfang vierzig und hatte keinerlei Probleme, sich in den Kongreß wählen zu lassen. Er war der geborene Kandidat dafür, ein sehr guter Redner. Er sprach immer einfach, klar und leicht verständlich. Und er stammte aus einer alten, angesehenen, seit Generationen republikanischen Familie Südkaliforniens. Er war charmant und überall beliebt. Wen sonst sollte man schon wählen? Wenn etwas überraschend war, dann höchstens, daß er nicht schon viel früher kandidiert hatte.

Liddy wachte ihrerseits über Deems' Aufstieg in der Politik und war ihm näher als je zuvor. Schon beim ersten Besuch der Whites in Marbella, gleich nach der Fertigstellung und Einweihung ihrer Villa, hatten sie Gelegenheit zu der sehnsüchtig erwarteten Zweisamkeit gefunden, die sich in Kalifornien nie ergeben hatte. Nora konnte sich weder damals noch später an die langen Nächte in Spanien gewöhnen, wo man erst nach Sonnenuntergang zu leben begann und die »Abende« frühestens um drei Uhr morgens zu beenden pflegte. Jeden Nachmittag schlief sie nach dem späten Lunch tief, bis es Zeit war, sich zum Cocktail anzukleiden. Und im Gegensatz zu ihr tranken Liddy und Deems zum Lunch nie Alkohol und brauchten deshalb auch weniger Schlaf.

Und an diesen stillen Nachmittagen, wenn ganz Marbella verstummt war, kam Deems in Liddys Zimmer, wo sie ihn schon erwartete. Sie hatte die Jalousien heruntergelassen. Das Hausmädchen hatte die Bettdecke für die Siesta zurückgeschlagen, die bestickten Seidenlaken wurden jeden Morgen gewechselt. Nur einige Sonnenflecken fielen auf die Bodenfliesen, sonst war es fast so dunkel im Zimmer wie nachts. Es war nie zu warm in dem abgeschlossenen Raum, aber auch nie zu kalt. Die Luft duftete nach Lilien und Jasmin.

Liddy trug ihr Haar inzwischen sehr kurz geschnitten. Sie hatte immer eines ihrer eleganten, bestickten Seidennachthemden aus Madrid an, wenn er kam. Wenn sie Deems auf sein einmaliges, leises Klopfen hin eingelassen hatte, versperrte sie hinter ihm sofort die Tür.

Wortlos und ohne weitere Umstände legten sie sich zusammen in Liddys Bett. Deems hatte nichts an außer der allgemein üblichen »Hauskleidung«, der Badehose. Normalerweise waren sie völlig damit zufrieden, aneinandergeschmiegt und ineinander verschlungen dazuliegen. Wichtig war ihnen nur die gegenseitige Nähe und die Gemeinsamkeit ihrer Träume. Liddy verbarg ihr Gesicht an seinem Hals, sein Gesicht berührte ihr Haar, und so lagen sie einfach nur da, Atem in Atem, Haut an Haut, Seufzer an Seufzer, und begehrten nichts weiter als dies.

Zu Hause in San Clemente verließ Deems White sein Büro mehrmals die Woche unter allen möglichen und nicht nachprüfbaren Vorwänden vorzeitig, um in Eile nach San Diego zu fahren, wo er sich in den düsteren, schäbigen Bars am Hafen hastig einen jungen, fremden Matrosen vom Marinestützpunkt suchte, der für genug Geld in ein billiges Hotel mitkam. Dort bediente er sich seiner ungestüm und wild, in aller Verschwiegenheit und mit ungeheurer Lust. Er hielt ihn sich fortan, solange er es riskieren zu können glaubte, um sich noch oft und intensiv mit ihm zu verlustieren, bis es angebracht schien, ihn gegen einen anderen auszutauschen. Allein auf diese Weise fand er die so dringend benötigte Befriedigung seiner geheimen, verbotenen Lüste, von denen niemand etwas ahnte.

Wenn er jetzt als Hausgast bei Liddy schon einige Tage lang keine Gelegenheit gehabt hatte, sich einen willfährigen jungen Mann zu nehmen und statt dessen bei ihr lag, ganz abgeschirmt von der Welt, und ihre muskulösen, festen Hinterbacken in seinen Händen fühlte und die Festigkeit ihrer Beine spürte, wurde manchmal sogar sein Penis steif und füllte sich mit Blut, während sie einander so keusch in den Armen hielten. Dann wartete er, bis er seiner Erektion und seiner heftigen Begierde ganz sicher sein konnte, und streifte erst dann seine Badehose ab. Und wenn Liddy merkte, daß er nackt war, wandte sie schamhaft das Gesicht ab. Niemals sah sie hin. In völligem Schweigen, nur mit einer Berührung, teilte ihr Deems dann mit, daß er wünschte, sie möge sich umdrehen, so daß sie ihm den Rücken zuwandte, und schob ihr das Nachthemd bis zur Hüfte hoch. Und sie bewegte sich so geschmeidig und elegant und zweckdienlich wie die Partnerin einer akrobatischen Nummer, hob ihr glattes, langes Bein ein wenig an, bis sie ihn in sich aufnehmen konnte, und verharrte mit geschlossenen Augen und kaum merklich beschleunigtem Atem reglos, wie um ihm zu signalisieren, daß es auf nichts weiter ankomme als auf ihr Zusammensein in schweigender, langsamer, zarter und angenehmer körperlicher Vereinigung. Nicht die Lust war das wesentliche, allein der Kontakt. Und manchmal blieb er auch einfach nur bewegungslos in ihr und hielt sie mit den Armen umschlungen, ohne einen weiteren Stoß. Und sie entspannte sich, indem sie sich nach rückwärts sanft gegen ihn preßte und wohlig seufzte, ohne jemals ihr Gesäß so zu bewegen, daß es wie eine Forderung an ihn ausgesehen hätte, mehr zu tun. Und nicht selten schliefen sie so zusammen ein und verspürten eine ganz eigene Art Lust, wenn sie dann wieder erwachten.

Es gab allerdings auch andere Gelegenheiten, bei denen Deems, ungeachtet des ruhigen Stillhaltens Liddys, ihr Nachthemd hochschob, so daß er sie zwischen den Beinen streicheln konnte, unaufdringlich und wie geistesabwesend zwar, aber so lange und mit so großer Zärtlichkeit, daß sie am Ende dann doch dem lautlosen, subtilen, aber sehr intensiven Orgasmus, den Mike Kilkullen ihr niemals hatte abringen können, erlag.

Meistens indessen war es jedoch so, daß Deems, wenn er mit geschlossenen Augen bei Liddy lag, eng an ihre Rückseite gepreßt, so tief in ihrer feuchten Weichheit, wie es nur möglich war, sich vorstellte, sie sei ein junger Matrose, ein sehr junger, noch zarter Knabe, in den einzudringen sehr viel leichter war als in alle anderen. Und dann übermannte ihn die atemlose, plötzlich erwachende Lust mit solcher Macht, daß seine Ehefrau, hätte sie es jemals erlebt, doch sehr erstaunt gewesen wäre. Wenn er sich dann am Ende stöhnend in Liddy ergoß, lag ein Lächeln großer Zufriedenheit auf ihren Lippen. Doch niemals erhob sie irgendwelche Ansprüche auf eine gemeinsame Befriedigung.

Kleider waren für Liddy Kilkullen immer ein Problem. Die reichen amerikanischen und europäischen Frauen, die ihre engsten Freundinnen wurden, kleideten sich mit enormem Aufwand und hatten es selten nötig, zweimal dasselbe Kleid zu tragen. Auch wenn ihnen tagsüber Badeanzug und Tennisdreß genügten, die Abende erforderten stets elegante und abwechslungsreiche Garderobe.

Sie fand schließlich heraus, daß sie sich mit Hilfe der Sonderangebote der großen Kaufhäuser New Yorks fast genauso gut kleiden konnte wie ihre Freundinnen. Europäische *Haute Couture* war jenseits ihrer finanziellen Möglichkeiten. Seit ihre Töchter verheiratet waren, konnte sie bei ihren Aufenthalten in New York auch die Hotelkosten einsparen. Und es war natürlich auch schön, die Mädchen regelmäßig persönlich zu sehen, statt immer nur mit ihnen zu telefonieren, ganz egal, wie sehr sie ihr auch jedesmal auf die Nerven gingen.

Fernandas Ehen – das war ja nun wirklich ein schlimmes Kapitel. Aber sie konnte ja nichts dafür, daß sie so attraktiv war, daß die Männer sie nicht in Frieden ließen. Valerie dagegen war furchtbar steif und dogmatisch. Niemals würde irgend jemand von ihr erfahren, daß sie auch nicht gerade ihren Traummann geheiratet hatte. Und das war immerhin – Liddy wußte das nur zu gut – eine Eigenschaft, die man an ihr bewundern konnte.

So oder so, es war ganz eindeutig ihre Pflicht, in New York bei ihnen zu sein und die Augen offen zu halten, um ihnen dann all das zu sagen, was die eigenen Kinder leider nie hören wollen. Aber wer, wenn nicht die Mutter, konnte ihnen dann und wann einige Wahrheiten unter die Nase reiben? Alles, was sie ihnen sagte, war doch schließlich zu ihrem eigenen Besten, und sie war eigentlich auch ganz sicher, daß sie das durchaus wußten und sich ihre Ratschläge und Warnungen deshalb letztlich zu Herzen nahmen.

Eine Verkäuferin bei Saks und eine bei Bergdorf waren speziell über Mrs. Kilkullens Bedürfnisse und Besuchstermine informiert und standen dann zu ihrer Verfügung. Sie waren erfreut und geschmeichelt, daß sie solches Vertrauen bei ihr genossen. Mrs. Kilkullen erzählte ihnen in aller Ausführlichkeit die Interna der High Society, mit wem sie verkehrte und wo, und wie sie dabei gekleidet sein mußte – und wieviel, ganz genau, sie dafür aufwenden konnte –, und die beiden Damen legten deshalb immer die besten Sachen schon für sie beiseite. Sie wußten, daß die besonders extravaganten Kleider, die normalerweise schwer zu verkaufen waren, für Mrs. Kilkullen gerade richtig waren. Und Mrs. Kilkullen versäumte niemals, den beiden Damen von überallher in Europa auf Briefpapier, das große Namen trug, zu schreiben und sie mit dem neuesten Klatsch zu versorgen. Und sie vergaß auch nie zu erwähnen, was für ein großer Erfolg dieses oder jenes Kleid doch gewesen sei.

So sicherte sie sich zuverlässige Dienste.

»Immerhin«, seufzte Fern, »ist sie unsere Mutter.« Sie telefonierte wieder einmal mit Valerie.

»Alles rechtfertigt diese Tatsache ja nun auch nicht«, meinte Valerie. »Mutter zu sein, ist kein Verdienst an sich. Selbst du hast das dreimal ohne größere Folgen geschafft.«

Fern ignorierte das und wechselte lieber das Thema. »Sag

mal, hast du in letzter Zeit irgendwas über Red Appleton gehört, mit der Vater neuerdings immer herumzieht?«

»Ich habe heute vormittag mit einer Freundin aus Newport Beach gesprochen. Sie sagte, sie sei ihnen gestern abend in einem kleinen chinesischen Lokal, das gerade ungeheuer in ist, über den Weg gelaufen. *Five Street* heißt es. Die beiden hätten sehr intim miteinander getan.«

»Gefällt mir ganz und gar nicht, diese Geschichte. Seit der Fiesta hört man jedes Wochenende etwas von den beiden.«

»Sie ist halb so alt wie er«, bemerkte Valerie, »und sieht blendend aus.«

»Und es ist offensichtlich, daß er verrückt nach ihr ist«, fügte Fern hinzu. »Wie er wohl im Bett ist?«

»Also, Fern, wirklich!« sagte Valerie pikiert. Aber was konnte man von Fern anderes erwarten!?

»Du hast ja recht«, erklärte Fern. »Aber ganz ehrlich, würdest du es nicht auch ganz gern wissen? Nein, wahrscheinlich doch nicht. Du hast ja noch nie einen Funken normale, natürliche Neugier in deinen vornehmen Knochen gehabt, nicht? Also gut, dann bis morgen.«

Valerie begann sich für das Dinner umzuziehen. Ganz normales Dinner mit Billy. Dem ganz normalen Billy. Dem gutaussehenden Billy. Dem nicht übermäßig hellen Billy Malvern, der allerdings immer ganz gut im Bett gewesen war. Wenigstens mußte sie sich nicht mit diesem schrecklichen Nicolini abgeben. Sie konnte nur hoffen, daß Fern ihn nun bald los wurde. Sie sorgte ohne ihren derzeitigen Ehemann schon für Peinlichkeiten genug.

Am nächsten Tag besah sich Valerie das künftige Ausstellungsgebäude *Madison Avenue Settlement*. Mit Hilfe ihrer großen, leicht getönten Schildpattbrille pflegte sie auch hier ihr Image von Unnahbarkeit und Verschlossenheit. Sie inspizierte die Liste der Räume, die an die einzelnen Innenarchitekten zur Muster-Einrichtung vergeben worden waren – nach dem Zufallsprinzip; es war eine Auslosung, wie üblich, da Ausschüsse bekanntlich absolut unfähig zu sein pflegten, irgendeine sachbezogene Wahl nach objektiven Kriterien zu treffen.

Einmal hatte man ihr ein winziges Hausmädchenzimmer zugeteilt, ganz oben unter dem Dach, ein anderes Mal einen ganzen Ballsaal und ein drittes Mal sogar das Schwierigste, das es überhaupt gab, eine Küche. Ihr diesjähriger Auftrag, ein Kinderzimmer, gefiel ihr hingegen. Es war weder zu klein, wie das Mädchenzimmer, noch zu funktional, wie die Küche, noch zu groß, wie der Ballsaal, der der reine Alptraum gewesen war. Und außerdem reagierten die Leute auf Kinderzimmer ohnehin sentimental. Sie konnte also von vornherein sicher sein, daß alle es sehen wollten.

Sie sah sich alles sehr genau an. Die Erfahrung hatte sie gelehrt, daß es wichtig war, die Konkurrenz gleich am Anfang, wenn noch keiner sich beobachtet wähnte, in Augenschein zu nehmen. Die anderen Innenarchitekten standen in den ihnen zugeteilten leeren Räumen herum. Die meisten meckerten über die Lage ihrer Räume, über die Anzahl und Größe der Fenster, die Deckenhöhen und was sie sonst noch alles unmöglich und nachteilig für ihre spezielle Aufgabe fanden. In ihren eigenen Raum, in dem ihr Assistent gerade die Maße nahm, hatte sie nur einen kurzen Blick geworfen. Sie fand es viel wichtiger, sich darüber zu informieren, wer ihre direkten Nachbarn waren und was sie machten. Es war immer vorteilhaft, wenn man durch Augenschein und Herumhören auf dem laufenden darüber war, was allgemein als »in« und was als »out« galt.

Valerie wußte selbst, daß sie keine schöpferische Natur war. Sie wäre es, zumindest gelegentlich, ganz gerne gewesen, aber ihr Talent bestand eher darin, ausgezeichnete Arbeit für all jene Kundinnen zu leisten, die – und dies war die Mehrzahl der Frauen – sich weder nach dem Zeitgeschmack noch avantgardistisch einrichten wollten.

Sie wanderte herum und schnappte hier einige Sätze auf, dort ein Gespräch und hing ihren eigenen Gedanken nach; dann kehrte sie in ihren eigenen Raum zurück.

Von den Kollegen war nichts zu lernen. Sie besah sich das Zimmer etwas genauer. Es war wohl einmal ein Speisezimmer gewesen, wenn sie sich die große Doppeltür so ansah.

»Wir müssen uns wohl um diese beiden Türen da herumarbeiten«, meinte sie zu ihrem Assistenten Crumpet. »Aber sonst ist der Raum in Ordnung, scheint es, oder?«

»Nun ja«, meinte Crumpet, »wenn Sie erst mal hören, was wir gleich nebenan haben...«

»Wieso, was denn?« Sie wußte, daß einem in solchen Ausstellungshäusern der Nachbarraum alles kaputt machen konnte, wenn er zu verschieden in der Gestaltung war. Die Vergleichsmöglichkeiten waren dann zu groß.

»Lady Georgina Rosemont«, sagte Crumpet. »Sie macht ein sogenanntes Junggesellenparadies. Mit einer elektrischen Eisenbahn. Sie will die Gleise in sieben Ebenen verlegen, um das ganze Zimmer herum. Das bedeutet, unsere Doppeltüren sind auf ihrer Seite zwei Meter hoch mit Gleisen zugepackt.«

»Das kann sie doch nicht machen!« empörte sich Valerie. »Schon feuerpolizeilich kriegt sie das nie durch.«

»Die waren aber schon da, und sie hat versprochen, hinter den Gleisen zwei Meter Zwischenraum zu lassen, und damit waren sie zufrieden. Die Züge sollen den ganzen Tag über fahren, letzter technischer Stand, mit einer ganzen Landschaft darum herum. Es wird entsetzlich von uns ablenken.«

»Harmlos ausgedrückt«, sagte Valerie und fühlte ihre Knie weich werden.

Lady Georgina Rosemont war die derzeitige Nummer eins in der weiblichen Geschäftswelt New Yorks. Gleich im ersten Jahr, als sie nach New York gekommen war, hatte sie sich den

Preis geholt – was heißt, geholt: dargereicht hatte man ihn ihr geradezu! Eine geborene Siegerin und von Anfang an, wie auch immer sie das angestellt hatte, das Hätschelkind der Presse. Tochter eines britischen Earl, ein Name wie Gold, der angeblich bis auf Wilhelm den Eroberer zurückging – und das in einem Land und einer Stadt, wo kaum eine der Frauen, die auf der Karriereleiter mühsam nach oben kletterten, den Mädchennamen ihrer Großmutter kannte!

Was konnte man gegen so jemanden schon ausrichten? Was konnte man gegen diese bevorstehende Katastrophe des von früh bis spät hörbaren Lärms der elektrischen Eisenbahnen da drüben unternehmen? Sie überlegte fieberhaft. Gar kein Zweifel, Georgina Rosemonts Junggesellenparadies würde der Schlager der ganzen Ausstellung sein, und es war kein Kraut dagegen gewachsen. Wenn sie nicht total übersehen werden wollte, mußte sie aus ihrem Kinderzimmer, das sie für zehnjährige Zwillingsmädchen hatte einrichten wollen, schon eines für Fünflinge machen und echte Fünflingsbabys in eine Fünflingswiege legen, oder so etwas in der Art...

Sie stand entschlossen auf und ging nach nebenan. »Guten Tag, Lady Georgina. Ich bin Valerie Malvern.«

»Aber nennen Sie mich doch einfach Georgina. Ich nenne Sie Valerie, ja?« Ihr offener Blick, die schlichte, aber elegante Kleidung, das ganz natürlich frisierte Haar – all das strahlte eine Selbstsicherheit aus, wie sie keine der hochhackigen, aufgetakelten, nervösen New Yorker Damen je auch nur vortäuschen konnte.

»Die elektrische Eisenbahn, Georgina...«

»Ist das nicht eine fabelhafte Idee? Kam mir ganz plötzlich, wissen Sie, ich bin immer noch ganz aufgeregt...«

»Ja, wirklich ein großartiger Einfall, das muß ich zugeben. Nur, wissen Sie, ganz offen gesagt, er wird meine Ideen ziemlich an die Wand drücken...«

»Aber nicht doch Valerie, ganz bestimmt nicht! Im Gegenteil, von dem Interesse, das die Eisenbahn findet, werden Sie doch auch profitieren – hier eine Traumwelt für Jungen, dort eine für Mädchen?«

»Aber Lärm, wissen Sie...«

»Sehen Sie es doch einfach als Hintergrundmusik an, Valerie! Ja, und übrigens, Sie könnten doch Ihre eigene Hintergrundmusik spielen! Warum nicht zum Beispiel *Schwanensee* oder so etwas? Junge Mädchen in diesem Alter träumen doch alle vom Ballett! Überlegen Sie es sich mal! Also, dann bis morgen, Valerie...«

Valerie wußte, für diesmal war sie geschlagen. Aber die Schlacht war noch nicht zu Ende. Sie hatte noch nicht einmal richtig angefangen.

Es gab durchaus Gelegenheiten, das war Valerie schon vor Jahren aufgegangen, bei denen Fern gut zu gebrauchen war. Und dies war vielleicht eine davon. Ferns Tochter Heidi hatte doch vier Jahre lang geradezu im Ballettfieber gelebt; bestimmt konnte Fern ihr da irgendwelche Vorschläge machen, oder vielleicht hatte sie sogar eine ganz andere Idee, mit der man Georgina übertrumpfen konnte – manchmal überraschte Fern einen ja mit erstaunlich originellen Einfällen. Valerie rief Fern an, die sofort vorbeizukommen versprach.

»Was soll das mal werden?« fragte sie, als sie da war. »Ein Zimmer? Dein Zimmer?«

Noch herrschten Chaos und Unordnung, die Tapeten hingen in Fetzen von den Wänden, schmutzige Ventilatoren summten unter der Decke.

Valerie begann zu erklären. Doch Fern unterbrach sie.

»Ist das da Lady Georgina?« fragte sie mit einem Blick zur Nebentür, durch die in der Tat soeben Lady Georgina Rosemont in Begleitung eines Herrn ihr im Entstehen begriffenes Junggesellenparadies betrat.

»Ja. Und ihr Mann, nehme ich an.«

»Der berühmte Mr. Rosemont?« Ferns Augen wurden schmal.

»Berühmt, wieso? Weil er wie wild Firmen aufkauft wie hundert andere Geschäftsleute auch, nur mehr oder minder sauber? Er macht es allenfalls geschickter als andere, die dafür ins Gefängnis wandern.«

»Val, Val, wo lebst du eigentlich? Der Mann ist berühmt für seine Liebesaffären! Selbst du solltest schon mal davon gehört haben! Es heißt, er ist der zweite Ali Khan, was seine Fähigkeit betrifft, es buchstäblich stundenlang zu können. Soll was mit mentaler Beherrschung zu tun haben. Östliche Religionen, Mystizismus, das alles...«

»Also, weißt du, ich wäre dir sehr dankbar, wenn du deine Aufmerksamkeit auch gelegentlich mal anderen als diesen Dingen zuwenden könntest... meinen Problemen zum Beispiel...«

»Fernie, wo willst du denn hin?« rief sie ihr nach, als Fernanda bereits auf dem Weg nach nebenan war.

Fern, mit dunkelgrünen Eidechsen-Cowboystiefeln, blonder, fliegender Haarmähne, burgunderfarbener Wildlederjacke und engen Silberhosen, ging schnurstracks auf die Rosemonts zu und sagte: »Hi. Ich bin Valerie Malverns kleine Schwester Fernanda. Die arme Val ist zu zurückhaltend und bescheiden, um ihre eigenen Interessen wahrzunehmen. Das ist nun mal so, wenn man aus Philadelphia stammt. Deshalb mochte sie nichts wegen Ihrer Eisenbahn sagen. Aber ich halte jede Wette, daß Sie niemals etwas tun würden, was nicht fair ist, oder?«

Sie sprach abwechselnd beide an, laut, unbefangen, leicht kokett. »Nicht, daß mir Ihre Idee nicht sehr gefiele, Lady Georgina. Wirklich ein toller Einfall. Nur, stellen Sie sich mal das Getute und Gepfeife der Züge vor, und das den ganzen Tag – das ist doch irgendwie nicht ganz fair all den anderen gegenüber. Ich könnte mir vorstellen, daß sich viele bei

Ihnen beschweren werden – ihre Züge werden sämtliche Räume hier oben in Mitleidenschaft ziehen.«

»Oh«, sagte Georgina Rosemont und errötete ein wenig, »so habe ich das noch gar nicht betrachtet... aber vielleicht haben Sie recht. Ich weiß nicht...«

»Ich glaube«, sagte Jimmy Rosemont, »Fernanda Kilkullen – das ist doch richtig, nicht? – hat nicht so ganz unrecht, Schatz. Ich habe mir auch schon überlegt, ob das nicht vielleicht doch ein bißchen zu viel wird. Aber ich wollte dir den Spaß an der Sache nicht verderben.«

»Na ja, dann mach ich's eben ohne die Züge«, räumte Georgina ein. »Die nächtlichen Einfälle sind offenbar doch nicht die besten...«

»Das finde ich aber wirklich toll!« rief Fernanda. »Ich wußte doch, mit Ihnen kann man reden.«

Jimmy Rosemont sah sie aufmerksam an. »Ihr Vater ist Mike Kilkullen, nicht?«

»Ja. Woher wissen Sie das?«

»Vergangenes Jahr sind wir mal in Kalifornien die Küste entlanggesegelt, und als wir am Land Ihres Vaters vorbeikamen, erkundigte ich mich, wem das gehörte. Phantastisch! Sind Sie dort aufgewachsen?«

»In der Tat, ja.«

»Das muß herrlich gewesen sein!« sagte Georgina.

»Ja, gewiß...«, antwortete Fernanda ganz automatisch; sie war bereits intensiv dabei, Jimmy Rosemont abzuschätzen. Sein Ruf als Beschäler ließ sich kaum mit seiner äußeren Erscheinung erklären. Er mußte mindestens fünfundvierzig sein, schätzte sie, vielleicht sogar noch älter. Nicht sehr groß und ein wenig zu plump, was auch der teure Maßanzug nicht verbarg. Wenn man allerdings seine Augen ansah... Teuflisch. Teuflische Augen unter teuflischen Brauen über einem teuflischen Mund in einem fuchsschlauen, wachsamen, intelligenten Gesicht...

Valerie kam hinzu.

»Val, Lady Georgina will sich das mit der Eisenbahn überlegen!« sagte Fernanda. »Und das hier ist Mr. Rosemont. Er hat unsere Ranch vom Meer aus bewundert und kennt Vater.«

»Wie ist das, muß ich mich für meine kleine Schwester entschuldigen?« fragte Valerie und verbarg ihre Erleichterung. »Was hat sie Ihnen denn nur alles erzählt?«

»Nichts, was nicht gesagt werden mußte«, antwortete Georgina Rosemont verbindlich. »Ich hoffe nur, ich habe Ihnen nicht doch zu viel Kopfzerbrechen mit meiner Idee bereitet.«

»Nun... ja, ein wenig schon, zugegebenermaßen. Aber mehr als gestern hätte ich dazu niemals gesagt. Hoffentlich sind Sie nun nicht zu sehr enttäuscht.«

»Aber nicht doch. Erzählen Sie doch meinem Mann, was Sie vorhaben! Eine wunderhübsche Idee, Jimmy!«

»Warum gehen wir nicht alle zusammen essen?« sagte Jimmy Rosemont. »Ich komme um vor Hunger, und Fachsimpeleien über Innendekoration machen mich immer kribbelig. Ihr beide könnt fachsimpeln, und ich rede mit Fernanda über das Leben auf ihrer Ranch! Na, wie ist es?«

Und er schob die beiden bereits vor sich her und versuchte dabei, Fernanda an seiner Seite zu halten. »Die Ranch Ihres Vaters«, sagte er zu ihr, »soll ja fünfundzwanzigtausend Hektar groß sein.«

»Ja, ja. So ungefähr.«

»Das ist hochinteressant.«

»Es ist faszinierend«, bestätigte Fernanda. Jimmy Rosemont hatte ihren Arm genommen, und dabei, nur für die Dauer eines Lidschlags und wie unabsichtlich, ihren Hintern gestreift. Ganz ausgeschlossen, das war ihr sofort klar, daß das ein Versehen war. Fernanda lehnte sich nur einen Hauch länger als unbedingt nötig zur Seite und sah ihm direkt in die verderbten Augen. Was sie darin erblickte, zauberte ein Lächeln der ungeschminkten Lust auf ihre geschürzten Lippen.

»Na, ich denke, Sie sterben vor Hunger?« sagte sie und machte sich langsam von ihm los. »Wollen wir uns nicht zu den Damen gesellen?«

»Kann ich Sie gelegentlich mal anrufen, und wir essen zusammen? Ich möchte doch noch vieles darüber hören, wie das ist, wenn man auf einer Ranch aufwächst.«

»Das ist eine sehr gute Idee!« sagte Fernanda und eilte hinter ihrer Schwester her.

12

Jazz lehnte sich in ihrem Lieblingssessel auf der Ranch zurück. Es war ein abgeschabter Ledersessel, der irgendwie fünfundsiebzig Jahre lang einem Neubezug entgangen war. Sie beobachtete die drei Leute, die im Wohnraum um den großen Kamin herum saßen, in dem eines der ersten Feuer dieses kalifornischen Winters brannte.

Ihr Vater. Er sah fünfzehn Jahre jünger aus als noch vor einigen Monaten bei der Fiesta. Vielleicht lag es an seiner neuen Tweed-Sportjacke, deren subtile Grautöne einen vielleicht ganz unbeabsichtigten, aber attraktiven Kontrast zu seinem dichten, weißen Haar bildeten? Es war jetzt ziemlich kurz geschnitten, so daß es fast blond aussah. Oder vielleicht lag es auch nur an dem Winterregen, der heftig eingesetzt hatte, stärker als vorhergesagt, und der Mike Kilkullen eine große Sorge abnahm, die Sorge um ausreichend Wasser? Vielleicht war es auch das flackernde Kaminfeuer, oder die Freude darüber, seine Lieblingstochter wieder einmal bei sich zu haben, soeben sicher zurück aus dem Land der aufgehenden Sonne. Oder er war einfach froh und entspannt, weil er sich nicht mehr der ganzen Last der täglichen Verantwortung gegenübersah, seit er Casey Nelson als Vorarbeiter hatte... Jedenfalls, fand Jazz, sah er eindeutig jünger aus, woran immer es auch liegen mochte. Und nicht nur jünger, auch... irgendwie anders.

Sie hatte ihn mehrere Wochen lang nicht gesehen. Erst vor vier Tagen war sie von einer Japanreise zurückgekommen, wo sie drei Porträts und Lifestyle-Storys für *Connaisseur*, *Vogue* und *Sports Illustrated* fotografiert hatte. Alle drei Aufträge waren praktisch gleichzeitig gekommen, direkt nach dem ominösen Verkehrsunterricht.

Vogue wollte »die zehn schönsten Frauen Japans zu Hause« haben, *Connaisseur* herausragende Persönlichkeiten der japanischen Literatur und Kunst und *Sports Illustrated* die Champions aus Japans Baseball-, Schwimm- und Golfszene.

Sie hatte ihre beiden Assistenten mitgenommen. Sis Levy hatte zu Hause bleiben und sich vom Studio aus um die gesamte Koordination kümmern müssen. Es war eine anstrengende, aber auch faszinierende Reise gewesen, und seit ihrer Rückkehr war sie jeden Abend zu Hause in ihrer Wohnung in Santa Monica geblieben, um sich auszuschlafen und den Jet-lag wieder auszugleichen.

Sam Butler hatte sie in Japan fast jeden Tag angerufen und sie bei ihrer Rückkehr am Flughafen abgeholt und nach Hause gebracht. Dort angekommen, hatte sie eine Stunde lang geglaubt, er habe die definitive Kur gegen den schlimmen Jet-lag erfunden, doch am nächsten Tag war sie erst recht hinüber und lief seitdem halb benebelt vor Müdigkeit durch die Gegend. Sie hatte lediglich zwei Modeaufnahmen für den neuen Barney-Laden in Beverly Hills gemacht und war dann geradezu heimgetaumelt und noch vor dem Abendessen einfach eingeschlafen, um dann um drei Uhr morgens aufzuwachen und nicht wieder einschlafen zu können, bis es Zeit fürs Dazzle war. Gestern dann, am Freitag, hatte sie sich einfach abgesetzt und war zur Ranch gefahren, wo sie am späten Nachmittag angekommen und nach dem Essen mit ihrem Vater ebenfalls sofort wieder eingeschlafen war. Als sie dann heute erst gegen Mittag aufgewacht war, fühlte sie sich zum ersten Mal seit ihrer Rückkehr wieder ausgeruht.

Sie waren zusammen mit Red Appleton und Casey Nelson zum Abendessen im *El Adobe* in San Juan Capistrano gewesen. Das altehrwürdige Restaurant – das beste in der ganzen Gegend; Mike Kilkullen war Stammgast dort – befand sich in einem Lehmziegelbau aus dem Jahre 1778, daher sein Name. Sie war nach einem belebenden Nachmittag, an dem sie ausgeritten war, derart ausgehungert gewesen, daß sie kaum auf die Unterhaltung der anderen drei geachtet hatte, während sie die mexikanischen Gerichte des Lokals verschlang, dessen Essen an nassen, kalten Tagen wie heute ganz besonders gut schmeckte.

Jazz betrachtete Red Appleton. Im Widerschein des Kaminfeuers sah auch sie anders aus als damals auf der Fiesta. Sie wußte zwar, daß Red und ihr Vater sich regelmäßig sahen, hatte sie aber – wie auch Casey Nelson den ganzen Herbst über bei ihren Besuchen auf der Ranch nicht zu Gesicht bekommen. Red hatte ihr Haar inzwischen wieder wachsen lassen; statt des kurzen Männerschnitts ringelte es sich nun wieder in Löckchen und Wellen um ihr Gesicht. Außerdem hatte sie zugenommen. Und wenn Red zunahm, dann wollte das gewiß etwas heißen.

In ihren Jahren als Top-Model hatte Red das übliche, geforderte Untergewicht gehabt, gute fünfzehn, wenn nicht zwanzig Pfund unter dem Normalgewicht für ihre Größe. Und selbst danach, in ihrer Zeit als Moderedakteurin, als sie sich kennenlernten, hatte sie fanatisch auf ihre Model-Figur von einst geachtet. Noch auf der Fiesta hatte Jazz bemerkt, daß sie schlanker denn je war, nahezu knochig; als hätte ihre D-Zugs-Ehe ihr keine Zeit zum Essen gelassen.

Heute abend jedoch hatte sie ganz normal gegessen, ohne auf dem Teller herumzustochern, und obwohl sie locker geschnittene schwarze Hosen trug und eine weitärmelige schwarze Seidenbluse, welche die Figur eher verbargen, entging Jazz nicht, daß Red, wie einem Mädchen in der Pubertät, ein sehr hübscher Busen zu wachsen begonnen hatte. Und selbst ihr Hinterteil, das einst kaum mehr als Knochen gewesen war, schien sich ganz ansehnlich gerundet zu haben.

Was war da los? Ließ sich Red nun endlich, nach einer zwanzigjährigen harten Ernährungsdisziplin, ein wenig gehen? Vielleicht war es die Erleichterung, ihre Ehe hinter sich zu haben? Oder auch der Einfluß des angenehmen Lebens auf Lido Island und in Newport Beach, wo so gut wie jedes der Vier- oder Fünf-Millionen-Dollar-Häuser seinen eigenen Jachthafen hatte?

Doch, Red hatte sich deutlich verändert, auf eine unerklärliche Weise. Es betraf nicht nur ihr Haar und ihr Gewicht. Sie... ruhte irgendwie in sich selbst. Wirkte zufrieden, ja. Friedvoll... Da war nichts mehr von der ständigen unterschwelligen Anspannung, ohne die sie die alte Freundin eigentlich nie gesehen hatte. Gute alte Red, die ihr damals, als sie gerade anfing und Phoebe eben erst ihre Agentin geworden war, so viele Aufträge gegeben hatte!

Keine Frage, sie sah verändert aus. Und ihr Vater auch. Also, warum nahm sie es nicht einfach zur Kenntnis: Es lag daran, daß die beiden einander gefunden hatten. Wieso suchte sie Erklärungen über das ohnehin Offensichtliche hinaus? Damals, an jenem Abend, als Gabe den Nerv gehabt hatte, bei ihr zu Hause aufzukreuzen und ihr die Einwilligung abzutrotzen, sich ins Studio einmieten zu können, und als sie noch diesen idiotischen Strafzettel bekommen hatte, der ihr den Verkehrsunterricht einbrockte, hatte sie nacheinander versucht, ihren Vater und dann Red anzurufen, und beide waren nicht zu erreichen gewesen.

Natürlich neidete sie ihnen nicht ein kleines, intimes Abendessen zu zweit. Aber zu wissen, daß sie sich regelmäßig trafen, war ganz etwas anderes, als sie tatsächlich nebeneinander vor sich zu sehen. Mit eigenen Augen zu sehen, wie sie einander an der Schulter oder den Armen berührten, an den Händen oder am Knie, scheinbar nur, um etwas zu unterstreichen, das sie gerade sagten, tatsächlich aber sehr viel häufiger, als es nötig gewesen wäre...! Mit eigenen Augen zu sehen, wie sie einander anblickten und mehr oder weniger verstohlen zulächelten wie verliebte Teenager! Gar nicht zu reden von den stummen Blicken, die alle ein wenig zu lange dauerten. Oder dem Ton in der Stimme ihres Vaters, wenn er mit ihr sprach – einem Ton, den jemals von ihm gehört zu haben sie sich nicht erinnern konnte. Und wie Red ihn zuweilen ansah, wenn er es nicht bemerkte. Und er erst sie, wenn er sich unbeobachtet fühlte!

Verdammt noch mal, was ging denn hier überhaupt vor? Sie stand auf und ging hin und her. Konnten die sich denn nicht wie Erwachsene benehmen, zum Donnerwetter? Wenigstens vor ihr, wenn schon nicht vor Casey? Schämten die sich denn gar nicht? Wie konnten sich Leute in ihrem fortgeschrittenen Alter aufführen wie Teenager, die zum erstenmal verknallt sind? Wußten die denn nicht, wie peinlich und lächerlich das aussah? Allmächtiger, man konnte meinen, sie hätten gerade eben höchstpersönlich den Sex erfunden! Oder was immer man in ihrem Alter noch machte! Sie hätte doch etwas mehr Würde von ihrem Vater erwartet und mehr Klasse von Red, und ein Minimum an Reife von beiden! Himmel noch mal, er war fünfundsechzig! Und sie mußte doch auch schon mindestens einundvierzig sein! Wurde denn niemand jemals erwachsen?!

Casey legte, ohne daß ihn jemand dazu aufgefordert hätte, ein neues Holzscheit ins Kaminfeuer. Er sah entspannt aus und fühlte sich hier offenbar, dachte Jazz wütend, schon richtig zu Hause. Er hatte sich seit dem Fiesta-Abend ebenfalls stark verändert, fand sie. Schon äußerlich in seiner ganzen Rancher-Aufmachung. Ausgelatschte Stiefel, verschossenes Flanellhemd, uralte – immerhin aber saubere – Jeans... Aber es stand ihm. Er sah wirklich wie ein echter Vorarbeiter aus. Ein Kerl wie aus einem Guß, wirklich. Mußte sie zugeben. Bewegte sich mit selbstverständlicher Sicherheit und Gelassenheit, und mit derselben männlichen Grazie wie beim Tanzen mit ihr damals auf der Fiesta. Nein, alles was recht war. Er mochte ein Stadtjunge sein und ein cleverer Börsenspekulant, aber mit Pferden und Vieh machte er unzweifelhaft auch eine gute Figur.

Das änderte freilich nichts daran, dachte sie und blieb endlich vor dem Kaminfeuer stehen, daß die drei da die langweiligste und stumpfsinnigste Versammlung waren, mit der sie jemals einen Abend zugebracht hatte! Sie lächelte entschlossen in die Runde.

»Wäre es nicht schön«, meinte sie, »wenn es statt der einen langweiligen Art Männer und Frauen sechzehn verschiedene Typen gäbe? Nehmen wir mal an, du, Casey, wärst dann Typ neun. Du gehst zu einer Cocktailparty, lernst da ein Mädchen kennen, und es dauert nicht lange, und ihr tauscht eure Telefonnummern aus. Dann sagt sie jedoch: Leider bin ich ein Typ fünf, oder vierzehn, was für dich überhaupt nicht in Frage kommt. Sie hat aber, sagt sie, eine Freundin da drüben, die ist Typ acht, oder sieben, oder zehn oder elf oder womöglich sogar – Volltreffer! – neun wie du. Jetzt hättest du also eine ganze Skala von Auswahlmöglichkeiten von sieben bis elf. Fünf verschiedene Typen Mädchen, alle mit wundervoll verschiedenen und amüsanten... Eigenschaften, Überraschungen, Variationen, aber dabei doch alle nicht *so* verschieden, daß man mit einem Mindestmaß an gutem Willen nicht zusammenfinden könnte. Wenn du besonders offen und tolerant wärst – und athletisch dazu –, könntest du als neun vielleicht sogar phantasievolle und befriedigende sexuelle Beziehungen mit einer ganzen Skala von Typen, etwa von sechs bis zwölf, eingehen. Es zumindest versuchen. Ich begreife nicht, warum der liebe Gott uns so wenig Auswahl gegeben hat. Was chinesische Menüs angeht, war er sehr viel einfallsreicher!«

»Hmm!« murmelte Red.

»Brillant«, erklärte Casey. »Tallulah Bankhead sagte immer, sie habe Männer gehabt und Frauen, und es müsse doch auch noch was Besseres geben. Du scheinst es gerade eben gefunden zu haben!«

»Weißt du, Jazz«, sagte Mike Kilkullen, »wenn du mich fragst, ist es ganz in Ordnung, so wie es ist. Zwei reichen völlig. Und der liebe Gott hätte es sicher nicht besser machen können, auch wenn er es versucht hätte. Ich glaube sogar, er hat es versucht, aber er hat gemerkt, daß zwei die beste Lösung sind. Wie auch immer. Ich bringe dich nach Hause, Red. Du siehst müde aus.«

»Gute Nacht also«, sagte Jazz. »Bis morgen früh dann.«

»Darauf würde ich nicht unbedingt zählen, Liebes. Aber ich bin auf jeden Fall bis – nun ja, vielleicht schaffe ich es nicht bis zum Lunch, aber ich bin auf jeden Fall zurück, ehe du wieder abfährst.«

»Na gut. Also dann, bis du eben wieder da bist.«

Red und Mike küßten sie kurz, winkten Casey zu und verließen in unziemlicher Hast den Raum. Einen Augenblick lang herrschte absolute Stille, ein beredtes Schweigen.

»Ein Typ neun, wie?« fragte Casey dann. »Hältst du mich dafür?«

»Ach, halt doch den Rand.«

»Und du, wärst du auch Typ neun?«

»Versuch nicht, das Thema zu wechseln!«

»Welches Thema denn?«

»Du weißt ganz genau, was ich meine.«

»Seltsamerweise, ja.«

»Ach Gott, gar nichts weißt du, Casey Nelson. Keine Ahnung hast du.«

Er ging wortlos hinüber ins Musikzimmer und setzte sich an den großen Flügel, der schon der Stolz ihrer Ururgroßmutter gewesen war, und schlug spielerisch ein paar Akkorde an, die sich rasch zur Melodie von *Smoke Gets in Your Eyes* verdichteten. Und er sang dazu ruhig mit seinem rostigen, aber klaren Bariton.

»Hast du nicht gehört?« rief Jazz wütend und stürmte hinüber ins Musikzimmer, »ich sagte, du sollst den Mund halten, verdammt noch mal, und hier nicht eine peinliche Bobby-Short-Imitation veranstalten.«

»Reine Nachrichtenübermittlung«, sagte er und spielte weiter. »Nachdem Western Union nicht mehr ausliefert und ich dich auch nicht anfaxen kann, weil du höchstens in deinem Studio ein Faxgerät hast...«

»Also, Casey«, sagte Jazz verwirrt und setzte sich neben ihn auf die Klavierbank, »du bist doch jetzt schon die ganze Zeit hier, seit mein Vater sich mit Red trifft. Sag mir, was da wirklich los ist.«

»Hab ich doch grade.« Er hörte zu spielen auf und wandte sich ihr zu.

»Was denn? Die große Liebe? Red und mein Vater? Das kann doch wohl nicht wahr sein!«

»Sieht mir aber ganz danach aus.«

»Woher willst du denn das wissen? Was macht dich zum großen Experten in diesen Dingen? Das ist allenfalls eine Affäre! Wie die sich aufführen. So... ungeniert!«

»Paß mal auf, Jazz«, sagte Casey ganz sanft, »nehmen wir mal an, du wärst verliebt. Bist du's gerade?«

»Ganz bestimmt nicht!« sagte Jazz unwillig. Sie war auch in Sam Butler nicht im herkömmlichen Sinne »verliebt«. Kam nicht in Frage, sich ihre Liebe mit zehn Millionen

Frauen auf der ganzen Welt zu teilen. So etwas hatte sie nicht nötig. Überhaupt nicht. Nur Nichtprofis verliebten sich in Schauspieler.

»Jedenfalls, stellen wir uns einfach mal vor, daß du ganz wahnsinnig verliebt bist. In... na, irgendwen... sagen wir, einfach nur mal als Beispiel, in mich. Immerhin bin ich der einzige zur Verfügung stehende Mann in deiner Umgebung. In deiner blinden Verliebtheit siehst du dann in mir den bestaussehenden, brillantesten, intelligentesten, feinfühligsten Mann der Welt, sexy wie keiner, auf dem Tanzboden mindestens so gut wie Fred Astaire, und...«

»Doch ja, tanzen tust du sehr gut, das muß ich zugeben«, sagte Jazz widerwillig.

»Versuche, es zu verallgemeinern, Jazz. Geh einfach mal davon aus, daß alles andere stimmt, was ich erwähnt habe. Ist doch selbstverständlich, daß du dann deine Gefühle auf keinen Fall mehr verbergen könntest.«

»Worauf willst du mit diesem ganzen Monumentalgemälde hinaus?« Sie war mißtrauisch gegen jedes Wort, das er sagte. Vermutlich war es ja wohl nichts weiter als ein getarnter Annäherungsversuch.

»Wären deine Gefühle mir gegenüber ein Grund, deinen Vater weniger zu lieben?«

»Natürlich nicht«, sagte Jazz abfällig. »Auf deine plumpe Art – deine übliche plumpe Art, sollte ich wohl sagen – versuchst du mir also klarzumachen, daß ich fürchte, mein Vater liebe mich vielleicht weniger, weil er gerade ganz wild auf Red ist. Nicht? Mein Lieber, da bist du aber ziemlich auf dem Holzweg. Was mich tatsächlich schockiert, ist dieses Teenagerbenehmen, das er an den Tag legt. Mein Vater, der Mike Kilkullen, den ich kenne, hätte niemals – niemals – derart ungeniert zu verstehen gegeben, daß er die Nacht heute bei ihr zu verbringen gedenkt. Er hat ja nicht mal den Versuch gemacht, es zu verbergen!«

»Warst du jemals wahnsinnig verliebt?«
»Vielleicht... na, vielleicht als Teenager, vor vielen Jahren. Mein Gott, jeder war irgendwann mal verliebt.« Sie war unwillig. »Was hat das damit zu tun?«
»Hast du dich da nicht auch vor deinem Vater wie eine Verliebte benommen? Oder hat er es nie mitgekriegt?«
»Ich nehme an, daß es ihm nicht entgangen ist.« Sie erinnerte sich auf einmal, wie er damals in einer Aufwallung hellen Zorns Gabe ihr mit acht Jahren aufgenommenes erstes Foto ihrer Mutter gezeigt hatte – damals, als sie hergekommen waren, um ihm zu eröffnen, daß sie zusammen nach Nicaragua gehen wollten.
»Aber das hat dich doch nicht daran gehindert, ihn genauso zu lieben wie zuvor, oder? Die eine Liebe hat doch nicht die andere beeinträchtigt?«
»Nein... nicht eigentlich...« Sie war nachdenklich geworden. »Nein, nicht wirklich. Nein. Nichts könnte an meiner Liebe zu ihm etwas ändern.«
»Na also.«
Und da brach sie unvermittelt in Tränen aus, schluchzte unkontrollierbar und hämmerte mit den Fäusten auf den Flügel.
Casey legte völlig verblüfft und überrascht den Arm um sie und wiegte sie tröstend. Sie verbarg den Kopf an seiner Brust, von heftigem Schluchzen geschüttelt. Sie war so voll rätselhafter Traurigkeit, daß er nichts mehr verstand. Er streichelte ihr das Haar wie einem kleinen Mädchen und hielt sie eng an sich gepreßt. Eine erwachsene Frau, die völlig unerwartet ein hilfloses Bündel kindlichen Kummers geworden war. Er gab leise, tröstende, verständnisvolle Laute von sich, die ihn selber überraschten, und streichelte sie beruhigend, bis ihr Weinkrampf allmählich abklang und sie nur noch ab und zu schniefte. Er wagte nicht, irgend etwas zu fragen. Er schien schon, ungewollt, genug angerichtet zu haben.

»Ich habe mich so mies benommen... total und vollständig mies«, stieß Jazz schließlich hervor. »Als existiere er gar nicht. Er konnte schon von Glück sagen, wenn ich ihn mal anrief, um ihm zu sagen, daß ich noch lebte... und das mehr als zwei Jahre lang! Unglaublich, wie ich mich aufgeführt habe... Ach, Casey, er wird sich, was er auch tut, niemals so benehmen, nicht wahr?«

»Jazz, Kleines, nun komm, reiß dich wieder zusammen. Dein Vater ist schließlich kein unschuldiges achtzehnjähriges Mädchen, das zum ersten Mal verliebt ist...«

»Was denn? Woher weißt du denn, wie alt ich damals war? Und daß es das erste Mal war? Und daß ich – unschuldig war?!«

»Es... ach, verdammt!«

Jazz richtete sich wütend auf und stand, die Arme in anklagender Weise ausgebreitet, vor ihm.

»Habt ihr beiden großen, starken, maulfaulen Kerle nichts Besseres zu tun, als herumzuhocken und über Dinge zu reden, die vor einer Ewigkeit passiert sind? Und die euch keinen feuchten Dreck zu interessieren haben, weil sie euch nichts, aber auch gar nichts angehen? Und das hätte er, bei Gott, wissen müssen! Verdammt noch mal, mich in so eine Lage zu bringen!«

»Ach, Mist.« Casey schloß die Augen und schlug sich mit der Faust an den Kopf. »Mist. Du verstehst überhaupt nichts. Es ist – Gott, eines Abends ist es einfach passiert, es hat sich ergeben, man redet, man unterhält sich, man kommt auf dies und jenes, man erzählt von sich und seiner Familie... und irgendwann sagt man dann etwas, das man eigentlich nicht sagen wollte und sollte, es ist einem einfach entschlüpft. Jazz! Ehrlich, nie wieder haben wir von dir und Gabe geredet. Ich schwöre es dir.«

»Gabe. Sogar den Namen weißt du.« Sie war noch nicht besänftigt.

»Mein Gott, ist Gabe ein heiliger Name, oder was? Jetzt komm mal wieder auf den Boden, Jazz. Bitte. Bitte! Und hör mir zu. Eines Abends erzählte mir dein Vater von deiner Mutter. Wie du ihn getröstet, ihm Gesellschaft geleistet, ihn davor bewahrt hast, daß er nach ihrem Tod einfach durchdrehte, obwohl du damals noch ein kleines Mädchen warst. Und dabei erwähnte er dann eben diesen Gabe, der plötzlich in dein Leben getreten war. Er sagte, daß du da auf einmal schlagartig erwachsen geworden seist, viel zu plötzlich für ihn, und daß er sich ein paar Jahre lang halb zu Tode gesorgt hat deinetwegen, wie du da von einem Aufstand und einer Revolte und einem Krieg in der Welt zum anderen gehastet bist und absolut nichts dagegen zu tun war. Und daß er dich so wenig davon abhalten konnte, wie deine Mutter davon, immer wieder wegzufahren, um zu tun, was sie tun mußte.«

»Er hat mit dir über meine Mutter geredet?« fragte Jazz in unverhohlener Verwunderung. »Er hat sie doch nie mehr auch nur erwähnt... niemals haben wir... es war einfach nicht möglich...«

»Nun, er hat es jedenfalls getan.«

»Das begreife ich nicht. Wie konnte er mit dir über sie reden, mit jemandem, den er kaum kennt, wenn er es nicht einmal fertigbrachte, mir gegenüber auch nur ihren Namen zu nennen?« Die Stimme versagte ihr fast.

»Er erzählt ja keine langen Geschichten, und es geschieht auch nicht sehr oft. Aber gelegentlich erwähnt er das eine oder andere. Etwas, das sie tat oder sagte, irgend etwas Besonderes. Wenn du mich fragst, dann ist der Grund dafür Red. Mit mir hat das gar nichts zu tun. Aber dein Vater fühlt sich jetzt, da er weiß, daß er endlich jemand anderen lieben kann, offenbar imstande, wieder über sie zu reden.«

»Einundzwanzig Jahre«, sagte Jazz mit zitternder Stimme. »Einundzwanzig Jahre lebte er nur mit der Liebe seiner Tochter.«

»Ja, aber die hat ihn ja auch auf Trab gehalten. Langweilig war es ihm damit nicht.«

»Ich bin so ein egoistisches Luder.«

»Aber nein.«

»So was Mieses, eifersüchtig auf den eigenen Vater und Red zu sein! Ich habe die gemeinsten Sachen über die beiden gedacht! Ich habe mich aufgeführt wie ein tollwütiger Hund im Zwinger.«

»Aber nein.«

»Warum nicht?«

»Darum.«

»Also komm, Casey. ›Darum‹ ist keine Antwort für einen erwachsenen Menschen.«

Casey Nelson kam zu ihr und nahm sie wieder in die Arme. Er hob sie hoch und trug sie zum Sofa. Dort setzte er sich mit ihr hin und hielt sie auf dem Schoß, so eng, daß sie sich weder rühren noch sich befreien konnte. Und er begann sie zu küssen, auf die Lippen und über das ganze Gesicht. Er hörte nicht auf, bis er das Gefühl hatte, sie habe jetzt verstanden, was er mit ›darum‹ meinte.

»Nanu«, flüsterte Jazz.

»Du hast nur einen Fehler«, sagte er und küßte sie weitere fünf Minuten lang.

»Nämlich?« fragte Jazz, als sie wieder Luft bekam.

»Du redest zuviel.«

Sie musterte ihn. Schon bei der Fiesta damals hatte sie sich ihr Urteil über dieses Löwenbaby von Mann gebildet: dickköpfig und großzügig. Und sie war dabei geblieben. Jetzt, so ganz aus der Nähe, erkannte sie jedoch weit mehr in diesem offenen Gesicht. Er hatte einen buchstäblich besitzergreifenden Mund, mit dem er auf eine stürmische, kraftvolle, besitzergreifende Art, wie sie es nie für möglich gehalten hätte, zu küssen vermochte. Seine sommersprossige, helle Haut war so sehr viel... verwirrender als eine ohne Sommersprossen. Sie erweckte ihn ihr den Wunsch, sie zu... berühren? Vielleicht. Bis wohin sie wohl gingen, diese Sommersprossen... Die tiefen Falten auf seiner Stirn machten ihre Finger kribbelig. Unwiderstehlich, solche Falten auf der Stirn eines Mannes, so wie Grübchen oder ein gespaltenes Kinn... Gewiß, einem Vergleich mit Sam Butler hielt er nicht stand; aber wer konnte das schon? Eine ganz kleine Berührung würde ja nicht weh tun, oder?

»Jazz?«

»Ja?«

»Ich bin nächsten Mittwoch geschäftlich in L. A. Können wir uns sehen, zum Abendessen?«

»Du meinst, so ein richtiges Rendezvous?« fragte sie.

»Ganz genau.«

»Wäre das nicht ein wenig eigenartig?« wandte sie betont naiv ein. »Du lebst hier, du bist unser Vorarbeiter, du bist praktisch ein Familienmitglied. Und ich komme nächstes Wochenende ohnehin wieder her.«

»Ich will einfach nicht bis zum nächsten Wochenende warten, um dich wiederzusehen«, erklärte er, ebenso bockbeinig wie sie. Er fuhr mit dem Finger ihre Augenbraue entlang, und sie erzitterte. Sie schloß ihre Arme um seinen Hals und küßte ihn mit aller Verführungskraft, derer sie fähig war.

Da stand Casey Nelson abrupt auf und hielt sie dabei an den Ellbogen fest, damit sie nicht umfiel.

»Wo gehst du denn hin?« fragte Jazz mit ihrer leisen, nur unterschwellig verführerischen Stimme.

»Kalt duschen.«

»Wieso?«

»Weil ich dich auf keinen Fall unter deines Vaters Dach und in seiner Abwesenheit verführen werde.«

»Wie, um Himmels willen, kommst du denn auf die Idee, du könntest mich verführen?« Ihre Stimme klang ganz plötzlich begehrlich und gefährlich sanft. So leicht, dachte sie, verführt man mich nun auch nicht, ganz gleich unter welchem Dach. Bestimmt nicht. Sollte er es nur versuchen. Er würde schon sehen, das es unmöglich war.

»Gute Nacht, Jazz. Schlaf gut.«

»Na, was denkst du, Mel?« fragte Pete di Constanza. »Legt Gabe Phoebe aufs Kreuz, oder nicht?« Sie hatten sich vor dem Dazzle getroffen.

»Er müßte sich schon viel davon versprechen...«, meinte Mel.

»...oder es mächtig nötig haben.«

»Oder«, gab Mel zu bedenken, »eine Samariter-Anwandlung.«

»Oder er will sie sich günstig stimmen«, sagte Pete mißtrauisch.

»Vielleicht steht er auch ganz einfach auf knochige Weiber.« Mel schüttelte verständnislos den Kopf.

»Ach Gott, weißt du, das Knochige stört mich an Phoebe am wenigsten«, meinte Pete di Constanza. »Und so schlecht sieht sie gar nicht aus, wenn du mal genau hinsiehst. Nein, es ist ihre Art.« Er sah etwas frustriert drein. »Wenn du dir vorstellst, du würdest es mit ihr machen. Die würde dir noch sagen, wo genau du ihn hintun mußt und was du schon wieder falsch machst und wie du es besser machen könntest und wieviel Zeit sie dir allenfalls gibt, ehe sie das Interesse verliert. Und wieviel sie dir vom Honorar abzieht, wenn du ihre Erwartungen nicht erfüllst... nicht?«

»Na, also vorstellen kann ich mir das wirklich nicht, Pete. Schon gar nicht in solcher Detailgenauigkeit. Lieber Gott, du bist ja pervers! Aber man muß den Tatsachen ins Gesicht sehen, das ist richtig. Sie widmet ihm tatsächlich doppelt, wenn nicht dreimal soviel Zeit und Aufmerksamkeit wie uns oder gar Jazz. Und immerhin bringen wir hier das Geld rein. Gabe hat noch immer keine größere Story gemacht. Er war einfach zu lange weg, als daß die Leute noch an ihn denken würden, wenn es um Aufträge geht.«

»Sie hat nicht mal mehr Zeit, die einfachsten Telefongespräche für mich zu führen. Sie hängt pausenlos am Apparat, aber alles immer nur für Gabe.«

»Bei mir ebenso«, pflichtete ihm Mel Botvinick bei. »Sie bringt keine großen Aufträge mehr herein. Sie ist ja so beschäftigt mit Gabe. Fast hätte ich letzte Woche den Auftrag für Campbell-Suppen verloren.«

»Dreimal pro Woche oder so gehen sie zusammen essen. Und nicht nur schnell mal zum Mitnehmen. Market Street. Wetten, sie bezahlt jedesmal?«

»Wird wohl so sein, daß er sie bumst«, resümierte Mel. Die Sache mit dem Essen war deutlich genug.

»Das geht ins Geld«, nickte Pete.

»Ja eben, in unseres. Für Gabe mag es ja ganz bequem sein, sich abfüttern zu lassen.«

»Ach, ihr Lebensmittel-Fotografen! Ihr haltet euch immer für die Könige der Philosophen in der Welt kommerzieller Fotografie!«

»Na, na. Schließlich hast du mich um meine Meinung gefragt. Kein Grund, mich zu beleidigen.«

»Schon gut, Mel, war nicht so gemeint. Das ist nur der alte Macho in mir. Reine Berufskrankheit.« Er legte Mel kameradschaftlich den Arm um die Schulter, und die beiden Männer gingen, in alter Freundschaft, jeder in sein Studio.

»Sag mal, Gabe«, sagte Phoebe, während sie ihren BH öffnete, »hast du schon mal eine Hauseinweihung gemacht?«

»Ach, Phoebe. Ich habe dich gebeten, meine Agentin zu sein, aber doch nicht meine Zuhälterin. Nun komm schon, zieh dich ganz aus. Ein Mädchen mit deiner Erfahrung sollte wohl wissen, daß dies keine Zeit für Geschäftsgespräche ist.«

»Augenblick, sofort, versprochen. Ehrenwort, Süßer.

Aber jetzt reden wir zuerst über diese Hauseinweihung. Das ist eine ganz besondere Sache. Und sie lassen nur einen einzigen Fotografen zu.«

»Wer sind *sie*?« fragte Gabe ohne besonderes Interesse.

»Kann ich dir nicht sagen, Geliebter. Aber es wird eine große Story.«

»Große Story? Eine Hauseinweihungsparty? Ich mach doch nicht mal große Hochzeiten, hör mal! Meine Güte. Kuchen anschneiden. Blumenstreuende Mädchen! Das willst du mir doch nicht im Ernst antun, oder? Das ist nicht mein Fach. Und nenn mich nicht ›Geliebter‹.«

»Und wieso weißt du dann so gut über Hochzeiten Bescheid?« fragte Phoebe mißtrauisch.

»Ich wollte einfach nur Blackjack in Monte Carlo spielen und bin dabei mitten in die Hochzeit von Prinzessin Caroline geraten. Lieber Gott, nie wieder! Schick mich auf ein tolles Begräbnis, in Ordnung. Aber wenn du jetzt nicht aufhörst, mir diese dämliche Party aufzuschwatzen, dann kann es passieren, daß ich mein ganzes Interesse an der anderen Sache, derentwegen wir hierhergekommen sind, verliere.«

»Nur noch ein Wort dazu, Gabe. Geld.«

»Geld was?«

»So viel, wie du auf keiner anderen Party der ganzen Welt kriegen würdest. Deine Fotos erscheinen überall, von *People* bis zur Titelseite der *New York Times*. Und der Nachverkauf in die ganze Welt ist garantiert. Exklusiv für dich.«

»Gut, dann mach ich's. Jetzt leg dich hin.«

Und Phoebe zögerte nicht länger, der Aufforderung nachzukommen. Gabe hatte den Aufwand gelohnt, jetzt, da die Sache unter Dach und Fach war. Dafür konnte man sich schon mal hinlegen. Und Gabe war immerhin auch im Bett so gut, wie es kolportiert wurde. Nein. Besser. Viel besser.

Lydia Kilkullen und ihre beiden Töchter ließen sich in ihrer Nische im *La Côte Basque* nieder und sahen nur sehr kurz und völlig desinteressiert auf die Speisekarte. Wie sehr sie auch in praktisch allem unterschiedlicher Meinung zu sein pflegten, in einem Punkt waren sie sich immer einig: Lunch war das Alleruninteressanteste auf der Welt. Das einzige Argument dafür war, daß der Körper eben untertags aufgetankt werden mußte. Und natürlich der Klatsch dabei. Wer aus reinem Vergnügen zu Mittag aß, begriff nicht, wie man auf dem laufenden blieb.

Der Form halber fragte Fernanda, die diesmal bezahlte, ihre Mutter und ihre Schwester nach ihren Wünschen. Sie entschieden sich rasch.

»Dreimal dasselbe für uns alle«, instruierte sie den Oberkellner. »Zuerst kalten Spargel ohne alles, dann das Schollenfilet, trocken, ohne Salz, reichlich mit Zitrone garniert.«

»Weißwein, Madame?«

»Nein, nein, nur eine große Flasche Evian.«

»Sehr wohl, Madame.« Der Oberkellner hatte schon lange alle Illusionen verloren. Wenigstens hatten die Ladys Stil genug, Mineralwasser zu bestellen. Es gab ja durchaus Gäste – gut, Touristen wahrscheinlich –, die tatsächlich ein Glas Leitungswasser verlangten!

»Wie schön, meine beiden Töchter um mich zu haben«, erklärte Liddy. »Ihr seht beide großartig aus.«

»Du aber am besten von uns allen dreien«, erklärte Fernanda ganz ernsthaft. Sie hoffte, auch sie würde sich so halten, noch so aussehen und so chic sein wie ihre Mutter, wenn sie selbst einmal in deren Alter war.

»Vielen Dank, Fernanda, aber tatsächlich frage ich mich, warum ich mir nach diesem schrecklichen Vormittag nicht die Haare ausgerauft habe.«

»Was war denn?« fragte Valerie mitfühlend. »Kein Glück bei Bergdorf?«

»Ach, sie hatten schon ein paar sehr schöne Sachen. Aber es ist unglaublich, wie teuer sie geworden sind! Was, um Himmels willen, ist mit den Preisen passiert? Selbst die Sonderangebote, die fast auf die Hälfte herabgesetzt sind, kann ich mir kaum noch leisten! Nicht ein einziges Tageskleid unter siebenhundert Dollar und kein Abendkleid, in dem man sich wirklich sehen lassen kann, unter zwölfhundert!«

Liddy Kilkullen hatte in der Tat Geldsorgen. Nach dem Tod einer weiteren ihrer jungfräulichen Tanten war zwar ihr festes Einkommen von fünfunddreißigtausend Dollar pro Jahr auf fast sechzigtausend gestiegen. Aber noch lebten ihre Eltern, gesund wie eh und je, und verwalteten das ohnehin nicht mehr so bedeutende Stack-Vermögen.

Sie hatte in den letzten zehn Jahren keine einzige Tagesdecke ausgewechselt oder auch nur einmal neue Handtücher angeschafft, gar nicht zu reden von der Renovierung, die der Pool und die Gästebadezimmer eigentlich nötig hatten. Sie hatte ihr Personal bis auf ein einziges Mädchen, den Gärtner und den Koch reduziert und mußte selbst täglich mehr und mehr Zeit für die Arbeit aufwenden, für die kein Personal mehr da war. Die Folge war, daß sie auch ihre Einladungen drastisch hatte reduzieren müssen, obwohl das selbstverständlich der Posten war, an dem sie zuletzt sparen konnte, denn was wäre sie ohne sie?

Und das Allerschlimmste: Marbella war auch nicht mehr die lupenreine Visitenkarte von einst. Sie schrieb dies dem schwarzen Tag zu, an dem Prinz Alfonso die meisten seiner Anteile am *Marbella Club* verkauft hatte; an einen märchenhaft reichen saudiarabischen Scheich, der zum offenen Mißvergnügen aller alteingesessenen Bewohner derart viel »Fortschritt« veranlaßt hatte, daß der ganze Ort inzwischen von Hochhäusern und Einkaufszentren überwuchert und völlig dem Vulgärtourismus ausgeliefert war. Natürlich hatten die meisten ihrer alten Freunde ihre Wohnsitze aufgegeben und sich weiter ins Hinterland, hinter die Straße nach Cadiz, zurückgezogen, wo sie ihre neuen Villen gebaut hatten, die sich auch vor denen in Beverly Hills nicht zu verstecken brauchten. Marbella hingegen war überlaufen. Keine Exklusivität mehr, kein Stil!

Entsetzlich! Noch kamen alle zu ihren Partys. Aber der Tag schien doch absehbar, an dem eine Einladung in ihre Villa nichts Besonderes und Exklusives mehr haben würde.

Genau gesagt: der Tag war schon gekommen, wenn sie den Mut hatte, der Wahrheit ins Gesicht zu sehen! Es war doch in Wirklichkeit nur noch alte Gewohnheit, daß ihre Freunde noch immer jedes Jahr wiederkamen. Was sie einander abends in ihren Gästesuiten wohl erzählten? Sicherlich hatten sie alle nicht übersehen, daß der Zustand der Räume längst nicht mehr so war wie anfangs. Daß ihre nach wie vor großzügige Gastfreundschaft längst nicht mehr den Niedergang des *Marbella Club* aufwog.

»Und wie sieht es bei dir aus, Fernanda?« fragte sie unvermittelt. »Was ist da genau los mit deinem Mann und dir?«

»Was soll schon sein«, sagte Fernanda mit geheucheltem Gleichmut.

»Nun ja, was man so hört. ...«

»Ach was, Mutter... Val, erzähl Mutter doch mal von der Ausstellung und dem Sieg über die elektrische Eisenbahn.«

»Die Geschichte hat sie mir schon gestern abend erzählt«, sagte Liddy. »Das war gar nicht schlecht von dir. Lady Georgina scheint eine sehr vernünftige Person zu sein. Und ihr Mann sehr verständig, trotz allem, was man über ihn hört.«

»Ich habe ihn zufällig getroffen«, erklärte Fernanda, froh, das kritische Thema vom Tisch zu haben. »Wir haben zusammen was getrunken.«

»Ach ja?« fragte Valerie, sofort mißtrauisch. Sie kannte schließlich ihre Schwester. War sie sich eigentlich im klaren darüber, wie riskant es war, sich mit Lady Georginas Mann einzulassen? Wenn das herauskam – und warum sollte es nicht! –, zerriß ganz New York sich das Maul! »Wann war denn das?«

»Ach, letzte Woche irgendwann. So genau weiß ich es nicht mehr. Aber er deutete an, daß er sich mal mit euch beiden unterhalten wolle, wenn Mutter hier sei. Er möchte, daß ich ihn mit Vater bekannt mache.«

»Was? Wieso das denn?« fragte Valerie rasch. Ihr Zorn über Fernandas neuestes erotisches Abenteuer war vergessen.

Auch Liddys Interesse war sofort erwacht: »Hat er sonst noch etwas gesagt?«

»Er sagte, er habe Vater einen geschäftlichen Vorschlag zu unterbreiten, und es sei schließlich immer besser, wenn man jemanden über ein Familienmitglied oder sonstige gegenseitige Bekannte kennenlerne.«

»Und was hast du ihm gesagt?« fragte Valerie.

»Nun, ich... ich sagte, daß es überhaupt kein Problem sei, mit Vater zusammenzutreffen, wenn es sich um Geschäfte handle. Ich würde gerne tun, was ich könne. Ich habe ihn allerdings ein wenig hinzuhalten versucht, um erstmal zu hören, was ihr dazu sagt.«

Sie konnte ihnen nicht gut sagen, dachte sie, daß sie Jimmy Rosemont längst versprochen hatte, ihn mit ihrem Vater bekannt zu machen. Ihr Lunch in dem kleinen, luxuriösen Apartment, das er, wie sie wohl wußte, für dergleichen geheime Zusammenkünfte gemietet hatte, war zwar, erotisch gesehen, eine Enttäuschung gewesen. Doch trotzdem hegte sie nach wie vor sehr freundliche Gefühle für ihn. Kein Mann hatte sie je mit so klugen und detaillierten Komplimenten über die Vorzüge ihres Körpers überschüttet und, noch wichtiger, sich so jung fühlen lassen. Es sprach wirklich sehr viel für ältere Männer.

Es war schließlich nicht seine Schuld, daß er vom Beginn ihrer Liebesspiele an so erregt war, daß er es nicht verbergen konnte; nicht seine Schuld, daß sie es sofort bemerkt hatte – wer hätte es auch übersehen können? – und daß dann ihr eigenes Begehren wie immer sofort wieder geschwunden war, als sie merkte, daß zwar seine Ausdauer durchaus seinem Ruf entsprach, er aber im Prinzip eben auch nur ein Mann wie alle anderen war. Auch er war letztlich nur darauf aus, ihn ihr reinzustecken und seine Befriedigung zu kriegen, und sein ganzer Aufwand an Vorspiel konnte dieses letzte, brutale Ziel, das er dabei die ganze Zeit im Auge hatte, auch nicht verbergen.

Wenn sie ihm keinen Orgasmus vorgetäuscht hätte, dachte sie, hätte er sie gewiß den ganzen Nachmittag im Bett behalten und alles nur Denkbare versucht, ihr einen zu entlocken. Ausdauer in dieser Hinsicht konnte ihm wirklich niemand absprechen. Und sie hätte, dachte sie, auch wirklich einen verdient gehabt, allein schon für ihre schauspielerischen Fähigkeiten. Nicht einmal er, der legendäre Bettkünstler, hatte es gemerkt – genausowenig wie alle anderen Männer bisher. Sie hatte es sogar sehr elegant und rasch geschafft, sobald sie gemerkt hatte, daß er tatsächlich nicht aufgeben würde, bis er nicht glaubte, er habe sie soweit. Dabei war sie in Wirklichkeit angesichts seiner rein athletischen, routinierten Bettakrobatik nur immer kälter geworden.

Sie hatten sich in aller Freundschaft getrennt. Er war entzückt gewesen von ihrer Leistung, und sie von seinen überschwenglichen Komplimenten. Sie hatte ihm erklärt, sie sollten sich lieber nicht mehr treffen. Sie empfinde zuviel Sympathie für Georgina, und weitere Zusammenkünfte würden deshalb nur ihr Gewissen belasten. Sehr eleganter Dreh, fand sie selbst.

»Hat er irgend etwas von Landkauf gesagt?« fragte Valerie.

»Aber nein, Valerie«, spöttelte Liddy. »Eine Kuh will er kaufen! Woran soll er denn sonst interessiert sein als an Landkauf! Seit fünfundzwanzig Jahren ist niemand an etwas anderem interessiert! Und immer war die Antwort dieselbe. Euer Vater will einfach nicht verkaufen.«

»Ich möchte wissen«, sagte Fernanda langsam, »ob sich nicht, wenn Vater wirklich Red Appleton heiratet, ziemlich viel ändern wird? Vielleicht ist er dann doch bereit zu verkaufen. Weil er womöglich entdeckt, daß er noch etwas vom Leben haben möchte? Immerhin, Red ist reich und anspruchsvoll, das ist bekannt. Er kann ihr sicher nicht gut zumuten, daß sie alles aufgibt und bei ihm auf der Ranch am Ende der Welt lebt. Und wie sähe es aus, wenn er von ihrem Geld leben wollte?«

Liddy Kilkullen verschluckte sich fast an ihrem Mineralwasser. »Heiraten? Du redest das dahin, als wäre es etwas ganz Nebensächliches! Was habt ihr mir denn da alles verschwiegen? Seit wann geht denn das?«

»Ach«, beschwichtigte Valerie sie hastig, »Fernie redet da wieder alles mögliche Zeug. Mein Gott, man hat sie in letzter Zeit eben öfters zusammen gesehen.«

»Monatelang immerhin, ja?« wehrte sich Fernanda, »und verdächtig oft!«

»Ihr habt alle beide nicht den mindesten Verstand!« brauste Liddy auf. »Ist euch überhaupt nicht klar, was es für euch bedeuten würde, wenn euer Vater noch einmal heiratete? Diese Red ist gerade erst einundvierzig. Wer hindert sie daran, noch ein Baby zu bekommen, oder zwei, zum Teufel? Und wenn's ein Sohn ist, wer sagt euch, daß die Ranch dann nicht ihm zufiele? Das entspräche immerhin der Tradition der Kilkullens.«

»Du willst doch nicht im Ernst sagen, Vater würde uns dann aus seinem Testament ausschließen?« fragte Valerie ungläubig.

»Warum denn nicht?« Liddy war kaum noch imstande, ihre Verärgerung zu zügeln. »Wenn er einen Sohn hätte, wäre es mehr als wahrscheinlich, daß er euch Mädchen und euren Kindern lediglich ein paar wertlose Souvenirs hinterließe, nur damit er die Ranch in einem Stück so erhalten könnte, wie sie ist, um sie diesem Sohn zu übergeben!«

Valerie und Fernanda saßen wie vom Donner gerührt da. Bei dem Klatsch über Red Appleton hatten sie beide nicht im Traum an diese Möglichkeit gedacht. Die Vorstellung, die großen zukünftigen Land-Erbinnen zu sein, war ihnen längst viel zu sehr in Fleisch und Blut übergegangen, als daß sie sich noch irgend etwas anderes vorstellen konnten. Männlicher Erbe... wo lebten sie denn? Doch nicht im Mittelalter! Gleichwohl kannten auch sie ihren Vater gut genug, um zu wissen, daß er in mancherlei Hinsicht durchaus im Mittelalter lebte.

»Ob ihr irgendwelche Gegenmaßnahmen erwogen habt, danach brauche ich wohl gar nicht erst zu fragen, wie?« herrschte Liddy sie zornig an.

»Was könnten wir denn schon tun, Mutter?« sagte Valerie matt. »Wir können ja nicht gut nach Kalifornien fliegen und ihm seine kleine Romanze kaputtmachen!«

»Ihr solltet alle beide«, belehrte Liddy sie, »längst intensiv euren Weihnachtsaufenthalt auf der Ranch vorbereiten! Ihr und jedes einzelne eurer Kinder! Fernanda, dein Jeremiah ist neunzehn, Matthew siebzehn. Deine Heidi und Valeries drei Mädchen sind alle sehr niedlich. Mit sechs Enkelkindern um ihn herum, von denen zwei Jungs sind, wird er nicht mehr viel Zeit haben, sich mit dieser Red abzugeben, und sich mit großer Wahrscheinlichkeit darüber klar werden, daß er schließlich schon Erben hat.«

»Aber meine Kinder haben schon einen Skiurlaub geplant«, wandte Fernanda ein.

»Und meine«, stimmte Valerie ein, »sind fast die ganzen Weihnachtsferien schon für Einladungen und Bälle ausgebucht, ehe sie nächste Saison debütieren.«

»Gestrichen, alles unwichtig!« befahl ihre Mutter. »Sie müssen auf die Ranch, da gibt es gar nichts! Und zwar fröhlich und munter und ohne beleidigte Gesichter!«

»Mutter« wandte Valerie nun ein, »es war etwas anderes, als du seinerzeit uns immer hingeschickt hast. Das haben wir noch verstanden. Aber unsere Kinder haben doch keinerlei Bindung dorthin, sie sind nicht dort geboren oder aufgewachsen und wissen weder viel über dich noch über Vater. Wir haben sie nicht so erzogen wie du uns. Wie sollen wir ihnen das klarmachen?«

»Das weiß ich auch nicht. Und es interessiert mich auch gar nicht. Das ist euer Problem. Aber es muß sein, und damit basta. Wenn euer Vater wirklich noch einmal heiratet, müßt ihr sein Erbe schon mit seiner Frau teilen, selbst wenn er keine Kinder mehr mit ihr kriegt. Und Jazz ist schließlich auch noch da. Sie lebt praktisch dort! Ein Mann kann sein Testament doch im Grunde ganz nach seinem Gutdünken machen! Was ist, wenn er euch so gut wie nichts vermacht? Wenn Jazz und seine neue Frau die Ranch erben und euch gerade sein Sparbuch bleibt, so wie mir? *Ich rede hier von Milliarden Dollar*, ist euch zwei Spatzenhirnen das eigentlich nicht klar?«

Valerie und Fernanda sahen sich mit offenem Mund an. Seit sie denken konnten, hatte ihre Mutter ihnen eingebleut, daß sie ihre Ehe geopfert hatte, um ihnen beiden eine gute Erziehung und alle Vorteile guter Internatsschulen an der Ostküste zukommen zu lassen, die ihnen als Mädchen aus guter, alter Familie nun einmal zustünden. Und daß sie ihr allein verdankten, nicht ein paar Landpomeranzen weit drüben in Orange County zu sein. Stets hatte als ausgemacht gegolten, daß sie, sobald sie geerbt hatten, einen angemessenen Anteil davon Liddy überließen, als Ausgleich für alles, was sie für sie getan hatte. Und niemals hatten sie beide je diese Abmachung angezweifelt. Auch jetzt wollten sie nicht glauben, daß ihre Mutter keineswegs nur ihrer Töchter wegen so in Panik geriet, sondern mindestens ebensosehr ihrer eigenen Zukunft wegen.

Indessen war Panik etwas, das sie bislang von ihrer Mutter noch nicht kannten. Um so mehr ließen sie sich nun selbst davon anstecken. Sie saßen alle drei schweigend da und starrten auf das Tischtuch. Der Ober trug die kaum angerührten Teller fort. Fernanda und Valerie überlegten beide verzweifelt, wie sie ihren Kindern beibringen konnten, daß sie Weihnachten auf der Ranch ihres Großvaters zu verbringen hatten.

Liddys Gehirn arbeitete nicht minder fieberhaft. Deems White war in seiner zweiten Amtszeit Gouverneur von Kalifornien. Er und Nora kamen noch immer nach Marbella, sooft er weg konnte, auch wenn es nur für eine Woche war. Die Intensität ihrer Beziehung hatte niemals nachgelassen. Die Unregelmäßigkeit ihrer Begegnungen hielt sie nur um so lebendiger und ließ das Verlangen um so stärker werden.

Jetzt, in seinem Amt, das so viel Publizität mit sich brachte, konnte er es nicht wagen, wie ehedem seinen geheimen homosexuellen Neigungen nachzugehen, und so war Liddys kühles, dämmeriges Zimmer in Marbella der einzige Ort der Welt geblieben, wo er zumindest in seiner Phantasie wieder der sorglose Mann sein konnte, der er gewesen war. Wenn er des Nachmittags in ihr Zimmer kam, verließ er es nie, bevor sie nicht beide befriedigt waren. Ohne daß sie es je ahnte, war sie längst sein einziger Matrose geworden...

Nora White hatte ihre Stellung als First Lady Kaliforniens klug genutzt, um sich Flair und Grazie zu geben, eine Haltung, in der Liddy sie all die Jahre bestärkt hatte, weil Nora eine treue Freundin war. Die Whites hatten ihr Heim in San Clemente nicht aufgegeben, obwohl sie jetzt die meiste Zeit in Sacramento verbringen mußten. Nora, die als Politikerfrau deutlich an Format gewonnen hatte, war über jeden Klatsch in Kalifornien bestens informiert. Ganz zweifellos hatte sie die Möglichkeit, auch alles über Red Appleton zu erfahren. Und vielleicht war darunter auch etwas, das sich gegen sie verwenden ließ?

Sie beschloß, Nora so bald wie möglich anzurufen. Warum hatte sie das nicht schon längst getan?

13

»Fliegen Sie nicht zu tief!« wies Jimmy Rosemont den Piloten des kleinen Hubschraubers an, den er am John-Wayne-Flughafen gemietet hatte. »Die Kiste macht schon so zuviel Krach.« Er hatte eine Faltkarte von Los Angeles, Orange County und San Diego in der Hand, die er am Abend zuvor in Laguna Nigel in seiner Suite im Ritz-Carlton hoch über dem Pazifik sorgfältig markiert hatte. Es war eine verhältnismäßig kleine Karte, die ein verhältnismäßig großes Gebiet abbildete, so daß nur die wichtigsten topographischen Punkte der Landschaft unter ihnen eingezeichnet waren, doch für seine Zwecke genügte sie. Das teilweise schon erschlossene Land um die einstige Ranch der Irvines, das jetzt Donald Bren gehörte, kannte er bereits von früheren Erkundungsflügen.

Er beugte sich vor, um auf die Kilkullen-Ranch hinabzusehen, der sie sich nun näherten. Der kleine Hubschrauber war rundum verglast, und selbst der Boden war weitgehend durchsichtig, so daß man einen sehr guten Blick hatte.

»Fliegen Sie erst mal raus über das Wasser«, sagte er dem Piloten, der sofort nach außen zog und dann die Küstenlinie entlangflog. Jimmy Rosemont stockte schier der Atem beim Anblick der ungeheuren Weite unberührten Landes dort unten. Er sah hinab auf zwanzig Meilen vollkommen leerer Küste. Es war ein typischer kalifornischer Wintertag, der Himmel sonnenklar und strahlend blau.

In Südfrankreich waren jetzt längst alle Touristen fort, und es herrschte regnerischer, unfreundlicher Winter. Die ganze Provence war für die nächsten Monate leer und verlassen, der Kälte und dem Mistral ausgeliefert, nur die einheimischen Bauern waren noch da. Florida hatte jetzt den nächsten Hurrikan zu fürchten und stöhnte unter der Luftfeuchtigkeit. Aber hier? Hier herrschte der angenehmste, schönste Winter der ganzen westlichen Hemisphäre! Und zudem lag da unten der vollkommenste natürliche Hafen, den er je gesehen hatte! Dieser weitgeschwungene Bogen, den die Brandung des Pazifik in Jahrmillionen ausgespült hatte! Mindestens eineinhalb Meilen breit!

Und das ganze Gebiet, Küste und Bucht, leer! Lediglich dieses eine kleine Gebäude, das wohl das Bootshaus der Kilkullen-Ranch sein mußte! Ein leeres, weites Paradies! Hie und da einige Felsenklippen als Wellenbrecher in der Brandung. Dort lag Valencia Point, genau wie man es ihm beschrieben hatte. Er ragte weit westwärts ins Meer hinaus wie ein Zeigefinger.

»Fliegen Sie die ganze Strecke noch einmal und dann direkt über den Strand«, sagte er. »Aber gehen Sie nicht weiter runter!«

In den nächsten zehn Minuten betrachtete er noch einmal ehrfürchtig den gesamten Küstenstreifen mit seinem zwei Meilen breiten, baumlosen, aus Getreidefeldern bestehenden Hinterland.

Dann ließ er sich landeinwärts fliegen, über das fruchtbare grüne Unterland, darauf verstreut die Farmhäuser der Leute lagen, die dort arbeiteten; Meilen und Meilen von Weiden und Feldern, Viehherden und gelegentlich ein Mann zu Pferde, hie und da Baumbestände, die mit weiteren, riesigen Weideflächen abwechselten, schmale Feldwege dazwischen, Windmühlen, Zäune, Pferche als einzige Wegzeichen in der majestätischen Weite des Oberlandes.

»Soll ich ganz um den Portola Peak herum fliegen?« fragte der Pilot.

»Nicht nötig, ich sehe ihn sehr gut«, antwortete Rosemont. Der Berg interessierte ihn wahrhaftig am allerwenigsten. Er war oberhalb der Baumgrenze felsig und steil und sicherlich der am schwierigsten zu erschließende Teil des ganzen Landes hier. Anderseits war von hier oben gut zu erkennen, daß er, richtig freigelegt, selbst noch in mittlerer Höhenlage einen so großartigen Ausblick bieten würde, daß es die immensen Kosten der Erschließung und Anlage einer Infrastruktur lohnte. Der Berg konnte durchaus genauso wertvoll sein wie die Küste. In mancher Hinsicht vielleicht sogar noch wertvoller.

»Gut, fliegen Sie zurück«, sagte er.

Als sie gelandet waren, stieg er aus und ging um die im Halbkreis aufgestellte Flotte der anderen Hubschrauber herum zu seinem Wagen, der ihn zu seiner Verabredung mit Mike Kilkullen bringen sollte. Es war noch etwas zu früh, sah er nach einem Blick auf die Uhr. Noch Zeit für einen Kaffee, ehe er mit dem Mann zusammentraf, dessen Land er soeben überflogen und dabei gesehen hatte, daß es noch weit mehr wert war als vermutet. Weit mehr, als seine Partner schätzten. Und diese Partner, ein Konsortium der reichsten Bankiers Hongkongs, waren immerhin die geschäftstüchtigsten Leute, mit denen er es seiner Meinung nach jemals zu tun gehabt hatte.

Mike Kilkullen ging hinaus vor die Eingangstür der Hazienda, als die Limousine vorfuhr. Er pflegte alle Besucher, selbst die unwillkommensten, dort zu empfangen. Weil seine beiden älteren Töchter Valerie und Fernanda, als sie ihn vergangene Woche deshalb angerufen hatten, so nachdrücklich ihre Freundschaft mit den Rosemonts betont hatten, wollte er ihnen zuliebe diesmal sogar besonders freundlich sein. Normalerweise hätte er mitten in der Woche, während eines normalen Arbeitstages auf der Ranch, keinen Geschäftstermin angenommen.

Man gab sich die Hand und musterte einander prüfend; keinem von beiden gefiel, was er sah. Kilkullen, fand Rosemont, kehrte dafür, daß er sein ganzes Leben lang nichts weiter getan hatte, als hier sein Vieh zu züchten, ein wenig zu sehr den Großgrundbesitzer heraus; viel zu selbstherrlich wirkte er, aber auch in seiner grauen Flanellhose, mit offenem Hemdkragen und grauem Tweedsakko zu imposant für jemanden, der nie reiste und ein biederes Landleben führte, ohne je an der einzig erregenden Erfahrung des Lebens teilzuhaben: in dieser großen Welt etwas zu bewegen! Außerdem hatte Jimmy, das mußte er zugeben, nicht mit der großartigen Eleganz der Auffahrt zu dieser Hazienda gerechnet, mit den großartig gepflegten Gärten, die das Haus säumten – gar nicht zu reden von der Größe der Hazienda selbst.

Mike Kilkullen seinerseits mochte grundsätzlich keine Männer, die nicht einmal ihren eigenen Wagen fahren konnten und tagsüber Nadelstreifenanzüge mit Weste trugen. Männer mit stechenden Augen und diesem sichtlich vor dem Spiegel eingeübten Lächeln, das sie jeden Morgen kritisch darauf überprüften, ob der altgewohnte Charme noch seine Wirkung tat und ihnen nicht über Nacht abhanden gekommen war. Ob einer dürr oder fett war, interessierte Mike Kilkullen nicht, aber er war mißtrauisch gegenüber den plumpen, untersetzten Männern, die ihren leichten Bauchansatz unter teuren Maßanzügen zu verbergen suchten. Und am allerwenigsten mochte er Leute, die über familiäre Kontakte geschäftlich zu ihm kamen und dazu Termine ausmachten, die ihn mehr oder minder dazu zwangen, wollte er nicht unfreundlich erscheinen, sie auch noch zum Lunch einzuladen.

»Sehr erfreut, Sie kennenzulernen, Mr. Kilkullen. Sehr freundlich von Ihnen, sich Zeit für mich zu nehmen.«

»Keine Ursache, Mr. Rosemont. Bitte kommen Sie herein. Gerade die rechte Zeit für einen Drink vor dem Lunch.«

Er führte ihn rasch durch den langen Wohnraum hinaus auf die breite Veranda, die mit winterblühendem Jasmin bestanden war. Sie setzten sich in bequeme, alte Sessel an den Tisch, auf dem bereits Flaschen, Gläser und Eis standen.

»Was darf ich Ihnen anbieten?«

Jimmy Rosemont trank nie was zum Lunch, aber jetzt fand er es unangebracht, bei einem Mann, der sichtlich etwas vertrug, um ein Perrier zu bitten, obwohl einige Flaschen davon dastanden. Er verlangte also lieber einen Scotch. »Ohne Eis, bitte.«

Mike schenkte ihm einen Glenfiddich ein und sich selbst ein Perrier mit Eis und einer halben Limone. Sie hoben schweigend die Gläser.

Rosemonts Augen wanderten rasch über den ganzen Patio hinweg. Über die Hazienda selbst hinwegzufliegen, hatte er doch nicht gewagt, aus Angst, gesehen und erkannt zu werden. Um so mehr faszinierte ihn jetzt der Ausblick von der Veranda.

»Wunderschön haben Sie es hier, Mr. Kilkullen.«

»Mein Stolz und meine Freude, Mr. Rosemont.«

»Nichts, was einem schönen Garten gleichkommt, nicht wahr? Meine Frau stammt aus England, wissen Sie, und sie lebt praktisch dafür, immer wieder ein paar Tage in unserem Landhaus in der Erde buddeln zu können. Von Georgina habe ich auch gehört, daß Sie einen ganz berühmten Rosengarten haben.«

»Oh, vielen Dank. Es hängt eine Menge Arbeit daran, wissen Sie, aber er ist es wert. Ja... Was also kann ich für Sie tun, Mr. Rosemont? Worüber wollten Sie mit mir sprechen?« Er war entschlossen, dieses Gartengesäusel so schnell wie möglich hinter sich zu bringen.

»Über Ihre Zukunft, Mr. Kilkullen.«

»Ach? Sind Sie Versicherungsvertreter, Mr. Rosemont?«

»Nicht gerade, nein, Mr. Kilkullen. Sie waren Ihr Lebtag ein so rüstiger Mann, Ihnen braucht man keine Versicherungen zu verkaufen.«

»Ach ja?«

»Sehen Sie, die ganze Küste entlang haben Leute, die seit

hundert Jahren hier ansässig sind, ihr Land verkauft und sind dadurch reich geworden. Sie hingegen sind auf Ihrem Land geblieben und haben komfortabel gelebt, ohne auch nur einen Hektar abzugeben.«

»Komfortabel leben, sagen Sie. Glauben Sie wirklich, daß die Viehzucht sich so abspielt?«

»Nun, soviel ich weiß, ist das ein sorgenfreies Geschäft, vorausgesetzt, man hat keine Hypotheken auf seinem Land, hat keine Vorauskredite aufgenommen, und alles geht glatt. Wenn wir mal annehmen, Sie haben viertausend Stück Vieh – das dürfte ungefähr zutreffen, richtig, Mr. Kilkullen? – und neunzig Prozent davon kalben jedes Jahr. Das macht dann dreitausendsechshundert Kälber. In einem guten Jahr wiegen sie, wenn sie auf den Markt gehen, hundertfünfzig Pfund, und Sie können sie für fünfhundert Dollar pro Stück verkaufen. Ihre Kosten für die Aufzucht betragen vierhundertfünfzig Dollar für jedes. Also ist Ihr Nettogewinn pro Kalb genau fünfzig Dollar, macht zweihunderttausend Dollar im Jahr.«

»In einem guten Jahr«, sagte Mike Kilkullen äußerlich gelassen, innerlich allerdings in hellem Zorn darüber, daß dieser völlig Fremde so genaue Zahlen kannte, Zahlen, die er nur mit Hilfe eines Experten erfahren haben konnte. Dieser Rosemont hatte bereits die Hand in seiner Tasche und zählte sein Geld!

»Selbst in einem schlechten Jahr haben Sie immer noch Ihr festes Einkommen von Ihren Landpächtern, Blumen- und Erdbeerzüchtern und Zitrusfrüchtebauern. Und Sie waren klug genug, sich nicht auf die Pferdezucht einzulassen, die ja bekanntlich Profite auffrißt wie nichts sonst.«

»Schön, Mr. Rosemont, nachdem Sie mir mein Geschäft erklärt haben, wie wäre es, wenn Sie mir nun auch Ihres erläutern würden?«

»Gern. Es besteht darin, daß ich anderen helfe, ihr Vermögen zu maximieren. Natürlich will ich dabei auch etwas verdienen, aber ich mache die Leute reich, Mr. Kilkullen. Unglaublich reich sogar und völlig unabhängig für ihr ganzes Leben, was auch immer passieren mag, den Tod selbst ausgenommen, dem wir alle nicht entgehen. Wenn Sie reich genug sind, brauchen Sie sich nicht einmal mehr um die Steuern Sorgen zu machen. Und Tatsache ist, daß Sie, so wie Sie hier sitzen, mit einer einzigen Entscheidung einer der reichsten Männer der ganzen Welt werden könnten. Weil Sie klug genug waren, lange genug mit dem Verkauf Ihres Landes zu warten, statt es zu schnell zu veräußern.«

»Manche Leute«, sagte Mike Kilkullen träge, »nennen mich allerdings nicht klug, sondern stur.«

»Glaube ich Ihnen gerne. Aber ich zweifle nicht daran, daß Sie auch ein Mann von Verstand sind. Wenn Sie sich einmal unter Ihren Freunden und Nachbarn umsehen, all den Familien, mit denen Sie aufgewachsen sind. Nehmen wir zum Beispiel die Segerstroms. Bis zum Ende des Zweiten Weltkriegs waren sie Limabohnenfarmer. Jetzt ist die Familie mit ihrem Grundbesitz und dem Einkaufszentrum eine halbe Milliarde wert. Kennen Sie die South Coast Plaza, Mr. Kilkullen?«

»Gewiß. Henry hat mich zur Eröffnung des dortigen Noguchi-Skulpturengartens eingeladen. Die Steinanlage, die Noguchi *Geist der Limabohne* nannte, gefiel mir besonders gut. Ich fand das einen längst überfälligen Tribut an eine bis dahin sehr unterschätzte Gemüsesorte, meinen Sie nicht auch, Mr. Rosemont?«

»Ganz großartig, ja. Hervorragend. Aber ich bin mindestens ebenso beeindruckt davon, was die Segerstroms damit für den ganzen Orange County getan haben. Sie haben das Kunstzentrum überhaupt erst ermöglicht. Sie haben das Grundstück und sechs Millionen in bar dafür gestiftet. Es ist inzwischen eine international berühmte Institution. Den Segerstroms hat es Unsterblichkeit gebracht. Das alles wäre ihnen gewiß nicht möglich gewesen, wenn sie sich weiterhin auf den Anbau von Limabohnen beschränkt hätten.«

»Ich sage auch gar kein Wort dagegen.«

»Oder ein anderes Beispiel. Die Irvines. Als sie, noch vor dem Verkauf, Land für die Neugründung der Universität Irvine bereitstellten, schufen sie damit eine große Universität, wo bis dahin nichts war. Heute, Mr. Kilkullen, kommen die größten Gelehrten der Welt in die UC Irvine. Gar nicht zu reden von dem Football-Team, das sie hat. Obwohl sie das Land nicht mehr besitzen, haben sich die Irvines damit ebenfalls Unsterblichkeit erworben.«

»Also was nun, Mr. Rosemont, wollen Sie mich reich machen oder unsterblich?« Mike Kilkullen öffnete sich eine weitere Flasche Perrier.

»Reich, Mr. Kilkullen. Sehr reich. Unsterblichkeit ist etwas, das viele reiche Männer erstreben, wenn sie schon alles besitzen, was sie sich selbst nur wünschen können.« Jimmy Rosemont zuckte vielsagend die Achseln.

Er fuhr fort: »Ich bin hier, um Ihnen klarzumachen, daß Sie nur die Hand auszustrecken brauchen, und es fällt Ihnen alles zu, wonach man auf dieser Welt nur streben kann. Nichts von dem, was Sie tun möchten in Ihrem Leben, bliebe Ihnen mehr verschlossen. Sie könnten ein großer Kunstsammler werden oder mit Ihrer eigenen Jacht auf Weltreise gehen, Stiftungen gründen, soviel Sie wollten, oder wie Bren der größte Geldgeber der Republikanischen Partei in Kalifornien werden. Sich einen ganzen Football-Club kaufen... Was auch immer, Mr. Kilkullen, alles wäre Ihnen möglich und stünde Ihnen offen.«

»Und alles, was ich dafür zu tun habe, ist, meine Ranch zu verkaufen.«

»Genau.«

»Und warum sollte ich das wollen, Mr. Rosemont, da ich es doch bisher schon dreißig Jahre lang abgelehnt habe?«

»Weil Sie nicht ewig leben, Mr. Kilkullen. Ich bin selbst alt genug, um nicht ein gewisses Unbehagen dabei zu verspüren, wenn ich Ihnen dies sage. In fünfundzwanzig Jahren sind Sie neunzig, und wenn es Sie dann immer noch gibt – ich wünsche es Ihnen von Herzen! –, dann können Sie sicherlich sagen, ein erfülltes Leben gehabt zu haben. Aber was für eines wird es gewesen sein? Eines, das tagein, tagaus, solange Sie zurückdenken können, aus derselben Routine bestand, oder eines, das angefüllt war mit vielfältigen Erfahrungen, weil Sie die phantastischen Möglichkeiten, die diese Welt bietet und die Ihnen alle von jetzt an offenstehen würden, ausgenutzt haben – jetzt, solange Sie sich noch guter Gesundheit erfreuen und noch viele der besten Jahre Ihres Lebens vor sich haben?«

»Sie vertreten Ihre Sache gut, Mr. Rosemont, und Sie sind ein sehr überzeugender Redner. Sie haben auch keine Angst, das Unaussprechliche auszusprechen. Noch keiner von denen, die mich zum Verkauf zu überreden versuchten, hat dabei den Tod erwähnt. Die Steuern, ja, aber nicht den Tod. Darf ich Sie fragen, aus reiner Neugier, wo ich leben sollte, wenn ich mich tatsächlich entschließen würde, die Ranch zu verkaufen? Wie Sie zutreffend erwähnt haben, bin ich nicht mehr ganz jung, fünfundsechzig, um genau zu sein, und natürlich sehr mit diesem Familienbesitz verwachsen. Es gibt tatsächlich keinen anderen Ort auf der ganzen Welt, wo ich leben möchte und sterben, wo wir schon davon sprachen.«

»Das wäre doch überhaupt kein Problem. Sie würden sich einfach einen Teil Ihres Besitzes weiterhin als Privateigentum vorbehalten und vom Verkauf ausnehmen. Sie könnten weiter hier wohnen und leben und würden niemals auch nur irgend etwas davon wahrnehmen, was rundherum vor sich geht. Hier in diesem prächtigen Haus mit allen diesen wunderschönen Gärten haben Sie Ihre Privatsphäre, in der niemand Sie stören wird.«

»Von ein wenig Lärm mal abgesehen, wie? Bauarbeiten und das alles?«

»Nun ja, gewiß, das ließe sich natürlich nicht vermeiden. Aber wenn Sie sich, sagen wir, vierzig Hektar um das Haus herum vorbehielten, würden Sie von alledem kaum etwas merken; wenn überhaupt.«

»Und was wird aus meiner Rinderzucht?«

»Die würde natürlich, hier in Südkalifornien, aufhören. Aber wenn es Ihnen Spaß machte, könnten Sie sich eine andere Ranch kaufen, wo immer Sie wollten. Im ganzen Land stehen Ranches in Mengen zum Verkauf, die alle Männer mit Ihrer Erfahrung dringend benötigen.«

»Sie meinen in Montana oder in Texas, dort herum?«

»Ja.«

»Ranches im Binnenland, ohne Küste, ohne Berge.«

»Sicher, aber sonst ebenfalls in wunderschöner Landschaft.«

»So wie in den Marlboro-Anzeigen?«

»Viel besser, grüner, größer, endlos, nicht wie hier.«

»Und warum, Mr. Rosemont, kaufen Sie nicht eine von diesen Ranches?«

»Amüsante Idee, Mr. Kilkullen. Aber wir sind beide vielbeschäftigte Leute. Also: Ich bin an Ihrer Ranch interessiert, weil sie Möglichkeiten besitzt, die im Binnenland nicht gegeben sind. Ich möchte das Land zur Bebauung nutzen.«

»Reihen um Reihen gleichförmiger Wohnblocks, Mr. Rosemont, in denen es nicht einmal Innenhöfe gibt, wo die Kinder spielen können?« Mike Kilkullens Stimme klang immer noch träge.

»Aber nicht doch«, erklärte Jimmy Rosemont hastig. »Ich bin nur an erstklassigem Haus- und Wohnbesitz interessiert, müssen Sie wissen. Es ist zwar zehn Prozent teurer, ein komfortables Haus zu bauen als ein durchschnittliches, aber der spätere Profit ist ungleich größer.«

»Ist mir bekannt. Die Kosten für die Infrastruktur sind in beiden Fällen die gleichen, aber der eigentliche Gewinn liegt in dem, was danach kommt. Bei den Marmorbädern, Spülbecken aus Granit, zweistöckigen Eingangshallen, dem Medienzimmer, den Bädern für jedes Familienmitglied, und was es da noch alles an verhältnismäßig billigen I-Tüpfelchen gibt.«

»Ich wußte gar nicht, daß Sie sich dafür interessieren, Mr. Kilkullen.«

»Tue ich auch nicht. Das sind alles Dinge, über die mich mein Vorarbeiter auf dem laufenden hält.«

»Nun, dann brauche ich Ihnen nicht weiter zu erläutern, daß es unprofitabel für mich wäre, mich mit sozialem Wohnungsbau oder sonstigen Billigwohnungen zu befassen. Nein, die Kilkullen-Ranch bliebe immer höchster Standard auch in dieser Hinsicht... wenn Sie an mich verkauften.«

»Eben das werde ich nicht tun, Mr. Rosemont. An Sie nicht und an niemanden sonst, weder viertausend Hektar noch einen einzigen. Diese Ranch hier ist die einzige zwischen L. A. und San Diego, die noch so erhalten ist, wie die Natur sie gemacht hat. Alles andere rundherum ist neu, und es ist Dreck.« Er stand auf. »Wie lange auch mein Leben noch dauern mag – die einzige Option, die ich wahrnehmen will, ist, weiter über meine Ranch reiten zu können, weiter mein Vieh zu züchten und jedes Jahr meinen *Round-up* zu machen. Weiter bei Sonnenuntergang an meinem Strand entlangzugaloppieren, mir Sorgen wegen des Regens zu machen, von meinem eigenen Bootshaus aus mit meinem Boot hinauszusegeln, meine Kühe selbst zu pflegen, wenn sie krank sind, und am Abend, wenn der Tag sich neigt, vor meinem eigenen Kaminfeuer in dem Haus meiner Familie zu sitzen und zu wissen, daß ringsherum all das Land liegt, das mein Urgroßvater von meinem Ururgroßvater kaufte und das ich einmal an meine Kinder weitergeben werde.«

»Ich bedaure aufrichtig, das zu hören«, sagte Jimmy Rosemont und stand nun ebenfalls auf. »Dann werde ich wohl Ihre Zeit nicht länger in Anspruch nehmen, Mr. Kilkullen, und auf den Lunch verzichten, wenn Sie gestatten.«

»Aber bitte sehr, Mr. Rosemont. Das verstehe ich vollkommen. Ich bringe Sie zu Ihrem Wagen. Grüßen Sie Fernanda und Valerie von mir, wenn Sie sie sehen.«

»Selbstverständlich.«

»Oh, ja, noch etwas. War das Ihr Hubschrauber heute morgen, der meine Ranch inspizierte?«

»Ach das... ja gewiß.«

»Dachte ich mir. Dann gute Heimreise, Mr. Rosemont. Ich hoffe, der Ausblick hat Ihnen gefallen.«

Casey Nelson, dachte Jazz, während sie sich ankleidete, hatte ungeachtet der Tatsache, daß er mit Sicherheit keinen guten Tisch bekäme, darauf bestanden, zu Spago essen zu gehen. Nur Stammgäste – und das waren fast ausschließlich Prominente aus dem Showbusineß – konnten in dem berühmten Trendsetterlokal darauf hoffen, einigermaßen anständig plaziert zu werden.

Sie war sehr mit sich zufrieden. Sie fühlte sich attraktiv. Immerhin bemühte sich ein Sam Butler um sie. Und auch Casey Nelson war so wild auf sie, daß er sie unbedingt bei Spago herzeigen wollte. Man sollte immer zwei am Bändel haben. Oder gleich drei.

Was trug man nur, um aller Welt mitzuteilen, daß man sich ganz ungeheuer hübsch und begehrt fühlte, wo es doch im Spago ungeschriebenes Gesetz war, höchstens an den »Oscar«-Abenden in großer Gala zu erscheinen? Da Casey andererseits auch nicht gut in seiner allenfalls im *El Adobe* angängigen Cowboykluft erscheinen konnte, würde er den gleichen dunklen Anzug tragen, in dem er damals ihr Grès-Kleid und ihren spanischen Schal ruiniert hatte.

Das war ein Problem. Ein Kavalier, *overdressed* in einem Lokal, in dem lässige Eleganz üblich war.

Casey kam in zehn Minuten. Sie konnte in zehn Minuten entscheiden, was fünf Models anziehen sollten, da würde sie doch noch schaffen, sich selbst... Sie versuchte, sich zu beruhigen. Wichtig war immer, nicht den Kopf zu verlieren.

Nackt bis auf die Strumpfhose, sauste sie in zunehmender Panik herum, griff sich schließlich einen fast ganz aus baumgrünen Münzpailletten bestehenden Minirock mit einem gleichfarbigen Organzahemd, zog darüber einen alten, dunkelgrünen Samtblazer aus dem Stapel Kleider an, die sie schon seit Jahren wegzugeben die Absicht hatte, fand noch ein paar superhohe schwarze Pumps und Riesen-Glasohrringe von Yves Saint Laurent, die sie vor drei Jahren satte tausend Dollar gekostet hatten (es aber auch wert gewesen waren!) – perfekt! Das war es. Hatte alles. Die Wegwerf-Arroganz der alten Jacke, das Aufreizende der Bluse, die Gewagtheit des Rocks und die bewußte Provokation der glitzernden Ohrringe...

Sie hastete zur Tür, als es klingelte. Casey Nelson stand draußen.

In Cordhosen, einer Armani-Jacke und einem dünnen, braunen Rollkragenpulli.

Sie starrte ihn an. Woher, zum Teufel, wußte er, wie man sich für Spago anzog?«

»Du schaust aus wie ein... Baum... Ein Mords-Christbaum, toll!« sagte er und wirbelte sie herum.

»Ich hatte so eine Feiertagsanwandlung«, sagte sie leichthin. Wie konnte sie nur vergessen, daß es bis Weihnachten nur noch einen Monat hin war? Jetzt sah sie aus wie in einem Weihnachtskostüm beim Theaterstück im Kindergarten! Verflixt noch mal, aber zu spät, sich noch einmal umzuziehen!

»Fertig?« fragte er.

»Klar«, sagte sie hastig. Wenn sie ihn in die Wohnung ließe, sähe er durch die offene Tür zum Schlafzimmer sofort die ganze Bescherung, die sie mit ihren sämtlichen herausgerissenen Sachen dort angerichtet hatte. Das mußte nicht sein.

Auf der Fahrt war er so schweigsam, daß es Jazz ganz nervös machte. Sie waren keine alten oder intimen Freunde, so daß das Schweigen ein Zeichen der Vertrautheit hätte sein können. Und ein Liebespaar waren sie erst recht nicht. Wieso also glaubte er, das »vertraute« Schweigen sei angebracht? Sie waren Verwandte dritten Grades, das war alles, und sie hatten ein wenig miteinander gesprochen und sich ein wenig geküßt.

Sie parkten oberhalb des Lokals auf dem Spago-Parkplatz mit seinen vielen Wächtern und gingen dann die steile Treppe nach unten zum Restaurant, vor dem die übliche Meute Paparazzi auf Fotos von den Stars warteten.

»Hallo, Jazz!« rief ihr einer zu. »Na, wo ist Sam?«

Und ein anderer schob nach: »Kommt er heute abend?«

Und ein dritter: »Was denn, wirst du Sam untreu, Jazz?«

»Hör gar nicht hin«, sagte sie zu Casey. »Die denken sich alles mögliche aus, um einen auf die Palme zu bringen. Kollegen-Neid.«

Drinnen warteten wie üblich eine Menge Gäste an der Bar auf einen Tisch. Bernard, der Maître d'Hôtel, erblickte Jazz und kam sofort herbei, um sie vertraulich auf die Wange zu küssen. »Sie sehen großartig aus, Jazz! Schon fertig dekoriert für Weihnachten, wie?« Dann wandte er sich an Casey und legte ihm freundschaftlich den Arm um die Schultern.

»Ihr Tisch ist bereit, Casey«, sagte er und ging voran. Direkt nach links. Dort war ganz hinten die offene Küche. Direkt neben der Küchentheke befand sich der beste Tisch des Hauses, der immer für mindestens sechs bis acht Personen reserviert war. Gleich daneben stand der zweitbeste Tisch, an dem vier oder, wenn es sein mußte, sogar fünf Leute sitzen konnten. Doch heute abend stand dort ein kleinerer Tisch für zwei. Und genau dorthin führte Bernard sie. Die allgemeine Aufmerksamkeit war ihnen sicher.

Als sie saßen, sagte Jazz nur: »Du scheinst hier ja gut bekannt zu sein.«

»Ich bin hier, sooft ich Gelegenheit habe, nach L. A. zum Dinner zu kommen. Als Wolfgang hier anfing, wollte ich eigentlich mit investieren, aber er brauchte kein Geld mehr. Dafür bin ich an seiner neuen Brauerei beteiligt, und er weiß, daß ich mich grundsätzlich an allem, was er anfängt, beteiligen will. Der Mann ist ein Genie.«

Das erklärte dann ja wohl alles, dachte Jazz. Casey war ein Investor! Und schließlich wußte jeder, daß die immer und überall die besten Plätze bekamen.

»Dad sagte mir, du würdest mir die Sache mit dem neuesten Kaufinteressenten erzählen.«

Sie hörte Caseys Ausführungen genau zu. »Mike fuhr den ganzen Nachmittag im Jeep herum«, schloß er, »um nachzusehen, ob dieser Rosemont nicht etwa schon unter den Zäunen hindurch Ölbohrungen veranlaßt hatte.«

»Was? Das gibt es doch nicht!«

»Wirklich. Er sagt, dieser Rosemont habe bei ihm Verfolgungswahn ausgelöst. Er habe so einen bestimmten Blick. Außerdem ist er ja in dem Hubschrauber eine ganze Weile kreuz und quer über der Ranch herumgeflogen.«

»Es ist ja auch wirklich nicht einfach, an einem Status quo festzuhalten, der überall schon verschwunden ist, außer bei uns und bei Dick O'Neill«, sagte Jazz nachdenklich. »Dad wird seine Absicht nie ändern, und er wird hundert Jahre alt werden wie sein Großvater. Manchen Leuten muß er in der Tat... egoistisch erscheinen. Ein einzelner Mann lebt auf einem Land, das Platz für Tausende von Menschen böte. Nur, Dad weiß eben, wenn er die Ranch jetzt aufgäbe, wäre sie endgültig verschwunden und nichts mehr übrig, das zeigte, wie das Leben in Kalifornien einmal war. Er ist so überzeugt davon, daß es seine Pflicht ist, wenigstens dieses Stück Vergangenheit zu bewahren. Er weiß auch, daß er der einzige und letzte sein wird, der sich weigert, es untergehen zu lassen, und der sich gegen den sogenannten Fortschritt stellt. Und ich verstehe ihn.«

»Ich auch«, nickte Casey. »Jazz, wann kommst du wieder mal?«

»Wahrscheinlich schon nächstes Wochenende. Und natürlich über Weihnachten. Aber ansonsten habe ich derzeit sehr viel zu tun. Wahrscheinlich kann ich nicht so oft kommen wie üblich.«

»Wieso?«

»Ein neuer Kunde, ein großer Auftrag. *Diet Pepsi* will eine Anzeigenkampagne starten, die mindestens so viel Aufmerksamkeit erregen soll wie Annie Leibovitz mit ihren Aufnahmen für *American Express*, und sie haben mir den Auftrag gegeben.«

»Natürlich.«

»Natürlich.« Sie lächelte. Sie und Annie waren alte Freundinnen, Kolleginnen und Rivalinnen, und das schon so lange, daß Jazz manchmal glaubte, sie habe eine Zwillingsschwester.

»Und das Thema?« fragte Casey.

»Ganz schlicht. Doppelseitige Fotos von Prominenten mit einer Dose *Diet Pepsi*.«

»Sehr neu klingt das nicht.«

»Wird es aber sein. Es ist ein Gag dabei. Man muß nämlich die Pepsidose erstmal suchen, sie ist im Bild versteckt, praktisch unsichtbar, schwer zu entdecken. Kein Wort Text dabei, das etwas erklären würde. Nichts als diese Dose, die man suchen muß. Manchmal wird vielleicht nur ein Stückchen davon zu sehen sein, und die Leute finden sie auch nur, wenn sie das Bild richtiggehend untersuchen. Es ist also eine Art Suchspiel. Damit ist schon mal gesichert, daß jedes Foto sehr intensiv und ungewöhnlich lange wahrgenommen wird. Und überdies fotografiere ich die ganzen Prominenten praktisch wie unbeobachtet. Michael Jackson beispielsweise beim fünfundzwanzigsten Take im Aufnahmestudio, wenn er schon ganz erschöpft ist und längst vergessen hat, daß eine Fotografin anwesend ist. Oder Don Johnson und Melanie Griffith im Bett, und ihr laufen ein paar Tropfen Cola in den Busen unter das Nachthemd, als hätte sie es eben verschüttet. Oder Madonna in ihrer Garderobe, nur halb angezogen – oder ausgezogen –, beim Kostümwechsel, mitten aus der tatsächlichen Situation heraus.«

»Und wie willst du alle diese Stars dazu kriegen?«

»Mein Gott, sie kriegen jeder eine Viertelmillion dafür.«

»Ich würde es euch billiger machen.«

»Na ja, großzügige Honorare sind das tatsächlich. Aber sie sind trotzdem der geringste Kostenpunkt in der ganzen Kampagne.«

Während sie sprach, sah sie eine große, lächelnde Rothaarige hinter Casey herankommen. Sie legte den Finger auf die Lippen und sah Jazz bedeutungsvoll an. Irgendwie kam ihr die Frau bekannt vor, doch sie wußte nicht, wohin sie sie tun sollte. Sie legte Casey von hinten die Hände auf die Augen.

»Rate mal.«

Casey rührte sich nicht und griff dann nach oben, um die Hände der Frau prüfend abzutasten, ihre Finger, die Handfläche und selbst ihren Ehering.

»Fauve Avigdor! Was machst du hier?« Er sprang auf und nahm sie in die Arme.

»Wie, zum Teufel, hast du das so schnell erraten?« fragte die Frau.

»Deine Hände«, sagte Casey. »Gibt keine zweiten wie diese.«

Fauve Avigdor, dachte Jazz. Die lebt doch in der Provence?

Und wie konnte ich vergessen, wer sie ist? Nicht mehr so ganz auf der Höhe, wie?

»Fauve, dies hier ist meine Cousine Jazz Kilkullen. Jazz, dies hier ist deine Cousine Fauve Avigdor.«

»Meine was?« rief Jazz. Fauve lächelte, ohne überrascht zu sein.

»Wo ist Eric?« fragte Casey.

»An der Bar, er wartet auf unseren Tisch.«

Casey ließ einen Stuhl für sie bringen.

»Was erzählst du da für Geschichten, Casey?« fragte Jazz nach.

»Ach, ihr Kalifornier kennt nicht mal eure eigene Familiengeschichte. Wärst du meines Vaters Tochter, wüßtest du, daß vor sechzig Jahren ein Sohn seines Urgroßvaters, Perry Kilkullen, eine uneheliche Tochter hatte. Und das war Fauves Mutter. Der arme Perry war gestorben, ehe er Fauves Großmutter Maggie Lunel heiraten konnte. Und damit sind wir alle, wie entfernt auch immer, verwandt miteinander, und in unser aller Adern fließt tapferes, gesundes, wollüstiges Kilkullen-Blut.«

»Jedenfalls in Caseys Adern«, erklärte Fauve lachend. »Wir müssen uns mal treffen und das alles hinter seinem Rücken durchsprechen, hinter seinem tapferen, kräftigen, wollüstigen Rücken. Ich muß wieder zurück.«

»Und wieso seid ihr beide überhaupt hier?« fragte Casey.

»Eric macht die Pläne für ein neues Wohnprojekt in San Diego. Wo kann man dich erreichen, Casey?«

Casey schrieb es ihr auf und gab ihr den Zettel, und Fauve kehrte zur Bar zurück.

»Ist das denn wahr? Mistrals Tochter ist eine Cousine von mir?« sagte Jazz noch immer ganz ungläubig. »Ich hätte sie erkennen müssen. Aber seit Jahren ist kein Bild mehr von ihr erschienen. Seit Mistrals Tod. Und das muß jetzt auch schon... fünfzehn Jahre her sein.«

»Das kommt hin, ja. Ich bin ein Sammler der Bilder Fauves. Ich zeige sie dir mal. Sie sind sehr bemerkenswert.«

»Was denn, Bilder sammelst du auch, außer daß du in Restaurants investierst, ein Fax in deinem Zimmer auf der Ranch hast, um mit deinem Makler in New York in Verbindung zu sein, und mit teuren Vuittonkoffern reist? Hat man schon mal so einen Vorarbeiter gesehen?«

»Noch dazu einen verdammt guten. Sagt dein Vater.«

»Ja, aber das ist offenbar nichts als ein Spiel für dich, ein Hobby, eine Abwechslung. Ranchen ist nicht gerade die leichte Art zu leben, aber du scheinst mehr Geld zu haben, als du wirklich brauchst.«

»Soll ich nur des Geldes wegen nicht das tun, was mir Spaß macht?«

»Das ist keine Antwort.«

»Jazz, ich bin Viehzüchter. Schon seit Jahren. Was muß ich eigentlich noch machen, um es dir zu beweisen? Kannst du nicht einfach glauben, daß ich es genauso liebe wie dein Vater?«

»Nein. Weil er auf dem Land geboren und aufgewachsen ist, auf unserem Familienland. Er hat es im Blut, du nicht. Und das ist ein gewaltiger Unterschied.«

»Ich habe meine Liebe zum Viehzüchten schon als Junge entdeckt, als ich dafür bestimmt war, einmal die Schlepperflotte meines Vaters zu übernehmen.«

»Und warum fällt es mir immer so schwer, dir gerade dann wirklich zu glauben und zu vertrauen, wenn das, was du sagst, durchaus sinnvoll und vernünftig klingt?«

»Warum vertraust du mir überhaupt nie?« Casey klang plötzlich ganz ernst.

»Wie kommst du denn darauf?«

»Fiel mir gerade eben so ein. Du mißtraust Männern ganz allgemein, nicht?«

»Ja«, sagte Jazz langsam. »Ja, das stimmt.«

»Gabe. Er ist der Grund, nicht?«

»Casey, du sollst dieses Thema ruhen lassen.«

»Tut mir leid. Übrigens, wer ist Sam?«

»Ein Schauspieler. Sam Butler.«

»Was meinst du damit, ein Schauspieler? Meinst du etwa *den* Sam Butler?«

»Den, ja«, sagte Jazz.

»Ich wollte ja eigentlich gar nicht danach fragen, aber der Name taucht heute abend so oft auf, daß ich mir langsam ein bißchen blöd vorkomme. Du warst also gestern mit ihm zum Essen, und morgen seid ihr auch zusammen hier?«

»Er ist nur ein Freund«, sagte Jazz hastig.

»Aha. Jemand, der generell Männern mißtraut, vertraut ausgerechnet einem Schauspieler.«

»Das war mies«, sagte Jazz.

Casey schwieg.

Sie schwiegen auch, als sie nach Hause fuhren. Aber es war diesmal kein »vertrautes« Schweigen, sondern ein unbehagliches. Jazz fiel nichts ein, was sie sagen konnte. Und sie sah auch gar nicht ein, warum sie sich besonders darum bemühen sollte. Sie war verstimmt darüber, daß Casey nach dem ganzen Aufwand, den sie getrieben hatte, um sich »wie ein Christbaum« aufzuputzen, nichts Besseres zu tun gewußt hatte, als ihr eine Eifersuchtsszene wegen Sam Butler zu machen. Wo sie obendrein Sam Butler keineswegs versprochen war.

Casey brachte sie bis an die Tür. Jazz steckte den Schlüssel ins Schloß, öffnete und wollte ihm eben den Gutenachtkuß Marke absolutes Minimum, zauberhaften Dank für den zauberhaften Abend, geben, als er ihr die Hände auf die Schultern legte, sie fest in die Arme nahm und küßte, mehrere Minuten lang, ehe sie sich atemlos freimachen konnte.

»Kann ich mit reinkommen?« fragte er.

»Das halte ich für keine gute Idee.«

»Nur eine Minute? Es wäre nett, wenn wir uns noch ein wenig unter vier Augen unterhalten könnten, ohne das ganze Spago um uns herum.«

Sie musterte ihn kritisch. Diese Stirnfalten, diese Sommersprossen. Diese Lippen... Aber immerhin war sie gestern abend mit Sam Butler aus gewesen und für morgen abend wieder mit ihm verabredet, und... nein, es war wirklich keine gute Idee.

»Casey, hör mal zu. Ich wollte, ich könnte mich von dir verführen lassen, zumal wir hier ja nicht unter meines Vaters Dach sind. Aber ich bin nicht so eine.« Sie legte ihm sanft den Finger auf den Mund.

»Es ist schon ein paar Jahre her, seit das jemand zu mir gesagt hat«, meinte er erstaunt.

»Versetzt dich in alte Zeiten zurück, wie?« sagte Jazz liebevoll. »Gute Nacht, Casey. Schlaf gut. Danke für den schönen Abend.«

Sie machte die Tür hinter sich zu und lachte leise in sich hinein. Sie war nicht so eine, nein. Nie gewesen. Wirklich nicht. Nein, keine zwei Männer gleichzeitig. So weit, so gut. Nur, liebe Jazz, fragte sie sich: Wärst du dessen auch so sicher gewesen, wenn du nicht gewußt hättest, daß dein Schlafzimmer hier wie eine Räuberhöhle aussieht?

14

Mr. und Mrs. William Malvern jun. saßen am Küchentisch in ihrer Wohnung an der Fifth Avenue und tranken ihre zweite Runde Martinis. Im Ofen schmorte ein Hühnchen vor sich hin, das ihre Haushälterin, die heute frei hatte, zum Abendessen für sie vorbereitet hatte.

Selbst hier in der Küche, mit Schürze und bequemen Hausschuhen, brachte Valerie es fertig, ihre damenhafte Würde zu wahren, obwohl sie wenigstens zu Hause auf ihre ohnehin unnötige Brille verzichtete.

»Ich wollte eigentlich nie so was sagen, Valerie«, begann Billy Malvern, »aber jetzt tu ich's doch: Endlich sind wir allein!«

Valerie würdigte ihn über ihre etwas zu spitze Nase hinweg nicht einmal eines Blickes. »Falls du mir damit sagen willst, daß du froh bist, meine Mutter heute abend mal nicht zu sehen, kannst du dir die Mühe sparen. Ich bin darüber mindestens ebenso erleichtert wie du, vermutlich sogar noch mehr.«

»Du forderst dumme Bemerkungen geradezu heraus, Val, selbst bei so zartfühlenden Menschen wie mir.«

»Mein Gott, ich weiß doch selbst, daß sie schon länger da ist als üblich. Aber was soll ich denn machen, sie auf die Straße setzen? Wenn wenigstens Fern endlich ihren Nick los wäre, dann könnte sie bei ihr wohnen. Na ja, nächste Woche reist Mutter jedenfalls ab.«

»Gar nicht so dumm, deine Schwester. Wenn Liddy dann das nächste Mal ankommt, hat sie wahrscheinlich ihren nächsten unmöglichen Ehemann, und wir sind wieder dran. Ich sehe es schon kommen.«

»Nun hör schon auf damit, und trink deinen Martini.« Sie reckte kampflustig den Hals. »Kannst du über nichts Besseres reden? Ich zum Beispiel freue mich schon auf die Party bei den Rosemonts morgen. Es wird bestimmt die Party des Jahres.«

»Mir wäre es entschieden lieber, wenn Rosemont mir ein paar Aufträge zukommen ließe. Das wäre doch eigentlich das mindeste, was er tun könnte, wo ihr beide, Fern und du, jetzt so dick mit Georgina befreundet seid.«

»Jimmy Rosemont ist sein eigener Investor«, sagte Valerie knapp und dachte: Er ist nicht einer der reichsten Männer der Welt geworden, indem er seine Geschäfte mit Maklern wie

Billy gemacht hat. Im übrigen – was ging da zwischen Fern und Georgina eigentlich vor? Zweimal pro Woche trafen sie sich jetzt zum Lunch und taten so intim und albern miteinander wie zwei Schulmädchen, die große Geheimnisse haben! Ganz offensichtlich hatte Georgina also keine Ahnung von Ferns Affäre mit ihrem Mann! Jedenfalls waren beide Rosemonts seit der Geschichte im Ausstellungshaus mehr als freundlich zu ihnen beiden – und darin war selbst Liddy eingeschlossen, die ebenfalls schon mehrmals zu kleineren Abendessen bei ihnen mit eingeladen worden war. Und das, obwohl der Kontakt, den Fern Jimmy Rosemont zu ihrem Vater verschafft hatte, ergebnislos geblieben war.

»Ich möchte wissen, was diese Party kostet«, sagte Billy und starrte in sein Glas. »Hundertfünfzig Leute zum Abendessen, und dann noch Tanz hinterher. Was meinst du?«

»Keine Ahnung. Noch vor ein paar Jahren hätte ich es einigermaßen exakt schätzen können. Aber heute, wo die besten Partyservice-Firmen und die Floristen und Party-Dekorateure derart unglaubliche Preise haben, ist jede Summe denkbar. Gut, Georgina treibt keinen übertriebenen Aufwand, aber das muß auch gar nicht sein. Wenn man den Platz hat und es sich leisten kann, ist es immer schöner, man macht so was bei sich zu Hause.«

»Leisten können sie es sich ja.«

Sie saßen eine Weile schweigend da. In den ersten Jahren ihrer Ehe, vor einundzwanzig Jahren, als Billys Jahreseinkommen eine halbe Million betragen hatte und sie ganz unbestritten reich gewesen waren, hatten sie das Gespräch über das Geld anderer Leute immer sehr unterhaltsam gefunden. Es war eine nie versiegende Quelle ihrer Selbstzufriedenheit gewesen, gepaart mit verächtlicher Geringschätzung für all jene, die es nicht so gut hatten wie sie, die von Gehältern leben und Steuern bezahlen mußten – ganz im Gegensatz zu Billy, dessen Vermögen in steuerfreien Staatsanleihen steckte. Und mittlerweile war das Thema ein heißes Eisen geworden. Billys mangelnder geschäftlicher Erfolg und sein rapide abnehmendes Vermögen – denn er war genötigt, immer mal wieder einen Teil seiner Wertpapiere zu verkaufen – hatten ein nagendes Ungleichgewicht in ihrer Ehe verursacht, denn nun war es mehr und mehr sie, Valerie, die das Geld fürs tägliche Leben verdiente.

Es war nun schon wieder zehn Jahre her, daß sie, die Malverns, sich noch in der wohligen Zufriedenheit, die ihr scheinbar sicheres Vermögen ihnen bescherte, hatten aalen können, und in der Gewißheit, daß sie ihren Freunden und Bekannten überlegen waren. Vieles hatte sich verändert. Die »alten Vermögen« konnten nicht mehr mithalten und hatte sich zurückgezogen. Entweder schlossen ihre Besitzer sich zusammen und verabschiedeten sich einfach diskret aus dem öffentlichen gesellschaftlichen Leben, oder aber sie beschlossen, wie Valerie, sich an der neuen Parade selbst zu beteiligen und den Neureichen wenigstens noch eine ordentliche Show zu bieten.

Die Zeiten waren härter geworden und der Geschmack der Neureichen immer schlechter. Und sie hatte gerade noch eine neue Kundin, aus eben dieser Schicht. Das Leben einer Innenarchitektin in New York war seit dem Ende der achtziger Jahre auch nicht mehr, was es einmal gewesen war. Doch hatte sie noch eine andere Wahl? Billys Einkommen reichte längst nicht mehr für ihren gewohnten Lebensstil aus.

Sie sah Billy an. Billy Malvern! Hatte das sein müssen?

Ihre Mutter, dachte sie vorwurfsvoll, hatte sie um Philadelphia betrogen! Hätte sie sich damals nicht aus verletztem Stolz und Zorn heraus nach Marbella abgesetzt, dann hätten sie, ihre Töchter, in Philadelphia groß werden können – der Stadt, die sie so liebte! Statt dessen kannte sie sie nur aus den Ferien und mußte praktisch heimatlos aufwachsen! Und hätte dabei doch eine echte, angesehene Philadelphierin sein können! Die lediglich zufällig die ersten zwölf Jahre ihres Lebens in Kalifornien verbracht hatte! Aber was war statt dessen geschehen? Sie hatte Billy Malvern kennengelernt, als sie auf der Innenarchitekturschule in New York gewesen war; und jetzt war Philadelphia das verlorene Paradies, und sie war an einen hilflosen Ehemann gefesselt, gezwungen, selber Geld zu verdienen, und dabei keineswegs so erfolgreich, wie sie es andere gern glauben machte. Den Auftrag, einen der Räume im Ausstellungshaus auszustatten, hatte sie nur bekommen, nachdem ein paar andere Innenarchiktektinnen, die man vor ihr gefragt hatte, abgelehnt hatten. Und ihr Raum war dann ein absoluter Mißerfolg gewesen. Obwohl sie ihr letztes gegeben hatte, um Aufmerksamkeit zu erregen und Kundinnen anzulocken, hatten sowohl die Medien als auch die Besucher ihr Zimmer mehr oder weniger ignoriert. Das Neue, Aufregende, nie Dagewesene, was alle suchten, hatten sie gleich nebenan bei Lady Georgina gefunden. Ihr Zwillingskinderzimmer war einfach zu wenig gewagt, zu vordergründig in Idee und Ausführung gewesen.

»Was riecht hier so komisch?« fragte Billy und schreckte sie aus ihren Gedanken auf.

»Verbranntes Huhn«, sagte Valerie schnippisch. Sollte er sich sein bescheuertes Abendessen doch selber aus dem Ofen holen, sie würde es jedenfalls nicht tun. Sie schenkte sich noch einen Martini ein, kehrte ihrer ungeliebten Küche und ihrem ungeliebten Ehemann den Rücken und zog sich in ihr Schlafzimmer zurück, um auf ihrer Chaiselongue Zuflucht vor dem Leben zu suchen.

Pete di Constanza hatte, dachte Jazz bei sich, während ihrer letzten Monatskonferenz in Phoebes Büro nicht ein einziges Mal gelächelt. Und kein einziges Mal den Namen des Herrn mißbraucht. Das war so ungewöhnlich für ihn, daß sie am folgenden Montag, als sie mit ihrer Arbeit fertig war, beschloß, zu ihm zu gehen und ihn zu fragen, was denn los sei mit ihm.

Die Doppelgaragentüren seines Studios waren offen. Sie spähte hinein. Er war noch da, obwohl schon alle Lichter ausgeschaltet waren. Er lag allein auf dem Boden, auf einen Ellbogen gestützt, und starrte vor sich hin ins Leere. Das war soweit ganz normal. Seine Nachdenkpose. Er konnte stundenlang so verharren und darüber nachdenken, wie er diesen oder jenen Wagen am besten ausleuchtete. Genauso, wie auch Mel über seinen Tischdekorationen brütete. Doch das ganze riesige Studio war leer. Nicht ein Wagen, der zu fotografieren gewesen wäre, stand da. Auch keiner von Petes vier muskulösen Assistenten war zu sehen, und seine Studiomanagerin war offensichtlich auch schon nach Hause gegangen.

»Na, schlechte Geschäfte?« fragte sie und ging auf ihn zu. Eine Bemerkung wie diese war risikolos. Sie wußte, daß Pete meistens auf ein Jahr im voraus ausgebucht war, manchmal sogar auf zwei Jahre. Es gab Kunden, die keinen anderen Automobil-Fotografen wollten als ihn.

»Ja, ja«, sagte Pete. Er blickte zu ihr auf und brachte ein gequältes Lächeln zustande. Er hatte seinen patagonischen Lieblingsparka an, der eigentlich für extremes Bergsteigen gedacht war. Und dabei hatte der Dezember die typische vorweihnachtliche Hitzewelle gebracht, zusammen mit dem heißen Wind aus Santa Ana. Er klopfte auf den Boden neben sich, um sie aufzufordern, sich neben ihn zu setzen.

»Sag mal, Jazz, was denkst du eigentlich über Vets?«

»Vets was? Veteranen, ehemalige Soldaten?«

»Nein, Veterinäre. Katzen und Hunde. Tierärzte.«

»Kapier ich nicht.« Sie setzte sich neben ihn und musterte ihn. Er hatte sich in seinen Parka gehüllt wie in eine Decke, den Kragen hochgeschlagen. »Soll ich sie lieber haben als Zahnärzte«, fragte sie, »und nicht so lieb wie einen normalen Doktor?«

»Hältst du sie auch für unglaublich sexy?«
»Ach so, der BMW-Auftrag treibt dich wieder mal um, wie?« sagte Jazz.

Seit zwei Jahren fotografierte Pete eine Anzeigenserie für BMW. Hochglanzfarbfotos vor erlesenem Hintergrund, in Poloclubs und Jachthäfen, mit eleganten, schönen Menschen überall darum herum, alles fotografiert wie auf Pointillistenart, mitten darin fast unauffällig das Auto, um das es ging, nicht als wichtigstes Bildelement, sondern lediglich als Requisit des glanzvollen Lebensstils der Leute, die gezeigt wurden. Dies alles freilich war Pete – ebenso wie auch den drei, vier anderen großen Automobil-Fotografen – sehr zuwider.

»Was wollen sie jetzt haben?« fragte Jazz teilnahmsvoll. »Eine schluchzende Familie im BMW, die ihre kranke Katze zum Veterinär fährt?«

»Nein, nein. Darum geht es ja gar nicht. Es handelt sich um Marcia. Die hat mir gerade den Laufpaß gegeben. Wegen so einem Vet. Und vor eineinhalb Jahren ist mir genau dasselbe mit Samantha passiert. Ich begreife das nicht, Jazz. Nach allen beiden war ich völlig verrückt, verdammt, und bei beiden kurz davor, ihnen einen Antrag zu machen, und was passiert bei beiden? ›Pete, ich muß dir was sagen, ich werde dich immer lieben, aber ich habe da einen wundervollen Mann kennengelernt, und den werde ich heiraten, ich hätte mir nie träumen lassen, daß mir das einmal passiert, und ich weiß genau, du willst doch, daß ich glücklich werde, nicht wahr, und es tut mir wirklich leid, Pete, aber bist du mal so lieb und hilfst mir die Koffer in den Wagen packen, ja?‹ Und weg waren sie, alle beide, als hätte es mich nie gegeben. Und beide Male steckten solche blöden Vets dahinter. Hat das nun was zu bedeuten, oder was?«

»Oh, das tut mir aber wirklich leid, Pete. Ich mochte Marcia sehr.« Was konnte sie sonst schon groß tun, dachte sie, als Klischeesätze sagen?

»Und ich erst, Kind, ich erst, was glaubst du denn! Was ich jetzt brauche, ist ein bißchen weibliches Verständnis. Ich möchte das nicht auch noch ein drittes Mal erleben. Kannst du mir da irgend etwas raten, he?«

»Vets also«, sagte Jazz nachdenklich. »Wie ist das, hatten Marcia und Samantha Tiere?«

»Ja, schon, aber ich hab mich nie sonderlich darum gekümmert. Du weißt doch, daß ich privat vor allem Motorradfahrer bin. Marcia hat eines von diesen Miniaturhündchen. Ja, und Samantha... ja, die hatte ein Pferd im Reitclub von Burbank stehen.« Er schniefte verächtlich.

»Du hast wohl nie *National Velvet* gesehen, was?«

»Ach, woher denn. Ich hatte doch eine unglückliche Jugend! Und ich glaube auch nicht, daß *National Velvet* je in Fort Lee, New Jersey, lief. Auf jeden Fall, Pferde hatten wir da nicht.«

»Und waren Samanthas und Marcias liebe Tiere je krank?«

»Ja! Pausenlos waren die krank! Was das allein gekostet hat!« Er schüttelte nachdenklich den Kopf. »Na, vielleicht bin ich gar nicht mal so schlecht dran, ohne sie.«

»Also, Pete, dann paß mal auf. Eine Frau mit einem kranken Tier ist wie eine Frau mit einem kranken Baby. Da ist sie verletzlich und aufgeregt und untröstlich. Und in dem Zustand wird ihr Tierarzt zur Heldengestalt. Er sorgt sich, er ist kompetent, er gibt Sicherheit, Rat und Zuversicht. Er heilt ihr Baby. Und wo bist du währenddessen die ganze Zeit? Du hockst vor irgendeinem ausgefallenen vierrädrigen Haufen Blech, irgendwie auf 'nem Berg und wartest, bis der Sonnenaufgang die absolut perfekte Ausleuchtung dafür abgibt. Wohin also verlagerten inzwischen Samantha und Marcia in ihrer Not ihre ganze Aufmerksamkeit? Richtig, auf ihre Vets.«

»Wieso? Sie wußten doch immer, wo ich war!« widersprach Pete störrisch. »Und außerdem, was hätte ich schon tun können?«

»Pete!« ermahnte ihn Jazz. »Denk doch mal nach. Wer kann einen Hausbesuch zu jeder beliebigen Tages- und Nachtzeit machen, wenn so eine arme Frau ganz allein mit ihrem kranken Hündchen ist? Richtig, der Vet. Wer strahlt die sinnlich-erotische Aura eines Arztes aus und dies noch in einer Situation, die sich für eine affektive Übertragung eignet, wie es sonst nur bei einem Seelenklempner vorkommt? Und mit wem kann sich eine Frau dennoch ganz unbesorgt einlassen, weil er ja nicht ihr Doktor ist? Richtig: mit dem Vet! Wenn man sich das so überlegt, Pete... könnten sie mehr Frauen an jedem Finger haben als alle ihre Kollegen aus anderen medizinischen Fachrichtungen zusammen!«

»Kein Wunder, daß ich dagegen keine Chance hatte«, meinte Pete bedächtig, aber sein Gesicht hatte sich schon wieder etwas aufgehellt.

»Also. Was du brauchst, Pete, ist ein Mädchen ohne Haustier.«

»Und das auch verspricht, nie eines zu wollen!« bekräftigte Pete. »So wie du, Jazz.«

»So jemand wie ich«, stimmte Jazz zu. Es fiel ihr ein, daß sie in der Tat angesichts ihrer vielen Reisen nicht einmal daran denken konnte, sich auch nur einen Goldfisch im Wasserglas zu halten.

»Wieso hatten wir beide eigentlich keine große, leidenschaftliche Romanze, als wir uns kennenlernten, he?« fragte Pete. »Dabei habe ich mich dir wirklich angeboten wie Sauerbier. Aber du warst einfach nicht interessiert. War das wegen einem anderen Kerl?«

»Nein«, sagte Jazz abwehrend. »Aber wir beide sind eben als Freunde füreinander geschaffen, nicht als Liebespaar.«

»Ach Quatsch. Ein tolles Liebespaar hätten wir sogar abgegeben, das sage ich dir. Und wir wären noch immer eines. Liebling, meine Einladung ist ohne Zeitlimit. Gilt auf ewig. Bestimmt war es wegen Gabe.«

»Was denn!« Jazz ging sofort hoch wie eine Rakete. »Sag mal, hast du sie nicht mehr alle, oder was?«

»Ach, komm, Kleines, das riecht man doch nun wirklich zehn Meilen gegen den Wind. Wie du sofort hochgehst, zornig, verbittert, schmachtend, wehmütig, hungrig, das ganze Programm – und wie du aufgefahren bist bei Phoebe damals, kaum daß sein Name fiel. Mel und ich wußten da sofort, was los war.«

Jazz wäre ihm am liebsten ins Gesicht gesprungen. »Ach, ihr beiden alten Klatschmäuler, ihr hört auch immer gleich das Gras wachsen, wie? Ich jedenfalls habe noch keinen Mann kennengelernt, der kein Klatschkerl gewesen wäre! Habt ihr wirklich nichts Besseres zu tun?«

Pete antwortete ganz ruhig und gelassen. »Was willst du denn, es ist eine absolute Notwendigkeit, Informationen auszutauschen! Wir müssen doch schließlich wissen, was die Frauen in unserem Leben vorhaben, damit wir darauf vorbereitet sind! Wir haben großen Respekt vor eurer Fähigkeit, unser Leben durcheinanderzubringen!«

»Ha, ha. Aber was Vets angeht, warst du bemerkenswert uninformiert.«

»Das ist unter deinem Niveau, Jazz. Aber ich vergebe dir für diesmal. Übrigens, wie geht es mit dir und Sam? Aus Kollegenkreisen verlautet, es handele sich um hochgradige Leidenschaft.«

Jazz seufzte. Aber Pete konnte man einfach nicht böse sein. Zumal, wenn man so lange mit ihm befreundet war wie sie.

»Sam ist ein lieber Kerl«, sagte sie. »Ich mag ihn sehr.«
»Aber?«
»Gar nichts Aber. Reine Tatsachenfeststellung.«
»Ich hab da aber schon ein aber in deiner Stimme gehört.«
»Pete, schau. Das ist so. Sam lebt in einer Welt, die andere Männer niemals kennenlernen. Du nicht, Mel nicht, niemand, den wir kennen.«

»Wie, was? Grade eben hat er den Ferrari gekauft, den ich ihm empfohlen habe! Wovon redest du eigentlich?«

»Von der Welt der Schönheit, Pete«, erläuterte Jazz ihm geduldig. »Sam ist ein so schöner Mann, daß ihn niemand mit normalen Maßstäben messen kann. Er sagt, es ist für eine Frau leichter, ihn wenigstens annähernd zu verstehen, aber daß er das niemals einem anderen Mann klarmachen könnte. Kein Mann würde ihn je bemitleiden, also welchen Sinn hätte es, ihm sein Leid zu klagen?«

»Der arme Junge«, sagte Pete. »Also ich komme jedenfalls bestens mit ihm aus. Aber ich sehe natürlich ebenfalls toll aus.«

»Hast du je über was anderes als Autos mit ihm gesprochen?«

»Gibt es denn noch etwas anderes?«

»Du hättest ja versuchen können, Sam kennenzulernen, aber du hast es nicht getan, nicht wahr?«

»Gleich nächstes Mal tu ich's!«

»Nein, eben nicht. Er ist zu schön für jeden Mann, der ihn kennenlernen möchte. Es ist der unbewußte – oder vielleicht auch bewußte – Neidfaktor.« Jazz seufzte. »Sam sagt, alle seine Gespräche mit Männern seien steif und verkrampft, bestenfalls oberflächlich. Weil sie ihm nicht unbefangen und ganz wörtlich direkt ins Gesicht, in die Augen sehen können wie jedem beliebigen anderen Mann. Sie haben Angst, sie würden ihn nur anstarren. Und über Frauen können sie mit ihm erst recht nicht reden, weil sie davon ausgehen, daß er ihnen da immer und bei jeder Frau überlegen ist. Und außerdem glauben sie natürlich, daß er viel zu schön ist, um intelligent zu sein. Also reden sie auch nicht mit ihm über ernsthafte Dinge. Der einzige Mann, der mit ihm wenigstens zeitweise ernsthaft redet, ist sein Agent, und auch der spricht mit ihm nur über Geld. Wie du siehst, es ist nicht sehr lustig, so schön zu sein.«

»Gleich kommen mir die Tränen«, sagte Pete.

»Und das ist noch nicht alles. Sam sagt, er könne schließlich nichts dafür, daß er so schön sei, aber daß es wie eine Art Fluch auf ihm laste. Und weil er es auch nicht ändern kann, arrangiert er sich eben zwangsläufig damit, daß außerhalb seiner Familie ihn niemand jemals wirklich ganz verstehen wird. Die Leute mustern ihn immer verstohlen oder starren ihn auch an, als wäre er ein exotisches Tier im Zoo. Was soll er denn da machen, ohne ihnen direkt ins Gesicht zu sagen, daß er sehr genau weiß, warum sie sich so verhalten? Er ist wirklich in einer scheußlichen Situation. Er tut mir wirklich leid.«

»Redet ihr denn darüber?« fragte Pete.

»Aber natürlich. Er schlägt sich doch pausenlos damit herum, und bei all der Publicity, die er in letzter Zeit hatte, wird es sogar immer noch schlimmer. Und kein Ende in Sicht.«

»Aber du verstehst ihn, wie? Reicht das denn nicht?«

»Sam sagt, daß nicht einmal ich wirklich und ganz verstehen kann, wie das ist. Er glaubt, ich könne sehr froh sein, daß ich nur sehr, sehr hübsch sei. Weil das in überschaubarem, menschlichem Rahmen bleibe. Aber wenn ich wirklich schön wäre, wie beispielsweise Michelle Pfeiffer, nur dann könnte ich wenigstens annäherungsweise verstehen, wie die Realität für ihn aussehe und was er tatsächlich durchzumachen habe. Wobei noch dazu käme, daß es in unserer Kultur sozial sehr viel akzeptabler sei, als Frau schön zu sein; aber als Mann...«

»Was denn, er hat zu dir gesagt, du bist nicht so schön wie Michelle Pfeiffer?«

»Pete, das ist sehr lieb von dir, aber ich bin es nun einmal nicht.«

»Ich sag dir was, Liebling. Sollte ich je wiedergeboren werden, dann wünsche ich mir, Michelle Pfeiffer zu werden. Aber im jetzigen Leben kann sie mir gestohlen bleiben, weil du tausendmal schöner bist als sie. Und zwar deshalb, weil ich dich liebe. Und wir gehen nicht mal zusammen ins Bett. Da sollte einer, der... deine Gunst genießt... dich gefälligst ganz erheblich viel schöner finden.«

»Sam ist doch nur realistisch, Pete. Er ist ehrlich und aufrichtig, und ich habe gar nichts dagegen, daß er mit mir über all das spricht und es sich von der Seele redet.«

»Ja, pausenlos, wie eine Gebetsmühle, scheint mir.«

»So oft auch wieder nicht«, sagte Jazz. »Wir reden schon auch über anderes.«

»Zum Beispiel was?« fragte Pete gleichmütig. Er konnte es kaum mehr erwarten, bis er das alles Mel erzählen konnte.

»Na, über seine Arbeit! Was er alles für Skripts ablehnt. Was er als nächstes am besten machen sollte. Sam muß sich das wirklich sehr genau überlegen. Er denkt daran, als nächstes eine Charakterrolle zu spielen, und wenn es ein zweitklassiger, sogenannter politisch engagierter Film mit einem europäischen Regisseur sein müßte. So einer wie Costa-Gavras oder so. Einfach, um gegen sein Klischee anzugehen. Er wird ja auch nie einen Oscar kriegen, wenn er nicht zuerst als Schauspieler und dann erst als schöner Mann akzeptiert ist.«

»Gut überlegt.«

»Ja, nur, wer wird ihm das abnehmen? Sieh dir an, wie heute noch über Paul Newman und seine blauen Augen geredet wird, vor allem anderen! Und die sind nicht halb so blau wie die von Sam!«

»Bringst du ihn zu Mels Hochzeit mit?« fragte Pete erwartungsvoll. Das mußte er doch mit eigenen Augen sehen!

»Das wäre nicht fair. Er würde der Braut die ganze Schau stehlen!«

»Da hast du auch wieder recht«, sagte Pete. Er sah Jazz an, wie sie neben ihm saß, die bloßen Beine hochgezogen und das Kinn auf den Knien, die Arme um die Schienbeine geschlungen. Sie hatte weiße Shorts an, ein Matrosenhemd und knallrote flache Schuhe. Das Haar hatte sie straff zurückgekämmt und zu einem Knoten gebunden. Im Profil sah sie ernst und nachdenklich aus. Also, wenn hier jemand so schön war, daß es weh tat, dachte er, dann sie. Jedenfalls tat ihm alles weh, wenn er an sie dachte und sie jetzt so ansehen mußte, wie er sie kaum je zuvor direkt angesehen hatte. Warum hatte er ihr nicht begegnen können, bevor sie einen anderen so im Blut hatte, daß niemand dagegen ankam? Alles wäre völlig anders gekommen, ihr ganzes Leben wäre anders verlaufen! Gut, vielleicht war er nicht genau der Richtige für sie, nicht gut genug für sie. Aber wenn sie doch wenigstens eine faire Chance gehabt hätte, das selbst herauszufinden, ehe sie »nur gute Freunde« geworden waren!

Bei der nächsten Gelegenheit, dachte Pete, würde er Gabe die erstbeste Treppe runterwerfen. Oder ihn über den Haufen fahren. Oder sonst was Drastisches, das ihn aus der Welt schaffte.

Jazz saß auf einer Bank und beobachtete die Menschenmassen, die ins South-Coast-Einkaufszentrum strömten, direkt gegenüber von I. Magnin.

Vor zwei Tagen war ihr Vater erschienen und hatte sie zum Dinner eingeladen. Das war ihr sehr merkwürdig vorgekommen. Eigens nach Los Angeles heraufzufahren, wo sie sich doch ohnehin für das Wochenende auf der Ranch angesagt hatte... Er hatte das *Le Chardonnay* an der Melrose Avenue ausgesucht, eines der besten und hübschesten französischen Restaurants in der ganzen Stadt, einen besonders guten Wein bestellt und unter ihren amüsierten, mißtrauischen, aber auch liebenden Augen die nächste halbe Stunde mit belanglosem Allerweltsgeplauder hingebracht. Nichts zu machen, drängen konnte sie ihn nicht gut. Wenn er denn etwas mit ihr besprechen wollte, dachte sie, mußte sie ihn wohl den Zeitpunkt dafür bestimmen lassen; sie wollte ja nicht den Eindruck erwecken, sie mische sich in seine Privatangelegenheiten ein. Als er dann genug Mut gesammelt und seiner Tochter ganz förmlich erklärt hatte, daß er die Absicht habe, Red Appleton zu heiraten, hatte sie nichts als große, ungeteilte Freude verspürt. Da war sogar noch mehr gewesen: Erleichterung, die schwere Verantwortung los zu sein, die sie sich selbst auferlegt hatte. Die Verantwortung, ihren Vater vor seiner Einsamkeit zu bewahren.

Doch jetzt war endlich Red da, und seine fast jungenhafte Liebe zu ihr schien nicht nur ihn, sondern auch sie verwandelt zu haben. Mit ihrem süßen Texasakzent und ihrem Talent zu geistreicher Unterhaltung war Red entspannt und strahlend wie lange nicht mehr, und Mike war ihr offenbar verfallen. Ihre gute alte Red, die so weltläufig war und dabei im Grunde doch ein häuslicher Typ. Sie würde noch einmal unerwartete und spontane Lebensfreude in ihm wecken und ihm keine Gelegenheit lassen, ein schrulliger alter Einsiedler-Rancher zu werden. Und diese Gefahr war ja durchaus nicht von der Hand zu weisen gewesen, wenn er weiterhin ohne Frau geblieben wäre. Allein und einsam, mit Ausnahme allenfalls der gelegentlichen Wochenendbesuche seiner Tochter... nein, mit Red war das nun zu Ende. Es war alles gut und auch notwendig und würde niemals dieses ganz besondere Verhältnis zwischen ihm und ihr beeinträchtigen.

Sie hatte sofort, noch vom Restaurant aus, Red angerufen, um ihr zu sagen, wie sehr sie sich freute. Dabei hatten sie gemeinsam festgestellt, daß sie die ganze Zeit schon nicht mehr unter vier Augen miteinander gesprochen hatten. Sie hatten sich gleich für heute verabredet, um zusammen Weihnachtseinkäufe zu machen.

Red hat sich wohl verspätet, dachte Jazz, als sie auf die Uhr sah. Nein, sie war einfach nur zu ungeduldig, die neue Braut zu sehen... Es war so ein herrlicher Tag heute, mit den frisch gepflanzten Löwenmäulchen hier, die in voller Blüte standen, die ganze Luft voller Blumenduft, die fröhlichen Leute überall... wie früher ein schulfreier Tag. Sie war froh, daß sie das Studio gestern, am Donnerstagabend, hatte schließen können. Erst am Montag mußte sie dann nach New York, um mit den Leuten von Pepsi zu verhandeln.

Phoebe hatte darauf bestanden, daß sie selbst nach New York flog und nicht einfach bis zum Januar wartete, wenn die Leute der Werbeagentur nach Kalifornien kommen würden, wo die meisten Motive der neuen Anzeigenserie aufgenommen werden sollten. Phoebe hatte auf ihre erfahrene und eindrucksvolle Art ausdrücklich darauf bestanden: »Es ist ganz ungeheuer wichtig, daß du selbst in die Höhle des Löwen gehst. Du mußt die wichtigsten und entscheidenden Leute kennen, ehe die Arbeit überhaupt beginnt. Wenn es dann irgendwelche Probleme gibt, und natürlich wird es sie geben, wie immer, dann hast du schon persönliche Kontakte, auf die du zurückgreifen kannst.« Sie hatte das mit solchem Nachdruck vorgebracht, daß Jazz nicht einmal versucht hatte, etwas dagegen einzuwenden.

Ihre Agentin Phoebe... eine Perfektionistin, dachte sie.

Sie selbst sah allerdings, so teuer und großartig die ganze Sache auch angelegt war, für ihre eigene kreative Arbeit keinerlei besonderen Probleme voraus. Sie hatte bereits einige Probeaufnahmen gemacht, bei denen sie ihre Studioassistenten als Doubles hatte posieren lassen, und dabei ihre bewährte Methode des wie nebenbei Fotografierens angewandt – so als sei sie selber gar nicht da und ihr Objekt bewege sich vollkommen ungezwungen und natürlich –, jene Methode, deren »innovativer Frische« wegen die Firma und ihre Agentur sie überhaupt angeheuert hatten. Trotzdem war Phoebe dabei geblieben, daß sie unbedingt drei Tage in New York sein müsse. Und damit war die Sache beschlossen gewesen.

Sie wurde aus ihren Gedanken gerissen. »Hallo, Jazz!« Red winkte ihr schon von gegenüber, wo sie ihren Wagen eben dem Parkwächter übergeben hatte, zu. Sie umarmten sich, beide nicht ganz frei von gewissen Hemmungen. Bisher waren sie einfach alte Freundinnen gewesen. Jetzt waren sie Braut und erwachsene Tochter des Mannes, den diese Frau demnächst zu heiraten gedachte, künftige Stiefmutter und Stieftochter... doch ihre Blicke versicherten einander gleichwohl, daß dies ihre bisherige freundschaftliche Beziehung in keiner Weise beeinträchtigen würde.

»Du glaubst nicht, wie nervös ich war, bis du angerufen hast. Ich saß vor dem Telefon und hatte mir schon sämtliche Fingernägel abgebissen. Ich hatte doch keine Ahnung, wie du es aufnehmen würdest! Ich stellte mir schon alle möglichen Szenen à la Tennessee Williams vor.«

»Wenn du Dad gesehen hättest, wie er sich mühsam herangetastet hat!« Jazz lachte in der Erinnerung an ihren völlig verunsicherten Vater, der fast viktorianisch förmlich geworden war. »Es hätte nur noch gefehlt, daß er offiziell bei mir um deine Hand angehalten hätte. Wieso fürchtet er bloß, daß ich sehr überrascht sein und es vielleicht gar nicht so toll finden würde?«

»Nun ja, es hat ja schon Töchter gegeben, die auf so etwas keineswegs besonders erfreut oder gelassen reagiert haben. Mike hat darauf bestanden, es dir zu sagen, ohne daß ich dabei bin. Nur ihr zwei unter vier Augen.«

»Das war aber jetzt lange genug so. Immer nur wir zwei unter vier Augen. Ich freue mich wirklich wahnsinnig, Red, dich jetzt in der Familie zu haben. Wie sagt man da? ›Die Kilkullens brauchen dich!‹«

Sie gingen auf das große, weitläufige Einkaufszentrum zu. Es bestand aus sechs Kaufhäusern und vielen Boutiquen mit weltberühmten Namen.

Vor dem Schaufenster von Alfred Dunhill of London blieb Jazz abrupt stehen. »Warte mal, Red!« sagte sie. »Du weißt, wir haben ausgemacht, wir wollten heute den größten Teil unserer Weihnachtseinkäufe erledigen. Laß uns erst mal kurz nachdenken. Für wen brauchst du was?«

»Ach, die Geschenke für meine Familie und meine Brüder und ihre Kinder in Texas habe ich schon per Katalog bestellt, also brauche ich eigentlich nur etwas für Mike zu finden und irgendeine kleine Aufmerksamkeit für Casey.«

»Und ich muß für nicht weniger als fünf Männer etwas finden«, sagte Jazz. »Mel und Pete, meine beiden Partner. Sam, meinen... na ja, Freund, nennt man das wohl, mehr oder weniger. Casey muß irgend etwas kriegen. Und Dad natürlich.«

»Und was ist mit Valerie und Fernanda?« fragte Red.

»Mein Gott, die habe ich ja ganz vergessen, samt ihrer ganzen Kinderbrut! Meine Güte, wenn die alle kommen!«

»Was glaubst du, wie mir erst zumute ist? Wenn ich schon Angst vor deiner Reaktion hatte! Und jetzt noch deine Schwestern! Die werden mich vermutlich hassen, wie? Mike lacht mich allerdings aus. Aber er hat es ihnen noch nicht gesagt. Nur Casey und dir.«

»Wieso, was hat er denn vor? Eine Überraschung zu Weihnachten? O nein, Red! Tut uns das nicht an!«

»Ich fürchte doch, daß es darauf hinausläuft. Er tut die ganze Zeit schon sehr geheimnisvoll und summt dazu Weihnachtslieder vor sich hin. Ehrlich, ich habe noch keinen Mann wirklich geliebt, keinen so wie jetzt Mike, aber trotzdem, gib es zu, in manchen Dingen hat er so seine Eigenheiten. Zum Beispiel, daß immer alles nach seinem Kopf gehen muß. Ich kriege kein Wort aus ihm heraus, was er tatsächlich vorhat, und du kannst mir glauben, daß ich es auf jede mögliche Art versucht habe. Er hat das gar nicht so wahrgenommen, aber auf dieser Fiesta damals, da saßen die beiden Weiber und haben mich so angefunkelt, daß ich am liebsten unter den Tisch verschwunden wäre. Wie die beiden Stiefschwestern Aschenputtels. Und nur, weil Mike und ich getanzt haben. Wie werden die erst funkeln, wenn sie das jetzt erfahren?«

»Sag mal, weißt du noch, wie wir mal auf den Virgin Islands waren, als du noch meine Redakteurin warst und ich deine Fotografin? Wir waren mit drei Models dort. Urlaubsmode. Und dann kam dieser Hurrikan, und der Strom fiel aus, Wasser gab es keines mehr, und die Visagistin und der Friseur, die seit Jahren ein Verhältnis hatten, verkrachten sich auf ewig und gingen auseinander, und dann bekamen auch noch alle drei Models eine Fischvergiftung?«

»Wie könnte ich das jemals vergessen!«

»Siehst du, und schlimmer als das kann es nicht werden.«

»Reizende Aussichten, wirklich.«

»Fairerweise muß ich dich wirklich vorwarnen. Aber schließlich haben wir auch diesen Hurrikan überlebt. Und wir kamen sogar mit den Fotos nach Hause. An sich kann ich es ja kaum erwarten, die Gesichter meiner lieben Schwestern zu sehen, wenn sie das hören. Doch du tust besser daran, ihnen besser nicht in die Augen zu blicken. Ich meine, solange Dad anwesend ist, hast du nicht wirklich etwas zu befürchten. Die werden sich hüten. Und ich verspreche dir, ich werde dich auch nie mit ihnen allein lassen. Wir werden's ihnen schon zeigen, zum Donnerwetter! Das wäre ja noch schöner!«

»Oh, ich danke dir...! Aber im Ernst, es ist mir gar nicht recht, daß Mike da so zwischen den Stühlen sitzt. Wo er an sich doch seine Familie über alles stellt.«

»Das ist wahr, so wenig sie es auch verdienen mag... nun ja, aber du mußt maximal zwei kurze Besuche pro Jahr ertragen und überstehen. Und wenn du es gleich richtig machst und ein Baby kriegst, wer weiß, vielleicht boykottieren sie dann die Ranch sogar mal für eine Weile!«

»Was denn, du willst, daß ich ein Baby kriege?« fragte Red ganz erstaunt.

»Ich wäre ganz weg! Wieso, du hast doch noch kein Kind, willst du denn überhaupt keines?« Red war schließlich, dachte sie bei sich, immerhin schon einundvierzig, da war es wirklich nicht mehr zu früh, und außerdem, nach allem, was in den Büchern stand und in den Fernsehsendungen für die reifere Frau erläutert wurde, war dies der natürlichste aller Wünsche der Frau in diesem Alter.

»Also, ehrlich gesagt, ich weiß nicht so recht... Was ich will, ist, mit Mike zusammenzusein, nicht nur gelegentlich oder auch nur regelmäßig, sondern immer. Das ist aber das einzige, dessen ich mir ganz sicher bin. Und glaubst du, er möchte, daß ich mit einem Baby beschäftigt bin, das mich ihm nur wegnimmt? Jedenfalls einen Teil der Zeit? Und warum sollte ich meine Zeit aufteilen wollen zwischen ihm und einem Kind?« Red sah etwas verwirrt drein. Sollte sie wirklich ein Baby bekommen? Hätte sie mittlerweile nicht längst eines gehabt, wenn sie sich je eines gewünscht hätte?

Sie kauften Hemden und Spiele und Lederjacken und Schals, aber Jazz hatte noch immer nichts für Casey. Red schlug einen Schal auch für ihn vor.

»Ja, aber hast du das Preisschild gesehen?« sagte Jazz. »295 Dollar! Soviel kann ich nicht für ihn ausgeben. Das würde nur zu Mißverständnissen führen, und in dieser Hinsicht habe ich gewisse Abmachungen mit ihm.«

»Es ist immer schwierig«, gab Red zu, »für einen Mann Geld auszugeben, solange man nicht mit ihm verlobt oder verheiratet ist. Zuviel, und es sieht aus, als hättest du es nötig, zuwenig, und du stehst da, als machtest du dir gar nichts aus ihm; genau gesagt, du siehst buchstäblich billig aus.«

Bei Vuitton fand Jazz einen schlichten, aber achtzehnkarätigen Füllfederhalter von Gae Aulenti, der Italienerin, die das neue Musée d'Orsay in Paris gestaltet hatte. Das schien ihr das ideale Geschenk für ihren Vater zu sein. Aber das einzige, was sie wirklich zu kaufen Lust hatte, war eine weiche Rindsledertasche – *Keepall* nannte man sie – ohne alle Initialen, die Casey sicher von seinen hartkantigen, mit Vuitton-Monogramm verzierten Koffern abbringen könnte. Aber auch sie war bei weitem zu teuer. Sie entschloß sich trotzdem, sie zu kaufen. Sie konnte sie, dachte sie, ja immer noch ihrem Vater schenken. Der hatte sowieso keinen einzigen anständigen Koffer.

»Wohin macht ihr denn die Hochzeitsreise?« fragte sie Red.

»Keine Ahnung. Ich war überall auf der Welt mindestens je fünfmal, und ich bin wirklich, ganz ehrlich, nicht scharf darauf, noch einmal irgendwohin zu kommen. Weißt du, eigentlich möchte ich am liebsten nur Reitstunden nehmen. Ich bin zwar mitten in Houston geboren, habe aber tatsächlich noch nie auf einem Pferd gesessen! Und segeln möchte ich auch lernen, damit ich Mike helfen kann, wenn er Lust hat rauszufahren. Und außerdem sehne ich mich danach, so richtig im Garten zu arbeiten. Die Blumen sind bis jetzt das einzige auf der Ranch, wovon ich wenigstens ein bißchen was verstehe. Also, ehrlich gesagt, ich glaube, ich könnte es nicht ertragen, wenn ich auf eine Hochzeitsreise gehen müßte! Einmal im Leben ist genug. Findest du das schlimm von mir? Ich habe es Mike bis jetzt noch gar nicht gesagt. Es gibt überhaupt eine Menge, über das wir noch nie gesprochen haben. Was, meinst du, wird er dazu sagen?«

»Er wird überglücklich sein!« sagte Jazz und stellte die Tasche wieder ins Regal zurück. Ihr Vater mußte die verhaßten Ferien, die er noch nie genommen hatte, also gar nicht nehmen. Wenn es noch eines weiteren Beweises bedurft hätte, daß Red die perfekte Frau für ihn war, dann war es diese Eröffnung gewesen. »Wieso habt ihr überhaupt so lange damit gewartet?«

»Ich vermute, Mike hatte Angst, er sei zu alt für mich. Es sind ja auch immerhin sechsundzwanzig Jahre Unterschied.«

»Vierundzwanzig reicht auch, wenn ich mich nicht irre.«

»Na schön, vierundzwanzig. Das ist das Problem mit Freundinnen. Sie wissen auf die Minute genau, wie alt man ist.«

»Und wann soll es nun passieren? Habt ihr wenigstens darüber schon geredet?«

»Nach Weihnachten, dachten wir, wenn deine Schwestern mit ihren Kindern wieder weg sind. Es soll keine große Geschichte werden. Nur im kleinen Kreis, wie man so sagt. Nur wir beide und der Standesbeamte, und du und Casey natürlich.«

»Casey?«

»Ja, sicher. Mike will ihn als seinen Trauzeugen haben, und ich natürlich dich. Hinterher trinken wir was bei Swallows, und zum Essen gehen wir ins El Adobe. Keine großen Geschichten.«

In einem hübschen, ganz auf altenglisch gestylten Laden namens Rosenthal Truitt fand Jazz Hosenträger mit passendem Gürtel für Pete und vier messingbeschlagene Rosenholzschuhspanner für Sam. »Ideal«, fand sie. »Vom Preis her – nicht zuviel, nicht zuwenig – und als Geschenk. Oder hast du je gehört, daß irgendein Mann sich selbst so was kauft? Oder eine Frau?«

»Warum kaufst du die Dinger nicht auch gleich für Casey?« sagte Red. »Die beiden kennen sich ja nicht.«

»Ach nein, irgendwie... passen die nicht für Casey. Das hier, das ist Casey«, erklärte sie und deutete auf eine weiche Wildlederweste in einem neutralen, dezenten Maulwurfsgrau mit Rinderhornknöpfen. Der Rücken war aus fasanengemusterter und herbstlaubfarben bedruckter Seide, das ganze Kleidungsstück sah sehr gediegen aus.

Red seufzte wohlig. »Sehr schön. Er würde wahrscheinlich toll damit aussehen. Allerdings, schau dir den Preis an. 395 Dollar. Viel zuviel, deinen Grundsätzen nach.«

»Ja, schon. Aber irgendwas Anständiges braucht der arme Kerl doch für eure Hochzeit. Außerdem wird er nie schätzen können, was das Ding gekostet hat. Ich mache das Preisschild jetzt sofort und persönlich weg, und du schwörst, daß du es ihm nie, nie, nie sagst! Außerdem muß ich jetzt was haben, ich habe die Sucherei satt. Also tue ich mir damit selbst einen Gefallen. Die Füße tun mir weh. Und das hier kriegt er dazu.« Sie griff nach einem kleinen Büchlein. *Die Garderobe eines Gentleman oder Gute Kleider öffnen alle Türen.* »Zusammen mit so einem Buch kann er das Geschenk nicht gut ganz ernst nehmen.«

»Aha«, sagte Red, »so ist das.«

»Jetzt brauche ich nur noch etwas für Dad und für Mel«, erklärte Jazz, ohne auf Reds Bemerkung einzugehen. Sie gingen zu Georg Jensen, einem Geschäft für dänisches Silber.

»Nichts wie raus hier!« sagte Red.

»Wieso, gefällt dir das Silber nicht?«

»Schau dir mal die Preise an!« rief Red.

»Ich kaufe dieses Tee- und Kaffeeservice da für Mel.«

»Bist du übergeschnappt?«

»Es ist mein Hochzeitsgeschenk für ihn und Sharon. Mel hat mir meinen ersten Job gegeben, und das vergesse ich ihm nie. Schau einfach nicht auf das Preisschild.«

»Ich hatte nicht die Absicht.«

»Aber es ist doch hübsch, oder? Mel und Sharon wird es bestimmt gefallen, meinst du nicht?«

»Ja, es ist vermutlich das tollste Silber, das ich je gesehen hab, ausgenommen das andere Service da drüben, aber das ist auch vermutlich doppelt so teuer.«

Jazz sah sie an und sagte: »Setz dich mal da hin, während ich den Kauf erledige. Du siehst auch schon ein bißchen mitgenommen aus.«

Sie kaufte das Service für Mel und Sharon und bezahlte mit ihrer Kreditkarte. Und auch das noch schönere, »doppelt so teure«. Für ihren Vater und Red, als Hochzeitsgeschenk.

»Das war's«, sagte sie zu Red, als sie das Geschäft verließen. »Für Dad kaufe ich was in New York.«

»Und der Rest der Familie?« fragte Red.

»Ach, die Teenagersachen kaufe ich in Beverly Hills, dann macht ihnen das Umtauschen mehr Spaß. Die tauschen nämlich sowieso immer alles um, was ich ihnen schenke. Und für meine Schwestern ist mir gerade das ideale Geschenk eingefallen.«
»Und zwar?«
»Je ein Abonnement von *Lear's*.«
»Die Zeitschrift, auf der vorne draufsteht: ›Für die Frau, die nicht gestern geboren wurde‹?«
»Genau die.«

15

Nach drei anstrengenden Tagen in New York fand Jazz, daß sie nun genug Blutsbrüder- und -schwesternschaften mit den Pepsileuten geschlossen habe und sich den vorgesehenen letzten Tag vielleicht doch schenken könne, um den ersten Frühflug zurück nach Los Angeles zu nehmen. Sie fuhr vom Flughafen mit dem Taxi direkt zum Studio und war so am Freitag vor Weihnachten noch vor der Mittagszeit da.

Jazz wußte im voraus, daß dort, wie in allen Büros im Lande, längst Feiertagsstimmung herrschen würde. Die übliche Weihnachtsparty war nach allgemeiner Abstimmung im vergangenen Jahr abgeschafft worden, und so hatte sie vor, ihren Leuten zu sagen, sie könnten heimgehen, wann sie wollten, und sich gebührend von allen zu verabschieden, ehe sie selbst zur Ranch fuhr, wo sie diesmal ein ausgedehntes Viertagewochenende verbringen konnte. Weihnachten war erst am Dienstag, und so konnte sie am Mittwochmorgen gemütlich zurückfahren. Alle Welt fing dann ohnehin erst langsam wieder an und bereitete sich auch gleich wieder auf Silvester und Neujahr vor. Das ergab zwei lange Wochenenden – praktisch zwei volle Wochen Arbeitspause.

Als sie ins Studio ging, prallte sie in der Tür fast mit Gabe zusammen. Er war vollbepackt mit Kamerakoffern.

»Nanu?« sagte sie leutselig. »So vollgepackt? Keine Rast für die Unermüdlichen?«

»Ach, nur ein Auftrag«, antwortete Gabe und blieb kurz stehen.

»Wie das? Weihnachten steht vor der Tür, und das ganze Land ist doch im Moment schon am Zusperren?«

»Ja, die Aufträge kümmern sich um Weihnachten nicht. Jedenfalls diese nicht. Eine Party. Große Weihnachts-Einweihungsparty.«

»Was? Du machst eine Party?« Jetzt war ihr ungläubiges Staunen echt. Die einzige Art Partys, die er bisher nicht ganz unter seiner Würde gefunden hatte, waren Gipfeltreffen gewesen!

»Ja doch. Entschuldige, ich muß los, ich will nicht zu spät kommen.«

»Ist schon in Ordnung, Gabe. Also dann, fröhliche Weihnachten, und viel Vergnügen.« Ihre Verwunderung stand ihr jetzt ins Gesicht geschrieben, und sie mußte sich anstrengen, ein breites Lächeln zu unterdrücken. Aus seiner leichten Verlegenheit war nicht schwer zu entnehmen, daß man ihm diesen Auftrag wohl richtiggehend aufgehalst hatte. Vermutlich ging es um ein paar große Filmstars und ein gigantisches Honorar, aber immerhin, daß Gabe, zu Weihnachten, sich zu etwas so Banalem aufmachte, schien ihr doch ein Hinweis zu sein, wie stark er seine eigenen Ansprüche seit seiner Rückkehr zurückgenommen haben mußte! Obwohl ihm Phoebe, seit sie auch seine Agentin war, eine Anzahl ganz guter – wenn auch nicht großer – Aufträge verschafft hatte, konnte er es sich offenbar doch nicht leisten, einen Auftrag wie diesen abzulehnen.

Gabe entging ihr Gesichtsausdruck keineswegs, auch wenn sie ihn zu verbergen trachtete. Er sah, daß ihr Lächeln geheuchelt war und sie offensichtlich Mitleid mit ihm hatte. Und er fühlte sich, um seinen Stolz zu wahren, veranlaßt, ihr ein paar glanzvolle Details seines Auftrags zu erläutern – obwohl er gebeten worden war, sie für sich zu behalten.

»Weißt du, es ist eine Story, nach der sich sämtliche Fotoagenturen der Welt die Finger lecken würden. Magic Johnson veranstaltet heute abend eine Überraschungs-Einweihungsparty in seinem neuen Haus. Er hat sämtliche Basketballstars aus dem ganzen Land einfliegen lassen... Alle, die jedes Jahr bei diesem All-Star-Wohltätigkeitsturnier mitmachen, das Magic veranstaltet, plus Frauen und Kinder.«

»Von mir aus kannst du das deiner Großmutter erzählen, Gabe, aber mir nicht«, erklärte sie mit Elan, doch es mischte sich bereits ein ungläubiges Mißtrauen hinein.

»Gott, dann glaubst du es eben nicht. Jedenfalls, ich muß los. Nicht einmal einen Assistenten hat er mir erlaubt mitzubringen, aber trotzdem will er alles komplett fotografiert haben. Das Erstaunen der Spieler, wenn sie reinkommen und sehen, wer noch alles da ist. Und dazu ein paar besondere Farbtupfer wie beispielsweise Jack Nicholson und Arsenio Hall als Zwillings-Weihnachtsmänner, Jerry West und Jerry Buss als ihre Knechte verkleidet und die Laker Girls als Rentiere. Die ganz normale Riesen-Weihnachtsfeier. Ich werd's schon irgendwie überleben.«

»Ganz normale Weihnachtsfeier, wie?« fragte Jazz mit nicht mehr ganz sicherer Stimme. »Mehr siehst du darin also nicht?«

»Na, nun komm, Jazz, du erwartest doch wohl nicht von mir, daß ich bei so etwas auch noch emotional beteiligt bin, oder? Es geht allein um den Namen unter den Fotos und ums Geld. Einen Haufen Geld übrigens. Gut, also dann fröhliche Weihnachten, Jazz. Bis nächste Woche.« Er ging rasch zum Parkplatz davon.

Jazz stand da und blickte abwesend auf den unbesetzten

Empfang. Sie spürte, wie Gabes Worte langsam in sie einsikkerten und sie überwältigten. Sie sah diese wundervolle Überraschungsparty ganz deutlich vor sich. Das neue Haus, voll von Berühmtheiten und Sport-Heroen; Dutzende strahlender Helden unter Ausschluß der Öffentlichkeit. Der Gedanke an die großartigen Fotos, die sie davon nicht machen konnte, wanderte von ihrem Kopf durch ihr Herz hinab in den Bauch, wo sie ihn spürte wie einen Boxhieb.

Sie ging langsam zu einer Sitzbank und setzte sich schwerfällig und langsam hin. Sie war wie erschlagen von dem Gefühl, betrogen worden zu sein, einem Gefühl heftiger Enttäuschung, das wuchs und wuchs, und sie mußte sich beide Hände auf den Magen pressen, um gegen die Leere anzukommen, die schlimmer war als jeder Schmerz.

Sie fing an, logische Erklärungen und Rechtfertigungen zu suchen, versuchte verzweifelt, sich »erwachsen« zu benehmen, vernünftig, und nicht eine persönliche Mißachtung darin zu sehen, denn immerhin hatte sie vor zwei Jahren, 1988, der Mannschaft eine ganze Woche Arbeit gewidmet; damals, als die als verschworene Gemeinschaft den Titel geholt hatte. Sie hatte dazu eine ganze Sondernummer von *Sports Illustrated* gestaltet. Aber nur, weil sie jeden einzelnen der Mannschaft persönlich kannte, bis hinunter zum letzten Ersatzspieler und zu den Jungs, die die Getränke brachten, und nur, weil sie ein geradezu blinder Fan von ihnen war und das Gefühl hatte, mit zur Familie zu gehören, konnte sie nicht erwarten, einen Monopolanspruch auf sie zu haben.

Man konnte auch Magic keinen Vorwurf machen, daß er sich Gabe ausgesucht hatte, der immerhin einen preisgekrönten Namen vorzuweisen hatte... Immer vorausgesetzt, er hatte die Wahl tatsächlich selbst getroffen. Und natürlich hatte Gabe das Recht, den Job anzunehmen, wenn er ihm denn schon angeboten wurde. Selbstverständlich.

Wenn er ihm angeboten wurde...

Wann war das gewesen? Wie war es möglich, daß sie gar nichts davon gehört hatte? Und das in diesem Studio hier, in dem jeder von jedem wußte, was er tat und demnächst tun würde, weil jede Neuigkeit sich so rasch verbreitete, als würde sie über die Lautsprecheranlage ausposaunt?

Wo waren überhaupt alle? Auch wenn Sandy, die Empfangsdame, nirgends zu sehen war, war es doch auf jeden Fall viel zu früh, schon das ganze Studio zuzusperren! Geruch von Essen war in der Luft, Stimmengewirr in der Ferne. Es war also zweifellos jemand da. Viele Leute sogar. Es kam aus Mels Studio oben. Sie war zu sehr mit ihren Gedanken beschäftigt gewesen, um es gleich wahrzunehmen.

Sie eilte die Treppe hinauf. Als sie an ihrem eigenen Studio vorüberkam, fand sie es leer und verlassen.

In Mels Studio aber drängte sich eine große Menge Leute. Während ihrer Abwesenheit war ein großer Christbaum aufgestellt und geschmückt worden. Sie bahnte sich einen Weg durch die Feiernden. Sämtliche Assistenten waren da, eine Menge Kunden von den Agenturen der ganzen Stadt, mit einer verblüffenden Auswahl ihrer attraktivsten Models. Die Party schien noch im Anfangsstadium zu sein, an der Bar drängelte man sich noch, Sharon und einige freiberufliche Food-Stylistinnen kümmerten sich unter einem Transparent, das in großen Lettern verkündete: DER DEFINITIVE SCHEISSFRASS, um die Hot dogs und Cheeseburger.

Mel entdeckte sie als erster. »Hallo, Jazz. Wunderbar. Du bist also doch rechtzeitig zu der Party zurück, die wir abzuschaffen geschworen hatten! Großartig!«

Pete kam und küßte sie auf beide Wangen. »Mel war der erste, der wortbrüchig wurde! Wieso bist du da? Niemand hat dich schon zurückerwartet.«

»Pete, sag, weißt du irgend etwas über die Einweihungsparty von Magic?

»Was denn, Magic gibt eine Party? Wo hast du das denn her?«

»Ach, irgend so ein Gerücht. Wo ist Phoebe?«

»Da drüben irgendwo. Sie hat natürlich schon wieder Geschäftsgespräche mit einem von diesen armen Hunden von irgendeiner Agentur. Du weißt ja, sie haßt Weihnachten und hält Weihnachtspartys für die reine Zeitverschwendung. Na komm, schönes Weib, tanzen wir mal einen richtig unanständigen Hula.«

»Später, Pete, später«, sagte Jazz und mühte sich ein Lächeln für ihn ab. Sie entdeckte Phoebe dort, wo Pete hingezeigt hatte, obwohl sie hinter dem Mann im grauen Anzug, mit dem sie sprach, fast verschwand. Sie hatte ihm ihre Hand begütigend auf den Arm gelegt und sprach intensiv auf ihn ein, aber in ihren Augen war dieser allseits gefürchtete Ausdruck, halb bedürftige Waise und halb gieriges Ungeheuer. Jazz arbeitete sich, so rasch es ging, zu ihr hinüber, erwiderte höflich alle Grüße, blieb aber bei niemandem stehen. »Entschuldigen Sie«, sagte sie, sobald sie angekommen war, »würde es Ihnen etwas ausmachen, wenn ich Ihnen unsere kleine Phoebe kurz entführte?«

»Aber bitte sehr«, sagte der Mann und zog sich zur Bar zurück.

»Nanu?« sagte Phoebe, »du sollst doch in New York sein?« Sie musterte sie mit einer Art besorgtem Blick. »Ist etwas schiefgegangen.

»Es war eine absolut überflüssige Reise«, sagte Jazz und stellte sich vor Phoebe mit bis an die Wand gespreizten Armen, zwischen denen sie gefangenhielt. »Alles lief bestens. Aber gerade eben, als ich kam, stieß ich auf Gabe. Und er erzählte mir was von einer Einweihungsparty.«

»Ach das, ja. Lustige Idee.«

»Aufregend.«

»Jazz, ich muß da rüber jetzt, da ist jemand, mit dem ich

was zu bereden habe. Wir können uns ja später noch eingehend unterhalten, ja?« Sie versuchte, unter Jazz' Armen wegzutauchen, doch Jazz hatte es vorausgesehen und hinderte sie daran.

»Nicht gut. Phoebe, wie ist Gabe an den Job gekommen?«

»Jemand vom Lakers Management hat angerufen und in Magics Auftrag angefragt, ob wir einen Top-Fotografen dafür hätten. Da du nicht da warst, habe ich Gabe dazu überredet.«

»Aha. Jemand hat also angerufen. Wann? Gestern oder vorgestern?«

»Gestern. Ganz unerwartet. Es soll ja auch schließlich eine Überraschungsparty sein.«

»Und hat einfach so gefragt, ob du einen Fotografen verfügbar hast?«

»Richtig. Eine Sache auf die letzte Minute. Wenn sie uns ein wenig Zeit gegeben hätten... Sicher, ich weiß, du hättest das gerne gemacht, aber du warst eben nicht da, und ich mußte mich rasch entscheiden.«

»Du hättest mich doch ohne weiteres in New York anrufen können. Und ich hätte rechtzeitig zurückkommen können. Wäre alles kein Problem gewesen. Oder ich hätte sogar direkt nach Detroit fliegen können.«

»Mein Gott, daran habe ich in dem Moment nicht gedacht. Außerdem kam der Anruf auch ziemlich spät, nach New Yorker Zeit jedenfalls. Tut mir leid, Jazz. Gut, es hätte mir wahrscheinlich einfallen sollen. Aber ich wußte ja auch, daß du mit dieser Pepsi-Serie ziemlich beschäftigt bist, und Gabe hatte ohnehin im Moment nichts Spezielles zu tun...«

»Jedes Wort, das du da sagst, ist ein Lüge.«

»Jazz! Ich sehe, du bist aufgebracht, aber deswegen brauchst du mich doch nicht gleich zu beleidigen!«

»Halt dein Maul, Phoebe! Und versuch nicht, mir weiszumachen, Magic habe im letzten Moment, so aus dem Handgelenk, eine Überraschungsparty geplant. Wo es kompliziert genug ist, wenn nicht schier unmöglich, alle Starspieler aus dem ganzen Land zu einem Termin zusammenzukriegen.«

»Jazz, du weißt ganz genau, daß ich mich niemals mit Nebensächlichkeiten befasse, sondern mich auf das Wesentliche eines Jobs konzentriere.« Phoebe schüttelte ihre blonde Mähne heftig. »Und selbst wenn er alles genau und lange im voraus geplant hat, so hat er trotzdem erst gestern wegen eines Fotografen anrufen lassen. Ich kann mir nur vorstellen, daß er in letzter Minute eine Absage bekommen hat.«

»Erzähl mir doch nicht solchen Quatsch! Nie im Leben! Wenn Magic einen Fotografen engagiert hat, dann hatte er auch einen oder zwei in Reserve. Zumal nur wenige Dinge im Leben so sorgfältig im voraus organisiert werden müssen wie eine Überraschungsparty. Jede. Gar nicht zu reden von dieser.«

»Also, Jazz, nun mach bitte kein solches Theater um diese Angelegenheit.«

»Phoebe, es ist doch wohl so, daß Magic zuerst mich verlangt hat, nicht wahr?«

»Wirklich, Jazz, nur weil du ein großer Fan...«

»Er hat mich verlangt, ja? Ich kann das mit einem einzigen Anruf nachprüfen, Phoebe!«

»Na schön, und? Okay? Bist du nun zufrieden? Lieber Gott, du nervst einen aber wirklich. Ich verschaffe dir den größten kommerziellen Auftrag, den du je hattest, an dem du mehr verdienst als jemals irgend jemand mit einem Anzeigenauftrag, und du neidest Gabe einen kleinen Job, nur weil du unbedingt mit auf dieser Party sein willst. Wenn das nicht egoistisch ist, was dann?«

»Wie lange ist das her, daß du Gabe den Auftrag zugeschanzt hast?«

»Ich habe ihn ihm nicht ›zugeschanzt‹, Jazz! Ich habe eine Karriere-Entscheidung getroffen, nach reiflicher Überlegung, was für dich das beste sei. Und vielleicht darf ich dich daran erinnern, daß ich genau dafür da bin und es seit dem Anfang deiner nicht ganz erfolglosen beruflichen Laufbahn war.«

»Karriere-Entscheidung, wie? Nein, liebe Phoebe, du hast mir diesen völlig überflüssigen Besuch in New York eingeredet. Untergejubelt. Damit ich aus dem Weg bin und nichts von dieser Einweihungsparty mitkriege, bis es zu spät ist. Du hast Gabe einen Auftrag zugeschanzt, für den Magic mich haben wollte. Einen Job übrigens, für den ich alles andere stehen und liegen lassen würde.«

»Du übertreibst wieder einmal maßlos, Jazz. Wie üblich. Du bläst hier eine Kleinigkeit auf. Diese abgeschmackten alten Geschichten zwischen dir und Gabe.« Sie warf den Kopf zurück und funkelte sie herausfordernd an.

»Wie war das?«

»Na, du und Gabe. Glaubst du im Ernst, ich weiß das nicht? Darum geht dieses ganze kindische Theater doch in Wirklichkeit, oder nicht? Nicht um irgendeinen Job, nicht um irgendeine Party. Sondern nur um dich und Gabe und was da alles mal zwischen euch war, damals, als... Arme Jazz, ich hatte keine Ahnung, daß dich das noch immer so umtreibt.«

Sie starrten einander schweigend an, Phoebe mit einer Andeutung von Spott in den Augenwinkeln, um Jazz zu signalisieren, es sei nun genug und besser, wenn sie den Rückzug antrete und das Thema ruhen lasse. Doch statt dessen drückte Jazz sie mit den Schultern gegen die Wand und sagte:

»Es hat überhaupt nichts mit Gabe zu tun, Phoebe. Sondern mit dem Wort Vertrauen. Wir beide sind fertig miteinander, Phoebe. Du bist ab sofort nicht mehr meine Agentin. Ich schicke nächste Woche den Möbelwagen und ziehe aus. Fröhliche Weihnachten!«

Und sie ließ sie langsam los und ging aus Mels Studio hinaus, entschlossen, das Dazzle nie wieder zu betreten.

»Noch ein wenig Stew, Casey?« fragte Susie Dominguez.

»Danke, nein«, sagte er und schaute Jazz an, die mit ihm am Küchentisch saß. Red und Mike verbrachten ihre letzte Nacht in Reds Haus, das zum Verkauf stand. Jazz war eine Stunde zuvor angekommen, gerade noch rechtzeitig, um Casey beim Abendessen Gesellschaft zu leisten. Doch sie war noch immer so aufgeregt, daß sie buchstäblich nichts hätte hinunterbringen können. Die Tatsache, um die Chance betrogen worden zu sein, Magic Johnsons Weihnachts-Hauseinweihungs-Überraschungsparty zu fotografieren, beschäftigte sie noch immer so sehr, daß sie keine Minute aufhören konnte, darüber zu reden.

»Wenn du meine Meinung hören möchtest«, sagte Susie, als sich endlich eine Gelegenheit ergab, Jazz ins Wort zu fallen, »ich finde nicht, daß du die ganze Sache einfach nur Phoebe in die Schuhe schieben solltest. Du faßt diesen Lumpen viel zu sehr mit Glacéhandschuhen an.«

»Gabe meinst du?«

»Du weißt ganz genau, daß wir diesen Namen hier nicht mehr in den Mund nehmen, seit...«, Susie warf einen Blick auf Casey, »seit diesem Mißverständnis, das du mit ihm hattest. Aber für mich gibt es gar keinen Zweifel, daß er gewußt haben *muß*, was das für dich bedeutet.«

»Susie, ich habe dir doch gesagt, er interessiert sich überhaupt nicht für Basketball.«

»Wie lange ist er jetzt wieder in Los Angeles?«

»Weiß ich doch nicht«, sagte Jazz störrisch.

»Monate?«

»Vermutlich.«

»Und in allen diesen Monaten, wo er im selben Haus arbeitet wie du und umgeben ist von Leuten, die dich alle bestens kennen, hat er noch nie etwas davon gehört, wie sehr du mit der Mannschaft verbunden bist? Casey, hat Jazz Ihnen gegenüber je die Lakers erwähnt?«

»Aber sicher, pausenlos. Soll ich hersagen, wie viele Dreier Magic und Worthy in dieser Saison schon haben?«

»Nicht nötig, danke, ich weiß es selbst auswendig. Also nehmen wir jetzt mal an, jemand sagt zu Ihnen, sie sollen der offizielle Fotograf von Magics Hauseinweihungsparty sein. Würden Sie sich da nicht zumindest fragen, ob das nicht eher ein Job für Jazz wäre?«

»Susie«, unterbrach Jazz sie mit Nachdruck, »hör auf, auf Casey einzureden und ihm Suggestivfragen zu stellen! Er hat dazu keine Meinung. Hier geht es schließlich nicht um eine Abstimmung.«

»Ich wüßte es sogar ganz sicher«, sagte Casey unbeeindruckt, »da müßte ich mich gar nicht erst fragen. Das wüßte ich mit Bestimmtheit.«

»Gabe hat es doch selber erst in allerletzter Minute erfahren«, widersprach Jazz. »Phoebe hat die ganze Geschichte eingefädelt!«

»Und woher wußte sie, daß dieser Lump dasein und Zeit haben würde?« fragte Susie. »Wenn er wirklich nichts davon wußte, wieso ist er dann nicht über die Feiertage irgendwohin gefahren, sondern dageblieben? Dann hätte nämlich Phoebe absagen und die Lakers hätten sich einen anderen Fotografen suchen müssen. Also selbst wenn man deiner Argumentation folgt: Wenn Magic dich haben wollte und sie es diesem Lumpen zugeschanzt hat, muß das doch von langer Hand geplant gewesen sein.«

»Großer Gott, Susie, du führst dich auf, als wärst du Agatha Christie«, widersprach Jazz aufgebracht. »Du hättest selber Agentin werden sollen.«

»Jetzt schon Beleidigungen, wo das Wochenende kaum angefangen hat?«

»Schon gut, Susie, tut mir leid. Ich sollte lieber aufhören, dauernd davon zu reden. Immerhin ist auch Bill Laimbeer nicht eingeladen. Ich werd schon damit fertig. Tut mir leid, wenn ich euch damit gelangweilt habe. Ich werde ja die Fotos in den Zeitungen sehen.«

»Ach, du willst ihn eben einfach in Schutz nehmen«, sagte Susie. »Wie eh und je.«

»Verdammt noch mal, Susie, jetzt ist es aber genug!« brüllte Jazz. Sie sprang auf und lief hinaus ins Wohnzimmer.

»Da habe ich wieder mal ihren empfindlichen Nerv getroffen«, erklärte Susie nach einer Weile betretenen Schweigens. »Jetzt fühlt sie sich noch mieser als zuvor.«

»Mike hat mir schon von Gabe erzählt«, sagte Casey nur.

»Dann wissen Sie ja, was ich über den denke. Wie kann sie überhaupt noch mit ihm reden, nach allem, was er ihr angetan hat. Das verstehe ich nicht.«

»Sind Sie da nicht ein bißchen... allzu besorgt, Susie? Die Romanze der beiden – oder was immer es war – liegt über zehn Jahre zurück. Durften sie sich nicht verlieben und wieder auseinandergehen wie andere Leute auch?«

»Gewiß. Genau das habe ich doch Mr. Kilkullen gesagt, als sie mit ihm wegging. Ich sagte, alle jungen Leute machen mal so was und daß man das einfach akzeptieren muß. Aber wie sie dann heiraten wollten, und Mr. Kilkullen flog eigens hinüber nach Paris und war schon wieder zurück, kaum daß er fort war, und brachte Jazz mit, und die sah ja aus, als überlebte sie das nicht, stellen Sie sich das mal vor, in der Nacht vor der Hochzeit läßt der Lump sie sitzen – also nein! Da war der Mann für mich erledigt. Meinem kleinen Mädchen das anzutun! Das hat nichts mit auseinandergehen zu tun, Casey. So was ist unverzeihlich.«

»Mike hat mir gegenüber nie erwähnt, daß sie heiraten wollten«, sagte Casey langsam.

»Dann wissen Sie's jetzt. So was tut man einfach nicht. Ich weiß nicht, wie lange Jazz gebraucht hat, um über diesen Strolch wegzukommen.«

»Vielleicht ist sie es bis heute nicht.«

»Wer weiß, ja. Das sind so Sachen, sage ich Ihnen.«

Casey ging hinüber zu Jazz, die gedankenverloren vor dem Kaminfeuer saß. Es war nicht schwer zu erkennen, daß es ihr nicht gelungen war, ihrer eigenen Ankündigung, sich nicht weiter mit der Sache zu befassen, zu folgen. Sie brütete auch jetzt noch finster vor sich hin und war ganz blaß um die Nase. Er konnte sich gut vorstellen, daß sie so auch als kleines Mädchen ausgesehen haben mußte, wenn sie beleidigt war, aber sich das Heulen verkniff. Er hatte das Gefühl, vieles von ihr zu wissen, ohne daß ihm je irgendwer etwas erzählt hatte, Jazz selbst schon gar nicht. War sie immer schon so stolz gewesen, so verletzlich, abweisend, verschlossen, so beladen mit Erinnerungen? Er mußte sie irgendwie zum Lachen bringen.

»Soll ich mal wieder singen?« fragte er. »Ich kann sämtliche Lieder von Roger und Hammerstein, samt Text.«

»Das ist lieb von dir«, sagte Jazz. Sie blickte zu ihm auf und nahm ihn erstmals an diesem Abend richtig wahr. »Casey Nelson, das Multitalent, Dressman, Vorarbeiter und gelegentlicher Troubadour.«

»Ich sehe schon, sehr in Stimmung für Musik bist du wohl nicht. Und wie wäre es mit einem Zweier-Solitär? Oder wir satteln uns zwei Pferde und machen einen Mondscheinausritt? Oder eine kleine Spritztour?«

»Nein.«

»Wir könnten ins Swallows fahren und uns da die ältesten Zoten der Welt erzählen lassen. *Muy atmosférico*. Oder wir schalten die Glotze an. Du darfst die Fernbedienung haben und rumschalten, wie du willst. Oder wir nehmen zusammen ein heißes Schaumbad. Meine Wanne ist groß genug für zwei.«

»Nein.«

»Oder wir schmücken den Baum.«

»Ist er doch längst. Wer hat das gemacht?«

»Red, Mike, Susie. Ich hab die elektrischen Kerzen angehängt.«

»Ah, du Idiot«, grinste sie. Casey triumphierte.

»Ja, aber sie sind nicht mehr doll. Nächstes Jahr kaufe ich neue.«

»Nächstes Jahr bist du gar nicht mehr hier.«

»Stimmt ja.«

»Hast du wohl total vergessen?«

»Ja. Ich dachte gerade an was anderes.«

»Wieso bist du eigentlich nicht über Weihnachten nach Hause gefahren?« fragte Jazz.

»Zu langer Flug nur übers Wochenende«, antwortete er.

»Was denn, zu lange für ein verlängertes Wochenende? Hat dir Dad denn nicht erlaubt, vorne und hinten einen Tag anzuhängen?«

»Ich habe ihn gar nicht erst darum gebeten. Ich fand es besser, hier zu bleiben. Ein Vorarbeiter muß nun mal ständig verfügbar sein. Na komm, Jazz, gehen wir rüber ins Archiv und gucken Fotos an! Da gibt es ein paar von dir, die ich mir gerne noch mal ansehen möchte.«

»Das ist die erste gute Idee heute«, sagte sie, selbst entschlossen, ihrer eigenen Trübsal ein Ende zu bereiten. Sie mühte sich aus dem Sessel empor. »Ich geh mir nur mal schnell die Haare bürsten und ein wenig das Gesicht waschen. Ich komme dann nach. Du hast ja wohl einen Schlüssel, sagt Dad.«

Ein paar Minuten später saßen sie an dem langen Holztisch und öffneten eine der Mappen mit Fotos von Jazz von 1976, als sie fünfzehn gewesen war.

»Diese fünf kleinen Bälger da sind Fernandas Jungen und Valeries Mädchen«, erklärte sie ihm. »Heidi, Fernandas Jüngste, war da noch nicht geboren. Sie waren eine Woche im Sommer da, und ich habe sie pausenlos geknipst. Am Sonntag lernst du sie ja alle kennen, wenn die gesamte Familie zusammenkommt. Aber erkennen wirst du sicher keines von ihnen, nach diesen Aufnahmen da.«

»Ich habe sie doch schon bei der Fiesta gesehen, mit Ausnahme von Heidi. Aber an dem Abend war ich natürlich ein wenig... verwirrt.«

»Verwirrt, he? Willst du wissen, was du warst? Ein vollkommenes Arschloch!« Und jetzt mußte sie doch lächeln. Casey schob die Fotomappe unauffällig, aber entschlossen beiseite. Schluß jetzt, er würde sie jetzt verführen, dieses vorlaute, störrische, wunderbare, traurige, altmodische Mädchen, Dach hin, Dach her, und wenn es unter dem Dach der Sixtinischen Kapelle wäre! Er rückte näher.

»Na ja«, sagte Jazz und merkte gar nichts, »Sam lernt sie jedenfalls alle kennen. Ich hoffe nur, die Mädchen führen sich nicht zu sehr auf wegen ihm. Aber das ist vermutlich zuviel verlangt. Daß Fernanda aus der Rolle fällt, ist jedenfalls sicher.«

»Sam?« fragte Casey und hielt überrascht auf der Bank inne.

»Er tat mir leid, ganz allein an Weihnachten, da kriegt er bestimmt Heimweh nach seinem Australien. Da habe ich ihn über Weihnachten eingeladen.«

»Das war sehr aufmerksam von dir.«

»Da konnte man doch gar nicht anders«, nickte Jazz zustimmend und, fand Casey, ein bißchen sehr selbstgefällig. Er klappte die Mappe zu und trug sie hinüber zum Regal, wo sie hingehörte, zu den vielen hundert anderen. Er fummelte angestrengt herum und achtete dabei sorgfältig darauf, Jazz den Rücken zuzukehren, um sie nur nicht sehen zu lassen, wie ihm die Eifersucht ins Gesicht geschrieben stand. Was für ein Recht auf Eifersucht hatte er denn schon? Überhaupt keines.

»Bring doch mal eine von den ganz alten«, sagte Jazz, »ich möchte mal die Fotos von 1910 oder so sehen. Vor dem Ersten

Weltkrieg.« Früher hatte sie das bisweilen schon gemacht: sich in die alten Fotos von Hugh Kilkullen vertieft.

»Wo sind die... 1910... müßte ganz da oben sein.« Casey war froh über diese Ablenkung. Er suchte ausgiebig nach der Mappe von 1910. Als er sie endlich hatte, sah er, daß dahinter eine andere zum Vorschein kam, die offensichtlich irgendwann nach hinten gerutscht war. Sie war nicht grün wie alle anderen, sondern braun und vor dem Regalholz kaum sichtbar. Hätte er nicht erheblich länger als üblich und normal herumgesucht, hätte er sie überhaupt nicht entdeckt.

»Nanu, sieh mal, Jazz.« Er legte die Mappe auf den Tisch vor sie hin. »Hast du die je gesehen? Scheint nicht da hinzugehören.«

»Nein, habe ich nie gesehen. Komisch. Ist auch eine ganz andere Größe als die anderen. Moment mal. Schau mal, was da steht. Amilia Moncada y Rivera. Das ist meine Urgroßmutter! Das war ihr Mädchenname. Das muß aus der Zeit stammen, bevor sie Hugh Kilkullen geheiratet hat. Richtig, ja. Da steht eine Jahreszahl, sieh her. 1883. Ist nicht wahr. Er ist 1864 geboren, also muß sie da noch sehr jung gewesen sein. Nun hilf mir doch schon, es aufzukriegen, zum Donnerwetter!« Sie war plötzlich ganz aufgeregt, und alles andere war vergessen. Sie zerrte heftig an dem Band, mit dem die Mappe verschnürt war. Fast riß es.

Als es endlich nachgab und sie die Mappe mit ungeduldigen Fingern öffnete, kamen vier Ziehharmonikafächer zum Vorschein. In zweien waren Fotos, aber in den anderen verschiedene Papiere, die meisten in lebhaften Farben. »Manches ändert sich offenbar nie«, sagte sie seufzend, als sie erkannte, was es war. »Amilia hat ihre ganzen Liebesbriefe aufbewahrt! Und was haben wir da?« Sie hielt zwei vergilbte Blatt Papier hoch. »Das ist spanisch. Sieh dir mal diese schnörkelige Handschrift an. Da braucht man allein einen Tag, sie zu entziffern. Ich kann mich ganz gut in Viehtreiber-Spanisch mit den Vaqueros unterhalten, und in der Schule habe ich auch korrektes Spanisch gelernt. Aber das da könnte ich nicht übersetzen. An Amilia... von – sieh doch mal, Casey! – ...Juanita Isabella! Meine Ururgroßmutter! Sie war die Tochter von Valencia, des Mädchens, das Michael Kilkullen geheiratet hat, als er die Ranch kaufte. Wieso, glaubst du, hat Amilia einen Brief ihrer Schwiegermutter aufbewahrt?«

»Na, vielleicht war es eine Liste von Vorschlägen, wie man die Kilkullen-Männer glücklich macht und zufrieden hält. Aus spanischer Sicht, meine ich.«

»Irgendwie«, sagte Jazz mit mißbilligend hochgezogener Augenbraue, »scheint mir das eine phantasielose typisch männliche Bemerkung zu sein.« Sie steckte die Briefe sorgsam in ihre Fächer zurück und holte aus den anderen beiden die Fotos hervor. Sie betrachtete sie schweigend eines nach dem anderen – Dokumente einer längst vergangenen Zeit.

»Gut, daß sie sie alle so sorgfältig beschriftet hat«, bemerkte Jazz.

»Was für eine große Familie!« meinte Casey.

Sie klappte die Mappe zu und stellte sie ins Regal zurück. »Ich zeige sie Dad, sobald sich die Gelegenheit ergibt. Aber jetzt bin ich fürchterlich müde, Casey. Ich bin offenbar noch immer auf New Yorker Zeit. Ich brauche dringend Schlaf.«

»Wenn ich wieder mal auf Schatzsuche gehe«, lächelte Casey etwas gequält, »nehme ich mir ein Mädchen mit, das länger als bis acht aufbleiben kann.« Er knipste das Licht aus und schloß die Tür des Archivraums zu. Wie viele Punkte kriegt man dafür, daß man ein guter Kumpel ist? überlegte er. Jazz winkte ihm müde gute Nacht zu und ging zu ihrem Zimmer. Zweihundert? Oder nicht eher minus zweihundert?

Jazz war klar, daß es erst neun Uhr abends war, als sie gebadet hatte und sich zum Schlafengehen vorbereitete. Sie konnte sich nicht recht entscheiden, ob sie besser noch warten und sich so wieder auf kalifornische Zeit einstellen oder doch gleich ins Bett gehen sollte. Geistesabwesend öffnete sie das Weihnachtsgeschenk, das ihr Pete in ihre Tragetasche gesteckt hatte, als sie bei Mels Party miteinander gesprochen hatten. Ein schwarzer Satinpyjama und ein dazu passender Morgenrock, Handarbeit, gesäumt mit weißem Satin. Sie lächelte. Hübsch. Der gute alte Pete! Er gab wirklich nie auf! Sie zog die Sachen an. Sie fühlten sich herrlich an auf der nackten Haut und bestärkten sie in ihrem Entschluß, sich doch gleich schlafen zu legen.

Als sie drei Stunden später erwachte, war ihr schlagartig klar, daß sie unmöglich gleich wieder einschlafen konnte; nicht einmal in diesem Bett hier, in dem sie stets so gut schlief wie nirgendwo sonst auf der ganzen Welt. Ihr Wecker zeigte Mitternacht an, also drei Uhr morgens in New York. Die Zeit beunruhigender Gedanken und Einfälle, die zu keiner anderen Tageszeit eine Chance hatten. Sie lag im Dunkeln, wach und mit weit geöffneten Augen, aber ihre Gedanken waren nicht beunruhigend oder bedrückend, sondern sie fühlte sich ganz überraschend glücklich.

Sie griff nach einem Kissen, das sie beim Einschlafen aus dem Bett geworfen hatte, und stopfte es sich hinter den Kopf. Sie setzte sich halb auf und versuchte, Ordnung in ihre Gedanken zu bringen. Wenn man sich nach einem so bewegten Tag auf einmal ganz unvermutet so glücklich fühlte, dann mußte man darüber ein wenig nachdenken. Sie versuchte, die ganze Geschichte mit Gabe und Phoebe noch einmal zu rekonstruieren.

Natürlich hatte Susie recht. Sie hatte beim Abendessen einfach nur nicht der ganzen Wahrheit ins Gesicht sehen können. Selbstverständlich mußte Gabe genau gewußt haben, was er tat. Als sie sich zum ersten Mal an der Tür des Studios begegnet waren, hatten ihre ersten Sätze doch den Lakers gegolten. Sie hatte sogar ein Lakers-T-Shirt angehabt! Natürlich benahm Gabe sich immer wie Gabe und Phoebe sich stets wie Phoebe. Die einzige Art und Weise mit ihnen umzugehen, war eben, sie achselzuckend so zu nehmen, wie sie nun einmal waren. Oder sich überhaupt nicht mehr mit ihnen abzugeben.

Und sie hatte sich nun einmal für das letztere entschieden. Es war eine klare, saubere Entscheidung gewesen, schnell und unvorbereitet, aber endgültig. Sie hatte sie tatsächlich, dachte sie, aus ihrem Leben gestrichen, und zwar beide. Und die verletzten Gefühle, mit denen sie hier auf der Ranch angekommen war, waren verschwunden. Nach wie vor wäre sie natürlich liebend gern auf dieser Einweihungsparty bei Magic gewesen. Aber okay, das gehörte dann eben von nun an zu den großen unerfüllten Träumen, und damit basta.

Ihre Gedanken wanderten zu Sam Butler. Fühlte sie sich vielleicht so glücklich, weil er auf die Ranch kommen und sie die Feiertage zusammen verbringen würden? Am Montag wollte er kommen, zum ersten Mal war er dann hier auf der Ranch. Als sie ihn das letzte Mal gesehen hatte, war er in einem Zustand beträchtlicher Erregung gewesen. Er hatte zugesagt, in einer Komödie bei Guber-Peters einen Dressman zu spielen, der entgegen allen Erwartungen ein Immobilienhai wird, doch dann hatten ihn Zweifel beschlichen.

»Wie konnte ich nur auf eine solche Idee kommen«, hatte er zu ihr gesagt. »Wie konnte ich mir von diesen dämlichen Studiobossen einreden lassen, es würde meiner Karriere nicht schaden, gegen das allgemeine Klischee vom ›Dressman‹ anzuspielen! Aber sie haben mich überrumpelt. Und dann kam dieses Interview, und der Journalist erklärte mir, daß Schauspieler ganz unweigerlich ihr wahres Ich offenbaren, wenn sie ihre Rollen auswählen. Nicht in Interviews, bei denen können sie sich hinter einer Fassade verstecken, aber in der Auswahl ihrer Rollen. Die sind – ihm zufolge – ein absolut eindeutiger Hinweis auf ihr wahres Gesicht. Also mußte ich mich fragen, ob etwa Redford jemals einen Dressman spielen würde. Mit dem Resultat: natürlich nicht, nie im Leben. Und kein Produzent käme auf die Idee, ihm eine solche Rolle auch nur anzubieten.«

Sie lächelte. Sam und seine Karriereprobleme! Nicht, daß sie nur eingebildet gewesen wären. Ganz und gar nicht. Sie waren durchaus real. Und sie fühlte sich deshalb auch verpflichtet, so viel Mitgefühl für ihn aufzubringen wie für Mel oder Pete, wenn sie Probleme hatten. Nur, er hatte so eine Art, die Dinge zu... dramatisieren. So, daß sie nicht mehr ganz so real erschienen. Nun ja, das war eben seine Art, und dagegen konnte er wohl kaum viel tun, dachte sie. Der arme, große, so völlig normale Australier in der Falle seines umwerfend guten Aussehens...

Schluß jetzt, dieses Grübeln über Sam bereitete ihr nur Unbehagen! Das fast einzigartige bevorstehende Zusammenkommen praktisch der ganzen Familie zu Weihnachten war nicht gerade ein Anlaß, der besondere Herzlichkeit gewärtigen ließ, und Sams Anwesenheit, der ja ein absolut Fremder war, konnte ebensogut zur willkommenen Ablenkung werden wie zum Ausgangspunkt einer Katastrophe. Sie hätte ihn besser doch nicht so impulsiv und spontan einladen sollen, dachte sie, als er geklagt hatte, daß er keine Gelegenheit fände, über Weihnachten nach Hause zu fliegen, wo man ihn als normalen Menschen behandelte. Wie würde ihr Vater auf ihn reagieren? Ach, der hatte doch sowieso nur noch Augen für Red. Da war viel wichtiger, ob Sam und Casey einigermaßen zivilisiert miteinander umgehen würden.

Casey! Sie fuhr buchstäblich in ihrem Bett hoch, als ihr nun ein Bruchstück ihres Traums wieder einfiel. Sie war mit Casey auf der Klavierbank gesessen, und er hatte irgend etwas gesungen, ja, *There's A Small Hotel*, und war gerade mit der zweiten Zeile fertig, und dann... aber sie erinnerte sich nicht, daß er nach *I Wish That We Were There Together* weitergesungen hätte. Doch ihr Kopf hatte an seiner Schulter geruht...

Sie schloß die Augen und versuchte, sich zu konzentrieren. Aber es kamen keine weiteren Erinnerungen an den Traum. Dafür merkte sie, daß ihr Glücksgefühl intensiver und deutlicher geworden war. Als blicke sie durch einen Gefühlssucher.
Casey.

Sie hatte ihn heute abend kaum bewußt wahrgenommen. Das ganze Abendessen hindurch war er ihr als mitfühlender Zuhörer gerade recht gewesen, danach hatte er ihr freundlich und geduldig Gesellschaft geleistet und hätte ihr vermutlich in allem zugestimmt... aber was hätte sie gemacht, wenn er nicht dagewesen wäre? Wäre sie dann so hellwach wie jetzt, mitten in der Nacht, mit dem sehr klaren und scharfen Bewußtsein, daß Sam Butler, der Wahrheit die Ehre, eben doch nur – nun ja, egozentrisch mit sich selbst beschäftigt war, daß Gabe nicht viel mehr als ein hoffnungsloser Weltenbummler und selbst Phoebe im Prinzip nur ein schlechter Witz war? Aber Casey konnte allem die richtige Bedeutung zuweisen. Nicht durch das, was er sagte, sondern durch das, was er tat.

Integrität. Das war es. Casey besaß Integrität. Sie stand spontan auf und schlüpfte in ihren neuen Morgenrock. Schlaf fand sie jetzt doch auf Stunden hinaus nicht mehr. Sie stand zögernd an der Zimmertür. Vielleicht ein Glas warme Milch in der Küche? Klassisches Mittel gegen Schlaflosigkeit. Aber zuviel Arbeit. Licht anmachen und sich wieder in den Schlaf lesen? Nein, auch nicht.

Es war so kalt in ihrem Zimmer. In ganz Südkalifornien hatte die zuweilen ganz unerwartet einsetzende ungemütliche Winterkälte eingesetzt, auf die die Bewohner dann nicht vorbereitet waren. Sie konnte ins Wohnzimmer gehen und nachsehen, ob vielleicht noch Glut im Kamin war, und das Feuer mit ein paar Scheiten wieder anfachen. Sie merkte plötzlich, daß sie etwas vor sich hinsummte. *A Small Hotel.*

Hatten Mel und Pete nicht einmal eine lange Diskussion darüber gehabt, was es bedeutete, wenn man spontan bestimmte Lieder sang? Im Hinblick auf das eigene Unterbewußtsein, oder so? Mel hatte von »Musiktherapie« gesprochen, und Pete hatte ihm, was wahrlich nicht oft vorkam, voll zugestimmt. Wenn also wirklich stimmte, was die beiden da erzählt hatten, dann schien doch das geeignete Mittel für sie, um wieder schlafen zu können, daß Casey dieses Lied hier noch einmal am Klavier sang!

Doch, hörte sich vernünftig an. Völlig richtig. Ein paar Zeilen dieser alten Schnulze, und sie würde wieder gähnen. Das Problem war nur, Caseys Zimmer lag drüben im Gästeflügel des Hauses, ganz am Ende der langen, gedeckten, rund um die Hazienda laufenden Veranda. Sie müßte also hinaus ins Freie, den ganzen Weg gehen und ihn holen – vermutlich auch wecken –, ihm die Situation erklären, ihn bitten, ins Musikzimmer mitzukommen und ihn dann auch noch auffordern, zu singen...

Nun, er hatte nach dem Abendessen schließlich selbst angeboten, alles tun zu wollen, um sie wieder aufzumuntern! Und was hinderte sie daran, ihm jetzt, da sie wieder munter war – sogar ganz bemerkenswert munter! –, zu sagen, daß sie unruhiger war denn je und sich wünschte, daß er sein Angebot, Ella zu imitieren, einlöste? Nichts. Allenfalls die Rücksicht auf seinen Schlaf... Ach was, vermutlich wäre Casey so froh, zu erfahren, daß es ihr wieder besser ging, daß es ihm nichts ausmachen würde, wenn sie ihn, nur um ihm das zu sagen, weckte; und dies allein würde ihn in Stimmung bringen, zu singen... Genau. Das war, richtig bedacht, das einzig Vernünftige jetzt. Außerdem war er sowieso noch auf und machte sich ihretwegen Sorgen wie um eine kranke Kuh.

Noch als sie barfuß die Veranda entlang auf dem Weg zu ihm war, dachte sie mit wachsender Überzeugung, daß das, was sie tat, absolut wohlüberlegt sei.

Die Luft war ungesund feucht. Der böige, heftige Nachtwind dazu... sie würde sich noch eine Erkältung holen hier draußen! Und alles nur, um Casey seiner Sorgen um sie zu entledigen? Als Gnadenengel, passend in schwarzem Satin? Gewiß, sie hätte natürlich etwas anderes angezogen, hätte sie ein Spitzennachthemd angehabt. Aber mit diesem Morgenrock hier hätte sie doch jederzeit auch zum Tanzen ausgehen können!

Unter Caseys Tür war kein Lichtschein zu sehen. Nanu. Offensichtlich hatte er sich ihretwegen doch nicht gleich so viele Sorgen gemacht, daß sie ihm den Schlaf geraubt hatten? Sie blieb stehen. Sie fröstelte leicht. Sie klopfte mehrmals leise an seine Tür, aber er schien sie nicht zu hören. Der Wind blies unangenehm durch ihre dünne Satinbekleidung, und ihre Füße waren auf dem kalten Steinboden bereits eiskalt. Lungenentzündungswetter war das!

Sie drehte ungeduldig am Türknauf. Die schwere alte Tür ging leise knarzend auf. Sie trat schnell ein und schloß sie hinter sich. In Erinnerung an ihre erste unsanfte Begegnung mit Caseys Gepäck wartete sie ein wenig, bis ihre Augen sich an die Dunkelheit gewöhnt hatten.

Draußen im Patio brannten nachts stets ein paar Laternen, deren durchs Fenster hereinfallender Schein ihr jetzt zugute kam. Sie ging zum Bett und beugte sich über ihn, unsicher, wie sie ihn am besten aufwecken sollte. Sie konnte ihn am großen Zeh ziehen. Die sanfteste Art. Der große Zeh war am weitesten vom Herzen entfernt, und er würde dann nicht hochschrecken. Aber Casey hatte seine Zehen ganz unter der Decke versteckt. Sie konnte ihm über die Hand streichen. Doch die eine steckte ebenfalls unter der Decke; und die andere war so weit auf der anderen Seite drüben, daß sie sich weit über ihn hätte beugen müssen, mit dem Risiko, auf ihn zu fallen.

Sie setzte sich auf den Boden und überlegte. Ihr Gesicht

war in Höhe der Bettmatratze. Sie beobachtete ihn, wie er schlief. Nur sein Gesicht war zu sehen; er hatte sich bis zum Kinn in die Decke gewickelt. Sie fand, er sah aus wie ein kleiner Junge. Ein kleiner sommersprossiger Junge. Seine sonst stets gefurchte Stirn war jetzt glatt, und seine sonst immer angespannt wirkenden Gesichtszüge waren ganz gelockert. Träumte er? Vielleicht den gleichen Traum wie sie vorhin?

Ihre Augen, von jeher – und ja auch beruflich – fasziniert von den Landschaften menschlicher Gesichter, wanderten langsam über sein ganzes Gesicht, vom Kinn bis zum Haaransatz, von der Nase bis zu den Augenlidern, von den Ohren bis zum Mund. Alles war im Halbdunkel ohne Farbe. Auch sein rötliches Haar mit den Locken und Wellen da und dort hätte jetzt jeden Farbton haben können. Doch jede Einzelheit dieses Gesichts gefiel ihr. Selbst die Nase, die am Ansatz zu breit war. Aber alles war solide, stand in richtiger Relation zueinander. Ein Gesicht, das zweifellos ohne Geheimnisse war. Doch diese Geheimnislosigkeit war nicht Ausdruck von Plattheit, sondern von Stärke.

Trotzdem, dachte sie, mit geschlossenen Augen fehlte ihm etwas. Die blitzende Helligkeit seiner Augen. Sie waren haselnußbraun, oder? Und hatten, wenn er sprach, diesen direkten Blick eines Löwenjungen. Doch, ja: Im Wachzustand sah er noch viel besser aus als im Schlaf, keine Frage. Aber hatte es je einen Mann gegeben, der so tief schlief?

Mit einem kleinen Seufzer beugte sie sich vor und küßte ihn sanft auf seinen leicht lächelnden Mund. Doch er schien nicht wach zu werden. Sie küßte ihn noch einmal, länger, und es war ein Kuß, fand sie, bei dem kein richtiger Mann aus Fleisch und Blut imstande sein konnte, weiterzuschlafen. Aber seine ganze Reaktion war, sich von ihren Lippen zu lösen. Also, das war nun aber gar nicht mehr lustig...!

Sie konnte ihm vielleicht, überlegte sie, ins Ohr pfeifen. Das würde ihn sicher aufwecken. Doch bei seiner Neigung zu

Tolpatschigkeit würde er sie vermutlich nur hinausjagen, noch ehe er gemerkt hatte, wer sie war. Kurz entschlossen hielt sie ihm dann die Nase zu, während sie ihm gleichzeitig wieder die Lippen mit dem eigenen Mund verschloß. Er versuchte, noch immer schlafend, sich zu befreien und wegzudrehen, aber sie hielt seine Nase fest.

Erst jetzt schlug er die Augen auf. Jazz ließ los und wich rasch zurück.

»Ich bin's nur«, sagte sie.
»Was? Was ist?« Er war völlig verwirrt.
»Ich bin es, Jazz.«
»Was machst du denn hier?«
»Ich... wollte dir etwas erzählen.« Warum bin ich nur hergekommen, dachte sie, plötzlich ganz durcheinander. Sie hatte doch einen sehr guten und vernünftigen Grund gehabt, als sie hierher gekommen war, oder?
»Mir etwas *erzählen?*«
»Ja. Von einem Traum, weißt du. Mir ist eiskalt. Kann ich zu dir unter die Decke kommen?«
»Was?«
»Nur um mich aufzuwärmen. Nun komm schon, laß mich rein. Sonst hole ich mir noch etwas.«
»Kommt nicht in Frage.«
»Warum nicht?«
»Weil ich keinen Pyjama anhabe.«
»Aber ich habe einen an, und ich schaue auch nicht hin. Nun sei nicht so prüde.« Und sie huschte einfach unter seine Decke. »Ah, das ist besser, hier ist es schön warm.«
»Lieber Gott, Jazz!«
»Was ist?«
»Was hast du denn da an? Das fühlt sich ja an wie Eis!«
»Das ist mein Weihnachtsgeschenk von Pete. Toll, sage ich dir. Schwarzer Satinmorgenrock mit dazu passendem Pyjama.«

»Was denn, Pete schenkt dir schwarze Satinwäsche? Ich denke, er ist nur dein Geschäftspartner?«

»Ist er ja auch. Aber das hier ist ja schließlich keine Reizwäsche, sondern *Lingerie*, verstehst du? Pete ist so ein lieber Kerl. Na schön, er macht mir schon ewig den Hof. Aber es ist irgendwie ebenso dauerhaft wie harmlos, verstehst du? Es bedeutet nichts. Rutsch doch mal ein wenig, ich bin ganz am Bettrand hier.«

Casey rückte weg, doch Jazz rollte sofort nach, so daß sie wieder ganz eng bei ihm lag, nur in der Mitte des Bettes. Er war sehr warm, sehr nackt und sehr abweisend. Und er fragte sehr streng: »Jazz, was hast du vor, sag mal?«

»Wieso bist du denn so mißtrauisch? Ich mußte dir das einfach erzählen mit dem Traum. Aber inzwischen weiß ich ihn nicht mehr genau. Du weißt ja, wie das ist mit den Träumen.«

»Was würdest du wohl denken, wenn ich mitten in der Nacht in deinem Zimmer erschiene und in dein Bett gekrochen käme?«

»Das wäre etwas ganz anderes.«

»Inwiefern?«

»Na ja, weil du vermutlich etwas... ganz anderes im Sinn hättest dabei«, stammelte Jazz. Jetzt, da er es so grob ausgedrückt hatte, ohne auch nur das mindeste Verständnis für die zugegebenermaßen recht nebulöse innere Logik der Angelegenheit zu zeigen, die sie hierher zu ihm geführt hatte, mußte ihm wohl in der Tat alles etwas merkwürdig vorkommen. Sie wünschte sich, er würde den Mund halten und etwas... gastfreundlicher sein. Sie legte ihm die Arme um den Hals. »Also, zumindest könntest du mich küssen«, murmelte sie.

»Großartig. Ganz großartig!« Casey nahm ihre Arme und hielt sie von sich ab. »Zumindest, wie? Sag mal, wofür hältst du mich eigentlich? Für eine Art lebensgroßes Spielzeug, oder was? Den ganzen Abend redest du mir die Hucke voll von einem Mann, den du einmal heiraten wolltest, und deinen derzeitigen Liebhaber, den großen Filmstar Sam Butler, lädst du ein, mit uns Weihnachten zu feiern, und jetzt willst du mit mir hier ein wenig herumschmusen, nur um zu zeigen, wie unwiderstehlich du in diesem Seidenzeugs deines Lieblings Pete mit seinem unstillbaren Verlangen aussiehst!«

»Oh! Du Mistkerl, du!« Sie machte sich los und setzte sich im Bett auf. »Das ist die unfairste und unsinnigste Anschuldigung, die ich je gehört habe!«

»Ach ja? Von mir sagst du, ich würde ja nur das eine von dir wollen. Aber du willst von mir angeblich nur einen Kuß! Was, zum Teufel, hast du hier in meinem Bett zu suchen, wenn du nicht möchtest, daß wir miteinander schlafen? Und zwar richtig ernsthaft, mit Gefühl und Liebe und Hingabe und Perspektive? Aber darum geht es dir ja nicht, nicht wahr?«

»Was für eine Antwort erwartest du denn darauf?« Der Teufel soll ihn holen, dachte sie. Das war es ja tatsächlich, was sie wollte! Der gemeine Bastard, der! Aber lieber biß sie sich die Zunge ab, als ihm das zu gestehen. Und jetzt erzählte sie ihm auch ihren Traum nicht mehr! Nicht in tausend Jahren! Nicht in einer Milliarde Jahren! Herrgott noch mal, verstand denn dieser Einfaltspinsel gar nichts von Frauen?

»Du bist die ausgekochteste Männermörderin, die mir je über den Weg gelaufen ist! Du willst doch nur einen weiteren Skalp für deine Sammlung haben, weiter nichts, richtig? Ich spiele nicht mit! Laß mich in Ruhe, und geh lieber zu deinem tollen Sam und dem lieben Pete und deinem unvergeßlichen Gabe!«

»Scher dich zum Teufel!« schrie Jazz. Sie sprang aus dem Bett und stürmte zur Tür. »Du Macho-Schwein!«

»Wie soll man das nennen: ›gequälte Höflichkeit‹, oder wie?« flüsterte Red Mike zu, als sie am Sonntagabend mit Jazz und Casey das Restaurant in Laguna Beach betraten.

»Mir sieht es eher wie ›Triumph des Stolzes‹ aus«, entgegnete Mike Kilkullen.

»Immerhin ist es nicht so, daß sie nicht mehr miteinander reden«, meinte Red.

»Nicht mehr reden«, murmelte Mike Kilkullen, »das wäre endlich mal ein Fortschritt! Wer braucht denn die junge Generation schon?«

Er war leicht belustigt darüber, wie Jazz und Casey sich benahmen. Noch nie hatte er seine zügellose, unberechenbare Tochter so absolut widerspruchslos erlebt, so aufdringlich zuvorkommend, mit einem Wort, so ganz und gar langweilig. Und Casey benahm sich mit einem Mal so steif und förmlich wie ein Diplomat.

Als Mike Red an ihrem Tisch den Stuhl bereithielt, flüsterte sie ihm zu: »Also entweder haben sie's getan, und es war ein Flop, oder er wollte und sie nicht.«

»Die einzig denkbare Erklärung«, stimmte ihr Mike Kilkullen zu. »Sie wären besser zu Hause geblieben, um es noch mal zu versuchen. Wann klappt es schon das erste Mal. Dazu sind sie zu jung.«

Eigentlich hatten sie auf der Hazienda essen wollen, aber Susie sollte einen freien Tag bekommen, da sie ab morgen mehr als genug zu tun haben würde, wenn die Familie kam: zehn Leute. Er hatte extra noch zwei Küchenhilfen für Susie engagiert und zwei Serviererinnen für die ganze kommende Woche. Aber Susie hatte natürlich darauf bestanden, das meiste und vor allem das wichtigste selbst zu erledigen.

»Also, Schatz, dann laß uns mal tüchtig feiern«, sagte Red. »Mit Kaviar und Wodka in rauhen Mengen, was meinst du?«

»Gute Idee.« Er drückte sanft ihre Hand und fand ihre Absicht großartig. Wenn Red glaubte, Essen und Alkohol könnten die Stimmung zwischen Casey und Jazz auflockern, was gab es dann Besseres und Wirksameres als Kaviar und Wodka?

»Was feiern wir denn eigentlich, Daddy?« fragte Jazz, nachdem Mike bestellt hatte.

»Das Leben im allgemeinen, Kind. Gesundheit und Liebe und Freunde – alles, was es so an guten Dingen gibt.«

Sie mußte ja wirklich stinksauer auf Casey sein, dachte er, weil sie sich gar soviel Mühe gegeben hatte, geradezu heimtückisch gut auszusehen. Sie trug ein superkurzes Kleid, das zu anderen Zeiten bestenfalls als verlängerte Bluse oder noch eher als etwas verlängerter Slip durchgegangen wäre, schulterfrei, mit dünnsten Spaghettiträgern auf der bloßen braunen Haut. Und ihr Haar hatte sie à la Veronica Lake, vierziger Jahre, gebürstet, eine Haarsträhne über ein Auge und das halbe Gesicht. Und außerdem hatte sie es fertiggebracht, sich so zu setzen, daß sie Casey nicht nur ihren bloßen Rücken und buchstäblich die kalte Schulter zeigte, sondern ihm auch noch ihr »blindes Auge« zuwandte...

Der Kellner kam mit Kristallschnapsgläsern und füllte sie aus einer in einem Eisblock stehenden Karaffe. Mike Kilkullen ließ erst den Pianisten zu Ende spielen – einen der großen Schlager von 1936 –, ehe er sein Glas hob.

»Der Abend ist noch jung«, sagte er zu Red, »und du bist sehr schön. *The Night Is Young And You're So Beautiful.*« Und er kippte seinen Wodka in einem Zug hinunter.

»Willst du's mir nicht vorsingen?« sagte Red.

»Nicht doch, ich singe immer falsch.«

Red hob ihr Glas und rezitierte: »*May I Have The Next Romance With You?* Aus dem gleichen Jahr.« Und kippte ihrerseits ihren Wodka auf einmal hinunter und hielt ihr Glas zum Nachfüllen hin.

»He«, sagte Jazz, »ich möchte auch mitspielen.« Sie hob ebenfalls ihr Glas und prostete den beiden zu. »*A Lovely Way To Spend An Evening* – nein, wartet, was Besseres. *My Heart Belongs To Daddy.* Und Red auch.«

Der Kellner füllte aufmerksam die leeren Gläser nach.

»Dann bin ich ja wohl auch dran«, sagte Casey. »*All Or Nothing At All.*« Red stieß Mike unter dem Tisch heimlich an. Hatte sie es doch gewußt.

Mike war wieder an der Reihe, und alle wandten sich ihm zu. »*The Loveliness Of You*«, verkündete er und sah Red tief und selbstzufrieden in die Augen. Die alten Schlagertexte von einst waren ganz entschieden auf seiner Seite.

Und Red prostete ihm zu: »*When My Dream Boat Comes Home.*«

Jazz ließ sich nicht lumpen. »*I've Got My Love To Keep Me Warm.*« Und sie warf ihrem Vater eine Kußhand zu.

Casey kam nach: »*Fools Rush In.*« Was gemeinsame Buhrufe von Red und Mike zur Folge hatte, und Schweigen von Jazz. »Gebt mir noch eine Chance«, sagte Casey und verkündete: »Also gut, für Red: *There's Something Nice About Everyone, But There's Everything Nice About You.*«

»Das kenne ich nicht«, sagte Red, »von wann ist das denn?«

»1927«, sagte Casey und warf sich stolz in die Brust.

Mike Kilkullen hielt sein Glas ein drittes Mal hoch. »*Happy Days Are Here Again* – für uns alle.«

Als er trank, sah er vor sich, wie er fünfundvierzig Jahre lang Tag um Tag im ersten Morgengrauen sein Pferd gesattelt hatte und mit seinen Vaqueros hinausgeritten war zu dem Vieh auf den oberen Weiden. Er sah Sylvie vor sich, wie sie in dem alten Schaukelstuhl Jazz auf dem Schoß hielt und ihrem Baby ein schwedisches Wiegenlied vorsang. Es war nicht immer das reine glückliche Leben gewesen, gewiß nicht, auch kein leichtes, aber er wollte es für kein anderes auf der ganzen Welt eintauschen.

Der Kellner machte erneut die Runde um den Tisch. Dieses Mal war Jazz die erste, die ihr Glas hob. »*I Want To Marry A Male Quartett*«, verkündete sie mit hintergründigem Lächeln.

Casey konterte: »*The Lady Is A Tramp.*«

»He, ihr beiden, nun aber langsam«, mahnte Red. »Ein bißchen mehr Respekt, wenn ich bitten darf. Gut.« Sie wandte sich Mike zu, und hob ihr Glas. »*More Than You Know.*«

Und er erwiderte: »*With A Song In My Heart.*« Sie stießen ihre Gläser aneinander und tranken.

Jazz verkündete mit rätselhafter Miene: »*I Had The Craziest Dream*«, und prostete in die Runde.

»Unzulässig, paßt nicht«, sagte Red als selbsternannte Schiedsrichterin.

»Okay. Dann vielleicht: *A Lemon In The Garden Of Love?* Nein? Ach, komm! Das ist von 1906! Wirklich! Du bist aber hart, Red! Also gut. Paßt dir *Life Is Just A Bowl Of Cherries* besser?«

»Viel besser«, sagte Red.

»*Not For All The Tea of China*«, bot Casey seinerseits an und hielt sein Glas hoch. Doch Red tadelte auch ihn. »Casey, Sie sind genauso auf dem falschen Dampfer wie Jazz. Versuchen Sie's noch mal!«

»*She Wouldn't Do What I Asked Her To.*«

»Das hast du aber jetzt erfunden«, meinte Mike vorwurfsvoll.

»Wieso? Geschrieben 1923, im selben Jahr wie dieses unsterbliche Lied: *I Won't Say I Will But I Won't Say I Won't.* Aus *Little Miss Bluebird*, wenn's recht ist. Musik von Gershwin. Kannst mich fragen, was du willst, Mike. Auf dem Gebiet bin ich Fachmann.«

»Sie scheinen ein Talent zu haben, immer das Unerwartete von sich zu geben«, erklärte Red. Sie toastete ihm zu, obwohl ihr Satz eigentlich kein Schlagertitel gewesen war.

Den lieferte Jazz sofort nach. »*Let's Call The Whole Thing Off.*« Sie leerte ihr Glas und knallte es mit ganz unnötiger Heftigkeit auf den Tisch. »Ich brauche jetzt Kaviar«, verkündete sie. Weiterhin blickte sie nur Red und ihren Vater an.

»Den brauchen wir alle«, nickte Mike Kilkullen. Sie hatten die Karaffe Wodka derart schnell geleert, daß die Kellner gerade erst den Kaviar in der blauen Dose in einer Silberschale mit zerstoßenem Eis herbeibrachten.

Red mußte sich eingestehen, daß sie sich geirrt hatte, was die besänftigende Wirkung des Wodkas auf Jazz und Casey anging. Die beiden schienen im Gegenteil noch eisiger miteinander umzugehen. Noch ein paar Minuten, und sie gingen sich vermutlich an die Kehle.

Mike Kilkullen fand im stillen sogar eine Art Gefallen daran, zu beobachten, wie die nächste Generation sich mit ihrer Spielart des uralten Dramas abmühte. Er blickte zufrieden und sichtlich glücklich in die Runde. Warum auch sollten die es leichter haben und alle Wege geebnet bekommen? Seine weltläufige Tochter war ohnehin am besten, wenn sie so widerspenstig und auf Krawall gebürstet war. Und Casey tat es auch nur gut, wenn er so offensichtlich geschnitten und zurückgewiesen wurde. Die kriegten das schon geregelt, die beiden. Und wenn nicht, auch gut, dann war die Sache sowieso nichts wert gewesen. Für ihn war jetzt ohnehin nur von Bedeutung, daß Red an seiner Seite war, seine Red, seine über alles geliebte Red, eine lebendige, erwachsene, reife Frau. Er verkniff sich ein Lächeln über seine eigene philosophische Distanz. Es war ein gutes Gefühl.

Der Rest des Essens verlief in ungestörter Harmonie, nachdem auch Jazz und Casey sich etwas Mühe gaben, den festlichen Abend nicht zu verderben.

»Wohin gehen wir jetzt noch?« fragte Red Mike, als sie das Restaurant verließen.

»Nach Hause, Schatz«, sagte Mike. »Die Stadt hier ist zu voll mit Leuten.«

Am Parkplatz verkündete er, er werde zusammen mit Casey seinen unbezahlbaren, preisgekrönten Wagen holen; es war ein Mercedes SE von 1966, Sonderanfertigung, weißes

Cabrio, Sylvie hatte ihn ihm geschenkt. Jazz und Red warteten am Eingang des Parkplatzes auf dem Gehsteig. Ringsum herrschte noch immer Gewühl und Gedränge. Mike würde wohl eine ganze Weile brauchen, um zu seinem kostbaren Wagen, den er vorsichtshalber ganz hinten auf dem Parkplatz abgestellt hatte, zu gelangen.

Red und Jazz warteten also Arm in Arm, mit ihren warmen Mänteln aneinandergedrängt, in freundschaftlichem Schweigen.

Es dauerte minutenlang. Viele Wagen waren inzwischen schon vom Parkplatz gefahren. So lange kann das doch nun auch nicht dauern, dachte Jazz. Sie wurde allmählich ungeduldig.

Dann hörte sie plötzlich die Stimme ihres Vaters aus der Ferne.

Er schrie, unverkennbar in hellem Zorn.

Unmittelbar danach auch ein Schrei von Casey.

Und dann fielen Schüsse.

Die beiden Frauen rannten instinktiv los, ohne etwas zu sagen, bahnten sich mit den Ellbogen einen Weg durch die Menge, in wachsender Panik. Ganz weit hinten hielten ein paar Leute bereits die Menge zurück, um den freien Kreis um die Stelle zu bilden, wo Mike Kilkullens Wagen stand, der die beiden reglos am Boden Liegenden zunächst noch verdeckte. Jazz und Red schrien sich ihren Weg durch die Absperrung.

Casey lag mit ausgebreiteten Armen auf Mike Kilkullen, als wollte er ihn beschützen, mit dem Gesicht im Schmutz. Neben ihm bildete sich eine Blutlache.

Mike Kilkullen lag hingestreckt auf dem Rücken. Seine kurzgeschnittenen weißen Haare waren rot von seinem eigenen Blut, in dem er lag. Seine Augen standen offen.

Aber Jazz sah auf den ersten Blick, daß sie tot und leer waren. Und sie wußte, noch lange vor Red, sofort die Wahrheit. Sie schob ihre Finger in seinen Hemdkragen, genau an die

Stelle, wo sie als Kind in seinen Armen immer das Pulsieren seiner Halsschlagader gefühlt hatte. Es war noch immer warm dort, doch kein Pulsschlag war mehr zu spüren. Sie hörte noch, wie Red panisch irgendwelchen Leuten zuschrie, einen Notarzt zu holen, und sie hörte auch andere Leute nach der Polizei rufen, aber sie wußte, es hatte keinen Sinn mehr.

Ihr Vater war schon tot.

Sie wandte sich Casey zu. Er lebte noch, atmete noch, war aber nicht bei Bewußtsein. Keine Möglichkeit, ihn von ihrem Vater herunterzuzerren, bis die Leute mit den Tragbahren kamen. Keine Möglichkeit festzustellen, wie schwer er verwundet war. Sie konnte nichts tun, als seine schlaffe Hand halten und auf Hilfe warten, die irgendwann ja wohl kommen mußte. Selbst heute, am Samstag vor Weihnachten.

16

»Mr. White hat die Testamentseröffnung für heute nachmittag in San Clemente angesetzt«, sagte Jazz zu Red.

Sie saßen nebeneinander auf der Bank eines verlassenen Kinderspielplatzes in Lido Island mit Blick über das Meer.

»Valerie und Fernanda«, fuhr sie fort, »wollen nicht eine Minute länger als nötig hierbleiben. Als Father Joseph ihnen sagte, er wolle nicht direkt an Weihnachten eine Beerdigung vornehmen, konnten sie anstandshalber nicht gut etwas dagegen einwenden, aber es war für alle trotzdem ganz unübersehbar, wie ungelegen ihnen das kam. Sie haben verlangt, Mr. White solle die Testamentseröffnung schon heute vormittag machen. Aber er hat einfach kurz und bündig erklärt, heute nachmittag und keine Minute früher. Er ist schon steinalt, solange ich überhaupt denken kann. Er muß mindestens hundertzwei Jahre alt sein. Sie wollen dann alle zusammen gleich morgen früh zurück nach New York, mit dem allerersten Flugzeug. Und das ist die einzige gute Nachricht, die ich bisher gehört habe.«

Sie wunderte sich über sich selbst, wie sie hier Banalitäten herunterrasselte, während ihr eigentlich zum Heulen zumute war. Aber sie sah sich in der Rolle der Trostspenderin, obwohl sie doch ebenfalls einen Verlust erlitten hatte; sie hatte sogar den wichtigsten Menschen in ihrem ganzen Leben, ihren Vater, verloren, in dessen Liebe sie sich seit ihren Kindertagen geborgen gewußt hatte. Doch Red war jetzt noch weniger als sie imstande, die einfachsten Dinge des Alltags zu regeln. Eben diese sichtbare Hilflosigkeit war das einzige, das sie, Jazz, davon abhielt, ihrerseits in ein bodenloses Loch der Trauer über die unsägliche Grausamkeit dieses plötzlichen Todes zu fallen. Das Gefühl der Verantwortung für Red hatte sie davor bewahrt, selbst zusammenzubrechen in diesen vergangenen drei bitteren Weihnachtstagen, aufzugeben, sich einfach auf ihr Bett zu werfen und ihren grenzenlosen Kummer hinauszuschreien.

Sie blickten zu den Segelbooten auf dem Wasser und auf die vor Anker liegenden Jachten. Doch tatsächlich nahmen sie die sonnige, schimmernde Ferienszenerie an diesem Morgen des 27. Dezembers nur wie durch einen Schleier wahr. Gestern hatten sie Mike Kilkullen im Familiengrab auf dem Friedhof der katholischen Kirche von San Juan Capistrano beerdigt. Alle seine Kinder und Enkelkinder waren dabeigewesen, alle Vaqueros mit ihren Frauen und Kindern und fast die gesamte Bevölkerung der Stadt. Aus verschiedenen Teilen des Landes waren sogar demokratische Parteiführer eingeflogen. Rancher aus dem ganzen Westen, mit denen Mike Kilkullen vierzig Jahre lang befreundet gewesen war und die er regelmäßig bei den Viehauktionen im Cow Palace in San Francisco getroffen hatte, hatten ihm ebenso die letzte Ehre erwiesen wie die Mitarbeiter von Jazz im Dazzle-Studio; mit Ausnahme von Phoebe, die von einer plötzlichen Grippe heimgesucht worden war. Nach dem Begräbnis versammelten sich alle noch einmal auf der Hazienda – ein schier endloser Strom von Trauergästen, deren Worte des Beileids und ungläubigen Entsetzens sich unablässig wiederholten.

Nur zwei Menschen aus Mike Kilkullens engster Umgebung waren nicht dabeigewesen. Casey Nelson lag noch immer in der Klinik und erholte sich nur langsam von dem immensen Blutverlust und dem Lungendurchschuß, der ihn getroffen hatte, als er sich schützend vor Mike werfen wollte. Die beiden hatten bewaffnete Diebe dabei überrascht, wie sie versuchten, Mikes vierundzwanzig Jahre alten Mercedes zu stehlen – der Ersatzteile wegen, die sonst nicht mehr zu bekommen und deshalb begehrt und wertvoll waren.

Und Red war nicht dabeigewesen. Sie war in ihrem namenlosen Kummer zu erschüttert, um die Zeremonie durchzustehen, den Mann, den sie liebte, zu begraben. Sie wollte ihn so in Erinnerung behalten, wie sie ihn gekannt hatte – lachend und lebendig und glücklich wie noch Minuten vor seinem Tod, hatte sie Jazz mit gebrochener, leerer Stimme zu erklären versucht. Und Jazz, die an die voraussehbare Kälte und Ablehnung Valeries und Fernandas Red gegenüber gedacht hatte, war auch der Auffassung gewesen, das sei besser so.

Seit dem Mordabend hatte sie bei Red auf Lido Island in deren Haus geschlafen. Sie konnte sowenig wie Red in ihrer lähmenden Trauer allein sein.

»Der alte Mr. White«, setzte sie erneut an, als Red keinerlei Reaktion auf ihre Flut von Worten zeigte, »ist der Vater des Gouverneurs. Früher war er Bankier. Dad wickelte seine sämtlichen Bankgeschäfte über Whites Bank in San Clemente ab, und aus irgendeinem Grund hat er ihm offenbar auch sein Testament in Verwahrung gegeben. Ich vermute, weil er Anwälten nie getraut hat.«

»Jazz, du mußt mich nicht unterhalten«, sagte Red. »Ich weiß doch, daß dir nicht gerade nach Reden zumute ist.«

»Aber nein, Red. Nicht ich kümmere mich um dich, sondern du dich um mich. Ich könnte es doch auf der Hazienda jetzt gar nicht aushalten, mit sechs Teenagern im Haus, die Dad kaum gekannt haben und sich jetzt krampfhaft bemühen, sich gut zu benehmen, während sie in Wirklichkeit nur sauer sind über das verpatzte Weihnachten. Die arme Susie kann es sich nicht erlauben, zusammenzubrechen, bevor sie alle wieder fort sind. Und das ist auch das einzige, was sie jetzt noch aufrecht hält.«

»Susie hatte angefangen, mir das Kochen beizubringen, wir planten schon alle möglichen Partys«, sagte Red. Ihre Stimme war so dünn und fern, als erinnerte sie sich an etwas, das vor hundert Jahren jemand anderem widerfahren war. Dann wechselte sie abrupt das Thema: »Ich konnte Mike nicht einmal mehr seine Weihnachtsgeschenke geben.«

»Gib sie mir, Red. Ich bringe sie zurück. Es wäre nicht gut, sie zu behalten.«

»Meinetwegen«, stimmte Red unbeteiligt zu. »Sie liegen noch immer verpackt im Wandschrank. Aber dein Silberservice, Jazz, hatten wir schon ausgepackt. Ich wußte sofort, daß es das sein mußte, als das Paket letzte Woche von Jensen geliefert wurde, und ich konnte einfach nicht bis Weihnachten warten, um es Mike zu zeigen. Er war so... stolz auf dich...« Sie brach in Tränen aus und brauchte eine ganze Weile, bis sie sich wieder beruhigte.

Jazz legte den Arm um sie und zog sie an sich. Zu reden gab es da nichts.

»Ich bringe alles zurück in die Geschäfte, mach dir keine Sorgen, ich schaffe alles wieder weg, wirklich«, wiederholte sie sinnlos immer aufs neue, als beruhige sie ein Baby.

Red gewann allmählich ihre Fassung wieder. »Tut mir leid«, sagte sie. »Ich lasse mich so gehen, und du bewahrst eine solche Haltung.«

»Ich hab das Glück, daß ich dauernd beschäftigt bin. Während du nichts tun kannst als grübeln. Ich muß jetzt auch gleich los nach San Clemente. Ich kann den alten Mr. White nicht gut warten lassen.«

»Ich wußte gar nicht, daß dieses Vorlesen von Testamenten tatsächlich noch üblich ist«, sagte Red und versuchte, irgendwie Anteilnahme an Jazz' Angelegenheiten zu zeigen.

»Ich auch nicht. Ich dachte, man kriegt einfach einen Brief vom Testamentsverwalter oder irgend so etwas. Nun ist Mr. White ja aber auch noch ganz alte Schule. Ich komme zurück, sobald alles vorbei ist und ich noch nach Casey im Krankenhaus gesehen habe. Komm, begleite mich bis zum Haus.«

Sie gingen gemeinsam den Weg zurück. Jazz starrte abwesend auf ihre Beine und wunderte sich, wie selbstverständlich und automatisch sie einen Schritt vor den anderen setzte. Wo sie doch eigentlich keinen anderen Wunsch hatte, als tot zu sein.

Mr. Henry White hielt sich trotz seines hohen Alters und seines schon seit langen Jahren währenden Ruhestands immer noch ein Büro in San Clemente, in derselben Straße, wo die Bank lag, die er so lange geleitet hatte. Dort las er jeden Morgen seine fünf Zeitungen, beschäftigte sich am Nachmittag einige Stunden lang mit seinen Investments und pflegte telefonisch seine alten politischen Kontakte. Und dies alles hielt ihn lebendig, gesund und aktiv in einem gesegneten Alter, das seine Krönung erfahren hatte, als sein Sohn Gouverneur von Kalifornien geworden war.

Nachdem er Jazz, Valerie und Fernanda zu den bereitgestellten Stühlen vor seinem Schreibtisch geleitet hatte, setzte er sich hinter diesen und begann zu sprechen. Er brauchte sich nicht mehr mit Formalitäten und Beileidsbezeugungen aufzuhalten, da er nach dem Begräbnis ihres Vaters schon mit allen dreien einzeln geredet hatte.

»Meine Damen, ich hätte nie gedacht, diese Situation erleben zu müssen. Niemals hätte ich gedacht, Ihren Vater zu überleben. Aber nachdem es nun einmal so ist, möchte ich, ehe ich es vorlese, erklären, daß ich dieses Testament selbst nicht billige. Ich finde selbstfabrizierte – ›hausgemachte‹, wie ich sie zu nennen pflege – Testamente grundsätzlich nicht gut, mögen sie nun legal sein oder nicht. Ich habe ihnen nie getraut.«

Valerie biß sich angesichts dieser umständlichen Erläuterungen ungeduldig auf die Lippen und wippte heftig mit ihrem übergeschlagenen Bein. Fernanda rang nervös die Hände in ihrem Schoß und blies sich heftig das Haar aus dem Gesicht. Allein Jazz saß da wie zu Eis erstarrt.

»Ich habe Ihrem Vater oft und oft erklärt«, fuhr Mr. White fort, »daß es besser gewesen wäre, sein Testament von einem Notar erstellen und auch in dessen Büro aufbewahren zu lassen. Doch er wollte in diesem Punkt nichts hören.«

Fernanda sah Valerie mit einem Blick an, der deutlich machte, daß sie sich nur noch mit äußerster Not beherrschen konnte. Mr. White ignorierte das einfach und fuhr auf seine würdevolle Weise unbeirrt fort.

»Das vorliegende Testament ist indessen, wie ich Ihnen ausdrücklich versichern darf, trotz meiner Einwände absolut legal und gültig in dieser handschriftlichen Form. Es ist geschrieben worden vor drei Jahren, am 15. Januar 1987, und ich war dabei die ganze Zeit zugegen. Obwohl es keine zwingende gesetzliche Vorschrift ist, bestand ich ausdrücklich darauf, daß auch meine Sekretärin als Zeugin anwesend war und außerdem der gegenwärtige Direktor der Bank. Nach meinem Wissen existiert kein anderes Testament als dies.«

Er schob seine Brille etwas nach unten und blickte über ihre Ränder hinweg alle drei nacheinander an. Valeries und Fernandas unverhohlene Ungeduld und ihr Überdruß entgingen ihm nicht. Er wartete trotzdem ein paar Augenblicke, ehe er fortfuhr; nach wie vor langsam und getragen, mit fester

Stimme, um ganz klar zu machen, daß er die Absicht hatte, sich unter allen Umständen völlig unmißverständlich auszudrücken.

»Also, meine Damen. Es gibt hier zunächst einige Verfügungen über Bargeldzuwendungen, in erster Linie an Susie Dominguez, die viele Jahre für die Familie gekocht hat, und an alle Vaqueros, die ihr Leben lang für Ihren Vater arbeiteten. Es handelt sich um sehr großzügige Beträge, was allerdings angesichts der langjährigen Verbundenheit dieser Leute mit Ihrer Ranch und Familie so überraschend nicht ist. Andererseits fällt keine dieser Zuwendungen, auf die Hinterlassenschaft insgesamt gesehen, besonders ins Gewicht. Ich werde Ihnen dies alles nachher noch im einzelnen vorlesen.«

Er fuhr fort: »Sie, meine Damen, interessiert jetzt, wie ich sicherlich richtig vermute, in erster Linie, welche Hauptverfügungen über das Vermögen Ihres Vaters getroffen sind. Dies betrifft das Vermögenskonto auf der Bank von San Clemente und die fünfundzwanzigtausend Hektar Land, die bekannt sind als die Kilkullen-Ranch.«

Noch einmal musterte er unter seinen faltigen Augenlidern hervor alle drei Frauen langsam und eingehend. Lediglich Jazz erwiderte seinen Blick freundlich. Sie wußte gut, daß ihr Vater Henry White immer als seinen vertrauenswürdigsten Freund betrachtet hatte. Und auch, wenn er dies hier trocken und geschäftsmäßig hinter sich brachte, war doch unübersehbar, daß ihm Mike Kilkullens unerwarteter Tod wirklich auch persönlich naheging.

Er begann, vorzulesen.

»In Ermangelung eines männlichen Erben vermache ich, Mike Hugh Kilkullen, das Geld auf dem Konto der Bank von San Clemente einem Fonds, aus dem die Unterhaltskosten für unseren Familiensitz, die Hazienda Valencia, bestritten werden sollen. Meine Tochter Juanita Isabella Kilkullen soll über die Verwendung des Geldes entscheiden.

Die Hazienda Valencia, welche unter kalifornischem Denkmalschutz steht, vermache ich mit allem, was zu ihr gehört, mit dem ganzen Gebiet der Auffahrt von der Straße bis zur Hazienda, mit allen sie umgebenden Gärten, Ställen, Außengebäuden und dem Archiv der Fotos, die mein Großvater Hugh Kilkullen aufgenommen hat, allein und ohne Auflagen und Einschränkungen meiner Tochter Juanita Isabella Kilkullen. Die Hazienda Valencia war immer ihr Zuhause, und ich weiß, daß keine meiner anderen Töchter sie als das ansieht.«

»Das ist nicht anständig!« platzte Valerie wütend heraus. »Wie kann er einfach so tun, als wüßte er genau, daß ich nicht daran interessiert bin, ein Heim in Kalifornien zu haben? Oder auch Fernanda? Das ist in höchstem Maße unfair!«

»Valerie, dürfte ich Sie ersuchen«, sagte Mr. White streng, »Ihre Kommentare vorerst noch zurückzustellen?«

»Es ist eine Schande, und ich denke gar nicht daran –«

»Halt den Mund, Val«, ermahnte sie nun auch Fernanda.

»Ich fahre fort«, erklärte Mr. White.

»Wiederum in Ermangelung eines männlichen Erben vermache ich allen Grund und Boden, der bekannt ist unter dem Namen Kilkullen-Ranch, zu gleichen Teilen meinen drei Töchtern Juanita Isabella Kilkullen, Fernanda, geborene Kilkullen, und Valerie, geborene Kilkullen. Ich hoffe, glaube und vertraue darauf, daß meine Töchter imstande sind, mit diesem Erbe richtig umzugehen.«

Der alte Herr legte das Testament auf seinen Schreibtisch und blickte auf. Die drei Frauen warteten geduldig, daß er weitersprechen würde. Er musterte sie wieder gelassen der Reihe nach. Dann erst sagte er:

»Das ist alles.«

»Was denn, alles?« fragte Valerie mißtrauisch. »Einfach so? Sonst nichts weiter?«

»Nichts weiter«, bekräftigte Henry White. »Abgesehen von den Verfügungen, von denen ich vorhin kurz sprach, haben Sie damit den gesamten Inhalt des letzten Willens Ihres Vaters Mike Kilkullen vernommen. Als er dies seinerzeit niederschrieb, erklärte er mir, er sei damit nach bestem Wissen und Gewissen fair zu seinen Kindern gewesen, und alles übrige sei allein deren Sache. Und ich erlaube mir, die Hoffnung auszusprechen, daß Sie tatsächlich diesem Wunsch gerecht werden mögen. Jetzt werde ich Ihnen noch die Hinterlassenschaftsverfügungen für das Personal im einzelnen vorlesen.«

Doch Valerie stand abrupt auf, einen Ausdruck von Triumph im Gesicht, dem ihr Zorn darüber, daß Jazz allein die Hazienda erben sollte, gewichen war. Jetzt, da sie wußte, daß ihr ein Drittel des ganzen Landes gehören würde, sprudelten ihr die Worte herrisch aus dem Mund: »Wenn Sie das mir und meiner Schwester noch einmal brieflich mitteilen und bestätigen würden, Mr. White. Wir sind beide in Eile und die Details dieser Zuwendungen sind gewiß im Moment nicht so wichtig.«

Fernanda war automatisch ebenfalls aufgestanden. Ohne weitere Umstände gingen beide gemeinsam zur Tür.

»Augenblick noch, meine Damen!« erklärte Henry White scharf. »Sie kommen beide hierher zurück und setzen sich wieder. Ich bin noch keineswegs fertig!«

Valerie fuhr herum. »Ist es gesetzlich vorgeschrieben, daß wir uns die Einzelheiten dieser Zuwendungen hier ausdrücklich anhören müssen?«

»Nein, aber es hat auch gar nichts damit zu tun. Ich habe Ihnen noch eine weitere Mitteilung zu machen, damit Ihnen klar ist, in welcher Situation Sie sich nun befinden. Bei Testamenten, die wie das Ihres Vaters – auch in diesem Punkt übrigens entgegen meinem ausdrücklichen Rat – ohne Benennung eines Testamentsvollstreckers erstellt worden sind, muß raschestmöglich ein vorläufiger ernannt werden, bis ein endgültiger bestellt ist.«

»Wieso das?« fragte Fernanda.

»Die Kilkullen-Ranch ist ein laufender Geschäftsbetrieb. Es muß ein Verwalter da sein, um sicherzustellen, daß sämtliche Verpflichtungen eingehalten werden. Beispielsweise arbeiten auf der Ranch Dutzende von Personen, deren Löhne zu bezahlen sind. Es gibt regelmäßige wöchentliche oder monatliche Verpflichtungen, die beglichen werden müssen. Vergessen Sie nicht, meine Damen, ich war jahrzehntelang der Bankier Ihres Vaters, und mein Gedächtnis ist noch immer intakt.«

»Und wer ernennt diesen Verwalter?« fragte Jazz leicht verwirrt, als ihr bewußt wurde, daß es in der Tat um viertausend Stück Vieh ging, um Tausende Kälber, die demnächst erst geboren wurden, um Hunderte Bullen... es mußte eine Million Einzelheiten beim Betrieb der Ranch geben, an die sie bisher niemals auch nur gedacht hatte.

»Das oberste Gericht von Orange County«, antwortete der greise Henry White. »Nach den Gepflogenheiten vermutlich jemand aus der Vermögensverwaltungsabteilung einer Bank, die Ranch-Erfahrungen besitzt. Wells Fargo, beispielsweise.«

»Sie meinen, irgendein völlig Fremder von einer Bank?« fragte Jazz.

»Richtig. Es sei denn, natürlich, jemand von Ihnen selbst beantragte, Testamentsvollstreckerin zu werden, und die anderen beiden stimmten dem zu.«

Jazz brauchte nur einen ganz kurzen Blick auf Valerie und Fernanda zu werfen, um deren Antwort auf einen solchen Vorschlag zu wissen: Nein, natürlich.

Sie schüttelten also alle drei die Köpfe.

»Ich denke, daß Sie damit eine kluge Entscheidung getroffen haben. Es ist eine schwierige Aufgabe. Natürlich hat der vorläufige Verwalter nicht das Recht, irgend etwas aus der Hinterlassenschaft zu veräußern. Aber Sie müssen sich hinsichtlich seiner Person alle drei einig sein. Es geht dabei zunächst ohnehin nur um eine kurze Frist.« Er setzte sich zurück. »Jetzt dürfen Sie sich nach Ihrem Belieben entfernen.«

»Jazz«, sagte Valerie nicht ohne Sarkasmus, »ich hoffe, es macht dir nichts aus, wenn wir noch eine Nacht auf deinem Besitz verbringen. Wir sind dir gleich morgen früh samt unseren Kindern aus den Augen. Nicht wahr, Fernanda?«

»Aber was soll denn das, Valerie!« rief Jazz. »Selbstverständlich könnt ihr jetzt und immer auf der Hazienda sein, solange ihr wollt! Das weißt du doch ganz genau!«

»Nicht im Traum, meine Liebe! Im Ritz in Laguna Niguel wohnt es sich ohnehin sehr viel komfortabler, bis diese Verwalter-Geschichte geklärt ist.«

Und sie stürmten davon, während kurze, hastige Bemerkungen zwischen ihnen hin- und herflogen. Jazz war froh, daß sie für sie nicht zu verstehen waren. Sie saß noch immer da, peinlich berührt. Es war ja kein Zweifel, daß Mr. White so steinalt nun wieder auch nicht war, um nicht genau bemerkt zu haben, wie ihre Augen zu glühen begonnen hatten, begehrlich, gierig, fast unverhohlen habsüchtig.

»Nun, Jazz, Sie scheinen nicht in solcher Eile zu sein wie Ihre Schwestern. Ich bin froh darüber. Es gibt einige Dinge, die ich gerne noch ausgesprochen hätte. Worte der Erfahrung, wenn Sie so wollen, von denen ich das Gefühl habe, daß ich sie nicht länger für mich behalten sollte.«

»Mich interessiert die Stimme der Erfahrung durchaus«, sagte Jazz ernsthaft. Fernanda und Valerie hatten Henry White nicht einmal für seine Bemühungen gedankt.

»Ich hoffe, Sie und Ihre Schwestern sind sich auch der Verpflichtungen dieses Erbes bewußt«, sagte Henry White. »Ich bedaure, daß sie meinten, so rasch forteilen zu müssen. Zwar kenne ich sie schon, seit sie kleine Kinder waren, aber natürlich nur oberflächlich. Ihre Mutter kenne ich gut. Sie und mein Sohn, der Gouverneur, und meine Schwiegertochter sind bis heute eng befreundet. Unter diesen Umständen meine ich, hätte es ihnen schon gut angestanden, noch ein paar Minuten hierzubleiben.«

»Ich bin sicher, sie haben es im Grunde nicht so gemeint«, sagte Jazz. »Aber Valerie hat wohl die Sache mit der Hazienda etwas aus der Fassung gebracht.«

»Das mag wohl sein. Aber ein Drittel der Kilkullen-Ranch ist immerhin auch ein fürstliches Erbe. Mein Eindruck war eher, daß sie es sehr eilig hatten, die Kunde publik zu machen.« Er musterte Jazz scharf.

»Oder zu packen«, erklärte sie angewidert. Das war ganz Valerie.

»Glauben Sie mir, Jazz, daß es dieses Testament überhaupt gibt, liegt nur daran, daß ich ihn ständig dazu drängte. Ihr Vater war ein Mann, der seine eigene Sterblichkeit nicht wahrhaben wollte. Deshalb hat er es auch stets rundweg abgelehnt, über einen Verkauf der Ranch auch nur nachzudenken. Schon weil ihm der Gedanke, eines Tages sei sie nicht mehr ganz in seiner Verfügungsgewalt, absolut unerträglich war. Dieses Testament ist sehr hastig gemacht worden, von einem Mann, der diese unangenehme Aufgabe so schnell wie möglich hinter sich bringen wollte. Es geht von der schlichten Annahme aus, Sie und Ihre Schwestern würden sich schon gemeinsam darauf einigen, was denn nun geschehen und wie die Aufteilung des Erbes reibungslos vor sich gehen solle.«

»Was das Einigen angeht«, sagte Jazz, »haben wir wenig Übung. Ich nehme an, Sie haben das gemerkt.«

»Es war mir klar«, nickte White, »daß dieser Fall eintreten könnte.« Er sah sie offen an. »Ich weiß, daß Ihre Schwestern kein wirkliches Interesse an der Ranch haben, außer dem, sie so rasch wie möglich zu verkaufen.«

»Aber...«, begann Jazz und blieb dann einfach stecken. Ihre Gedanken waren verwirrt, sie fand keine Worte mehr.

»Ja?« forschte Henry White.

»Es ist nur... wie Sie das sagen... das klingt geradeso, als sei die Ranch bereits verkauft! So schnell, so einfach...!« Sie schnippte mit den Fingern dazu. »Und sein ganzes Leben lang hat mein Vater eben dies zu verhindern versucht! Und jetzt mit einem Schlag – weg. Weg, weg! Verkauft, aus. Es ist so – das klingt so – herzlos... so... als hätte er überhaupt nie gelebt, für nichts gelebt... als sei das jetzt, wo er nicht mehr da ist, alles völlig uninteressant.«

Sie hatte bisher, das wurde ihr klar, während sie sprach, die Tatsache, daß er tot war, noch gar nicht richtig verarbeitet. Sie hatte noch überhaupt keine Zeit gehabt, ihn wirklich zu betrauern. Aber für diesen klugen, alten Mann hier war es bereits eine feststehende Tatsache, daß die Ranch ihres Vaters, fast sechsundzwanzigtausend Hektar Land, nun in die Hände beliebiger Fremder kam. Mike Kilkullen würde sich im Grabe umdrehen. Kein Wunder, daß er sich mit Händen und Füßen gegen ein Testament gewehrt hatte.

Es fiel ihr etwas ein. »Wie ist das, könnte statt eines solchen Verwalters nicht auch der Vorarbeiter meines Vaters, Casey Nelson, bestellt werden? Wäre das nicht logisch?«

»Ich weiß es nicht, Jazz. Das hängt ganz allein vom Gericht ab. Auch von der Zustimmung Ihrer Schwestern. Und selbstverständlich von ihm selbst. Er muß natürlich damit einverstanden sein. Wie auch immer, es geht, wie gesagt, ohnehin nur um die erste Zeit. Die eigentliche Aufgabe des Gerichts ist es, den endgültigen Verwalter zu finden, den sogenannten bevollmächtigten Testamentsvollstrecker, der also auch über den Verkauf und die Aufteilung des Nachlasses verhandeln kann. Das Gericht wird sich bemühen, das schnellstmöglich zu entscheiden, innerhalb von sechs Wochen oder zwei Monaten.«

»Warum hat mein Vater die Ranch nicht ganz dem Staat vermacht, als Naturpark oder so etwas? Wäre das nicht wirklich das Gescheiteste gewesen, verdammt?« entrang es sich Jazz aus tiefstem Herzen.

Henry White hob überrascht den Kopf. Er bedachte das eine Weile.

»Das hätte natürlich zweifellos eine Menge Probleme gelöst. Aber auch bedeutet, seine Kinder zu enterben. Das tun nur wenige, und dann nur mit sehr guten Gründen.«
»Hätte er es nur getan!«
Henry White gestattete sich ein kleines Lächeln. »Jazz, meine Liebe, wenn ich Ihnen einen guten Rat geben darf?«
»Ja?«
»Nehmen Sie sich einen Anwalt. Einen guten.«

»Weißt du, Casey«, sagte Jazz, »ich kriege das einfach nicht in meinen Kopf. Ich versuche es andauernd, aber es geht nicht. Ich habe genau verstanden, was Mr. White gesagt hat, aber mein Gehirn weigert sich, es zu begreifen. Mir brummt buchstäblich noch immer der Kopf.«
Sie ließ sich auf den Stuhl neben Caseys Krankenhausbett fallen und wirkte verloren und verlassen. Der goldene Topasschimmer ihrer Augen war jetzt rauchfarben, ihr Gesicht blaß, blasser als er es je gesehen hatte, und ihr Haar hing tot und schlaff von ihrem Kopf und hatte eher die Farbe eines Schildkrötenpanzers als seinen üblichen, golden schimmernden Braunton.
»Du hast die schlimmsten Tage deines Lebens hinter dir«, sagte er. »Es dauert seine Zeit, bis man sich von so etwas wieder erholt.«
»Weißt du, heute war mir, als... hätte ich Dad ein zweites Mal verloren. Als mir klar wurde, daß der Verkauf der Ranch nur noch eine Frage der Zeit ist... ich habe mir bisher noch nie solche Gedanken gemacht... Ich ertrage diese Gedanken an die Zukunft so wenig wie Dad. Als meine Mutter starb, mußte ich glauben, er sei unsterblich, weil ich, falls auch er plötzlich nicht mehr dagewesen wäre, eine echte Waise gewesen wäre. Wirklich ganz allein und verlassen.« Ihre Stimme war völlig tonlos.
»Noch als ich größer wurde, war ich irgendwie überzeugt

davon, daß er gleichsam unsterblich sei. Und alles, was er tat, bestärkte mich nur darin, machte ihn nur noch... unvergänglicher. Und er glaubte das ebenso fest wie ich.«

»Wenn du dir mal überlegst«, sagte sie, »daß er sein Testament bei einem so uralten Mann wie Mr. White hinterlegt! Vermutlich war das seine Art, sein Testament zu machen, ohne es vor sich selbst zuzugeben.« Sie sprach mehr mit sich selbst als mit Casey.

»Wahrscheinlich«, sagte Casey, »hat er ganz unbewußt gehofft, Mr. White werde sich schon irgendwie darum kümmern, daß sein Testament im Sinn der Erhaltung vollstreckt wird. So, wie du ihn mir schilderst, scheint dieser Mr. White ja wirklich ein sehr vernünftiger Mann zu sein.«

»Oh, ja, das ist er. Er hat mir geraten, mir einen Anwalt zu besorgen. Aber wozu brauche ich wirklich einen?«

»Du bist eine Erbin. Jede Erbin braucht einen Anwalt.«

»Wozu?«

Sie stellte sich, fand Casey, absichtlich naiv. Aber er sah, daß er vorsichtig sein mußte. Einzugestehen, daß sie einen Anwalt brauchte, bedeutete für Jazz gleichzeitig, einzugestehen, daß Mike tot war.

»Jazz, ich meine das sehr ernst. Ich gehe jede Wette ein, daß Valerie und Fernanda, sobald sie zurück auf der Ranch waren, als erstes mit Anwälten telefoniert haben.«

»Was für Anwälten?«

»Hör zu, Jazz, ich weiß, du willst nicht daran denken. Aber du hast nun einmal soeben ein Drittel von fünfundzwanzigtausend Hektar Land geerbt. Und die anderen beiden Drittel gehören deinen Schwestern. Hast du noch nie etwas von einer Sache gehört, die man ›die eigenen Interessen wahrnehmen‹ nennt? Es gibt Anwälte, die sich auf Erbschaftsauseinandersetzungen und Grundstücksrecht spezialisieren. So oder so, du brauchst in der Tat Anwälte! Und zwar für den Rest deines Lebens.«

»Aber Casey!«

»Doch, wirklich! Tut mir leid, wenn ich zu direkt bin, aber wirklich, Jazz, du kannst es dir jetzt nicht leisten, naiv zu sein. Denke bitte daran, ich bin ein hartgesottener Geschäftsmann, wenn ich nicht gerade Cowboy spiele!«

»Auch hartherzig?«

»Wenn es sein muß. Aber nur dann.«

Jazz wechselte das Thema. Sie wollte nichts mehr von Anwälten hören. »Ich kann das immer noch gar nicht glauben, daß sie dir erlaubt haben, ein Faxgerät hier in dein Krankenzimmer zu stellen.«

»Sobald ich wieder sprechen konnte, habe ich sie davon überzeugt, daß dies das einzige Mittel sei, das mich wieder gesund machen könnte. Beziehungsweise, daß ich ohne es nie mehr gesund würde. Jeden Morgen kommt eine Aushilfssekretärin, die für mich faxt. Gegen Mittag schließt dann die Börse in New York, und auch ich kann meinen Laden wieder zumachen. Begeistert war mein Arzt wirklich nicht, aber er hat immerhin gesagt, in zwei oder drei Tagen kann er mich entlassen. Heute morgen bin ich schon sechsmal auf und ab gegangen. Ging ganz gut.«

»Casey, es läßt sich schwer in Worte fassen...«

»...dann laß es doch bleiben.« Er hob die Hand, um ihr Einhalt zu gebieten, doch sie beachtete ihn nicht.

»...aber du bist fast selber dabei umgekommen, als du versucht hast, Dad zu retten. Der Arzt sagte mir, es hätte dich ohne weiteres auch am Herzen erwischen können statt an der Lunge. Es reicht natürlich nicht, dir zu danken. Es gibt dafür keine Worte, aber ich kann auch nicht gut einfach nichts sagen.«

»Das war der reine Reflex, Jazz. Ich habe gar nichts dabei gedacht, sondern einfach nur gehandelt. Dafür brauche ich nicht belohnt zu werden, und ich will auch keinen Dank. Das einzige, was ich empfinde, ist ein großes, tiefes... ganz unbeschreibliches Bedauern darüber, daß ich es nicht verhindern konnte.«

»Du... hast ihn geliebt, nicht wahr?« Ihre Stimme war fast nur noch ein Flüstern.

»Es war mir selbst nicht klar, wie sehr. Ich glaube, wir sind uns in diesen paar Monaten schon nähergekommen, als ich es je einem Mann war. Manchmal sprachen wir ganze Nächte hindurch... Ich werde ihn für den ganzen Rest meines Lebens vermissen, Jazz. Schmerzlich vermissen.«

Jazz legte ihm die Hand auf die Schulter, und sie verharrten eine Weile in gemeinsamer Trauer. Dann riß sie sich mit Gewalt von der tödlichen Traurigkeit der Erinnerungen los. Wenn sie jetzt zu heulen anfing, dachte sie, konnte sie womöglich überhaupt nicht mehr damit aufhören.

Sie sagte: »Hör mal zu, Casey. Mr. White hat mir erklärt, das Gericht müsse einen vorläufigen Verwalter bestellen, der die Geschäfte der Ranch so lange weiterführen kann, bis ein endgültiger Testamentsvollstrecker gefunden und ernannt ist, der dann auch über den Verkauf verhandeln kann. Wärst du damit einverstanden, nicht mehr Vorarbeiter zu sein, sondern diesen Job zu übernehmen? Ich weiß, das ist ein reiner Schreibtischjob und mühsam, aber es läge mir wirklich sehr viel daran.«

»Aber selbstverständlich. Ich will gern alles tun, was dir helfen kann. Aber wer bestellt mich und wie?«

»Es scheint, ich kann dem Gericht vorschlagen, dich zu ernennen.«

»Na gut, dann mach das mal. Und vergiß nicht, Jazz: einen Anwalt!«

»Schon gut, ich mach's ja.«

Es klopfte an der Tür. Sie ging auf. Jazz erwartete eine Krankenschwester, die ihr wie das seit Anbeginn der Welt so üblich war, sagen würde, sie dürfe den Patienten nicht überanstrengen, und es sei jetzt Zeit, zu gehen. Doch statt dessen trat ein gutaussehender Mann mittleren Alters in einem teuren New Yorker Maßanzug ein, der, während er noch auf das Krankenbett zuging, Jazz sofort zu erkennen schien.

»Hallo!« sagte Casey. »Jazz, das ist mein Vater Gregory Nelson.«

Jazz stand auf und gab dem Besucher die Hand, der sie fest zwischen seine beiden nahm.

»Mein tiefes Beileid, Jazz. Es hat mich sehr erschüttert.« Er umarmte sie.

Jazz dachte: Aha, also so sieht ein Löwenjunges aus, wenn es groß geworden ist! Die ganz und gar nicht förmliche und ausgesprochen familiäre Art von Caseys Vater verwirrte sie etwas.

Gregory Nelson, seit drei Jahren Witwer, war etwas kleiner als Casey, und er sah ihm auch nicht sehr ähnlich, doch sein Blick war von der gleichen ernsthaften Integrität. Für Jazz in ihrem grenzenlosen Kummer strahlte er so viel Güte aus, daß sie sich augenblicklich umsorgt und beschützt fühlte. Das unerwartete Erlebnis von Trost und Mitgefühl trieb ihr die Tränen in die Augen, und sie mußte sie heftig unterdrücken.

»Wann sind Sie gekommen?« fragte sie und versuchte, sich in die Banalitäten üblicher Konversation zu retten.

»Sobald ich es erfuhr«, sagte Caseys Vater. »Und ich habe mich darum gekümmert, daß er sich hier an die Verordnungen der Ärzte hält. Inzwischen ist er ja schon wieder fast wie neu, mal vorausgesetzt, er war es jemals.«

»Da hast du meinen Vater!« sagte Casey lächelnd. »Er läßt keine Gelegenheit aus, mich daran zu erinnern, daß ich mal ein kleiner Hosenscheißer war.«

»Warum soll ich dich besser behandeln als du mich?« sagte Gregory Nelson.

»Sie vermitteln mir da ganz neue Einsichten«, sagte Jazz. »Ich wollte, wir hätten uns früher kennengelernt.«

Sie verabschiedete sich, obgleich sie sich wirklich gerne noch länger mit Caseys Vater unterhalten hätte. Doch es gab Dinge mit Valerie und Fernanda zu regeln.

Sie fuhr vom Krankenhaus direkt zur Ranch, durch die Allee mit den altehrwürdigen Feigenbäumen bis zur Auffahrt vor der Hazienda. Bevor sie hineinging, blieb sie kurz unschlüssig stehen und sah sich nachdenklich um. Sie formte beide Daumen und Zeigefinger zu einer fiktiven Kamera, als suche sie einen Fotoausschnitt für eine Aufnahme. Sie versuchte, sich selbst vorzusagen, daß dies alles jetzt ihr gehörte. Doch der Gedanke blieb tot und abstrakt und gewann überhaupt keine Realität. Und das Haus blieb eine fremde, zweidimensionale Fassade. Sie suchte die vertraute, nun plötzlich nichtssagende Umgebung mit den Augen ab und schwor sich, alles für immer so zu belassen, wie es jetzt war; wie es während des ganzen Lebens ihres Vaters und auch schon seiner Vorfahren gewesen war.

Als sie schließlich eintrat und das ganz unerwartete Knakken und Knistern des Kaminfeuers hörte, zog sich ihr Herz wie im Krampf zusammen. Fast hätte sie laut aufgeschrien. Noch war der Geruch von Mike Kilkullens Pfeifentabak in der Luft, aber das Kaminfeuer, das ja nicht er angezündet haben konnte, machte ihr erneut schlagartig klar, daß er nicht mehr da war und nie mehr da sein würde. Nicht jetzt aus seinem Sessel aufstand und sie zur Begrüßung küßte, nachdem er ihre Schritte gehört hatte.

Sie ging entschlossen hinein. Sie mußte das alles hinter sich lassen, solange die wichtigen Dinge nicht erledigt waren, wie sehr es sie auch drängte, sich der Erinnerung an den weißhaarigen Kopf und sein bedächtiges, liebevolles Lächeln hinzugeben.

In seinem Sessel räkelte sich genüßlich Fernanda. Sie hatte ihre Füße mit den hochhackigen Eidechsenlederstiefeln auf die Ottomane gelegt und hielt ein Glas in der Hand. In dem braunen Ledersessel, den Jazz als ihren eigenen betrachtete, saß Valerie, die Beine auf Yoga-Art unter sich gezogen, die flachen Schuhe auf dem Boden neben dem Sessel, auch sie mit einem Glas in der Hand.

»Ich hoffe, du hast nichts dagegen, Jazz«, sagte Valerie kalt. »Aber ich dachte, ein paar Holzscheite für ein Feuer und einen kleinen Scotch würdest du uns wohl gönnen.«

»Aber selbstverständlich«, sagte Jazz leichthin. Sie zog sich einen anderen Sessel heran und schenkte sich selbst einen Drink ein. Sie war eisern entschlossen, sich von Valerie auf keinen Fall provozieren zu lassen.

»Weißt du, Jazz«, sagte Valerie, »wieviel Geld Vater auch immer für den Unterhalt der Klitsche hier hinterlassen hat, sehr weit bringt es dich auf die Dauer nicht. Wenn ich du wäre, würde ich ohnehin, bevor ich überhaupt was anrührte, erst mal die Dächer gründlich prüfen lassen. Nur als Beispiel.«

»Ich habe keine Renovierungsabsichten, Valerie.«

»Mußt du doch. Hier ist doch seit Jahren nichts gemacht worden. Seit deine Mutter starb, nicht. Schau dir nur einmal diese Sessel an. Das Leder völlig abgeschabt, brüchig.«

»Mir gefällt es so.«

»Bitte, ich will dir ja nicht dreinreden«, sagte Valerie achselzuckend.

»Was willst du mit dem alten Kasten überhaupt machen?« wollte Fernanda wissen. »Du willst doch nicht hier leben, oder?«

»Ich weiß es noch nicht. Ich habe noch gar nichts entschieden. Ich hatte so wenig Ahnung wie ihr, daß ich es bekommen würde.«

»Na ja, es ist ja klar, daß Vater wollte, daß du diesen weißen Elefanten hier weiterpäppelst«, sagte Valerie. »Wie er so schön schrieb: Es ist ja dein Zuhause.«

»Ja, Valerie, das ist es. Hört mal zu, ich bin hier um mit euch über diese Verwalter-Angelegenheit zu reden.«

»Ich dachte, das Gericht macht das?« sagte Fernanda.

»Sicher, es fällt die Entscheidung«, sagte Jazz. »Aber ich habe eine Idee. Zum Glück für uns ist Casey Nelson bereit, die Verwaltung der Ranch zu übernehmen. Ich komme gerade von ihm. Er wird schon in den nächsten Tagen aus der Klinik entlassen. Er weiß bei weitem mehr über die Führung der Ranch, als irgendeiner von einer Bank wissen kann. Könnten wir uns darauf einigen, daß er damit betraut wird?«

»Also wirklich, Jazz, du mußt uns für vollkommen blöd halten, oder? Ausgerechnet Casey Nelson!« sagte Valerie kampflustig.

»Valerie, er ist nicht nur ein Vorarbeiter«, sagte Jazz geduldig, »er ist viel mehr als ein normaler Rancher. Er ist ein sehr seriöser und auch erfolgreicher Geschäftsmann. Das hier würde er nur gefälligkeitshalber machen.«

»Für wen?«

»Für uns alle, Valerie. Er würde uns garantieren, daß die Ranch tiptop weiterläuft, bis der endgültige Testamentsvollstrecker bestellt ist.«

»Ich sehe hier in diesem Raum«, sagte Valerie langsam und böse, »drei Weiber. Aber nur eines hat mit Casey Nelson gevögelt.«

»Wie war das?!«

»Und nach meiner Rechnung verleiht diese Tatsache dir einen unfairen Vorteil, Schwesterherz. Findest du das nicht auch, Fernie? Liebe Jazz, hattest du nicht schon genug unfaire Vorteile heute? Reicht das noch immer nicht? Zuerst gelingt es dir, uns um unseren Anteil am Familienvermögen zu bringen. Und jetzt scheinst du auch noch allen Ernstes zu glauben, du könntest uns deinen Liebhaber unterjubeln. Also wirklich.«

»Was glaubst du wohl, würde er tun?« sagte Jazz hitzig.

»Die Lebensmittelrechnungen unterschlagen? Das Vieh verscheuern?«

»Das alles und noch hundert andere Dinge, die du nicht erwähnt hast. Ihr beide würdet doch das ganze Haus hier leerräumen.«

»Wir haben doch gesehen«, meldete sich nun auch Fernanda, »wie du damals auf der Fiesta den Kerl um den Finger gewickelt hast.« Sie rümpfte verächtlich die Nase. »Du scheinst uns offenbar für leicht beschränkt zu halten, wie?«

»Nein«, sagte Jazz und stand auf. »Ich halte Valerie vielmehr für ganz unglaublich beschränkt. Und dich für ganz unglaublich eifersüchtig. Und wolltet ihr nicht eigentlich pakken, ihr zwei?«

Sie lief erregt in Reds Wohnzimmer auf und ab, als sie ihr den Vorfall erzählte.

»Und dann«, brach es zornig aus ihr hervor, »hat sie doch behauptet, ich vögle mit Casey.«

»Wörtlich?«

»Wörtlich! Ich habe bis dahin geglaubt, sie kennt das Wort nicht einmal. Hält man so etwas für möglich?«

»Unmöglich! Ich möchte wissen, woher sie das weiß?«

»Was?! Du auch?«

»Was denn, du meinst...«

»Aber nein, niemals! Nicht, daß mir die beiden das glauben würden!«

»Liebe Jazz«, sagte Red sanft, »und was hindert dich daran?«

Lydia Henry Stack Kilkullen war nicht im mindesten überrascht, als Jimmy Rosemont sie zum Lunch unter vier Augen einlud. Es war erst ein Tag seit der Eröffnung des Testaments von Mike Kilkullen vergangen, und es war klar was die Einladung bedeutete. Sein Interesse am Kauf der Ranch war größer denn je, und er wollte von ihr so viele Informationen aus erster Hand wie möglich.

Aber sie würde ihn ordentlich zappeln lassen und sich daran weiden, wie er nach der kleinsten Krume Information hechelte, dachte sie, als sie sich ankleidete. Es war immer das reine Vergnügen, jemanden, der so reich war wie Jimmy Rosemont, sich danach abstrampeln zu sehen, noch reicher zu werden.

Sie musterte ihren New Yorker Kleiderschrank. Alles Zeug, das sie nun Gott sei Dank bald wegwerfen konnte. Wenn – über die Mädchen – das Geld erst einmal in Strömen floß. Nicht, daß die Kleider nicht immer noch sehr gut gewesen wären. Aber keinen Augenblick länger als nötig wollte sie mehr an sie und die Umstände ihres bisherigen Lebens erinnert werden.

Rosemont hatte sie ins Stanhope Hotel an der Fifth Avenue gebeten. Sie kam eine genau kalkulierte Viertelstunde zu spät und wußte, daß sie damit auf die Minute pünktlich war. Sie lächelte Jimmy Rosemont großmütig zu. Keine Entschuldigung. Sie war nun keine Bittstellerin mehr. Nie mehr.

Und sie wartete auch lächelnd, nachdem er sie ausreichend bewundert und die Bestellungen erledigt hatte, die selbstverständlich erforderliche allgemeine Konversation ab, ehe man anständigerweise und mit Stil zum Thema kommen konnte.

»Wir waren wirklich sehr betroffen, zu hören«, begann Jimmy Rosemont schließlich, »daß Ihre Töchter ihren Vater verloren haben.«

»Das ist sehr lieb von Ihnen«, entgegnete Liddy. Besser fand sie, hätte sie selbst das auch nicht ausdrücken können.

»Wenn wir dann jetzt vielleicht zum Geschäftlichen kommen können?«

»Zum Geschäftlichen?«

»Nun, Liddy, wir kennen einander leider nicht so gut, wie wir uns kennen könnten. Das ist ein Mangel, den wir schnellstens beheben sollten. Inzwischen ist allerdings Eile geboten.«

»Ach ja?« sagte Liddy und tat so ahnungslos, wie es nur ging.

»Nun, wir beiden wissen doch, die Kilkullen-Ranch wird verkauft werden. Die einzige noch offene Frage ist, an wen. Nun vertrete ich eine Gruppe, die bereit ist, den höchsten Preis zu bezahlen, den Valerie und Fernanda überhaupt erzielen können. Es wird Interessenten genug geben. Und je mehr Leute bieten, desto länger wird der Verkauf dauern. Ich möchte deshalb schon mal ein Angebot machen, um ganz sicher zu sein, daß meine Leute den Zuschlag erhalten.«

»Sie vergeuden wirklich keine Zeit und keine Worte«, sagte Liddy trocken.

»Das müßte ich nur, wenn ich mit jemandem spräche, der weniger intelligent wäre als Sie.«

»Nun, Jimmy, wie Sie wissen, habe nicht ich die Ranch geerbt, sondern meine Töchter.«

»Das ist mir durchaus geläufig, Liddy. Fernanda hat gestern auch mit Georgina telefoniert.«

»Ach so«, sagte Liddy stirnrunzelnd.

»Ich weiß aber auch, wie groß Ihr Einfluß auf Ihre Töchter ist. Sie wissen sehr genau, daß sie ohne Sie womöglich heute gar keine Erbinnen wären.«

»Das stimmt«, sagte Liddy selbstzufrieden und besänftigt.

»Darf ich ganz offen reden?«

»Kommt die Frage nicht schon ein bißchen spät?« Liddy lächelte. Sie hatte den Mann wirklich ganz gewaltig unterschätzt!

»Sehr offen?«

»Ich bitte darum.«

»Wenn Sie Ihren Einfluß auf Ihre Töchter dazu nutzen, dafür zu sorgen, daß meine Partner die Ranch bekommen, werden diese sich Ihnen sehr erkenntlich zeigen.«

»Seien Sie doch bitte noch ein wenig direkter!« lachte Liddy, und er lachte mit.

»Eine Art Finderlohn, sobald die Verträge unterschrieben sind.«

»In welcher Höhe?«

»Ein halbes Prozent des Kaufpreises.«

»Und wieviel wäre das so ungefähr?«

»Grob geschätzt, in der Größenordnung von fünfzehn Millionen Dollar. Vermutlich sogar mehr.«

»Hmm. Interessant. Sagen Sie, Jimmy, wieviel wissen Sie eigentlich über Orange County?«

»Genug, Liddy.«

»Verzeihen Sie, aber ich bezweifle das. Sehen Sie, ich habe die Entwicklung der Grundstückspreise dort über die letzten dreißig Jahre von Woche zu Woche verfolgt. Auf dem Immobilienmarkt dort ist nichts geschehen, was ich nicht wüßte. Ich kann im voraus jedes Problem sehen, das Ihrer Gruppe entstehen wird. Zuerst einmal muß sie den Testamentsvollstrecker, den das Gericht bestellen wird, davon überzeugen, daß sie die richtigen Käufer sind. Und dann kommen erst die diversen Probleme mit den staatlichen und lokalen Behörden.«

»Meine Leute sind sich voll bewußt, daß es nicht einfach sein wird, dieses Land zu erschließen. Sie wissen, daß sie sehr viel Geduld haben müssen.«

»Das läßt sich abkürzen. Aber nicht für ein halbes Prozent.«

»Aha?«

»Ich habe einen großartigen Freund auf dieser Welt. Einen treuen, ergebenen Freund seit über fünfunddreißig Jahren. Einen Freund, der mir nichts abschlägt, worum ich ihn bitte. Nichts.«

»Ja?«

»Den Gouverneur von Kalifornien. Deems White. Er hat

die Macht, einen Testamentsvollstrecker seiner Wahl einsetzen zu lassen. Er hat die Macht, sämtliche Probleme, die Staats- und Lokalbehörden verursachen könnten, vom Tisch zu wischen, verschwinden zu lassen.«

»Ich hatte ja keine Ahnung«, sagte Rosemont voller Respekt. »Das ändert die Dinge natürlich. Sagen wir, es verdoppelt sie?«

»Sagen wir«, erklärte Liddy kühl, »es verdreifacht sie.«

»Das klingt fair.«

»Dann verstehen wir uns also. Die Details haben Zeit.«

»Möglichst nicht sehr viel, wenn es nach mir geht, Liddy.«

»Ich bin durchaus Ihrer Meinung.«

Jimmy Rosemont erhob sein Glas. Oh, dachte er, er hatte die Frau ganz offensichtlich schwer unterschätzt. Andererseits hatte auch sie selbst sich und ihren Einfluß weit unterschätzt. Sie hätte auch hundert Millionen von ihm für diesen Deal verlangen können, und er hätte sie bezahlt, ohne mit der Wimper zu zucken.

17

»Welche Kooperation, Sam?« fragte Jazz. »*Was* haben die Russen zugesagt bei deinem Film in Kiew?«

Sie telefonierten miteinander.

Sam Butler fragte zurück: »Wie kommst du darauf, daß wir nach Kiew müssen?«

»Na, du spielst doch diesen ukrainischen Politiker? Soviel ich neulich noch gehört habe, soll Kiew immer noch die Hauptstadt der Ukraine sein. Ganz einwandfrei. Sowjetunion.«

»Meine Güte, das heißt doch noch lange nicht, daß wir direkt an Ort und Stelle drehen müssen. Außerdem ist Milos für die Drehorte zuständig. Und eine Stadt sieht sowieso aus wie die andere. Düster muß sie sein, das ist das Entscheidende. Aber ich bin wirklich schon sehr aufgeregt.«

»Selbstverständlich bist du das. Das ist doch die Rolle, die du immer gesucht hast. Ich begreife ja noch immer nicht, wie du aus der Dressman-Rolle herausgekommen bist.«

»Ich habe Guber und Peters davon überzeugt, daß man einen Künstler nicht gegen seinen Willen zu etwas zwingen kann. Und nachdem ich mir den Kopf kahlrasiert hatte, glaubten sie es mir endlich.«

»Du hast was?« Jazz mußte einen Lachreiz unterdrücken.

»Glaubst du es vielleicht nicht?«

»Mann...! Haben sie die Rolle schon neu besetzt?«

»Lieber wäre mir gewesen, du hättest das nicht gefragt, aber: ja.« Aus Sam Butlers Überschwangsluftballon schien ein wenig die Luft heraus, der Stimme nach zu urteilen; wenn er auch noch nicht geplatzt war.

»Also?« drängte sie.

»Daniel Day-Lewis«, sagte Sam angewidert. »Hättest du das geglaubt? Daß der bereit ist, einen Dressman zu spielen? Nachdem er den Oscar für *My Left Foot* bekommen hat?«

»Es ist eine Abwechslung für ihn, Sam, also was regst du dich auf? Rechne es dir als Verdienst an, daß Milos Forman die Rolle zuerst immerhin dir angeboten hat.«

»Da hast du auch wieder recht, daran habe ich noch gar nicht gedacht.« Ihre Bemerkung schien ihm zu gefallen.

»Sind deine Haare schon wieder etwas nachgewachsen?« fragte Jazz und versuchte, interessiert zu klingen.

»Wie verrückt, sage ich dir. Dichter denn je, kannst du dir das vorstellen?«

»Und wie war das, als du völlig kahl warst, haben dich da die Leute endlich anders behandelt? Waren sie netter, weniger gehemmt, zumindest vorübergehend?«

»Keine Spur, sie waren noch neugieriger. Wirklich, Jazz, das hängt mir an, und ich kriege es nicht los.«

»Ich wünsche dir, daß alles gut geht mit diesem Film, Sam«, sagte sie.

»Du wirst mir fehlen, Kleine. Mächtig.«

»Du mir auch.«

»Sehen wir uns, wenn ich zurückkomme?«

»Aber natürlich, Sam. Also, viel Spaß.«

Sie legte auf. Natürlich, dachte sie, würde sie Sam Butler nie mehr sehen. Allenfalls auf der Kinoleinwand. Oder lediglich als »guten Freund«. Die ohnehin niemals besonders tiefgehende Romanze hatte sich angesichts der räumlichen Trennung verflüchtigt.

Jetzt, da er monatelang in Kiew oder sonstwo weit weg sein würde, konnte sie ihn guten Gewissens endgültig vergessen.

Sie blickte auf die Nachttischuhr in ihrem altvertrauten Zimmer auf der Hazienda. Es war ein Morgen der unerwarteten Telefonanrufe. Mehrmals hatte sie nun schon vergeblich versucht, sich für die unvermeidliche Zusammenkunft mit ihren Schwestern anzukleiden.

Zuerst hatten die Pepsi-Leute angerufen. Sie hatte, sobald sie sich klar darüber gewesen war, daß sie sich noch nicht wieder imstande fühlte, zu ihrer Arbeit zurückzukehren, ihre neuen Freunde benachrichtigt und den Auftrag mit Bedauern zurückgegeben.

Heute hatten sie sich gemeldet. Sie hätten beschlossen, auf jeden Fall auf sie zu warten, selbst wenn es einen Monat dauern sollte oder auch zwei.

Während sie über all dies noch nachgedacht hatte, hatte Red sich gemeldet. Sie schien sich inzwischen von ihrem Kummer über Mike Kilkullens Ermordung wieder einigermaßen erholt zu haben. Sie hatten sich zum Abendessen verabredet.

Seit einigen Tagen war Casey aus dem Krankenhaus entlassen. Nächste Woche wollte er wieder voll in seine Arbeit als Vorarbeiter einsteigen, allerdings vorläufig noch nicht wieder zu Pferd, sondern mit dem Jeep. Er war nicht übermäßig verwundert gewesen, als sie ihm eine – wenn auch sorgfältig zensierte – Version der Reaktion ihrer Schwestern auf ihren Vorschlag, ihn als vorläufigen Verwalter einsetzen zu lassen, gegeben hatte. Mittlerweile war auch ein gewisser Joe Winter von Wells Fargo ernannt worden, ein ganz sympathischer und offenbar auch vernünftiger Mann, der sehr erfreut gewesen war zu hören, daß Casey bereit war, einfach als Vorarbeiter weiterzumachen, bis das ganze Kilkullen-Vieh zufriedenstellend verkauft seien würde.

Valerie und Fernanda hatten sich im Ritz-Carlton im nahen Laguna Niguel eingemietet und rührten sich nicht von der Stelle, als fürchteten sie, das ganze Erbe verschwände womöglich wie eine Fata Morgana, sobald sie ihm dem Rücken kehrten. Jazz fragte sich, was sie heute von ihr wollen konnten. Sie hatte ein ungutes Gefühl. Zu ihrer Trauer kam das Unbehagen über den offensichtlich unausweichlichen Verkauf des Landes hinzu. Nicht zu reden von dem Bewußtsein, daß auch das vertraute Leben auf der Ranch hier bald nur noch der Erinnerung angehören würde, auf jeden Fall aber nicht so fortdauern konnte wie bisher.

Sie hatte sich nicht zu der Entscheidung durchringen können, nach Los Angeles zurückzukehren und sich wieder in die Arbeit zu stürzen. Sie war emotional und physisch nicht imstande, sich jetzt auch nur einen Tag von der Ranch zu entfernen, solange es sie noch gab – so, wie sie immer gewesen war; ruhig, zeitlos, von majestätischer Schönheit.

Jeden Morgen sattelte sie nun Limonada und ritt mit dem lebhaften Pferd in irgendeine Richtung, um alles ein letztes Mal zu inspizieren. Da und dort gab es Jeep-Spuren, eine Windmühle oder einen Wassertank, die bezeugten, daß das Land hier nicht menschenleer war. Doch wenn sie erst jenseits des Hügels hinter der Hazienda war, öffnete sich weites, herrliches, scheinbar unberührtes Land bis zum Horizont.

Und je weiter voran sie ihr Pferd trieb, desto weiter blieb die Gegenwart des Jahres 1991 hinter ihr zurück. Oft hielt sie an, stieg ab und streckte sich auf Gras oder Blättern aus und verfolgte stundenlang die Wanderung der Sonne am Himmel, mit dem Gefühl, dies sei womöglich ihre unwiderruflich letzte Chance, hier allein zu sein, in ihrem Refugium.

Sie wußte, daß sie eigentlich wie Casey und Joe Winter lieber Regen herbeisehnen sollte. Doch diese trockenen Tage jetzt, nach den schweren Regenfällen im Spätherbst, erlaubten ihr eine nur allzu willkommene Abschottung von der Realität.

Das riesige Ritz-Carlton von Laguna Niguel zwischen Emerald Bay und Three Arch Bay lag auf einer besonders großen Klippe fünfzig Meter über dem Meer. Jazz wußte, daß es sich eines »besonderen mediterranen Stils« rühmte. Von diesem konnte sie allerdings nichts entdecken inmitten der weiten Marmorlobbys und gigantischen Aufenthaltsräume, die mit englischen und französischen Antiquitäten möbliert waren. Es war sehr viel mehr kalifornisch als mediterran: viel zu aufdringlich und alles mindestens zehnmal zu groß. Sie war geradezu wütend, als sie die breiten, endlos langen, mit teuren Teppichen ausgelegten Korridore entlangging, auf der Suche nach der Suite Valeries.

Sie fuhr mit dem Aufzug und merkte, daß ihre Wut in Wahrheit natürlich weniger diesem, wenn auch prätentiösen, so letztlich ganz unschuldigen Hotel hier galt, als vielmehr dem Umstand, daß sie Valerie und Fernanda gegenübertreten mußte. Nach dem letzten Telefonat am Morgen hatte sie sich zusammengenommen und beschlossen, das unerfreuliche Treffen so rasch wie möglich hinter sich zu bringen. Sie hatte sich im Spiegel gemustert und versucht, sich mit den kritischen Augen ihrer beiden Halbschwestern zu sehen. Ohne Make-up, mit strubbeligem Haar sah sie tatsächlich eher aus wie eine Streunerin, verwegen, sonnenverbrannt und ungekämmt. Ein weiblicher Huckleberry Finn, mit ihren abgetragenen Jeans, dem verschossenen Baumwollhemd und ihrem Lieblingspullover, ihrer Kluft in diesen ganzen letzten Tagen zu Pferde.

Fast alles, was sie besaß, befand sich ja auch nach wie vor in ihrem Apartment in Santa Monica. Doch sie hatte dann so lange gesucht, bis sie wenigstens den Hosenanzug von Yves Saint-Laurent wiedergefunden hatte, in dem sie vor Weihnachten, an dem Tag ihrer Auseinandersetzung mit Phoebe im Dazzle-Studio, aus New York zurückgekommen und danach direkt zur Ranch gefahren war. Das schien alles in so weiter Ferne zu liegen und war doch gerade mal drei Wochen her. Sie war seitdem nicht wieder in ihr Apartment zurückgekommen.

Sie hatte dieses Autoritätssymbol eher widerwillig hervorgeholt und angezogen. Es ging ihr gewaltig gegen den Strich, sich auch nur damit befassen zu müssen, welchen Eindruck sie wohl auf Valerie und Fernanda machen würde; aber ihr war klar, daß es nun einmal unumgänglich war.

Und so hatte sie ihr Strubbelhaar gebändigt, glattgebürstet und mit einem schwarzen Samtband aufgeknotet und sich aufs sorgfältigste mit ihrem Make-up beschäftigt, um sich mindestens ein Jahrzehnt älter und mondäner zu machen. Und hundert Jahre härter.

Der Aufzug blieb im obersten Stockwerk stehen, wo sich die teuersten Suiten befanden. Eine junge Frau kam ihr von einem Pult aus entgegen und stellte sich als die Etagendame vor. Jazz nannte ihr Valeries Namen und wurde daraufhin sofort zu einer Doppeltür geleitet, die selbst im Petit Trianon noch zu mächtig ausgesehen hätte. Auf das Läuten der Türglocke hin schwang sie automatisch auf und gab den Blick auf den größten Salon frei, den Jazz je in irgendeinem Hotel der

Welt gesehen hatte. Gegenüber rahmten vier riesige Bogenfenster das phantastische Panorama des Himmels und des Meeres ein. Mitten im Raum saßen Valerie, Fernanda und zwei Männer, die sie nicht kannte.

Sie blieb stirnrunzelnd stehen, während sich die beiden Männer erhoben, ohne daß Valerie irgend etwas zu ihnen gesagt hätte. Jazz war froh, daß sie sich Mühe mit ihrer Aufmachung gegeben hatte, die ihre Gefühle tief im Herzen verbarg.

Endlich, während sie wartend an Ort und Stelle verharrte, bequemte auch Valerie sich, aufzustehen und mit den beiden Männern zu ihr zu kommen, um sie ihr vorzustellen.

»Tag, Jazz«, sagte sie mit ihrer routiniertesten Freundlichkeit. »Du siehst wunderbar aus.«

»Danke«, antwortete Jazz kühl. Zu ihrer Verblüffung beugte sich Valerie zu ihr hin und küßte sie, wie flüchtig auch immer, auf die Wange. Als sei nie etwas zwischen ihnen vorgefallen, vor allem nicht beim letzten Mal.

»Das hier ist Jimmy Rosemont«, sagte sie. »Und das ist Sir John Maddox. Meine Herren, meine Schwester Jazz Kilkullen.«

»Sehr erfreut«, sagte Jazz förmlich und gab den beiden Männern mit dem absoluten Mindestmaß konventioneller Höflichkeit die Hand.

»Komm doch herein«, sagte Valerie, nahm sie am Arm und führte sie zu der Sitzgruppe, wo Fernanda sie mit einem freundlichen Lächeln und ihren strahlenden Türkisaugen willkommen hieß.

Sie lehnte dankend einen Kaffee ab und begrüßte auch Fernanda nur knapp und förmlich. Dann setzte sie sich auf den einzigen vorhandenen Stuhl, wo man nicht in weichen Polstern tief versank, und hielt sich steif aufrecht, ohne die Rückenlehne zu berühren, wie eine viktorianische Lady bei einem zehnminütigen Höflichkeitsbesuch.

Neben Fernanda stand ein Mahagoniwagen mit belegten Brötchen, Gebäck, Kaffee und Tee.

»Möchtest du was, Jazz?« flötete Fernanda. »Ganz ausgezeichnet, diese Eclairs da.« Ihr auffordernder Blick war direkt verführerisch.

»Nein, danke«, sagte Jazz. Was denn, ließ ihr »Smoking« sie etwa so maskulin aussehen, daß Fernanda ihr Geschlecht verwechselte und ihre Verführungskünste spielen ließ, wie im Reflex auf alles, was Hosen trug?

»Wie geht es auf der Ranch?« fragte Valerie.

»Nicht anders als vor einigen Monaten, als Mr. Rosemont sie mit dem Hubschrauber überflog und inspizierte.«

»Ah, Sie haben davon gehört?« sagte Jimmy Rosemont und schien kein bißchen verlegen, im Gegenteil eher leicht amüsiert zu sein. Jazz gefiel seine joviale, dämonische, allzu gutsituierte Erscheinung kein bißchen mehr als damals Mike Kilkullen.

Sir John Maddox hingegen schien über diese vollkommene äußere Gelassenheit zu verfügen, die offenbar nur Engländer hinbekommen. Er war etwa Ende sechzig. Sein schon schütteres, graues Haar war gerade um jene winzige Spur zu lang, die deutlich machte, daß er über solche Kleinigkeiten wie einen korrekten Haarschnitt erhaben war. Sein formeller Zweireiher war makellos und dabei alt genug, um quasi zur Familie zu gehören. Sein Kopf war edel geformt, und er hatte die markanten Gesichtszüge eines Mannes, der es gewohnt ist, Macht auszuüben.

»Ich dachte einfach«, fuhr Jimmy Rosemont inzwischen fort, »aus der Luft könne man den besten Überblick über die Ranch gewinnen.« Es war ihm offenbar wirklich nicht peinlich. »Haben Sie das selbst schon mal gemacht? Müßten Sie unbedingt. Eine ganz besondere Erfahrung. Man sieht Dinge, die man unten auf dem Boden niemals erkennt.«

Seine Stimme und seine Art, dachte Jazz, konnte man

durchaus sehr charmant finden. Wenn man, anders als sie, für diesen scharfen »Schlauer-Fuchs-Charme« etwas übrig hatte. Sie machte sich nicht einmal die Mühe, ihm zu antworten, sondern wartete schweigend ab; mit hochgerecktem Kinn, die Beine übereinandergeschlagen, die Arme verschränkt, an allen vorbeiblickend – eine sehr bewußt kalkulierte Körpersprache. Sie mochte hier numerisch unterlegen sein, aber sie wußte, daß sie sich gab und den Eindruck erweckte, als inspiziere sie ihre Truppen. Sie würden schon von selbst herausrücken mit dem, was sie wollten.

»Jazz«, sagte dann auch Valerie, »wie du weißt, hatte Jimmy schon damals, als er das erste Mal hier war und sich dabei auch mit Vater traf, den Wunsch, die Ranch zu kaufen. Da er und seine Frau, Lady Georgina, gute Freunde sowohl von mir als auch Fernanda sind, dachten wir logischerweise zuerst an ihn, als Mr. White uns erklärte, daß die Ranch verkauft werden müsse.«

»Das kann ich verstehen, Valerie«, antwortete Jazz. »Was ich aber nicht verstehen kann, ist diese Eile. Ihr wißt doch genau, daß Mr. White auch sagte, es kann überhaupt nichts verkauft werden, solange nicht ein endgültiger Testamentsvollstrecker bestellt ist, und daß dies Monate dauern könne. Und es ist jetzt erst ein paar Wochen her, daß Vater tot ist.«

»Ihre Einwände, Miss Kilkullen«, meldete sich nun Sir John Maddox mit ruhiger Gelassenheit zu Wort, »sind selbstverständlich korrekt.« Er hielt den Kopf etwas geneigt, sprach langsam und gemessen, und es gelang ihm mühelos, zugleich eine wortlose Ehrung des Andenkens Mike Kilkullens, Verständnis für Jazz' Verlust, aber auch die Notwendigkeit zum Ausdruck zu bringen, nun zu den geschäftlichen Dingen zu kommen. »Indessen«, fuhr er fort, »geht es darum, einen wichtigen Vorteil zu wahren, vorausgesetzt, Sie finden alle drei zu einer Übereinkunft hinsichtlich der Zukunft der Ranch, und dies ohne jede Zeitvergeudung.«

»Gibt es denn eine Zukunft?«

Schon seltsam, dachte sie, wie so ein gewisser britischer Akzent einem sogleich Vertrauen einflößte. Dieser souveräne Mann hatte etwas durch und durch Aristokratisches an sich.

»Sehen Sie, Miss Kilkullen«, erklärte er, »solange der vorläufige Verwalter noch da ist, bestimmen immer noch Sie allein über das Schicksal der Ranch.« Er beugte sich jetzt vor und konzentrierte sich ganz auf sie.

»Sie drei Schwestern können, wenn Sie sich einig sind, beim Gericht beantragen, den vorläufigen Verwalter zu übergehen, und dann den Verkauf der Ranch an einen von Ihnen selbst und direkt ausgesuchten Käufer, in den Sie alle Vertrauen haben, beschließen. Ist jedoch erst einmal der endgültige Testamentsvollstrecker bestellt, dann können Sie ihn weder gemeinsam noch einzeln übergehen, es sei denn, wie es im Gesetz heißt, ›aus triftigem Grunde‹, und dergleichen ist nicht nur höchst schwierig zu bewerkstelligen, sondern geschieht auch außerordentlich selten. Mit anderen Worten, was immer der endgültige Testamentsvollstrecker beschließt – oder wie lange er dazu braucht –, Sie können nichts dagegen machen. Sie sind völlig in seiner Hand und von ihm – beinahe hätte ich gesagt: von seiner Gnade – abhängig.«

»Eine Frage, Sir John: Sind Sie Rechtsanwalt?« fragte Jazz.

»In der Tat, ja. Barrister. Doch ich trete nicht mehr vor Gericht auf.« Er lächelte selbstsicher und freundlich.

»Sir John«, erläuterte Jimmy Rosemont, »war viele Jahre lang Gouverneur der Kronkolonie Hongkong, müssen Sie wissen. Und in dieser Zeit stand er auch der gesetzgebenden Körperschaft dort vor. Seit er dieses Amt abgegeben hat, ist er ein international anerkannter Experte für Landnutzung und -erschließung.«

»Sind Sie also deshalb hier, Sir John? Um uns alle hinsichtlich der Landnutzung zu beraten?«

»Nicht in erster Linie, Miss Kilkullen, aber teilweise ja. Ich bin auch hier im Namen und Auftrag einer Gruppe von Männern, die ich seit über fünfzehn Jahren sehr gut kenne. Es handelt sich um ein Konsortium der Besitzer der größten Banken von Hongkong.«

»Sie meinen, Sie arbeiten für einen Haufen chinesischer Bankiers in Hongkong?«

»Ganz genau, Miss Kilkullen.«

»Und diese... Ihre... Klienten... wollen die Ranch kaufen?«

»In der Tat, Miss Kilkullen. Man könnte es, präzise gesagt, auch so ausdrücken, daß sie es mehr wollen als irgendein anderer Käufer auf der ganzen Welt. Sehen Sie, diese mir befreundeten Bankiers sind gezwungen, ihr Geld aus Hongkong herauszuschaffen, ehe die Stadt an das kommunistische China zurückfällt. Meine Freunde leben nun in der vitalen und nicht ganz unbegründeten Furcht, daß die Kommunisten in Peking möglicherweise nicht mehr bis 1997 warten wollen. Die Zeit wird also knapp für sie, wie Sie gewiß verstehen können. Und deshalb sind sie auch bereit, mehr zu bezahlen, als dem Marktwert entspräche.«

»Wenn Sie mir gütigst verzeihen wollen, Sir John«, sagte Jazz, »aber war es nicht so, daß noch vor ein paar Monaten Mr. Rosemont selbst die Ranch kaufen wollte? Und jetzt sitzen Sie beide zusammen hier und erklären mir, Sie vertreten Bankiers aus Hongkong als Käufer für dasselbe Land? Wie verhält sich das denn nun genau?«

»Ach komm, Jazz«, mischte sich Valerie ungeduldig ein, »nun mach hier mal keine Geschichten. Natürlich hat Jimmy die Chinesen von Anfang an beraten und in ihrem Auftrag gehandelt. Und Sir John ist jetzt eben als ihr engster Vertrauter dazugekommen. Jimmy hat Vater lediglich deshalb nichts von den Chinesen erzählt, weil er in dem Gespräch mit ihm gar nicht so weit kam, ehe er hinauskomplimentiert wurde.«

Ihr selbst war immer klargewesen, daß Jazz selbstverständlich endlose Schwierigkeiten machen würde. Sie hatte die anderen ausgiebig gewarnt. Doch niemand – außer ihrer Mutter – hatte glauben wollen, daß eine so traumhafte Gelegenheit, und sei es nur auf Zeit, allein von einem dickköpfigen, verstockten Mädchen abgeblockt und gefährdet werden könne. Sooft ihre Mutter mit ihnen telefoniert hatte, hatte sie sie daran erinnert, daß Jazz sich immerhin jahrelang bei ihrem Vater hatte einschmeicheln können und daß sie die Gefahr nicht unterschätzen sollten, die Jazz durch ihren Widerstand darstellen konnte. Weiß Gott, sie und Fernie verdankten ihre Erbschaft allein der Tatsache, daß ihre Mutter darauf bestanden hatte, sie regelmäßig zu ihm auf die Ranch zu schicken.

Sie hob ihr Kinn und zeigte Jazz ihr berühmtes Profil, als sei dies der Nachweis ihrer Berechtigung, zwischen Jazz und Jimmy zu vermitteln. Fernie konnte man hier vergessen.

»Was Mrs. Malvern da sagt, trifft zu«, erklärte Sir John. »Wenn eine ausgesuchte und erfahrene Gruppe von Finanzleuten ihr Geld von einem Land in ein anderes transferieren will, muß sie sich zwangsläufig einer Anzahl verschiedener Spezialisten bedienen. Ich darf wohl sagen, daß Jimmy mindestens so lange in Geschäftsbeziehungen mit ihnen steht wie ich selbst. Wir arbeiten beide mit unseren Freunden in Hongkong zusammen, in dem gemeinsamen Bemühen, eine Lösung für ihr Problem zu finden. Und diese wäre für Sie und Ihre Schwestern überaus vorteilhaft.«

»John«, warf Jimmy Rosemont hastig ein, als er bemerkte, wie Jazz' Gesicht sich verschloß und deutliche Ablehnung erkennen ließ, »ehe wir in irgendwelche Einzelheiten gehen, wäre es doch vielleicht ganz sinnvoll, Miss Kilkullen ein Bild davon zu vermitteln, wie denn das Land der Ranch entwickelt werden soll? Natürlich wird dies sie vor allem interessieren, bevor sie überhaupt Überlegungen über ihre Entscheidung anstellt.«

»Aber selbstverständlich, Jimmy, ja.«

»Sehen Sie, Miss Kilkullen, Ihre Ranch ist ja nicht einfach irgendein Stück Land an einem beliebigen Ort. Und niemals würde es auch so behandelt. Nein, das Konzept sieht vor, es in das exklusivste, spektakulärste, großartigste Wohn- und Erholungsgebiet der ganzen Welt zu verwandeln. Und das ist wörtlich gemeint, nicht nur so dahingesagt. Der Name würde erhalten bleiben. Immer würde es »Die Kilkullen-Ranch« sein, oder meinetwegen auch »Rancho Kilkullen«, wenn Ihnen das besser gefällt. Oder welcher Name immer Ihnen und Ihren Schwestern genehm wäre. Das Wesentliche ist die Idee selbst. Und diese ist schlicht und ergreifend einzigartig und hat nirgendwo ihresgleichen.«

»Ach ja?« sagte Jazz nur. Wie lange, überlegte sie, würde sie dieses Gesülze wohl noch ertragen können? Und sie gab sich selbst gleich die Antwort: bis sie genau wußte, was diese Geschäftemacher im Sinn hatten. Ganz egal, wie gleichgültig oder aber enthusiastisch sie dafür tun mußte!

»Stellen Sie es sich nur einmal vor! Die ganze Ranch eine einzige Luxusstadt, eine in sich geschlossene, makellose Gemeinschaft, ein Juwel, so einzigartig und unübertroffen wie Monte Carlo an der Côte d'Azur – nur mit dem Unterschied, daß sie tausendmal so viel Platz hätte und tausendmal eleganter als Monte Carlo wäre, das ja, meiner Ansicht nach jedenfalls, hoffnungslos zugebaut ist. Was mir vorschwebt, ist ein Ort, an dem es kein Haus gibt, das weniger wert ist als zehn Millionen Dollar – die meisten sogar erheblich mehr, jedes inmitten so großzügiger Landschaftsgestaltung, daß Abgeschiedenheit und Privatsphäre kein Problem wären.«

»Reiner Luxus, sagen Sie?« fragte Jazz scheinbar interessiert. Von diesem Mann würde sie, dachte sie, nicht einmal eine Karte für das Lakers-Endspiel kaufen. Nicht einmal eine in der ersten Reihe, Mitteltribüne.

»Luxus«, bestätigte er sofort eifrig, »jenseits aller Ihrer

Vorstellungskraft! Und, was fast noch wichtiger ist, Sicherheit! Damit die Bewohner ihren exklusiven Lebensstil auch wirklich frei und ungestört entfalten können. Dazu möchte ich sogar eine Idee aus Monte Carlo aufgreifen. Dort gibt es schon ein solches Sicherheitssystem, das ja das Leben dort eben so angenehm macht. Nur wäre das unsere in jeder Hinsicht besser. Wir würden eine eigene Sicherheitspolizei gründen, Hunderte von Leuten, die diskret, aber stets verläßlich ihren Dienst tun würden. Die Kilkullen-Ranch würde strenger bewacht und geschützt als die Kronjuwelen im Tower von London! Niemand käme ohne genaue Inspektion durch das Tor und ohne die persönliche Einladung eines Bewohners. Es wird die perfekt geschützte Wohnanlage sein. Ein Shangri-la, das Paradies, der geheime Garten Eden! Die vollkommene Zuflucht vor den ständig wachsenden Bedrohungen dieser Welt!«

»Und wer... soll da überhaupt wohnen?« fragte Jazz.

»Sehr richtig – der wichtigste Punkt überhaupt! Die Superreichen aus der ganzen Welt, Miss Kilkullen! Schlicht und einfach. Und diese Leute würden von überallher kommen und sich hier ihre Häuser kaufen oder bauen. Nicht nur wegen des außerordentlichen Sicherheitsservices, sondern auch wegen all der anderen Annehmlichkeiten. Sie haben hier das beste Wetter der Welt im Winter. An der Küste der Kilkullen-Ranch gibt es einen Naturhafen, der Platz für Dutzende, ach was, Hunderte der teuersten und größten Hochseejachten bietet, von den vielen kleineren Booten gar nicht zu reden. Es wird ein Flugplatz angelegt, damit die Bewohner jederzeit mit ihren eigenen Jets einfliegen können. Die Gemeinschaft selbst würde kleine Flugzeuge und Hubschrauber bereithalten, um jedermann jederzeit die Möglichkeit zu geben, rasch einmal nach San Diego, Costa Mesa oder L.A. zu fliegen, zum Einkaufen, ins Theater, ins Restaurant, oder um ein Flugzeug auf einem der großen internationalen Flughäfen zu erreichen; sofern sie nicht ihr eigenes besitzen oder benützen möchten. Verkehrserschließung, Miss Kilkullen, ist das A und O. Die sehr reichen Leute brauchen und wollen sie. Wozu sonst wäre all ihr vieles Geld nütze?«

»Diese Frage, Mr. Rosemont, habe ich mir in der Tat auch schon oft gestellt«, sagte Jazz. »Und wie ist das, haben diese Leute außer ihrer Infrastruktur eigentlich auch Kinder?«

Jimmy Rosemont lachte auf. »Auch darüber haben wir uns durchaus Gedanken gemacht. Wir werden natürlich einen Kindergarten und eine Schule einrichten. Ein privates Schulsystem, das den besten Privatschulen der Welt nicht nachstehen würde. Selbstverständlich bliebe es ausschließlich den Kindern unserer Bewohner vorbehalten.«

»Und diese Bewohner bräuchten doch wohl auch Personal?«

»Ganz recht. Personal ist sogar mindestens so wichtig wie die Verkehrserschließung. Es wird also für entsprechende Räumlichkeiten für diese Leute gesorgt werden, entweder in den einzelnen Häusern selbst oder in eigens erstellten, separaten Wohnblocks, natürlich in angemessener Entfernung. Und selbstverständlich würde man diesen Personenkreis sehr sorgfältig auswählen und überprüfen. Da würden keinerlei Risiken eingegangen.«

»Einschließlich täglicher Urintests vielleicht?«

»Sie machen sich da zwar ein wenig über mich lustig, Miss Kilkullen, aber wissen Sie, so ganz abwegig und dumm ist diese Idee gar nicht.«

»Oh, vielen Dank.«

»Kurzum«, erklärte Jimmy Rosemont mit Enthusiasmus, »was uns also vorschwebt, ist schlicht und einfach das Beste. Das Beste vom Besten!« Er erhob sich und begann, aufgeregt hin und her zu gehen. »Selbstverständlich gäbe es auch einige turniergeeignete Golfplätze, entworfen und gebaut von den führenden Leuten der Branche, und ebenso Sportplätze und

Rennbahnen und Reitwege, und alles wäre grundsätzlich am modernsten und besten Standard orientiert, bis hin zu den kleinsten Details. Jeder Tennisclub und jeder Country Club und jeder Beach Club wird peinlich genau nach denselben Erste-Klasse-Standards angelegt und geführt. Der legendäre Sporting Club von Monte Carlo wird sich dagegen wie eine verschwitzte Dorfturnhalle ausnehmen. Diese Clubs werden die Mittelpunkte und Schauplätze von Galas und Partys sein, zu denen Gäste aus allen Hauptstädten und Luxuskolonien der ganzen Welt anreisen werden.«

»Was denn, Gäste? Sie meinen, Freunde der Hausbesitzer? Familienangehörige, Verwandte? Selbst arme Verwandte?«

»Selbst arme Verwandte, Miss Kilkullen!« Jimmy Rosemont stach mit dem Zeigefinger in die Luft, und seine ergrauenden Augenbrauen schossen aufgeregt in die Höhe. »Mit Gästen aber meine ich an sich die Schicht internationaler Globetrotter und Reisender, die aus der Kilkullen-Ranch auch den fabelhaftesten Ferienort der Welt machen würden. In den nur Leute aufgenommen würden, die an das Beste gewöhnt sind, die alles kennen und deren Ansprüche so sind, daß sie auch den höchsten Standard an Unterbringung verdienen. Von einer Qualität, daß sie gar nicht mehr fort wollen.«

»An welche Art... Unterkunft dachten Sie denn da?« Jazz betonte ihre Fragen und Sätze immer schärfer, doch niemand schien es wahrzunehmen.

»Die Hotels natürlich, Miss Kilkullen! Die vielen erstklassigen Luxushotels, die natürlich ebenfalls entstehen werden, am Strand entlang! Gegen sie wird dieses Hotel hier geradezu schäbig aussehen, das verspreche ich Ihnen! Nichts wird fehlen, was die oberen Zehntausend dieser Welt mit Fug und Recht erwarten dürfen – ein Spielcasino ausgenommen. Doch dafür fliegt jeden Nachmittag ein Jet nach Las Vegas und kehrt nach Bedarf zurück, damit niemand das Fehlen einer Spielmöglichkeit hier am Ort so recht wahrnimmt.«

»Sehr weitblickend.«

»Ja, ich glaube wirklich, daß wir uns bemüht haben, an alles zu denken. Die Hotels, selbst die größten, werden so geplant und gebaut sein, daß sie sich der Landschaft vollkommen anpassen, damit wir soviel von der Küste dafür in Anspruch nehmen können wie nur möglich. Die Wohnanlagen werden ausschließlich am Portola Peak sein, wo sie sich die Hänge hinaufziehen, jede einzelne hoch genug über der anderen, damit sie einander nicht beeinträchtigen. Unsere Absicht ist, die Landnutzung so zu intensivieren, daß alles unentbehrliche Land – wie die jetzigen Weideflächen – ausgespart und neues, bisher noch überhaupt nicht genutztes, wie eben der Portola Peak, erschlossen wird.«

»Darüber würde ich gerne noch mehr hören«, sagte Jazz. Wohnanlagen! Wenn es ein Wort gab, das Mike Kilkullen verabscheut hatte, dann dieses!

»Keine wird weniger als zwölf Einheiten haben. Sie werden ungefähr in der gleichen Preislage sein wie die Einzelhäuser, aber natürlich weniger Unterhaltskosten erfordern. Das ist gegenwärtig noch nicht bis ins letzte ausgetüftelt, doch nach meinen Vorstellungen wird es sich um etwa zwei Dutzend solcher Wohnanlagen handeln, jede mit den üblichen Einrichtungen wie Swimming-pool, Fitneß-Studio und was eben so dazugehört.«

»Das wird aber nicht billig.« In Jazz' Stimme war eine gewisse Provokation unüberhörbar.

»Sehr richtig, Miss Kilkullen«, meldete sich nun Sir John Maddox wieder einmal, ohne sich auch nur im geringsten provozieren zu lassen. »Gar keine Frage. Es werden enorme Investitionen vonnöten sein. Der Vorteil, bei alledem unsere chinesischen Freunde hinter uns zu haben, besteht eben vor allem darin, daß sie diese Mittel besitzen und bereit sind, sie zu investieren. Sehen Sie, es ist eine Eigenart der Chinesen, langfristig zu denken. Fast in historischen Dimensionen, wenn Sie so wollen. Sie erwarten keine sofortigen Profite und Renditen. Sie sind darauf eingestellt, geduldig zu warten, bis der Bau beginnen kann. Wenn sie erst einmal wissen, daß ihnen das Land gehört, werden sie damit zufrieden sein, den Ertrag ihrer Investitionen einfach abzuwarten. Inzwischen können sie jeden Scheck für Investitionen jederzeit selbst ausstellen, ohne erst zur Bank gehen und um Finanzierung verhandeln zu müssen. Denn sie sind ja selbst die Banken. Und diese meine Freunde haben im übrigen viel mehr Geld aus Hongkong herauszuschaffen als nur ihr eigenes. Sie haben auch die Vermögen aller ihrer Einleger dafür zur Verfügung, jedes einzelnen, der sich genau wie sie über die Zukunft Sorgen macht. Sie dürfen ganz sicher sein, sollten Sie sich für diesen Verkauf entscheiden, daß Sie um Ihr Geld weder zu bangen brauchen, noch darauf warten müssen.«

»Interessant«, sagte Jazz.

»Also, Jazz, was meinst du?« fragte Fernanda eifrig. »Ist das etwa nicht die tollste Sache, von der du je gehört hast? Ich möchte selbst ein Haus hier haben, und bekanntlich habe ich mich bisher um Kalifornien wahrlich nicht gerissen.«

Valerie war nicht minder aufgeregt: »Und die Hazienda, Jazz, bliebe von dem Ganzen selbstverständlich völlig unberührt, nicht wahr, Jimmy?« Sie fühlte sich verpflichtet, etwas zu unternehmen. Die Tatsache, daß Jazz die ganze Zeit über ihre kleine Napoleon-Pose nicht aufgegeben hatte, gefiel ihr ganz und gar nicht. Andererseits bewunderte sie Jazz, auch wenn sie es sich selbst nicht gerne eingestand, die es fertiggebracht hatte, Jimmy gänzlich aus der Reserve zu locken. Er war in seinen Beschreibungen des Projekts sehr viel weiter gegangen als jemals vorher. Und die Art, wie er mit den gigantischen Summen jonglierte, erinnerte auch sie unangenehm an die Leute in New York, die sie am meisten verabscheute. Freilich, ermahnte sie sich selbst, war jetzt auch nicht die Zeit, die vornehme Lady aus Philadelphia herauszukehren.

»Sehr richtig, Val«, pflichtete ihr Jimmy sofort bei. »Miss Kilkullens persönlicher Besitz auf diesem Grund und Boden wird selbstverständlich niemals von irgendeinem der anderen Häuser aus einzusehen sein. Die Wohnanlagen werden ohnehin zu weit weg sein. Selbstverständlich wird alles so projektiert, daß Sie in Ihrer Privatsphäre überhaupt nicht gestört und beeinträchtigt werden. Und selbst wenn Sie nicht auf der Hazienda wohnen könnten oder wollten, würden wir uns verpflichten, diese und alles, was zu ihr gehört, zu pflegen, zu betreuen und in seinem jetzigen Zustand zu erhalten. Wie ein lebendiges Museum des Ranch-Lebens von einst, damit der Geist der alten Zeiten für immer fortlebt.«

»So, so«, sagte Jazz und klopfte mit dem Schuh auf den Boden.

»Also wirklich, Jazz«, drängte Fernanda noch einmal, »wenn dies nicht die Chance unseres Lebens ist!«

»Ach nein, Fernanda. Das könnte ich nun wirklich nicht sagen. Nein. Wie kann ich das auch beurteilen, in meiner Verfassung? Weißt du, ich verspüre nämlich im Augenblick gerade einen fast unbezähmbaren Brechreiz. Am Ende kotze ich noch diesen ganzen teuren Teppich hier voll!«

Sie stand auf, ging rasch zur Tür und drehte sich dort noch einmal um. »Bevor wir noch einmal zusammenkommen«, erklärte sie ihnen allen, »muß ich, glaube ich, erst noch mit meinem Anwalt sprechen.«

Zwei Tage danach hatte Jazz einen Termin bei Johnson, O'Hara, Klein, Bancroft & Johnson im Arco Building im Geschäftszentrum von Los Angeles. Ihr Gesprächspartner war Stephen Johnson, der Senior der Anwaltssozietät. Gregory Nelson hatte ihn ihr empfohlen.

Stephen Johnson hörte sich ihre Erzählung der Zusammenkunft im Ritz an und sagte dann: »Das klingt alles völlig unanfechtbar, so wie Sie es mir schildern, Miss Kilkullen. Sir

John ist mir übrigens auch persönlich bekannt, ein Ehrenmann, kompetent und mit guten Verbindungen.« Er blickte sie hinter seinem Schreibtisch ernsthaft an. »Und was die Chinesen angeht, so wäre das zweifellos ihre mit Abstand größte Investition hier in Amerika. Doch es besteht deshalb kein Grund, an ihrer Zahlungsfähigkeit zu zweifeln. In Kanada sind sie schon seit langem sehr aktiv. Dort haben sie schon so viel Geld ins Land gebracht, daß die oben in Vancouver bald nicht mehr wissen, wohin damit.«

»Ja, aber warum hatte ich das Gefühl, vom D-Zug überfahren zu werden?«

»Weil Sie es wurden! Miss Kilkullen, der normale Weg, die Ranch zu verkaufen, wäre sicherlich, zu warten, bis der endgültige Testamentsvollstrecker bestellt ist. Dessen Hauptaufgabe ist es im wesentlichen, den bestmöglichen Preis zu erzielen. Das bedeutet, er muß sich das Land gründlich ansehen, seinen Wert schätzen lassen, mit Maklern Kontakt aufnehmen, den Besitz ausschreiben und dann die Angebote sorgfältig prüfen. Natürlich ersparen sich Ihre Partner diesen ganzen Prozeß, wenn sie Sie dazu überreden können, das vorgeschlagene Geschäft jetzt gleich abzuschließen.«

»Und warum sind sie gar so wild auf diese Chinesen?«

»Nun, Rosemont und Maddox werden natürlich eine beachtliche Provision einstecken können, wenn es ihnen gelingt, das Geschäft zu vermitteln. Und außerdem zweifle ich nicht daran, daß Rosemont auch eigenes Geld investieren will.«

»Oh.«

»Also, passen Sie auf – Sie können und müssen das alles nicht wissen, aber ich... Zunächst einmal: Sollte ein Testamentsvollstrecker aktiv werden, dann müssen diese Leute vor allem die Japaner fürchten. Daß auch die außerordentlich an der Ranch interessiert sein werden, daran gibt es gar keinen Zweifel. Sie sind imstande, so gut wie alles zu produzieren, nur eben Land nicht, das sie dringend brauchen; überall... Und es gibt die großen amerikanischen Konsortien, mit denen man rechnen muß. Und die schweizerischen. Und das ganz, ganz große deutsche Geld. Kurz, buchstäblich Dutzende großer Investment-Konsortien werden sich um das Land reißen! Nur, die Chinesen werden vermutlich bereit sein, jedes Gebot, auch das höchste, noch zu überbieten. Mehr zu bezahlen als den Marktwert. Viel mehr, wenn es sein muß. Und es am Ende dann eben tatsächlich bekommen. Wie Ihnen Sir John sehr richtig schon gesagt hat, sind sie überaus hoch motiviert.«

»Ja gut, aber warum drängen mich dann alle so?«

»Weil die Zeit drängt! Es hat durchaus seinen Sinn, wenn Anwälte immer zu der Ansicht neigen, daß der Zeitfaktor mitentscheidend ist. Bevor sich der Testamentsvollstrecker in aller Ruhe und mit jeder denkbaren Rückversicherung entscheidet, können womöglich Jahre vergehen. Allein die Diskussion darüber, wer denn nun der richtige Makler sei, könnte Ewigkeiten dauern. Und jedes Jahr, das ungenutzt verstreicht, bedeutet für alle Beteiligten erhebliche und permanente Geldverluste.«

»Könnten Sie mir da nicht mal ein konkretes Beispiel geben?« fragte Jazz mit belegter Stimme.

»Gewiß. Nehmen wir mal an, Ihr Anteil an der Ranch beläuft sich auf eine Milliarde Dollar. Wenn Sie die Erbschaftssteuer bezahlt haben, bleiben Ihnen noch fünfhundert Millionen.«

»Aha«, sagte Jazz völlig tonlos, »fünfhundert Millionen.«

»Gut. Sie legen also Ihr Geld in steuerfreien Staatsanleihen an – den sichersten, die Sie nur finden können –, die, ich nehme jetzt mal absichtlich nur den niedrigsten Satz an, sechs Prozent Zinsen abwerfen. Damit haben Sie ein nicht durch Arbeit erzieltes Einkommen von dreißig Millionen Dollar jährlich, die Sie bis zum letzten Cent nach Belieben ausgeben können. Wird die Ranch aber nicht verkauft, dann haben Sie so viele Jahre lang, wie sich das hinzieht, dieses kleine Taschengeld eben nicht zur Verfügung.«

»Ich verlöre also dreißig Millionen Dollar pro Jahr, für die ich keinen Finger rühren müßte«, sagte Jazz ungläubig mit tonloser Stimme. Nicht einmal ihre Augenbrauen gingen hoch.

»Stimmt genau.«

»Großer Gott.«

»Soviel Geld könnten Sie überhaupt nicht ausgeben, es sei denn, Sie begännen, Kunst zu sammeln – und auch dann müßten Sie schon in die höchste Preiskategorie. Aber normalerweise würden Sie natürlich einiges reinvestieren; mit der Folge, daß Sie, wie ungeschickt Sie sich auch anstellen mögen, unweigerlich immer noch reicher würden.«

»Also so geht das, daß die Reichen immer reicher werden.«

»In der Tat, ja.«

»Jetzt wird mir allmählich klar, warum alle sagen, ich müßte vor allem einen Anwalt haben.«

»Greg Nelson sagte mir, Sie haben keinen. Ich konnte das wirklich kaum glauben.«

»Ich auch nicht, jetzt nach diesem Gespräch mit Ihnen. Hören Sie, was wäre, wenn ich, sagen wir mal, gar nicht so darauf versessen wäre, dreißig Millionen pro Jahr zum Ausgeben zu haben? Wenn ich dieses Geld schlicht nicht bräuchte, gar nicht haben wollte? Wenn ich mir wirklich mein Geld zum Leben gern selbst verdiente? Nein, sehen Sie mich nicht gleich so entgeistert an, ich habe ja nur erst mal gesagt: Was wäre, wenn. Was wäre also, wenn ich wie mein Vater die Ranch gar nicht verkaufen wollte?«

»Nun, Sie könnten den Verkauf natürlich schier endlos hinauszögern. Sie könnten alle möglichen Hindernisse aufstellen, die nicht zu umgehen wären. Sie könnten eine einstweilige Verfügung nach der anderen erwirken. Der Testamentsvollstrecker müßte sich mit allen Ihren Einwänden befassen, und Sie würden Millionen – und ich meine wirklich: Millionen – an Anwaltsgebühren verursachen. Ganze Anwaltskanzleien wie die meine hier würden mehr oder minder ausschließlich für Sie arbeiten, und wir würden wirklich arbeiten wie die Irren. Aber am Ende, ganz am Ende, müßten Sie dem Verkauf eben doch zustimmen. So ist die Lage. Denn irgendwann kommt unweigerlich der Punkt, wo das zuständige Gericht seinerseits die Entscheidung nicht länger vertagen kann, den Verkauf zwangsweise anzuordnen, weil es auch zu Fairneß Ihren Miterbinnen gegenüber verpflichtet ist.«

»Gut, soweit klar. Dann lassen Sie mich noch eine andere dumme Frage stellen. Angenommen also, ich wäre vernünftig und würde dem raschen Verkauf zustimmen, wäre allerdings nicht bereit, die Ranch zur Enklave und zum Tummelplatz für die reichsten Leute der Welt umwandeln zu lassen. Wenn ich eine andere Vorstellung davon hätte, wie dieses Land genutzt werden sollte?«

»Sehen Sie, Miss Kilkullen, wer auch immer dieses Land kauft, hat damit natürlich auch das Recht, mit ihm zu tun, was ihm beliebt. In den gesetzlichen Grenzen, versteht sich. Was Sie als Vorbesitzerin für Vorstellungen hätten, wäre schlicht irrelevant. Ob er einen Parkplatz daraus macht oder ein Drive-in-Kino, ist juristisch nicht von Belang. Das Land bekommt der mit dem höchsten Angebot, und es wird damit sein Eigentum.«

»Gut. Raten Sie mir also, Valeries und Fernandas Bitte zuzustimmen und das Land an die Chinesen zu verkaufen?«

»Ich glaube, es wird am Ende darauf hinauslaufen. Ihre beiden Schwestern verfügen über zwei Drittel des Landes, Sie über ein Drittel. Früher oder später müssen Sie sich mit ihnen einigen, daran führt kein Weg vorbei, zumal Ihre Schwestern von dem chinesischen Angebot so überaus angetan zu sein scheinen. Wenn Ihnen also das Konzept Monte Carlo nicht gefällt, dann ist das, solange Sie keinen anderen Käufer präsentieren können, der noch mehr bezahlt, erst einmal schlecht für Sie.«

»Und was ist gut?«

»Sie werden sehr reich sein – ob Sie nun Wert darauf legen oder nicht.«

»Und wenn ich nun wirklich keinen Wert darauf lege?« Die geradezu verbiesterte Sturheit, mit der Jazz auf diesem Punkt bestand, entlockte selbst dem trockenen Juristen ein halb mitfühlendes, halb ironisches Lächeln.

»Sie können Ihr Geld ja genauso schnell, wie es hereinkommt, verschenken. Nur, wissen Sie, sehr oft geschieht das meiner Erfahrung nach nicht. Was Geld angeht... lassen Sie es mich so ausdrücken: Die meisten Leute gewöhnen sich doch sehr viel schneller daran, es zu haben, als sie selbst es für möglich gehalten hätten.«

Auf der Fahrt hinaus nach Venice versuchte Jazz, das Gespräch mit Mr. Steve Johnson zu vergessen. Aber natürlich beschäftigte sie doch, was der erfahrene Anwalt ihr erzählt hatte. Sein Fazit, daß sie am Ende eben doch gezwungen sein würde, dem Landverkauf zuzustimmen, wollte ihr partout nicht aus dem Kopf. Es erschien ihr immer unannehmbarer und verdrängte alles andere, was Johnson sonst noch gesagt hatte.

Mit einem großen Seufzer der Erleichterung fuhr sie schließlich auf ihren Parkplatz und ging zum Dazzle-Studio hinüber. Ihr Unbehagen schwand vorübergehend angesichts der vertrauten Welt hier, dieser bizarren Mischung aus Bohème und Vorstadt. Hier zumindest konnte es nicht geschehen, daß sich mit einem Schlag das Oberste zuunterst kehrte. Venice hatte schon alle Arten von Zusammenbruch und Ruin, Feuer und Zerstörung überlebt und war immer wieder aufgebaut worden; seit nunmehr fünfundachtzig Jahren besaß es diesen trägen Ferien-Charme. Die Tage der Zehn-Cent-Kamelausritte und der großen Achterbahn mochten vorbei sein, aber ihr Geist und ihre Atmosphäre waren immer noch da: Lebensfreude und die Erwartung, sich zu amüsieren, prägten die Gesichter der Menschen, an denen sie auf dem Gehsteig vorüberhastete.

Sie ging hintenherum, um direkt in Petes Studio zu gelangen und nicht durch die Glasdoppeltüren des Haupteingangs gesehen zu werden. Sie hatte nicht die geringste Lust, mit Sandy am Empfang zu plauschen – oder mit sonst jemandem von den Dazzle-Mitarbeitern; Mel und Pete, ihre bisherigen Partner ausgenommen, mit denen sie für heute zum Lunch verabredet war.

Bald nach dem Tod ihres Vaters, als ihr klar geworden war, daß sie nicht wußte, wann sie wieder mit der Arbeit beginnen würde, hatte sie ihre Studio-Mitarbeiter bei fortlaufenden Gehältern in vorläufigen Urlaub geschickt. Die Ausgaben dafür schienen ihr angesichts der Gewißheit, damit Sis Levy, Toby und Melissa nach wie vor jederzeit zur Verfügung zu haben, durchaus angemessen.

Sie spähte in Petes Automobilstudio und erblickte Mel und Pete in lebhaftem Gespräch; sie waren gerade dabei, den Tisch zu decken – natürlich mit dem vom Purple Tostada Grande gelieferten Lunch, den sie ihr fest versprochen hatten. Jazz bekam sofort einen unbändigen Appetit auf gefüllte Quesadilla, Burritos und Avocado-Salat. Sie merkte, wie lange ihr Frühstück schon zurücklag.

»Können wir erst mal futtern und dann quasseln?« rief sie von der Tür her.

Pete und Mel ließen alles stehen und liegen und kamen zu ihr geeilt, um sie herzlich zu begrüßen.

»Du kommst genau zur richtigen Zeit!« rief Pete und schwenkte sie herum.

Mel küßte sie heftig und sagte: »Wenn du heute nicht gekommen wärst, hätten wir dich geholt!«

»Also, erzählt mir später, wie sehr ich euch gefehlt habe«, sagte Jazz und war ganz gerührt von der stürmischen Zuneigung ihrer alten Partner, »aber jetzt füttert mich erst mal!«

Sie führten sie an den Tisch. Doch das mexikanische Essen war chinesisch.

»Was denn?« sagte sie enttäuscht. »Aber was tut ihr mir denn da an? Das ist ja chinesisch, nicht mexikanisch!«

»Was anderes konnten wir in letzter Minute nicht mehr kriegen«, sagte Mel entschuldigend.

»Ich wußte ja«, explodierte Pete, »daß Phoebe ein Miststück ist. Aber daß sie so herunterkommt, das hätte ich nicht gedacht!«

»Aber du magst doch chinesisches Essen?« fragte Mel kleinlaut.

»Normalerweise schon, Mel. Normalerweise. Aber nicht ausgerechnet heute. Fragt mich nicht, warum. Und was ist mit dem Tostada los?«

Beide sahen sie erstaunt an.

»Was denn, hast du's denn nicht gesehen?« fragte Pete.

»Was nicht gesehen?«

»Was sie gemacht hat!« ergänzte Mel.

»Ich bin hintenherum gekommen. Was denn?«

»Das hältst du im Kopf nicht aus! Sie hat das Tostada übers Wochenende zugemacht und abreißen lassen, während wir nicht da waren!« rief Pete zornig.

»Bulldozer ran und alles niedergewalzt«, fügte Mel hinzu.

»Was??« rief Jazz ungläubig. »Das gibt es doch nicht! Sie hatte doch versprochen, alles so zu lassen, wie es ist, als sie es allein aufgekauft hat?« Sie schüttelte den Kopf. »Wir kommen doch alle ohne das Tostada überhaupt nicht aus, und das weiß sie ganz genau!«

»Eben das habe ich ihr auch gesagt«, sagte Pete wütend.

»Aber sie erklärte mir kühl, sie habe niemals irgendwelche Garantieerklärungen abgegeben. Und wir hätten ja ihr Angebot, uns zu beteiligen, nicht abzulehnen brauchen. Bedauerlicherweise hat sie ja damit völlig recht. Sie hat es sogar ausdrücklich so in das Protokoll unserer damaligen Sitzung hineingeschrieben.«

»Und was will sie jetzt dort machen auf dem Grundstück?«

»Danach habe ich sie auch gefragt«, sagte Mel, »und sie sagte, darüber habe sie noch nicht entschieden. Aber was für ein feines Restaurant das neue auch immer würde, es könne gar nicht so *in* werden, daß darin nicht stets ein Tisch für mich reserviert sei – vorausgesetzt, ich ließe es sie vor vier Uhr nachmittags wissen. Die hat ein Glück, daß ich mich beherrschen kann. Ich wäre ihr um ein Haar an die Gurgel gegangen.«

»Nach dieser Geschichte mit dir, wie sie dich um die Party bei Magic gebracht hat«, erklärte Pete nachdrücklich, »habe ich ihr sowieso den Krieg erklärt. Nicht, daß ich jemals ausdrücklich Frieden mit ihr gehabt hätte. Aber kein Tostada mehr gegenüber – damit ist sie endgültig zu weit gegangen.«

»Pete«, sagte Mel, von dessen sonst so unerschütterlicher Ruhe und Gelassenheit ebenfalls nichts mehr zu spüren war, »wollen wir ihr das wirklich durchgehen lassen?«

»Nein, keinesfalls, Mel. Wir schmeißen sie raus, setzen sie vor die Tür, aus«, erwiderte Pete mit aller Entschlossenheit. »Ein Weibsstück, das so was macht, kann doch nicht länger meine Agentin sein.«

»Antrag angenommen«, nickte Mel. Sie gaben sich die Hand darauf über einem Karton mit Pilzen und weißen Erbsen. »Du kannst ihr sagen, alles, was du ihr gegenüber vorbringst, hat meine volle Zustimmung und ist auch in meinem Namen.«

»Ich?« fragte Pete. »Wieso soll ich es ihr sagen? Du entläßt sie doch genauso!«

»Ich ertrage Auseinandersetzungen nicht«, sagte Mel. »Das ist allgemein bekannt.«

»Das heißt doch noch lange nicht, daß du dich um deine Verantwortung drücken kannst!« protestierte Pete.

»Du kannst es aber doch für uns beide erledigen.«

»Kann ich nicht, nein. Phoebe hat so eine Art... du weißt genau, was ich meine... die bringt es fertig und dreht mich um, wenn du nicht dabei bist.«

»He, Jungs«, ging Jazz dazwischen, »erst mal eine Frage: Seid ihr euch wirklich absolut sicher, daß ihr eine andere Agentin haben wollt? Ich meine: ohne den geringsten Zweifel? Und ohne, daß es mit mir und Magic zu tun hat? Nur euretwegen?«

»Absolut«, sagten beide wie aus einem Mund.

»Und wer soll Phoebe ersetzen?«

Sie blickten einander ratlos an. »So weit haben wir noch nicht vorausüberlegt, Jazz«, gab Pete schließlich zu. »Wenn du vielleicht jemanden weißt?«

»Ich brauche doch selbst einen neuen Agenten und habe noch gar nichts deswegen unternommen«, sagte sie. »Aber wenn, dann rufe ich Trish Burlingham an. Sie ist mit allen Wassern gewaschen und tüchtig und obendrein wirklich sympathisch. Wenn ihr lieber einen Mann als künftigen Agenten haben wollt, dann kann ich euch Daniel Roebuck wärmstens empfehlen.«

»Na, sehen wir sie uns doch beide an, was, Mel?«

»Ist mir recht. Aber zuerst gehst du zu Phoebe.«

»Augenblick, Mel«, unterbrach ihn Jazz. »Als allererstes müssen wir entscheiden, was mit Dazzle geschehen soll. Ich meine das Studio hier, nicht die Firma Dazzle. Wollen wir das Haus hier zusammen mit Phoebe weiter behalten, oder wollen wir sie auszahlen?«

»Wahrscheinlich läßt sie sich gar nicht auszahlen«, sagte Pete. »Wenn mir auch nichts lieber wäre als das.«

»Mir auch«, sagte Mel. »Wenn ich könnte, ich würde sie noch in dieser Minute auszahlen.«

»Wieso, wir können sie doch jederzeit zwingen«, sagte Jazz vergnügt. »Als wir das hier zusammen kauften, haben wir doch ausdrücklich eine Grundregel vereinbart: Wenn drei von uns den vierten auszahlen wollen, also eine Dreiviertelmehrheit, dann ist das zwingend. Zum aktuellen Marktpreis, den drei verschiedene Schätzer festlegen.«

»Du klingst wie der geborene Rechtsanwalt«, sagte Pete bewundernd.

»Ich habe auch ein wenig von dem Beruf mitgekriegt in jüngster Zeit«, antwortete Jazz leichthin.

»Dann ist ja alles klar«, erklärte Mel erleichtert. »Pete sagt ihr, was Sache ist, ich halte ihm dabei die Hand, und dann können die Schätzer gleich antanzen. Können wir jetzt endlich essen?«

»Nein«, widersprach Jazz. »Niemand ißt, bevor das Geschäftliche nicht erledigt ist.«

»Ach, hab ein Herz, Jazz!« wand sich Pete. »Mit leerem Magen kann ich nicht verhandeln. Ein solches Himmelfahrtskommando kann man nicht hungrig angehen.«

»Also gut, ich weiß, ihr beiden Süßen könnt das natürlich selbst erledigen«, sagte Jazz, »aber wenn ihr möchtet, verhandle ich gerne als eure Sprecherin mit Phoebe. Bei mir ziehen ihre kleinen Tricks nicht.«

»Du meinst, das wäre wirklich nicht zuviel verlangt?« erkundigte sich Pete strahlend.

»Ich halte auch gern deine Hand«, bot Mel an.

»Mir nach, Jungs!« sagte Jazz und ging voran zu Phoebes Büro, wo diese eben ihren Lieblingslunch aß: Ersatz-Cheddarkäse aus Molke mit dünnem, hartgeröstetem Toast.

»Nanu, was bringt dich hierher, Jazz?« fragte sie und tat überrascht. Sie hatte es doch gewußt, daß Jazz nach angemessener Schmollzeit wieder angekrochen kommen würde! Sie war darauf vorbereitet, freundlich, aber fest zu sein. Von nun an würde Jazz sich weniger mit redaktionellen Sachen befassen als mit denen, die wirklich Geld brachten. Mindestens zwei Drittel Werbeaufträge in Zukunft. Bei ihrem Honorar von fünfundzwanzigtausend Dollar pro Tag plus Spesen für kommerzielle Aufträge konnte sie es sich einfach nicht länger leisten, ihre Zeit mit Porträts für irgendwelche Kunstdruckbücher zu gerade fünfundsiebzig Dollar zu vertrödeln. Die Auswahlkriterien für ihre Aufträge kosteten ja auch sie, Phoebe, ein Vermögen an Provisionen.

»Geschäft, nicht Vergnügen«, antwortete Jazz jedoch nur knapp. »Ich bin hier im Auftrag von Pete und Mel.« Sie stand vor Phoebes Schreibtisch und blickte auf sie hinab. »Sie haben mich bevollmächtigt, dich als ihre Agentin zu entlassen, fristlos und ab sofort. Zusätzlich machen wir alle drei hiermit von unserem vertraglichen Recht Gebrauch, dich aus Dazzle auszukaufen. Deine rücksichts- und verständnislose Beseitigung des Purple Tostada Grande hat bewiesen, daß du nicht wirklich unsere Interessen wahrnimmst. Wir werden vertragsgemäß drei Sachverständige unserer Wahl den Preis schätzen lassen, du kannst deinerseits drei deiner Wahl bestellen. Haben sie alle ihre Schätzungen abgegeben, werden wir den Mittelwert feststellen und dir dementsprechend deinen Viertelanteil sofort ausbezahlen. Die drei eigenen Schätzer für dich sind nach unserem Vertrag zwar gar nicht erforderlich, aber er erspart uns das Hickhack über die Auswahl unserer drei. Falls du keinen besseren Vorschlag zu machen hast, rege ich an, mit der Prozedur bereits heute nachmittag zu beginnen. Die Zeit drängt. Wir benötigen deinen Platz hier schnellstmöglich.«

Jazz sah sie ganz sanft an, sprach mit ruhiger, neutraler Stimme, kühl und sachlich.

»Meinen Platz!« Phoebe sprang auf. »Meinen Platz?!«

»Für das neue Tostada«, sagte Jazz, drehte sich um und

ging den beiden anderen voran hinaus. Als sie wieder in Petes Studio waren, atmete sie tief durch. »Das ging ja soweit ganz gut«, sagte sie und ließ sich von den beiden anderen stürmisch gratulieren.

»Lieber Gott, Jazz!« rief Pete. »Du fängst an, mir angst zu machen. Was ist denn mit dir passiert? Alle unsere Probleme sind gelöst, und das Essen ist noch warm!«

»Tja, siehst du, Pete, das kommt davon, wenn man es wie ich auf einmal dauernd mit diesen Rechtsverdrehern zu tun hat. Da guckt man sich leicht dies und jenes ab. Moment mal, Jungs. Ich habe ja Gabe ganz vergessen. Was machen wir denn mit ihm?«

»Da mach dir mal keine Sorgen, der ist lange weg. Er ist für einen großen Auftrag nach Rußland. Das wird Monate dauern. Wo, hat er gesagt, Mel, will er hin?«

»Ich weiß es auch nicht so genau. Das ging mal wieder ruck, zuck, hopphopp, Tasche schnappen, irgendwas faseln von einer ›Großproduktion mit der Regierung der Ukraine, bis zum bitteren Ende dabeibleiben, und wenn es bis zum Sommer dauert‹. In der Art. Ich hab nicht auf die Einzelheiten geachtet. Wartet mal, Moment. Von Kiew sagte er was.«

»Etwa zusammen... mit... Milos Forman?« fragte Jazz ungläubig und stellte sich die Szene vor: Gabe und Sam gemeinsam am selben Ort, wie sie sich den langen russischen Winter hindurch die anwesenden Filmdamen und auch die örtlichen Schönheiten teilten...

»Richtig!« bestätigte Mel. »Genau das sagte er, jetzt wo du es erwähnst... he, wieso fragst du, wenn du es sowieso schon weißt?«

»Weil ich...«, sagte Jazz und bekam einen plötzlichen Lachanfall, den die beiden sich absolut nicht erklären konnten, »...mir nicht sicher war!«

»Nun, wie war die Reise in die große Stadt?« fragte Casey beim Lunch am nächsten Tag.

»Sehr informativ. Steve Johnson gefiel mir gut.«

»Dessen war sich Dad sicher. Na? Gute Nachrichten? Schlechte, neutrale?«

»Von allem ein bißchen. Ich habe die Wahl, eine gute Sache zu unterstützen und zu fördern oder die nächsten zwei Jahrzehnte hier zu sitzen wie die Spinne im Netz und die gute Sache der amerikanischen Anwaltschaft kräftig finanziell zu unterstützen und zu fördern. Ich bin noch am Überlegen.«

»Irgend etwas sagt mir, du möchtest nicht darüber reden.«

»Ich wollte nur von alledem weg und in Ruhe gelassen werden.«

»Wie wär's mit einem Ausritt mit mir?«

»Wieso, glaubst du, du kannst schon wieder reiten?« fragte sie mißtrauisch.

»Der Onkel Doktor hat mir heute morgen erklärt, ich bin so gut wie neu.«

»Woher weiß er denn das so genau?«

»Ach, hör auf, Oma, und zieh diese Stadtklamotten aus! Ich will draußen sein, solange es noch hell ist.«

Als sie den Rand der großen natürlichen Mulde – der Bowl – erreichten, in der jedes Jahr die Fiesta abgehalten wurde, zügelte Casey sein Pferd.

»Weißt du noch?« fragte er.

»Natürlich weiß ich noch.«

»Ich meine nicht nur die Fiesta. Die Stelle hier, genau hier.«

»Was ist mit der?«

»Na, hier haben wir uns zum ersten Mal gesehen. Hier habe ich mit voller Absicht, mit hinterhältiger Absicht, einen Teller Chili über dein Kleid gegossen. Und hier hast du mich dann auch Blödmann genannt. Eine Bezeichnung übrigens, die ich dem ›Macho!‹ irgendwie vorziehe.«

»Ignorant. Ich sagte Ignorant, nicht Blödmann.«
»Auch möglich. Aber den Abend vergesse ich nie.«
»Fang nicht an, sentimental zu werden.«
»Ich vergesse ihn nie«, sagte er bockig.
»Ja«, pflichtete ihm Jazz nun bei, »ich auch nicht. Wie konnten wir wissen, daß es die letzte Fiesta sein würde? Wie gut, daß man nicht in die Zukunft blicken kann.«
»Ich hätte es gerne getan damals«, sagte Casey, und seine Stimme war plötzlich ganz weit weg, und er sprach mit seltsamer, wenn auch unterdrückter Bewegung. Er hielt sein Pferd wieder zu einem langsamen Trab an und durchritt die ganze Bowl bis zum gegenüberliegenden Rand. Jazz folgte ihm. Sie behielt ihn scharf im Auge. Trotz seiner Versicherung, der Arzt habe ihm schon wieder das Reiten erlaubt, hatte sie ihre Bedenken. Er hielt sich zwar gut und gerade, aber es war wohl besser, nicht gleich beim ersten Mal zu übertreiben.

»Komm mit!« rief sie ihm zu, als sie ihn eingeholt hatte. Sie ließ ihr Pferd dem Pfad folgen, der bis zu einer Gruppe alter Eichen und Sykomoren führte, und stieg dort ab. »Rasten wir ein wenig.«

Sie saßen an einen Baum gelehnt nebeneinander.

»So«, sagte Jazz und sah ihn eindringlich an, »jetzt möchte ich eine klare und ausführliche Erklärung dieser letzten Bemerkung haben. Wieso hättest du doch gern in die Zukunft blicken können? Wozu soll das gut sein? Ist es denn nicht besser, sie nicht zu kennen?«

Casey blickte sie schweigend an, als versuche er wenn auch widerwillig, sie sich einzuprägen. Einige Sonnenstrahlen brachen wie Lichtkegel durch die Baumkrone und ließen ihn jedes einzelne Härchen auf ihrem Kopf erkennen. Er studierte die Linie ihrer Brauen, die in unverhohlener Neugier leicht hochgezogen waren, ihre vorwitzige Nase und die geheimnisvolle Fülle ihrer leicht geöffneten Lippen. Irgendein Schicksal hatte sie dazu ausgewählt, ihm bittere Lektionen zu erteilen.

Ihm seinen Hochmut auszutreiben. Ihn wissen zu lassen, daß nicht er es war, der hier kommandierte. Ihm schmerzlich bewußt zu machen, daß er das unglaubliche Glück nicht richtig zu würdigen gewußt hatte, eine gewisse Juanita Isabella Kilkullen kennenzulernen.

»Hör auf, mich so anzuschauen«, sagte Jazz nervös, »und beantworte meine Frage.«

»Hätte ich in die Zukunft sehen können«, sagte Casey langsam, »dann hätte ich nie an deinen Vater geschrieben und ihn um diesen Job gebeten.«

»Ich wußte nicht, daß es so schlecht lief«, sagte Jazz verwundert. »Du schienst so zufrieden zu sein, oder jedenfalls hast du so getan. Wie ein Mann, der das, was er tat, gern tat. Du hast mich wirklich gut getäuscht.«

»Genau das meine ich«, sagte Casey. »Ein besseres Beispiel gibt es gar nicht. Was ich auch immer zu dir sage, es ist falsch. Entweder drücke ich mich falsch aus, oder du verstehst es falsch. Absichtlich oder nicht, was weiß ich. Und ich kann machen, was ich will, es ist falsch. Wage ich es, dich zu küssen, ist es falsch, versuche ich, dich zu verführen, ist es falsch, und versuche ich nicht, dich zu verführen, ist es erst recht falsch. Und selbst wenn ich lediglich neben dir stehe, ruiniere ich den Schal deiner Urgroßmutter. Also, was soll es?«

»Du meinst, du wärest meinetwegen lieber nie hergekommen?«

»Siehst du, schon wieder! Du drehst mir jedes Wort im Mund herum. Wie immer. Du hörst einen an, aber du hörst nicht richtig zu. Und wenn, dann verstehst du nicht, was man sagt. Ich sage ja gar nicht, daß es dein Fehler ist, Jazz. Ich wünschte mir nur einfach, ich hätte es richtig anstellen können, deine... Aufmerksamkeit zu erregen. Und auch, wenn du mir das nicht glaubst, aber so etwas ist mir noch nie passiert. Mit niemandem, weder Mann, noch Frau, noch was es womöglich noch dazwischen gibt. Da ist etwas an dir – nein, streich das –, an mir, an mir, das... ich weiß auch nicht, aber bei dir und mit dir bin ich immer wie ein ungeschickter Tölpel. Bei dir mache ich grundsätzlich immer alles falsch, grundsätzlich immer die falschen Signale...«

»Augenblick mal jetzt, Augenblick. Damit wir das geregelt kriegen. Also, du möchtest meine Aufmerksamkeit erregen, ist das richtig?«

»Ja«, sagte er leise.

»Du möchtest das Richtige tun?«

»Ja.«

»Du möchtest die richtigen Signale aussenden.«

»Ja doch, schuldig im Sinne der Anklage.«

»Und warum?«

»Stell dich nicht so blöd«, sagte er grob, blickte verlegen zur Seite und hätte sich ohrfeigen können.

»Du sagst schon wieder das Falsche«, warnte sie ihn. Sie vermochte ihr Entzücken über seinen jammervollen Zustand noch gut zu verbergen.

»Ich weiß es doch selber. Ich... Herrgott noch mal, Jazz, ob du's glaubst oder nicht, aber ich bin verlegen. Du machst mich verlegen und schüchtern. Es ist allein deine Schuld, daß du so völlig... was es auch immer ist, was du bist... Himmel noch mal: also, weil ich dich liebe. O.k.? Ich bin verrückt nach dir, und ich liebe dich wie wahnsinnig. So. Und ich möchte mein ganzes Leben lang mit dir zusammensein und dich nie mehr fortlassen, und du sollst nie mehr einen anderen Mann anschauen, und ich weiß, daß ich dich nicht kriegen kann, aber ich klebe nun mal an dir für immer und ewig, und ich liebe dich, und ich brauche dich, und ich weiß ja, daß es hoffnungslos ist, also geh schon und such dir ein anderes Opfer.«

»O.k.«, sagte sie leise.

»O.k. was? Ist das alles, was du sagen kannst? Bin ich nicht mal ein bescheidenes Lächeln wert?«

»Ich liebe dich auch, o.k.?« Ihre Stimme zitterte ein wenig. Jetzt war es raus. Und sie kämpfte zugleich mit den Tränen und mit dem Lachen. Unfaßbar. Jeder andere Mann hätte es längst gemerkt. Ausgerechnet er nicht. Gut, zugegeben, sie hatte die Bockige gespielt und war ihm ausgewichen und hatte sich hinter Frivolität versteckt und ihn auch ordentlich nach allen Regeln der Kunst zappeln lassen. Aber doch nur, weil sie es ihm nicht zu leicht machen wollte! Ihn nicht vergraulen wollte, indem sie zu leicht, zu schnell zu haben gewesen wäre! Und überhaupt, es war schließlich noch immer so, daß der Mann den ersten Schritt tun mußte.

Casey hatte, während sie sprach, nur auf ihre Hände geschaut und gesehen, wie sie sich nun öffneten, sich ihm öffneten, und erkannt, daß diese Geste ganz klar sagte, sie mache sich nicht lustig über ihn.

»Und würdest du mich auch heiraten?« fragte er hastig, als befürchte er, sie könne es sich noch anders überlegen.

»Ja, auch das würde ich tun«, antwortete sie.

18

Widerstrebend erwachte sie aus einem tiefen Schlaf. Sie war noch völlig desorientiert. Sie wußte nicht, welcher Tag war, welche Tageszeit, nicht einmal, wo sie war. Sie nahm nur wahr, daß es endlich regnete. Es goß so heftig, daß es auf das Dach und gegen die Fenster trommelte, und eben dies hatte sie aus ihrem erquickenden, tiefen Schlaf geholt. Sie versuchte kurz, schnell wieder in diesen schönen Schlaf zurückzuflüchten. Doch dann wurde ihr bewußt, daß Casey Nelson neben ihr lag. Und zwar nicht in ihrem Bett, sondern in seinem. Nachdem sie seine warme, solide, ruhig atmende Gegenwart erst einmal richtig registriert hatte, kam auch alles andere wie in einem Sog in ihr Gedächtnis zurückgeschossen.

Sie schloß die Augen, um das Glücksgefühl um so intensiver zu empfinden.

Es war alles ganz klar jetzt, und das Glücksgefühl war stark, frei von allen Zweifeln, Fragen, Zwischentönen, allem Abwägen. Es war alles richtig und gut so, wie es gekommen war. Nun ja, es hatte in der Tat seine Zeit gedauert, bis sich das alles so geordnet hatte, wie es wohl sein mußte, dachte sie. Monate und Monate. Wo es eigentlich doch nur Stunden, um nicht zu sagen Minuten, hätte dauern dürfen. Aber natürlich waren sie viel zu »zivilisiert« gewesen, um einander einfach anzusehen und zu wissen – denn das hätten sie schließlich vom ersten Augenblick an wissen müssen –, was es war; und es sich einzugestehen; auch, daß sie es beide wußten.

Mochte ja sein, daß sie die einzige Frau ihres Alters war, die den Heiratsantrag eines Mannes angenommen hatte, von dem sie noch nicht mehr als einen Kuß bekommen hatte. Doch immerhin, seit gestern hatten sie das tüchtig nachgeholt. Casey war ein... sie suchte nach dem rechten Wort und erbebte leicht, als sie es fand... ein *Virtuose*. Er brachte es fertig, daß sie sich wünschte, nie einen anderen Mann gekannt zu haben. Sie kuschelte sich unter die Decke und atmete seinen Geruch. War das in Ordnung, daß ein Mann so gut roch? An so vielen verschiedenen Stellen? Sie überlegte, ob sie ihn aufwecken sollte. Sie hatte Lust auf ihn...

Sie sah vorsichtig auf die Uhr. Kurz vor Mittag! Es sei denn, es war Mitternacht. Nein, um Mitternacht waren sie noch wach gewesen. Sie hatten ja wohl nicht vierundzwanzig Stunden geschlafen, oder? Also Mittag. Aber ganz ungewöhnlich dunkel und trübe. Und naß. Zum Glück war Sonntag, da kam Susie nicht ins Haus. Sonst hätte sie es nach hungrigen Leuten abgesucht und sie hier gefunden und wäre wohl etwas schockiert gewesen... Bei dem Gedanken daran, wie wohl ihrer beider Arglosigkeit Susies Weltbild beeinträchtigen würde, kicherte sie leise vor sich hin.

Ein Wassertropfen fiel ihr auf die Stirn. Sie fuhr unwillkürlich hoch und blickte ungehalten zur Decke. Es kamen noch mehr Tropfen. Sie rüttelte Casey wach.
»Was ist denn?« murmelte er schlaftrunken.
»Das Dach ist undicht!«
»Verdammt... ich rücke das Bett weg, warte...«
»Wach auf, Stadt-Junge!«
»Nein, du hast mir versprochen, mich nie mehr zu beleidigen... komm her...«
»Casey bitte! Es hat wochenlang nicht geregnet. Und das ist ein altes Dach! Es kann überall undicht sein. Wir müssen das ganze Haus absuchen.«
»Muß das sein?«
»Das muß jetzt sein, ja!«
»Suchen wir uns ein anderes Bett und lassen das meine absaufen.« Dann fuhr er hoch wie von der Tarantel gestochen. »O mein Gott, das Fax säuft ja auch ab!«
Sie sausten aus dem Bett, Casey suchte nach dem Leitungsstecker des Fax-Geräts und zog ihn heraus, um sein geheiligtes Gerät ins Wohnzimmer zu schaffen und dort in Sicherheit zu bringen. Sie liefen um die Veranda herum und sahen in sämtlichen Zimmern nach, doch dort war das Dach nirgends undicht. Jazz blieb trotzdem mißtrauisch. Sie hatte das ungute Gefühl, daß es doch noch irgendwo hereinregnete, nicht nur in Caseys Zimmer.
Dann fiel es ihr ein. »Der Archivraum!« rief sie. »Wie konnte ich den vergessen? Wo ist der Schlüssel?«
Als sie den Archivraum aufschlossen, hörten sie bereits das laute Platschen von Wasser überall dort, wo kein Wasser etwas zu suchen hatte. Jazz hielt schuldbewußt den Atem an, während Casey nach dem Lichtschalter tastete. In diesem Raum hier waren die einzigen wirklich unersetzlichen Dinge der ganzen Ranch! Hier hätten sie zuallererst nachsehen müssen. Sie atmete erleichtert auf, als sie sah, wo es tropfte:

zum Glück nur in der den Regalen gegenüberliegenden Ecke. Dort hatte sich allerdings eine ansehnliche Wasserpfütze auf dem unebenen Boden gebildet. Die Wand hinter den Regalen mit den Alben und Mappen schien jedoch trocken zu sein.

»Gott sei Dank, nichts passiert«, sagte sie.

»Ja, aber die undichte Stelle da wird immer größer. Und womöglich gibt es neue. Wir räumen die Sachen besser irgendwohin um, wo wir ein Auge auf sie haben können und trotzdem warm bleiben.«

»Bist du nicht gescheit! Umräumen? Nur wir zwei? Das sind Hunderte Mappen und Alben!«

»Und? Wir sind doch jung und gesund und kräftig, oder? *I'm young and healthy, da-da-dadaaa!* 42nd Street, 1933.«

»War ich mal, ja«, sagte sie, »bevor du mich in die Mangel genommen hast.«

»Wir könnten ja noch ein bißchen mangeln, bis uns das Dach auf den Kopf fällt...?«

»Ja, ja, schon gut. Du steigst jetzt auf diese Bibliotheksleiter da rauf und gibst mir die Sachen nacheinander runter, klar? Wenn wir damit fertig sind, mach ich was zu essen. Dann sehen wir weiter.«

Zwei Stunden später waren sie zwar ziemlich geschafft, hatten aber doch das gute, befriedigende Gefühl, etwas Sinnvolles geleistet zu haben. Sie hatten tatsächlich das gesamte Fotoarchivmaterial in den Wohnraum geschafft und dort in der gleichen Ordnung wie im Archivraum auf dem Boden gelagert. Die kleine braune Mappe mit den Briefen ihrer Urgroßmutter hatte Jazz beiseite getan und in den Schreibtisch in ihrem Zimmer gelegt. Sie hatte sich an die wunderhübschen alten Briefe zum Valentinstag darin erinnert und sich eine geheime Wiederverwertung für sie ausgedacht. Nächsten Monat war Valentinstag, und Urgroßmutter Amilia hätte sicherlich nichts dagegen gehabt, glaubte sie.

Es war schon spät am Abend. Nach der Rettungsaktion hatten sie vor dem Kaminfeuer mit einem Mahl, Liebe und Wein gefeiert, freilich nicht, ohne von Zeit zu Zeit daran zu denken, daß sie überall, wo es tropfte, die vollen Eimer ausleeren und wieder hinstellen mußten. Es war ein anstrengender Tag gewesen, und Casey schlief bereits wieder; diesmal in ihrem Bett. Jazz betrachtete ihn nachdenklich. Gab es wirklich einen so fundamentalen Unterschied zwischen den Geschlechtern, daß ein Mann nach einem solchen Tag, an dem so viel passiert war und sie sich so oft geliebt hatten, einfach einschlafen konnte, während die Frau hartnäckig wach blieb und auf den rauschenden Regen lauschte? Ihr war, als habe sie seit einer Ewigkeit nicht mehr geschlafen.

Vielleicht würde ein Buch helfen? Sie sah sich um. Da waren viele Bücher aber nicht eines, das als Einschlaflektüre geeignet gewesen wäre. Ein Bad hatte sie schon genommen. Sie hatte auch schon von hundert rückwärts gezählt und sich eine lange Fahrt in einem Aufzug vorgestellt, bei der sie jedes Stockwerk mitzählen mußte.

Nichts funktionierte.

Sie schlüpfte aus dem Bett, holte sich die Mappe der Urgroßmutter und kroch mit ihr zurück unter die warme Steppdecke. Sie erinnerte sich an den Brief in der Mappe und beschloß, mit ihrem eingerosteten Schulspanisch wenigstens den Versuch zu machen, ihn zu übersetzen. Das und die zusätzliche Erschwernis durch die altertümliche Handschrift sollten sie doch wohl müde genug machen!

Es dauerte keine halbe Stunde, und die Augen fielen ihr fast zu, ihre Notizen waren nur noch ein kaum lesbares Gekritzel. Am Anfang des Briefes wurde die neue Braut Amilia Moncada y Rivera von ihrer künftigen Schwiegermutter Juanita Isabella Valencia Kilkullen herzlich, wenngleich förmlich in der Familie willkommen geheißen. Offensichtlich waren die beiden Frauen Cousinen zweiten Grades gewesen. Das war Jazz völlig neu. Je müder sie wurde, desto ungenauer übersetzte sie. Der vorletzte Absatz war so schwierig gewesen, daß sie, als sie damit fertig war, einfach aufgab. Sie las noch einmal durch, was sie hingekritzelt hatte.

Jetzt, da du kurz davor stehst, xxx von deiner Familie xxx, und eine Kilkullen wirst, wirst du auch erfahren von einer xxx Abmachung (?) die meine Familie, die Valencias, in xxx mit den heiligen xxx Vätern, vor vielen (?) ... getroffen hat. Ich fühle xxx xxx, daß du genauso stolz sein wirst wie (ich?), zu entdecken, daß die Kilkullen xxx xxx nicht spanisch wie Gott (?) sind, wie xxx die Valencias. Sie (?) stimmten der Abmachung zu, als mein xxx Ehemann meines Vaters Ranch xxx, und sie respektieren es mit demselben xxx der Valencias...

»xxx, xxx, Fragezeichen, xxx, Fragezeichen«, murmelte sie, schaltete das Licht aus und schob ihren gelben Notizblock zur Seite, in den der Brief eingeklemmt war. Und noch ehe er zu Boden gerutscht war, schlief sie ein.

Liddy Kilkullen hatte ihre Verkäuferin bei Bergdorf stets für eine sehr taktvolle Person gehalten. Trotzdem hatte ihr Takt jetzt nicht ausgereicht, ihre Überraschung darüber ganz zu verbergen, daß eine Kundin, die bisher noch nie etwas gekauft hatte, das nicht im Preis herabgesetzt worden war, nun mit der größten Selbstverständlichkeit in die Abteilung mit den Kleidern ging, die gerade erst hereingekommen waren, und sie sich vorführen ließ. Sie hatte ihr ausdrücklich gesagt, sie sogar richtiggehend gewarnt, daß es sich dabei um ganz neue Kleider zum vollen Preis handele und noch monatelang nicht an eine Herabsetzung der Preise zu denken sei.

Natürlich war sie freundlich zu der närrischen, verwirrten Person gewesen, dachte Liddy, als sie auf der Chaiselongue in

Fernandas Gästezimmer lag, um sich etwas auszuruhen und eine Tasse Tee zu trinken. Sie hatte einfach so getan, als bemerke sie gar nichts, und dann gekauft und gekauft und gekauft und gekauft. Sie hatte nicht ein einziges Preisschild auch nur angesehen. Hatte ihr etwas gefallen, schon wurde es gekauft. Kleider für den Vormittag, Kleider für den Nachmittag, Kleider für den Abend, zehnmal mehr Kleider, als sie jemals auf einmal gekauft hatte. Eigentlich, dachte sie, brauchte sie gar nicht alle, jedenfalls nicht gleich.

Na, und wenn schon; natürlich hatte sie die Reise nur als Vorwand für das Ausleben ihres Kaufrauschs benützt. Endlich einmal aus dem vollen schöpfen, ohne sich um Preise zu kümmern! Wie sonst sollte sie denn ihren neuen Reichtum feiern?

Wie würde das große Geld wohl Valerie und Fernanda verändern? Natürlich würde es sie verändern, aber wie genau? Auf welche unvorhersehbare, womöglich nachteilige, unglückselige, gar nicht wünschenswerte, unangenehme Art und Weise? Nicht zuletzt dies war doch der eigentliche Grund gewesen, warum sie beschlossen hatte, sich zu ihnen nach Kalifornien zu begeben! Das Telefon war jetzt kein zufriedenstellendes und ausreichendes Kommunikationsmittel mehr. Jetzt, da ihre Töchter endlich die großen Erbinnen waren – worauf schließlich sie allein, ihre Mutter, so lange hingearbeitet hatte! –, brauchten sie ihren Rat und ihre Hilfe mehr denn je. Drei Jahrzehnte lang hatte sie aufgepaßt und beobachtet und sie auf das Leben vorbereitet, das ihnen jetzt bevorstand! Sie kannte die Fußangeln und Fallen, vor denen sie sich jetzt hüten mußten – vor denen sie, ihre Mutter, sie bewahren mußte!

Plötzlich fiel ihr ein, daß sie jetzt ja nie mehr nach Marbella zurückkehren würde; müßte! Ja, in der Tat! Und mit einem Schlag wußte sie auch, wo sie fortan leben – was heißt leben? –, residieren würde.

In San Clemente.

Eigentlich doch sonderbar, fast komisch, daß sie jetzt, da sie jeden beliebigen Ort der Welt als ihren Wohnsitz auswählen konnte, den Kreis schloß und wieder in eine kleine Stadt in Kalifornien zurückkehrte! Nun ja, aber solange Deems White Gouverneur dieses Staates war und zusammen mit Nora seinen zweiten Wohnsitz dort behielt, würde sie in seiner Nähe bleiben... Sie setzte ihre Teetasse ab. In Wirklichkeit hatte sie doch alle die Kleider nur danach ausgesucht, ob sie Deems gefallen würden. Und sie war doch auch nicht wirklich ihrer Töchter wegen hergekommen. Die kamen ganz gut auch ohne sie zurecht. Aber ihr Geliebter brauchte sie!

Wer war wohl der beste Immobilienmakler in San Clemente? Der die schönsten Besitztümer vermittelte?

»Ich dachte schon, ich fände nie einen Weg, dich mal von Valerie loszueisen«, sagte Lady Georgina Rosemont.

»Ich dachte, du magst sie?« antwortete Fernanda.

Sie waren auf dem Weg zurück ins Ritz. Georgina hatte in San Juan Capistrano das Antiquitätengeschäft Gep Durenburger regelrecht geplündert und mehr oder minder alles gekauft, was echt und wertvoll war.

»Schon«, sagte Georgina, »aber irgendwie ist es doch immer netter, wenn wir beide allein sind. Ich fühle mich hundert Jahre jünger als Val, du doch auch, oder? Die Arme wird sich schön ärgern, wenn sie sieht, was ich alles in Durenburgers Laden erstanden habe. Und meine Leute werden Augen machen! Künftig werden sie wohl wieder etwas mehr Respekt vor mir haben!

»Aber die verehren dich doch, Georgina!« widersprach Fernanda. Georgina faszinierte sie. Diese kleine, kastanienbraune Engländerin hatte so eine angeborene aristokratische Gelassenheit. Sie war sich ihrer offenbar unvergänglichen makellosen Schönheit mit einer so souveränen Selbstverständlichkeit bewußt, daß sie es überhaupt nicht nötig hatte, irgendein Aufhebens von sich zu machen.

»Ach, weißt du, Fernie, ich mache mir da nichts vor«, sagte Georgina. »Du weißt doch auch ganz genau, daß ich in Wirklichkeit gar keine echte, professionelle Innenarchitektin bin. Jimmy läßt es mich eben machen, damit ich eine angemessene Beschäftigung habe. Wenn es mir mal keinen Spaß mehr macht, höre ich einfach auf und suche mir etwas anderes. Wie ist es, kommst du noch mit rein?« Sie waren inzwischen vor dem Ritz angekommen, in dem die Rosemonts ebenfalls eine Suite bewohnten, auf derselben Etage wie Valerie und Fernanda. »Ich bestelle uns Tee.«

»Ist Jimmy denn nicht da?«

»Er ist heute in San Francisco und kommt erst spät abends zurück. Termine, Termine... du kennst ihn ja.«

Sie tranken ein wenig einsilbig ihren Tee und aßen belegte Brötchen dazu. Georgina schien irgendwie in Gedanken versunken zu sein.

Aber Fernanda war zufrieden, einfach in ihrer Gesellschaft zu sein, und schaute sie bewundernd an. Georgina hatte Stil und Klasse, das mußte sie neidlos anerkennen.

Als der Teetisch abgeräumt wurde, ging Georgina in ihr Zimmer und forderte sie auf mitzukommen. »Komm, laß uns ein wenig plaudern, Fernie! Ich möchte mich eine Minute hinlegen. Die Antiquitäten haben mich ein wenig geschafft.«

»Ach, ich gehe rüber zu mir, dann kannst du ein Nickerchen machen.«

»Nein, nein, schlafen will ich nicht. Mir tun einfach nur die Füße weh. Und ich möchte nicht, daß Valerie sieht, daß du zurück bist.«

Es ist zwar absolut kindisch, dachte Fernanda, aber sie hat recht. Sie hatte genau dasselbe Bedürfnis. Alle beide taten sie, als müßten sie sich vor ihrer Gouvernante verstecken. Seit Georgina hier angekommen war, hatten sie versucht, irgendwann einmal wie bei ihren gemeinsamen New Yorker Essen miteinander allein zu sein. Doch hartnäckig hatte sich Valerie stets zu ihnen gesellt.

Fernanda war klar, daß der Verkauf der Ranch eine Angelegenheit war, die sie am besten erfahreneren Leuten überließ, und sie war sehr zufrieden, daß Jimmy Rosemont und Sir John sich so intensiv darum kümmerten. Für sie war es einfach eine hübsche Abwechslung, aus New York herauszukommen. Und daß jetzt auch Georgina hier war, ließ es fast wie Ferien erscheinen.

Auch sie wollte nicht, daß Valerie merkte, daß sie von ihrem Einkaufstrip schon wieder zurück waren. Sie wollte... Georgina nicht mit ihr teilen, ja, das war es. Es war ein so aufregendes Gefühl von Exklusivität, wenn sie mit ihr allein war, das immer zerstob, sobald Valerie, die beherrschte, nüchterne, sachliche Valerie sich dazugesellte, wie so oft in den vergangenen Tagen.

Sie ging also mit Georgina in deren prächtiges Schlafzimmer. Die Suite hatte zwei Schlafzimmer.

»Komm doch her, und setz dich zu mir aufs Bett«, sagte Georgina. »Ich muß mich einfach ein wenig lang legen.«

»Du siehst aber gar nicht müde aus.«

»Bin ich ja auch nicht. Jetzt geht's mir ganz gut. Ich habe das Zimmermädchen gebeten, die Vorhänge zuzulassen, das ist angenehmer, wenn man sich ausruhen will.«

»Vermißt du London eigentlich?«

»Ein wenig, ja. Oder sagen wir, bisher. Bis ich dich kennengelernt habe, weißt du. Du bist so süß und nett, Fernie, wirklich. So eine verrückte Göre, so eine überschäumende, herzlose Spielerin, so ein wildes, ungebärdiges Kind, als würdest du immerzu Cowgirl spielen... Du erinnerst mich an jemand, den ich mal sehr geliebt habe, weißt du... sie sah natürlich ganz anders aus als du. Und sie war noch gemeiner als du.«

»Wer war denn das?« fragte Fernanda. Sie verspürte angesichts dem fast sehnsuchtsvollen Klang in Georginas Stimme eine Aufwallung von Eifersucht. Es war wie ein scharfer Stich.

»Eine Schulfreundin. Sie hieß Claire. Sie war älter als ich. Sie muß fünfzehn gewesen sein, und ich war gerade erst zwölf. Aber wir wurden die engsten Freundinnen, trotz des Altersunterschieds.«

»Hast du noch Kontakt zu ihr?«

»Nein. Vermutlich würde ich sie heute nicht einmal mehr wiedererkennen. Soviel ich weiß, ist sie die ideale Vorstadt-Hausfrau geworden und die perfekte verstaubte Mutter von vier perfekten Kindern. Versprich mir, daß du nie so wirst, Fernie.«

»Selbst wenn ich wollte, könnte ich das wahrscheinlich nicht. Ich bin die Unvollkommenheit in Person.«

»In der Schule war sie noch ganz anders. Wir wohnten im selben Haus in der Schule. Ich war ganz unsagbar in sie verknallt... In meinem ganzen Leben war ich nie wieder so blind verliebt.«

»Verliebt?«

»Ja, Fernie, verliebt. Erste Liebe. Die schmerzlichste Art von Liebe, die man nie mehr vergißt.«

»Und dann hat sie die Schule vor dir verlassen, und du hast sie nie wiedergesehen?«

»O nein... das wäre denn doch zu grausam gewesen. Nein. Eines Abends, als ich schon im Bett lag, kam sie zu mir ins Zimmer. Sie machte die Tür hinter sich zu und kam zu mir und setzte sich auf meine Bettkante. Genauso wie du jetzt bei mir. Und beugte sich über mich und küßte mich auf die Stirn.«

»Hat sie etwas gesagt?«

»Sie sagte, sie habe bemerkt, daß ich sie immer beobachtet hätte, und wollte wissen, warum. Natürlich wollte sie mich nur reizen, sie wußte selbstverständlich genau, warum. Ich war aber so verwirrt, daß ich kein Wort hervorbrachte. Und dann küßte sie mich noch einmal, diesmal auf den Mund... und so lange und innig, und immer wieder... Sie wußte sehr genau, was sie tat.« Georginas Stimme war jetzt leise und dunkel, fast als spräche sie in Trance.

»Sie hatte so ungeheuer weiche, süße Lippen, Fernie, und als ich es nach langer Zeit endlich wagte, ihren Kuß zaghaft zu erwidern, schob sie mein Nachthemdchen hoch und küßte mich auf die Brust... mein Busen hatte gerade erst ein wenig zu knospen begonnen, er war noch so zart und klein... und sie küßte mich weiter und weiter dort, bis ich das Gefühl hatte, daß mir die kleinen Brüste anschwollen, und dann kam sie unter die Bettdecke, und ich spürte, wie sich ihre Hand zwischen meine Beine schob und dort zu spielen begann... es war so zart und sanft und wunderbar, Fernie... noch niemand hatte mich dort berührt, natürlich, außer... ich mich selbst, ja, ich tat es die ganze Zeit... aber ich hatte keine Ahnung gehabt, wie unvergleichlich schöner es war, wenn jemand anderer es machte... es war so... oh, das ist schwer zu beschreiben... Aber noch nie hatte ich solche... Gefühle gehabt. So starke, mächtige Gefühle... Es war, als hätte ich bis jetzt noch überhaupt nicht verstanden, warum ich eigentlich lebte, bis jetzt zu diesem Moment, da ich Claires Hand zwischen meinen Beinen fühlte... Sie hörte nicht auf, weißt du, nicht einmal, als ich anfing zu... na ja, du weißt schon, das muß ich ja nicht eigens erklären. Ich wußte überhaupt nicht, was ich alles machen sollte, um ihr zu zeigen, wie wundervoll ich das fand, und also zeigte sie mir, was ich tun sollte, um auch ihr Befriedigung zu verschaffen. Das war mein erstes Mal. Von da ab kam Claire zu mir, sooft es ging, und ich lernte... ich lernte so vieles von ihr... oh, ich war eine gute Schülerin.« Sie lachte leise und gurrend. »Ihre Star-Schülerin.«

»Und was ist passiert, als Claire die Schule verließ?«
»Zuerst wußte ich überhaupt nicht, was ich tun sollte. Die ganze Zeit dachte ich nur an sie. Natürlich machte ich es mir immer selbst, doch es war nicht das Gleiche... Aber zu der Zeit brauchte ich es schon so nötig... wie... ich war gerade dreizehn, und ich konnte überhaupt an nichts anderes mehr denken, ich konnte mich gerade noch so viel auf die Schulbücher konzentrieren, daß ich nicht sitzenblieb. Und dann bemerkte ich ein Mädchen aus meiner eigenen Klasse, das mich genauso beobachtete, wie ich Claire beobachtet hatte. Also ging ich eines Abends in ihr Zimmer...«
»Und?« fragte Fernanda mit rauher Stimme.
»Und machte es genauso mit ihr wie Claire zuvor mit mir. Und seitdem hat es immer irgendein Mädchen gegeben. Bis ich England verließ. Aber niemals konnte mir jemand Claire ersetzen. Nie mehr hat mich jemand so fasziniert wie sie, so vollständig. Nie mehr begehrte ich jemanden so sehr, war ich in jemanden so rettungslos verliebt... bis ich dich traf.«
Georginas leise Stimme zitterte etwas, aber sie bewegte sich nicht auf ihrem Bett, machte keinerlei Geste.
»Ich hatte ja... ich wußte ja nicht... ich... niemals hätte ich...«, stammelte Fernanda völlig gefangen. Was sie soeben gehört hatte, hatte sie in äußerste Verwirrung gestürzt. Es war Überraschung und Schock und eine Art unwiderstehliche Erregung zugleich. Sie saß auf einem Stuhl neben dem Bett in diesem Schlafzimmer und lauschte den Träumereien Georginas, wie sie mit ihrer schönen Stimme die zarte erste Liebe zweier Mädchen beschrieb; und die Erzählung hatte sie ungeheuer angeregt. Wie war das möglich? Niemals, dachte sie, hatte sie sich doch von Frauen angezogen gefühlt... Gewiß, natürlich hatte sie gelegentlich daran gedacht. Nein, gar nicht gelegentlich: oft und öfter! Aber stets hatte sie diese Gedanken rasch wieder verscheucht und verdrängt und sich gesagt, das sei nur die reine Wißbegier.

»Ich weiß doch, daß du keine Ahnung hattest, mein kleines Gänschen«, murmelte Georgina. »Was glaubst du wohl, warum ich dir das mit Claire erzählt habe? Oder meinst du etwa, ich würde diese Geschichte irgend jemandem außer dir erzählen, Fernie? Schau, du hast doch niemals den richtigen Mann gefunden, nicht wahr? Für die Leute bist du einfach eine, die einen gewaltigen Männerverschleiß hat, die sich Männer schnappt, sie benützt und dann wieder ablegt, um sich den nächsten ins Bett zu holen. Ich aber weiß, daß du niemals richtige Befriedigung mit einem Mann erlebt hast. Stimmt's?«

»Ich... ja... aber das ist einfach, weil... mit mir etwas nicht stimmt.«

»Unsinn. So etwas gibt es nicht. Mein Liebling, es ist gar nichts falsch mit dir, überhaupt nichts. Es sei denn... Sieh mal, ich weiß sehr gut, daß ich dich vermutlich etwas verschreckt habe mit meiner Erzählung und mit meinem Geständnis, was ich für Mädchen empfinde, und ich weiß auch, daß du nervös und verkrampft bist und alle möglichen Theorien dagegen im Kopf hast. Aber wem schadet es denn, es einfach einmal... auszuprobieren, Fernie? Mit mir? Nur als Experiment, wenn du willst. Nur einmal? Wenn es dir nicht gefällt, kommen wir nie wieder auf das Thema zurück. Ich verspreche es dir. Denn ich bin wirklich gerne mit dir zusammen. Laß es mich dir einfach einmal zeigen. Du brauchst selbst gar nichts zu tun, du brauchst keinen Finger zu rühren, keinen Muskel zu bewegen, und wenn du willst, daß ich aufhören soll, werde ich sofort aufhören... Ich gebe dir eine Einführung, wie damals in der Schule.«

Als ob ich wirklich die Kraft hätte, nein zu sagen, dachte Fernanda. Als ob ich jetzt noch einfach aufstehen und zur Tür hinausgehen könnte. Wo ich ohnehin kaum noch Luft bekomme...

»Sperr die Tür zu«, brachte sie gerade noch heraus. Während Georgina das tat, überlegte sie, ob sie sich aufs Bett legen sollte. Sie wußte überhaupt nicht, wie sie sich verhalten sollte, dachte sie, während Georgina zurückkam, hinter ihr stehenblieb und ihr das Haar aus der Stirn strich. Sie machte es so sicher und so zart, daß Fernanda spürte, wie sich ihre Schultern wie von selbst entspannten.

»So ist es gut«, sagte Georgina flüsternd. »Viel besser so. Ach, so lange wünsche ich mir schon, dich zu berühren.« Sie zog Fernandas Kopf an ihre Brust und wiegte sie hin und her. »Bei jedem Lunch, den wir zusammen hatten, habe ich dich beobachtet und mir vorgestellt, wie es sein würde mit dir – so zart und sanft und weicher, als ich es mir erträumen könnte... Komm mit zum Bett, Liebling, ja, so, leg dich hin, laß mich dich ansehen.«

Sie legte einen Arm unter Fernandas Kopf und küßte sie auf die Stirn. Fernanda legte den Kopf zurück in die Kissen und schloß die Augen, während sie Georginas Lippen auf den ihren spürte. Was für ein weicher Mund, dachte sie, dieser wundervolle Mund, der niemals Lippenstift benötigte, dieser warme Mund, diese kleine, aus ihm hervorschnellende Zunge, die sich zwischen ihren Lippen bewegte. Gar nicht wie die Zungen von Männern, die sie oft einfach zu groß und zu fordernd fand.

Georgina hörte auf, sie zu küssen, um sich zu entkleiden. Als Fernanda begann, ihre eigene Hemdbluse aufzuknöpfen, spürte sie Georginas abwehrende Hand auf der ihren.

»Nicht. Laß das mich machen. Es hat keine Eile, wir haben alle Zeit der Welt. Je länger es dauert, desto befriedigender wird es für dich sein, glaub mir. Oh, es wird lange, sehr lange dauern. Ich möchte, daß du mir befiehlst, was ich tun soll.«

»Hat Claire das auch zu dir gesagt?« murmelte Fernanda.

»Nein, daß ich das wollte, fand ich erst viel später heraus... darf ich deine Sklavin sein?«

»Ja... o ja...«

»Darf ich deine Bluse aufknöpfen?«
»Ja.«
Georgina löste Knopf um Knopf, und Fernanda hörte, wie ihr Atem schneller wurde, doch als ihr Georgina die noch immer herrlich anmaßenden Brüste entblößt hatte, berührte sie sie nicht sofort, sondern wartete, bis sie die Erlaubnis dazu bekam. Erst dann begann sie, sie mit ihren Fingerspitzen zu streicheln und zu liebkosen. Und sie wußte sehr genau, wie fest der Druck sein mußte, damit es am angenehmsten, erregendsten, befriedigendsten war. Ihre Finger waren geschmeidig und weich und geübt, und sie zeichnete eine Linie der Verheißung auf Fernandas Brüsten, immer näher kam sie den Spitzen, die sich unaufhaltsam aufrichteten. Hart und steif wurden ihre Brustwarzen, und sie sehnten die bevorstehende Berührung herbei, die jedoch noch nicht kam und auch nicht kommen würde, solange sie es nicht ausdrücklich befahl.

Es war eine köstliche Qual, die sie erschauern ließ. Sie bäumte sich in drängender Erwartung ein wenig auf, in der Erwartung von Georginas Bitte um die Erlaubnis. Georgina, ihre Sklavin...! Doch obgleich sie Georginas heißen Atem bereits spürte, über sich, an ihren Brüsten, als sie sich über sie beugte, bat Georgina immer noch um nichts, wartete nur. Und sie begriff, daß eine Sklavin nur bestimmte Dinge erbitten konnte, andere Vertraulichkeiten jedoch sie, Fernanda, selbst verlangen mußte. Also steckte sie sich einen Finger in den Mund, feuchtete ihn an und legte ihn kurz auf eine ihrer Brustwarzen, als ein Signal, ein Befehl. Georginas Mund senkte sich augenblicklich darauf herab, umfaßte die Warze entschlossen und fest, doch nicht hart und grob, sondern zärtlich, und begann, sanft an ihr zu saugen.

»Wir haben alle Zeit der Welt...«, murmelte Georgina, und Fernanda stöhnte in beginnender Ekstase leicht auf. »Je länger es dauert, desto besser...«

Genau dies hatte sie sich schon immer gewünscht, dachte

Fernanda, daß sie jemand durch Saugen an ihren Brustwarzen in Ekstase brachte. So wie jetzt. Das Saugen nicht als Vorspiel, als Einleitung, als Beiwerk, sondern als Selbstzweck, als Ziel, als Akt der Befriedigung selbst. Nicht einfach nur, um ihr die Beine zu öffnen. Nicht einfach nur, um sie dazu zu bringen, das Eindringen dort unten zu erlauben. Oder zumindest hinzunehmen.

Sie drehte sich etwas zur Seite, so daß ihre Brüste in ihrer ganzen Fülle nach vorne sanken, und gab sich den schwellenden Lippen und dem Züngeln Georginas und der leichten Berührung ihrer Zähne hin. Und – es war seltsam – sie dachte überhaupt nicht an ihre Sklavin bei alledem, sondern nur und allein an sich selbst, an ihre eigene Befriedigung, den eigenen Genuß, den sie empfand, auf eine so unbekannte, so überwältigend neue Weise... Kein Mann, dessen ganzes Drängen ja doch nur auf die Befriedigung seiner eigenen Bedürfnisse gerichtet war, mit dem einzigen Gedanken im Kopf, möglichst rasch zu seinem Ziel zu gelangen, verschaffte ihr diesen Genuß, sondern eine schöne, unterwürfige Sklavin, der sie erlaubte, sie zu befriedigen...! Was für eine Erfahrung!

Und es verging in der Tat viel Zeit, ruhige, genußreiche Zeit, die nie mehr zu enden schien, bis Fernanda sich plötzlich erinnerte und eine Bewegung hin zu ihrem Gürtel machte und Georgina ihn gehorsam öffnete, den einen Knopf darunter löste, den Reißverschluß hinunterzog und ihr die Hosen abstreifte. Sie trug einen winzigen Slip darunter, den sie aber mit dem Gefühl perverser Befriedigung noch anzubehalten beschloß, um Georginas Willenskraft zu prüfen. Noch hatte sie Georginas nackten Leib selbst nicht berührt, doch sie betrachtete ihn aus halbgeschlossenen Augen mit einer besitzergreifenden Begierde. Sie hatte noch keine Frau gesehen, die eine bessere Figur hatte als Georgina.

Sie hatte ihr immer noch keine Erlaubnis gegeben, ihr auch den Slip auszuziehen, und befahl ihr nun mit einem Fingerzeig, das seidenbedeckte Dreieck mit dem Mund zu berühren. Sie wußte, daß die dünne Seide durchnäßte, und sie wollte, daß Georgina dies fühlte: wie feucht sie war. Und sie wollte, daß sie sie mit der Zunge über der Seide berührte, um ihr das Gefühl zu verschaffen, das sie begehrlich herbeisehnte. Noch nicht ganz und vollständig sollte es sein. Noch sollte die Seidenwand dazwischen bleiben, ehe sie sich Georginas Mund in gänzlicher Nacktheit hingeben wollte.

Georgina näherte sich mit ihrem Mund gehorsam der Stelle und drückte ihre Lippen auf das Stück Seide, den Kopf unterwürfig darüber gebeugt.

»Gib mir deine Zunge, Sklavin«, flüsterte Fernanda endlich mit rauher Stimme.

Sie legte sich zurück, versuchte, sich nicht zu bewegen, und konzentrierte ihre Aufmerksamkeit auf Georginas Zunge, die sich über der Seide auf ihren Schamlippen bewegte. Doch bald war ihr klar, daß sie es nicht länger ertragen konnte. Sie wollte mehr mehr. Sie streifte sich den Slip in einer raschen, hastigen Bewegung selbst ab und öffnete die Beine. Ihr Atem ging jetzt bereits keuchend. Sie öffnete sich mit den eigenen Fingern, um Georginas Zunge freien Zugang zu ihrer Klitoris zu verschaffen. »Mehr...«, stammelte sie, »mehr und höre mir ja nicht auf... Mach es, so fest du kannst. Tu es, tu's!« Und sie spürte voller Überraschung, wie fest und kräftig diese Zunge nun tatsächlich war und in sie kam, wissend und erfahren, in Kreisen um den bestimmten geheimen Punkt herumfahrend, den kein Mann kannte und fand, den nur eine andere Frau finden und kennen konnte. Sie wich etwas zurück, als Georgina mit den Fingern ihre sich aufrichtende und schwellende Klitoris aufzog und ihre Zunge darum kreisen ließ und dann ihre Lippen darum schloß und an ihr saugte. Mein Gott, welch eine Explosion von Gefühl und Beglückung! Und es nahm kein Ende und sollte kein Ende nehmen, und es war wie lange ungestillter Hunger, wild und gierig, und das Stöhnen nahm zu und wurde lauter und war notwendiger Bestandteil der Lust und konnte nicht mehr unterdrückt werden, sollte es auch gar nicht, und sooft sie Georginas rhythmisches Saugen an sich, in sich spürte, vermeinte sie immer noch mehr anzuschwellen, größer zu werden, höher zu steigen. Ihre Klitoris schien ihr bereits ein erigierter kleiner Penis zu sein. Und dann verlor sie sich endgültig und vollständig in ihre sich nahende Ekstase, in eine sich ausbreitende, größer werdende, drängende, ansteigende, ihr völlig unbekannte Lust, die sie als um so beglückender und größer empfand, als kein hartes männliches Eindringen damit einherging. Und die offenbar auch nur deshalb möglich war, weil Georgina so genau wußte, was sie tun mußte, und wie.

Ganz allmählich, wie eine aus weiter Ferne heranrollende Woge, spürte sie den Höhepunkt auf sich zukommen, in sich wachsen und aufsteigen. Doch gab sie es nicht zu erkennen, weil sie wußte, daß diese ihre Sklavin wollte, daß es so lange dauerte wie nur möglich, und nichts von ihr forderte und erwartete, und selbst wohl ewig so weitermachen konnte.

Wie nie zuvor.

Wie noch niemals zuvor.

Und dann ließ Georginas saugender und leckender Mund allmählich nach, das Drängen ihrer Zunge wurde schwächer, es wurde zu erregend, um es noch länger schweigend ertragen zu können. Fernanda merkte, daß sie nicht mehr imstande war, seltsame Laute zurückzuhalten, die kein reines Stöhnen waren, sondern eine Folge rhythmischer unzusammenhängender Töne, eine Art Sprache aus nicht existierenden Lautfolgen. Und sie meinten alle nur das eine: Nichts sollte dies hier zu rasch beenden, nichts sie allzubald dieser Zunge berauben und statt dessen einem dieser harten, drängenden, schiebenden, steifen Penisse Platz machen, der in sie gefahren käme und dort schöbe und stöße. Einer dieser ungeliebten, völlig überflüssigen Penisse!

Sie bäumte sich erneut auf und faßte Georginas Kopf und drückte ihn heftig und bestimmt in ihren Schoß, drückte Georginas gierigen, verlangenden Mund auf ihren eigenen dort unten, drängend, hitzig, wie besinnungslos, keines anderen Gedankens mehr fähig, da nun der Höhepunkt schnell kam, immer schneller, immer atemloser, immer aufbäumender, stoßender, bis er ganz über ihr war, sie mitten in ihm und sie wußte, daß nichts mehr aufzuschieben war. Und sie ließ sich heineinfallen, stöhnend, keuchend. Es war größer als sie, stärker als sie, schlug über ihr zusammen, schien nicht zu enden, ließ sie nach Luft ringen und japsen und sich hochwerfen und in sich zusammenfallen, alles zugleich. Und löste sich auf in einem einzigen wilden Schrei.

»Jetzt ist alles... ganz anders, alles...«, murmelte sie, als sie nach langer Zeit wieder sprechen konnte.

»O Fernie«, flüsterte Georgina. »Ich liebe dich.«

»Wenn ich an all die Jahre denke... o Georgina... und nicht ahnte, was es war und wie es sein kann... du warst so... ich kann es gar nicht beschreiben...«

»Sag nichts jetzt, gar nichts. Wir wollen uns nur aneinanderschmiegen, ich möchte dich nur ganz fest umarmen. Mein kleiner Liebling.« Und sie nahm Fernanda in die Arme und wiegte sie sanft hin und her, jetzt jedoch ohne jedes sinnliche Drängen. Fernanda aber die von diesem Körper neben ihr soeben den ersten wirklichen Orgasmus ihres bisherigen Lebens geschenkt bekommen hatte und mit einem Schlag befreit war von ihrer ewigen zwanghaften Beschäftigung mit dem eigenen Körper und seinen erotischen Problemen und der nie erlebten wirklichen Befriedigung, war sich nun der Nähe von Georginas Nacktheit an ihrer Seite plötzlich sehr bewußt.

Und ihre Neugier erwachte, und die Bewunderung, mit der sie bis jetzt Georginas reife Körperlichkeit betrachtet hatte, wurde zur Begierde. Sie spürte, wie sehr die opulente körperliche Fülle, die weiße Haut mit den leichten rosafarbenen Schattierungen, die hellbraunen Warzenhöfe und hohen Nippel auf den großen, sich wollüstig gebenden Brüsten, die aufreizenden, rötlich schimmernden Löckchen in diesem Dreieck dort der Erkundung harrten, betastet, erfühlt, genossen sein wollten – eine ganze, unbekannte Landschaft voller unglaublicher Verführungskraft.

Und ohne sich dessen recht bewußt zu sein, begann sie mit ihren Händen Georginas Leib zu erkunden, und diese ließ es lächelnd zu, demütig, erwartungsvoll, erregt. Sie liebte diese Frau. Eine Woge der Lust kam erneut über Fernanda. Begehren, das noch kein Mann je in ihr zu erwecken vermocht hatte. Und wie von selbst, wie ohne ihr Zutun, schwang sie sich nun wortlos über Georgina, preßte ihr die Arme auf das Bett, ließ sich rittlings auf ihr nieder und nahm mit einem ganz eigenartigen Glücksgefühl diesen wundervollen Körper, den sie da buchstäblich *besaß*, in aller Deutlichkeit wahr. Sie spürte mit Macht die neue Begierde wieder nahen, die Erwartung einer ungeheuren Lust. Wieder, ja. Noch einmal, o ja.

»Du mußt aber nicht...«, flüsterte Georgina. »Es ging nur darum, dich zu befriedigen...«

»Sei ruhig, Georgina, lieg ganz still...«

Sie saßen in der Küche. Jazz sah der kleinen, flinken Köchin bei der Arbeit zu. »Sag mal, Susie«, fragte sie, »hast du je etwas von meiner Urgroßmutter Amilia gehört?«

»Wie sollte ich, Jazz?« Susie blickte sie leicht verwundert aus zusammengekniffenen Augen heraus an. Sie hatte es doch gewußt, daß etwas los war mit ihrem kleinen Mädchen. Daß sie irgend etwas im Sinn hatte. Und was konnte das an einem solchen verregneten Sonntag schon groß sein? Nur, was sie seit langem hatte kommen sehen. Und häßlich gemacht hatte es sie nicht gerade, soviel stand fest. Es war ja auch höchste Zeit gewesen, mal ganz ehrlich. Mike Kilkullen hätte sicherlich am wenigsten dagegen gehabt, daß Casey und Jazz ihre Liebe zueinander entdeckt hatten. Und ihre Trauer um ihn war schließlich auch kein Hindernisgrund.

»Zu Hause sprichst du doch sicher spanisch, nicht, Susie?« erkundigte sich Jazz vorsichtig.

»Kommt darauf an. Meine Jungs sind zweisprachig, mein Mann spricht lieber spanisch, meine Mutter kann überhaupt nur Spanisch, während meine Enkel vom Spanischen allenfalls noch die Flüche kennen.«

»Kannst du klassisches Spanisch lesen?«

Susie war leicht beleidigt. »Juanita Isabella, kannst du Englisch? Was, glaubst du eigentlich, habe ich in vier Jahren High School gemacht?«

»Schon gut, Susie. Setz dich mal her, und lies das da.« Und sie legte ihr den Brief und ihren gelben Notizblock mit ihrer Rohübersetzung hin.

»Das hier ist ein Brief, den ich im Archiv gefunden habe. Meine Ururgroßmutter hat ihn an meine Urgroßmutter Amilia geschrieben. Den Absatz hier konnte ich nicht richtig übersetzen. Er ergibt keinen rechten Sinn.«

Susie holte ihre Brille hervor und studierte das vergilbte Blatt mit seiner schnörkeligen, altmodischen Handschrift.

»Ja«, murmelte sie nach einer Weile, »ich verstehe, worum es geht. Willst du es exakt übersetzt haben, Wort für Wort, Satz für Satz?«

»Sinngemäß genügt mir.«

»Also, soweit ich verstehe, hat es damals, als die Valencias den Kilkullen die Ranch verkauft haben, irgendeine Art von Vertrag gegeben, eine mit der Ranch verknüpfte Verpflichtung, die noch aus der Zeit stammte, als die Valencias ihrerseits die Ranch erworben hatte; vermutlich von den Franziskanern der Mission, als diese noch existierte. Jedenfalls, die Kilkullens waren keine schlechteren Katholiken als die Valencias, und sie sicherten zu, die geheiligte Verpflichtung zu übernehmen und zu bewahren und einzuhalten. Kurz, Amilia wird hier darüber informiert, daß die Kilkullens nicht minder gottesfürchtige Leute seien als die Valencias auch und daß sie stolz sein könne, in diese Familie einzuheiraten.«

»Ja, aber was kann das für eine Verpflichtung sein? Ich habe nie etwas davon gehört.«

»Vielleicht nannte man es später nie Verpflichtung. Vielleicht hatte es etwas mit dieser Geschichte von der Missionsstation zu tun, die mir meine Mutter einmal erzählt hat. Sie hatte sie ihrerseits von ihrer Großmutter gehört und die vermutlich wiederum von ihrer Mutter, also reicht das wohl ziemlich weit zurück. Sie nannten sie die Geschichte vom Berggelöbnis.«

»Noch nie gehört. Erzähl sie mir.«

»Es ist eine sehr schöne Geschichte, weißt du. Von dem Missionshaus in San Juan Capistrano. Es hatte neun lange Jahre gedauert, bis die Große Steinkirche dort fertiggestellt worden war. Erst 1806 war sie ganz fertig. Und der Glockenturm war größer als alles, was bis dahin in Kalifornien gebaut worden war. Er war das Weltwunder von Kalifornien. Und die ganzen Jahre über hatten alle mitgeholfen, ihn zu bauen, Männer, Frauen, Kinder, jeder, der gerade Zeit hatte. Viele trugen eigenhändig Steine herbei oder zogen sie in Handwagen zur Baustelle. Und sie schleppten Sykomorenholz von der großen Trabuco-Mesa heran und Sandstein und Kalkstein, der meilenweit entfernt gebrochen werden mußte. Selbst vom Valencia Point wurden Steine für den Kirchenbau herbeigebracht. Und als die Große Steinkirche dann fertig war, kamen die Leute von weither zusammen, von allen Ranches in Kalifornien, Militärs und Würdenträger und Hunderte von christianisierten Indianern, und alle hatten sie ihre besten Kleider angezogen und waren stolz und glücklich. Und hinterher gab es die größte Fiesta, die es jemals in ganz Kalifornien gegeben hatte. Sie dauerte drei Tage lang, es gab Umzüge, und es wurde gebetet, getanzt und gesungen. Und zum Dank für die Fertigstellung der Großen Steinkirche begaben sich der alte Teodosio Valencia und eine Gruppe Franziskaner auf den Portola Peak – der allerdings damals noch der Mondberg genannt wurde –, und es heißt, daß Teodosio dort einen heiligen Ort gefunden hat, fast ganz oben auf dem Gipfel, wo er den heiligen Vätern, also den Patres, die mit ihm zusammen diese Wallfahrt dort hinauf unternommen hatten, ein heiliges Gelübde ablegte: Niemals sollten Menschen an diesem Land irgend etwas verändern. Soweit das Auge vom Mondberg aus reichte.«

»Und das war das Berggelöbnis?«

»Ja, und immer endete die Geschichte mit dem Satz: ›Soweit das Auge reicht.‹ Nun ja, du weißt ja, wie das mit diesen alten Geschichten ist. Auch in San Juan soll ja eine alte Mission gewesen sein, noch älter als die unsere, aber niemand hat je herausgefunden, wo diese Missionsstation ganz genau war. Und vermutlich gibt es auch diesen sogenannten heiligen Ort auf dem Portola Peak gar nicht.«

»Immerhin hat sich die Geschichte fast zweihundert Jahre gehalten!«

»Alle schönen Geschichten sind alt, die meisten sogar viel älter als zweihundert Jahre. Ich kann dir Dutzende erzählen, und in jeder gibt es das eine oder andere Wunder. Da kann ich mit der Teilung des Roten Meeres anfangen.«

»Susie, sei nicht zynisch.«

»Ich bin nur realistisch, Schätzchen. Mein Sinn für Romantik hat in den langen Jahren der Arbeit für die Kilkullens doch ein wenig gelitten.«

19

Als Jazz Casey die Einzelheiten ihres entmutigenden Gesprächs mit Steve Johnson erzählte, konnte er, bei allem Verständnis für sie, aufgrund seiner eigenen Kenntnisse nicht anders, als dessen auf einschlägiger Erfahrung beruhendem Urteil beizupflichten: Jazz konnte wohl, wenn sie es darauf anlegte, den Verkauf und die Entwicklung des Landes verzögern, aber nicht verhindern.

Sie erzählte ihm nun noch, was sie von Susie über das »Berggelöbnis« gehört und was sie Urgroßmutter Amilias rätselhaftem, unklarem Brief entnommen hatte.

»Klingt das denn nicht, als ginge es da um etwas sehr Bedeutungsvolles, Wichtiges?« fragte sie ihn.

»Ich gebe ja zu«, sagte er, »daß diese Monte-Carlo-Geschichte alles andere als erfreulich ist. Aber wenn wir dagegen angehen wollen, dann müssen wir schon ganz harte Tatsachen in der Hand haben. Vielleicht findet sich ein Bindeglied zwischen dieser Geschichte und dem Brief, aber ansonsten können wir damit nicht viel anfangen. Wer außer Susie könnte noch die alten Geschichten aus der Gegend hier kennen?«

»Ich weiß nicht... Vielleicht der greise Mr. White? Aber selbst der ist dafür ja hundert Jahre zu jung.«

»Na, dann gehen wir doch einfach mal zu ihm. Auch wenn er kein indianischer Medizinmann ist. Wer sonst käme in Frage, wenn nicht er?«

Henry White empfing sie mit seiner gewohnten Freundlichkeit, und er schien weniger als Jazz selbst davon überrascht zu sein, daß sie ihm Casey als »mein Verlobter« vorstellte. Was für ein altmodisches Wort! Sie hatte es in ihrem ganzen Leben noch nie ausgesprochen, dachte sie verwundert. Und jetzt auf einmal mit der größten Selbstverständlichkeit...

Als sie ihm den Brief gezeigt und Susies Geschichte erzählt hatte, lehnte er sich zurück und schüttelte heftig den Kopf.

»Das ist ja ein sehr romantisches Puzzle, liebe Jazz, aber offen gesagt, diese Geschichte höre ich zum erstenmal. Und der Brief... Gott, er kann alles und nichts besagen.«

»Das weiß ich. Nur sehen Sie, das Land ist Teodosio Valencia von der spanischen Krone 1788 übereignet worden, so viel steht fest...«

»Schon, aber vergessen Sie eines nicht: Wenn wir uns mit den spanischen Landverteilungen befassen wollen, dann verschwenden wir wirklich nur unsere Zeit. Es gab zwar nur zwanzig oder dreißig dieser originalen spanischen Landabtretungen – über die genaue Zahl streiten sich die Fachleute sowieso –, aber nichts davon ist irgendwie dokumentiert. Jedenfalls ist heute – soviel mir bekannt ist – nichts mehr darüber vorhanden. Mag wohl sein, daß auf irgendeinem Dachboden, in irgendeiner Truhe irgendwo noch so eine Abtretungsurkunde existiert. Aber die Wahrscheinlichkeit, daß sie alle längst dem Zahn der Zeit anheimgefallen sind, dürfte größer sein. In meinem ganzen langen Leben ist mir niemand begegnet, der je eine gesehen hätte.«

»Trotzdem, diese Übereinkunft oder das Gelöbnis oder Gelübde oder was immer es war, muß doch etwas bedeutet haben!« hakte Jazz auf ihre beharrliche Art nach. »Sonst hätte meine Ururgroßmutter Juanita Isabella es in einem so wichtigen Brief doch sicher nicht ausdrücklich erwähnt. Und meine Urgroßmutter Amilia hätte es nicht wie für die Ewigkeit aufbewahrt, zusammen mit ihren wichtigsten Sachen, oder?«

»Ja, aber wenn es so etwas Bedeutsames wie eine Übereinkunft oder gar ein Gelübde gegenüber den Franziskanern gegeben hätte, dann wäre das doch gewiß auch noch woanders dokumentiert als lediglich in dem privaten Brief einer jungen Braut.« Henry White schüttelte noch einmal den Kopf. »Nein, liebe Jazz, wirklich, das müßte irgendwo dokumentiert und registriert und ganz legal eingetragen sein, irgendwo, irgendwie.«

»Mr. White«, sagte sie, »wenn Sie uns vielleicht trotzdem ein wenig auf die Sprünge helfen könnten?«

»Liebe Jazz! Auf die Sprünge helfen! Da gibt es nur einen einzigen Weg: Sie müssen ganz am Anfang beginnen. 1769, als der spanische Vizekönig in San Diego das Presidio Royal gründete! Er schickte eine Expedition die Küste hinauf, um nach Monterey Bay zu suchen. Dreiundsechzig Mann und zwei Priester. Unter dem Kommando von Don Gasparo de Portola. Und so zogen sie los, die Küste hinauf, und tauften vermutlich jedes Kind, das ihnen in die Quere kam. Wundern würde es mich nicht. Der Franziskaner, den Don Gasparo dabei hatte, Fra Junipero Serra war sein Name, gründete nördlich von San Diego nach und nach nicht weniger als einundzwanzig Missionen. Und diese beanspruchten alsbald den größten Teil des jeweils umliegenden Landes. Ein paar Landschenkungen nur gewährten sie dem einen oder anderen Privatmann, vorwiegend allerdings Soldaten als Lohn für ihre Dienste.«

Jazz warf Casey einen schnellen Blick zu. Das hatte sie doch in der Schule alles in- und auswendig gelernt! Und noch der nachlässigste Tourist wurde geradezu mit der Nase drauf gestoßen, es sei denn, er hielt sich ausschließlich in Disneyland auf!

»So, und jetzt wird es kritisch«, fuhr Henry White fort. »Ha! 1821 mußte Spanien Kalifornien bekanntlich an Mexiko abtreten. Die Siedler hier, praktisch alle eine Mischung aus Spaniern und Mexikanern, verlangten nun die Säkularisierung des Missionslandes und entmachteten so die Franziskaner nach und nach. Zwischen 1833 und 1840 herrschte das große Landgrapschen. Jeder für sich und keiner für alle, glauben Sie mir! Wer damals bereits Land besaß – wie die Valencias –, mußte Eingaben machen, um es zu behalten beziehungsweise offiziell neu zu erwerben, und dazu vor dem mexikanischen Gouverneur erscheinen und seinen Anspruch vortragen und begründen und beweisen, daß er mindestens zweitausend Stück Vieh hatte und ein Haus und was noch alles, um die Verlängerung seines Land-Titels zu erwirken. Und ob Sie es glauben oder nicht, im Durchschnitt dauerten diese Prozesse mit allen Anhörungen und Zeugenaussagen dreißig Jahre lang. Und das Resultat? Eine Schande! Die meisten Landbesitzer verloren ihr Land und hatten kein Geld mehr, lange bevor die Prozesse abgeschlossen waren, und Hunderte neuer Besitzer – viele kraft politischer Beziehungen erfolgreich – übernahmen es mit neuen mexikanischen Besitzurkunden.«

»Na gut«, rief Jazz, die kaum noch stillsitzen konnte, »aber die Valencias haben ihr Land ja nun behalten, wie sie es auch immer angestellt haben mögen. Sonst hätten sie es ja auch nicht den Kilkullens verkaufen können!«

»Sehr richtig, meine Liebe. Sie waren unter den wenigen Glücklichen, und vielleicht auch Hartnäckigen. Aber auch ihre Familienakte, die *expediente*, muß wohl den Antrag an den Gouverneur enthalten haben, mit einer groben Landskizze, dem sogenannten *diseño*, samt einer Kopie, die *borrador* genannt wurde. Und die gesamte *expediente* müßte dann in den *Provincial Archives* verwahrt worden sein. Ganz offiziell und so hochnotpeinlich, wie das damals in solchen Sachen üblich war.«

»Gut, und wo wäre diese *expediente* dann heute?« fragte Casey.

»Keine Ahnung, junger Mann! Nicht die leiseste!« erklärte Henry White schlicht. »Ohnehin nützte es nicht besonders viel, dieses Dokument zu besitzen. Denn kaum hatten die Valencias sich dem Glauben hingegeben, nun sei endlich alles geregelt und in Ordnung, als die lieben guten Vereinigten Staaten ankamen und Mexiko den Krieg erklärten, nicht wahr? Das war bekanntlich 1846. Nun ja, viel Krieg war das nicht, die Kalifornier lieferten ihren ganzen Staat schon 1847 aus, dann kam 1848 bereits der große Goldrausch... erstaunlich ungeschickter Zeitablauf, habe ich immer schon gefunden. Oder eben erstaunlich guter, je nachdem, auf welcher Seite man stand. Ha!«

»Wie konnte das aber zugehen«, fragte Casey ruhig, »daß die Valencias ihr Land behielten, obwohl die Kalifornier den ganzen Staat abgegeben hatten?«

Mr. White sah ihn fast strafend an.

»Natürlich ging für sie die ganze Sache von vorne los! Wieder mußten sie zum Gericht, um dem *Gwin's Act* von 1851 Genüge zu tun, mit dem der Kongreßabgeordnete Gwin durchgesetzt hatte, daß jeder Landbesitzer seinen Anspruch von drei Kommissären prüfen lassen mußte. Innerhalb von zwei Jahren mußte dieser Dreierkommission jeder einzelne Besitzanspruch gemeldet werden, und das waren so an die achthundert insgesamt. Und ob Sie es glauben oder nicht, das betraf zusammen fünf Millionen Hektar! Da können Sie sich ausrechnen, daß kein Mensch mehr irgendeinen Überblick hatte!«

Er schwieg eine Weile kopfschüttelnd, als sei er von Herzen froh, daß er diese Epoche kalifornischer Geschichte nicht hatte miterleben müssen.

»Mr. White«, hakte Casey nach, »die Valencias haben an die Kilkullens erst 1865 verkauft! Da muß doch eine gültige Urkunde vorhanden sein!«

»Oh, das bestreite ich gar nicht! Nein, nein, sicher, der erste Kilkullen hätte sicher ohne ordentliche Urkunde keinen Cent bezahlt. Die Valencias mußten, um dem US-Gesetz Genüge zu tun, ihren mexikanischen Besitz-Titel vom Grundbuchamt bestätigt bekommen, und ebenso jedes andere Stückchen Papier, das ihren Anspruch untermauerte. Und alles zusammen muß eine neue Akte ergeben haben. Wieder mit Kopie, versteht sich, und der Beamte des Grundbuchamts mußte das Original ordnungsgemäß beglaubigen.«

»Vermutlich wird mir die Antwort nicht gefallen«, sagte Jazz, »aber ich stelle Ihnen die Frage trotzdem noch mal: Wo könnte man diese Akte finden?«

»Tja, meine Liebe, ich kann es auch nicht ändern, aber die meisten dieser Landgeschichten waren nur im *General Land Office* registriert. Oben in San Francisco.«

»Vor dem Erdbeben, wollen Sie wohl sagen?«

»Und noch viel wichtiger: vor dem großen Feuer danach! Das alle diese Unterlagen vernichtet hat.« Mr. White sprach weiter. »Natürlich müßten alle diese Besitzerwechsel aber auch in Santa Ana dokumentiert sein, im County-Archiv.«

»Was?«

»Na, ich dachte, das wissen Sie! Sonst hätte ich es natürlich schon früher erwähnt. Ja, ja, ganz einwandfrei! Der Kauf des *Rancho Montaña de la Luna* durch Michael Kilkullen mußte auf jeden Fall im County-Archiv registriert sein. Damit er rechtsgültig wurde, verstehen Sie. Ha! Alle anderen Dokumente, über die wir da geredet haben, sind ganz unwichtig und irrelevant... völlig irrelevant!«

Das hättest du aber auch gleich sagen können, wie? dachte Jazz verärgert bei sich. Wieso muß er uns diesen ganzen unnützen Käse erzählen, statt uns einfach gleich nach Santa Ana zu schicken? Mann!

Doch Henry White war noch keineswegs fertig. Casey legte ihr die Hand auf den Arm, um sie zurückzuhalten.

»Andererseits«, sagte Henry White versonnen, nahm seine Brille ab und blickte zur Decke, »Titel, Urkunden, Karten... das sind oft nicht die einzigen Puzzleteile, nicht wahr? Genau deswegen gibt es ja Historiker und Bibliothekare und Kuratoren, und nicht nur Immobilien-Anwälte! Ha! Sie könnten es vielleicht mal in der Bancroft-Bibliothek oben in Berkeley versuchen. Oder bei der Historischen Gesellschaft in San Diego. Oder in Pasadena, in der Huntington-Handschriftensammlung. Beim Geschichtsverein des Orange County. Vielleicht sogar beim Geschichtsverein in San Juan Capistrano... wer weiß, ob und wie Sie da fündig werden... Die haben alle jede Menge Papier gelagert... altes Zeug... Seiten um Seiten...«

»Haben Sie vielen Dank, Mr. White«, beeilte sich Casey nun selbst zu sagen, »Sie haben uns sehr geholfen. Wir sind Ihnen beide sehr dankbar.«

»Aber gern geschehen, Mr. Nelson, gern geschehen. Hab schon lange keinen so anregenden Vormittag mehr gehabt, wirklich!«

»Da seid ihr!« sagte Valerie. »Ich suche euch schon überall!« Sie hatte Fernanda und Georgina beim Lunch an einem der Swimming-pools des Ritz entdeckt. »Du hättest mir aber wirklich eine Nachricht hinterlassen können, wo du bist, Fernie! Ich verhungere fast, und allein wollte ich nicht essen.«

»Tut mir wirklich leid, Val. Ich dachte, du seist mit Jimmy in Los Angeles!«

»Das waren wir, ja, aber es ergab sich, daß John noch einen anderen, unvorhergesehenen Termin hatte. Nichts, was mit uns zu tun hat. Ich hasse das, wenn alle auseinanderlaufen, und mir sagt keiner was!«

Valerie sprach aufgebrachter als nötig. Aber sie war noch immer verstimmt über ihren Streit mit ihrem Ehemann kurz zuvor. Billy schien einfach noch nicht begriffen zu haben, daß sie jetzt als Erbin eine ganz andere Stellung hatte!

Nichts als Gejammere hörte sie von William Malvern junior! Die Köchin gehe, eines der Mädchen habe gekündigt, der Kühlschrank funktioniere nicht, die Eiswürfel seien halb wäßrig, jede ihrer drei Töchter habe irgendein anderes Wehwehchen, und um alles solle er sich kümmern, und er habe es satt, auf jeder Party allein herumzuhängen, und sie sei jetzt schon entschieden zu lang da drüben in Kalifornien... eine nervtötende Narretei nach der anderen!

Dann zieh in ein Hotel, hätte sie ihn am liebsten durchs Telefon angeschrien, und iß in deinen Clubs. Doch sie hatte sich klugerweise beherrscht und ihn zu beruhigen versucht, ohne ihm gleichwohl fest zuzusagen, daß sie nach New York zurückkäme und wann.

Ein Gedanke war ihr gekommen, aber er war noch nicht ausgegoren, sie war noch nicht bereit, ihn zu Ende zu denken, und so lange wollte sie auch ihrem Mann nicht gegenübertreten. Zweiundzwanzig Ehejahre hatten sie gelehrt, den Wert eines attraktiven, gefälligen und, wie unerträglich er auch sein konnte, vorzeigbaren Ehemannes hochzuschätzen.

Ihr Gedanke hatte mit dem Abbrechen von Brücken zu tun. Und zwar so gründlich und brutal, daß ein gewisser Billy Malvern sie nie mehr zu sehen bekäme, wenn er nicht bereit wäre, zu ihr auf die andere Seite herüberzukommen. Sie war sich freilich noch keineswegs sicher, ob sie wirklich dazu bereit war; ob sie wirklich den Mut zu einem so drastischen Schritt hatte, der ja möglicherweise bedeutete, daß sie auch ihre Ehe hinter sich ließ und alles, was sie bisher für wichtig gehalten hatte.

Ganz so leicht war das ja nicht. Sollte sie wirklich alles, was sie sich in New York erarbeitet hatte, aufgeben? Sollte sie der ungeheuren Versuchung nachgeben, sich endlich nach Philadelphia zurückzuziehen und ein ruhigeres, weniger spektakuläres Leben zu führen? Könnte sie das nach all den Jahren überhaupt noch? Wenn man New York verließ, war man schnell vergessen. Und was, wenn Philadelphia gar nicht so wunderbar war, wie sie es in ihrer Phantasie immer vor sich sah?

Sie setzte sich zu Georgina und Fernanda an den Tisch, bestellte einen Krabbensalat und aß ihn stumm, ohne einen Versuch zu machen, sich an der Unterhaltung zu beteiligen.

Sie versuchte, ihre neue Lage mit den vergangenen zehn Jahren und ihrem ganzen Streß zu vergleichen – dem Streß, sich einen Namen zu machen und außerdem ständig den Eindruck zu erwecken, man sei tatsächlich so reich, wie man es die Leute glauben gemacht hatte. Und jetzt könnte sie zurückkehren und mit ihrem neuen Reichtum wirklich die Königin von New York werden! Aber was wäre das wieder für ein Streß, dieser Rolle stets gerecht werden zu müssen, mit allen Verpflichtungen, die sich daraus ergaben, von der Garderobe, in der man auftrat, bis zu den Spenden für wohltätige Zwecke! Wollte sie das wirklich? Billy Malvern natürlich würde es gefallen, jede Minute davon, daran brauchte sie nicht zu zweifeln. Und eben deshalb: Konnte sie ihn wirklich dazu bringen, New York zu verlassen? Konnte man ihn noch entwurzeln und verpflanzen?

»Nanu, Valerie, warum so schweigsam?« fragte Georgina. »Gefällt dir unser Tea-Room-Plan nicht?«

»Euer was? Welcher Tea-Room?«

»Den Fernie und ich vielleicht zusammen aufmachen!« sagte Georgina mit ungläubigem Kopfschütteln. »Davon reden wir doch die ganze Zeit.«

»Tut mir leid, ich habe nicht zugehört. Ich muß auch noch telefonieren.« Sie stand hastig auf. Sie ertrug diese albernen Gänse nicht länger, weder Georgina mit ihrem lächerlichen Dekorationsfummel noch Fernie mit ihren lächerlichen Eheproblemen. Was für eine Zumutung, sich irgendwelchen Unsinn über die Eröffnung eines Tea-Rooms anhören zu müssen! »Bis später«, sagte sie obenhin.

»Hab ich irgendwas gesagt?« fragte Georgina Fernanda. »Falls ja, erinnere mich daran, daß ich es wieder sage.«

»Ach, Val hat immer so ihre Launen, das ist nichts Neues. Ihr Mann hat heute morgen angerufen, und seitdem hat sie eine Stinklaune.«

»Ehemänner...!« sagte Georgina sinnend.

»Wieso hast du Jimmy eigentlich geheiratet?«
»Aber Schätzchen, Fernie, was für eine Frage!«
»Na ja, ich meine, es fiel mir grade so ein, jetzt, wo ich weiß, wie du schon von Jugend an zu Männern stehst... War dir das nie... ich weiß nicht... unangenehm? Zuwider?«
»Du meinst, wenn ich keinen Mann für mein Liebesleben brauche, bräuchte ich gleich überhaupt keinen? Aber Fernie, sei nicht so naiv! Zuerst einmal ist Jimmy eher ein Kamerad, und da es nun einmal vieles vereinfacht, wenn man verheiratet ist, war er keine schlechte Wahl. Und sein Geld war natürlich auch von nicht geringer Bedeutung, natürlich nicht! Mein Papa ist keiner von den reichen Earls, mußt du wissen. Eher im Gegenteil. Und er hatte eine Menge Kinder zu versorgen. Meine Eltern waren also überaus erfreut, als ich Jimmy genommen habe. Kein Mensch hätte es verstanden, wenn ich seinen Antrag ausgeschlagen hätte. Schlimmer noch, es hätten alle möglichen Spekulationen über mich begonnen. Ein Ehemann, weißt du, ist die überzeugendste Tarnung, die es überhaupt gibt. Außerdem, wer weiß, vielleicht möchte ich sogar noch einmal Kinder haben, wie jede andere Frau.«

Ein kleines Lächeln umspielte Georginas Lippen angesichts dieses Gedankens.

»Und dann«, fuhr sie fort, »war da auch noch ein anderes Problem. Kompanien von Männern waren immer schon hinter mir her, um mit mir auszugehen und mir zu Füßen zu liegen. Und natürlich meinte jeder von ihnen nach einer bestimmten Zeit, daß er nun vielleicht doch Anspruch auf etwas mehr habe als das kurze Gutenachtküßchen auf die Wange an der Haustür.«

»Und Jimmy?« fragte Fernanda mit unbezähmbarer Neugier. »Bekommt er denn mehr als das kurze Gutenachtküßchen?« Sie mußte die Antwort wissen, obwohl sie sie fürchtete.

Georgina senkte den Blick. »Als ich sagte, Jimmy sei ein guter Kamerad, meinte ich damit, daß er von nie erlahmender Aufmerksamkeit und Höflichkeit gegen mich ist. Aber das Bett, siehst du, ist nun einmal der Preis, den man bezahlen muß. Und weiß Gott, ich hasse es. Niemals ist er grob zu mir geworden. Aber er ist so... unersättlich. So entwürdigend, krank machend unersättlich! So gierig, so unermüdlich. Ich weiß auch nicht, Fernie, womöglich sind sie ja alle so. Ich habe nie mit einem anderen Mann geschlafen, also kann ich eigentlich keine Vergleiche ziehen. Aber er scheint buchstäblich nie genug zu kriegen. Hältst du das für normal?«

»Normal?« erklärte ihr Fernanda. »So etwas wie ›normal‹ gibt es nicht. Nicht mit Männern. Du bist noch nicht mal zwei Jahre verheiratet. Er wird schon kühler werden, so viel kann ich dir versprechen.« Sie dachte an den Nachmittag, den sie mit Jimmy Rosemont verbracht hatte.

»Genau darauf warte ich schon die ganze Zeit!« sagte Georgina. »Erstens einmal weiß alle Welt, daß er mich pausenlos betrügt. Schon auf unserer Hochzeitsreise hatte er andere Frauen. Gott sei Dank, was mich angeht! Je mehr er fremdgeht, desto weniger will er von mir. So wie jetzt die letzten Wochen. Da läßt er mich völlig in Ruhe. Natürlich, wenn die Sache dann unter Dach und Fach ist, will er sie immer... feiern. Weißt du, das Verrückte daran ist, daß er fest davon überzeugt ist, ich sei frigide, ihm das aber überhaupt nichts ausmacht. Das sollte es doch aber wohl, oder? Wie kann sich ein Mann einer Frau aufdrängen – und das buchstäblich –, wenn er genau weiß, sie will ihn nicht? Aber nein, irgendwie gefällt ihm das sogar. Wenn er mich nicht... – na, du weißt schon –, dann gewiß auch kein anderer. Und also ist für ihn meine angebliche Frigidität wie ein Keuschheitsgürtel. Er braucht sich keine Sorgen zu machen; und das ist ja auch der Vorteil einer Ehefrau. Ach, ich... ich möchte nie mehr darüber sprechen, abgemacht? Er hat mit uns beiden überhaupt nichts zu tun. Er ist, was das angeht, ein notwendiges Übel, fertig.«

Sie blickte Fernanda mit unverhülltem Verlangen an, und Fernanda verstand es gut.

»Wie du darüber sprichst«, sagte sie, »könnte man meinen, du seist eine alte, prüde Jungfer...«

»Komm«, sagte Georgina mit rauher Stimme, »bezahlen wir und gehen wir rein. Ich bin so wild auf dich, und so... eifersüchtig.«

»Wieso eifersüchtig, Georgie? Meinst du im Ernst, ich lasse jetzt noch einen Mann an mich ran? Zumal ich mich sowieso scheiden lassen werde, sobald ich nach New York zurückkomme? Koste es, was es wolle?«

»Ich bin nicht wegen der Männer eifersüchtig. Aber jetzt, wo du... weißt, wie es ist und was du brauchst, gibt es überall Frauen, die dich begehren werden wie bisher die Männer. Frauen, von denen du nicht im Traum denken würdest, daß sie lesbisch sind. Und alle werden sie dich in ihr Bett locken wollen. Und je älter du wirst, desto mehr davon werden dir über den Weg laufen. Doch. Frauen wie wir erreichen ihr begehrenswertestes Alter erst mit vierzig.«

»Aber das ist doch verrückt!« protestierte Fernanda. »Das ist ja das Gegenteil vom wirklichen Leben!

»Du wirst schon sehen, wie viele Frauen sich nach Mutterfiguren sehnen. Fang nur nicht an und nimm zu! Das macht dich dann nur noch unwiderstehlicher!«

»Wieso denn das?« fragte Fernanda verwundert.

»Man sieht femininer aus. Lesbische Frauen lieben feminine Körperformen. Für so manchen einschlägigen Geschmack bist du noch viel zu schlank und rank, knabenhaft, unschuldig-naiv.«

»Großer Gott...«, murmelte Fernanda nachdenklich. Sie hatte selten so viele gute Nachrichten auf einmal gehört, aber sie hatte keinerlei Absicht, sie sich zunutze zu machen.

»Barbra Streisand würde das hier gefallen«, sagte Jazz zu Casey.

»Wieso?«

»Ich war mal bei ihr in Malibu, um sie für *Vogue* zu fotografieren. Der Sicherheitsdienst, den sie dort hat, ist mindestens so gut wie der hier.« Sie befanden sich in der Handschriften-Abteilung des Huntington-Museums. Mein Gott, dachte Casey, sie muß mich doch nicht mit Konversation bei Laune halten. Auch wenn sie nun immer tiefer in die Nachforschungen hineingerieten, seit sie im Archiv von Santa Ana tatsächlich den Grundbuchvermerk über den Verkauf des *Rancho Montaña de la Luna*, Eigentum des Don Antonio Pablo Valencia, an Michael Kilkullen gefunden hatten. Sie hatten das aus einem einzigen Blatt bestehende Dokument aufgeregt studiert. Die Landbeschreibung. Jahreszahl 1865. Unterzeichnet von Käufer und Verkäufer. Aber nicht der kleinste Hinweis auf eine Übereinkunft, ein Gelöbnis, ein Gelübde.

»Das wär's ja dann wohl«, hatte Casey gesagt.

»Aber auf keinen Fall!« hatte Jazz protestiert. »Das kann einfach nicht alles sein!

Und Casey hatte seinem stellvertretenden Vorarbeiter, einem der alten Vaqueros, der ihn auch während seines Aufenthalts im Krankenhaus vertreten hatte, die Geschäfte übergeben, und sie waren losgezogen. Den nächsten Tag hatten sie beim Geschichtsverein in San Diego verbracht, um vielleicht dort ein paar von Mr. Whites »Puzzleteilchen« zu finden. Am Tag darauf hatten sie es bei der *Historical Society* in San Juan versucht und auch dort das Oberste zuunterst gekehrt – mit dem gleichen, absolut negativen Ergebnis. Auch bei der Historischen Gesellschaft des Orange County hatten sie keinen Erfolg. Und so war es weitergegangen, immer gemäß Henry Whites Stichwörtern. Die Bancroft-Bibliothek in Berkeley war das nächste Ziel. Während des großen Feuers von San Francisco hatte doch ganz bestimmt jemand die Geistesgegenwart besessen, die Grundbücher zu retten und auszulagern! Also waren sie nach San Francisco geflogen, morgens hin, abends zurück.

Zwar hatten sie mehr Puzzleteilchen zur Geschichte Kaliforniens gefunden, als Casey sich je hätte träumen lassen, aber leider eben kein einziges mit Bezug auf die fünfundzwanzigtausend Hektar zwischen Berg und Küste, die heute zur Kilkullen-Ranch gehörten.

Nun waren sie bei der letzten Station angelangt, die ihnen Henry White genannt hatte, Huntington im Ortsteil San Marino von Pasadena.

Natürlich konnten sie noch wochenlang durch Kalifornien ziehen und alle Akten durchstöbern, die sie nur zu sehen bekamen, bis hin zu den Archiven der kleinsten Stadt. Aber alle Museumsleute, mit denen sie bislang gesprochen hatten, hatten ihnen gesagt, sie dürften sich außerhalb der großen, bekannteren Archive einfach nicht zuviel erwarten.

Am Tag nach San Francisco hatte Jazz dann noch mit Huntington telefoniert und einen Termin bei William P. Frank, dem stellvertretenden Leiter der Handschriftenabteilung für Westkalifornien, ausgemacht.

Und nun waren sie also hier. Sie hatten sich von uniformierten Wächtern zweimal gründlich durchsuchen lassen müssen, ehe sie die Zufahrt zu den prächtigen Gärten und gepflegten Rasenflächen der Huntington Mansion hatten passieren dürfen und durch ein Labyrinth von Türen und Gängen bis zu dem verabredeten Raum gekommen waren, wo sie nun, als einzige, warteten.

Er hatte eigentlich allen Grund, dachte Casey, sich zu wünschen, daß Jazz diesen Brief ihrer Ururgroßmutter niemals gefunden hätte, niemals versucht hätte, ihn zu übersetzen; sich zu wünschen, Jimmy Rosemont hätte seinen Willen durchgesetzt, damit Jazz endlich von ihren Obsessionen hinsichtlich des Verkaufs der Ranch loskäme und sich lieber mehr Gedanken über ihrer beider Zukunft machte.

Seit dem Tag, da sie seinen Heiratsantrag angenommen hatte, hatten sie, schien es ihm, über nichts anderes als diesen ominösen Brief gesprochen, über diese Legende, dieses angebliche Gelübde. Es war klar, daß Jazz mit jeder Faser an dem Land der Ranch hing und um jeden Preis verhindern wollte, daß diese Geldbonzen aus Hongkong es bekamen. Es schien im Augenblick ihr einziges Lebensziel zu sein. Ihre Liebe, die sie doch gerade erst entdeckt und einander gestanden hatten, ihre Heirat, all das war sofort wieder an die zweite Stelle gerückt – mit weitem Abstand obendrein. Sie schien überhaupt nur noch dieses mysteriöse Gelübde vom Berg im Kopf zu haben.

Er fragte sich bereits manchmal, ob diese besessene Jagd nach dem Berggeheimnis für Jazz nicht am Ende eine Flucht war – Flucht vor der unausweichlichen Notwendigkeit, sich dieser Liebe und ihrem Lebensglück zu stellen. Was mochte der Grund sein? Hatte sie im tiefsten Unterbewußtsein das Gefühl, es sei nicht recht, so rasch nach ihres Vaters Ermordung ihr eigenes Glück zu suchen?

»Jazz«, sagte er »könntest du nicht vielleicht, wenn Mr. Frank wissen will, wonach du suchst, das Wort ›Gelübde‹ vermeiden und einfach ›eine private Grundstücksabmachung‹ sagen? Die ganze Zeit schon fühle ich mich immer unbehaglich vor den Leuten und ihren Blicken, wenn wir erklären, wir suchten nach einem zweihundert Jahre alten Gelübde.«

»Wieso, ich kann daran nichts Unpassendes finden!« erwiderte Jazz.

»Wie wäre es mit einem Kompromiß? Daß wir es für diesmal auf meine Art versuchen?«

»Kompromiß«, sagte Jazz düster. »Es geht schon los. Red hat mich gewarnt: Ehe, das heißt, unaufhörlich Kompromisse zu schließen!«

»Sie war doch ganz begeistert, als wir es ihr gesagt haben?«

»Natürlich war sie das, aber danach, als wir allein waren, fing sie an, mir einen Vortrag darüber zu halten, daß ich nun lernen müsse, Kompromisse einzugehen. Und dabei hasse ich das Wort wie die Pest! Es ist so unglaublich langweilig und blöd. Gerade, wenn du meinst, jetzt passiert dir das Wunderschönste und Herrlichste, das du dir vorstellen kannst, springen dir im nächsten Moment alle mit diesem dämlichen Wort ins Gesicht. Kompromiß, Kompromiß! Wie eine Gebetsmühle. Selbst Susie löchert mich jetzt pausenlos damit. ›Du fängst besser an, Kompromisse zu schließen, Schätzchen!‹ Sie ist ja ohnehin grundsätzlich immer auf deiner Seite! Was haben sie bloß alle? Wieso fragt mich Susie nicht lieber, wann die Hochzeit sein soll, und Red, was für ein Kleid ich tragen will, und wieso, verdammt noch mal, war überhaupt niemand total überrascht?«

Sie fuhren hoch wie ertappte Kinder, als Mr. Bill Frank ins Zimmer kam. Er war jung, großgewachsen, hatte semmelblondes Haar und sah ausgesprochen freundlich aus. Für den Moment entschlossen, Kompromißbereitschaft zu zeigen, überließ Jazz für diesmal Casey die Gesprächsführung.

Bill Frank hatte aufmerksam zugehört. »Eine private Grundstücksabmachung, sagen Sie? Zwischen den Valencias und den Franziskanern? Hm. Nach 1833 hatten die Franziskaner keinerlei Befugnisse mehr. Aber bitte, wer weiß, möglich ist alles. Allzu viele Stellen, die für eine Suche in Frage kommen, gibt es da nicht. Ich will mal sehen, ob ich was finde.«

Er bat sie in einen größeren Raum, in dem es einen langen Tisch und viele Stühle gab. Er schloß die Tür zum Handschriften-Raum auf, nachdem er den Schlüssel aus der Tasche gefischt hatte, und verschwand in der Schatzkammer.

Es schien ewig zu dauern, bis Bill Frank wiederkam. Er hatte eine braune Mappe in der Hand, die fast handtuchgroß war. Er legte sie auf den Tisch und setzte sich ihnen gegenüber.

»Tut mir leid, daß es so lange gedauert hat, aber ich mußte erst eine Menge Zeug wegräumen. Ich habe nichts außer dieser Mappe hier gefunden, und daß da etwas drin sein könnte, ist auch nur eine vage Vermutung.« Er klappte sie auf. »Das hier sind Dokumente der *Land Commission*, die diversen Grundbesitzrechten nachspürten; *nach* dem Vertrag von Guadalupe Hidalgo 1848, der den Krieg zwischen Mexiko und den Vereinigten Staaten beendete. Ich glaube kaum, daß noch etwas darin ist, das bis zu den Franziskanern zurückgeht, aber ich dachte, wir können es ja auf jeden Fall mal durchsehen. Ich bin selbst gespannt.«

Es waren sieben rosa Aktendeckel in der Mappe, jeder mit Schnur zu einem Faszikel zusammengebunden. »Kopien von sieben *expedientes*«, sagte der Kustos, »die beim großen Erdbeben von San Francisco im *General Land Office* zerstört wurden. Mit anderen Worten, es müßte sich um amerikanische Bestätigungen mexikanischer Landabtretungen handeln, die ihrerseits möglicherweise – wenn auch nur in seltenen Fällen – Bestätigungen spanischer Landlehen sind. Lebendige Geschichte also.«

»In San Francisco waren wir bereits«, sagte Jazz, »aber wir haben dort nichts gefunden.«

»Ach, wissen Sie, Dokumente haben oft seltsame Schicksale. Hier gehen sie verloren, dort tauchen sie wieder auf. Meistens sind sie dort, wo man sie am wenigsten vermutet.« Bill Frank war dabei, eines der Aktenbündel vorsichtig aufzuschnüren und durchzublättern. Die Seiten waren schon brüchig und vergilbt, sehr dünn. Der *diseño* war ein gesondertes Dokument und bestand aus einer groben Lageskizze auf einem gefalteten Blatt, mit einer oben eingezeichneten Windrose und einigen Ortsnamen sowie einem eindeutig erkennbaren Flußlauf. Bill Frank schüttelte jedoch den Kopf. »Das ist Land im Norden.« Er sah auch noch einige der anderen Akten durch, aber ohne Erfolg.

Das fünfte Aktenbündel sah aus wie alle anderen, doch als Jazz und Casey die aufgefächerte Abmessung des bezeichneten Landes sahen, riefen sie beide zugleich hastig: »Halt, warten Sie!«

»Sehen Sie sich das an!« Jazz war plötzlich wie elektrisiert. »*Diseño del Rancho Montaña de la Luna* – da steht es! Das ist es!« Sie hatte es so laut ausgerufen, daß die übrigen Anwesenden überrascht aufblickten. Bill Frank griff rasch nach der großen Mappe, klappte sie zu und trug sie hinüber in sein Büro. Dort holte er den bewußten *diseño* wieder heraus und legte ihn offen hin, um mit der Übersetzung des alten Spanisch in modernes Englisch zu beginnen.

»Dies hier, die erste Seite, ist der Antrag, datiert von 1851. Von Don Antonio Pablo Valencia, gebürtig aus Kalifornien, an die *Land Commission* der Vereinigten Staaten. Er beantragt die Bestätigung der mexikanischen Landabtretung von 1839. Er erklärt, daß er der einzige legitime Sohn von Don Bernardo Valencia ist. Don Bernardo, sein Vater, war ebenfalls einziger Sohn. Dessen Vater, der erste Valencia in Kalifornien, war Teodosio María Valencia, und auf dessen Namen lautete die ursprüngliche spanische Besitzurkunde von 1788. Er scheint damals seinen Abschied von der Territorialarmee in San Diego genommen und das Land in Anerkennung seiner Dienste für die spanische Krone vom spanischen Gouverneur Pedro Fages erhalten zu haben.«

Er blickte zu Jazz auf. »Das ist eine ganz ungewöhnlich gerade und glatte Erbfolge für jene Zeit. Die Valencias hatten offenbar immer nur einen Sohn, oder? Das erklärt, warum sie das Land nicht teilen mußten. Wollen mal sehen, was da noch steht. Also, offenbar hat dieser Kriegsveteran Teodosio fortan bis zu seinem Tod 1816 im Alter von dreiundsiebzig Jahren auf seinem *Rancho* gelebt. Er hatte ein großes Tonziegelhaus gebaut, eine Viehzucht begonnen – an die zweitausendfünfhundert Stück, steht hier –, dazu außerdem zwei Pferdeherden und sonstiges Vieh. Alles bis ins Detail aufgezählt. Bis hinunter zum letzten nicht zugerittenen Maulesel. Und er legte Wein- und Obstgärten an und zog um alles herum ordentliche Holzzäune. Don Antonio erklärt, sein Vater Don Bernardo habe auch das Haus weiter ausgebaut und zusätzliche Gebäude errichtet – eine Schule, eine Käserei, eine Gerberei und so weiter – und... he, da steht etwas Interessantes! Don Bernardo scheint ein sehr erfolgreicher Mann gewesen zu sein. Er beschäftigte eine große Anzahl Leute, samt einem Lehrer, einem Winzer, ausgebildeten Zimmerleuten, Gärtnern... das geht endlos weiter hier... das ist eine richtige Firma, und er hielt getreu die Herden zusammen und kümmerte sich um die fruchtbringende Kultivierung des Landes...«

Bill Frank las laut, aber wie für sich selbst, und rasch. Dann legte er das Schriftstück hin. »Das sind Angaben, die sehr viel detaillierter und genauer sind als die meisten sonst! Im wesentlichen allerdings sagen sie natürlich dennoch nicht mehr aus als alle anderen Anträge auch, einmal abgesehen davon, daß dieser hier so eindeutig auf die ursprüngliche spanische Landvergabe zurückgeht.«

»Lesen Sie doch weiter!« forderte ihn Jazz erregt auf.

Bill Frank legte die Karte beiseite und überflog die übrigen Seiten. »Leider alles nur die üblichen Formalitäten. Zeugenaussagen angesehener Bürger aus der Gegend, die bekräftigen, daß die Valencias schon so lange, wie sie und ihre Väter und Großväter denken konnten, die Besitzer des *Rancho Montaña de la Luna* gewesen waren.«

Jazz beugte sich vor und ließ den Kopf hängen angesichts dieser erneuten Enttäuschung.

»Ich will mir die Karte doch noch mal ansehen, wenn es Ihnen recht ist«, sagte der Kustos. »Da ist etwas Ungewöhnliches an dem Text hier unten. Könnte eine etwas eingehendere Beschreibung der Grenzen sein. Das ist sehr viel länger, als ich es sonst kenne.«

Er studierte den Text minutenlang. Dann hob er den Kopf. »Also, hmm, da steht eine Textergänzung, wie ich sie noch nie gesehen habe. Hören Sie zu.« Und er las vor.

Im Namen der heiligen Dreieinigkeit, des Vaters, des Sohnes und des Heiligen Geistes, Amen. Ich, Bernardo Valencia, verkünde hiermit allen, die es lesen, daß ich, im Vollbesitz meiner geistigen Kräfte, das heilige und geheiligte Gelöbnis zu wiederholen und zu erneuern wünsche, das zuerst von meinem Vater, Teodosio María Valencia, bei Gelegenheit der Vollendung und Weihe der Mission von San Juan Capistrano, der Königin der Missionen, mit seinen eigenen Worten abgelegt worden ist. Am fünfzehnten Tag des September im Jahre 1806 unternahm mein Vater, in seinem dreiundsechzigsten Jahre, eine Wallfahrt auf die Höhen des Mondberges, und dort, im Beisein von sechs der Hl. Väter des Ordens des Hl. Franziskus, die ihn auf dieser Wallfahrt begleitet hatten, legte er den heiligen Eid ab, alles Land, das man von dieser Stelle aus, an den drei Felsen auf dem Mondberge, überblicken konnte, für immer von Menschenhand unangetastet zu lassen. Dieses Land erstreckt sich, soweit das Auge reicht, von Horizont zu Horizont, bis zu dem Sand am Meer in westlicher Richtung und bis zu dem Gipfel dieses Berges in östlicher Richtung, hin über den wie eine Schildkröte aussehenden Felsen in nördlicher Richtung und die Zwillingsfelsen in südlicher Richtung. Und also wiederhole und erneuere ich, Bernardo Valencia, hiermit dieses heilige Ge-

lübde meines Vaters, Teodosio María Valencia, vor den Hl. Vätern des Ordens des Hl. Franziskus und den Zeugen Ramón Martínez und Leandro Serrano sowie den beiden Hl. Vätern Fra José López und Fra Juan Orozco, die hier mitunterzeichnen.

Er blickte mit einem breiten Lächeln auf. »Es ist die Unterschrift von Bernardo Valencia, und datiert ist es vom 9. Januar 1820! Zu der Zeit hatten die Franziskaner ihre weltliche Autorität noch! Wenn dies hier keine ›private Übereinkunft über Grund und Boden‹ ist, dann weiß ich nicht, was eine ist! Die gesamte Akte, zu der diese Karte gehört, wurde von der *Gwin Commission* akzeptiert und bestätigt. Hier auf der letzten Seite, befindet sich auch die beglaubigte Abschrift des endgültigen Besitz-Titels von Don Antonio Valencia, Sohn von Don Bernardo! Unterzeichnet und besiegelt vom zentralen Grundbuchamt! Und dem damaligen Präsidenten der Vereinigten Staaten, Millard Fillmore, 1853.«

»Das Berggelöbnis«, sagte Jazz fast flüsternd.

»Ich denke, so kann man es in der Tat nennen«, nickte Casey.

»›Drei Felsen‹«, sagte Jazz verzweifelt, »›drei Felsen‹! Meinst du nicht auch, dieser Don Bernardo hätte sich da ein wenig konkreter ausdrücken können?« Sie setzte sich keuchend auf einen großen Stein. Der Schweiß perlte ihr vom Gesicht. Sie war fix und fertig.

»Zu seiner Zeit war das offenbar eine völlig ausreichende Beschreibung«, erwiderte Casey, der ebenfalls Mühe hatte, wieder zu Atem zu kommen.

Jazz versuchte, das Gefühl des Triumphes und der Sicherheit nicht ganz zu verlieren, das sie im Büro des Kustos in der Huntington Library nach dem Fund des letzten Puzzleteilchens anfangs erfüllt hatte. Denn Bill Frank hatte gleich danach darauf hingewiesen, daß es sich bestenfalls um das vorletzte handle. Solange sie nämlich diese Stelle zwischen den drei Felsen nicht gefunden hätten, hatte er gesagt, gebe es auch keine Möglichkeit, eindeutig festzustellen, auf welches Land sich das Gelübde beziehe.

Und der Portola Peak war alles andere als leicht zu besteigen! Jetzt, dachte Jazz, während sie ein feuchtes Halstuch als Handtuch benützte, jetzt wußte sie, warum dieser Familienberg niemals ein Picknick-Ausflugsziel der Kilkullens gewesen war. Der Berg, der von der Hazienda aus so täuschend harmlos aussah, war hier an Ort und Stelle, bei näherem Hinsehen, eine Wildnis, die für jeden flüchtigen Verbrecher oder Rebellen das ideale, unauffindbare Versteck abgäbe – einer der Orte, die sie seit den ersten Erfahrungen ihrer fotojournalistischen Zeit peinlich gemieden hatte.

Es mochten gut zwei Stunden vergangen sein, seit sie die Pferde angebunden und den Aufstieg begonnen hatten. Von den höchstgelegenen Weiden der Ranch stieg der Portola Peak ziemlich steil und unvermittelt hoch. Sie waren geritten, so weit es ging und bis die Pferde in dem Gestrüpp und dichter werdenden Unterholz nicht mehr weiter gekonnt hatten.

Anfangs schien es ganz klar zu sein, daß es überhaupt nur eine einzige Richtung gab. Doch je weiter sie kamen, desto ungewisser wurde das, und mittlerweile schienen sie mehr oder weniger orientierungslos der Weite des Berges ausgeliefert zu sein. Gebüsch und Gestrüpp überall, jede Richtung war denkbar, doch welche war die richtige?

»Wie würdest du gehen«, fragte sie Casey, »wenn du Franziskanerpater wärst?«

»Wenn ich Franziskanerpater wäre, hätte ich eine lange Kutte und Sandalen an und wäre schon mal überhaupt nicht hier in dieser Gegend, verehrte Dame!«

»Ich versuche, so etwas wie einen Weg zu entdecken, einen

Trampelpfad, wie ihn die Wallfahrer damals doch getreten haben müßten«, sagte Jazz. »Wir sind doch nicht die ersten Menschen, die den Berg ersteigen.«

»Nun ja, wir wissen, daß ihn Teodosio und sechs Padres 1806 erstiegen haben. Aber seitdem? Ein Gartenspaziergang ist der Berg hier ja nicht gerade.«

»Ja, aber es sind doch bestimmt noch andere Wallfahrten hier herauf unternommen worden! Ich erinnere mich, daß mir mein Vater, als ich klein war, erzählt hat, daß sein Großvater, der alte Hugh, auch auf dem Berg war. Gut, wenn man nachrechnet, ist das natürlich auch schon wieder hundert Jahre her. Wenn seitdem niemand oben war, kann natürlich nicht viel von einem Pfad übriggeblieben sein.«

Er ging voran, sie stapften weiter und arbeiteten sich langsam durch das Gestrüpp voran, zwischendurch immer wieder stehen bleibend, um sich zu orientieren. Felsen gab es überall in Mengen, wenn auch keine besonders auffälligen. Jedesmal blickte Jazz auch hinab zur Hazienda, die immer kleiner und kleiner geworden und nun ganz hinter einem großen moskitograsbewachsenen Felsen verschwunden war.

»Was singst du da, Casey?«

»Die Titelmusik aus *African Queen*. Ich krieg sie nicht aus dem Kopf.«

»Können wir jetzt eine Essenspause machen, Casey?«

»Bist du schon am Verhungern?«

»Der Mensch muß essen.«

»Also gut. Aber nur ein paar Minuten! Wir müssen die Felsen finden und vor Sonnenuntergang wieder unten sein. In vier Stunden ist es dunkel!«

»Und wenn wir sie nicht finden?«

»Dann kommen wir morgen wieder. Wir kommen so lange, bis wir sie gefunden haben.«

»Mein Anführer, meine Zuversicht! Was hab ich nur bisher ohne dich gemacht?«

Sie setzte sich auf einen der Felsen. Die Luft war bereits merklich kühler geworden, obwohl die Sonne ganz oben am Himmel stand.

»Das habe ich mich auch oft gefragt«, antwortete Casey nun. »Ganz verschwendet hast du deine Zeit ja offenbar auch vorher nicht.«

»Verschwendet ganz bestimmt nicht, das darfst du mir glauben«, sagte Jazz ernsthaft. Sie reichte ihm ein Sandwich. »Aber erfüllt war sie eigentlich auch nicht.«

Sie blickte ihn an. Es war ihr schon die ganze Zeit nicht ganz geheuer, daß man so verliebt sein konnte wie sie, dachte sie. Casey hatte es sich auf einem anderen Felsen nach Maßgabe der Möglichkeiten bequem gemacht. Auch Gabe hatte sie rasend geliebt, leidenschaftlich, wahnsinnig, überwältigt war sie von ihm gewesen – aber hatte sie ihn eigentlich auch gemocht? Nein, das war irgendwie nicht das passende Wort für Gabe. Sam – ja, den mochte sie. Wer nicht. Aber sein Schauspieler-Ego war am Ende doch viel zu stark, als daß sie ihn hätte lieben können. Und sonst? Niemand sonst war ihr je so nahe gewesen, daß diese Fragen aufgekommen wären.

Auch wenn sie die Felsen nicht fanden auf diesem widerspenstigen Berg hier – die Wanderung zusammen mit Casey war eine echte, tiefe Freude, fand Jazz. Denn inmitten der Hitze, trotz aller Schrammen und Widrigkeiten waren sie zusammen. Und sie liebte ihn und vertraute ihm. Sie hatte den Mann ihres Lebens gefunden. Den einen und einzigen.

Sie tranken beide einen Schluck Wasser aus der Feldflasche und gingen weiter. Das Gestrüpp wurde nun lichter, dafür aber nahm der blanke, glitschige Schotter zu. Jetzt machte sich Hugh Kilkullens Wanderstock bezahlt, dachte Jazz, und umfaßte ihn fest, doch bald mußte sie sich mit der anderen auch bei Casey festhalten. Sie kamen langsamer voran als bisher. Viel sehen konnte sie angesichts der fast pausenlos in ihre Augen laufenden Schweißtropfen auch nicht mehr.

Und dann stolperte sie, in ihre Gedanken versunken, und fiel hin. Fast hätte sie auch Casey mitgerissen, der sich gerade noch halten konnte.

»Was ist, hast du dir weh getan?« fragte er besorgt.

»Nein, nein.« Sie saß auf dem Boden. »Glaub nicht. Ich bin nur blindlings vorwärts gelaufen und habe an alles mögliche gedacht und wohl nicht mehr auf den Weg aufgepaßt.« Sie blickte um sich, um festzustellen, worüber sie da gestolpert war. Irgend etwas, das hervorstand. Eine Art Steinhaufen. Casey war darübergestiegen, sie mitten hinein gestolpert.

»Hilf mal mit«, sagte sie mit plötzlich erwachtem Interesse.

Sie hoben zusammen einige der Steine weg.

Ein Kreuz aus zwei Baumästen kam zum Vorschein. Es war zusammengebunden mit einem Lederriemen und wies einige Flecken weißer Farbe auf.

»Es ist wohl umgefallen«, meinte Jazz fast atemlos. »Vermutlich war es in den Steinhügel gesteckt worden. Und dann ist es irgendwann mal umgekippt. Und in den Winterstürmen rollten allmählich Steine darüber.«

»Ja, aber wie kam es hierher?«

»Weiß ich auch nicht.« Sie besah sich das Kreuz eingehend und konnte sich keinen Reim darauf machen.

»Nach der Legende«, überlegte Casey, »gab es hier auf dem Berg doch eine Art Schrein, Kapelle, Altar, was weiß ich. Allerdings erwähnt die Karte nichts von einem Kreuz.« Er starrte ebenfalls ratlos ihren Fund an.

»Sieh dich mal um«, sagte Jazz. »Sieht der Felsen da für dich irgendwie wie eine Schildkröte aus?«

»Na ja, ein wenig vielleicht. Hier aus der Froschperspektive. Beim Gehen ist es mir nicht aufgefallen.«

»Und das da?« meinte sie.

»Eine Doppelspitze. Scheint jedenfalls so.«

»Aber wo sind dann die drei Felsen des Mondberges?«

fragte Jazz aufgeregt. Sie blickte nach oben. Da war ein besonders steiler Hang, völlig kahl und lediglich von Schotter bedeckt. Man konnte nicht bis ganz oben hinaufsehen.

»Steh auf. Komm, wir müssen noch höher.«

Sie kletterten keuchend in Serpentinen den anstrengenden steilen Hang empor.

Oben erwartete sie ein kleines sandiges Plateau.

Und ziemlich genau in der Mitte dieses Plateaus, unmöglich von weiter unten zu sehen, standen die drei Felsen.

Groß, schmal, keiner höher als zwei Meter fünfzig. Sie wuchsen direkt aus dem Sand und bildeten ein Dreieck.

»Sieh dir das an!« flüsterte Jazz.

Sie konnte es selbst kaum glauben. Sie hatte gehofft, sie zu finden, aber es eigentlich nie so ganz für möglich gehalten.

Es war abgeschieden und völlig still hier oben. Dennoch schien ein ferner Donner heranzurollen. Sie glaubte sogar eine Art Vibrieren der Erde zu verspüren, das aus dem Inneren des Berges selbst aufzusteigen schien. Sie flüchtete sich in Caseys Arme und preßte sich eng an ihn. Der Gedanke, daß diese drei Felsen hier möglicherweise schon seit Jahrmillionen über das Land wachten, überwältigte sie.

Sie standen minutenlang völlig reglos, hielten einander und blickten nur stumm die drei Felsen an. Es kam ihnen so vor, als hießen sie sie irgendwie willkommen.

Erst allmählich löste sich ihre Erstarrung. Sie sahen sich um und blickten über den Rand des Plateaus. Und von hier oben sah der »Schildkrötenfelsen« ganz eindeutig wie eine Schildkröte aus. Und auch die Doppelspitze, der Zwillingsfelsen, zeichnete sich klar und deutlich ab.

»›Bis zu dem Sand am Meer‹«, sagte Jazz leise und blickte nach Westen. Ganz fern am Horizont verschmolzen Himmel und Pazifik miteinander in einem einzigen leuchtenden Blau. Etwas näher waren der natürliche Hafen und Valencia Point zu erkennen, auch der unberührte Sandstrand, der sich dort über die ganze Länge des Ranchgeländes erstreckte und wie eine klare Trennungslinie zwischen den bebauten Strandabschnitten links und rechts davon aussah.

Sie wandte sich um und blickte über die drei Felsen hinweg zum hohen, kahlen Gipfel des Portola Peak empor. Er glitzerte im Sonnenlicht. Dahinter erhoben sich die schneebedeckten Kuppen des Santa-Ana-Gebirgszuges.

»Hier nach Norden!« sagte Casey. »Da geht der Blick über den halben Orange County hin. Das mag Bernardo ein wenig großzügig formuliert haben.«

»Ja, aber er hat immer von seinem eigenen Land gesprochen, wie du weißt! Hier, nach Süden, da ist ein langer flacher Graben unterhalb des Schildkrötenfelsens, siehst du's? Wo das Land steil abfällt. Weit über den Schildkrötenfelsen hinaus kann man nicht sehen. Von unserem Standort aus überblicken wir höchstens zwei Drittel der Ranch! Oh, Casey, Casey, das darf Menschenhand wirklich niemals verändern!«

Sie standen Hand in Hand und lauschten auf das Flüstern des Windes, der ein Gelübde zu wiederholen schien, das einst hier ausgesprochen worden war.

»Wir müssen uns an den Abstieg machen, Jazz«, mahnte Casey, »sonst kommen wir in die Dunkelheit.«

»In Ordnung. Ich habe ohnehin keinen Film mehr. Nur noch einen kleinen Gefallen. Sag mal, könntest du...«

»Aber ja doch«, sagte Casey. »Alles, was du willst.«

»Oh, Liebling, ich wußte, du würdest ja sagen!« Und sie sank voll Dankbarkeit in seine Arme. »Trägst du mich runter?«

20

»Alles, aber auch alles tut mir weh«, stöhnte Jazz wohlig in der Badewanne. »Sogar die Haarspitzen. Und meine Zehennägel. Von den Knien rede ich gar nicht. Und daß ich die Arme nicht mehr heben kann, versteht sich von selbst. Ich habe einen Sonnenstich, und womöglich überlebe ich den Tag gar nicht mehr.«

»Die tapfere Jane Goodall bist du nicht gerade«, sagte Casey. Auch er hatte gerade lange geduscht und saß nun in einem dicken Bademantel bei ihr auf dem Rand der Wanne. »Immerhin, du warst droben und bist auch wieder runtergekommen.«

Sie hielt ihm ihr Wodkaglas hin.

Sie hatten vorhin zur Feier ihres Auffindens der drei Felsen einen getrunken. Als sie eine Stunde nach Einbruch der Dunkelheit ebenso kaputt wie triumphierend zur Hazienda zurückgekommen waren, hatten sie Susie gleich nach Hause geschickt, um allein zu sein. Nach der Tageshitze war es am Abend, als sie wieder bei den Pferden angelangt waren, ziemlich frisch gewesen, und sie waren angesichts des kalten Windes heimgaloppiert, so schnell es ging. Casey war weitsichtig genug gewesen, als erstes, noch bevor sie sich ins Bad stürzten, ein Kaminfeuer anzuzünden.

»Sag mal, willst du in der Wanne heiraten, oder was?« fragte Casey. »Du liegst da jetzt schon über eine halbe Stunde drin!«

»Ich komme raus, sobald ich mich wieder kräftig genug fühle, und keine Sekunde früher!« verkündete Jazz.

»Soll ich dir aufhelfen?«

»Ha! Wie Mr. White sagen würde! Ha! Den Berg runter wolltest du mich nicht tragen, aber jetzt aus der Badewanne willst du mir hochhelfen, wie? Ha, Casey Nelson, du bist durchschaut! Nackt sehen möchtest du mich, das ist alles! Dreh dich gefälligst um, und reich mir das Handtuch!«

»Ich halte es dir hin!«

»Nix. Da bin ich viel zu schamhaft. Und zu *ladylike*. Ich kann doch nicht in unbekleidetem Zustand vor dir erscheinen, Mann! Also dreh dich um!«

»Wo wir aber doch heiraten werden!« protestierte Casey. »Wieso kann ich da nicht so ein bißchen spannen?«

»Und mach auch die Augen zu! Du könntest mich ja im Spiegel sehen! Ich habe die Absicht, mein Geheimnis zu wahren. Von jetzt an wird im Dunkeln geliebt!«

»Was denn, nicht mal eine Kerze?«

»Nicht einmal ein Streichholz!«

Casey griff einfach in die Badewanne und hob Jazz heraus. Sie quiekte und kicherte. Er drückte sie an die Brust, während sie strampelte. »Nicht, daß ich unfähig wäre, dich zu tragen«, erklärte er feierlich, »aber es ist einfach keine gute Idee, jemanden einen Berg runterzutragen. Aber jetzt trage ich dich, wenn du willst, die ganze Nacht herum.«

»Laß mich runter.«

Er griff sich das große Badetuch, setzte sie auf seine Knie und begann, sie abzurubbeln, während er gleichzeitig ihre unablässigen Fluchtversuche unterband. Dann wickelte er sie auch in einen Bademantel und trug sie in das warme Wohnzimmer vor das Kaminfeuer. Dort legte er sie auf den Boden und sich neben sie und hielt sie wie in einem Schraubstock fest.

»Du wirst nirgends hingehen«, erklärte er ihr.

»Genau hier wollte ich hin. Noch einen Wodka?«

»Aber immer. Hast du Hunger?«

»Nein. Ich bin immer noch zu aufgeregt zum Essen. Weißt du, Casey, einen Kerl wie dich zu lieben, das ist nicht einfach. Du gibst einem immer das Gefühl, daß man überhaupt nichts wert ist. Ich weiß schon, daß ich ein Biest bin, aber du bist trotzdem einfach gut zu mir. Du kümmerst dich um mich und bist kein bißchen sauer, wenn ich eklig zu dir bin, und du weißt genau, was ich will, noch ehe ich es selbst weiß. Wie kann ich jemals ein so guter Mensch werden, daß ich deiner würdig bin?«

»Ja, leicht wird es nicht werden!« nickte Casey mit ernster Miene.

»Und obendrein erinnerst du mich auch immer so an...«
»Wen?«

»Ja, nicht eigentlich an eine Person... aber es gab da mal diesen Airedale...«

»Einen Hund?«

»Na ja, alle Airedales sind, glaube ich, Hunde, weißt du.« Sie trank einen Schluck. »Gott, war der Hund süß. Genau wie du. Ohne Furcht, ganz lange Beine, dickes Fell, fast die Farbe deiner Haare, gutmütig, treu und anhänglich, mit blitzenden Augen, tüchtig, ein Clown, stark, und er hatte so eine süße, kleine Schnauze mit einer Art Schnauzbart dran, und seine Ohren standen ihm wunderschön hoch.

»Ich habe nie einen Hund gehabt.«

»Meinst du, ich? Deswegen fühle ich mich doch deiner so unwürdig. Ich bin es nicht gewöhnt, auf einmal einen so guten Hund zu haben.«

»Die Ehe ist aber etwas anderes, als einen Hund haben.«
»Ach ja? Tatsächlich?«

»Ganz sicher bin ich mir auch nicht. Meine erste Ehe, das war ein wenig so, wie einen bösen Hund zu haben, und meine zweite, wie einen seltenen Vogel zu besitzen, und meine dritte... wenn ich es so bedenke... wie ein Rennpferd zu haben.«

»Was denn, du warst schon mal verheiratet?«
»Dreimal.«
»Wieso hast du mir das nie gesagt?«
»Du hast mich nie danach gefragt.«

»Das ist gelogen!«

»Vielleicht. Vielleicht auch nicht.«

»Es ist mir auch ganz egal. Von mir aus kannst du jetzt noch drei andere Frauen haben, jetzt in dieser Minute, und ich heirate dich trotzdem.«

»Du meinst, du läßt dich durch überhaupt nichts abschrekken?«

»Nein.«

»Jazz«, sagte er drängend, »wann willst du nun eigentlich...«

»Casey«, unterbrach sie ihn und öffnete ihren Haarknoten, um das Haar offen herabfallen zu lassen, »ich habe kein Handtuch! Darf ich mir die Haare an deinem Bademantel trockenrubbeln?«

»Meinetwegen, versuchen kannst du es ja«, sagte er. Wieder hatte sie ihn unterbrochen. Wie sie es grundsätzlich immer zu tun pflegte, wenn er konkret über ihre Hochzeit zu reden versuchte.

Sie war ebenso großzügig wie ausweichend. Da erklärte sie ihm, ohne auch nur mit der Wimper zu zucken, sie würde ihn auch heiraten, wenn er noch drei Frauen neben ihr hätte, aber auf einen Hochzeitstermin – ob noch diese Woche, dieses Jahr oder in zehn Jahren – wollte sie sich nicht festlegen. War der Grund dafür wirklich nur, wie er anfangs geglaubt hatte, Mikes Tod? Oder hatte sie schlicht und einfach Angst vor diesem letzten Schritt, vor dem Festlegen eines Datums? Diese beste aller Frauen – oder war sie noch ein Kind? – hatte es fertiggebracht, bis zu ihrem dreißigsten Lebensjahr ledig zu bleiben! Weil sie sich sehr früh mal die Finger verbrannt hatte? Das war es ja wohl. Ständig glitschte sie ihm weg, ließ sich so wenig festhalten wie ein tropischer Fisch in einem großen Aquarium.

Noch kein Wort hatten sie über Zukunftspläne gesprochen! Und dabei wußten sie doch beide – mußten es wissen! –, daß sie nicht ewig so wie jetzt hier auf der Hazienda weiterhausen konnten. Vielleicht scheute sie einfach vor der Frage nach dem *Wann* zurück, dachte er. Vielleicht versuchte er es besser anders. Überfallartiger.

Er wartete geduldig, während sie sich am unteren Ende seines Bademantels die Haare trocknete. Kitzlige Angelegenheit. Nicht so ganz einfach für ihn. Und das wußte sie natürlich ganz genau!

Und dann wagte er einfach den Sprung ins kalte Wasser. Er nahm abrupt ihren Kopf zwischen die Hände.

»Frage: Hochzeit. Wann?«

»Aber nicht doch, Liebling, jetzt doch nicht! Wo ich tausend andere Dinge im Kopf habe! Ich muß über so vieles nachdenken. Da kann ich mich einfach nicht mit der Zukunft zweier völlig unwichtiger Leute beschäftigen! Ich denke an Tausende und Tausende von Leuten, Mann!« Sie lachte, aber ihr Lachen versprach nichts.

»Wie viele Tausend ganz genau?« Er wandte sich mit beleidigtem Blick ab, aber sie ignorierte das einfach. »Und warum?«

»Es ist so«, sagte Jazz träumerisch und lehnte sich an ihn, »ich habe nachgedacht. Du kannst dir nicht vorstellen, wieviel ich nachgedacht habe, seit wir diese drei Felsen zu suchen begannen. Und ich habe beschlossen, zwei Pläne zu machen. Plan A: Was, wenn wir sie nicht finden, Plan B: Was, wenn wir sie finden.«

»Was wäre gewesen, wenn wir sie nicht gefunden hätten?« fragte er. Widerstrebend merkte er, wie sie ihn doch wieder herumkriegte. Gegen die Magie ihrer Stimme war kein Kraut gewachsen.

»Auf den Plan A konnte ich mich gar nicht richtig konzentrieren, weil er so absolut undenkbar war. Du weißt doch, wie man manchmal die Augen vor etwas, das man nicht sehen will, einfach krampfhaft verschließt. Genauso war es damit.

Und also habe ich mich eigentlich nur auf Plan B konzentriert. Zuerst überlegte ich, was mein Vater wollen würde, wenn er noch lebte, und ich habe etwas entdeckt.«

Sie setzte sich auf und starrte ins Feuer. »Er hatte nur halb recht, weißt du. Er wollte das Land auf ewig so lassen, wie es ist. Aber das ist heutzutage einfach nicht mehr möglich. Eine einzige Familie kann heute einfach nicht mehr so viel Land für sich beanspruchen! Zu seiner Zeit mag das noch möglich gewesen sein. Aber heute nicht mehr. Es geht einfach nicht an, daß die Familie Kilkullen fünfundzwanzigtausend Hektar Land egoistisch und eifersüchtig für sich behält und keinen ranläßt – jedenfalls nicht hier in Kalifornien, wo so viele Menschen leben wollen. Es ist einfach nicht fair. Also müssen wir es mit ihnen teilen. Allerdings sinnvoll.«

»Also, das von dir zu hören, hätte ich wirklich nicht erwartet.«

»Weil ich mich bisher niemals eingehend damit beschäftigt habe! Aber jetzt... Ich denke, der Teil, der sich erschließen läßt, ist der südlich des Felsens mit der Doppelspitze. Das sind an die zehntausend Hektar. Davon könnte man, sagen wir mal, drei- oder viertausend nehmen und eine neue Stadt hinbauen, für vielleicht sechzig- oder siebzigtausend Einwohner, und die könnten da alle leben, und trotzdem hätten sie noch genug offenes Land ringsherum.«

»Mein Schatz, die Städteplanerin.«

»Um das zu begreifen, braucht man gar kein Städteplaner zu sein. Dazu brauchst du nur die Zeitung zu lesen. Auf die Grundidee kommt es an. Wie viele solcher Erschließungen, die Fehlschläge waren, hätten sich retten lassen, wenn sie nur auf dem Boden einer Idee gewachsen wären!«

»Und woran denkst du da?« Casey war sehr interessiert zu hören, was Jazz für Ideen hatte – zu einem Thema, über das er seinerseits schon lange im Hinterkopf Überlegungen anstellte.

»An ein Gemeinwesen.«

»Wie willst du ein Gemeinwesen wiederherstellen? Immer vorausgesetzt, du baust diese Stadt für siebzigtausend Leute wirklich und es handelt sich nicht um eine Ansiedlung, wie Valerie und Fernanda sie sich vorstellen; wo die Rolls-Royce-Parkplätze mit Platin gepflastert sind.«

»Ohne den Strand haben sie dazu sowieso keine Chance, und die Karte schließt ausdrücklich die ganze Küste und den Naturhafen aus. Paß auf, ich werde es dir erklären, das mit dem Gemeinwesen. Es ist ganz einfach. Du läßt einfach die Prachtstraßen weg und baust ganz normale! Und mit einem Schlag hast du dein Gemeinwesen wieder. Jedes Viertel bekommt seine Hauptstraße, eine echte, wirkliche, ehrliche, altmodische Hauptstraße. Mit einer Eisdiele und einem Kino und einer Bäckerei und einem Lebensmittelladen und einem richtigen Fleischer und einer Eisenwarenhandlung und einer Bowlingbahn und einer Tanzschule und einem Hamburgerstand und einer Reinigung und einem Feinkostgeschäft und einem Friseur und einem Schönheitssalon mit einer Kosmetikerin und einer Buchhandlung und einem Drugstore und einer Billardhalle und jeder Menge Lokale und Straßencafés, und was es noch alles an Läden gibt. Und Plätze, wo man einfach herumstehen und sich treffen und klatschen kann, und Fahrradständer überall, weil nämlich die Leute von den verschiedenen Wohnvierteln mit ihren Fahrrädern zur Hauptstraße kommen, falls sie nicht zu Fuß gehen oder reiten!«

»Was denn für verschiedene Wohnviertel?« fragte Casey.

Jazz ging mittlerweile im Raum auf und ab. Ihre Phantasie hatte sie so mitgerissen, daß sie ganz automatisch den warmen Platz am Feuer verlassen hatte, wo sie ihm so nahe gewesen war.

»Na, die Leute werden nicht in Straßen mit Häusern leben, die kein Mensch auseinanderhalten kann! Sie haben alle ihre eigenen Wohnviertel. So wie das früher mal war, in den kleinen Städten in Neuengland, oder selbst hier in San Juan Capistrano, wo manche Leute eben Häuser haben, manche Wohnungen und manche Einzimmerapartments, und die einen bezahlen viel weniger Miete als die anderen, und noch anderen gehört ihr Haus, und die einen sind jung und die anderen alt, und dazwischen gibt es auch welche, dazu Kinder jeden Alters... und sie haben Vorgärten und Veranden oder Terrassen oder Erker und Hinterhöfe und Patios und Gärten hinterm Haus und Dachböden – irgendwie habe ich das Gefühl, daß Dachböden ganz besonders wichtig sind, aber warum genau, weiß ich auch nicht –, und alle die verschiedenen Häuser stehen nahe genug beieinander, daß sie zusammengehören und die Leute sich über den Zaun hinweg oder von Veranda zu Veranda unterhalten können, alles hat einfach Menschenmaß, Fußgängermaß. Und es gibt Picknickplätze und große Schachbretter im Park, und überall kann man sich ein Pferd mieten, und es gibt Sportplätze und Spielplätze nur für die kleinen Kinder und Ballspielfelder für die größeren.«

»Und wo bleiben die Ranch und ihre Herden?«

»Aber Casey! Selbstverständlich führen wir die Ranch weiter, mit ein paar Kühen weniger, schön. Das Entscheidende ist doch, daß die Ranch und die Stadt nebeneinander und zusammen existieren, daß Platz ist für beide. So daß jeder, der in der Stadt lebt, auch mal die weidenden Kühe sieht, wenn er aus dem Fenster blickt.«

»Und wie soll diese wunderbare Stadt funktionieren?«

»Mit Bürgerversammlungen und einem Stadtrat im Rathaus am Marktplatz, hab ich den schon erwähnt?« Sie ging lässig über diese Frage hinweg. »Und es gibt eine große städtische Bücherei und ein Konzertpodium, da sind am Wochenende Konzerte, damit die Leute kommen und einander kennenlernen, und haufenweise Springbrunnen und noch mehr Cafés, und Kunstgalerien und Arkaden mit Säulen, damit die

Leute im Schatten gehen können, wenn es heiß ist, und alle können zu Fuß oder mit dem Rad zum Strand hinunter und schwimmen oder surfen oder einfach nur der Brandung lauschen und sich den Sonnenuntergang ansehen. Nur ändern dürfen sie das alles nicht, niemals, sonst...«

»Was ist mit Schulen?«

»Klar, Schulen auch«, nickte Jazz, »und Kirchen und Synagogen, und leichte, saubere Industrie und Firmen, damit die Leute auch da arbeiten können, wo sie leben. Die Stadtplaner denken ja heute überall in diesen Kategorien. Ich hab viel darüber gelesen, aber ich habe mir nie Gedanken darüber gemacht. Bis Phoebe das Purple Tostada Grande abreißen ließ.«

Sie blieb sinnend am Fenster stehen und schüttelte den Kopf.

»Komm mal her«, sagte Casey, »und setz dich zu mir. Was hatte das denn mit alledem zu tun?«

»Eine Menge. Sie hat dem Dazzle seine vertraute Umgebung genommen. Über Nacht! Einfach so. Venice, das ist so ein wirkliches Gemeinwesen. Eines der letzten, die es noch gibt. Und Phoebe hat einfach einen Teil davon zerstört, kaputt gemacht. Einen Teil, den wir alle für selbstverständlich hielten. So wie die Leute früher ihre Hauptstraßen für selbstverständlich hielten, bis sie sie nicht mehr hatten. Und als mir klar wurde, was wir hier für eine Chance haben, wußte ich sofort, daß es genau das sein muß. Individuelle Wohnviertel und ein Gemeinwesen, siehst du ... und dann geht eigentlich alles andere wie von selbst. Du brauchst dich ja nur daran zu erinnern, wie alles noch vor fünfundzwanzig Jahren war ... Fünfundzwanzig Jahre ... Länger ist das nicht her, seit alles so anders zu werden begann ...«

Als wäre sie in Trance, dachte Casey. Sie hatte sich mit keinem der beträchtlichen Probleme, die mit dem Bau einer solchen Stadt verbunden waren, auch nur annähernd beschäftigt, weder mit der finanziellen noch mit der praktischen Seite, und sie hatte sich auch keine Sekunde lang gefragt, wie sie denn zur obersten Planerin dieser neuen, wundervollen, utopischen Stadt werden könne – angesichts der Existenz ihrer beiden Schwestern, die herzlich wenig mit Utopien im Sinn hatten.

»Jazz«, fragte er dazwischen, »weißt du, was Infrastruktur ist?«

»So ungefähr«, erklärte sie, noch immer ganz in ihre Visionen versunken.

Sie wird es lernen, dachte Casey. Wird nicht lange dauern, und sie wird die Meisterin der Infrastruktur sein. Sie mag hier laut denken und ein wenig berauscht sein, aber von Unmöglichem redet sie keineswegs. Macht ja alles Sinn. Verdammt viel Sinn. Er wußte tausendmal mehr über Landerschließung als sie, und so hätte er ihr sagen können, daß ihre Idee durchaus in eine bestimmte Zukunftsströmung hineinpaßte. Doch die Idee würde sie bestimmt nicht mehr loslassen. Sie war ja jetzt schon so fasziniert davon, daß sie darüber selbst ihren geliebten Beruf, das Fotografieren, völlig vergaß. Und daß er auch noch da war, hier in diesem Raum; nicht nur als ihr Zuhörer. Sie wird auch weiterhin, dachte er, keine Zeit für so etwas Banales wie das Heiraten finden, ja nicht einmal Zeit, davon zu reden. Und es wird nicht lange dauern, und die Stadtplaner und Architekten und Bauunternehmer werden in ihr tägliches Leben eintreten, und was dann?

Gefallen wird ihnen das nicht, dachte Jazz, als sie ihren Stoß Papiere und Fotos auf dem leeren Schreibtisch ihres Vaters ausbreitete. Wird ihnen überhaupt nicht gefallen. Wenn schon. Das hier war alles offiziell, die ganze Macht der Regierung der Vereinigten Staaten stand dahinter. Nichts mehr mit frommen Legenden und mysteriösen Gelübden. Harte Fakten konnte sie vorweisen.

Sie erwartete Jimmy Rosemont und Sir John Maddox. Sobald ihre Dokumentation komplett gewesen war, eine Woche nach ihrer Bergtour zu den drei Felsen, hatte sie sie herzitiert – ja, das war das einzig angemessene Wort für die Art und Weise, wie sie sie hatte wissen lassen, daß sie mit ihnen zu reden habe.

Ursprünglich hatte sie sich vorgestellt, ihnen zuerst Tee zu servieren und sie dann mit den Beweisstücken zum bestehenden Berggelöbnis bekannt zu machen. Das hatte sie schnell wieder verworfen. Nichts da. Kein Tee, kein Kaffee. Nicht einmal ein Glas Wasser, es sei denn, sie baten ausdrücklich darum. Das hier war Busineß, härtestes Busineß, und es bestand überhaupt keine Veranlassung, daß sie hier besondere, feminine Liebenswürdigkeit an den Tag legte.

Sie hatte sich auch entsprechend angezogen, so maskulin, wie es nur ging; wie ein Rancher ein Grundbesitzer. Dunkelbraune lederne Hose, die in Cowboystiefeln aus Eidechsenleder steckte. Dazu ein Männerhemd aus schwerer, weißer Baumwolle mit einem Streifen schwarzen Leders. Auf dem Kopf einen alten Cowboyhut. Die Zusammenstellung ihrer Kleidung machte in der Tat einen geradezu martialischen Eindruck.

Sie hatte mit dem Gedanken gespielt, Casey zu dem Treffen dazuzubitten, es aber dann unterlassen. Er hatte ja keinerlei offiziellen Status bei der ganzen Sache, und es gab also keine rechte Begründung für seine Anwesenheit; zumal sie auch ihre Schwestern nicht dazugebeten hatte, weil ohnehin klar war, daß Jimmy Rosemont und Sir John in ihrem Namen und Auftrag handelten. Da wären sie bei dem, was sie vorzubringen hatte, nur eine Ablenkung gewesen.

Sie stand hinter ihres Vaters Schreibtisch und klopfte ungeduldig mit dem Stiefel auf den Boden. Noch zwei Minuten und sie waren unpünktlich!

Dann aber hörte sie den Wagen vorfahren, und kurz danach vernahm sie die näher kommenden Schritte der beiden Männer. Aha. Sie hatten es also auf peinliche Pünktlichkeit angelegt! Sie blieb regungslos hinter dem Schreibtisch stehen, ernst, ohne das kleinste Lächeln, und zwang sie, zu ihr hinzukommen, um ihr zur Begrüßung die Hand reichen zu können.

»Machen Sie es sich bequem, meine Herren«, sagte sie. Es war eher ein Befehl als eine Einladung. Sie setzte sich selbst auf den Stuhl ihres Vaters. Sie blickte sich noch einmal im Raum um. An den Wänden hingen gerahmte Fotografien aus hundert Jahren, Verkaufsurkunden für preisgekrönte Bullen und Dankesbriefe verschiedener demokratischer Parteiführer. Und sie hatte das Gefühl, als sei Mike Kilkullen selbst anwesend.

»Bei unserer ersten Begegnung«, eröffnete sie das Gespräch und blickte selbstsicher von einem zum anderen, »trugen Sie beide mir ein Projekt für die Kilkullen-Ranch vor. Beziehungsweise, wie sie in den frühen Tagen Kaliforniens hieß, *Rancho Montaña de la Luna*. War Ihnen dieser Name bekannt, Mr. Rosemont?«

»Nein, Miss Kilkullen.«

»Es bedeutet Berg des Mondes, Mondberg. Denn seit auf diesem Land hier Menschen lebten – und das ist länger, als wir wissen –, sahen sie von hier aus hinter dem Berg, den wir heute Portola Peak nennen, den Mond aufsteigen. Und zweifellos glaubten damals manche in ihrem Unwissen und ihrer Naivität, daß der Berg den Mond gebäre. Sie hingegen, Mr. Rosemont und Sir John, sind intelligente, moderne Männer und zu aufgeklärt, um an solche alten Legenden zu glauben. Wenn Sie einen Berg erblicken, dann sehen sie ihn etwas ganz anderes gebären: Wohnanlagen.«

»*Touché*, Miss Kilkullen«, lächelte Jimmy Rosemont. »Aber die Zeiten ändern sich ja auch, wissen Sie. Und die Berge mit ihnen, sozusagen.«

»Nicht so sehr, wie Sie zu glauben scheinen, Mr. Rosemont. Ihr Projekt gefiel mir überhaupt nicht...«

»Das ist uns nicht entgangen«, bemerkte Sir John trocken.

»... und daran hat sich nichts geändert. Damals wußte ich nur noch nicht, was ich denn tun könne, um es zu verhindern. Und ich stellte Nachforschungen an, um herauszufinden, wieviel Legalität wohl in dem hausgemachten Testament meines Vaters steckte. Und ich habe in der Tat etwas Hochinteressantes entdeckt. Er hat mir und meinen Schwestern Land vererbt, auf das er eigentlich gar keinen Rechtsanspruch hatte.«

»Was Sie nicht sagen«, meinte Jimmy Rosemont mit einem dünnen, herablassenden, kampfbereiten Lächeln.

»Land«, fuhr Jazz unbeeindruckt fort, »über das er nicht ohne weiteres verfügen konnte. Grund und Boden, auf dem ein Gelübde liegt, welches ihm verbat, das Land irgend jemandem zu vererben, ohne das, was dieses Gelübde besagt, ausdrücklich darin einzuschließen.«

»Was, bitte, soll dieser Unsinn?« Sir Johns Stimme klang völlig unbekümmert, gelassen.

»O nein, das ist kein Unsinn, Sir John«, widersprach sie und stand auf. »Ich habe Ihnen hier einige Dokumente zu zeigen. Da ist zuerst ein Brief meiner Ururgroßmutter Juanita Isabella Valencia Kilkullen an ihre zukünftige Schwiegertochter.«

Sie las langsam die Übersetzung des Briefes vor, die sie inzwischen von einem Professor für Spanisch an der Irvine-Universität hatte anfertigen und dann notariell beglaubigen lassen. Danach gab sie ihnen einen gerafften, aber präzisen Überblick über die Geschichte der kalifornischen Landverteilungen und erläuterte die Bedeutung der vergrößerten Kopie des Dokuments, das sie und Casey in der Huntington Library gefunden hatten, mit der Übersetzung des Gelübdes von Bernardo Valencia und den Unterschriften der vier Zeugen. Auch dies hatte sie notariell beglaubigen lassen. Sie machte ausdrücklich auf das Präsidentensiegel aufmerksam und präsentierte schließlich noch die Fotokopie der Verkaufsurkunde zwischen Antonio Valencia und Michael Kilkullen. Zum Schluß zeigte sie die Vergrößerungen ihrer eigenen Fotos von den drei Felsen auf dem Berg aus und umfuhr mit dem Finger auf einer topographischen Karte das Gebiet der Ranch. Den Bereich, der dem – bisher sowohl von den Valencias wie den Kilkullens stets genau beachteten – Gelübde entsprechend »von Menschenhand unangetastet« bleiben mußte, hatte sie rot schraffiert.

Als sie fertig war, blieb sie hochaufgerichtet hinter dem Schreibtisch stehen und unterdrückte nur mühsam ein Siegerlächeln.

Jimmy Rosemont und Sir John Maddox wechselten einen Blick, dessen Bedeutung Jazz unklar blieb. Der erste, der nach dem anschließenden Schweigen etwas sagte, war Sir John.

»Das ist tatsächlich alles sehr faszinierend, Miss Kilkullen«, meinte er. »Ich gratuliere Ihnen zu Ihrer Detektivarbeit.« Er war so verbindlich und höflich wie immer.

»Gründliche, saubere Arbeit!« pflichtete auch Jimmy Rosemont bei. »Wenn Sie je einen Job suchen sollten, engagiere ich Sie vom Fleck weg.«

»Eine überaus interessante historische Kuriosität«, fuhr Sir John fort, »und eine sehr anrührende obendrein. Romantisch, großzügig, idealistisch. Tief religiös und fromm, könnte man auch sagen. Ich bin Ihnen sehr dankbar dafür, daß Sie uns dies alles wissen ließen.«

»Sir John«, unterbrach ihn Jazz stirnrunzelnd, »ist Ihnen denn entgangen, was das bedeutet?« Auf alles war sie gefaßt gewesen, nur nicht auf Lobeshymnen. Sie wußte doch, daß diese beiden keine guten Verlierer sein konnten. Wieso erregten sie sich so wenig? Eine leichte Unsicherheit ergriff sie.

»Bedeuten könnte, Miss Kilkullen!« verbesserte Sir John sie. »Könnte. Allenfalls deshalb...« Er beugte sich vor und fischte zielstrebig eines der Papiere aus dem Stoß heraus.

»Das hier, die Verkaufsurkunde aus dem County-Archiv in Santa Ana, ist nämlich das einzige rechtswirksame Dokument auf diesem Tisch.«

»Wovon reden Sie eigentlich«, brauste Jazz auf. »Der mexikanische Besitz-Titel ist selbstverständlich rechtswirksam, er ist das *Schlüsseldokument*. Hierin wird eindeutig nachgewiesen, daß die Ranch von 1788 an den Valencias gehört hat, bis sie sie den Kilkullens verkauft haben. Erzählen Sie mir bloß nicht, das sei nicht rechtswirksam!«

»Genau das versuchen wir, Ihnen klarzumachen«, entgegnete Jimmy Rosemont, auch er vollkommen gelassen und geradezu leutselig. »Alles andere, was Sie da haben, ist juristisch ohne jeden Belang. *Weil es niemals in Santa Ana formell registriert worden ist.* Wäre das der Fall gewesen, wären wir daran gebunden, aber das ist reine Spekulation. Tatsache ist: Es ist nicht der Fall.«

»Das kann doch nicht Ihr Ernst sein! Das ist doch nicht möglich! Das ist doch lediglich eine kleine Formalität, die keinerlei...«

»Miss Kilkullen«, unterbrach Sir John sie mit seiner unerschütterlichen Gelassenheit, »ich kann Ihre Enttäuschung ja verstehen, und Sie haben durchaus mein ganzes Mitgefühl. Aber«, und er beugte sich vor, um seinen Worten Nachdruck zu verleihen, »es führt kein Weg daran vorbei, daß es keinerlei juristische Handhabe gibt, den Verkauf des Grunds und Bodens der Kilkullen-Ranch wegen einer nur mündlich getroffenen Abmachung zu verhindern. Einer Abmachung zwischen zwei seit langem verstorbenen Männern, den Willen des noch länger verstorbenen Teodosio María Valencia zu respektieren, welcher in einem Brief einer ebenfalls längst verstorbenen Frau einer anderen, die ihrerseits schon lange nicht mehr unter den Lebenden weilt, mitgeteilt wurde. Selbst das Präsidentensiegel Millard Fillmores ist hier völlig irrelevant.«

»Sir John hat recht«, bestätigte Jimmy Rosemont. »Ihr Vater hatte, anders ausgedrückt, durchaus das volle Verfügungs- und Vererbungsrecht. Nichts Gegenteiliges existiert im County-Archiv, und das ist die einzige juristische Grundlage, die wir zu beachten haben.«

»Das kann nicht sein!« sagte Jazz entgeistert. Ihre ganze Sicherheit war verschwunden. Sie spürte, wie ihr von innen heraus eiskalt wurde, während sie langsam und widerstrebend begriff, daß alle ihre Dokumente möglicherweise nicht rechtsverbindlich waren.

»Wir erwarten gar nicht«, erklärte ihr Jimmy Rosemont, der nun sichtlich ungeduldig zu werden begann, »daß Sie uns unbesehen glauben. Aber wir würden hier nur unnötig unsere Zeit mit Debatten vertun, die völlig belanglos sind, weil wohl einzig und allein Ihre eigenen Anwälte Sie davon überzeugen können, daß wir recht haben. Lassen Sie sich von diesen darüber aufklären, wie die Dinge sich verhalten.«

»Das werde ich tun, Mr. Rosemont. Eines haben sie mir bisher schon klargemacht, nämlich, daß es Dutzende von Möglichkeiten für mich gibt, den Verkauf des Landes für lange Zeit zu blockieren, selbst wenn sich herausstellen sollte, daß dieses Gelübde rechtlich nicht durchsetzbar ist. Was ich allerdings so ohne weiteres nicht zu glauben bereit bin.«

»Damit zumindest haben Sie recht«, räumte Sir John ein. »Ich schätze mal, daß Sie mit cleveren Anwälten diese Sache gute zwanzig oder dreißig Jahre blockieren könnten. Aber Sie wissen auch, daß Sie am Ende eben doch verlieren würden, wie lange es auch dauern mag. Sie würden Ihr ganzes Leben für ein aussichtsloses Unterfangen verschwenden. Ganz zu schweigen von den immensen Anwaltskosten, die da über die Jahre auf Sie zukämen.«

»Das lassen Sie mal meine Sorge sein«, erwiderte Jazz, äußerlich ruhig, doch sie spürte in Wahrheit die Panik in sich aufsteigen.

»Eine Sorge, sehr richtig, Miss Kilkullen«, faßte Sir John sogleich nach. »Das wäre es in der Tat. Selbst für eine sehr reiche Frau. Während hingegen meine Freunde in Hongkong praktisch unerschöpfliche Mittel zur Verfügung haben und ihrerseits problemlos so lange warten können, wie es nun einmal nötig werden sollte. Sie werden niemals aufgeben, schon weil sie grundsätzlich immer langfristig denken, wie ich Ihnen bereits bei unserer ersten Zusammenkunft zu erläutern versucht habe. Ganz offen gesagt, der Gedanke allein, daß Sie, eine so charmante junge Frau, Ihr ganzes Leben deshalb ruinieren würden, betrübt mich. Wirklich.«

»Ich könnte mehr oder minder unbegrenzte Hypotheken auf das Land aufnehmen«, sagte Jazz. »Soviel ist es allemal wert, wie ich Ihnen gewiß nicht beweisen muß.«

»Ja«, warf Jimmy Rosemont zornig ein, »aber dann haben Sie am Ende nicht nur den Rechtsstreit verloren, sondern auch Ihr ganzes Erbe.«

»Glauben Sie nur nicht«, rief Jazz nun hitzig und in Bedrängnis, »daß ich in diesem Kampf allein stünde! Kalifornien ist voll von gut organisierten Gruppen, die bis zur allerletzten Instanz an meiner Seite streiten würden. Die Umweltschützer, die Wachstumsgegner und Befürworter einer langsameren Entwicklung, der World-Wildlife-Fonds und der Naturschutz...«

»Mit denen werden wir auch fertig«, erklärte Sir John mit seiner provozierenden Gelassenheit; er wußte ja, daß Liddy Kilkullen den Gouverneur persönlich in der Tasche hatte. Sehr klug von Jimmy Rosemont, dachte er, dieses Arrangement mit ihr. »Und wenn nötig, kriegen sie ein paar Happen von uns. Da ein paar hundert Hektar und dort, das tut niemandem weh. Sie werden staunen, wie zugänglich diese Baumfetischisten sind, wenn sie ein kleines Stück vom Kuchen abkriegen.« Wenn auch, dachte er im stillen, keine Hilfe von der Verwaltung eines Bundesstaates, der schon unter einem früheren Gouverneur der einst so mächtigen Küstenschutzkommission die Zähne gezogen hatte.

»Ich schlage vor, wir brechen auf, John«, sagte Rosemont, »ich erwarte noch ein wichtiges Telefongespräch.«

Sie erhoben sich. Ein Blick auf Jazz ließ es ihnen geraten erscheinen, ihr nicht zum Abschied die Hand zu reichen. Sie wandten sich wortlos um und gingen.

Jazz sank in ihren Schreibtischsessel zurück. Sie fühlte sich völlig erschlagen und besiegt. In ihrem Inneren schien etwas zu zerreißen. Einem letzten, verzweifelten Einfall folgend, sprang sie dann abrupt auf und rannte zur Tür. »Sir John!« rief sie ihm nach. »Was glauben Sie wohl, werden die Chinesen denken, wenn sie von dem Gelübde hören? Ich weiß auch, daß sie ganz unglaublich abergläubisch sind! Für sie würde es doch schlimmstes Unglück bedeuten, auf Land zu bauen, das durch ein Gelübde geschützt ist!«

»Kein schlechter Versuch!« bemerkte Jimmy Rosemont mit halb amüsiertem, halb höhnischem Lächeln.

»Stimmt schon, Miss Kilkullen«, pflichtete ihr jedoch Sir John wieder höflich bei. »Nur, wissen Sie, was ihr Geld anbelangt, da sind meine Freunde dort noch abergläubischer als hinsichtlich schlechter Vorzeichen. Ich glaube, sagen zu dürfen, dieses Risiko einzugehen sind sie gewillt. Ja, mehr noch: gehen sie freudig ein. Wissen Sie, wenn man eineinhalb Milliarden kommunistische Chinesen vor der Tür seines Hauses weiß, in dem man sein ganzes – und das ist nicht wenig – Geld verwahrt, hört jeder Aberglaube von selbst auf.«

21

»Zum zwanzigsten Mal, Fernie«, sagte Valerie, als sie auf die Hazienda Valencia zufuhren, »ich weiß auch nicht, warum Jazz mit uns reden will. Aber ich sah keine Möglichkeit, es ihr abzuschlagen, nachdem sie es so ungeheuer wichtig gemacht hat. Jimmy sagt, es steht außer Frage, daß sie dem Verkauf zustimmen muß, nur kann sie es endlos lange hinauszögern, wenn sie es darauf anlegt.«

»Ja, das mag ja sein«, brummte Fernanda, »aber du hättest ihr doch sagen können, sie soll zu uns ins Hotel kommen. Sie will schließlich etwas von uns. Wieso sollen wir bei ihr erscheinen? Außerdem wollten Georgina und ich heute nach Beverly Hills zum Einkaufen.«

Wenn sie alle erst wieder in New York wären, nachdem Jimmy diesen Verkauf seinen Wünschen gemäß erledigt hatte, könnten sie und Georgina einander so oft sehen, wie sie nur wollten. Sie würden sich ein kleines Apartment halten, in einem unpersönlichen, modernen Haus ohne Fahrstuhlführer, ungefähr in der Mitte zwischen ihren beiden Wohnungen, und sich dort unbehelligt treffen, sooft sie wollten, ohne sich um Personal, Ehemänner oder Telefonanrufe kümmern zu müssen.

Ein Schauer überlief sie bei dem Gedanken daran, wie vollkommen Georgina und sie zueinander paßten.

»Ist dir kalt?« fragte Valerie.

»Nein, nein.«

Valerie hatte rein gewohnheitsmäßig gefragt. Keine von Fernandas möglichen Antworten hätte sie irgendwie berührt. Dazu fühlte sie sich derzeit viel zu sehr im Einklang mit sich selbst. Ihr war schon die ganze Zeit so, als sei eine chronische körperliche Beschwerde von ihr abgefallen.

»Hat Mutter dich schon angerufen?« fragte Fernanda.

»Nur, um guten Tag zu sagen. Sie hatte gleich danach einen Termin mit einer Maklerin wegen eines Hauses, und das dauert wahrscheinlich länger, meinte sie. Gott sei Dank wohnt sie bei den Whites in San Clemente. Ich glaube, ich hätte ihr etwas angetan, wenn sie auch noch zu uns ins Hotel gezogen wäre.«

»Wirklich, sie tut immer noch so, als wären wir noch Kinder«, nickte Fernanda. »Mit ihren Ratschlägen und ihrem Drängen, daß wir den Verkauf zuwege bringen sollen, bevor der endgültige Testamentsvollstrecker bestellt ist. Als wollten wir nicht genau dies! Das erinnert mich immer daran, wie sie mich als kleines Mädchen nervte mit ihren ständigen Mahnungen, mich gerade zu halten. Überall und ewig tauchte sie auf wie aus dem Nichts, wenn ich gerade herumlag oder irgendwo zusammengekauert saß und las: ›Haltung, Fernanda, Haltung!‹«

»Hat sie zu dir irgend etwas über Vater gesagt?« fragte Valerie.

»Nicht ein Wort. An sich sollte man ja annehmen, daß sie, nachdem er ermordet wurde und die Kreaturen, die das getan haben, geschnappt sind, wenigstens eine Bemerkung darüber hätte fallenlassen, selbst wenn sie ihn verabscheut hat.«

»Sie ist immer noch zu verbittert. Das wird sie wohl ewig bleiben«, sagte Valerie. »Daran kannst du mal sehen, wie sehr sie ihn gehaßt haben muß. Ich habe manchmal darüber nachgedacht, wie es wohl gewesen wäre, wenn sie wenigstens einigermaßen freundlich zueinander geblieben wären nach der Scheidung... so wie zu uns, meine ich.«

»Uns hat er wohl geliebt«, sagte Fernanda langsam, »auf seine Weise. Mir war immer so, als habe er gar nicht anders gekonnt. Auf seine herrische, fordernde, rauhbeinige Art. Wie könnte ein Mann auch seine eigenen Kinder nicht lieben? Jedenfalls, für uns wäre es dann wahrscheinlich leichter gewesen. Nicht so... frostig. Dann hätten wir auch ein engeres Verhältnis zu ihm haben können, ohne gleich Mutter gegenüber illoyal zu werden.«

»Selbst zu den Zeiten, als ich ihn besonders abgelehnt habe«, sinnierte Valerie, »mußte ich doch immer einräumen, daß er... eine Persönlichkeit war. Man wußte einfach immer, er existiert. Es schien sogar, als würde er ewig leben.

Doch Mutter ließ ihn stets so... unfreundlich erscheinen. So unzugänglich. Sie hat uns immer angst vor ihm gemacht.«

»Das war nicht fair von ihr«, sagte Fernanda, und es klang erstaunt.

»Sag ihr das um Himmels willen nicht«, meinte Valerie trocken.

»Wozu auch? Jetzt ist es ohnehin zu spät. Warum also Ärger suchen?«

»Eben«, nickte Valerie. Es fiel ihr ein, daß dies tatsächlich das erste Mal seit seinem Tod war, daß sie miteinander über ihren Vater sprachen. Zunächst war da der Schock gewesen und die ganze Aufregung mit dem Begräbnis und der Testamentseröffnung und der Ankunft der Rosemonts und Sir Johns. Sie waren kaum jemals allein gewesen, um auch nur Gelegenheit zu einem solchen Gespräch zu haben. Sie hatten gar nicht wirklich Zeit gehabt zu trauern. Aber wie konnte man seinen Vater nicht betrauern? Es war ein gutes Gefühl, fand sie, mit Fernanda wieder einmal zu reden. Die vertraute Art, mit der sie einander früher immer verstanden hatten, ohne daß viele Worte nötig waren, hatte ihr wirklich gefehlt, dachte sie. Fernie mochte etwas verdreht sein, aber niemand konnte behaupten, sie sei dumm.

Sie fuhren in die Auffahrt mit ihren ausladenden Bäumen ein. Vor dem Hauptgebäude kam Jazz ihnen bereits entgegengelaufen und versuchte damit, die leichte Beklemmung zu überspielen, die sie alle drei angesichts der Tatsache empfanden, daß dies alles hier jetzt Jazz' Eigentum war.

Sie gingen ins Haus. Jazz bot einen Imbiß und Getränke an, doch Valerie lehnte ab. »Danke, nein, wir haben gerade eben gegessen. Worüber wolltest du mit uns reden?« fragte sie, betont kurz angebunden.

»Ach, wißt ihr, es soll eigentlich eher ein Spiel mit offenen Karten sein als ein förmliches Gespräch.«

»Was soll das heißen?« sagte Fernanda, die sofort mißtrauisch wurde. Sie war fest entschlossen, Jazz die kalte Schulter zu zeigen.

»Es soll heißen«, erklärte Jazz, »daß ich euch einen Vorschlag machen will. Wir reiten zusammen aus, und ihr hört euch an, was ich euch dabei erzählen möchte. Und wenn ihr danach absolut nichts damit anfangen könnt, unterschreibe ich euch, was immer ihr wollt, und wir können alle nach Hause gehen. In euren alten Zimmern ist noch euer ganzes Reitzeug.«

»Ausreiten? Was für ein idiotisches Spiel soll das sein?« protestierte Valerie sofort. Jazz war ihr nicht recht geheuer, wenn sie, wie jetzt, so entschlossen erschien, obwohl ihre Augen eigentlich ihre Müdigkeit verrieten.

»Nicht mehr, als ich sagte. Wir reiten zusammen aus und unterhalten uns ein wenig. Mein Gott, ihr wißt doch, daß ihr beiden die Zweidrittelmehrheit gegen mich darstellt und ich auf die Dauer keine Chance dagegen habe. Tut mir nur noch diesen einen Gefallen, und ich werde euch nie mehr um einen anderen bitten.«

Valerie überlegte rasch. Jimmy Rosemont hatte ihr versichert, bei seinem und Sir Johns Treffen mit Jazz vor ein paar Tagen sei nichts Entscheidendes gesagt worden. »Nicht mehr als ein kurzes Aufblinken auf dem Radarschirm«, waren seine Worte gewesen. Irgendwie hatte sie nun so ein Gefühl, als könne es nichts schaden, womöglich sogar sehr nützen, Jazz bei Laune zu halten, auch wenn dies offensichtlich – typisch – ein letzter, verzweifelter Versuch zu sein schien, ihnen in die Quere zu kommen. Aber schließlich betraf dieses Verkaufsproblem sie alle drei zusammen. Außerdem, ein wenig Übung im Reiten konnte nicht schaden.

»Also, meinetwegen. Komm, Fernie, ziehen wir uns um.«

Die letzte Woche war hart für Jazz gewesen. Steve Johnson und seine ganze Kompanie auf Grundstücksfragen spezialisierter Anwälte hatten sich in ihre Dokumente vertieft, nur um am Ende festzustellen, daß Jimmy Rosemont und Sir John Maddox recht gehabt hatten: Sie konnte den ganzen Rest ihres Lebens mit Prozessen vergeuden, das sogenannte Berggelöbnis aber war letzten Endes juristisch nicht verbindlich.

Diese Auskünfte ihrer eigenen Anwälte, gegen die wenig vorzubringen war, hatten bewirkt, daß sie sich mehr denn je in sich selbst zurückgezogen hatte. Sie hatte ihren vermeintlichen Triumph schon so ausgekostet, daß die Ernüchterung danach um so niederschmetternder war. Sie beschimpfte sich selbst als unsägliche Närrin, weil sie sich ihres Sieges so sicher gewesen war. Zorn und Wut auf sich selbst und auf die Situation gingen einher mit einer tiefen Traurigkeit, die es ihr kaum möglich machte, mit ihren verletzten Gefühlen und ihrer Enttäuschung noch zurecht zu kommen. Selbst mit Casey wollte sie nicht darüber reden.

Mehr noch, sie fühlte sich Casey zutiefst entfremdet. Er hatte die Dinge völlig unbewegt und gelassen aufgenommen, als hätte auch er nie etwas anderes erwartet. Er hatte das alles einfach hinter sich gelassen und akzeptiert. Natürlich war er nicht in der Position, sich die ganze Sache zu Herzen nehmen zu müssen. Was hatte er schon groß getan, seit sie sich an die Übersetzung dieses Briefes gemacht hatte – versucht, sie bei Laune zu halten, mehr nicht. Es gab ja auch gar keinen Grund, warum er sich ernsthaft hätte engagieren sollen. In seinem Leben war dies alles ja nicht mehr als eine Episode. Sein Zuhause war die Ranch nie gewesen, Mike Kilkullen war nicht sein Vater, und vor allem war nicht seine ganze Existenz untrennbar mit diesem Land hier verbunden. Wieso hatte sie also auf ihn bauen wollen?

Es war eine unsichtbare Wand zwischen ihnen entstanden. Eine ziemlich hohe sogar, wenn sie es recht bedachte, und eine ziemlich dicke. Eine Mauer aus unausgesprochenen

Empfindungen und nicht gestellten Fragen, unerwähnten Sorgen und nicht geäußerten Versicherungen! Und sie hatte jetzt auch nicht einmal mehr das Bedürfnis, daran zu denken, nein. Casey Nelson zu heiraten erschien ihr jetzt wieder genauso unrealistisch und absurd, wie es der bloße Gedanke daran an jenem Abend gewesen wäre, an dem sie sich zuerst begegnet waren! Außerdem hatte sie jetzt einfach nicht die emotionale Energie, sich damit zu befassen. Sobald er sich ihr zu nähern versuchte, wies sie ihn mit unnahbarer Kälte zurück und machte sich gar keine Mühe, ihre stumme Ablehnung und Gleichgültigkeit zu verbergen. Sie konnte ihn zwar nicht gut zu ihren Feinden rechnen, doch seine Liebe – oder was er als diese ansah – war jetzt nur noch Erinnerung.

Gestern mittag hatte es endlich aufgehört zu regnen, eine leichte Brise war aufgekommen, und es war warm geworden. Da hatte sie beschlossen, ein Stück aufs Meer hinauszusegeln und sich vom Rhythmus der Wellen trösten zu lassen. Doch jedesmal, wenn der Wind sie landwärts getrieben hatte, hatte sie sich der Erhabenheit des Portola Peak gegenübergesehen, und dann hatte sich ihr Herz zusammengekrampft im Gedanken an die drei Felsen dort oben und daran, wie wohl die Bulldozer über sie hinwegrollen würden, um den Berg niederzumachen, damit dort eine sanft ansteigende Fläche entstehen konnte und so die Aussicht für zwei Dutzend Wohnanlagen nicht blockiert wäre.

Sie war durchgeweht und mit einem Sonnenbrand zurückgekommen, aber fest entschlossen, einen letzten Versuch mit Fernanda und Valerie zu machen, von Angesicht zu Angesicht. Sie machte sich keine großen Illusionen darüber, daß sie sie umstimmen könnte, doch sie wollte sich zumindest später sagen können, daß sie nichts unversucht gelassen und auch ihre letzte Chance noch wahrgenommen hatte.

Schon vor Valeries und Fernandas Ankunft hatte sie einen der alten Vaqueros gebeten, drei Pferde zu satteln, für den

Fall, daß ihre beiden Schwestern tatsächlich auf ihren Vorschlag eingingen. Die beiden kamen gerade eben heraus und gingen auf die Ställe zu, in Jeans und Anoraks und ihren alten Reitstiefeln, die sie bei ihrem überstürzten Auszug nach dem Begräbnis mitzunehmen verschmäht hatten.

»Wo wollen wir denn hin?« fragte Fernanda.

»Hinaus über die *Bowl*, zum Hochland hinauf.«

»Was sonst«, sagte Valerie. »Die große Trumpfkarte unberührter Natur ausspielen, wie, Jazz?«

»Mehr oder weniger, ja. Kommt.« Sie ritt auf ihrer Limonada voraus, Valerie und Fernanda kamen hinterhergetrabt. Als sie den steilen Saum der *Bowl* hinter sich gelassen hatten, ließ sie ihre Stute flott traben. Wenn sie irgend etwas, dachte sie, mit ihren Schwestern gemein hatte, dann, daß sie alle drei den Reitstil der Vaqueros beherrschten. Sie trieb ihr Pferd noch etwas stärker an.

Ihr Ziel war eine einzeln stehende Sykomore auf einer Anhöhe, etwa acht Meilen entfernt, hoch oben und im Süden, von wo aus man einen besonders weiten, besonders eindrucksvollen Blick über das Land hatte, über die ganzen fünfundzwanzigtausend Hektar der Ranch hinweg. Die Stelle war weit genug vom Portola entfernt, um den Berg in seiner ganzen Größe vor sich zu haben. Die alte Sykomore stellte auf diesem fächerartig geformten Land, über das man auch einen ganzen Tag lang reiten konnte, ohne an seine Grenzen zu stoßen, eine Art natürlichen Mittelpunkt dar.

Als sie schließlich alle an der einsamen Sykomore angekommen waren, wollte Valerie sogleich wissen: »Also schön, Jazz, und was nun?«

Die Felder ringsum waren abgeerntet, und auf den Hochebenen, die noch ein wenig aussahen wie die kupferbraune Mähne eines Löwen, begann das neue Gras gerade erst zu sprießen. Darüber und über dem purpurnen Gipfel des Portola Peak schienen einige Wolken bewegungslos zu verharren. Gegenüber waren die weißen Gischtlinien der Brandung am Valencia Point noch zu sehen. Doch hören konnten sie sie hier oben nicht. Um sie herum war Stille. Die Welt war fern.

Jazz entfaltete eine Decke und breitete sie auf dem Boden unter dem Baum aus. »Setzen wir uns und machen es uns gemütlich.«

»Wird immer seltsamer«, murmelte Fernanda, ließ sich aber doch auf der Decke nieder.

»Sag jetzt nicht auch noch«, erklärte Valerie, »wie gut die Luft hier oben ist und daß ich ganz tief durchatmen soll! Beim Yoga-Kurs sind wir hier ja nicht.«

»Ich wollte euch hier haben, weil es die beste Stelle ist, um zu zeigen, was das Berggelöbnis alles einschließt und was nicht, ohne daß wir gleich hinauf zu den drei Felsen klettern müssen.« Jazz sprach so offen und entschlossen wie jemand, der nichts mehr zu verlieren hat.

»Berggelöbnis?« fragte Valerie.

»*Was* für Felsen?« fragte Fernanda, verständnislos dreinblickend.

»Was denn, ihr wißt das gar nicht? Sie haben es euch nicht mal mitgeteilt? Das geht doch nicht! Ich kann das gar nicht glauben!«

»Moment mal, Jazz. Du sagst, du hast Sir John und Jimmy etwas mitgeteilt, das sie uns nicht erzählt haben?« Valeries Stimme war scharf.

»Und ob ich das habe, verdammt noch mal! Gut, es ist juristisch nicht durchsetzbar, nicht verbindlich. Aber das ist doch noch lange kein Grund, es nicht einmal zu erwähnen! Dabei betrifft das euch beide genauso wie mich. Ihr habt genau die gleiche Abstammung wie ich!«

»Warte mal«, sagte Fernanda unvermittelt. »Vielleicht war das diese Sache, die Georgina erwähnt hat. Sie erzählte mir, Jimmy habe ihr gesagt, du hättest da eine merkwürdige Geschichte erzählt. Ein ›folkloristisches Ablenkungsmanöver‹ habe er es genannt, aber es sei nichts von Bedeutung, und daß er es nicht wichtiger machen wolle, als es sei.«

»Dieser unerträgliche Widerling! So ein arrogantes, hinterlistiges Aas!« schimpfte Jazz. »Einfach unmöglich so was. Es glatt zu verschweigen!«

Sie eilte wütend zu ihrer Satteltasche, um die Papiere zu holen, die sie nur für den Fall, daß Valerie und Fernanda irgendein Interesse daran zeigen sollten, mitgenommen hatte. Ihre Hände zitterten richtig, als sie sie ausbreitete – die Kopie des *diseño* und die anderen Papiere und die Fotos.

»Das gibt es doch nicht! Nicht einmal von dem Brief unserer Ururgroßmutter hat er etwas erwähnt? ›Folkloristisches Ablenkungsmanöver‹! Daß ich nicht lache!«

Valeries Ahnen-Interesse war erwacht. Da Jazz von vornherein erwähnt hatte, die Sache sei juristisch unverbindlich, konnte ja auch nicht viel passieren.

»Nun fang mal richtig von vorne an, Jazz, und hör auf, zu schimpfen und diese Papiere pausenlos durcheinanderzuwerfen, und erzähl uns lieber, was das eigentlich alles ist.«

»Nur wenn ihr mir versprecht, mich nicht zu unterbrechen.« Jazz sah auf einmal einen Hoffnungsschimmer am grauen Horizont aufblitzen. Ihr Vater hatte ihr oft, wenn sie im Archivraum zusammen waren, stückweise die Geschichte der Familie Valencia erzählt. Es gab aber keinen Anlaß, anzunehmen, daß er das auch mit ihren Schwestern gemacht hatte und sie mehr davon wußten als ein paar vage Einzelheiten.

Sie begann zu erzählen. Von ihrer ganzen, mühseligen Suche, davon, wie sie dann schließlich in Huntington dieses Dokument gefunden hatten, und von der Übersetzung des Gelübdes des Bernardo Valencia, mit dem er das seines Vaters Teodosio von 1806 erneuert hatte.

»Unser Ururgroßvater Michael Kilkullen«, sagte sie und deutete auf die Karte, »hat dieses Gelübde respektiert und sein Sohn desgleichen. Der Brief beweist es. Das genau ist nämlich der Grund, warum die Ranch nie verkauft oder geteilt und immer als Ganzes von einer Generation an die nächste weitergegeben wurde. Vater hat mir oft erzählt, daß er, schon als er noch ein Kind war, seinem Großvater immer hatte versprechen müssen, niemals auch nur einen Hektar Land zu verkaufen.«

»Das stimmt, ich erinnere mich auch daran, daß er das öfter gesagt hat«, meinte Valerie, beeilte sich jedoch gleich hinzuzusetzen: »Aber das ist schließlich nicht mehr als eine ganz altmodische Sicht der Dinge.«

»Ach, Val, nun tu mal nicht so«, wies Fernanda sie überraschend zurecht. »Immerhin ist das doch Familiengeschichte!«

»Jetzt habt ihr mich alle beide unterbrochen!« mahnte Jazz und fuhr mit ihrem Bericht fort. Sie erzählte von der Wanderung auf den Berg, der Suche nach den drei Felsen und von dem Tag ihres Gesprächs mit Jimmy Rosemont und Sir John.

Valerie musterte sie, als sie geendet hatte. »Wieso, Jazz«, fragte sie dann, »hast du uns hierher mitgenommen, wenn du doch glaubtest, wir wüßten das alles inzwischen?« Ihre Stimme war voller Zurückhaltung. »Worauf, mit anderen Worten, willst du hinaus? Sollen wir uns schuldig fühlen, daß wir das Falsche wollen? Daß wir uns an unserer Vergangenheit versündigen? Lieber Gott, dieses alte Gelübde wurde vor fast zweihundert Jahren abgelegt, zu einer Zeit, als es diesen Bernardo Valencia buchstäblich nichts kostete. Du weißt doch genausogut wie ich, daß heutzutage, in unserer modernen Welt, kein Mensch mehr auf eine solche Idee käme. Kommen könnte.«

»Val, ich habe keinerlei Absicht, euch irgendwelche Schuldkomplexe einzureden. Ich wollte lediglich, daß ihr etwas... spürt! Und ich wußte, der einzige Platz, wo das überhaupt möglich sein könnte, wäre dieser hier, mitten auf dem Land unserer Ranch, wo wir es rund um uns herum sehen können. Überblicken können. Nicht in einer Hotelsuite. Valerie, Fernanda, habt ihr jemals einen einzigen Gedanken auf die Tatsache verwendet, daß eben dieses Land hier, wenn es erst einmal verkauft ist, dann auch für immer weg ist? Unwiederbringlich? Eines der heute wertvollsten Besitztümer auf der ganzen Welt wird verschwinden, für immer, unter Hunderttausenden Quadratmetern Beton und Stein und Marmor! Seht euch mal um. Dieses Land hier ist unser Erbe. Und wenn es weg ist, kann es keine Macht der Welt zurückbringen. Wenn wir es aber nicht verkaufen, sind wir unermeßlich reich.«

»Mit reiner Phantasie kann man aber nichts bezahlen«, erklärte Valerie kühl.

Und Fernanda stimmte, fast weinerlich, ein: »Jazz, es ist doch genau andersherum. Dieses Land ist zuviel wert, um einfach darauf sitzen zu bleiben. Wir können es uns nicht leisten, es zu behalten.«

»Augenblick«, sagte Jazz und hob die Hand. »Damit wir uns nicht mißverstehen: Ich sage ja gar nicht, daß wir jedes letzte Fleckchen dieses Landes für uns selbst behalten müssen. Natürlich steht das nicht zur Debatte. Aber ich bitte euch, eine Alternative zumindest zu bedenken.«

Sie deutete nach Süden, wo jenseits der von der Zwillingsspitze aus übersehbaren Region sich meilenweit Hochebenen erstreckten. »Da drüben, in der Nähe der Küste, könnten wir drei zusammen eine ganz neue Stadt hinstellen. So eine Art urbanes Dorf. Für Zehntausende von Menschen. Am Ende könnten da vielleicht achtzigtausend Einwohner leben, umgeben von offenem, freiem, unverbautem Land. Das würde uns für die Zukunft ein ungeheures Einkommen sichern. Und die Wertsteigerung nähme von Jahr zu Jahr noch zu. Und ihr könntet auch noch stolz darauf sein, anders als bei Jimmy Rosemonts Plan, den er mir da neulich in eurem Hotel erläutert hat.«

»Was, bitte, ist an diesem Plan falsch, möchte ich gerne wissen?« fragte Valerie abwehrend.

»Ach, Valerie, komm! Ich mag dich ja nicht so gut kennen wie Fernanda, aber eines weiß ich mit absoluter Sicherheit: Du selbst möchtest doch da nicht einmal begraben sein!«

»Daß es ein Projekt ist«, erklärte Valerie und schüttelte entschieden den Kopf, »das mir persönlich möglicherweise nicht gefällt, ist doch überhaupt kein Argument. Das ist doch völlig gleichgültig. Der kommerzielle Wert bemißt sich doch nicht danach. Ich habe niemals gesagt, daß ich selbst da leben würde oder möchte. Meine persönlichen Ansichten, ich sagte es schon, spielen hierbei gar keine Rolle.«

»Ach so? Auch nicht, daß unser Name über dem Ganzen stünde? *Rancho Kilkullen* oder so, wie dieses Aas Rosemont vorschlug? Aber selbst wenn wir dem Ding einen anderen Namen gäben, glaubt ihr denn wirklich, alle Welt wüßte nicht dennoch, daß dies das Kilkullen-Familienland war, das bis auf einen spanischen Besitz-Titel zurückging und das die Kilkullen-Schwestern verscherbelt haben? Ein Stück amerikanischer Geschichte, das acht Generationen zurückreichte, verscheuert an Hongkong-Banker? Stellt euch mal die Geschichten darüber in der ganzen Weltpresse vor! Eine Jahrhundertstory! Denn darüber müßt ihr euch im klaren sein: Weltweite Publicity wäre uns sicher, aber ausschließlich negative, darauf könnt ihr jede Wette halten! Das wird uns den ganzen Rest unseres Lebens anhängen, und auch noch euren Kindern. Und wir drei wären das gefundene Fressen für die Medien.«

»Scheiße!« murmelte Valerie zwischen zusammengebissenen Zähnen hindurch, weil sie sich völlig bewußt war, wie recht Jazz mit alledem hatte.

Und Fernanda jammerte: »Du bist einfach schrecklich, Jazz!«

»Ja, Fern, ich weiß ja, es ist etwas nahezu Unwiderstehliches an so viel Geld. Es ist in der Tat eine verdammt große Versuchung. Meint ihr, das spüre ich nicht auch? Es ist praktisch völlig unmöglich, ihr zu widerstehen. Oder besser gesagt: der Vorstellung, es zu haben, dieses ungeheuer viele Geld. Nur, in Wahrheit würde es doch Karikaturen aus uns machen! Verrückte. Vater hat uns alle drei viel zu sehr geliebt, als daß er das hätte zulassen wollen. Nur, er hat eine absolute Katastrophe von Testament gemacht. Davon hat ihn seine Liebe zu uns leider nicht abhalten können.«

»Ach, weißt du«, seufzte Fern, »ich hab doch immer geglaubt, es sei etwas absolut Wundervolles, mehr davon zu haben!«

»Wieso?«

»Ach komm! Ich male mir die ganze Zeit schon aus, wie ich es ausgebe, dieses Geld! Es ist einfach toll und großartig, endlich eine Erbin zu sein. Und jetzt versuchst du, einem das alles mieszumachen! Und sogar wegzunehmen!«

»Aber nein! Das tue ich doch gar nicht! Wir sind in der Tat Erbinnen, das kann uns keiner mehr nehmen. Wir sind die einzigen noch lebenden Kilkullens. Daran ändert sich nichts, Fern. Vater schrieb in sein Testament, wie ihr wißt, er sei zuversichtlich, daß wir drei den richtigen Gebrauch von unserem Erbe machen würden. Er muß wirklich auf unsere Klugheit vertraut haben, auch wenn er es uns mit diesem Testament tatsächlich alles andere als leicht gemacht hat.«

Sie blickte ihre beiden Schwestern an und zwang sie geradezu, ihrerseits Blickkontakt mit ihr aufzunehmen, sich anzuhören, was sie sagte, und zuzugeben, daß sie recht hatte.

»Wenn ich daran denke, wie wichtig es ihm immer war, daß ihr immer wieder herkamt! Wenn ich daran denke, wie sehr er euch vermißte, wenn ihr nicht da wart in den Jahren, in denen ihr groß wurdet und so weit weg wart, und wie betrübt er jedesmal war, wenn ihr wieder abgereist seid, bricht es mir heute schier das Herz. Die einzige Gelegenheit, bei der er glaubte, wirklich einen Anspruch darauf zu haben, daß ihr kommt, waren die Fiestas. Sonst brachte er es niemals fertig, euch zu bitten. Er war zu stolz, seine wirklichen Gefühle zu zeigen, und es war ja auch eben diese Dickköpfigkeit, die ihn daran hinderte, jemals auch nur einen Fußbreit Boden zu verkaufen. Und nur wegen dieses seines speziellen Charakters, der manchmal zugegeben etwas schwierig war, sind wir doch heute die Erbinnen dieses großen, wunderschönen Stücks Kalifornien! Eines Teils des Landes, das mittlerweile geradezu unvorstellbar wertvoll geworden ist, einfach nur aufgrund seiner Lage! Alles, was wirklich zählt, ist, was wir damit beschließen anzufangen.«

Sie stand auf und warf die Arme weit auseinander, als versuche sie, Himmel und Meer und Berg und die frisch grünenden Hochebenen zugleich zu umfangen und es ihren Schwestern in seiner ganzen Frühlingsschönheit zu zeigen.

»Aber wir können der Welt auch sagen«, rief sie, »daß unser Erbe nicht zu verkaufen ist. Wir können beschließen, daß wir es nicht bis zum Äußersten ausbeuten müssen, um genug zu haben. Wir müssen es nicht an irgend jemand verkaufen. Wir können die Macht, die es uns gibt, selbst ausüben, hier und jetzt, und das Land, das sieben Generationen unserer Familie beschützt hat, nun selbst schützen! Wir können es klug und gut nutzen. Seht ihr es nicht? Spürt ihr es nicht?«

»Sieh mal, Jazz«, sagte Valerie zögernd, »ich kann nicht abstreiten, daß deine Tränendrüsen-Ansprache an sich gar nicht so dumm klingt. Aber es ist doch auch so, daß wir drei Weiber einfach überhaupt nichts davon verstehen, wie man plant und baut, schon gar eine ganze Stadt. Oder ein urbanes Dorf, wie du es genannt hast. Du bist keine Stadtplanerin, und wir sind es erst recht nicht. Keine von uns dreien hat auch nur die geringste Erfahrung auf diesem Gebiet. Also bist du letztlich nichts weiter als eine idealistische Träumerin, auch wenn sich die Idee ganz gut anhört.«

»Steht mal auf, alle beide! Los, kommt! Seht ihr da drüben, da im Süden diesen großen Brocken?« Sie deutete auf einen riesigen Findling, den ein Gletscher einst in der Ebene hinterlassen hatte.

Fernanda und Valerie taten ihr den Gefallen, standen auf und blickten zu dem Findling hinüber.

»Von diesem Felsen aus«, sagte Jazz, »überblickt man *mesas*, die sich weit hinziehen und auch reich bewaldet sind. Sie senken sich sanft bis zur Küste hinab. An die viertausend Hektar vielleicht, über den Daumen gepeilt. Und da könnte die neue Stadt hin. Von dem Findling aus in alle Richtungen außer nach Norden.«

»Aber Jazz«, rief Fernanda, »da sagen sich doch Fuchs und Hase gute Nacht. Wer soll da wohnen wollen? Das findet man ja nicht mal.«

»Das sieht nur so aus, Fernie. Unten in Richtung Küste stößt es fast direkt an den Pacific Coast Highway, von dem es trotzdem durch einen Streifen Wald und Dickicht getrennt ist. Ich reite nun schon jahrelang über die ganze Ranch, aber mehr als ein paarmal bin ich gar nicht bis dorthin gekommen. Selbst wenn das dort alles bebaut wäre, blieben immer noch über zwanzigtausend Hektar für die Viehzucht.«

»Und welches Einkommen«, wollte Valerie wissen, »würde uns deine Stadt da bringen?«

»Zunächst gar keines. Aber später dann viele Millionen pro Jahr. Wenn nach und nach immer mehr Wohnungen gebaut sind, immer mehr Läden und Geschäfte. Damit wächst dann unser Einkommen. Die Menschen, die da leben würden, müßten nicht mehr jeden Tag Stunden mit der Fahrt zu ihrer Arbeit und wieder nach Hause zubringen. Es gäbe genügend Arbeit an Ort und Stelle für jeden, der das will.«

»Klingt ein wenig sehr... gewöhnlich, wenn du mich fragst«, meinte Fernanda leicht enttäuscht. »Du hast etwas von urbanem Dorf gesagt, und jetzt stellt sich heraus, du meinst einfach nur etwas, was für Orange County längst typisch ist. Schlafstädte und Bürohäuser.«

»Sicher, natürlich ist es Orange County«, sagte Jazz. »Aber ›typisch‹? Nein, Fernie, ›typisch‹ ganz und gar nicht.«

»Inwiefern ist es denn nicht typisch?« setzte Valerie nach, die sich nicht mehr zurückhalten konnte.

»Gute Frage«, lachte Jazz befreit. »Hättest du sie nicht gestellt, hätte ich sie von mir aus ohnehin beantwortet.« Sie war nun sehr zuversichtlich. Allein diese Frage aus Valerie herauszubekommen, war schwieriger gewesen, als Woody Allen laut lachen zu hören; und wenn das kein Türöffner war...

Sie sprach rasch, lebhaft und mitreißend. Sie malte ihr Bild mit den schnellen, kräftigen Strichen eines geübten Planers, der die großen Linien zieht, da und dort aber auch bereits einige wichtige Details einsetzt.

Als sie mit ihrer Erläuterung fertig war, versanken sie alle drei in nachdenkliches Schweigen. Die Faszination der Idee hatte sie alle drei gefangengenommen; für Valerie und Fernanda war es die erregende Entdeckung einer gänzlich unerwarteten, neuen Perspektive.

Sie starrten alle drei vor sich hin, ohne Blicke miteinander zu wechseln, bis Valerie schließlich zu reden begann.

»Eines ist sicher, Jazz. Du hast diese ganze Sache nicht zu Ende gedacht, wie ich das tun würde. Beispielsweise kannst du, wenn da so viele Leute leben sollen, nicht einfach keine Geschenkläden vorsehen. Jeder nur einigermaßen anständige Geschenkladen wäre eine Goldgrube, wenn du nur mal an all die Babys denkst, die da im Laufe der Zeit natürlich zur Welt kämen. Und dann brauchst du außerdem, verdammt noch mal, auch ein paar gute Käseläden und Feinkostgeschäfte und einen schicken Blumenladen. Die Leute wollen ja auch feiern und Gäste einladen. Und hast du dir nie überlegt, daß selbst heute bei weitem nicht alle Leute nur in Turnschuhen herumlaufen? Also brauchst du auch einen ordentlichen Schuhmacher, wenn du nicht willst, daß die ganze Stadt mit schiefgetretenen Absätzen herumläuft und mit losen Sohlen.«

»Mein Gott, du hast selbstverständlich recht, Valerie!« rief Jazz überschwenglich und umarmte Valerie leidenschaftlich. »Du siehst, wir könnten ohne dich gar nicht auskommen.«

»Und wo sind deine Teestuben?« gab Fernanda drein, »und deine Cafés und Espresso-Bars?« Sie schniefte leicht auf. Ha! Jazz mochte ja ganz smart sein, aber ganz gewiß hatte sie eine Menge vergessen! »Es geht überhaupt nichts über eine gute Tasse Tee, wenn man gerade eine nötig hat! Außerdem bestehe ich darauf, daß auch ein Segelhafen dabeisein muß. Schließlich wollen diese ganzen Leute da auch mal aufs Meer rausfahren mit ihren Booten. Du sagst, die Küste soll unangetastet bleiben... wie denkst du dir das? Du kannst doch nicht einen Haufen Häuser mit dem tollsten Blick aufs Meer hinstellen und erwarten, daß keiner den Wunsch hat, sich ein Boot zuzulegen und rauszusegeln?«

»Nein, das können wir wirklich nicht machen, Fernie!« rief Jazz aus und umarmte nun alle beide zugleich und drückte sie an sich und sprang auf und nieder, und alle drei lachten und lachten und weinten auch ein wenig zusammen, teils aus dem puren Überschwang der Gefühle heraus, teils weil sie sich alle drei zum ersten Mal in ihrem ganzen Leben wirklich wie Schwestern fühlten.

»Und wer«, fragte Fernanda, als sie durch das Tor der Hazienda nach Hause fuhren, »bringt es Mutter bei?«

»Ich schlage dich vor«, lachte Valerie. »Du hast doch ohnehin immer Schwierigkeiten mit ihr. Da macht das bißchen auch keinen Unterschied mehr.«

»Ich kann mich beherrschen, hör mal. Du bist die Ältere! Da mußt du auch die Verantwortung tragen.«

»Am besten gehen wir zusammen. Wir könnten ihr natürlich auch einen kleinen Zettel schreiben und dann schnellstens für mindestens einen Monat außer Landes gehen.« Valerie verspürte ein seltsames, neues Gefühl, das sie noch gar nicht recht analysieren konnte.

»Oder lieber gleich für ein Jahr.«

»Ach was«, raffte Valerie sich auf, »ich hab doch keine Angst vor Mutter, auch wenn du welche hast. Ich sag's ihr schon.«

»Glaubst du etwa, ich würde mich nicht trauen? Ich mach es!« Und Fernanda blies mit Entschlossenheit ihre Haarsträhne aus dem Gesicht.

»In Ordnung. Und ich schaue zu.«

»Du Miststück, hast du mich also wieder mal reingelegt!« Fernanda beugte sich hinüber und küßte Valerie auf die Wange. »Als wenn ich nicht genau wüßte, daß du das immer schon so gemacht hast!«

»Das ist eben mein Geheimnis, hinter das du nie kommen wirst. Aber nun mal im Ernst, Fernie. Wir müssen ihr natürlich irgend so eine Apanage aussetzen. Wir haben schließlich immer gewußt, daß sie das erwartet, wenn es mal soweit ist.«

»Wieso, wo wir auf Jahre hinaus keinen Penny Profit sehen werden?« protestierte Fernanda.

»Schon, aber irgendwas müssen wir wohl für sie tun. So ein klein wenig.«

»Ein sehr kleines Kleinwenig aber nur! Ein Taschengeld, eine Anerkennung. Schließlich hat sie doch seit Ewigkeiten ihr Haus in Marbella! Es ist doch nicht so, daß sie am Hungertuch nagt, oder? Diese Absicht, nach San Clemente zu ziehen, ist doch wirklich nur so eine Schnapsidee, oder?«

»Da bin ich durchaus deiner Meinung«, pflichtete Valerie ihr bei. »Das bedeutet dann natürlich andererseits auch, daß sie weiterhin regelmäßig nach New York kommen muß, um ihre Kleider zu kaufen. Da ist sie dann gezwungen, bei dir zu wohnen.«

»Was meinst du mit gezwungen?«

»Na, weil ich nicht mehr da bin. Ich ziehe nach Philadelphia!«

»Was? Aber Valerie, das meinst du doch nicht im Ernst! Das ist doch immer nur so eine Art gedankliche Zuflucht, wenn du von New York gerade mal wieder die Nase voll hast. Aber doch nicht in Wirklichkeit!«

»O doch! Wirklich, Fernie, aus ganzem Herzen! Es ist mir endlich klargeworden, daß ich das wirklich will, immer wollte. Nur daß ich früher dabei immer auch daran gedacht habe, in New York das Gesicht nicht zu verlieren, so blöd das klingt. Aber nun ist das kein Thema mehr. Ich glaube, New York impft einem so was ein. Aber so... jetzt...«

»Du weißt ja, wer gesagt hat: Da wär ich doch lieber in Philly?«

»Nein, wer? Aber wer immer es war, ich bin ganz seiner Meinung.«

»W. C. Fields! Auf seinem Grabstein«, kicherte Fernanda.

»Ach, weißt du, der arme Teufel hatte wahrscheinlich einfach keine Familie dort oder gute Freunde«, sagte Valerie mit einem heiteren, zufriedenen Lächeln, das aus ihr eine sehr hübsche, anmutige Frau machte.

»Aber du wirst mir fehlen, verdammt noch mal! Was mache ich denn da ohne dich?«

»Wir können ja genausooft wie bisher telefonieren. Und du kannst mich besuchen kommen, oder ich komme auf ein paar Tage zu dir... mein Gott, es liegt doch nur eineinhalb Stunden auseinander.«

»Ja, und doch liegen eine Million Meilen dazwischen.«

»Das ist ja eben der Grund, warum ich hinziehe! Ach, es wird der Himmel auf Erden sein, sich in Philadelphia so richtig zu entspannen und zu erholen! Es ist dort einfach so herrlich gemütlich! Sobald die Wohnung in New York verkauft ist, nehme ich das Geld, suche mir ein *perfektes* Haus – ich weiß ganz genau, was ich für eines haben will –, lege die Beine auf den Tisch und mache mein Haar auf und treffe alle meine alten Freunde, noch bevor ich ans Umdekorieren gehe. Oder vielleicht dekoriere ich es auch überhaupt nicht neu. Vielleicht laß ich nur einen neuen Anstrich machen. Das ist eher typisch für Philadelphia. Herrlich!«

»Ja, und was ist mit Billy?«

»Der hat das schlicht und ergreifend zu akzeptieren, fertig. Lange genug ist es nach seinem Kopf gegangen. Er muß eben seine Gewohnheiten ändern, wenn er mitkommen und mit mir verheiratet bleiben will, und das will er ja, das weiß ich. Und wenn nicht – bitte, dann leben wir eben getrennt, und damit komme ich gut zurecht.«

»Richtig!«

»Er ruft mich ja tatsächlich regelmäßig zweimal pro Tag an. Der arme Kerl ist buchstäblich hilflos ohne mich, und das weiß er auch ganz genau. Ich glaube nicht, daß er Schwierigkeiten macht, wenn er erstmal begriffen hat, daß es mir wirklich ernst ist. Weißt du, Fernie, ich habe jetzt ein tolles Selbstbewußtsein. Ist das nicht phantastisch, was einem diese Gewißheit, sehr reich zu sein, selbst wenn es noch eine gute Weile dauert bis dahin, für eine Sicherheit gibt? Reich zu sein und mächtig?«

»Na ja, alles eine Sache der Einstellung«, sagte Fernanda nachdenklich. »Du hast das schon richtig in dir.«

Während sie Valerie zugehört hatte, war ihr klargeworden, daß es eigentlich gar nichts gab, was sie sich noch wünschte und was sie nicht ohnehin schon gehabt hätte. Lange Zeit war sie ganz wild darauf gewesen, unermeßlich reich zu sein, aber eigentlich nur, das wurde ihr nun bewußt, weil sie sich vor dem Altwerden gefürchtet hatte, ohne eine Kompensation dafür zu sehen. Wie hatte sie je glauben können, junge Männer seien diese Kompensation? Oder überhaupt Männer? Georgina. Ihre Georgina...! Sie hätte gerne Valerie von Georgina und sich erzählt, aber sie wußte, daß das natürlich nicht möglich war. Jedenfalls jetzt nicht. Auf Jahre hinaus noch nicht. Womöglich überhaupt niemals.

»Ich bringe es auch Jimmy und Sir John bei«, meldete sie sich dann plötzlich freiwillig, mitten in ein langes Schweigen hinein.

»Nein, nein. Das lasse ich mir denn doch nicht entgehen! Das sagen wir ihnen zusammen. Ich kann es gar nicht erwarten, Jimmys Gesicht zu sehen. Der mit seinen Tricks und Lügen! Ich möchte nicht wissen, wie groß sein Anteil an dem Kuchen sein sollte, nachdem er sich derart für den Deal ins Zeug gelegt hat! Das Schlimmste ist ja, daß er beinahe damit durchgekommen wäre! Wenn ich jetzt über seinen Plan nachdenke – weißt du, Fernie, ich sage es dir jetzt mal ganz ehrlich, so wie niemandem sonst, mir hat das Projekt noch nie gefallen, diese Monte-Carlo-Geschichte. Aber ich habe mich von ihm da hineinreden lassen. Wir waren wirklich bescheuert. Es ist unverzeihlich.«

»Von ihm oder von uns?«

»Von beiden«, sagte Valerie mit voller Überzeugung.

»Tja...« Fernandas übliches, schadenfrohes Katzenlächeln spielte um ihre Mundwinkel. Jimmy Rosemont war so unendlich und unheilbar verabscheuungswürdig! Auch sie konnte es kaum erwarten, sein Gesicht zu sehen, wenn sie ihm eröffneten, daß sie nicht verkaufen wollten. Daß sie übereingekommen waren, den vorläufigen Verwalter zu entlassen und das Verfügungsrecht gemeinsam zu übernehmen, sie, die drei Schwestern. Georgina hatte ja immer schon durchblicken lassen, sie finde Jimmys Plan bestenfalls... vulgär. Sie würde sehr zufrieden sein zu erfahren, daß sie nun alle dagegen waren, zumal diese herbe Enttäuschung sicherlich sogar Jimmys unersättliche Libido für ein paar Monate lahmlegen würde.

»Sag mal, Val, würdest du mich für übergeschnappt halten, wenn ich dir sagen würde... ach, vergiß es.«

»Na was, komm schon, du sagst es mir ja am Ende doch.«

»Also, es ist... irgendwie, weißt du, habe ich meine Meinung über Jazz geändert. Ich mag sie jetzt. Sehr sogar.«

»Ja, ich auch. Weißt du, man muß jemanden einfach mögen, der es fertigbringt, einen davon zu überzeugen, eine schnelle Milliarde einfach auszuschlagen und sich auch noch gut dabei zu fühlen.« Valerie konnte ein Schmunzeln über sich selbst nicht unterdrücken.

»Nun ja, nicht eine ganze Milliarde«, gab Fernanda zu bedenken. »Nicht nach Steuern!«

»Ach, Pfennigfuchserei! Ich beanspruche den Ruhm, die Vornehmheit und Klugheit besessen zu haben, eine Milliarde auszuschlagen und keinen Pfennig weniger!«

»Ich bin stolz darauf, daß sie meine Schwester ist, und ich finde es wahnsinnig aufregend, daß wir zusammen dieses... Dings... urbane Dorf bauen... Wir zwei, weißt du, haben uns aufgeführt wie kleine Kinder und immer nur die Feindin in ihr gesehen, die Rivalin, wie eh und je. Dank unserer lieben Mutter. Schämst du dich nicht auch jetzt, wie wir ihr immer mitgespielt haben? Himmel, waren wir gemein zu ihr. Weißt du noch, was wir ihr alles angetan haben? Wir waren schon zwei so richtig gemeine Luder, weißt du.«

»Sollen wir's ihr nicht sagen? Daß es uns leid tut?«

»Das brauchen wir gar nicht. Sie weiß es längst.«

»Schon. Aber ich will es ihr auch ausdrücklich sagen. Eines Tages, irgendwann. Wenn sich der rechte Moment ergibt. Ich finde es auch schön, daß sie und Casey sich gekriegt haben, ehrlich. Ich wußte es ja schon lange. Ich hab das vom ersten Abend an kommen sehen, wirklich. Daß sie den nie mehr losläßt. Du weißt aber auch, was das bedeutet, nicht? Daß wir spätestens in ein paar Wochen wieder hergeflogen kommen müssen. Zur Hochzeit.«

»Also wirklich, Val! Das klingt ja, als sei es eine Beschwernis für dich. Wird doch wunderschön sein! Hochzeiten rühren mich sowieso immer so an. Und außerdem, vergiß nicht: Wir sind schließlich ihre Familie. Sonst hat sie doch keine; nur noch uns.«

22

Jazz ging Casey suchen, sobald Valeries Wagen verschwunden war. Doch Joe Winter sagte ihr, er sei geschäftlich nach Los Angeles hinaufgefahren, während sie ausreiten war, und komme wohl erst spätabends zurück.

»Wissen Sie vielleicht, wo ich ihn erreichen kann?«
»Keine Ahnung.«

Da sie fast platzte vor Ungeduld, die wunderbare Neuigkeit jemandem mitteilen zu können, aber auch nicht Joe Winter vor Casey informieren wollte, rief sie Red an. Sie hatte sie in letzter Zeit wirklich sträflich vernachlässigt, aber Red war bereit, sich mit ihr gleich zum Abendessen in Newport Beach zu treffen. Dort sprudelte Jazz die ganze Geschichte heraus, mit solchem Überschwang, daß Red nicht viel mehr tun konnte, als stumm zuzuhören und allenfalls gelegentlich wortlos zustimmend zu nicken. Erst gegen Ende des Essens versiegte Jazz' Redestrom allmählich.

»Und du, was hast du gemacht?« fragte sie noch.
»Ach, ich habe alle die Bücher gelesen, die ich schon immer mal lesen wollte. Ich habe mehr oder minder edle Gedanken gedacht, lange Spaziergänge gemacht, eisern was für meine Figur getan, Musik gehört, ein wenig getöpfert, Essiggurken eingelegt...«
»Ist nicht wahr.«
»Alles wahr, bis auf die Essiggurken. Ich habe mich langsam wieder an das Leben ohne Mike gewöhnt. Was bleibt mir auch anderes übrig, nicht? Das Leben geht nun mal weiter. Mir ist es ganz gut gegangen, Jazz, mach dir keine Sorgen.

Natürlich nicht großartig, aber ich war auch nicht in bodenlosem Elend versunken. Und es wird von Woche zu Woche schon wieder besser. Zuweilen gehe ich mit Freunden zum Essen aus oder lade welche zu mir ein. Mit Gregory übrigens habe ich neulich mal gegessen, als er hier war...«

»Welcher Gregory?«

»Na, du bist gut. Gregory Nelson natürlich, dein zukünftiger Schwiegervater!«

»Er war hier?«

»Jazz! Wo lebst du eigentlich?«

»Das weiß ich auch nicht mehr so recht, ehrlich. Auf einem Kreuzzug womöglich. Ich fühle mich tatsächlich so ein wenig wie ein mittelalterlicher Ritter auf der Suche nach dem Heiligen Gral, oder so. Wenn er ihn nach hundert Jahren schließlich gefunden hat, sind alle, die er je kannte, längst gestorben, und niemand mehr erinnert sich auch nur an ihn oder daran, warum er auszog.«

»Nun ja, es ist kaum mehr als ein Monat gewesen. Und ganz vergessen bist du ja noch nicht«, lächelte Red.

»Ja, aber ich hatte keine Ahnung, daß Caseys Vater hier war!«

»Er war auch nur kurz geschäftlich auf einen Tag oder so da und rief dann zufällig an.«

»Zufällig? Woher wußte er denn deine Nummer?«

»Casey wird sie ihm wohl gegeben haben. Jazz, das war lediglich ein gemeinsamer Lunch. Wir sind schließlich Bekannte, über dich und Casey!«

»Lunch, wie?« sagte Jazz mit wachsendem Interesse. »Wieso eigentlich klingt *Lunch* immer so viel bedeutsamer als *Dinner*?«

»Also, nun fang bloß nicht mit so was an!« warnte Red.

»Schon gut, schon gut. Viel zu früh für solche Gedanken.«

»Ganz recht«, bestätigte Red.

»Ich weiß auch nicht, was da über mich gekommen ist.«

»Ich akzeptiere deine Entschuldigung«, sagte Red.

»Wo wart ihr denn? Worüber habt ihr geredet? Ist er tatsächlich so nett, wie er mir erschien? Triffst du ihn wieder?«

»Jazz!«

»Reine Neugier. Ich kenne ihn doch praktisch noch gar nicht. Ich bin ihm ein einziges Mal begegnet. Aber ich meine, was sollte ich dagegen haben, wenn du wieder einen neuen Freund... ich meine, du hast schließlich selbst gerade gesagt, das Leben geht weiter...«

»Jetzt mach aber, daß du nach Hause kommst, ehe ich dir eins auf die Nase gebe.«

»Schon gut, schon gut, ich bin ja schon weg.«

Sie kam gegen neun Uhr zur Hazienda zurück und eilte sofort in die Küche, wo sie das Licht brennen sah. Doch dort stand nur ein Topf Chili auf dem Herd, mit einem Zettel von Susie, daß sie es, ehe sie nach Hause gegangen sei, nur für alle Fälle warmgestellt habe. Obwohl offenbar neuerdings in diesem Hause kein Mensch mehr etwas esse.

Keine Nachricht von Casey. Keinerlei Lebenszeichen aus seinem oder sonst einem Zimmer im ganzen, großen Haus. Keine Blumen in den Vasen, kein Kaminfeuer im Wohnraum, wo die schweren, massiven spanischen Möbel im Halbdunkel aufschimmerten. Sie öffnete die Tür zur Veranda, doch selbst draußen im Freien schienen die Laute der Nacht, das leise Rascheln der Blätter und das Sternenzelt des Himmels über ihr weiter weg zu sein als gewöhnlich; nicht feindselig, aber doch so, als hätte das alles nichts mit ihr zu tun.

Sie setzte sich in der Küche auf einen Stuhl und dachte über einige Dinge nach, die ihr auf einmal ganz ominös erschienen. Caseys Vater war hiergewesen, hier in Kalifornien, und Casey hatte kein Wort davon erwähnt. Er selbst war nun schon zum wiederholten Male in dieser Woche den ganzen Tag in Los Angeles, und sie hatte das bis jetzt überhaupt nicht richtig wahrgenommen. Heute war er sogar einfach fortgegangen, ohne ein Wort zu sagen oder sich auch nur zu verabschieden. Des öfteren hatte er in letzter Zeit in einem der Gästezimmer geschlafen, sie wußte nicht mehr genau, wie oft. Sie hatte sich auch gar nicht darum gekümmert.

Casey. Jeden Schritt auf der Suche nach den drei Felsen hatte er mit ihr gemeinsam getan. Und sie, was hatte sie ihm dafür gegeben? Sie war einfach über ihn hinweggetrampelt. Sie hatte ihren ohnmächtigen Zorn über die Auskünfte ihrer Anwälte an ihm ausgelassen. Sie hatte sich überhaupt aufgeführt, als sei er daran schuld, daß sie in dieser Sache den kürzeren gezogen hatte. An ihrer Niederlage hatte sie ihn nicht teilhaben lassen, nur an ihrem anfänglichen Triumph. Er hatte wohl gewußt, daß man seine Siege mit jedem Beliebigen feiern konnte, sich aber bei Niederlagen immer nur an jemanden wandte, der einen liebte.

Wieso hatte sie Casey so völlig aus ihrem Leben verdrängt, gerade als sie ihn am nötigsten gebraucht hätte?

Sie saß in der dunklen Küche und merkte, wie ihr auf einmal Tränen aus den Augen liefen, und sie versuchte, sich selbst zu verstehen. Und ganz allmählich, nur sehr zögernd und widerstrebend, kam ihr die schmerzliche Einsicht, daß sie noch immer, obwohl sie sich doch allmählich für erwachsen hielt, diese Scheu hatte, sich jemandem ganz hinzugeben und anzuvertrauen, jemanden als wirklichen Lebenspartner zu akzeptieren. Nun ja, Casey hatte sie natürlich nicht enttäuscht – noch nicht –, aber was, wenn? Wenn es mit ihm am Ende ebenfalls nichts wurde? Wie schon einmal zuvor? War es da nicht besser, sich von ihm zu trennen, solange es noch möglich war?

Andererseits, was war das eigentlich für ein Leben, wenn man nicht fähig war, sich jemandem voll anzuvertrauen, der zu einem gehörte; jetzt, da ihr Vater tot war? Sollte man, mußte man nicht einfach das Risiko eingehen? Selbst auf die

Gefahr hin, daß es schiefging? Statt auf ein Leben zuzumarschieren, in dem man allein auf sich selbst zählen konnte? Wollte sie es wirklich zulassen, sich wegen der Schatten der Vergangenheit jeder Chance auf eine andere Zukunft zu vergeben?

Sie stand entschlossen auf. Sie hatte sich selbst eine Menge Fragen gestellt und wenige Antworten gegeben. Aber es war genug Seelendokterei für heute. Im Augenblick war etwas ganz anderes wichtig. Wo hatte Casey sein Faxgerät stehen?

Eine Stunde später, als Casey schließlich zur Haustür hereinkam, brannte nur ein Licht im ganzen Haus, in der Küche. Er ging hinein. Jazz stand am Herd und rührte in einem Topf.

»Was, in aller Welt, machst du denn da?« fragte er verwundert.

»Ich wärme das Chili hier auf. Ich dachte, du möchtest es vielleicht, wenn du kommst.«

»Ich hab schon vor Stunden zu Abend gegessen«, sagte er mechanisch.

»Wieso, hast du nicht immer vor dem Schlafengehen Hunger? Ich schon.«

Sie huschte rasch vom Herd weg. Sie bot einen sehr seltsamen, verwirrenden Anblick. Wie in einem alten, romantischen Melodram. Sie trug ein langes, weißes Chiffonkleid, das um sie herumwogte, als sie sich hastig bewegte, als ob sie tanzte. Eine Schulter war frei, von der anderen flatterte ein langes Tuch des gleichen, hauchdünnen Stoffes, wie der Flügel eines vorüberwallenden Engels.

»Was zum Teufel...?«

Jazz' goldfarbene Augen weiteten sich angesichts seiner Überraschung, und sie schüttelte ihre üppige Haarpracht so heftig, daß sie bis in die Spitzen flirrte und wogte.

»Das hier ist mein Kleid von Madame Grès, erkennst du es denn nicht? Dasselbe, das du damals ruiniert hast! Jetzt ist es wieder perfekt. Ich mußte es nach der Fiesta nach Paris schikken. Es gibt nämlich nur noch ganze vier Menschen auf der Welt, die ein Kleid wie dieses reinigen und reparieren können, und sie sind alle vier in Paris. Es kostete sie monatelange Arbeit; es war zwar nicht gerade so schwierig wie die Restaurierung der Mona Lisa, aber immerhin...«

»Ja, ja, ja! Und aus welchem Grund, bitte, trägst du es jetzt zum Kochen?«

»Du könntest wenigstens raten. Nein? Auch gut, dann muß ich es dir eben sagen. Wenn du mir jetzt wieder das Chili darüberschüttest – wie du es mit Sicherheit tun wirst, weil du ganz zweifellos gar nicht anders kannst! –, dann werde ich nur anmutig lächeln, ganz wie man es von einer Lady erwartet, und werde lediglich sagen: ›Oh, aber das macht doch nichts, Darling! Überhaupt nichts. Vergiß es, denke gar nicht mehr daran! Schließlich ist es ja kein neues Kleid.‹«

Und sie machte sich voll übertriebenen Eifers wieder am Herd zu schaffen, um das Chili weiter umzurühren.

Casey ging entschlossen auf sie zu und faßte sie an den Schultern. »Leg auf der Stelle diesen Kochlöffel weg.«

Sobald sie es gehorsam getan hatte, drehte er sie zu sich herum und nahm sie einige Schritte rückwärts mit sich, bis sie weit genug vom Herd entfernt waren.

»So. Was also stellt das alles hier vor?« Offensichtlich hat ihr der ganze Streß zugesetzt, dachte er. Er hätte sie nie alleinlassen dürfen. Wieso hatte er das nicht kommen sehen?

»Nun«, sagte Jazz leichthin und scheinbar völlig beherrscht, »ich bin zu der Überzeugung gekommen, die einzige Möglichkeit, die Dinge mit dir in Ordnung zu bringen, ist, noch einmal von vorne anzufangen.« Ihre Augen verrieten ihre innere Unruhe. »Und da hier dieses wunderbare Chili steht und ich dieses unbezahlbare Kleid habe, das ich so gut wie nie trage, dachte ich mir eben, wieso soll ich eigentlich Casey nicht beweisen, daß ich ein viel besserer Mensch bin, als er glaubt? Taten sagen mehr als Worte, sagte ich mir, und wenn er das Chili wieder verschüttet oder es mir vielleicht sogar hinterher wirft, so wie beim ersten Mal, um meine Aufmerksamkeit zu erregen, dann stelle ich mich einfach souverän darüber. Du mußt gar nicht so schauen, als ob ich übergeschnappt wäre. Ich bin vollkommen normal.«

»Ich habe es dir nicht *hinterhergeworfen*!«

»Gut, ich glaube es dir. Oder noch besser, ich glaube, daß du es glaubst. Was ja letztlich aufs selbe hinausläuft. Also, sagen wir, es wird stets zwei verschiedene Versionen derselben Episode geben, und beide sind wahr.«

»Lieber Gott«, sagte Casey und schickte einen Blick zur Decke, »laß nicht zu, daß die Frau mich zum Wahnsinn treibt!«

»Aber Schatz«, entgegnete Jazz bockig, »ich *muß* etwas Besonderes tun, um dir zu beweisen, daß ich ein besserer Mensch bin!«

»Ich will gar keinen besseren Menschen, ein besserer wäre ein ganz anderer Mensch. Ich will die alte, unüberarbeitete Fassung. Die ganz und gar unmögliche.«

»Aber immerhin willst du mich, ja? Und da bist du dir auch ganz sicher? Und so wie ich mich benommen habe, hast du dir nicht überlegt, ob es nicht doch vielleicht besser wäre, sich die ganze Sache noch einmal durch den Kopf gehen zu lassen? O Casey, ich weiß, ich habe mich schlecht zu dir verhalten, kalt und unfair und gleichgültig und alles. Ich habe Angst gehabt, daß dich das vielleicht vergrault hat. Hätte ich nicht dein immer noch angeschlossenes Fax entdeckt, hätte ich wirklich angenommen, du hast genug von den Wechselbädern, die ich dir verpaßt habe.« Sie sah ihn prüfend und unsicher an.

Casey schüttelte verständnislos den Kopf. Sie war offensichtlich tatsächlich übergeschnappt. Wenn das nur nicht ansteckend war! Ein Fall in der Familie war genug.

»Paß mal auf, Jazz. Du erinnerst dich doch an unsere, sagen

wir mal, Verlobung, ja? Es ist ja noch gar nicht so lange her. Sag: Ja, Casey.«

»Ja, Casey«, sagte Jazz.

»Brav. Also. Habe ich dir da nicht gesagt, daß ich mein ganzes Leben mit dir verbringen möchte? Daß ich dich nie mehr fortlassen will? Ich sag dir mal was. Wenn du glaubst, daran ändert sich etwas, nur weil du eine Zeitlang geistesabwesend und abweisend zu mir bist, dann hast du dich geschnitten.«

»Dann hab ich mich geschnitten«, wiederholte Jazz. Und sie schlang die Arme um seinen Hals und preßte sich ohne jede Rücksicht auf die tausend Plisseefalten ihres teuren Kleides, die in ganz Kalifornien kein Mensch zu bügeln imstande war, an ihn. Und sie dachte: So könnte ich es stundenlang aushalten. Ich fühle mich so sicher... so sicher.

»Schon besser«, sagte Casey.

»Schon besser«, wiederholte sie.

»Und du kannst jetzt damit wieder aufhören.«

»Wenn ich aber nicht will?«

»Würde ich dir nicht raten.«

»Gut, du bist der Boß«, sagte sie und löste sich in übertriebenem Gehorsam hastig von ihm, um sich wieder dem Chili zuzuwenden, das auf dem Herd fast schon überkochte. Er liebte sie wirklich, da gab es gar keinen Zweifel. Aber irgendwie hatte sie das Gefühl, daß er sie durchschaute.

Sie schaltete den Herd ab.

Casey sagte: »Ich gehe jetzt rüber und mache ein Kaminfeuer in diesem düsteren Haus hier, und du kommst mit mir. Und du kommst mir nicht davon, bis ich nicht ganz genau erfahren habe, welches komplizierte Verfahren dich aus diesem Kleid rausbringt.«

Und damit schob er sie vor sich her in den Wohnraum hinüber, setzte sie energisch in einen Sessel und machte sich daran, das Kaminfeuer zu entzünden.

»Zuerst möchte ich wissen«, sagte Jazz, »wo du den ganzen Tag warst.«

»Mein Gott, natürlich! Aber du bist eine solche Nervensäge, daß ich das Wichtigste ganz vergessen habe! Paß auf: Es gibt nur eine einzige Möglichkeit, den Verkauf der Ranch zu verhindern und die Hongkong-Bedrohung abzuwenden, nämlich, deine Schwestern auszuzahlen. Ich arbeite an der Sache schon die ganze Woche. Mein Vater kam von New York herüber, wir waren praktisch pausenlos in Verhandlungen mit unseren Banken hier und drüben im Osten, und es ist definitiv machbar.«

»Meine Schwestern auszahlen«, wiederholte Jazz verständnislos.

»Ja, und eine neue Stadt bauen! Dad und ich und noch einer unserer Geschäftspartner, wir bringen ein Drittel in bar ein. Die Banken sind bereit, das zweite Drittel dazuzugeben, und das dritte Drittel ist sowieso deins.«

»Aber dein Vater ist doch im Hafenschlepper-Geschäft!« sagte sie wie betäubt und versuchte, diese überraschende Folge von Neuigkeiten erst einmal zu verstehen.

»Die Schlepper sind nur ein kleiner Teil seiner Unternehmungen«, erwiderte Casey. »Er ist bereit und willens, sich auf etwas anderes einzulassen. Die langfristigen Aussichten hier gefallen ihm. Außerdem fühlt er sich da drüben in New York sowie so ein bißchen einsam. Er denkt sogar daran, ganz nach Kalifornien überzusiedeln.« Er legte ein großes Holzscheit ins Feuer.

»Und du selbst? Du wolltest doch eigentlich immer eine große Ranch haben? Wo doch die hier, nach ernsthaften Maßstäben, nur ein kleines Ranchlein ist?«

»Richtig, das wollte ich immer. Aber jetzt, nach meinen Erfahrungen hier als Vorarbeiter, habe ich doch gemerkt, daß ich nie ein hauptberuflicher Rancher werden würde. Ohne mein Fax am Sattel wäre ich nicht glücklich.« Er drehte sich zu ihr um und grinste sie an. »Und da ist noch etwas. Etwas sehr Wichtiges. Ich liebe dieses Land, dieses spezielle Land hier. Es gehört zu allem, was ich wirklich liebe, wie beispielsweise dich und deinen Vater. Und ich habe das auch gemerkt, als wir über die Familiengeschichte sprachen. Und als wir beide, du und ich, loszogen, es zu retten. Ich kann mir gar nicht vorstellen, noch jemals irgendwo anders hinzugehen.«

»Aber Casey, Darling, ich...«

»Weißt du noch, wie du damals an diesem Abend von dieser neuen Stadt geträumt hast? Als wir die drei Felsen gefunden hatten und wieder zu Hause waren? Diese Idee von dir hat sich in meinem Kopf festgesetzt wie noch nie irgend etwas in meinem ganzen Leben. Ich bin an einem Dutzend Unternehmen beteiligt, aber das hier ist das erste und einzige, an dem ich je wirklich persönlich interessiert und auch innerlich beteiligt war. Du mußt auch nicht glauben, ich mache es nur dir zuliebe. Kein wirklicher Geschäftsmann investiert eine Menge Geld und Zeit in ein Projekt, an das er nicht auch tatsächlich glaubt.«

»Und du und dein Vater, ihr habt so viel Geld, um ein ganzes Drittel Anteil daran zu kaufen?«

»Na ja, mit ein wenig Unterstützung von noch einem Burschen, der unbedingt mit rein will...«

»Ich hatte nie eine Ahnung, daß du so... sagen wir: reich bist.«

»Na ja. Wir haben uns ganz gut gehalten.«

»Und was wäre, wenn du gar niemanden auszahlen müßtest? Wenn du einfach loslegen und die Stadt bauen könntest, ohne daß du zuerst das Land aufkaufen müßtest?«

»Als Investment wäre das natürlich das Ideal schlechthin... je weniger Kredite man aufnehmen muß... aber was soll die theoretische Diskussion...?«

»Nun ja«, sagte Jazz und konnte kaum noch an sich halten, »nun ja...«

»Nun ja was? Du sagst das so gelassen.« Er musterte sie mißtrauisch. »Ist was?«

»Ja! Ich hatte da heute eine nette, kleine Unterhaltung mit Valerie und Fernanda. Und sie wollen gar nicht mehr verkaufen. Sie wollen auch die neue Stadt bauen.«

»Wie war das?«

»Du hast mich ganz gut verstanden.«

»Das darf doch nicht... wie, um Himmels willen...?«

»Lange Geschichte. Ich habe es ihnen noch mal erklärt. Ging ungefähr so: ›He, Mädels, warum ziehen wir nicht so eine richtige Show ab?‹«

»Hexerei!«

»Das kannst du nennen, wie du willst«, sagte Jazz.

»Aber was hast du ihnen über die Finanzierung gesagt? Man braucht finanzielle Partner. Und fünfunddreißig Meilen Trinkwasseranschlußleitung von Yorba Linda her, beispielsweise. Und man muß das Verhältnis von Büroraum zu Industriefläche bedenken, Verkehrswege...«

»Details«, sagte Jazz wegwerfend. »Wir haben Konzepte diskutiert, nicht Details, mein Lieber!«

»Von euch dreien hat doch überhaupt keine eine Ahnung von Städtebau!«

»Na und?« erklärte Jazz erhaben. »Es ist natürlich meine Idee, mehr oder weniger, aber deswegen muß ich doch nicht die Schaufel in die Hand nehmen und höchstpersönlich buddeln, oder? Für die Infrastruktur – so heißt das doch, nicht? – seid ihr Männer da. Nicht daß wir Frauen nicht auch dazu imstande wären, meine ich, wenn wir wollten. Aber unsereins hat interessantere Dinge zu tun. Es ist ohnehin so, daß ich vermutlich Valerie und Fernanda gegenüber den Eindruck erweckt habe, die ganze Infrastruktur sei dein Ressort.«

»Den Eindruck erweckt? Was genau hast du gesagt?«

»Sie waren zufrieden, daß das alles in deinen Händen liegt.«

»Augenblick mal! Du hast ihnen das gesagt, bevor du wußtest, daß ich gar nicht mehr die Absicht habe, mir eine große Ranch zuzulegen?«

»Tja... war womöglich ein Anfall von Wunschdenken, wie?« Sie musterte ihn gleichwohl verstohlen und leicht verunsichert. Meine Güte, legte der Mann jedes Wort auf die Goldwaage? Das mußte sie wohl für die Zukunft im Auge behalten.

»Es war eine Entscheidung über meinen Kopf hinweg, das war es! Einfach über meinen Kopf weg!«

»Nicht im nachhinein gesehen!« rief Jazz.

»Und danach hättest du mir kaltlächelnd den Kauf der Ranch ausgeredet und mich noch überredet, hierzubleiben!«

»Na ja, versucht hätte ich es. Schließlich ist meine Arbeit hier, nicht irgendwo in Montana oder Texas oder wo immer die ganz großen Ranches sind. Natürlich, ich wäre schon mitgekommen. Ich hätte zwar ein wenig gestrampelt und gemault, aber natürlich hätte ich dich nirgends alleine hingehen lassen. Ich kann meinen Beruf als Fotografin überall ausüben, da bin ich nicht an einen Wohnort gebunden. Genau dafür haben sie die Flugzeuge erfunden.«

»So, so.« Casey überlegte. Kannte er diese Jazz nun in- und auswendig oder nicht? Diese störrische, verschlagene, komplizierte, entschlossene, erdverbundene, luftgeistgleiche, stürmische, impulsive, irritierend selbstbewußte und zugleich irritierend unsichere Frau, die er erobert hatte, als ihm schon längst alle Hoffnung darauf abhanden gekommen war?

»Glaubst du nicht, daß ich mit dir überall hingehen würde?«

»Doch, ich glaube es dir.«

»Wie Marlene Dietrich!« sagte sie verträumt, während sie sich daranmachte, Reihe um Reihe der verborgenen, winzigen Häkchen ihres Kleides, für die Caseys Finger sowieso viel zu plump gewesen wären, zu lösen.

»Wieso Dietrich?« fragte er.

»Na, in *Marokko*! Da läuft sie doch am Ende hinter einem Dutzend Fremdenlegionären her, die sie alle anbeten, obwohl sie ein kaltes, hinterlistiges Luder ist, hinaus in die Wüste. Weil auch Gary Cooper dabei ist, in den sie sich vergafft hat. Und die marschieren also raus in die Wüste durch den Sand, und sie hinterher, und damit sie mitkommt, zieht sie ihre Stöckelschuhe aus und latscht ihnen barfuß nach. Durch den heißen Sand. Nicht?«

»Sooft ich das gesehen habe«, murmelte Casey, »ist mir eine winzige Träne ins Auge gestiegen. Aber sag es nicht weiter.«

»Wundervoll«, seufzte Jazz. »Du bist genau so ein sentimentaler Hund wie ich.«

Sie hatte die Augen fast schon geschlossen, als sie sah, wie Casey ohne ein Wort rasch hinausging. Sie wartete verwundert. Noch hing ihr Kleid, nicht ganz aufgehakt, an ihr.

Er kam mit einem Stapel Decken wieder und legte sie auf den Boden vor dem Kamin, wo er sie ausbreitete.

»So«, sagte er. »Zieh dich aus und zwar ein bißchen plötzlich. Wenn du ganz splitternackt bist, dann wickelst du dich in eine von diesen Decken und bleibst hier sitzen und wartest geduldig, ohne dich zu rühren und ohne zu maulen, und ich will absolut keine Widerrede hören.«

»Ja, Sir!«

»Mir ist gerade eben dieses Chili eingefallen. Ich bin doch hungrig, merke ich. Ich gehe jetzt in die Küche und packe mir einen Schlag von diesem Chili auf einen Teller, und den bringe ich hierher und esse ihn auf. Und falls dabei irgend etwas Unvorhergesehenes passieren sollte, dann leidet nichts weiter darunter als dieser alte Fetzen von Decke. Ist das jetzt restlos klar?«

»Ja, Sir! Bitte, Sir, könnte ich vielleicht auch etwas Chili bekommen?«

Nein, dachte sie, niemals könnte sie einen unromantischen Mann heiraten. Sie überlegte, ob sie ihm sagen sollte, er möchte auch darauf achten, ob das Chili noch richtig heiß sei, ließ es dann aber doch bleiben. Wenn er es nun über sie schüttete, brühheiß... Und außerdem hatte er gesagt: Keine Widerrede.

Der meinte am Ende vielleicht sogar, was er sagte.

Barbara Taylor Bradford

Straße der Engel

Roman

Alle glauben an Selbstmord. Doch Vivienne Trent, Ex-Frau und Vertraute des Toten, hegt einen Verdacht. Die Journalistin beginnt, Sebastian Lockes Leben zu recherchieren, und als sie in Frankreich auf die todkranke Gräfin de Grenaille stößt, weiß sie, daß hier der Schlüssel zur Wahrheit liegt. Doch es steht zu befürchten, daß die Gräfin entschlossen ist, ihr Geheimnis mit ins Grab zu nehmen...

**Das faszinierende Porträt
zweier außergewöhnlicher Frauen,
die sich den Herausforderungen des Lebens stellen –
von Barbara Taylor Bradford, der »First Lady
der amerikanischen Unterhaltungsliteratur«.**
(Brigitte)

Blanvalet

Beatrice Ferolli

Im Süden hat der Himmel Fenster

Roman

Wenn ein gläserner Himmel die staubige Erde Kastiliens berührt und ein Torero, dessen Lebenslicht nur noch Augenblicke flackert, in einer Kapelle ein Kind zeugt, ist nichts mehr wie zuvor. Zur uralten Melodie des Lebens mischen sich die Schicksale neu. Zu einem Reigen aus Geschichten und Legenden, in dem mediterrane Landschaft und Menschen zu einem einzigartigen, magischen Bild verschmelzen.

Beatrice Ferolli erzählt: von stolzen Männern und faszinierenden Frauen und vom unsterblichen Zauber der Gefühle, der das Herz zerreißt und dabei doch das Lachen gebiert. Ein außergewöhnliches und vielschichtiges Buch – ein kleines Meisterwerk.

Blanvalet

Amanda Quick

Zärtliche Teufelin

Roman

Die schöne Imogene sinnt auf Rache. Ihr Erzfeind, Lord Vanneck, soll für den Mord an ihrer besten Freundin büßen. Doch für ihren raffinierten Plan braucht sie einen Verbündeten, und wer wäre dafür besser geeignet als der berüchtigte Earl of Colchester? Doch alles kommt ganz anders als geplant: Schon bald erliegt der scheinbar so kaltblütige Earl den Reizen seiner kapriziösen Auftraggeberin. Und er wird starke Nerven brauchen, um den aberwitzigen Plänen seiner geliebten Imogene zum Erfolg zu verhelfen...

**Beschwingt, witzig und teuflisch spannend –
»Amanda Quick schafft in ihren Romanen
eine unwiderstehliche Atmosphäre!«**
(Kirkus Reviews)

Blanvalet